重庆师范大学2022年度学术专著出版基金资助

田楚侨文存

熊飞宇／编

四川大学出版社
SICHUAN UNIVERSITY PRESS

图书在版编目（CIP）数据

田楚侨文存 / 熊飞宇编. — 成都：四川大学出版
社，2023.9
ISBN 978-7-5690-6263-2

Ⅰ．①田… Ⅱ．①熊… Ⅲ．①随笔－作品集－中国－
当代 Ⅳ．① I267.1

中国国家版本馆 CIP 数据核字（2023）第 143270 号

书　　名：田楚侨文存
　　　　　Tian Chuqiao Wencun
编　　者：熊飞宇

选题策划：张伊伊
责任编辑：张伊伊
责任校对：毛张琳
装帧设计：墨创文化
责任印制：王　炜

出版发行：四川大学出版社有限责任公司
　　　　　地址：成都市一环路南一段 24 号（610065）
　　　　　电话：（028）85408311（发行部）、85400276（总编室）
　　　　　电子邮箱：scupress@vip.163.com
　　　　　网址：https://press.scu.edu.cn
印前制作：四川胜翔数码印务设计有限公司
印刷装订：四川五洲彩印有限责任公司

成品尺寸：170 mm×240 mm
印　　张：29.5
字　　数：529 千字

版　　次：2023 年 9 月 第 1 版
印　　次：2023 年 9 月 第 1 次印刷
定　　价：98.00 元

扫码获取数字资源

四川大学出版社
微信公众号

田楚侨（1898—1970），原名田世昌，别署士苍或果庵，偶自称"蜀民"。重庆南川人。1918 年至 1920 年，就读于国立成都高等师范学校（下文简称成都高等师范）英语系。1922 年至 1925 年，转入国立东南大学（下文简称东南大学）国文系，未及毕业，即回乡任教。1930 年至 1931 年，在中央大学复学。求学南雍期间，师从柳诒徵、胡小石、吴梅、汪辟疆、王伯沆、汪东、黄侃、胡翔冬、陈中凡等鸿儒，同学者则有唐圭璋、殷孟伦、沈祖棻等。因有《雪莱译诗之商榷》发表于《创造周报》第 47 号，或被视为创造社早期成员。1940 年，章士钊、沈尹默、乔大壮、江庸等人在渝发起成立饮河诗社，田楚侨参与其中。又多问学于赵熙、杨沧白等，并曾受曾进委托，与许伯建一道，校订肖厚潘手钞杨沧白"邠斋诗"十二卷。抗战胜利后，曾作《还都赋》，传诵一时。1948 年至 1949 年，先任《世界日报》秘书兼副刊主编，后任主笔。自 1956 年 12 月起，任教于重庆师范专科学校（今重庆师范大学）。晚年与吴宓交往频繁。"十年动乱"中"含冤致死"[1]。其人才富学赡，但时乖运蹇，后人多有不知。即便在重庆师范大学校内，也少有谈及。现就其行实，略作考述。

---

[1] 王厚溥、徐仲伟主编：《重庆师范学院校史（1954—1994）》，内部资料，1995 年，第 52—53 页。

一、田楚侨生平

关于田楚侨的生平，目前主要有三种。一是吴宓日记、书信集的整理者吴学昭所作注释，其中云：

> 田楚侨（1900—1970），名世昌，字楚侨，四川南川人。1925 年毕业于东南大学中文系。曾任四川南川教育局长，南川县参议员，重庆市议会秘书。1948 年至 1950 年任重庆大学中文系副教授。1950 年后任中学国文教员。1956 年调任重庆师范学院中文系副教授。①

二是《南川县志》的小传：

> 田楚侨（1906—1970），名世昌，南川隆化镇人。南京大学暨中央政治学校普通行政人员班毕业。国民政府考试院高等文官考试及格。中国国民党党员。曾任南川县教育局长、内江食糖专卖局秘书、南川县参议会参议员、国民党南川县党部候补监察委员、南川县简易乡村师范学校校长、重庆市参议会秘书、重庆《世界日报》主笔；1949 年后任重庆师范专科学校教员。
>
> 民国 28 年（1939）参加国民政府高等文官考试及格后，未授职，即应聘教学。长于诗文，常与何鲁之、舒舍予、柳亚子、庞石帚等诗文名家及县人刘泗英等唱和往来。其诗集题名《垃圾箱》，以示愤世嫉俗。民国 34 年（1945）8 月，抗日战争胜利，重庆市中区竖立抗战英雄纪念碑（今称解放纪念碑），由田撰写碑文，文词慷慨激昂，情理感人。田文望日高。民国 38 年（1949）解放大军捷报频传，国民党军队一败涂地，田以《西南执政诸公拿话来说》为题为重庆《世界日报》撰写社论，指陈国民党倒行逆施，必然危绝。洋洋万言，淋漓尽致，人皆称快。②

---

① 吴宓：《吴宓日记续编 I：1949~1953》，吴学昭整理注释，生活·读书·新知三联书店，2006 年版，第 173 页。
② 四川省南川县志编纂委员会编纂：《南川县志》，四川人民出版社，1991 年版，第 731 页。

三是韦骏若的《对田楚侨先生的点滴回忆》，载于《南川文史资料选辑》（第十辑），全文可参见本书附录。

上述三说均有不确及失实之处。现存于重庆师范大学档案馆的田楚侨档案主要有五：1.《教职员登记表》（1950年），2.《教职员登记表》（1950年12月15日），3.《学校教职员登记表》（1952年8月3日），4.《教职员履历表》（1953年5月13日），5.《教职员履历表》（1956年）。据此可将其履历整理如下：

1915年上期以前，私塾时代，读高小一学期。1915年下至1917年上，就读于四川省立第一师范学校。1918年上，转学至四川省立川东师范学校。1918年下至1920年上，就读于成都高等师范英语系。1922年下至1925年上，转入东南大学国文系。1925年下至1927年上，在重庆多个中学任国文教员，如四川省立川东师范学校、四川省立重庆女子师范学校、四川省立重庆商业中学、重庆联合中学等校。1927年下至1928年下，任南川县教育局长。1929年上至1930年上，任四川省立重庆女子师范学校等校国文教员。1930年下至1931年下，在国立中央大学（南京）复学。1932年上至1934年上，任重庆联合中学高中国文教员。1934年下至1936年春，任铁道部总务司科员。同时补读大学学分，后调津浦铁路局任编审。1936年夏至1937年夏，任国民党中央党部宣传部新闻事业处干事，第二次参加高等考试①（第一次在铁道部）。1937年冬至1938年夏，任成都绥省联合办公处②组员。该处任职结束后，曾

---

① 高等考试：南京国民政府考试院举办的任命人员考试种类之一。1930年12月，考试院公布财务行政、教育行政、卫生行政、会计人员会计师、统计人员、外交官领事官、司法官、律师等各类人员的高等考试条例，根据此类条例，1931年7月15日考试院在南京举行全国第一届高等考试，分普通行政、教育行政、警察行政、财务行政、外交官领事官五类。其报考资格规定，凡专科以上学校毕业，或曾任委任官三年以上，或经高等检定考试及格者，均可应试。考试分第一、第二、第三试或第一、第二试。考试及格，即取得荐任公务员任用资格。1939年，国防最高委员会常务会议通过《高等考试分为初试再试并加以训练办法》，规定高等考试分为初试与再试，初试及格经训练期满，举行再试，再试及格，发给证书，分发任用。参见汤德用、裴上京、房列曙主编：《中国考试辞典》，黄山书社，1998年版，第295页。

② 1937年冬，刘湘出川赴抗日前线后，川康绥靖公署由王陵基暂代主任，四川省政府由秘书长邓汉祥代主席。根据刘湘行前的安排，组成"绥省联合办公处"，常务成员除王、邓外，有傅常、甘绩镛、陈炳光，由王陵基负总责，陈炳光处理日常事务。参见徐庆坚：《四川省抗敌后援会亲历记》，载成都市政协文史学习委员会编：《成都文史资料选编·抗日战争卷（上卷）：救亡图存》，四川人民出版社，2007年版，第123页。

任教于成都省立师范学校。1938年秋至1940年春，任国民党四川省党部宣传科干事，第三次参加高等考试，同时任四川中等学校教师讲习会讲师。1940年春至1940年秋，在南温泉中央政治学校受训，参加高级公务人员训练班，为期六个月。1943年下至1945年上，任南川县立简易师范学校及初中校长。1943年下至1946年下，任南川县参议会议员，中间曾兼任南川国民党县党部候补监委。1946年上至1949年底，任重庆市参议会秘书。1948年下至1949年夏，任《世界日报》秘书兼副刊主编，后任该报主笔。1948年下至1950年上，任重庆大学中国文学系副教授。1950年下期，任重庆私立明诚中学语文教员。1951年上期，调南开中学。1951年下期，调重庆市立师范学校。1952年2月至5月，解聘。1952年6月至1956年11月，调私立文益中学（南岸），后改为重庆第十一中学校。1956年12月，调重庆师范专科学校。1958年秋至1960年冬，在图书馆工作。1961年秋至1961年夏，入文选教研组。1961年秋至1962年春，任资料室工作人员。1962年夏至1963年夏，入古典文学教研组。1963年秋至1964年夏，在教学科教文选及选作。自1964年上期，复入古典文学教研组。1970年3月16日病逝。

其档案有《我的自传》，1951年6月书于南开中学；另有《我的历史》和《关于个人历史的补充材料》各一份。现将其自传录于后，以供参考（其中部分字句用法与今不同，不作更改）：

　　我的家庭：我于一八九八年出生于南川城内。我父为手工业者，我母则农村女，以兼营小商业，购置田土租约五十老石。我十三岁左右丧父，母亲送我出外读书，欠债甚多，几于破产。我一九二五年开始在重庆各中学教书，即全赖薪资收入维持生活，家中也未要我兑钱回去。我数次丧耦，现在的太太陈茂兰，微有储蓄，曾自购田租五十老石，他因为多病，医药需钱，这一项收入，也是他自己在用。在家用缺乏时，偶尔补充一下。至于我那一份，一直到一九四四年我母死后，我才直接管理，但也很少回家去。同时因我妹妹的环境不好，需要经常的帮助。又因远在重庆，不善经营，把卖谷子的钱，存在银行钱庄，结果因币值日减，化为乌有。解放以后，公粮减租，虽勉强完成，退押部分，仍待努力。现在妻病严重，儿小失学，心里颇觉难过，但相信此为短时间的困难，当逐渐可以克服。

我的学历：我念过成都省立第一师范，成都高等师范，于一九二一年转入南京东南大学，直到一九三二年，才在中央大学毕业，因为中间曾在重庆教中学三次，又回南川作过一任教育局长。除在大学中国文学系毕业外，我又在南京参加高等考试，一九四〇年在南温泉中政校附设公务人员训练班受训半年。毕业时派我到湖北省政府（时在恩施），我没有去。考选委员会又要我到会里，也没有去。其时陈觉玄①先生在成都金陵女子文理学院，要我去作教师，又介绍我到朝阳大学任教，都没有去成。

我的经历：我前半节是教书，一九三二年因为补读大学未完学分，以乡友皮以庄②介绍，到铁道部作科员。后调津浦铁路局编审课课员。以部长局长的更动，我也失职了，本来准备回川，乡友彭革陈③君时任中央党部新闻处长，要我去作干事，加入国民党也在那时。作了年多，抗战发生，我就返川到成都。在绥省联合办公处作个科员，不久该机关裁撤，我就到成都省立师范教书。以同学李琢仁④介绍，到省党部宣传科作干事，同时兼任文化建设协会四川分会的秘书。在南泉受训后，回到南川，以县参议员兼任简师校长，又任南川县党部候补监委。抗战胜利后，到重庆来，先在《世界日报》⑤作秘书，后到参议会作秘书。有一段时间，作副刊编辑。该报被伪市长杨森封闭以前，我又作过半年多的主笔。除在渝女师正阳学院为友人代课外，最后到重大作副教授，由兼任而专任。解放

———————————

① 陈中凡（1888—1982），原名钟凡，字斠玄，号觉元，别署觉玄。

② 有弟皮以净、皮以德；妹皮以书，谷正鼎夫人。

③ 彭革陈，生于1899年。毕业于美国威斯康星大学。历任南京国民政府外交部条约委员会委员、中国国民党中央新闻检查处处长、国防最高委员会外交专门委员会委员、中央宣传部新闻事业处处长等职。1942年7月被聘为第三届国民参政会参政员（四川省）。1945年4月被聘为第四届国民参政会参政员（社会贤达）。1946年出席"国民制宪大会"。参见刘国铭主编：《中国国民党百年人物全书》（下），团结出版社，2005年版，第2223页。

④ 李琢仁，四川新都人。生于1903年。北洋大学肄业，中央大学物理系毕业，中央训练团党政班第一期结业。历任安徽大学讲师、重庆大学教授。1934年任中国国民党四川省党务特派员办公处设计委员，后任四川省党部常务委员、执行委员。1942年7月被聘为第三届国民参政会四川省参政员。1946年11月选任"制宪国民大会"代表。1947年底任中国国民党中央党部第五战区公路特别党部主任委员。1948年当选"行宪"第一届立法院立法委员兼中央文化运动委员会委员。后去台湾。参见刘国铭主编：《中国国民党百年人物全书》（上），团结出版社，2005年版，第929页。

⑤ 其档案有王国华1956年6月15日所写材料《关于田楚侨在重庆世界日报的一些情况》。

后，又由专任而兼任。去年暑假，几于失业，承文教局介绍到明诚中学，本期奉调到南开。在这三十年当中，由教育界而党政，又由党政而教育界。

我与写作：我一九四九年在《世界日报》写政论方面的文章，共计四十多篇，约二十万言。中于蒋政权颇致不满，但于共产党并无认识。虽然主张国民党退出政府，让共产党来，但在心目中，认为国共两党之争，不过是弟兄之争。老大不行，不能再当家了，当然应该让老二来。这些看法，在国民党反动政权下，虽然也遭受到警告，认为我诬蔑"领袖"，但从现在看来，实在幼稚得很。这些文章的发表，当然由于好多师友的影响，但我本身是个小土地所有者，若干年来，酷好诗歌，由新诗，西洋诗，回到中国古典诗歌，虽然也哀吟，但力量是那样的薄弱。一九四九年，我又主编重庆《饮河诗叶》，在上海总社领导下，出版到五十一期。一九五〇年，我在重大作兼职副教授，其时并无专任职业，曾写《中国诗歌的前途》，长约八万言，但重大并未给我转呈文教部。

自我批判：我从教育界转到政界，又由政界转到党官，又想由党而政，结果还是转到教育界。这些曲折的路线，虽然很平淡，但也面临若干小的考验。其时如果更为热中一点，很多可能混进中统里去，弄个县长来作作。我在政校受训，正有这个打算。直到重大作兼任副教授，还有同乡的特务分子（已被枪决的刘寿昌）向我示意，表示他可帮忙，改为专任。但从在铁道部作事起，直到重庆市参议会作秘书止，我遇见的国民党人，党官党棍子之流太多了，更是瞧他们不起。中国诗中"清高"的成份救了我，虽然他也限制了我，没有参加革命的队伍。现在不应再讲清高了，但从个性上说，还是喜欢作研究的工作，希望重回到重大去，对于"中国诗歌的前途"这一问题，继续研究，有所贡献。

这里需要注意的是，田楚侨的生年，据其《我的自传》，当为1898年；但重庆师范学院在其逝世后所作的审查报告中，将其生年写为1900年。笔者认为，前者的可信度更高。

二、有关中国文化问题的论战

田楚侨就读东南大学期间，曾参与有关中国文化问题的论战，留下浓墨重彩的一笔。其《中国文化的一个商榷》及对该文的回应与批评，本书均已选录。限于篇幅，此处仅提供这场论战的线索，不做学理上的探讨和阐发。

1924年[①]，东南大学历史教授柳诒徵应邀到扬州江苏省立第五师范学校演讲，演讲词以《什么是中国的文化》为题，分三期发表于《时事新报》2月9日、12日和14日的副刊《学灯》[②]，署"东大教授柳翼谋讲，黄春官、张鸿鑫合记"，记录者为该校学生。演讲词发表后，迅即引发一场激烈的论战。

2月22日，《学灯》刊发张资琪的《呵柳翼谋》。2月27日，胡梦华致信张东荪，以《中国文化问题的一个辩护》为题，刊于2月29日的《学灯》。3月7日，《学灯》在《胡函的反响》中，选登徐剑缘（3月1日）和陆渊的来信。3月11日、12日，《学灯》刊发田楚侨的《中国文化的一个商榷》，末署"三月八号寄于东大"。3月14日，又登载张鸿鑫的《中国文化问题》。3月18日，刊发萧学俊致张东荪的《暂停中国文化讨论的提议》，最后说道："田君楚侨，引了一二梁氏柳氏之语，自谓至理名言，便如老吏断狱一般地说柳氏的学说为不谬，恐仍不足以服人，因为免不了拥护的嫌疑。我希望柳氏六厚册文化史，快快出版，以为大众观察之资助。那末，以前种种的争辩，譬如昨日死，以后种种的评论，譬如今日生，庶几这个小小的论战，从此可告了一段小小的结果了。"

3月20日，《学灯》刊有蓝孕欧的《究竟什么是中国的文化?》（作于3月13日）。3月22日，张资琪在《学灯》发表《答田张二君并告一般讨论文化问题者》，末署"三·十五·二四·沪江大学"。文中称田楚侨"摸棱两可，狡奸巨猾"。3月25日，"编辑室"发出《五伦问题讨论终结的请求》，并列出未及刊发的来稿：《中国文化问题之又一讨论》（崔鸿雁）、《我对于中国文化的意见》（黄春官）、《除掉伦理什么是中国文化的中心》（刘超）、《对于讨论中国文

---

① 柳翼谋此次讲演的确切时间未能查证，此处系推测。

② 杨共乐、张昭军主编《柳诒徵文集》卷十二（商务印书馆，2018年版）收录此文时，末署"载于《学灯》1924年2月第6卷第9—14号"（第205页），不确。

化的我见》(陈烛照)。3月26日,仍刊有曾友豪致张东荪的《停止文化讨论后的余音》。

论战也引起北京学界的关注。周作人化名"陶然",作杂感《诗人的文化观》,刊于3月17日《晨报副刊》,婉转予以批评。3月28日,《晨报副刊》又发表"Z. M."(即梁容若)的《百草中之一株》,该文末署"三,十六,师大",文中称田楚侨为"东南大学教授柳翼谋的弟子"。至4月1日,《学灯》再次发表北大彭基相致张东荪的《论文化的性质》(作于3月26日)。4月8日,则继续刊登何、吴两位读者的来函《谩骂的态度与中国学术界》(作于4月4日)。

三、田楚侨参与的学术/文学社团

(一)东南大学南京高师国学研究会

1922年暑假后,国立南京高等师范学校国文学系同仁,有感于"国学沦夷,非合众力不足以谋挽救",遂商组研究会,发出通告,征求会员。"不二日,签名者达一百人"。10月13日,于大学宿舍召开成立大会。会分经学、小学、史学、诸子学、诗文学五部,并于10月28日票选分部干事五人。会务主要分六项:讲习会、讨论会、佛学课、歌曲班、编辑丛刊、翻印书稿。研究会聘陈斠玄、顾铁生(实)[1]、吴瞿安(梅)、陈佩忍(去病)、柳翼谋为指导员,选举李万育为总干事。田世昌为会员。[2]

国学研究会成立之时,即拟定"年出丛刊四期,由指导员、职员合辑"[3]。1923年3月,《国学丛刊》创刊号初版。据刊首《国学丛刊编辑略例》,该刊为"东南大学南京高师国学研究会[4]同人共同组织刊行",以"整理国学,增进文化"为宗旨,分"插图、通论、专箸、诗文、杂俎、通讯诸门"。

---

[1] 顾实之字,《国学丛刊》或作"铁生",或作"惕森"。此外,亦作"铁僧""惕生"。
[2] 《国学研究会记事》,载《国学丛刊》第1卷第1期,1923年3月,第147—149页。
[3] 《国学研究会记事》,载《国学丛刊》第1卷第1期,1923年3月,第148页。
[4] 1920年4月,国立南京高等师范学校筹备国立大学,后经教育部批准,定名为国立东南大学。1922年实行新学制后,国立南京高等师范学校于1923年12月并入国立东南大学。参见李友芝主编:《中外师范教育辞典》,中国广播电视出版社,1994年版,第320页。

1924 年 6 月，《国学丛刊》第 2 卷第 2 期卷首刊出《田世昌启事》云：

> 本会丛刊，上届职员久拟收回自行编辑，世昌谬继斯职，会员诸君复以此事相敦促，遂以见诸实行，时间短迫，编辑部未能组织成功，会员诸君又以此期编辑事务暂相委托。自念末学，未堪重任，特请会员多人，共负斯责，而暑假以前，稿件既未收齐；暑假以后，会员又复离宁，交稿期急，迫不及待，除请指导员陈斠玄先生指导外，负责编辑，仍为个人，乖误之处，度必甚多，当希博雅君子，惠赐教言。

所谓"收回自行编辑"，据同页《本刊启事一》，是指《国学丛刊》前出各期所载论文，皆"由指导员诸先生分任编辑"，如第 1 卷第 1 期编辑者为陈斠玄、第 2 期编辑者为顾惕森、第 3 期编辑者为吴瞿安、第 4 期编辑者为陈佩忍、第 2 卷第 1 期编辑者为陈斠玄。第 2 卷第 2 期，则由田世昌编辑。

同年 9 月，《国学丛刊》第 2 卷第 3 期出版，卷首有启事五则。《本会启事一》云："本会因收回丛刊关系，组织略有变更，兹将本届职员，著录于后：总干事：田世昌，副干事：乔云栋，文牍：李冰若、余永梁，编辑：徐书简、江圣壤，会计：刘纪泽，庶务：张世禄。"其后为《本刊启事二》《本刊启事三》。

继之，《编辑部启事一》云："本刊去冬因受时局影响，学校提前放假，以致集稿不易，出版愆期，中心良用抱歉，诸希读者原谅。再本期编辑，承本会指导员陈斠玄先生于赴粤讲学之前，拨冗指导；本会总干事及文牍于寒冬凛冽之际，缮录文稿，感激殊深，特此志谢。"

《编辑部启事二》又云："顾惕森先生《释王皇罜》《释中史》两文，以古体字多，刻铸匪易。经本会总干事田世昌君与商务印书馆编译所一再函商，改付石印，外观未能一致，本部殊为抱歉，唯除此以外，实别无良法，特此声明，敬希著者及读者原谅。"

《国学丛刊》第 2 卷第 4 期迁延至 1925 年 10 月 10 日方"初版发行"，刊首有"特别启事"："本刊自下卷起，暂改为不定期刊，视稿件丰啬，分期出版，约年刊一册，仍由商务印书馆印行"。《国学丛刊》出版至 1926 年 8 月第 3 卷第 1 期而停刊，由《国学辑林》替代。此时田楚侨早已肄业返乡。

由上可知，田楚侨曾积极参与东南大学南京高等师范国学研究会的筹建，并当选为第二届总干事；曾编辑研究会主办的《国学丛刊》第2卷第2期，并参与第2卷第3期的编辑与出版。

（二）创造社

1924年2月22日，田楚侨自东南大学致信《创造周报》，后以《雪莱译诗之商榷》为题，在该刊第47号发表，于4月5日出版。据此，部分学者曾将田楚侨纳入创造社早期成员。如《现代传媒与中国现代作家》云："创造社的刊物不像文学研究会的刊物那样可以发表本社团以外成员的文学作品，在这一点上就缺少文学研究会的一种'大度'，但是在创造社的周围还是形成了一个具有共同的文学追求的青年创作团体。"像《创造》季刊所出现的40位作者，《创造周报》所出现的36位作者，其中包括田楚侨，"是他们共同组成了'创造'的文学创作团体"。[1] 笔者一度持类似看法，在《田楚侨先生生平简历及著作系年》一文，以及为《区域文化与文学研究集刊》第七辑"巴渝学人掠影"撰写的开栏语中，均将田楚侨称作创造社成员。

不过，也有学者将田楚侨视作创造社的"非同人者"。如《二十世纪中国文学编年（1900—1931）》在介绍《创造周报》时，说《创造周报》"是创造社继《创造》季刊之后创办的又一个文化刊物"，"系《创造》季刊姊妹刊"，"但《创造》偏于文艺创作，《创造周报》则侧重评论和翻译"。其"撰稿人仍以创造社的新老同人为主"，但"并非同人者"如田楚侨等人也曾发表过作品。[2]

通读《雪莱译诗之商榷》，不难发现：田楚侨曾经就读于成都高等师范英语系，具有较为扎实的英文功底，因而对《创造季刊·雪莱纪念号》上郭沫若的译诗有所指摘并纠谬；同时因为对郭沫若、成仿吾的"译诗主张"有所保留，故以歌行体进行重译，这很大程度上表达的仅是一种读者的意见，谈不上"具有共同的文学追求"，更与"文学创作"无涉。值得注意的是，田楚侨在其《拿坡湾畔书怀》的"译后附志"中，述及"余去岁以未读《创造日》（至今仍

---

① 徐日君、岳凯：《现代传媒与中国现代作家》，吉林大学出版社，2010年版，第48页。
② 卓如、鲁湘元主编：《二十世纪中国文学编年（1900—1931）》，河北教育出版社，2013年版，第361页。

未得读），曾为文与郭君商榷"①。未读《创造日》即为文商榷，一方面固然是其疏失，另一方面也显见其与创造社的隔膜。照此看来，将田楚侨目为创造社成员，实有不妥。

田楚侨虽不宜算作创造社成员，但毕竟有文章刊于《创造周报》，因此，若将其归入"《创造周报》作者群体"②，则无疑义。

（三）饮河诗社

饮河诗社是抗日战争时期研究和创作旧体诗的文学团体。诗社由章士钊、沈尹默、乔大壮、江庸、潘伯鹰等人发起，1940年3月创办于重庆。③ 社名取庄子"鼹鼠饮河，不过满腹"之句，借此针砭时弊，反映民间疾苦，抒写爱国情怀。社址在重庆市中区大溪沟下罗家院张家花园三号，附近是中苏友谊文化交流会（按：时为中苏文化协会）办公地。④

诗社社长章士钊、江庸，主编潘伯鹰，助理编务和杂务许伯建为潘的助手，为社务奔走接洽。在渝结社全体成员有（许伯建手书如下）：长沙章士钊（行严）、怀宁潘伯鹰（凫公）、井研朱守一（梅迟）、寿县穆守志（湘芷）、长沙周邦式（长宪）、江宁陈匪石（世宜）、南川田楚侨（果庵）、筠连曾晓鲁（小鲁）、江安黄稚荃（杜邻）、长沙钱问樵（憺叟）、合肥胡平秋（□丘）、荣县杨元佛（有园）、南通孙希衍（毅庵）、犍为万森甫、璧山柯大经（尧放）、金陵李斑（春坪）、巴县苟梦陶、金陵蒋山青（明祺）、祥符靳志（仲云）、钱塘朱乐之（西谿）。补遗：湖州沈尹默、泸州胡惠溥（希渊）、泸州屈江（义林）。⑤ 饮河诗社组织原则规定不必正式入社，凡在社刊如《诗叶》《饮河集》《饮河》等发表作品者都为社员。据此，参加诗社的还有俞平伯、朱自清、缪钺、叶圣陶、郭绍虞、陈铭枢、肖公权、吴宓、黄杰、谢稚柳、徐韬、黄苗

---

① 田世昌：《译英人雪莱 Shelley 诗二首》，载《国学丛刊》第2卷第3期，1924年9月，第121页。
② 张勇：《〈创造〉季刊和〈创造周报〉关系辨析》，载《山东师范大学学报（人文社会科学版）》2007年第4期，第99页。
③ 东方隈：《饮河诗社史略》，载《九龙报》2021年5月24日第A4版。
④ 苟君：《抗战陪都重庆饮河诗社述略》，载《重庆国诗》（重庆市诗词学会主办）2010年下半年刊。据此文，沈尹默在渝期间住市中区陕西路东升楼附近，潘伯鹰、许伯建住东升楼附近曹家巷中央银行宿舍（许伯建语：九二妖火后损失惨重，搬迁到农村石桥铺石桥乡政府旁边）。
⑤ 苟君：《抗战陪都重庆饮河诗社述略》，载《重庆国诗》2010年下半年刊。

子、王季思、沙孟海、程千帆、沈祖棻、萧涤非、成惕轩、施蛰存、曹聚仁、萧赞育、叶恭绰、陈寅恪、王蘧常、游国恩、谢无量、李思纯、夏承焘、浦江清、潘光旦、马一浮①；以及王伯祥②、邵祖平（潭秋）、黄芝冈、李拓之③、陈仲恂（毓华）、苏渊雷、霍松林、周弃子、陈豹隐等，可谓群贤齐聚、俊彦荟萃。

抗日战争胜利后，随着下江人士东归，饮河社总社迁往上海，重庆则为分社。1947 年 8 月 1 日，在上海外滩滇池路 90 号同孚银行大楼正式立案重新召开成立组织会议，初步登记社员 52 人，到会 30 余人（诗社先是抗战中在渝发刊，并未正式组织）。④ 选出江庸、章士钊、沈尹默、黄杰、潘伯鹰、叶元龙、柯尧放、许伯建、陈伯庄 9 人为理事，江庸为理事长，蒋山青为常务监事（名次以得票多寡为序）。⑤ 由于 1949 年的国共和谈，章士钊、江庸担任南方和谈代表，潘伯鹰和金山担任"和使团"秘书，上海总社的业务有所停顿。重庆分社仍继续出刊，直至 1949 年 7 月 19 日。⑥ 诗社十年耕耘，光照诗册，功不可没。

诗社刊出《饮河集》，分别在《中央日报》《扫荡报》《益世报》《时事新报》《世界日报》副刊上刊载⑦，每半月或每周一期。具体而言，《扫荡报》计出 15 期；1944 年先后改在《中央日报》和《时事新报》，又共出 11 期；更迁

---

① 许伯建、唐珍璧：《饮河诗社史略》，载《文史杂志》1994 年第 2 期。郦千明编著《沈尹默年谱》（上海书店出版社，2018 年版）亦援引此说。

② 王伯祥在《饮河》发表的诗作计有《游凌云山坡公读书台》（渝世字四十七期）、《雨夜书怀》（五十期）等。田楚侨编辑《明珠》时，亦曾连载王伯祥的《甕春草堂随笔》。笔者曾粗检《王伯祥日记》（张廷银、刘应梅整理，中华书局，2020 年版），但未见记其事。

③ 黄芝冈、李拓之均为新文学人士，但亦在《饮河》发表旧体诗词或诗论，如黄芝冈有《论诗人的学养》，发表于重庆《中央日报》的《饮河集》新第一期；李拓之有《论李长吉》（《饮河》世字第四、九期）、《意难忘·舞态》（《饮河》世字第八期）等。

④ 东方隈：《饮河诗社史略》，载《九龙报》2021 年 5 月 24 日第 A4 版。

⑤ 参见柯尧放《容庵丛稿》后勒口介绍。关于其成立概况，亦可参见《世界日报》1948 年 9 月 7 日第 4 版的《河讯》。其"一，饮河社成立纪略"云："饮河社经数月之筹备，呈准社会部，于本年八月一日，正式在上海成立，地点为中孚大楼。叶元龙先生临时为主任，以茶点西瓜，分饷社友。选举结果，江翊云、章行严、潘伯鹰三先生当选常务理事，并推江先生为理事长。重庆分社之柯尧放、许伯建两社友当选为理事，蒋山青社友当选为监事。上海《和平日报》曾有详细之报导，欲悉本社历史及近貌者可以参阅。"

⑥ 检《世界日报》，《饮河》自此日之后，再未见出版。

⑦ 许伯建、唐珍璧：《饮河诗社史略》，载《文史杂志》1994 年第 2 期。

《益世报》，再出11期①；复刊《世界日报》之后，又续出51期，共出刊88期②。《世界日报》的"饮河"，"先由社友柯尧放、李春坪、刘家驹、蒋山青、许伯建、田楚侨等轮流编辑，自十六期起，推选田楚侨完全负责编辑"③。1947年初，总社在《京沪周刊》又增刊《诗叶》④，由潘伯鹰主编，近三年时间共出50余期；并在上海《和平日报》的《海天副刊》发布"饮河诗讯"，由杨士则、陈仲陶主编。⑤ 先后参加《饮河集》《诗叶》和《饮河》渝版的作者共100余人，诗友遍及全国各地。

　　《饮河集》专载反映当时抗战精神的旧体诗词，并对这些旧体诗词进行"批评""介绍""解释"，是为理论方面的建设；同时广选各家的诗篇，以为理论的印证。⑥ 重庆《中央日报》的《饮河集》新第一期，曾标举其四项目标，即"论诗之作""并世诗篇""前辈未刊诗及事略""通讯"。⑦ 1947年，饮河渝社在《世界日报》所刊《缘起》（作于3月15日），明确主张："我们愿意做诗人的写手，凡能收到并世诗人篇什，皆乐为刊载，绝无汉魏唐宋之见，亦无名位卑尊之见，更无亲疏识与不识之见。"⑧

四、《还都赋》的创作

　　重庆解放碑，原为抗战胜利纪功碑，后更名为人民解放纪念碑。抗战胜利纪功碑自1946年10月31日兴工，至1947年10月10日落成。其所镌碑文有五：碑文一《国民政府令》，署"民国廿九年九月六日"；碑文二《抗战胜利纪

---

① 饮河渝社：《缘起》，载《世界日报》1947年3月29日第4版。
② 一般介绍皆云"100余期"，但相加则为88期。
③ 王国华、李良政、刘迪明、皮钧陶：《回忆重庆〈世界日报〉》，载张友鸾等：《世界日报兴衰史》，重庆出版社，1982年版，第270页。
④ 《世界日报》1947年3月29日第4版《饮河》世字第一期"河讯"第一则云："饮河社主编之《诗叶》，已于本年二月九日《京沪周刊》第五期发刊。现定两周（即间期）出刊一次。自第九期起，拟每周出，体例与《饮河集》相同。欢迎各方诗及论诗之稿。"
⑤ 《河讯》之"三，饮河诗讯出版"，载《世界日报》1948年9月7日第4版。
⑥ 东方隈：《饮河诗社史略》，载《九龙报》2021年5月24日第A4版。
⑦ 编者：《引》，载重庆《中央日报》1944年2月27日第6版。至1944年3月26日《饮河集》新第二期，始署"重庆观音岩张家花园三号饮河社编"。据该期"河讯"，《饮河集》系"黄苗子画额，吴稚鹤题恓（签）"。吴稚鹤即吴兆璜（1903—1962）。
⑧ 饮河渝社：《缘起》，载《世界日报》1947年3月29日第4版。

功碑铭（并序）》，署"国民政府文官长吴鼎昌谨撰，中华民国三十五年十月×日"；碑文三，署"中华民国卅六年三月穀旦，国民政府主席重庆行辕兼代主任张群敬撰"；碑文五，署"抗战胜利之明年十月卅一日，恭逢国民政府主席蒋公六旬大庆，陪都市民特建抗战胜利纪功碑，爰以崇殊勋而祝景福。谨为之颂"，"重庆市市长张笃伦率同全体市民敬立，中华民国三十五年十一月穀旦"。上四者，信息明确，较少疑问，唯碑文四，题为"陪都各界庆祝国府、恭送主席胜利还都纪念"，后或名之为"还都颂"，或曰"还都赋"，究其作者，则有成惕轩、田楚侨二说。

成惕轩之子、"第三代新儒家"代表成中英曾云："当年抗战胜利时，四川省议会联名邀请我父亲（写的）"，"《还都颂》就刻在重庆市七星岗上的纪功碑上。1945年重庆市就建了这个碑，叫做抗战胜利纪功碑"。"碑上有三个文献"："第一个文献是《蒋中正告全国同胞书》"；"第二个就是罗斯福总统致中国政府与人民的贺电，翻译成中文"；"第三个就是我父亲的《还都颂》"，那是"一个具有古典意义和历史意义的文献"。"2011年我到重庆的时候"，"重庆社科院邓平研究员陪同我实地考察了七星岗的解放碑"，并"查访地下室和博物馆，也没见到颂文"。①

不过，《楚望楼诗文集》收有《还都颂》，本书亦附之于后。《还都颂》题下署"中华民国三十五年五月"，可见该颂并非作于1945年。

如前所引，《南川县志》又曾云："民国34年（1945）8月，抗日战争胜利，重庆市中区竖立抗战英雄纪念碑（今称解放纪念碑），由田撰写碑文。"②《巴渝文献总目·民国卷·单篇文献》据此撰列条目："抗战英雄纪念碑碑文/田楚侨. ——1945年8月. ——选自：《南川县志》。"③

"抗战英雄纪念碑碑文"究竟为何？据重庆师范大学中文系退休教师何明新回忆："一九四五年抗日战争胜利后，国民政府于翌年将国都迁回南京时，特在陪都重庆竖立一座'抗日战争胜利纪念碑'，碑上刻了一篇著名的《还都

---

① 成中英、黄田园：《〈易经〉文明观：从易学到国际政治新思维》，东方出版社，2017年版，第15—16页。
② 四川省南川县志编纂委员会编纂：《南川县志》，四川人民出版社，1991年版，第731页。
③ 任竞、王志昆主编：《巴渝文献总目·民国卷·单篇文献》（下册），重庆出版社，2017年版，第957页。

赋》，就是田楚侨老师创作的，解放后可惜将碑上的赋铲掉了，改成了解
放碑。"①

1947 年 7 月，《新重庆》第 1 卷第 3 期刊有黎甯的《抗战胜利纪功碑之建
筑》，录其碑文五篇。所谓《还都赋》，应即碑文四。本书已收录。同时，据黎
甯之文，抗战胜利纪功碑"为抗战胜利以后全国唯一最伟大之胜利纪念建筑
物"，由此可断定重庆并无此类其他纪念碑，故《南川县志》所谓"抗战英雄
纪念碑"其实不确，而《巴渝文献总目》人云亦云，则是一错再错。

抗战胜利纪功碑之碑文四，究竟是出自成惕轩之手，还是为田楚侨所作，
值得一辨。

考田楚侨与成惕轩的交集，两人系同年通过高等考试。田楚侨曾三次参
考，至第三次方中，时间是在 1939 年。次年自春徂秋，又在南温泉中政校附
设高级公务人员训练班受训六个月，故田楚侨称其与成惕轩有"同学之雅"②，
"初逢便相得，重见更相亲"③。且同为饮河诗社社员，遂多书翰往来，并时相
唱和。二人相交互赏，如田楚侨曾谓"惕轩于骈文律诗，极工丽之能事"④，
并推崇成惕轩云："同学共推长句好，清名早比一官高。"⑤ 成惕轩亦称赞田楚
侨的诗才："田侯风雅人，夙好敦书诗。词华追白傅，我则惭微之。"（《移居次
楚侨韵》）⑥

《还都颂》后被朝阳学院编入讲章，田楚侨驰书报喜，故在 1947 年 12 月
31 日便有成惕轩的《楚侨自渝州来书，告以拙作〈还都颂〉编入朝阳学院讲
章，感赋一首》，刊于《辅导通讯》第 16 期。诗云："大江东送凯歌旋，曾驻
渝州记八年。倭骑不容窥鸟道，蜀山原自胜燕然。能文我已惭班固，都讲君还
似郑虔。好与诸生论故事，中兴载笔要雄篇。"由此可见，《还都颂》乃成惕轩
的作品，田楚侨对此也是一清二楚。

不过，抗战胜利纪功碑碑文四并非《还都颂》原文，其前身则是《恭送蒋

① 何明新：《时过境迁事未忘——昔日重师中文系古文组记忆片断》，重庆师范大学校网，2014-09-25。

② 士苍：《怀旧录》（十），载《世界日报》1946 年 5 月 4 日第 4 版。

③ 田楚侨：《寄惕轩》，载《世界日报》1946 年 3 月 31 日第 4 版。

④ 士苍：《怀旧录》（十），载《世界日报》1946 年 5 月 4 日第 4 版。

⑤ 田楚侨：《惕轩有诗见寄，次韵奉和》，载《世界日报》1947 年 6 月 8 日第 4 版。

⑥ 成惕轩著，龚鹏程编，刘梦芙审订：《楚望楼诗文集》，黄山书社，2014 年版，第 45—46 页。

主席还都大会胡议长恭读之颂词》）。1946 年 4 月 24 日午后四时，"庆祝国府胜利还都"大会在国民政府军事委员会礼堂举行，到会六百余人（或云五百余人①），并由重庆市党政军团首长方治、张笃伦、王缵绪、陈介生及市参议会议长胡子昂五人，驱车至主席官邸迎接蒋介石与宋美龄。六时许，仪式开始。胡子昂代表恭读颂词并呈献签名锦册。七时礼成。② 翌日，《中央日报》《新蜀报》《国民公报》等均刊载颂词。与《还都颂》相较，不难发现，颂词颇多改易。

那么，改削者当是何人？笔者以为，应即田楚侨。如其履历表所载："1946 年上至 1949 年底"，任重庆市参议会秘书。田楚侨履职之时，正当颂词问世之际。1958 年 4 月 1 日，中共重庆师专五人小组在其留用处理报告中，又有这般叙述："曾于抗战胜利后，写过一篇歌颂蒋匪的《还都赋》，刻在重庆纪念碑上，得到两百万③的报酬。"田楚侨在面临审查时，还自承《还都赋》为己所作，此举的政治风险其本人应该不会全然无察，故可排除窃名之嫌。值得注意的是，抗战胜利纪功碑落成之后，田楚侨曾作《陪都纪功碑》一诗抒怀："始有嘉名遍中外，纵教苦雾日蒸腾。十年城郭阅歌哭，一代江山支废兴。南渡从来愁北国，东还宜早固西陵。摩天但愿碑长好，用蜀须防楚亦能。"④诗文似可互证。

至于《楚望楼诗文集》所署《还都颂》的时间，如有所本的话，应是其正式发表的时间（不过发表的具体情况不详）。1946 年 4 月 24 日，胡子昂宣读完颂词，成惕轩即于 5 月将原稿正式发表，这也符合惯例和常理。如果 1946 年 5 月是其属稿时间，而颂词宣读在前，这将意味着另一种可能，即颂词初稿系由田楚侨所撰，后经成惕轩增扩润色，乃成《还都颂》，但这与成惕轩将其径称为"拙作"颇相抵牾，因为即便是改作，也不应该忽略原作者的存在；而

---

① 《庆祝国府恭送蒋主席还都，陪都昨日举盛会：重庆市参议会议长胡子昂恭读颂词，主席训示望对建国多提建议》，载《新蜀报》1946 年 4 月 25 日第 2 页。

② 《庆祝国府胜利还都，陪都恭送蒋主席：军委会礼堂昨隆重大会，蒋主席致恳切训词告别》，载重庆《中央日报》1946 年 4 月 25 日第 2 版。

③ 两百万的报酬，究竟价值几何？田楚侨在编辑《世界日报》副刊《明珠》时，曾于 1946 年 5 月 27 日刊布《编辑室启事》，其中谈道："至稿费一项，亦于本月调整，大约千字以下者，每千字两千元；两千字以下者，每千字仍千元。"9 月 14 日的《稿约》又云："稿酬每千字自一千至二千，半月结算。"据此可大略推知。

④ 载《世界日报》1948 年 1 月 22 日第 4 版。

且与成中英的回忆出入更大。

综上可作如下判断：抗战胜利纪功碑的碑文四，本是重庆市参议会代表渝各界在"庆祝国府胜利还都"大会上宣读的颂词，初稿为成惕轩应邀所撰，即《还都颂》；后经参议会秘书田楚侨改削，乃成《还都赋》。二人（或其后裔）虽各留一词，但因分处两岸，时空乖违，无从对质，不过就此碑文而言，实为成惕轩、田楚侨合作完成。

五、本书的整理与编注

田楚侨的文字，除《高考指南》曾以专著梓行以外，大多散见于报章杂志，而散佚者更是为数不少，如《移居集》，系其和陶《移居》至四五十叠①；又曾以五言古诗记录日机轰炸成都事，约五六十纪②等，现均无从见。本书的选编大抵基于两个原则：一是以诗文创作和论学怀人的随笔小品为主，田楚侨任《世界日报》主笔时，曾撰有大量社评时论，均不选录。二是原刊毁损严重，大部分已难以辨识的篇章，也只能忍痛割爱。在此前提下，本书整理得出的作品，大体可分为四辑：

辑一"诗词骈赋"。田楚侨的旧体书写以诗歌创作为主，其中最为人称道者是《叹逝》。至于词、赋，则较少涉足，不过其《还都赋》虽是改作，却声动一时。

辑二"译诗与译论"。田楚侨自称其英文程度"实在有限得很，现在在我们学校里还在读普通英文"③，但能读懂雪莱诗歌原文，并能指正郭沫若的失误，实际上已远超一般水平。其论翻译的文字，在随笔中亦可偶见，但非专题论述，故未别择纳入。

辑三"随笔与杂论"。田楚侨旧学功底深厚，其论学的文章多为古典诗词。而其随笔，则主要体现在"果庵随笔""读诗偶拾""怀旧录"三个系列当中。其中"果庵随笔"所收文章，大致有三个来源：或以之为题发表的单篇小品，或以之为题发表的系列小品，或另题发表的单篇小品，现均归入"果庵随笔"

① 士苍：《怀旧录（十）》，载《世界日报》1946 年 5 月 4 日第 4 版。
② 士苍：《怀旧录（十八）下》，载《世界日报》1946 年 8 月 7 日第 4 版。
③ 田楚侨：《雪莱译诗之商榷》，载《创造周报》第 47 号，1924 年 4 月 5 日，第 15 页。

题下，并以发表时间为序，重新编号，如有原题，亦保留。"读诗偶拾"和"怀旧录"则是作者在《世界日报》副刊《明珠》上所辟专栏，迻录时也适当变更序号。其中"怀旧录"所怀者，一是就读于东南大学（中央大学）时的各位业师，二是蜀中有交往的部分学人。文中所记录的金玉良言，所刻画的形容声口，所讲述的逸闻趣事，多为一手资料，生动有趣，弥足珍贵。

辑四"高考指南"。原《高考指南》共分三编，甲、乙两编均系资料汇辑，唯丙编多出自田楚侨手笔，故本书仅录丙编，兼录序、跋，以显其首尾完足。

附录主要有三：一是"田楚侨著作系年"，尽最大努力呈现其著述概貌；二是"田楚侨的交游及有关文献"，所择人物，多与正文有关；所选材料，则多在正文之外，以补不足；三是"重庆市档案馆'民国档案'存田楚侨档案十六通名目"，可作进一步探究之用。

整理以保持原貌为主，其中对文字的处理主要体现在以下几个方面。一是田文的引语，大多参校被引者的原文录入，如有歧异，则通过注释说明。二是文中的错字、别字、衍字等，或保留，或径改，但亦加注释说明。三是文中勉强辨认所得的文字，或据语意补入的文字，以方括号示之；至于实在无从辨识的文字，如墨团、脱落等，则阙字存疑，以方框提示。文中出现的为一般读者所不知晓或甚难理解的词汇，包括人物、书名等，都有一定的注解。录自《世界日报》的文字，以重庆图书馆提供的胶片为底本，同时参校《民国时期报纸文艺副刊汇编》（第一编）第七八、七九册（李扬主编，广陵书社，2020 年版）予以补正。

熊飞宇

2022 年 8 月 13 日

目录
CONTENTS

辑一

诗词骈赋

登蒋山第一峰^①

绝顶登临望石头，六朝金粉剩丛邱。
云横远树谁家院，帆挂斜阳何处舟。
故国风尘惭作客，少年羁旅苦悲秋。
长歌怀古情无极，落叶空山满地愁。

---

① 载《国学丛刊》第 2 卷第 1 期，1924 年 3 月，第 150 页。

归家杂感①

乡村放②故旧，步行出东城。

故旧欣相见，相与话别情。

嗟彼东邻子，弃农从军行。

何曾识一字，剑佩跻尊荣。

恨我无长男，日夕有数惊。

怪君［读］诗书，归来寂无声。

何不舍兹去，及时立功名。

余闻长叹息，戎马何时平。

---

① 载《国学丛刊》第 2 卷第 1 期，1924 年 3 月，第 150—151 页。

② 放，应是"访"之误。

秋　兴[①]

　　秋夜无聊，检读《国学丛刊》所载之《夏庐诗钞》，其"龙华镇观桃花，循江山游眺"一首[②]，心尤喜之，以为非寝馈于汉魏六朝者不能为也。因步其韵，仿作秋兴，未能脱化于字句，遑云拟其貌，得其神？邯郸之诮，知所难免矣。

　　　　　原野渐萧条，垂杨凄以碧。

　　　　　西风吹阴云，白日竟成夕。

　　　　　浊土不一坏[③]，黄尘起千尺。

　　　　　素丝着污泥，欲赴秋江涤。

　　　　　风雨趣鸡鸣，浩歌怀古昔。

　　　　　歌苦不解愁，愁随落叶积。

　　　　　徘徊江南道，羁旅暮何适。

　　　　　愁使霜发添，憔悴空自惜。

---

① 载《国学丛刊》第 2 卷第 1 期，1924 年 3 月，第 151 页。

② 此即胡光炜《庚申二月二十九日，龙华镇观桃花，循江上游眺》，诗云："采春春已迟，稍叹芳林碧。余霞照空江，落日不成夕。翦锦犹十里，如练定几尺。青袍承缤纷，忍付寒流涤。枯菀讵天心，成蹊徒在昔。思随白鸟远，怨与红英积。吴淞似潇湘，烟波暮何适。不见汀州人，无言持自惜。"刊于《国学丛刊》第 1 卷第 1 期（第 129 页），1923 年 3 月初版发行。"庚申二月二十九日"，即 1920 年 4 月 17 日。该诗初刊于《东方杂志》（*The Eastern Miscellany*）第 17 卷第 21 号（第 92 页），1920 年 11 月 10 日发行，题作"三月廿九日，龙华镇观桃花，循江上游眺"。出游时间虽异（据桃花花期，以农历"二月二十九日"为宜），但"江上"（而非田楚侨诗小序之"江山"）则无疑问。胡光炜（1888—1962），字小石，号倩尹、夏庐，晚号圣同、沙公，以字行。

③ 坏，或当作"抔"。

记某农人（并序）①

　　吾乡南川，僻处蜀陲，毗连黔疆。暴军污吏，相缘作奸，辄迫人民，遍种罂粟，以征重税，每年坐是死者实繁有徒。今夏归乡，闻乡人述其事，为之唏嘘泣下。客游金陵，岁暮无聊，念天下穷民之无告，正不知凡几，因择所闻之尤感余心者，作为诗歌，以纪其事，借以发泄沉冤幽愤于万一，备世之君子者省览。盖非其文足传，亦其事可悲也。民国十二年除夕前二夕，楚侨自识。

乡有穷夫妇，努力事东菑。
一生多辛苦，垂老抱两儿。
烟税催收急，军吏猛毒蛇。
捉夫官里去，夫妇相别离。
女子薄能力，家中绝晨炊。
两儿牵衣哭，母兮儿已饥。
儿啼不忍闻，母饥不可支。
儿饥则呼母，母饥当告谁。
天不雨白米，夫归又无期。
人道苦如此，我生亦何为。
顽石投火中，烧饼其在兹。
儿兮慎相守，母去浣儿衣。
石白似烧饼，小儿容易欺。
相将守炉火，阿母自缢时。
阿父自外至，母死儿不知。

---

① 载《国学丛刊》第 2 卷第 2 期，1924 年 6 月，第 148—149 页。

问儿何为者，儿母何所之。
既见炉中石，泪眼锁愁眉。
既见梁上人，伤心彻肺脾。
妻死夫失助，母死儿何依。
两儿载两足，同堕池塘西。

岁暮杂感①

谁言松与柏，后凋傲岁寒。

念我远行客，岁暮怯衣单。

残年亦云已，飘零何时还。

新诗吟太白，大雪卧袁安。

被中得佳句，欲写墨已干。

杯中有美酒，未饮心先酸。

北风何萧瑟，凛然彻肺肝。

含杯坐拥被，微吟起长叹。

我欲西归去，蜀道多艰难。

我欲长处此，江南寡所欢。

去住两不可，谁云天地宽。

浮云无颜色，流水无波澜。

百草尽憔悴，长夜正漫漫。

志士惜日暮，愁人恨无端。

梅花一树发，清绝尚堪看。

---

① 载《国学丛刊》第 2 卷第 2 期，1924 年 6 月，第 149 页。

携太白集至梅庵访梅花，因怀太白①

闲倚梅花树，高吟太白诗。

清香与佳句，同时沁我脾。

我爱梅花正含苞，我爱太白意风豪。

梅花一枝尚堪折，诗魂茫茫不可招。

我欲北登日观峰，峰高可与蓬莱通。

因之跪询谪仙子，尔诗何为夭矫如神龙？

神龙人间无从见，眼前看取六朝松。

长言短言脱口出，老干苍枝绕碧空。

古雅攀风骚，秀丽撷六朝。

醇酒美人托壮气，游仙游侠标清高。

嗟余迟生一千年，不及与君相周旋。

杯酒遥空奠君魄，梅花树下抱书眠。

---

① 载《国学丛刊》第 2 卷第 2 期，1924 年 6 月，第 149 页。

春日感怀①

我来江南地，再见桃李菲。

如何玉颜人，一去不复归。

行坐念往事，往事成依稀。

辗转托梦寐，梦寐苦相违。

灭烛无遗影，断弦无余音。

黄鹤渺千里，翮翮伤我心。

伤心如杜宇，春来辄哀鸣。

相思如秋草，春至历乱生。

---

① 载《国学丛刊》第2卷第3期，1924年9月，第118页。题下署"甲子"，其写作时间当为1924年。

冬日登豁蒙楼望玄武湖，感怀时局并呈筱石师①

危楼缀山腰，横窗列钟麓。

脚底千树竦，登之豁蒙目。

衰草变黄沙，苍茫掩平陆。

北湖一镜悬，依城几纡曲。

朔风胶渌水，皑皑明如玉。

照日生寒光，尘襟为一沐。

荷梗乱掩倚，冥冥鹭飞宿。

水干阁行舟，菱歌几时续。

菱歌换军吹，其声凄以酷。

掩耳不忍听，此中有歌哭。

古今石头城，战伐苦不足。

恩怨谁相忘，祸福成倚伏。

早晚东风来，湖光摇万绿。

城南劳时客，付汝泪一掬。

---

① 载《国学丛刊》第 2 卷第 3 期，1924 年 9 月，第 118 页。题下亦署"甲子"。

咏 泪[①]

谁欤伤心泪，聚沫成海水。
水咸不可饮，泪下不可止。
一旦昏日脚，白盐晒千里。
海水一已枯，汝泪死未死。

　　《淮海词·江城子》袭李后主"问君还有几多愁，恰似一江春水向东流"词意，翻为"便作春江都似泪，流不尽许多愁"之句。较之《三百篇》"泣涕如雨"，可谓更胜一筹。唯眼泪味咸，西洋诗中尝以比诸海水，据予狭陋之见闻，中国诗中尝无此种比拟。盖中国诗人，少见大海，即咏海之作，除木玄虚、张融《海赋》外，亦不多见，故未能辨其味也。作后附志。

---

① 载《国学丛刊》第 2 卷第 3 期，1924 年 9 月，第 118—119 页。

冬夜杂诗二首①

月光寒欲死，一灯夺其晖。
徒照游子眠，不照魂梦归。

一灯小才豆，对之起相思。
红颜与煎尽，问君知不知。

---

① 载《国学丛刊》第 2 卷第 3 期，1924 年 9 月，第 119 页。

法曲献仙音①

寒月流霞，夕阳连雨，秋色偏宜钟阜。树拥高台，地留金粉，江山形势依旧。奈客子伤羁旅，淹留雁归后。

莫攀手，抚池边、几株衰柳。看绿水，早被西风吹皱。波上气盈盈，待凌空，化作浓酒。劝醉江枫，把萧萧落叶红透。更千杯相压，醉得愁人消瘦。

---

① 载《国学丛刊》第 2 卷第 3 期，1924 年 9 月，第 125 页。

绮罗香①

客久穷诗，秋深病酒，司马而今游倦。镇日无柳，愁里有谁相伴，正暮雨、点点凄凉，又黄叶、萧萧零乱。甚江南、一片秋思，柳丝未断已肠断。

何时故国重见？休把危楼独倚，归期空盼。极目天涯，恐遇寒塘孤雁。趁回风、缓舞低飞，载不起、年时幽怨。住衡阳、只许春前，望衡阳尚远。

---

① 载《国学丛刊》第 2 卷第 3 期，1924 年 9 月，第 125 页。

喜　雨[①]

时雨如故人，迟迟久不至。

打门报佳声，未见心先醉。

明朝定起早，枯禾看生意。

腹也知不负，园蔬别有味。

不处陇亩中，安知水为贵？

天公信可期，甘霖布嘉惠。

东夷岂足平？大有已连岁！

此雨国存亡，喜极欲下泪！

灯花如许红，照我入梦寐。

---

① 载《文史杂志》第 1 卷第 9 期，1941 年 8 月 1 日，第 27 页。

仲夏久旱，小雨后大雨继作，喜述①

小雨如醇醪，饮少不尽兴。

又如名山游，未能抵其胜。

土块湿未透，遑言水如镜？

出日逾杲杲，蹄涔更无剩。

行田如蹙额，父老空相庆。

问天天无语，岂其改朝令？

此雨云托来，云散怪风横。

云起蔽天时，雷亦声相应，

势若倾盆降，立起枯禾病。

口惠乃无实，多言岂为政！

恐天恶作剧，或由民不敬，

欲惩膏粱客，稍延牲畜命。

文告禁屠杀，龙潭申祷请，

举网捞得虾，天乎果我听。

禾黍雨连朝，油油绿相映。

晴久逢一雨，岂关尘与净！

仁术固无伤，呼天况人性。

驯良陇亩民，所虑尘生甑。

万一再不雨，抚宇穷贤胜。

旧谷早已没，新麦旋复馨，

此时乃获救，可喜逾前定。

天信难共期，天实幽且夐。

筹荒宁备灾，愿思汉唐盛。

---

① 载《文史杂志》第 1 卷第 9 期，1941 年 8 月 1 日，第 61 页。

久雨放晴[①]

苦雨连宵喜放晴，凄凄风露欲三更。
弥天云雾归何处，独立楼头看月明。

---

① 载《世界日报》1946 年 3 月 10 日第 4 版。

寄惕轩①

初逢便相得，重见更相亲。
近日为长句，如君有几人。
解嘲应作赋，忍口不□贫。
浊世清难饱，伤哉凤与麟。

---

① 载《世界日报》1946 年 3 月 31 日第 4 版。

晚　眺[①]

微醉晚风夕照间，闲云着色共斓斑。
回红转白成飞瀑，此是残霞尽后山。

① 载《世界日报》1946 年 4 月 7 日第 4 版。

答黄惠威①

　　"落拓人闲一楚侨，九天珠玉灿吟毫。移居明岁知何处，可有闲情再和陶。"此湘中黄惠威同年去岁除夕见怀之作也。过情之誉，迟迟未答，深秋风[阔]，又将移居。余怀[凄]然，赋此以报，并简南泉同门诸子。

怀人除夕笔如飞，遥寄清诗兴婉微。
如我疏慵合落拓，问君裘马可轻肥。

故里移居类转蓬，守株问舍计成空。
闲情豪气销都尽，剩有毛锥赋送穷。
风雨中宵感索居，寒灯坐对暖相虚。
[拘]濡久已无书札，若忆年时同队鱼。

除夕怀黄惠威同年[①]

桂枝同折事依稀，故友难忘黄惠威。
除夕又逢应忆我，洞庭兵满将安归。
闲看须发未全老，为爱林泉早拂衣。
莫共成侯嗟近遇，一官原与存心违。

自注：时余应桃未得。成侯指惕轩也。

---

① 载《世界日报》1946 年 4 月 14 日第 4 版。

离家杂诗①

路限邮程忍渴饥，寒深客舍自添衣。
登车辄作经年别，□与邻儿早晚归。

纵使兹游食有鱼，冬来乐事已②成虚。
炉灰拨火红偎暖，灯穗含花夜读书。

闲居屡有北门叹，临别却添东海愁。
明早一车摇醉梦，红灯雪浪望渝州。

自注：此题原十余首，曾呈杨沧白先生，"偎暖"原③作"生暖"。又"登车"原作"一行"，"邻儿"原作④"邻人"，此则胡筱石师所改定者。

---

① 载《世界日报》1946年4月27日第4版。
② 原作"己"，径改。
③ 原作"夜"，径改。
④ 原文为"作原"，径改。

四楚侨文存

寄惕轩同年南京借用潘伯鹰君怀伯建韵①

壮心廖落已无多，对酒思闻白下歌。
藻誉清名输故友，东涂西抹老阿婆。
同盟望治吾方乱，外患初宁内若何？
傥许相逢太平日，会当一舸送江波。

---

① 载《世界日报》1946 年 8 月 30 日第 4 版。

危　楼①

危楼有客肯频登，移疾我如退院僧。
官舍鸡栖原不恶，太仓鼠食问何能。
荡胸窗列高低□，缬眼光摇远近灯。
地夹双江居胜处，与君同酌看崩腾。

---

① 载《世界日报》1947 年 4 月 26 日第 4 版。

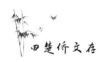

春坪临问，出示见和新作，戒勿浪传，东归之意，亦形言外。次原呈仲云老韵奉和①

百里家山隔几层，眼光时欲上峻嶒。

双江若雾藏身久，一片流霞入梦仍（故乡金佛晚霞）。

从政固应工赋芋，思归只为拙摸棱②。

病同落落公怜否？政有诗篇怕口腾！

---

① 载《世界日报》1947 年 5 月 11 日第 4 版。

② 原文作"梭"，有误，径改。

四叠莞韵，写赠伯建并寄鹰公海上①

趁走今宜停，文史日遮眼。

簿书与期会，残叶秋风卷。

因病翻得闲，不材本樗散。

俭腹斗险韵，故籍搜新典。

坠车不自惩，夜酌仍引满。

半酣一长吟，此乐胜加冕。

醒时还自评，画虎乃类犬。

许子真可人，一见吐诚款。

说诗善潘公，愿凭通缱绻②。

我病勤求药，傥不吝一盏。

巴渝固旧都，嗟余来也晚，

惜哉天下士，一水阻清浅。

平生有师友，思之徒怀愐。

存没昔奖借，今宜作何茧。

岂如鼎足折，乃似春蚕偃。

消息况更恶，伤心字排版。

微息仰高鼻，儿戏近濔沔。

交邻岂无道，舂米不同饭。

廉蔺千载人，宏细含江畎。

谁欤济艰危，令我辈一莞。

---

① 载《世界日报》1947 年 5 月 25 日第 4 版。收入许伯建《补茅文集》（《补茅文集》编委会 1998 年印，第 96—97 页），题作"四叠莞韵，赠伯建并寄鹰公海上，时余伤足病卧"。关于田楚侨伤足一事，《世界日报》1947 年 3 月 29 日第 4 版《饮河》世字第一期亦有元佛《楚侨堕车伤足奉讯》："维摩示病原无病，灵运离家胜有家。一事天全深费解，堕车何故异南华。"

② 原文作"遣绻"，有误，径改。

用伯建韵，并寄鹰公、守一，请为转［呈］行老①

斯人不合久江湖，犹记南雍睹鬓须。

走卒儿童亦相识，门生戚旧傥同扶。

昂藏文字归淹雅，郁勃肝肠肯嗫嚅。

济世终须廊庙器，喜看桃李已连株。

---

① 载《世界日报》1947 年 6 月 8 日第 4 版。

惕轩有诗见寄，次韵奉和①

病里光阴敢告劳，短檠细字阅牛毛。
喜闻莲幕膺新命，回首花溪忆旧巢。
同学共推长句好，清名早比一官高。
书生作郡非今日，但愿王祥解佩刀。

---

① 载《世界日报》1947年6月8日第4版。

叹　逝①

死已隔重泉，形影在我梦。

谁谓梦咫尺，觉未远于宋。

幽魂定暗泣，向壁一灯冻。

经年病肺卧，贫况朝夕共。

慰汝空百端，别汝缺一送。

固知士不遇，偏寡天所弄。

嗟汝凰何辜，择对得衰凤。

弱羽一从风，力微不能控。

伤心盖棺时，再视了无缝。

僮仆增我悲，清泉入眼供。

今春客舍寒，落魄仍自讽。

更贫君应怜，诗外无所贡。

---

① 载《京沪周刊》第 1 卷第 22 期，1947 年 6 月 8 日，第 16 页。对于此诗，《饮河》世字十一期"吟俦书简"之二《伯鹰与蟫庵》（载《世界日报》1947 年 8 月 26 日第 4 版）云："楚侨《叹逝》之作，深情［共］语，［并］能出之自然，此境良不易到。诗［虽］佳矣，情何以堪，恨无以慰之。"

病中读散原诗集，忆伯沆师[1]

妻儿久已厌长吟，共说耽诗病转深。
异味端如尝鼎指，前身合是蠹书蟫。
留魂王版师儒影，绝命危城耿介心。
回首当年勤教诲，窗飘凉雨汗涔涔。

---

[1] 载《世界日报》1947 年 6 月 21 日第 4 版。

病中杂述①

绿波初与草争妍，一病黄流涨百川。
壁上钟听声滴答，楼头地供客回旋。
残编把手成滋味，好梦依衾乱醒眠。
今朝睡足书亦饱，翻觉平生无此便。

日饮无何饭饱尝，睡余闲味觉初长。
灯红入夜翻摇白，茶绿沉瓯渐转黄。
排闼江风梳鬓影，支床病骨浴山光。
明来更有清谈兴，分我危楼傍晚凉。

卧壁亲书等闲关，当窗风物占余闲。
暮云漏日翻鸦背，绿树和烟压屋山。
浊世黄流同滚滚，故创新泪认斑斑。
诸公定有弭兵策，莫放幽忧上病颜。

山家隔岸入云深，凉满危楼坐拥衾。
莽莽黄流□青眼，堂堂朱夏耿秋心。
凄迷剩有呻吟好，和煦难凭瘩痳寻。
残日微明还掩雾，起窥万瓦雨沉沉。

---

① 载《世界日报》1947年7月7日第4版。

次韵再呈孤桐公并柬尧放①

又陵而后一通儒，老亦耽吟罢著书。
偓赛②固宜世难用，倾危终望力能扶。
曾翻蛮语穷名法，谁镇群愚使嗫嚅。
柯叶清阴终不改，豫章同是有根株。

---

① 载《世界日报》1947 年 7 月 23 日第 4 版。
② 偓赛，应是"偓蹇"之误。

骄儿家乐①

人说中年念儿女，况儿眉目颇清扬。
避兵曾舍千金抱，多病欣看五尺长。
为鲜同生稍纵恣，□谈故事尽荒唐。
最怜面浼涂鸦手，挟册初归自学堂。

---

① 载《世界日报》1947 年 8 月 11 日第 4 版。

感　事①

高唐魂梦阻嵯峨，懊恼情怀尔汝歌。
骚背空思长指爪，成桥忍坏旧风波。
莲擎龙日纷难解，药盗瑶池恨转多。
不信［弯］弓穿伯羿，还留丛桂影山河。

---

① 载《世界日报》1947 年 8 月 26 日第 4 版。

次和尧放林园观梅①

围棋永忆谢家安，别墅何时一倚栏。

唱凯东归剩坏②土，烂柯游戏苦旁观。

水连沧海春仍在，暖绽疏花岁更寒。

如对名篇了无感，木人谁与刻心肝。

---

① 载《世界日报》1947年9月28日第4版。

② 坏，或当作"抔"。

共饯春坪分得□字①

何时入中年，故友惊乖隔。

亦有新知乐，谁欤他山石。

纳交得李侯，共推文章伯。

唱高余和难，盛奖动颜色。

此游未［可］保，赏心乐晨夕。

忽以别期告，一官等呼役。

平生衣食累，空慕陶彭泽。

吾侪具可怜，其□不咫尺。

无计强君［留］，且复共离席。

刘侯以车来，午抵许侯宅。

秋阳晒园林，饯此远行客。

凉风响庭桐，笑谈未改昔。

离念挟酒杯，余醉凄肝［肠］。

入城灯已繁，分手犹恻恻。

侧闻□南窜，似有渡江策。

君舟顺流下，傥不受促迫。

柯侯怀隐忧，扰蜀恐伺隙。

君来视妻儿，归途将母窄。

飘忽速如鬼，伤哉此毒螫。

衮衮筹策良，所望录一得。

须令本根固，去住各安适。

莫使我辈人，吟诗呼可惜。

① 载《世界日报》1947 年 10 月 15 日第 4 版。

送别春坪二首①

他乡久作故乡看，知子沉吟去住〔难〕。
会合翻愁留海上，分携□怯到江干。
重阳有酒不同酌，赓唱为诗谁发端。
马队结邻成约在，归欤莫更恋微官。

白下中秋月共看，归从万里杂悲欢。
湖山重入生花笔，虾蟹应供佐酒餐。
薄宦由来无定住，余波何事竟相干。
可怜梦里还思蜀，夜拥单衾渐渐寒。

---

① 载《世界日报》1947 年 10 月 15 日第 4 版。

次春坪韵送行并寄泗英①

嗟君一去马空群，为河何时韵再分。
剩有新篇来蜀道，转挥薄酒醉斜曛。
才甭待说命难□，后勿相忘私所云。
仁看图南飞健翮，好贤府主旧知闻。

———————————

① 载《世界日报》1947年11月15日第4版。同版有刘泗英《喜春坪至，兼柬楚侨》："秋风海上感
离群，怕听骊歌袂又分。巴国初来迎紫气，金陵人至带斜曛。是谁画壁诗争唱，有客临歧意莫云。
〔我〕愧孟尝能礼士，流传乡里只声闻。"

社集李氏园补作，重阳①

当年此地是长安，复国功成民力殚。
赋役难从兵后免，江山只合雾中看。
茫茫谁复知天意，落落吾将老冗官。
剩爱诗新来苦觅，可怜高处不胜寒。

---

① 载《世界日报》1947年11月30日第4版。同版有王存拙《奉尘（呈）果庵先生》："九日情无极，登高偿俊游。云涵经宿雨，花送隔年秋。记室鉴疏放，清吟许献酬。迷阳多怅触，倚杖望神洲。"

次韵奉酬鹓雏师①

师□相知阙瞻对，百无一似只家贫。
言诗早已蒙推毂，居上何曾类积薪。
闵乱心情应惘惘，操觚事业肯陈陈。
高秋鹰集初飞击，薶拔霜清望此人。

———————
①　载《世界日报》1947 年 12 月 13 日第 4 版。

次韵奉酬惕轩^①

冷肆寻书夜始归，吟朋载酒时相依。
长安见说薪如桂，故友谁怜瘦胜肥。
出手雕龙休自喜，枪榆有鸟笑高飞。
重阳兴已催租败，刀尺寒催未剪衣。

---

① 载《世界日报》1947 年 12 月 13 日第 4 版。

社集秋禊李氏园二首[①]

闻说名[园]病已兴，车如快马踏骏[螬]。

九秋节特同迟暮，一岁朋旧有减增。

云淡初收[开]月雨，山高远接隔江灯。

支筇松下愁泥滑，绝顶追随力未胜。

苍颜润酒断难酲，海上流人近若何。

隔岁登临留踏雪，得年须鬓对穿梭。

[囊]难添句腐陈耳，我亦犹君[盘]错多。

至竟明珠非按剑，主宾酬唱有高歌。（春坪与泗英近有酬唱）

---

① 载《世界日报》1948年1月3日第4版。

重阳后社集并宴元佛伯祥（得事字）①

佳节数重阳，风雨乃为祟。

良会阻泥泞，望空欲谁□。

诘朝晴出游，名园期共莅。

寥寥主与宾，相约反相避。

风物助凄清，友生叹离异。

虚堂黯无欢，苦劝成薄醉。

江山入酒杯，［恶］吐狼籍字。

哀时余何□，悲秋已无泪。

八咏［转］放歌，杂乱无伦次。

忠厚望相知，［药书］日［期］至。

庶几蓬生麻，社集敦古谊。

生长各东西，集社亦匪易。

况有佳客来，宠［导］百朋赐。

杨子狷□徒，清波激诗思。

固知大匠门，陶铸无小器。

王子能蛮语，浮海可为使。

时趋未肯逐，古籍素所嗜。

往来各已久，谬许同气类。

共为林下游，欣然能把臂。

官舍隔市［声］，阴墙花自媚。

酒肴虽云薄，谈笑颇尽意。

重阳补今朝，视昨更为备。

---

① 载《世界日报》1948 年 1 月 22 日第 4 版。

登高莫苟求，避世早无地。
吟边恣放浪，聊取人所弃。
且共今日欢，安知明日事。

陪都纪功碑①

始有嘉名遍中外，纵教苦雾日蒸腾。

十年城郭阅歌哭，一代江山支废兴。

南渡从来愁北国，东还宜早固西陵。

摩天但愿碑长好，用蜀须防楚亦能。

---

① 载《世界日报》1948 年 1 月 22 日第 4 版。

还都赋①

倭虏既降之明年,禹甸重光,卿云复旦;甲兵净洗,黎庶腾欢。日暖旆旌,拂鸣驺于道左;春融原野,长芳草于江南。维时国民②政府主席蒋公,将自陪都,言旋京阙,于是都人士女,相与摛词,赞事以虔,致其思慕之诚③曰:

盖闻地灵人杰,美相得而益彰;地利人和,功庶几其克④奏。欲建非常之事业,必资奇伟⑤之山川,故楚以汉水为池,秦有殽函之固。金牛凿道,一夫足以当关⑥;胡马窥江,天险不容飞渡。守国之要,于史可征。矧乃变起强邻,荐食上国;辽海迷归来之鹤,津桥咽凄厉之鹃。铁锁已沉,金瓯待补。有不建瓴审势,经野制宜,而能茂育群生,恢复疆宇者哉?方倭虏之犯我燕蓟也,疮痍未收,强弱异势;凶锋所及,毒雾漫空。北门之锁钥既隳,南国亦桑田化劫。于时三军掩泣,八表同昏;国步艰难⑦,人心滋惧。主席渊谟独运,烛照无遗,知西南关系国族之安危,巴蜀又为西南之根本,乃以重庆为战时首府,指挥军旅,掌握枢机。据长江之上游,控沃野之千里。于是辟途术,广市廛,百堵俱兴;千庐内附,涂山展觐,聚万国之衣冠。葵丘会盟,森四强之壁

---

① 原题《陪都各界庆祝国府、恭送主席胜利还都纪念》,系抗战胜利纪功碑碑文四。参见黎甯:《抗战胜利纪功碑之建筑》,《新重庆》第 1 卷第 3 期,1947 年 7 月,第 44—45 页。《新重庆》发行人:辜达岸,编辑人:蒋用宏,发行所:新重庆社(重庆市政府内)。

② 《新蜀报》1946 年 4 月 25 日第 3 页《庆祝国府还都恭送主席颂词》作"民国",应是手民之误。

③ 《中央日报》1946 年 4 月 25 日第 3 版《恭送蒋主席还都大会胡议长恭读之颂词》与《新蜀报》均作"相与摛辞赞事,以虔致其思慕之忱"。

④ 克,《新蜀报》作"免",当有误。

⑤ 奇伟,《中央日报》与《新蜀报》均作"雄秀"。

⑥ 《新蜀报》作"足当以关",有误。

⑦ 艰难,《中央日报》与《新蜀报》作"维艰"。

至；舳舻蔽海，鼓角鸣秋，重瀛急汗马之趋奇。陈列捕鹿之势①，穷追逋寇，生缚降王。复九世之国仇，高张汉帜；苏万方之民困，重履康衢。重庆得定陪都，市民同瞻胜利。匪惟普天下之大庆，实亦旷代之殊荣。粤稽陈编，蜀号天府；山横玉垒，峡锁瞿塘；北接秦关，南通湘楚。莽郊原其蕃膴，郁林壑之幽深。地长黍禾，家饶橘柚。锦濯江头之水，盐煮地下之泉。火井则葛相之所窥，离堆则李守之所凿。富缘丹穴，酒著郫筒。蹲鸱伏于岷山，竹杖市于身毒，是其货财充牣，方物阜滋，无惑乎秦汉倚之若宝藏，魏吴相与为鼎足。而南宋之世，轮②纳财赋，半天下焉。黔黎聚居，忠勇奋发。前歌后舞，伐纣赖巴蜀之师；刎颈断头，守城著将军之节。魏公相业，冠绝③临安；允文军功，比于淝水。此俱不世之绩，足以光耀寰宇④者。再就文教言之：文翁普⑤弦诵之化，相如俪⑥词赋之雄。高蹈唐初，扫陈隋之浮艳；蜚声宋季，蔚轼辙之清华。伯生无对于金朝，升庵独步于明代。乃至⑦杜黄侨寓，范陆咏歌，靡不借助于江山，用以发抒其神思。语其食货既如彼，论其人文又如此。蕴蓄之厚，殆罕比伦！故自军兴以来，人怀自效。毁家纾难，争输卜式之财；御侮请缨，甘化苌弘之血。磨墨盾鼻，淅米矛头；足食足兵，再接再厉。重庆近瞻枢府于咫尺，叠受寇机之侵凌⑧。庐舍半成废墟，良田鞠为茂草。坚城屹立，众志不渝，卒能外促敌国之覆亡，内副邦人之薪望。斯则天开景福，时际会昌。非假神明之奥区，无以膺兹艰巨；非赖挺生⑨之人杰，亦无以光此河山也！唯是建国伊始，万绪纷陈，用兵之余，百废待举。国家所期待于重庆者，将与日以俱新；而重庆所仰赖于国家者，更方兴而未⑩艾。允宜隆陪京之体制，树宏业之规模。卧虹影于清波，河梁永峙；趋凫舄于彼岸，舟楫靡劳。所谓两江铁桥

---

① "重瀛急汗马之趋奇。陈列捕鹿之势"，《中央日报》与《新蜀报》作"重瀛急汗马之趋，奇阵列捕鹿之势"。
② 轮（輪），《中央日报》与《新蜀报》作"输（輸）"。
③ 冠绝，《中央日报》与《新蜀报》作"冠于"。
④ 寰宇，《中央日报》与《新蜀报》作"寰区"。
⑤ 普，《新蜀报》无此字。
⑥ 俪，《中央日报》与《新蜀报》作"称（稱）"。
⑦ 《新蜀报》此处有"与"字。
⑧ 侵凌，《中央日报》与《新蜀报》作"侵陵"。
⑨ 挺生，《新蜀报》作"挺立"。
⑩ 未，《新蜀报》作"来"，有误。

者，实望助以大力，早观厥成。至于三峡水闸之新修，成渝铁路①之续建，邦国同利，垂注应劳。他如市廛之整洁繁荣，垄亩之休养生息，工商之救济，教育之振兴；庶政虽属地方，提挈端赖枢府。会值还都之日，弥殷献曝之诚。鸿泽永怀，等江河之浩浩②；骊歌载唱，正杨柳之依依。所冀旌节常临，幨帷再驻；耀钟山之夜月，蟾魄无私；被蜀道以春风，燕居有庆。万邦和协，看③永平东海之波；百岁康宁，请共上南山之颂。

附：成惕轩《还都颂》

　　倭虏既降之明年，区宇乂宁，众庶悦豫，上歌下舞，蹈德咏仁。日暖朱旗，拂鸣驺于道左；春融碧野，长芳草于江南。维时国民政府主席蒋公，将自巴渝，言旋京阙，于是都人士女，相与撜辞赞事，以虔致其思慕之忱曰：在昔风尘江左，召五马之南来；鼙鼓渔阳，动六龙之西幸。患遗赤县，庇失苍生，固无论矣。若夫迁都改邑，盘庚以之中兴；避狄居郊，太王因而创业。然或询谋于灾祲之后，遵养于屯晦之时。仅致阜康，未张挞伐。虽汉昌火德，北靖匈奴；唐震天声，西平突厥。要亦力穷边徼，事局方隅，从未闻荡涤妖氛，奋扬武烈，重光禹甸，尽剪胡雏，有如今日之盛者。此盖由我主席识洞几微，忧深宵旰，即戎之教，早渐于七年；军实之储，预讨于平日。外修信睦，驰九译之狄鞮；内振纲维，肃三章于象魏。用是天人合应，遐迩通情，星拱北辰，马来西极。奋熊罴④之多士，殪蛇豕于中原，合彼苍昊之军，还我黄龙之府。胜残去杀，除旧布新，开万世之太平，为生民所未有。夫地灵人杰，美相得而益彰；地利人和，功庶几其克奏。欲建非常之事业，必资雄秀之山川，故楚以汉水为池，赵有井陉之隘。丸泥函谷，一夫便足当关；天堑长江，千骑不容飞渡。守国之要，于史可征。况乃变起强邻，毒痛上国，辽海迷归来之鹤，津桥咽凄厉之鹃。铁锁已沉，金瓯待补，有不建瓴设备，经野制宜；而能茂育群生，恢复疆宇者哉！方倭虏之犯我燕蓟也，户庭洞开，强弱异势；凶锋所及，乐土为焦。北门之锁钥既隳，南国亦烽烟告警。于时三光敛曜，八表同昏；龙虎失其踞盘，犬羊据为窟宅。沧海幻桑生之劫，故墟闻麦秀之歌。天步方艰，

---

① 铁路，《中央日报》与《新蜀报》作"铁道"。
② "曝""等"二字，《新蜀报》错简。
③ 看，《新蜀报》作"真"，有误。
④ 应是"罴"或"羆"之误。

人心滋惧。主席渊谟默运，烛照无遗。知雍梁关系国族之安危，巴蜀又为雍梁之根本，乃眷西顾，作我上都，以重庆为战时首府。涣汗大号，光昭四方，扼长江之上游，控沃野之千里。于是缮城郭，谨关津，广市廛，辟涂术，恢其旧制，焕若新邦，百堵具兴，四门载穆。荜路蓝缕，极缔造之艰难；茅茨土阶，返淫奢为淳朴。务商君之农战，作晋国之州兵，所贵惟贤，所宝惟穀。取之以道，用之以时，德音播于管弦，膏泽洽乎黎庶。赫然一怒，张我六师，莅葵丘以主盟，儆棘门之儿戏。旌旗耀日，鼓角鸣秋，重瀛急汗马之趋，列阵亘搏蛇之势。穷追逋寇，生缚降王。复九世之国仇，高扬汉帜；苏万方之民困，再睹尧天。重庆忝列陪都，欣传凯唱，匪惟普天之同庆，实亦旷代之殊荣。粤稽陈编，蜀号天府，通夷始于司马，出师著夫卧龙。秦汉基之以代兴，魏吴相与为鼎足。石室溥弦歌之化，玄亭称词赋之雄。蔓子成仁，炳将军之毅烈；眉山竞爽，蔚学士之清华。固已早为文教之邦，形胜之地矣。至其东邻郧郡，北接秦关，郁峡谷之幽深，芬郊原其蕃庑。家饶橘柚，地盛桑麻，筇竹杖轻，郫筒酒美。锦濯江头之水，盐煎井底之泉。蹲鸱遍伏于岷山，寡鹄致富于丹穴。是又宝藏充牣，土物丰穰，宁彼硗确之区，所可同日而语哉。军兴以来，人怀自效，毁家纾难，争输卜式之财；报国请缨，甘化苌弘之血。飞挽刍粟，驰骋沙场，百战曾经，九死无悔。重庆近瞻枢府于咫尺，迭受寇机之侵凌，毒鸢退飞，哀雁丛集，坚城屹立，众志不渝。卒能返汶阳之旧田，归赵庭之完璧。河山无恙，蚕丛自固于岩疆；日月增辉，蜃气已消于海宇。斯则天开景运，时际昌期，非假神明之奥区，固无由济兹艰巨；不有挺生之人杰，更无以光我玄灵也。惟是建国伊始，百绪纷陈；用兵之余，千疮未复。国家所期望于重庆者，将与日以俱新；而重庆所仰赖于国家者，正方兴而未艾。允宜隆陪京之体制，树宏业之规模，卧虹影于清波，河梁待建；趋凫舄于彼岸，舟楫犹劳。所谓两江铁桥者，实愿假以大力，竟其全功。他如三峡水闸之创修，成渝铁道之兴筑，必加督课，始克观成。爰趁元戎返斾之辰，窃附野人献曝之义，粗陈涯略，用效涓埃。所冀旄节常临，幨帷再驻，识旧时之鸡犬，定比新丰；数开国之鱼凫，无忘蜀道。万邦和协，看永平东海之波；百岁康宁，请共上南山之颂。①

---

① 成惕轩著，龚鹏程编，刘梦芙审订：《楚望楼诗文集》，黄山书社，2014 年版，第 421—423 页。

辑
二
译诗与译论

西风辞

（Ode to the West Wind）①

读英国诗人雪莱（Shelley，1792—1822，为英国三大浪漫诗人之一）《西风辞》，觉其感情之浪漫，想像之丰富，音节之激越，唯《离骚》《九歌》差堪仿佛。郭沫若君译之（见《创造季刊》第一卷第四期），亦能一仍原文，曲折达意。唯文为散体，殊失外美。过重直译，有难索解。因参以己意，译为歌行。歌行在诗体中为最难，持以译诗尤难。兹篇之作，或贻画虎不成之诮，未可知也。原诗为十四行体（sonnet），共分五节（stanza），第一节叙风与落叶，第二节叙风与空中之云，第三节叙风与海中之水，第四节首数行总括前三节，后则叙其痛苦，第五节叙其希望。此其大概也。全诗以二、三节为最难译，因其写景微细而详尽，中国诗体甚难曲达。然此种难能，究属绝对，抑系译者之艺术训练，则吾于此时，尚未能自断矣。

一

嗟汝猛烈之西风兮，伊三秋之烟煴。汝至而吾不知兮，唯见落叶之纷纷。落叶飞扬何其速，纷纷遁逃如鬼神；惨红淡白无颜色，如中流行之妖氛。吹种子于荒郊，葬死人于新坟；待春光兮明媚，发丽色与香芬。吁嗟②西风兮！何处无君？周流太虚处处闻；万物为尔坏，万物待尔存。

---

① 载《国学丛刊》第 2 卷第 1 期，1924 年 3 月，第 151—152 页。

② 原文作"磋"，径改。

二

西风吹兮天震动，流云飞兮遍太空；落叶辞去海天树，雨神电使翩惊鸿。雨丝电光何处舞，海水绿波浪千重；暴雨欲来接天地，巨神之首发飞蓬。西风凄清唱挽歌，送此残年之将终。耿耿长夜为巨坟，大气凝聚如穹窿；大气一迸裂，红光黑雨何汹汹。

三

巴延湾中有浮岛，地中海水何青青；绿波竞荡漾，暑梦正沉沉。梦见古宫殿，摇曳于江浔，香花绿苔带沉醉，好梦无端被汝惊。西风破浪去，大西洋水失平衡；苔花藻叶本憔悴，闻声失色而战兢。

四

我愿为落叶，与汝共遨游；我愿为浮云，随汝共悠悠；我愿为流水，奔流随汝后；假汝之大力，飘举何自由！如我尚青年，为汝之伴侪；幻想瞬息即千里，何苦祈祷有所求。我生不羁亦如君，时间束我如楚囚；堕入棘荆遭百苦，身无完肤只血流。吁嗟乎西风，我愿为水云与落叶，请君举我使浮。

五

我愿为树林，为汝之瑶琴；我身飘零如落叶，我亦无怨长欢欣。商调何壮烈，其声甘以辛。请君猛烈化为我，我亦化为汝之灵。驱颓废之思想，如彼落叶促新生。发予嘉言于人类，如彼燃灰之飞腾；出余口而至于沉睡之世界，如彼预言之叮咛。吁嗟西风兮秋已来，青春岂尚在远行？

译英人雪莱诗二首①

有 怀

琴声缥缈逝，心中尚悠扬。
兰花飘泊坠，鼻里留残香。
玫瑰虽凋谢，落叶可收藏。
君思虽云去，君思不能忘。
君思如落叶，积叠为欢床。
微情托梦寐，蝴蝶翩翩翔。

爱之哲学

原泉混河汉，河汉混重洋。
惠风动地起，清河相扇扬。
相彼世上物，物物皆成双。
如何尔与我，独不共翱翔。
山峰偎云霄，波涛互拥抱。
同枝而弃捐，负心良堪悼。
日光吻大地，月华吻海啸。
汝不共侬吻，彼吻何足道。

---

① 载《国学丛刊》第 2 卷第 2 期，1924 年 6 月，第 149—150 页。

译英人彭士（Burns）诗一首[①]

我欢如玫瑰，红艳当夏开。

我欢如曲调，新声和且谐。

以君美颜色，使我深爱悦。

爱悦无穷期，海水有枯竭。

海水有枯竭，白石有烂灭。

人生若未息，爱悦无断绝。

长叹别君去，暂时各分飞。

悠悠万里路，行当复来归。

余友焦君尹孚[②]每读西诗，辄怂恿余为试译，有疑则与之共析，此篇即其一也。既译成后，余友华甡君示余以《燕子龛残稿》，因得读曼殊所译，颇嫌其晦，而结尾又不尽符原意。冰若君[③]过访，谓吴君芳吉亦尝译以六言，《湘

---

① 载《国学丛刊》第 2 卷第 3 期，1924 年 9 月，第 119 页。

② 焦尹孚，笔名尹孚。早年似曾参加创造社出版工作，后留美。曾担任四川省立第一中学（成都）英文教师、四川省威远县知事、四川省参议会参议员等。

③ 即李冰若（1899—1939），原名锡炯，晚自号栩庄主人。湖南新宁人。1923 年考入江苏苏州东吴大学中文系，师从陈中凡、吴梅等，与卢冀野、唐圭璋等为同学。1939 年 9 月 5 日，因伤寒病逝于重庆，安葬在浮屠关刘姓宅旁。参见李庆苏：《李冰若生平简介》，载政协新宁县文史资料委员会编：《新宁文史资料》第三辑，1988 年版，第 174—177 页。

君》不在案头，恨未得一读也。① 楚侨识。

---

① 该诗发表于《湘君》第 1 号，又刊于《学衡》（*The Critical Review*）第 57 期（1926 年 9 月）。《学衡》题作《我爱似蔷薇》（My Love is Like a Red, Red Rose），其译诗为："卿颜红似蔷花，自彼六月新放。卿言柔似琴声，自彼曲中清唱。温存美艳如卿，沉我爱情深处。我当依旧爱卿，直到海水干去。爱卿直到海干，爱卿更到石烂，我终依旧爱卿，爱到灵魂飞散。别矣惟卿珍重，珍重暂时别矣。不久我当还归，虽则行行万里。"同题附陈铨译诗："吾爱如玫瑰，六月正新开。吾爱如仙乐，音响绝尘埃。容华洵绝代，深情若沧海。沧海有干时，深情终不改。沧海尽枯干，岩石皆涣然。恋我意中人，生命若流年。珍重分别矣，分别不多时。我将复来此，万里亦奚辞。"又附苏玄瑛（曼殊）译诗："颍颍赤蔷薇，首夏初发苞。恻恻清商曲，眇音谅远姚。予美何天绍，幽情申自持。沧海会流枯，相爱无绝期。沧海会流枯，顽石烂炎熹。微命属如缕，相爱无绝期。掺袪别予美，离隔在须臾。阿阳早日归，万里莫踟蹰。"《湘君》，1922 年创刊于长沙，刊期不详，由湘君社负责编辑和发行工作，社址位于长沙太安里明德学校内，同时在汉口、南京、上海、北京、奉天、广东等地设立代派处。

译巴尔布（Barbauld）《赠生命》
（To Life）诗一首[①]

生命汝何似，此事我不知。

唯知汝与我，终必一别离。

相晤于何地？相晤于何时？

相晤复何如？我知同几希。

欢乐与忧患，与汝长相依。

交厚忍离别，离别定惨凄。

汝去须潜去，无庸与我期。

去时汝自择，暮安勿相谅。

唯在佳丽地，祝我以晨禧。

偶阅《英诗萃珍》（*The Golden Treasury*），得读此首，其意新奇，于中国诗中，殊为鲜见。因走笔译成五古，工拙未暇计也。"暮安"及"晨禧"，在原文一含死意，一含再生意，故用直译。译者附注。

---

① 载《国学丛刊》第2卷第3期，1924年9月，第119—120页。

译英人雪莱 Shelley 诗二首[①]

问月
（To the Moon）

星摇愁目感世变，月行其中无良伴。又复登天望尘土，明月之形已劳倦。
我欲因之问明月，是否缘此容惨淡。

原诗一气呵成，因文字之组织不同，译以中诗，殊失原美，于此可征译诗
之难能也。第五句系译者臆加，以凑足语气，并此注明。

拿坡湾畔书怀
（Stanzas Written in Dejection near Naples）

日暖天宇净，流波速且明。绿洲与雪山，紫光耀其晶。润泥吐淑气，绕芽
何轻盈。风吹兮鸟啼，海潮兮浪惊。万籁起繁奏，欢乐共一鸣。市声亦和柔，
清韵如泉林。

海底渺人迹，海草乱纵横。海岸碎海浪，疑是坠群星。坠星纷如雨，其光
为飞沉。午潮绕我侧，浮光摇碎金。潮声鸣我耳，问奏起恬吟。独坐平沙上，
有谁共此情。

失望复多病，心身失安宁。圣智穷幽思，有得怡然行。念我无其乐，其乐
过富荣。无爱无闲暇，无权无令名。眼看得意人，乐命而欣欣。命运何为者，
使我独飘零。

失望如风浪，今已取次平。我愿如婴孩，倦卧长哀鸣。平生苦忧患，一鸣

---

① 载《国学丛刊》第 2 卷第 3 期，1924 年 9 月，第 120—121 页。

了此生。死神若睡魔，此时潜相凭。冷颊绕和气，渐觉冷于冰。寒潮在死耳，犹咽最后声。

良辰去何许，壮心已凋零。徒然长叹息，申申詈良辰。生存无怜爱，零落归山陵。凄凉一身世，有人定怆神。白日当夕晖，追忆留余欣。伤哉斯人逝，不比白日倾。

此诗译于去年寒假，今年涂改者过半，而不惬意处仍多。求就我范围，则失之不信；求吻合原意，则失之不雅，信乎译诗之难矣！又此诗曾经郭君沫若译为新诗，载于《创造季刊》"雪莱纪念号"（《小说月报》第十五卷第九号某君亦曾再译。唯译文既不可读，错误又复丛出，例如：译 Nor that content, surpassing wealth 为"知足不能将利欲战胜"，已觉可笑；译题名 Written in Dejection, Near Naples 为"旅居奈不尔邻邑特耶克埚时作"，更为荒谬绝伦，开译述界未有之奇）。余去岁以未读《创造日》（至今仍未得读），曾为文与郭君商榷，承郭君于第五节加以指正（见《创造周报》第四十七期），至今为感。唯原文第三节 Nor that content，surpassing wealth, the sage in meditation found，and walk'd with inward glory crown'd——郭君译为"贤者坐而忘机，行则智光冠顶，我也无那种卓荦的殊珍"，余亦误认 content 为知足。近吾友江君式先以为宜译为"自得"。连下文而观，颇觉其言为恰得原意。故改译为"圣智穷幽思，有得怡然行，愧我无其乐，其乐过富荣"。未知郭君以为何如也？十三年十二月廿九号①，译后附志。

---

① 《国学丛刊》第 2 卷第 3 期初版于 1924 年 9 月，但"译后附志"却在 1924 年 12 月 29 日，可能是出版的实际时间与所署时间并不吻合所致。

附：《杂诗（Stanzas）——旅居奈不尔邻邑特耶克埧时作（Written in Dejection，Near Naples）》（Percy B. Shelley 作，顾彭年译）①

一

暄暖的太阳，澄净的穹苍，
海浪轻捷的跳舞着，潋滟
的照耀着，蔚蓝色的岛屿，
白雪似的峦冈，披戴着紫
罗兰色正午时透明光力，
潮湿的地球的呼吸轻妙
而软宛，萦回着它未开放
的蓓蕾；风，岛，海潮如愉悦
者发出许多美曼的声调，
都市自己的呐喊的声浪
柔脆似幽寂者的一样

二

我见浚深的践踏不到的
地板，它上面有紫绿的海
草铺撒着；我见碧浪在海
岸翻腾像万道的微光，
融浃于普照的星光里；
我独坐在沙洲上，正午洋
海里电闪灼灼的照匝着我，
由带着格律的移动着突起
种音律，那是如何动听！无论
那心灵，现有分享我的情绪否？

---

① 载《小说月报》第 15 卷第 9 号，1924 年 9 月 10 日，"诗选"第 1—3 页。

三

唉！我是无希望，无健康，无内
心的和平，无外相的镇安，
知足不能将利欲战胜，
浚哲在沉思里寻见，他戴着内
部的荣耀的冠冕而踟蹰着——
无声誉，权势，情爱，暇时。
我见这些萦薄在他人身上——
他们酣笑的活着，称生命为
愉悦；——对于我这杯命运
悲喜的酒，色味就不同了！

四

但失望自身虽曾似狂飙与
骇浪而现已镇静自是；我能
如疲倦的孩子，容与的偃卧了，
我的哭泣的泪泉将我以前
与现在生命的顾虑荡涤去，
直待到死如睡眠一般将我
偷窃去，我在暖洋洋的空气
里也许能感觉到我红缢的
面颊渐渐的发冷，并听见海
神呼吸他最后的单纯的气
息经过我垂死的脑壳。

五

我死了或有人为我哀悼，
因为我当这欢娱的日子
已过，我丧失的心，速变颓萎，
而发出激怒的未及时的呻吟；

他们或者悼惜我——因为我
是被人绝爱的一个——但还
是要怅憾着，却不如今日
当残阳带着莹洁华耀下退时，
还是依恋不舍，犹似愉快虽曾
已享受，尚然在记忆里涌现着。

雪莱译诗之商榷①

在浅薄的现在中国文坛，实在只配研究太戈尔（我不是说太戈尔的诗是Second hand，值不得我们研究，不过仅求文字上来说，他的诗确是容易了解），只配介绍点国外文坛消息。至于西洋已经论实的，千古不灭的作家，如但丁、弥尔敦等，我们还没有拜读他们译作的梦想；如莎士比亚、歌德、雪莱、摆伦等，亦只有片段的介绍。呵！可怜的现在中国文坛。我因此便联想到创造社，他们在新文坛里，学识和见闻，总算比较的丰富；创作和译品，总算比较的要高人一等。

寒假无事，把《创造季刊·雪莱号》，郭君译的雪莱诗，与原诗细细的对读。中国除《西风歌》及《拿坡里湾畔书怀》二首以外，余俱无缺憾。《西风歌》原诗格律谨严，若照郭君自己的，及仿吾君的译诗主张，郭君的译诗，只算是忠实的直译，而尚未顾到原诗的神韵。近来颇喜读太白诗，多少总中了一些迷恋枯骨的毒（或许可以说是中了郭君"谁说已成的诗体是已朽骸骨"一句话的毒），把它重译为歌行。译诗将于《国学丛刊》第五卷上发表，此处无容多谈。至于《拿坡里湾畔书怀》一首，却能保持原诗的风格。不过据我看来，恐怕有一两处，被郭君误解了。只是我的英文程度，不客气的说，实在有限得很，现在在我们学校里还在读普通英文。错了的地方，还要希望郭君纠正。

（1）第三节原文为：

Nor fame, nor power, nor love, nor leisure.

Others I see whom these surround——

Smiling they live, and call life pleasure；——

郭君译为"我环顾周遭人都熙熙而乐命"。

鄙意以为"熙熙而乐命"者为一部分有命有权有爱情有闲暇之人，不能以"都"字译之。因 These 为 fame, power, love, leisure 等字之 demonstrative

---

① 载《创造周报》第47号，1924年4月5日，第14—16页。

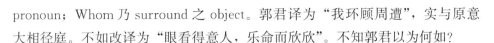

pronoun；Whom 乃 surround 之 object。郭君译为"我环顾周遭"，实与原意大相径庭。不如改译为"眼看得意人，乐命而欣欣"。不知郭君以为何如？

（2）第五节原文为：

Some might lament that I were cold，

As I，when this sweet day is gone

Which my lost heart，too soon grown old，

Insults with this untimely moan；——

郭君译为："有人会为我伤心，我年纪轻轻，心儿便老成，我以短命的生涯，嘲此目前的佳景。"

"老成"二字，已觉欠斟酌；"短命的生涯"五字，更不知来自何处；而"目前的佳景"又与原文 this sweet day is gone 相背谬。

据鄙意不如改译为："少年早衰飒，壮心早飘零，良辰今已去，凄凉动人情。我徒长叹息，诅咒此良辰。"似较不失原意，不知郭君以为何如？

此外第三节中原文 "To me that cup has been dealt in another measure"，郭君译为："命杯于我独不深湛。"据我看来，亦觉费解。不如译为："命运何为者，使我独飘零。"但这或许是我的少见多怪罢！

末了，我诚意的感谢郭君：因为郭君的译诗，使我有读雪莱原诗的机会。

十三年二月二十二日寄于东大

楚侨君：承你称誉，并蒙指责，我很感谢你。《拿波里书怀》一诗，去年也承孙传铭君指摘过，孙君原文和我的答文，都登在《创造日》上。第一项 whom these surround 一个子句，我的确把它译走了，将来如有成书的机会时我定要改正它。第二项所指，或许是我译得过于自由，但幸与原意尚无龃龉。原诗是说的死后的事情，cold 与 lost 二字请注意。

第三节的一句，你译得又太自由了一点。

《西风歌》一译比较尚能惬意，尊译出世时务请赐读。

文中有几处讼及他人的地方，我替你删削了，想你当不至见怪。

沫若　二月二十五日

附：郭沫若译诗两首

西风歌（Ode to the West Wind）①

此诗注家以为作于一八一九年（二十七岁）之秋，时寄居意大利，在Florence 的 Arno 林畔，一日暴风骤起，瞬即雷电交加，雨雹齐下。诗人即感受大自然的灵动而成此杰作。原诗音调极其雄厚，真如暴风驰骋，有但丁之遗风。

哦，不羁的西风哟，你秋神之呼吸，
你虽不可见，败叶为你吹飞，
好像罔两之群在诅咒之前逃退，
黄者，黑者，苍白者，惨红者，
无数病残者之大群：哦，你，
你又催送一切的翅果速去安眠，
冷冷沉沉去睡在他们黑暗的冬床，
如像一一死尸睡在墓中一样，
直等到你阳春的青妹来时，
一片笙歌吹遍梦中的大地，
吹放叶蕾花蕊如像就草的绵羊，
在山野之中弥满着活色生香：
不羁的精灵哟，你是周流八垠；
你破坏而兼保护者，你听哟，你听

太空中动乱欹崎，
松散的流云被你吹起，
有如地上的落叶辞去天海的交枝，
那是雨和电光的安琪；

---

① 载《创造季刊》第 1 卷第 4 号，1923 年 2 月 1 日，第 20—23 页。

在你那青色的云涛之巅，
从暗淡的地平以至太空的中点，
布满了欲来的暴风雨之卷丝，
如像猛烈的预言者之头怒发上指。
夜幕将闭，将为这残年之大坟，
以你所聚集的浩莽的云波为其圆顶，
从那坚稠的浩气之中
将有黑雨电光冰雹飞迸；
你是这苒苒将死的残年的挽歌，
你不羁的西风哟，你听，你听！

青青的地中海水
睡在那巴延①湾中的浮岛之边，
夏日的灿烂晶波
摇漾他梦着那古风的城楼宫殿，
楼殿在波中的烈昼闪飔，
带着一身的苔绿花香，
昼里韶光，薰风沉醉，
海水的夏梦被你吹回！
你又吹破了大西洋的平衡，
掀起了一海的狂涛巨浪，
深处的苔花藻叶本不青葱，
听着了你的声音，立地便怆惶俎丧，
苔藻在战栗而相凭陵：
不羁的西风哟，你听，你听！

假使我是一片败叶你能飘飏；
假使我是一片流云随你飞舞；
假使我是在你威力之下喘息着的波涛

---

① 译者原注：巴延（Baiae），罗马中部海滨之一小镇。

分受你力波的灵动，
几乎和你一样的不羁；
假使我如还在童年，
能为你飘泊太空的风云的伴侣，
那时我的幻想即使超过你的神速，
也觉不算稀奇；
我决不会如此地哀哀求你。
啊！你吹舞我如波如叶如云罢！
我生是创巨痛深，我是血流遍体！
时间的威权严锁了我，重压了我，
我个太浮，太傲，太和你一样不羁的。

请把我作为你的瑶琴如像树林般样：
我纵使如败叶飘飞也是无妨！
你雄浑的谐调的交流
会从两者得一深湛的秋声，虽凄切而甘芳。
严烈的精灵哟，你请化成我的精灵！
你请化成我，你个猛烈者哟！
你请把我沉闷的思想如像败叶一般，
吹越乎宇宙之外促起一番新生！
你请用我这有韵的咒文，把我的言辞散布人间，
如像从未灭的炉头吹起热灰火烬！
你请从我的唇间吹出醒世的惊号！
严冬如来时，哦，西风哟，
阳春宁尚迢遥？

拿波里湾畔书怀（Stanzas，Written in Dejection，near Naples）①

此诗作于一八一八年（二十六岁）十二月。

日暖天清，
海波跳跃速而明，
蓝岛雪山头
紫色阳光稳浸，
湿土的嘘息里，
幼芽笼住轻轻；
风吹，鸟啼，海荡，
欢乐之交鸣，
城市不哗，也如山林清韵。

海底深深无踪印，
碧苔紫藻纵横；
海波打上岸头，
疑是星河逛。
我独坐在沙滨，——
周遭的午潮来奔，
涟漪璀璨，
甘媚一声声！
有谁共此幽情？

啊！我是失望而多病，
心也不平，身也不宁，
贤者坐而忘机，
行则智光冠顶，

---

① 载《创造季刊》第1卷第4号，1923年2月1日，第26—28页。

我也无那种卓荦的殊珍。
我无名，无势，无爱，无闲情，
我环顾周遭
人都熙熙而乐命；
命杯于我独不深湛。

可我今怨望安驯，
有如风平浪静；
我能偃卧而号哭，
如个倦了的孩婴，
哭去我伤心的前尘后影，
直哭到入睡一般长暝，
我可在这暖暖的空气之中
渐觉我颊儿生冷，
海潮在我尸畔咽他最后一声。

有人会为我伤心，
我年纪轻轻，心儿便老成，
我以短命的生涯
嘲此目前的佳景；
人们会哭我个孤人，
生时不曾受人爱敬，
也不能如此佳日，
待到灿烂的夕阳西陨，
犹能在人们记忆之中长存。

谈谈"摆伦纪念号"所载之译诗[①]

（原文载《晨报副刊·文学旬刊》"摆伦纪念号"[②]上）

在现在浅薄无聊的新诗坛里，比较能自成一风格的，据我个人的意见看起来，当首推郭沫若及徐志摩二君，郭诗豪放很像欧行，徐诗流丽直是词曲。这或许一部分是受了地理上的影响，译诗可以说是创作，或许更臻于创作。创作方面既以二君为佳，译诗自然也要首推二君了。徐君此次的译诗，不特风致翩翩，并且吻合原文，实在是难得而可贵的译品，但其他的几首，就未免相差太远了。尝以为译诗，第一步当于原诗有深确的了解，第二步才运用自己的艺术手腕，把原诗的意思达出来，若连意思都没有了解，就贸然从事于翻译，未免太对不起原著者了。"东抄西剿做文章来讨好摆伦"，我想倒还不要紧，连摆伦明明白白的意思，也竟会误解，我才真是恐怕"他的鬼魂到你梦里来大声骂你一顿"（用徐志摩君语）。所以我于欧阳、伍、廖三君的译诗，不愿意批评他们艺术的高下，只谈谈他们对于原诗的误解。不过我的英文程度，早经声明，现还在学校读普通英文，怕也是等于 12/12＝0，因指误而致误，也是说不定的事情。若有人指出，我特别欢迎，不过我最希望能署出真名，以便感谢。

在未谈及三君的译诗以前，我要问一问这位编辑先生，为甚么把伍君和廖君同题的译品，同时的登了出来？新文学的中心，——北京，只有这几首译诗来供选择么？怀疑新文学如余者——也实在不敢相信呵——文学作品本来不嫌重译，艺术高下何妨拿来比较，但又可惜偏偏遇着我这个"浅薄的读者"，竟

[①] 载《学灯》第 6 卷第 6 册第 3 号，1924 年 6 月 3 日第 3、4 版。

[②] 《晨报副刊·文学旬刊》"摆伦纪念号"共两期。其一为第 32 号，1924 年 4 月 21 日出版。刊文计：1.《摆伦》（徐志摩）；2. Deep in My Soul that Tender Secret Dwells（徐志摩译）；3. "摆伦诗选译"：（1）《闻乐》（伍剑禅），（2）《别离》（欧阳兰），（3）《杂诗二首》（廖仲潜译）；4.《摆伦传略的片段》（刘润生）。其二为第 33 号，1924 年 4 月 28 日出版。刊文计：1.《摆伦在诗中的色觉》（王统照），2.《译摆伦诗两首》（叶维），3.《赠克罗莱仁》（欧阳兰），4.《怀念 Byron》（张友鸾）。

自下了一个"一个半斤一个八两"的批评。本来编辑报纸，是件很麻烦的事，没有多的时间把中西文拿来对照，详细正误，我是很能原谅的，但是编辑纪念专号，似乎至少总应该把他们的译文看看，稍为费点时间，把同题的译品放在一处加点说明，或者改一改题目使两个题目相同。鄙见如此，未知编辑先生以为何如？

三君译诗共四首，两首同题，只有三首了。我且分三段来说。

Ⅰ 别离（When We Two Parted）

把欧阳君这首译诗拿来与原诗对照，真是错得岂有此理，使人莫名其妙，小错误不暇列举，且举几处大错误来谈谈。

A. 原文为：

Truely that hour foretold

Sorrow to this!

this 因与上面 that 对照，故省去 hour 一字，照原意应直译为：

真的，那个时候已经告诉我

此时的悲伤

故下文接着说 It felt like the warning/Of what I feel now，意甚明显，欧阳君竟译为：

时间曾真诚地预先说过

别离事总是悲伤

这是什么意思？这句话与上下文有甚么关系？我要请教请教。

B. 原文为：

A shudder comes o'er me

Why were thou so dear?

这两句一个动词是现在，一个动词是过去，翻译时应译为：

我横身只觉得颤栗——
呵，早知如此，何故昔日你和我那样的相契？

欧阳君竟不注意这点分别，把它译为：

一种不断的颤抖也因而亲近我了——
你呵，为甚么这般亲切？

我很佩服欧阳君手段高明，因为把 dear 译为亲切，就把 comes over 译为亲近，亲近和亲切，在字面上居然连接起来了，但是它的意思，是这么一回事么？我也不禁叹道：
你呵，为甚么这般错误？
C.　原文为：
They know not I knew thee
Who knew thee too well：
第一句为 complex sentence，第二句的 too 字含有 negation 的意思，应直译为：

我昔日认识你，他们现在还不知晓。
但是我昔日认识你，未免也太过了：

欧阳君竟妙想天开，把它译为：

他们是不知道你的，只有我认识你，
也只有我能深深地了解你：

颠倒错误，一至于此，我又不禁叹道：
你呵，为甚么这般错误？
他们（同事新文学而在一条路上走的人）是不知道你的，只有我认识你，
也只有我能深深地了解，告诉你：
D.　原文为：

In secret we met;

In silence I grieve

此处的 grieve 一字，当译为悲哀，译为忧虑，实在欠通，因为心儿忘记，灵魂儿欺骗，是现在已经发生的事情，怎么还说是忧虑呢？

总而言之，这首诗实在错得太多而且不成话，我既没有时间来详细的考正，我又不愿意多介绍这一类的错误，来占去《学灯》宝贵的篇幅，我且顺便改译于左。不过我既不常做诗，尤其不常做文话诗，以白话译诗这怕是破题儿第一次了，连自己也不满意呵！

忆昔离别

忆昔离别，
泪眼相看，无语凝咽，
念及几年的离别，
心儿几于破裂。
你的颊上，泛起了苍白的颜色，
你的亲吻，也就愈觉得凄冷；
真的呵那时候已经告诉我，
此时候的悲悯。

清晨的凉露，
曾经浸上我的眉梢——
彼等的感觉，
好像是我此时的预告，
你既违背你的信誓，
人也轻视你的名誉；
我一听见别人提及你的名字呵，
我也感觉到羞耻。

他们在我的面前提及你，
是丧钟刺激我的耳；

我横身只觉得颤栗——

呵，早知如此，何故昔日你和我那样的相契？

我昔日认识你，他们现在还不知晓，

但我昔日认识你，未免太过分了，

呵我将永久的永久的悲悼你，

但这样的深情，不是语言能道。

悄悄的昔日相会，

寂寂的今日独悲，

你的心灵儿竟会忘记我，

你的灵魂儿竟会欺骗我。

假如呵，许多年月以后，

我一旦遇见了你

我将怎样的欢迎你呢？——

怕也只有别时的默默无语，双双清泪

II 乐章（Stanzas for Music）

伍君的艺术（the art）确实进步了不少，但错误还是免不掉，多少总有一点；廖君这首译诗也有一点小错误，为便利起见，合而言之。

原文为：

When, as if its sound were causing

The charmed ocean's pausing

按原意应直译为：

水上清歌的音响，

似乎静止了中魔的海洋。

廖君 charmed 一字为泛媚，已嫌欠妥，因 charmed 为 past participle 与 charming 的意思不同；伍君实把全句译为：

似这样音波之来
美化在迷幻之海洋

我真是不知怎样的"美化"法，怕是丑化呵！此外，廖君译 like the swell of summer's ocean 为"恰似'夏之洋'的澎涌"，不如伍君译为"宛如夏潮之涨起"。dreaming 一字，伍君译为"梦境"，廖君译为"梦想"，均不如改译为"梦乡"。总而言之，这两首诗虽是长短互见，实在还是一个半斤一个八两，殊无同时登出的必要，恐系编辑忙碌，故偶尔失检也。

Ⅲ 杂诗（从原译，She Walks in Beauty）

廖君这首译诗的错误，比较第一首虽要少些，比较第二首又要多些。

A. 原文为：

Which heaven to gaudy day denies.

照原文意译应为：

白日里没有这样的柔嫩的光采

因 denies 一字是否认的意思，which 又系 denies 之 object，乃廖君竟译为：

便是上苍呵，也错认了，
白日间的愉悦。

这个意思恰恰与原意相反，怕当真是"错认"呵！

B. 原文为：

One shade the more, one ray the less,
Had half impaired the nameless grace raven

原文的意思，是那种光采的明和暗，恰恰足以显出他的美丽，所以上文曾说：

And all that's best of dark and bright

Meet in her aspect and her eyes

故应译为：

若是多一分阴影，或少一分光线，
都半损了伊难状的美丽。

乃廖君竟看此文不懂，麻麻糊糊把它译为：

影儿多的了，光儿少的了

我实在不解这是甚么话，怕"多的多，少的少"，你总有点不明白吗？此外译 best of dark and bright 为"透白""深黑"，不如改译为"恰好的白""恰好的黑"；译 the smiles that win 为"胜利的微笑"，也不如改译为"迷人的微笑"，或更现成些译为"倾国倾城的微笑"。但这些都是小疵，不过随便谈谈罢了。

明明白白的几首短诗，错误之大且多，竟至于此，不能不使人叹为"出乎意表之外"。我本来还要想多说几句话，但是时间不允许我了，姑且于此，暂告结束。

五，二十六号夕阳西下时草于南京东大

附：摆仑诗选译三题①

闻乐

伍剑禅②

这里没一个美丽女郎的
　　魔力能够及你！
我听得你的柔曼的歌声
　　如流香奏曲：
似这样音波之来
美化在迷幻的海洋，
宁息的风似化成梦境，
平静的波浪闪出眩光，
这中夜的月色已织成它的
　　光华的彩［鍊］深深围绕
她那温［跃］的柔心，
　　这时亦像婴儿的睡眠，
我的神魂沉醉在你前，
倾听而敬慕；
这流溢而温柔的情［绪］，
宛如夏潮之涨起。

---

① 载《晨报副刊·文学旬刊》1924 年 4 月 21 日第 3、4 版。
② 伍剑禅，四川蓬安人。北京中国大学毕业，日本东京帝国大学研究生。曾任重庆大学教授，重庆市政府教育处长，川北大学系主任，四川省政府、川康绥靖公署顾问。1953 年入四川省文史研究馆（参见"读秀·百科"）。

别离

欧阳兰

当我们俩分别的时候，
只是默默地流泪无语，
一别就是经年，
心的半边早经破碎，
仓白①与冰冷都泛在你的颊上，
你的亲吻也就愈觉冰冷；
时间曾真诚地预先说过，
别离事总是悲伤！

那清晨的露珠，
冰冷地滴在我的眉上；
这好像是预先告我
什么是我现在感到的了。
你的誓言全归破裂，
你的名誉又是轻浮；
我一听见别人提起你的名字，
我就能感觉到一部分的羞惭。

他们在我的面前提起你，
就好像出殡的钟声刺我耳；
一种不断的颤抖也因而亲近我了——
你呵，为什么这般亲切？
他们，是不知道你的，只有我认识你，
也只有我能深深地了解你：
永久呵，永久呵，我将怜悯你，

---

① 仓白，应是"苍白"之误。

这是太 [深] 了，这是不容易诉说了。

我们的相识原是秘密的：
我默默地忧虑着
你的心儿会忘记我，
你的灵魂会欺骗我。
假如呵，许多年月以后，
我一旦遇见了你，
我将怎么样对待你呢？——
这或许也是无语与流泪罢。

一九二四年，二，十，北大。

杂诗二首

廖仲潜译

（一）

"美丽"的姑娘，
　　没一个像你这样妖娆；
你向我吐出的娇丽的声音，
　　有如清歌之在水上：

水上的清歌，似乎在那里，
　　暂歇了泛媚的海洋，
屏息了起绉的波浪，
　　使它微微地在闪光，
悄悄的风，也在那儿梦想：

中夜的月儿，笼着深渊，
　　在织她亮晶晶的环网，
轻轻地跳动她的胸膛，

有如婴孩的睡状：

便是心灵儿，也向你而鞠躬，
　　听从呵——敬崇，
献将那满充着温柔的情愫，
　　恰似"夏之洋"的澎涌。

　　（二）
伊珊珊的步伐，拟似
　　繁星点缀的晴空之夜，
阵阵的透白，阵阵的深黑，
　　都浇上伊的眼儿，
　　和伊的颜色；
这样的软化了细腻的亮光，
便是上苍呵，也错认了
　　白日间的愉悦。

影儿多的多了，光儿少的少了，
便半损了伊难状的美丽，
　　——乌油油的卷发，飘泄呢，
　　伊的脸儿，轻轻地泛红呢。
多么纯净而可爱的心底里，
迸出慈祥而甜密①的情意。

唇儿上，眉尖上，
多么的温柔，多么的恬静，
　　何况，妩媚能动人，
羞涨的浅色，胜利的微笑，
　　衬出了青春时的姣好——

————————————

① 应作"甜蜜"。

慈祥的心灵呵，
　　潜在深底；
恩爱的心肠呵，
　　烂熳天真。

辑三 随笔与杂论

中国文化的一个商榷

我们对于学术，盲目的攻击，盲目的辨护[①]，都是同样的无益而有害。至于横使意气，肆口慢骂，尤其不是学者的态度。张君资琪对于柳氏文化，大加攻击，虽是态度和语言，不免太欠斟酌，可是在现在醉心新文化的新青年中，这种现象，到也不算稀罕。最可奇怪的是胡君梦华[②]，扯起新文化的旗帜，实行恋爱结婚，偏要来拥护讲旧文化的柳先生，当我看见他的通信，就很不以为然，很想以同学的资格，劝他仍事旧业，谈谈莎士比亚和史诺德，在浅薄的中国文坛里，还可以说是一个作家或批评家，何苦自讨没趣呢？须知旧文化是不好拥护的，要拥护就要实行，不是空言所能了事。退一步说，就是空言，也要言个所以然。大学生不是三岁孩子，岂是大骂一顿，就可以吓退的么？不过后来因为别的事情很忙，就把这件事轻轻的丢开了。今天见着《学灯》，果然反响[③]来了。我不知胡君看见，作何感想？如何答覆？据我想来，还是算了罢。

本来东西文化这个问题的争论，比最近的科玄之战，时间还要久，范围还要大，从戊戌政变到现在，可算还没有完全的解决，虽是中间经过几次激烈的战争。梁漱溟从哲学上（生活），拥护中国文化。柳翼谋从制度上（伦理），拥护中国文化。梁任公则似乎介于二者之间。他们的研究，都不是一朝一夕；他

---

① 辨护，现作"辩护"。

② 胡梦华（1903—1983），名昭佐、字画苏，安徽绩溪上庄乡宅坦人，于 1920 年考入南京高等师范学校英文科，随校转国立东南大学，入西洋文学系。1927 年毕业后，留校任教，后任商务印书馆编辑、安徽省立第一师范学校校长。1929 年后，历任国民党安徽省指导委员会训练部秘书，河北省党部监察委员，中央组织部党员训练处长，军委会政治部战地服务团中将主任，河北省政府秘书长，河北省代主席，行政院秘书，国民党重庆、天津市党部执行委员，天津市社会局局长。1948 年秋，与中共天津市委（地下组织）联系后决心弃暗投明。1950 年入华北人民革命大学学习，1951 年被捕。1975 年特赦，任天津市政协委员和文史专员。1979 年 5 月赴美国，与儿孙相聚。1979 年 12 月，最高人民法院批准撤销 1975 年特赦通知书，定为爱国人士。1983 年回到北京，心脏病猝发去世。擅长写作，有遗著多种。

③ 指《胡函的反响》，刊《学灯》第 6 卷第 3 册第 7 号，1924 年 3 月 7 日第 3、4 版。

们的结论，当然也有许多根据。不管严又陵怎样的打孔家店，吴稚晖怎样的篾洋八股，我那陈腐的脑筋，对于他们的说法，到底不敢反对，顶多不过怀疑。我读柳先生的《文化史》，不过才半年多些，既未窥其全，当然不能盲目为之辩护；而且我的学行，都是浅薄，更不配拥护旧文化。以下所说的，除去引用柳先生所著《文化史》的原文外，多凭个人的直觉，当然有许多错误的地方，还要请柳先生和张君指教。

我记得去年初听柳先生的文化史讲演时，柳先生曾说："我从前主张历史只有蜕化，没有甚么进化和退化，当时的人都说我没有常识，连达尔文的进化论都不知道。杜里舒①来华演讲，也主张历史蜕化，但是却没有人反对了。"我因而连想到张君对于柳先生的中国文化，也不过和从前人对于他的蜕化说一样的罢了。何以见得啊？我现在把梁任公的《墨子学案·第二自序》，和柳先生《文化史》的原稿，对列于下：

梁任公《墨子学案·第二自序》：

"……今试行穷乡下邑，辄见有弱嫠褓负呱呱之子褴褛而行乞者，吾人习见，莫之或奇，莫之或敬也。而不知此种行为之动机，乃纯出于'损己而益人所为'，纯是'为身之所恶以成其子之所急'。其在文化与我殊系之民族，则妇女为葆其肤颜之美姣而弃子弗字者，比比然矣。又恒见有壮夫侍其老羸废疾之父母昆弟，因以废其固有之职业，虽百艰而不肯舍去。亦有齿落发白垂尽之年，不肯稍自暇逸，汲汲为其子孙谋者。若此之类，就一方面论，或可谓为妨害个性之发展；就他方面论，则互助精神圆满适用，而社会之所由密集而永续也。……今之匹夫匹妇，曷尝诵墨子书？曷尝知有墨子其人者？然而不知不识之中，其精神乃与墨子深相悬契。其在他国，岂曰无之？然在彼则为畸行，在我则为庸德。呜呼！我国民其念之：此庸德者非他，乃墨翟、禽滑厘、孟胜、田襄子诸圣哲，溅百余年之心力以莳其种于我先民之心识中，积久而成为国民

---

① 杜里舒（Hans Adolf Eduard Driesch，1867—1941），德国生物学家、哲学家，新活力论（或称生机主义）代表。1922 年 10 月 14 日，应讲学社邀请，偕夫人抵上海。其后在上海、南京、武汉、北京、天津等地进行巡回演讲。10 月 22 日，由张君劢陪同到南京。次日晚 7 点，在东南大学大礼堂举行首场演讲，"全校男女学生听者千余人"，"几无容足之地"。此后即在东南大学授课一学期，主要讲授内容包括生机哲学、欧美最近哲学潮流、哲学史摘要等。1923 年 7 月，结束讲学回国［参见赵厚勰、刘训华主编：《中国教育活动通史》（第 7 卷），山东教育出版社，2017 年版，第 662—664 页］。其在华演讲由讲学社结集为《杜里舒讲演录》（*The Driesch Lectures*），由商务印书馆分三期出版。其中第一期（No. 1）与第二期（No. 2）于 1923 年 1 月初版，第三期（No. 3）于 1923 年 3 月初版。

性之一要素焉。我族能继继绳绳与天地长久，未始不赖是也。"

柳先生《中国文化史》第一编①：

"夏道尚忠，本于虞。以孔子所言味之，如'忠利之教''忠而不犯''近人而忠'，则言君主及官吏之忠于民者二，而言官吏忠于君主者一。是言（按：《学衡》作'足见'）夏时所尚之忠，非专指臣民尽心事上，更非专指见危授命。第谓居职任事者，当尽力（按：《学衡》作'尽心竭力'）求利于人而已。人人求利于人，而不自恤其私，则牺牲主义，劳动主义，互助主义悉赅括于其中，而国家社会之幸福自由此而蒸蒸（按：《学衡》作'烝烝'）日进矣。夏书不尽传，故夏道之证不多。周时专倡夏道者，墨子也。观墨子所称道，即可以推知夏道。大抵尚同、兼爱、节用、节葬之义，多由夏道而引申之。凡所谓圣王之法，疑皆夏时之法。其忠于民，以实利为止，不以浮侈为利；外以塞消耗之源，内以节嗜欲之过，于是薄于为己者，乃相率勇于为人，勤勤恳恳，至死不倦。此牺牲之真精神，亦即尚忠之确证也。夫人至②不恋权位，不恤子孙，并一己之生命，亦愿尽献于国民而无所惜，垂死犹欲教化远方异种之人，其教忠之法何如乎？后代不知忠之古谊，以臣民效命于元首为忠，于是盗贼豺虎，但据高位，即可赋（按：《学衡》作'贼'）民病国，而无所忌惮；而为其下者，亦相率为欺诈叛乱之行。侈陈忠义，而忠义之效，泯焉不可一睹，岂非学者不明古史，不通古谊之过哉？夏道尚忠，复尚孝……古人知有母而不知有父，故姓多从母，自禹锡姓……而男系相承，弈世不改，种族之繁，即由于最初之别姓。非若东西各国近亲为婚，漫无区别，此夏代之有关吾国历代之文明者一也。……礼俗相沿，人重伦纪，以家庭之肫笃，而产生钜人长德，效用于国家社会者，不可胜纪，此夏代之有关于吾国历代之文明者二也。世目吾国为祖先教，其由实始于夏……虽侨民散处列邦，语言衣服，虽（按：《学衡》作'胥'）已变异，而语及祖宗之德，父母之邦，庙祧坟墓之重，则渊然动其情感，而抟结维系，惟恐或后（按：《学衡》作'先'），此夏代之有关于吾国历代之文明者三也。"③

---

① 下引文出自《中国文化史》第一编第十三章"忠孝之兴"，初刊于《学衡》1926 年 1 月第 49 期之"述学"，但在 1924 年 2 月，学衡杂志社即已将各章结集出版，由中华书局发行，且每章均注明《学衡》的期数。由此亦有出版时间前后倒错之嫌。参校《学衡》，引文不乏异文，已在文中注明。

② 人至，或为"人主"之误。

③ 此一部分刊《学灯》第 6 卷第 3 册第 11 号，1924 年 3 月 11 日第 2、3 版。

柳先生在上面一段文章里，可算把"忠孝"二字，阐得既详且尽。推墨家于夏道，尤是探源之论。至于演讲中之演说，与任公所说的，有甚么不同的地方，我实在愚蠢，辨别不出来，何以在彼则享盛名，在此则被非笑？我实在不解其故，我不好说张君是因为没有读过任公的书，或读过而没有留意，所以见着柳先生的中国文化说便大惊小怪；我更不好说张君是已经读过，注意过任公的书，不过是有些崇拜任公的偶像，便半夜吃桃子，向软的边捏；我只好说张君怕是与吴稚晖一鼻孔出气，吴稚晖已经骂过梁启超，故张君只骂柳翼谋罢了。

中国文化的中心，是否五伦？五伦在现在的中国，是否有继续存在的价值？我想这是两个问题，虽然他们有连带的关系。任公上面的话，我想总可以证明柳先生的五伦为中国文化之中心说（即中国幅员之广袤，人种之复杂，年期之久远，都是由于五伦），大概不是荒谬绝伦。我也无须乎远征博引，再引甚么杜威、罗素的话，来作证明。至于五伦在现在的中国，是否有继续的存在的价值？这一个问题，不是浅识末学如我，所能回答的。以下仅就张君的非难，略抒我的意思。

（一）张君所怀疑的，如"中国固是礼教之邦，何弑君逆伦事，往史中不止一见？""中国真如柳先生所说没有宗教么？""墨子不是讲互助的么？他的互助精神，不是比孔家的观念高深么？"等问题，请张君看看上面所引的《文化史》原文，大概也会了解，不须我一一的申辨，但在此地我要特别声明，张君攻击的根据，虽只是演讲录，可是我想原文总要比较的靠得住些。因为我们说话时，往往信口开河，其注意的程度，远不如下笔时。至于校正演讲录，及登报申明等事，我想我们柳先生，怕不做这样的事罢！柳先生的演讲录，我是看过一遍的，可惜此时寻不着，故只能就张君所指谪处，引《文化史》说明之。

（二）自然，西洋人父子观念的薄弱，若是从父亲方面看起来，是西洋人富有自尊的精神；但是从儿子方面看起来，则未免有些残刻寡恩，而且这种自尊的精神，常常有不愿育儿女的倾向（如任公及柳先生所讲），结果恐怕不免负了人类重大的使命吗？

（三）自然，达尔文进化论以前，的确也有无数的大战争，但此次欧战，达尔文的进化论，恐怕多少总要负点责任。野蛮人的战争，是受本性的冲动；文明人的战争，是受学说的催眠，何能混为一谈？我想这样的解释，或许不会有多大的错误。

（四）中国的伦理，从流弊上说，自然是单方面（其实也不尽然，如梁任公所举的例）；但从原始上说，的确是双方面的。宇宙间的事情，那里会长久保持均衡的状态？社会学家不是告诉我们，父系时代以前是母系时代么？（此处我不是说历史是往复的循环，我承认历史只是螺旋式的进化，例如现在的自由婚姻，表面上看起来，好像和野蛮时代的乱婚一样，其实全不是那一回事。）总之，我们现在急切要问的，是中国的伦理，有不有双方的可能？其他如流弊怎样？原始怎样？都只是一些历史上的陈迹，可以参考而不可拘泥，值不得我们多大的注意。张君说中国的伦理，"明明是单方面"，既嫌武断，又觉拘泥，至于"个人独立，难道是互助么？"这一句话，我实在不解张君的意思，是指的甚么？恐怕是笔误，不然就是手民排错了。

（五）张君因柳先生解释"君"为一群首领，便谓为"张勋余孽"。这种推论，和张君自己所说"没有和'老七'（Logie）爷爷会过面①"的人讲话，有甚么两样？恐怕也只是一个半斤，一个八两罢了。谈学理不是"老吏断狱"，以罗织为能事，我希望张君以后不要如此罢！

（六）"中国频年外侮内讧，叠起国中②"，明明是"廉耻道丧，士气销沉"的缘故。我不解张君，尤其是不解现代的明达，就文化运动的前驱者，何以偏偏要归罪于五伦？吴稚晖劝人三十年后再读经书，我也想劝人三十年后再谈新文化。新文化运动给予我们的是甚么？我们若不讲新文化，我们现在的状况又［像］甚么？呵！可怜的轰轰烈烈的新文化运动，为甚么他的重心竟移在婚姻问题，白话诗文等上面？这是多么的空虚，多么的危险，黄河铁桥，怕当真要倒了吗？易家钺君的《中国五（丘）九问题》③一文，把当学客的安徽学生，讲ism的湖南学生，可算叙述得既详尽而痛快。可惜他还没有把恋爱问题，吃饭问题，无聊的白话诗文等等，写在上面去，不然，一部《续儒林外史》，怕早已在商务印书馆出版了，呵！新文化只是新闻话，当时到还值钱，过后不值一顾。我们现在的青年学生，怕应当另开一个新纪元吗？此话说来很长，留下

---

① "老七（Logie）爷爷"应是"逻辑"的谐称。"没有和'老七'（Logie）爷爷会过面"意即说话、行文缺乏逻辑。

② 此处宜点读为"中国频年外侮，内讧叠起国中"。

③ 即《中国的丘九问题——论学生的政治活动、社会活动和读书运动》，载《民铎杂志》（*Min－Toh Monthly*）第4卷第4号，1923年6月1日出版。"丘九"，是比"丘八"更厉害之意，指学生。语出胡适。易家钺因觉其"新鲜"，故"采用做本文的题目"。文章共分三部分："上、教育界的黄河铁桥""中、活动不要变成死动""下、白日昭昭与江水滔滔"。

以后再谈。

（七）柳先生把自由恋爱认为野蛮时代的乱交，的确有些欠斟酌（或许是深恶痛斥，故不免过甚其辞，不然，就是没有研究。这个事情，须得请富有经验的胡君梦华告诉他），不过从事业方面说，我们现代的青年，不幸竟如柳先生所说，因为自由恋爱而堕入烦闷和悲哀的网中，奄奄无生气，把人生应做的事业牺牲了（现在的白话诗文，就是绝好的反照）。至于自由恋爱与父母订婚，比较起来，谁是幸福，在"统计表"未造成以前，我们的注意若是宽阔些，思考若是谨慎些，的确难下一个判语。

（八）我们学校，充满了复古的乌烟瘴气，实在不配张君称为"堂堂东南学府"，在复古的学校里，一位讲中国文化史的教习，偶然说了两句拥护五伦的话，实在不算甚么稀奇，就使张君气得三尸神暴跳，七窍内生烟；骂得声嘶力竭，痛快淋漓；我想柳先生充其量不过叠着两个指拇掀起柳髯一笑，至于徐君和陆君攻击胡君梦华，措辞之激烈，足为张君吐气不少，礼尚往还，到没有甚么不可，但是我想柳先生见着时；必摇头默念孔子曰："……非吾徒也，小子鸣鼓而攻之可也。"

拉杂无次的写来，不觉言之太长，算了罢，这样大的问题，浅学如我，少谈些罢，我很希望有学问的人来继续的谈谈。

三月八号寄于东大①

附一：张资琪②《答田张二君并告一般讨论文化问题者》③

我那篇呵体文做完了以后，同学也有以不必浪费笔墨为劝；但是为"学术界争公道计"，为抨击一般喜欢盲从者计，不得不作此发聋振聩之举，庶不致"青年投于自杀之途"，这事在我那篇《呵柳翼谋》的末段，"予定好辩哉，予不得已也"，早已申明过了。

近来看见了田楚侨君，与张鸿鑫君的"商榷"，其态度比胡梦华君好得

---

① 此一部分刊《学灯》第 6 卷第 3 册第 12 号，1924 年 3 月 12 日第 2、3 版。

② 张资琪，分析化学家。后留学英国，获约翰大学化学博士学位。曾任私立武昌华中大学教授、厦门大学理学院院长兼化学系主任。著有《中国科学史》（收入国民政府教育部史地教育委员会组织编写的"中国史学丛书"乙辑"文化专史系列"）等。其知名学生有卢嘉锡等。

③ 载《学灯》第 6 卷第 3 册第 22 号，1924 年 3 月 22 日第 1、2 版。

多了。

我抱憾于田张二君的，就是他们所谓"商榷"，没有对于主要问题，——什么是文化，中国的文化，是否以五伦为中心，和五伦在今日的中国是否有鼓吹的必要，——加以讨论，尤其是摸棱两可，狡狯巨猾的田君。而在张君一方面，仅能举出"不充足"的理由，去证明我的"五伦非中国特有"说，令我最失望的，就是这一桩事。

其次，他们两位对于我的原文、和柳君的演词，都没有看个明白，妄下批评，好像隔鞋搔痒，无关紧要，最好笑的是田君两句话："柳先生的演讲录，我是看过一遍的，可惜此时找①不着，故只能就张君所指谪处，引《文化史》证明之。"表面看来，似乎我已完全被这六大厚册《文化史》的一段驳倒了，手段何等的高明，但是无论如何，比胡君梦华的"柳氏演词，余未寓目"，好得多了！我到此要问他们，奉劝两句话，就是："凡要议论别人，至少要将原文体认清楚，字句也须辨别，否则意在言外，无益于事，徒浪费笔墨，与读者的光阴。"

复次，田张二君商榷问题，确有些学者态度，是"少年气盛"的人所不及的，不过田君说我是"崇拜任公的偶像（其实我何尝如此），和与吴稚晖一鼻孔出气"两句话，确含有不少的暗箭，这怕是不宜出诸以不骂人自标的人口中罢。

说了许多空话，还没有论及主题。好！让我先答覆田君。

一、田君引出柳老头儿的历史蜕化说，似乎怪我和他人对于他蜕化学说不对的一样，这是第一个笑话，须知我驳的不是文化的蜕化和进化问题。我又不是陶孟和先生，无须在《大中华》二卷八期里做《文化之蜕变》。文化自文化，是进化或蜕化，不过依各人的解释不同，这事与本题无关的，所以他引梁任公《〈墨子学案〉自序》的一段，和柳老头儿《文化史》第一编的一段来对照，是意在言外，无关本题。"充其量"也不过言五伦以互助为始，就这互助精神，柳某在最近二月份的《学衡·通论》（简直是不通之论）里《明伦》②篇上，说"为人君，止于仁；为人臣，止于敬；为人父，止于慈；为人子，止于孝；知互助之为名言，即知人伦之达道，无所谓新旧，无所谓中西"（请注意上两句

① 原文作"我"，当是形近而误，径改。
② 即《学衡》第26期，1924年2月出版。

话），可见他承认五伦在欧洲各国已有了。

二、田君忽然像胡梦华一样，暗地里拥出一位"时贤"梁任公来，做柳老头儿的护身符。但是，极愚蠢之至！他说："……至其演讲中之演说，与任公所说的，有什么两样，我实在愚蠢，辨别不出来，何必（以）在彼则享盛名，在此则被非笑？"唉！任公《墨子学案》的那一段，是专讲墨子的互助的，柳老头儿是要硬把"尚同、兼爱、节用、节葬"墨子的互助学说，附会到孔子说的"忠"字上面去，这是不同的地方。他在原演讲录不是说"墨子的互助，不通，不近人情，理会他的，就是不通的人"吗？田君硬要把柳君所说的不通学说，去代他辩护，未免大逆柳先生的尊命了。梁任公的所以享盛名，因为他讲演的时候，不会像［柳］某的"信口开河"（他的演讲集中的文字和句调，总比柳老爷的合逻辑方法）。他心目中的中国文化，断不是"要世界各国所没有的，为中国所特有的"，才是中国文化的中心（请田君参看任公讲演集第三辑《什么是文化》[1]），他的所以享盛名者在此，柳老头儿之所以被笑者亦在此。（胡君梦华在骂我的信里说：讲者能否畅所欲言，笔记者是否可靠，皆属疑问。其实柳某在《学衡》上的一篇《明伦》，我已拜读过了，其不通不近人情，和那演讲录没有两样。）

三、田君没有代柳先生定了一个较好的"文化"界说，和证明"中国幅员之广大，人种之复杂，年期之久远，都是由于五伦"不是荒谬绝伦的话来。（最好去远征博引。请二位杜威罗素来做护身符。）这是最可惜的一件事！

四、田君说柳君怕不做校正演讲录罢，这是不必的。他信口开河，随处皆然。《明伦》一句，与前者同其荒谬，可见他是没有能力去校正，陆渊君的要求太苛了！

五、西洋人父子观念薄弱，纵然如田[2]君所说，"有不愿养育儿女的倾向，结果恐怕不免负了人类重大的使命"，但是称读过社会学的人，都晓得中国人口的增加率，比别国大概都低的（除法国因其他重要原因外，详见《呵柳翼谋》一文），这是因为死亡率和生产率一样的增加，甚且远过之，且所生产的

---

① 曾发表于《晨报副刊》1922 年 12 月 1 日第 2、3 版。
② 原文作"甲"，径改。

大多都是低能的儿童，"人类的重大使命在那里"？（请田君看陈长蘅①的《中国人口论》②）况且西洋人的自尊神，是我们望尘莫及的呢。

六、"此次欧战，达尔文的进化论，恐怕多少总要负点责任"，田君道"恐怕多少"四个字，自然比柳某的"就是达尔文进化论"高明多多了。这可见他下笔时注意程度很高，不过我却怪田君对于我的原文，没有看个清楚，我要问："野蛮人的战争，是受本性冲动；文明人的战争，是受学说的催眠"两句话，作何解。（这恐怕他下笔时没有注意到罢。）野蛮和文明怎样分别？张作霖和吴佩孚，奉直之战，也受了达尔文学说的催眠吗？文明人的战争，是"绝对"不受本性支配吗？且慢，让我录 Q. P. Jacks 在 *Atlantic Monthly* 杂志中《余之文化促进观》③一篇，关于欧战原因的论调于下（原文见《东方杂志》十三卷七号）：

"欲征文化递演，由自然促进而来者，其最明显之实例，无有过于今日之欧战。试察此次战争之发生，姑勿条举细因，而泛观其荦荦大势，或为历史的演进，或本政治的改革，或由经济的驱迫，所以使之至于斯极者，胥由自然促进之结果，有如百川朝宗，滔滔东下，虽有力者，莫之能御也。"（请田君参照我《呵柳翼谋》原文）

"此次欧战④特其一例耳！试绎百年来史乘所纪载，而考其文化演进之迹，从可知其大概矣。每当⑤一事既终，始如大梦初觉⑥，回顾己身，然后知其所在。顾方在⑦进行之际，犹之睡梦正酣，凡所感触，盲然不知。……"

---

① 陈长蘅（1888—1987），字伯修，号建公。四川荣昌人。1906 年就读于四川游学预备学堂英文班。1911 年留学美国哈佛大学，修经济学，1917 年获硕士学位。回国后，任国立北京大学经济系讲师。后任盐务稽核所编译。1928 年任国立中央大学法学院经济系副教授，当选中国经济学社常务理事。抗战爆发后到重庆，任朝阳学院经济系教授、主任。后任国立英士大学财政学教授。1949 年任金华新成初级中学校长。1956 年任上海文史馆馆员，后任上海市人民政府参事。著有《中国人口论》《进化之真相》《三民主义与人口政策》等。参见周川主编：《中国近现代高等教育人物辞典》，福建教育出版社，2018 年版，第 358 页。

② 其版权页署编纂者：蜀都陈长蘅，发行者：商务印书馆，1918 年 9 月初版。收入"尚志学会丛书"。书中有图书广告云："采欧美学说及婚姻室家制度与中国人口比较，为改良之商榷，诚中国人群进化之南针。"

③ 载《东方杂志》第 13 卷第 7 号，1916 年 7 月 10 日出版。白雪译。

④ 《东方杂志》作"战争"。

⑤ 原引文作"富"，有误，径改。

⑥ 《东方杂志》作"斯觉"。

⑦ 《东方杂志》无"在"。

以上的二段话，也可以证明这次欧战是历史的自然演进了。

七、田君误会我"单方面"三个字，所以读了些社会学，就说些什么"父系时代和母系时代……"一类废话。其实全不是那一回事。他承认历史是螺旋式"进化"的，又去拥护不关本题柳老头儿的"蜕化"学说，首鼠两端，委实可笑。

八、田君说："张君因柳先生解释君为一群首领，便谓为张勋余孽，这种推论，和张君自己所说没有和'老七'爷爷会过面的人讲话相同。"关于这一段，事洽凑巧，我且借张鸿鑫君的话来驳他，他说："柳先生说：君，群也，王，众也，君臣合起来，不是群众运动吗？（可笑！）唉！'无怪'人（张资琪）说他是张勋余孽呵。"我不知田君看见作何感想，据我看来，还是算了罢（用田君责胡梦华语）。

九、"中国频年外侮内讧，叠起国中，明明是'廉耻道丧，士气销沉'的结果，我不解张君，尤其是不解现代的明达，就文化运动的先驱者，何以要偏偏要归罪于五伦？"从田君这几句话，我知道他是个理性不发达的人，所以他"不解"的地方很多。"士气销沉，廉耻道丧"，明明是五伦的罪。钱澄君在《大中华》"论为官思想之发达，及于国家社会之危险"① 一篇里说：

"盖在专制时代，君权极为发达，其视国家也，如彼之私有财产；其亲人类也，如彼之奴隶牛马；而所谓官者，乃彼自奴隶中选出者，使之管理生产，约束奴隶者也。苟其为君利者，无论其摧残人类与否，伤害生灵与否，莫皆为焉。盖其君命不可抗，必须顺之也；君权不可指，必须从之也。于是乎忠君之名出焉，名利之享增焉，而其主体之尊荣，势力，经济，客体之拥倚，恭维，将无不从此忠君之名，而增长焉。……"②

再引《明夷待访录》中黄梨洲先生《原君》的几句话：

"今也，以君为主，天下为客，凡天下之无地而得安宁者，为君也。是以其未得之也，屠毒天下之肝脑（内讧之原因），离散天下之子女，以博我一人之产业，曾不惨然曰：我固为子孙创业也。其既得王也，敲剥天下之骨髓，离散天下之子女，以奉我一人之淫乐，视为当然，曰：此我产业之花息也。然则为天下之大害者，君而已矣！今也天下之人，怨恶其君，视之如寇雠，名之为

---

① 载《大中华》（*The Great Chung Hwa Magazine*）第 2 卷第 12 期，1916 年 12 月 20 日出版。

② 引文与原文多有不一致之处。

独夫，固其所也。而小儒规规焉，以'君臣之义，无所逃于天地之间'（柳翼谋听之），至桀纣之暴，犹谓汤武不当诛之……"

因为有了五伦中"君臣"一伦，所以一般今日的军阀，只知戴其主，拥其君，黄狗咬白狗，让旁观者得利。这是"外侮内讧"的最大原因！

十、田君以为新文化现在成为新闻话了，所以效吴稚晖的口吻，劝人三十年后再谈新文化。他说："现在新文化运动的重心，已移到婚姻问题和白话诗文上去了。"唉！他目中的新文化，不过如是罢！那用科学方法去研究事物（社会政治等），和德谟克拉西的精神，是新文化的最大产物，他竟没有看到，和维持道统自命者，一个①鼻孔出气，其病在盲——易家钺《中国丘九问题》里所说当学客的安徽学生，讲主义②的湖南学生，他们是和那些靠释迦牟尼化缘的和尚一样，我们之不能因此非佛致，就和我们不能因有这些学客而不提倡新文化一样。田君如明乎此，也不必去代柳翼谋辩护了。

十一、田君是说下笔时候，比说话时小心的。唉！他最小心也不过如此吧！他既然承认柳某的错解自由恋爱，而还曲为之辩，他说："不过从事实方面说，我们现代的青年，不幸竟如柳先生所说，因为自由恋爱，而堕入烦闷和悲哀的网中，奄奄无生气。"是的，或者有一部分的人是这样！（田君竟笼统说现代的青年，这是何等的小心。）但是他们这般的奄奄无生气，并不是主张自主婚姻的结果。他们不过不幸生于新旧思想冲突的时代，做时代的牺牲者。我们不能因此而废弃自由恋爱，因噎废食。张资琪是主张自由恋爱的人，但究不如柳先生所说的奄奄无生气，他每天还要到化学实验室去研究化学上的问题。像他一样没有把人生应做的事业牺牲了的，在现代的青年中，必不止一个！田君如果［要明］白自由恋爱四个字怎样解释，我可介绍一本 Ellen Key 的 *Love and Marriage* 给他（如果东南大学图书馆没有，我这里到有可以商借；再不然向上海伊文司图书公司函购），再叫他和老七爷爷会面，下次再不会生出愿与心违的矛盾来。

田君的那篇"商榷"，被我个个都驳得精光。他对于柳先生的学说，处处没有正式承认。对于我的辩文，都处处施以非正式的攻击，圆滑老到，佩服！佩服！我以为胡某所用的方法，是正面冲锋法，田君所用的，是"侧面遥击

① 原文似"同"。
② 易家钺原文作"ism"。

法"。正面冲锋，损失大，而成功小。侧面邀击，损失很小，若是瞒得过糊涂人，还可以得些小成功，不愧为名将——田单——的后裔！

现在要和张君鸿鑫讨论了。

一、张君富有学者精神，不至听了一二复古者鼓吹五伦的论调，贸然听命，能将柳先生的演词，寄给《学灯》，让大家批评讨论，比田君的缩头曳尾，胡君的五体投地好得多了，这是我最佩服的！

二、"呵体"文字是很少见的，但是柳某的演词，荒谬太甚，不值一评，故只得疾言厉色，以为信口开河者戒。我在本文头一段，已声明了。

三、张君没有把我原文体认清楚，这是一件憾事！否则也可以省得许多笔墨，和忙着去找西洋历史，且待我再录我《呵柳翼谋》的一段，和张君商榷：

> "文化"的定义，固然言人人殊，但是总不若柳先生所引"观乎天文，以察时变；观乎人文，以化成天下"的笼统。这样比任公宜兴茶壶式的解释，还差得远！文艺若金石，目录，文学，历史等，举其一固然不能说是中国文化，但是总括起来，却占了中国文化的大部分呢！据柳某的意思，中国所有的，西洋人也有的，不能算是中国的文化，那么（请张君注意这两字）：五伦又岂是中国独有的？至少欧洲也有五伦的大部分呢！何得独以此为中国文化中心呢？欧洲中古之世……说对于五伦思想有厚薄可，有美恶可（请张君注意这两句），谓中国之有四万万同胞，数千万方里的领土，乃是靠着这个伦理，则尤不可（这请田君远征博引，请杜威罗素二位菩萨来证明）。

张君如果曾对于上段"三复斯言"，可不必去翻西洋史了，再就他驳我上反驳。

四、君臣。"……先是君主政体，后来即改为民主，……及到欧洲中世纪，教皇专权，……那教皇有无上的威权。"从张君这"君主""教皇"看起来，明明欧洲是有君臣一伦，不过深浅厚薄不同，不能说是"特有"。况且照柳先生引庄子的"君臣之义，无所逃于天地之间"，去解释代议士长，铁路管理员，明明不是中国"特有"的了（最好请张君下一个"特有"的定义）。

五、张鸿鑫君说《孝女耐儿传》的耐儿，是作者凭空结撰的（著者系英国大文豪迭更司？），没有相信的价值。于此我不能不怪张君没有研究过文学了。

文学是时代的产儿，文学家对于社会国家种种制度和习俗，所影响于人生者，应内心的要求，把它用一种高深的艺术手段，诉诸字里行墨间，这是他们重大的使命。张君恐怕看惯荒谬无稽像《聊斋》一类的小说，平素讲惯"小说家者流……"一类话（就是街巷之谈，也是绝好的写真），戴起一对对于文丐若李定夷辈黑幕派批评的颜色眼镜，所以有"不足为凭"四个字的宣言，我告诉张君罢！文学是绝好的时代写真，所以要晓得蜀魏吴怎样，一部《三国演义》，可以告诉我们张翼德，曹阿瞒，周瑜的情形。所以社会学家要晓得社会怎样，最好是研究民间文学——歌谣和俗语等。

六、夫妇。张君说："……在欧洲呢，自由恋爱，自由结婚的呼声，闹得天翻地覆，……此则夫妇一伦，是中国特有的文化。"其实他是少读书的缘故！他肯去翻一本西洋历史来，试驳我的"占姆斯第一，路易斯第十四的君主神权"，却不肯去找社会学一读。现在我要介绍他一本美国哥伦比亚大学教授 W. Goodsell 著的 *A History of the Family as a Social and Educational Institution*，把第五章"罗马式的婚姻"和第七章"中古世日耳曼族的婚姻"读个明白，那么，就可以知道"父母之命，媒妁之言"式的婚姻，不是中国特有了，"百年偕老，宜尔室家"的八个大字，不能独让东方老大帝国专美了（再不然，读张君看 Westermarck 的 *The History of Human Marriage* 也可以晓得，以免盲从）。自由恋爱等的呼声，在欧洲不过几百年间事，张君竟以为欧人的婚姻，历来如是，这是一个错处。

七、兄弟。欧洲人的兄弟关系不同，不过是程度上的差异，不能因此说兄弟一伦，为中国所特有的。

八、朋友。"这在中国和西洋各国都同"，那么，照张君的意思，所谓"特有"的，世界各国所无的，不过是四伦了。末了再请张君下一个"特有"的界说，如果因为他不同（不是深浅厚薄的不同）而谓为"特有"，那么，柳某说的历史目录文学等，无一非中国特有的了。

九、我最佩服田君，能够爽爽快快说"五伦"是无维持鼓吹的必要。我想如果五伦是真能支配今日的中国，也无须去维持鼓吹！柳先生也不必多去讲得声嘶力竭，结果只领了一顿"没趣"，引起别人的攻击，太不值得了。

"为学术界争公道"起见，不觉言词太长，以后田张二君及读者，如仍须有所商榷，请对于我所说的主题——什么是中国文化，和五伦是否中国文化中心（不是照柳翼谋的要中国所有外国所无的推论），是否可以支配现在的中国

等问题，——多所讨论。如果对于别人的原文，没有认个清楚，妄下断语，或意存讥骂者，则我因校课忙迫，恕不陪罪。

三，十五，二四，沪江大学

附二：Z. M.[①]《百草中之一株》[②]

自从荆生先生宣布"子欲无言"以后，果然四时行焉，百物生焉，惠风和畅，草木纷披。我真怪荆生年假无聊的违抗天时，今天闲中拉住一株草，我们且寻头按节，看看是一种什么东西。现在把一节：依次摆下，并加案语，意不求同，而文务相类。

话说中国的确有一个提倡新文化的《时事新报》的附刊，叫作《学灯》。《学灯》里的确有一栏讨论文化的文字，这里边又的确有一位东南大学教授柳翼谋的弟子田楚侨先生的《中国文化商榷》一篇大文。文云：

"张君资琪对于柳氏文化大加攻击，……"

案柳氏文化云，颇使人不解。不知是柳氏一姓的文化呢？还是柳氏所创的一种文化呢？我希望读了柳氏文化半年的田先生，有以教我。原文云：

"不管严又陵怎样打孔家店，吴稚晖怎样箴洋八股，……"

---

① Z. M. 究为何人？沈卫威在其所著《"学衡派"谱系——历史与叙事》（江西教育出版社，2007 年版）中曾云周作人变换笔名，在《晨报副镌》上登出多篇批评文章，如"陶然：《百草中之一株》，1924 年 3 月 28 日"（第 449 页），"《百草中之一株》是针对柳翼谋弟子田楚侨的《中国文化商榷》而发的"（第 450 页）。受此影响，笔者在《田楚侨先生生平简历及著作系年》中，亦将此文归于周作人名下，换言之，Z. M. 乃周作人笔名。但据曾健戎、刘耀华的《中国现代文坛笔名录：增补版》（重庆出版社，2013 年版），Z. M. 系梁绳祎笔名（第 269 页）。徐迺翔、钦鸿编《中国现代文学作者笔名录》（湖南文艺出版社，1988 年版）则有"梁生为（1904— ）"词条云："河北行唐人。曾用名：梁绳祎。字：容若、子美。笔名：梁绳伟、韦真、流人、盛志、滋南、钟山佣、梁盛志、梁子美、Z. M. 等"（第 616 页）。Z. M. 应是"子美"首字母的组合，《鲁迅日记》有载。1922 年考入北平高等师范国文系，其在《文学二十家传》（中华书局，1991 年版）的序文中说："我从十九岁入北京高等师范，肄业六年，毕业时已改为师范大学。"1936 年日本东京帝国大学硕士，曾任河北大学教授等职，后任台湾大学等校教授。主编《书与人》杂志。1974 年退休后居美国。1981 年回国定居，为全国政协委员（参见陈玉堂编著：《中国近现代人物名号大辞典》，浙江古籍出版社，1993 年版，第 847 页）。1983 年患眼疾后赴美，1997 年在美逝世。其著述宏富，多以"梁容若"之名行世，计有《中日文化交流史论》《中国文化东渐研究》《中国文学史研究》《国语与国文》《作家与作品》《文学十家传》《文史丛论》《谈书集》《大度山杂话》《常识与人格：徐复观的学格与人格》《坦白与说谎》《容若散文集》《南海随笔》《鹅毛集》《蓝天白云集》等。

② 载《晨报副刊》1924 年 3 月 28 日第 4 版。

案闽侯的严复真倒霉，自己尊孔卫教，闹了一生，死后却有人硬派他打孔家店。田先生呀！你都不怕严又陵的死鬼和你起名誉诉讼，拉你到孔子面前分辩！我真不解饱受东方文化的人，何以竟不分张王李赵？何以竟一家人不认一家人？大要因和严又陵争卫护五伦之功，所以相［信］，这种事情本是中国文化造成的历史上所常有的。原文云：

"柳先生在上面一段文章里，可算是把忠孝二字阐得既详且尽。推墨家于夏道，尤是探原之论，这于讲演中之演说，与任公所说，有什么不同的地方，我实在愚蠢，辨别不出来。何以在彼则享盛名，在此则被非笑，我实在不解其故。"

案姓梁的先作一篇文字，享了盛名，何以姓柳的再抄一过，则被人非笑，这真是一个大问题，我也实在不解其故。（此就田先生的妙文而评。我正告田先生，梁任公之享盛名，绝不在乎和你老师柳先生一鼻孔出气的东西，如果，这种东西可以负盛名，似乎柳先生也争持不得。你我不是都会写字吗，恐难以一抄似之。）原文云：

"新文化运动，给与我们的是甚么？"

按"我们"二字应重读，新文化运动自然不能给"他们"什么，与"他们"什么，此间足使异端息口矣。原文云：

"我们若不讲新文化，我们现在的状况又像甚么？"

按此问趣极。那当然是张少轩复了二次之辟，康南海议政圣主之前，黄龙旗飘，黑猪尾垂，遍野皆是节妇之坊，盈城无非孔子之殿，而我们田先生正在秉笔濡墨，静写白摺。太平景象，依稀可睹。可惜被陈独秀一班人弄坏了，可恨可叹，真乃天祸中华！（写到这里不觉露出昔日文字本象，因而想到田先生口口问新文化运动，给了他什么，有些厚颜。因他所用的白话文和新式标点，都有点新文化贩卖品的嫌疑。狷洁自好之君子，不宜袭其实而恶其名；拥护旧文化注重实行之田先生，尤不应蒙驴头以马皮，非然者，非所知也矣。）原文云：

"呵可怜的轰轰烈烈的新文化运动，为什么他的是至①重心竟移在婚姻问题，白话诗文等上面？多么的空虚，多么的危险，黄河铁桥，怕当真要倒了吗？"

---

① "是至"二字为衍文，原文无。

按黄河铁桥接得突兀，想不到新文化运动，竟支撑了黄河铁桥①，这真是田先生一大发见。看呀！朋友们，新文化运动现在空虚危险，黄河铁桥要倒了，你们还不觉悟吗？但田先生又说："劝人三十年以后再谈新文化"，不知这三十年以内，田先生将发明一种什么方法，支住黄河铁桥？这种地方，是含有神秘性的，ZM乌足以知之。（有人说黄河铁桥是用的吴稚晖的话，但如此更不易讲了。）原文云：

"易家钺君的《中国丘九问题》，把当学客的安徽学生，讲 ism 的湖南学生，可算叙述得详尽而痛快。可惜他还没有把恋爱问题，吃饭问题，无聊的白话诗文等等写在上面去，不然一部《续儒林外史》，怕已在商务印书馆出版了。"

按作者为中国文化学者，似对于小说者流，很看不起，不然何以竟不知《儒林外史》是怎样一部书。商务印书馆出一部《儒林外史》，当然要继承前书之意，"把新式的旧礼教提倡者，新式的旧文化拥护者再描写一番"，田先生要肯供给材料，吴敬梓不会长久孤单的。原文云：

"新文化原是新闻话，当时还值钱，过后就不值一顾。"

朋友！怕不准罢？新闻话要只是那个样子，只怕当时也不值钱罢？

大头目小文字是近来出产最多的东西，中国文化旧礼教的提倡，便是它们唯一的内容。茅韦虽多，我们正不妨把玩其一以例其余。

三，十六，师大。

此文写好，恰是陶然②《诗人的文化观》发表的前一晚，但他未免太客气了，倒和他恭恭敬敬的来讲道理！

---

① 关于"黄河铁桥"，出自下文易家钺的譬喻。他在《中国的丘九问题》开篇即说："不危险也危险：因为一个出了保险年限的铁桥还靠得住吗？虽然我的小舅子黄卓新从北京——由京汉路回来，告诉我'黄河铁桥并不危险'，然而我的一种无意识的答案，仍然是'不危险也危险'。//这个譬喻正可适用到今日我们中国的学生界上。'五四运动'就好像架了一座很伟大的黄河铁桥，五四运动以后的学生行动就好像一皮条列车在桥上跑，现在铁桥的毛病渐渐的暴露了，换言之，即五四运动的流弊渐渐的积深了，而我的表弟还冒昧的从北京新归，而一皮条列车还拼命的在桥上乱跑。"

② 据徐迺翔、钦鸿编《中国现代文学作者笔名录》，此文中的"荆生""陶然"均系周作人笔名。其中"荆生——首见于杂感《印度的迷信》，载 1922 年 10 月 18 日《晨报副刊》"；"陶然——首见于散文《故乡的野菜》，载 1924 年 4 月 5 日《晨报副刊》"（第 436 页）。

附三：陶然《诗人的文化观》①

自从东大教授柳翼谋先生发表那篇《什么是中国文化》以后，社会上［议］论纷纷，有反驳的，也有拥护的，——照道理讲，中国现代的青年那有不拥护旧道德的呢？这原是当然之至的。最近见到《学灯》上一篇《中国文化的一个商榷》，引了梁启超先生的话来替柳老先生辩护，这种办法原是古已有之，正如引了经书来注《阴骘文》《感应篇》同一作用，但是我不敢相信柳先生有了这个保［镖］便已可以安稳，因为梁先生本身的话原来也还不是经典，不能就据为典要。不过我并不想来反对梁柳两先生"拥护中国文化"的话，关于这个问题可以不必多说，我所觉得很有趣味的，乃是文中所引梁先生《墨子学案序文》的几句话：

"今试行穷乡下邑，辄见有弱媭襁负呱呱之子褴褛而行乞者，吾人习见，莫之或奇，莫之或敬也。……其在文化与我殊系之民族，则妇女为葆其肤颜之美姣而弃子弗字者，比比然矣。"

我觉得梁先生的话不免太重情感而轻理知。"弱媭"如要养育她的呱呱之子，当然雇不起乳母，用不起牛乳，只能襁负而行。见了一个或几个弱媭襁负而行，便断定中国妇女没有弃子弗字的，也有点近于武断。溺婴——这两个血红的大字写在中国现代文化史的第一叶上，照耀世人的眼睛，只是中国有许多人闭着眼睛不看见。各处的育婴堂即是溺婴的旁证，至于正证则有那些不知数的犯过这罪的妇女。我在家乡的时候，闻家中的山乡女仆有些都溺过女婴，而且所杀的大抵不止一人。王阳明、刘念台的故乡，文化当然应该高了，但事实如此，我实在不能为先贤的面子起见而忌讳不说。我没有工夫来证明中国文化一定劣于殊系之民族，但觉得决不能比他们为优，则是事实；我不想反对别人的一家的学说，只是提出事实，请他们注意罢了。

文化的比较与研究是一种科学。但梁先生是一个诗人，梁先生自己也知道，"笔锋常带情感"，即是他自己的考语；所以他有时不免为感情所引，从科学跳到文学的界里去，这是他的文章所以使我们十分佩服的理由，但于事实也就不免稍有出入了。柳先生却是别一路的人，他可以说是宗教家，正如中国的道士道学家都是宗教家一样；但据圣达耶那说诗与宗教本是一物，那么他的文化观之纯为诗的，比诗人还要独断地诗的，也正是当然的了。做文化史的人应

---

① 载《晨报副刊》1924 年 3 月 17 日第 4 版之"杂感"。

该是一个科学家，专重事实证据而没有教旨或灵感之科学的史家。诗的文化史还只是属于文艺的，倘若文章做得很好。

临了我要声明一句，我在上边虽然梁柳并提，只是《学灯》上文章的连带的关系，并不真是看作一派。梁任公先生正如梁漱冥（溟）先生一样，虽在那里称扬中国文化，却与柳先生之拥护纲常礼教的反动运动很不相同；我虽不赞成东方文化更好的意见，但如因了上文硬把梁先生拉去和柳老先生并坐，那是很对不起的事情，所以在此要声明一下。

评胡怀琛君所著之《中国诗学通评》①

一、导言

中国文学，诗歌为盛，取而通评，诚非易易。考其原因，约有四难：自诗骚而汉魏六朝，自三唐而宋元明清，形式既有变迁，内容亦不尽同，多述则伤繁，少叙则嫌简，若非精心观察，何能提纲挈领？此纵横千载，组织完密之难也。古之作者，在历史上不无因袭，在时代上不无影响，然凡卓然成家，莫不博采众长，而戛戛独造，若或得其一偏，遽谓源出某家，应归某法，亦难允当，恰获人心。此穷源竟委，分家别法之难也。人之好尚，各有不同，是丹非素，时所难免：工选体者斥唐宋，工宋诗者斥唐声；好自然者喜渊明，喜雕琢者好灵运；性近阳刚者，以为诗当发扬蹈厉；性近阴柔者，以为诗当温柔敦厚。此平心评论，轩轾诸诗之难也。作诗匪易，解诗尤难；人情虽同，文心独妙。苟非设情处境，不免附会牵强。诗无达诂，贵在神会，泥于字句，反失真意。此欣赏文学，知音千载之难也。综上四难，其难可知。故通评之作，《文心》《诗品》，可称绝响（严格言之，《诗品》亦多可议之处）。后之嗣音，渺焉

① 载《学灯》第6卷第4册第16号，1924年4月16日第2、3版。《中国诗学通评》，编纂者：泾县胡怀琛，发行者：大东书局，1923年6月初版。其详目如次：总叙；通评第一：屈灵均一派七人（屈原、孟郊、李贺、温庭筠、李商隐、梅尧臣、黄庭坚）；通评第二：陶渊明一派七人（陶潜、王维、孟浩然、储光羲、韦应物、柳宗元、苏轼）；通评第三：李太白一派二人（李白、高启）；通评第四：杜少陵一派一人（杜甫）；通评第五：陆放翁一派二人（陆游、杨万里）；通评第六：王渔洋一派一人（王士祯）；通评第七：白香山一派一人（白居易）。目次之后有叙云："右《中国诗学通评》一卷，为余民国十年在沪江大学所讲。于古今数千年，虽仅论及二十一人，然源流派别，一览了然。学者得此为门径，不难自入堂奥。古人论诗，毫无系统，零篇碎语，不胜丛胜，振而理之，诚非易易。今人论诗，又多武断，甚者谓放翁、渔洋无足取，不可谓之知言。余少好诗，于诸家皆泛览焉，窃不自量，而成此书，聊以心得，质诸同志云耳，非敢云定评也。书成，阅二载，友人索吾稿付印，为叙其缘起如此。民国十二年，胡怀琛记。"

未闻。其或有志于此者，必先精西文，明彼邦文学之原理，批评之法则，然后熟读诸家原诗，取材历代诗话（当重新估定其价值），而比较之，整理之，则于后学，不无小补。若夫不明原委，损益任情，不辨体制，操觚率尔，则所谓非徒无益，而又害之也已。

本上所谈，以观胡怀琛君所著之《中国诗学通评》，成①有惕然不能已于言者。盖胡君为继胡适而主张新诗，别标一派者，其言论于后生末学，不无影响。用敢爱就管见，举其缺点，以与著者商榷。唯个人于中国诗歌，既无若何之研究；此次所谈，复多本诸直觉，错误之处，良知不免，尚希著者及当代明达，勿吝金玉，惠而教我。

二、原书组织之不完密

中国诗歌，既兼形式与内容，既名通评，均应述及。著者略形式而不言，已嫌非善，而其内容之分类，则有更足令人惊异者。孔子删诗，风雅并存，风所以观风俗之盛衰，雅所以明政教之得失。然风俗政教，互为因果，即风可以观雅，即雅可以观风。虽分风雅，初无二致。至于有价值之文学，其真能发挥一己之情感者，无不足以感化人群；其足以感化人群者，亦无非一己真情之流露，故发挥情感与感化人群，二而一，一而二，如纸之二面，实未可强分也（其详见刘永济著《文学论》②第二章"文学之分类"）。昔读白居易《与元微之书》："以康乐之奥博，多溺于山水；以渊明之高古，偏放于田园。……陵夷至于梁、陈间，率不过嘲风雪、弄花草而已……"一节，即慨然有文以载道之志，视汉魏六朝文学③，为游戏之作。然至今思之，颇嫌迂腐，觉文学既非游戏，亦非载道；既为游戏，亦为载道（此亦一相反相成之例。苟明乎此，不特可以批评中国文学，即艺术、人生两派之争执，亦可迎刃而解）。文学家受真情之冲突，流露而为诗歌。既不可存游戏之念，亦不可存载道之心。而读者欣赏其作品，即有游戏之乐，载道之感，是之谓有价值之文学。文学作品，反映

---

① 成，或是"或"之误。

② 《文学论》，1922年4月出版。其版权页题述论者：刘永济，印刷者：湘鄂印刷公司（长沙织机巷），代售者：长沙明德学校。全书共六章：何为文学；文学之分类；文学的工具；文学与艺术；文学与人生；研究我国文学应注意者何在。附"古今论文名著选"。

③ 原文作"汉魏元朝六学"，径改。

人生；人生现象，仅有活动（以活动为中心）。文人心情，融洽自然；自然现象，亦非单调。（故即白居易诗，亦有讽谕、闲适、感伤诸种。此外如杜甫、陆游，亦多伤时感[①]世之作。）故胡君远本风雅，近采白说，区分诗歌为发挥情感与感化人群二类，在今日殊无存在之理由也。

三、原书分派之未允当

《蔡宽夫诗话》："王荆公晚年亦喜义山诗，以为唐人之[②]学老杜而得其藩篱者，惟义山一人而已……"此盖就其格律谨严，字句锤炼而言也。至其派衍西昆，婉转流丽处，似从六朝人来；清峭感怆处，则又自成一风格。而著者乃归之于屈原一派，殊嫌非是。

清世学太白而有得者，称黄仲则，此外尚有屈大均，而著者独引明代高季迪，亦嫌脱略。

陆放翁诗，于杜少陵为近，不应独分一派。

渔洋"神韵"之说，实本于严羽，其七绝高张盛唐，实则其工力所至，仅及张祜、刘禹锡而已（明代李攀龙学太白、龙标，亦仅窃其形貌），亦不应独分一派。

胡小石先生谓："王孟韦柳，世皆谓为学陶，其实其艺术多从大小谢来。"近于京中读小谢诗，颇知此言不谬，例如王右丞"寒山转苍翠"，实从谢朓"苍翠望寒山"句来。其《青溪行》"趋途无百里，随山将万转[③]"，亦从《游山诗》"陵崖必千仞，寻溪将万转"句来。（其他例证，想必甚多，行箧未携四家诗集，平日所读，又多不复记忆，故只能略举一二例，详细研究，当俟异日。）著者以王孟韦柳，均从陶出，亦嫌过于信任昔人之说。

四、原书去取之不谨严

全书分七派共二十一人，其分派之错误，已略如前述。其最可奇怪者，则汉魏六朝，为中国文学极盛时代，乃著者仅录陶潜一人（陶诗意境极高，实非

---

① 原文作"盛"，径改。
② 原文作"知"，径改。
③ 原诗作"随山将万转，趋途无百里"。

初学所能穷儿）。他如曹氏父子、（刘）越石、（鲍）明远之气概雄劲（流为李杜高岑）；郭璞《游仙》，阮籍《咏怀》之想像幽渺（流为陈子昂、张九龄、李太白）；大谢小谢，描写山水之修辞富丽（流为王孟韦柳，即太白平生，亦极佩服谢朓），在中国诗中，均为上乘；且为唐人之所祖述，苟不叙及，难见渊源。今竟略而不录，反述及温庭筠、梅尧臣、高季迪等，诚可怪也。且即以灵均一派而论，与其加入李贺、温庭筠、梅尧臣等，何若加入陈思王（见太炎《国学概要》）、阮嗣宗（见《诗品》）、郭景纯，更为恰当。至于左太冲《招隐》《咏史》，更是从《离骚》来。要之，楚辞者，体慢于三代，而风雅于战国，乃雅颂之博徒，而词赋之英杰，其衣被词人，非一代也（见《文心雕龙·辨骚》）。其必以若者出于骚，若者不出于骚，反适见其所见之不广也。《湘绮楼论唐诗》云："从八代入手者，可以及唐；从唐入手者，多宜俗赏而失古音。本朝王士祯，专学唐者也，而终无一似，以其气骨不充也。"善哉斯言①，可谓知诗学之源流也。

五、原书欣赏之错误

至于梁末，古今诗有一绝大界线：全篇好是古诗之特色，一二句好，是此后之定论（见太炎《国学概要》）。此语虽不尽然，然亦大致不谬。故以一二名句论诗，已落下乘；以一字论诗，更堕入魔障也。著者于论放翁诗，已［对］沾沾于对偶工整为过；于论杜诗，又极称其炼字，果何故耶？修辞在诗中，炼字在杜诗中，非决不重要，然举其小而遗其大，未见其可也。

人之意见，固各不同，然举名家诗，自当举其代表作品，例如工部七律，世所推重，其《闻官军收河南河北》一首，一气贯注，可谓佳作；《梦李白》二首，描写梦景，妙绝古今；《新安吏》《石壕吏》诸首，按诸胡君感化人群之旨，当称压卷（见白居易《与元微之书》），何以均略而不录，独举其二三等著作乎？

著者评孟郊《古怨别》，谓其首句（"飒飒秋风生"）飘逸，与"嫋嫋兮秋风"相同，此实大误。《湘夫人》"帝子降兮北渚，目眇眇兮愁予。嫋嫋兮秋风，洞庭波兮木叶下"，乃一绝好美人秋风图，其景至丽，与孟郊"飒飒秋风

---

① 原文作"焉"，径改。

生，愁人怨离别，含情两相向，欲语气先咽"之叙离别凄惨者，诗境全不相同，著者牵强附会，何以一至于此耶？

六、结论

综观以上所谈，则是书之价值，盖可知矣。然著者既非全无学识，何以其失败一至于此？细思其故，则为全书仅六十二页（page），而题名"中国诗学通评"之故也。在此六十二页中，若能纬以时代，经以源流，略叙其形式之变迁，内容之大概，艺术之优劣，修辞之方法，亦未尝不能差强人意。乃著者不出乎此，分类故采白氏之说以示异，而又未能条分缕析，尽如人意。其组织能力，已稍嫌薄弱；至其材料之不充足，则尤可惊异。中间除缩短诸家传记，杂引诗话评论，抄录诸家原诗外，其自参意见，自下评语，所谓心得处，不过牵强误解，推敲字句之数百言（总叙因本章实斋《文史通义》及白居易《与元微之书》，故未计及），试问如此通评，名副其实耶？吾欲冒昧提议，请胡君易书名为"诗选"，去取无特识，虽不能与诸名家选本并美，最低限度，亦不失为一教科书也。

此稿草于三月念五号，念九号胡小石先生来吾校，为国学研究会演讲（演讲题为《研究中国文学史之我见》，演讲稿待返宁后，即当抄寄《学灯》，以供研究中国文学史者之参考），略闻其绪论，已拟增改数处。旅行西湖，愧无只字片言，以称道湖山胜景，因整理斯篇，邮寄《学灯》，以为兹游之纪念云耳。

楚侨自识，四月二号

研究《孔雀东南飞》之我见

《学灯》上关于《孔雀东南飞》之讨论，虽破碎而无当，然立言之际，均能免去谩骂习气，实为仆私心所企慕，故虽课忙事多，亦愿更进其说，再为一度之商榷。

杨幸人及胡云翼二君，均引郑振铎君《小说月报》第十四卷一号之《读书杂记》，以驳仆前次之通信，胡君更谓仆未尝睹郑氏之说，故有是言。此实大误，不可不辨。《小说月报》，当今学子，几于人手一编，仆弃书堆里，曾有斯卷，岂未之睹？特张君论文，所根据者，为普通流行本，未尝言及《小说月报》，故仆亦只据丁氏校本以立论，不欲牵及郑君，以伤忠厚。今胡君既以此相责难，敢略正郑氏之误于下：

考《文选》及《古文苑》，均不载《孔雀东南飞》一篇（《续古文苑》亦无)，不知郑君何所据而云："但考《文选》《古文苑》……则皆有此二句"，"丁氏不从昭明"？岂《文选》及《古文苑》，别有古刻本钦？抑全书未尝寓目，或虽曾寓目，而无暇细检目录，故凭空臆说钦？不然，何错误如是之甚也？郑君之说，杨胡二君，既未为之更正，反征引其说以难仆，何勇于信今人，而不一检古书耶？此诚所谓以讹传讹，不知其所应止者也。

丁氏《全汉三国晋南北朝诗》，郑君误为《全汉魏六朝诗》；丁氏于其《绪言》中，于"小姑始扶床，今日被驱遣"二句应删之理由，曾有详细之讨论，郑君仅云据其附注，想未尝睹其《绪言》也。今引其《绪言》如左：

"新妇初来时，小姑始扶床，今日被驱遣，小姑如我长"，冯默庵云：此四句是顾况《弃妇词》，宋本《玉台》无"小姑始扶床，今日被驱遣"十字，《乐府诗集》《左克明乐府》亦然。其增之者，《兰雪堂活字玉台》始也。初看此诗，似觉少此十字不得，再四寻之，至竟是后人妄添。何以言之，逋翁一代名家，岂应直述汉诗？可疑一也。逋翁诗云："及至见君归，君归妾已老。"则扶床之小姑，何怪如我。此诗前云："共事三二年，始尔未为久"，则何得三年未周，长成遽如许耶？正是后人见逋翁词，妄增入耳。幸有诸本，可以确证。今苏郡刻《左氏乐府》，反据《诗纪》增入，更隔几十年，不可问矣。古书之日就散忘①，可为浩叹。

观丁氏之言，可得解郑君之惑凡三点：（一）丁氏非不知"少此十字不得"；（二）后人决非"无故"将前后矛盾之句添入；（三）后人添入之言，丁氏确有所据，决非"强造"。

故郑君《读书杂记》，吾敢断言，非特未睹《文选》及《古文苑》，即丁氏《绪言》，亦未尝睹及也。此种读书杂记，或即平伯君覆杨君所谓"原不必俟找齐参考书再做"之杂记，谓之曰"杂记"无不可，谓之曰"读书杂记"，则未免稍嫌名不副实也。顾氏亭林自谓其著《日知录》："别来一载，早夜诵读，反复寻究，仅得十余条。"（见《与友人书》，载《日知录》卷首）其门人潘耒更谓其："精力绝人，无他嗜好，自少至老，未尝一日废书。出必载书数簏自随，旅店少休，披寻搜讨，曾无倦色。有一疑义，反复参考，必归于至当。有一独见，援古证今，必畅其说而后止。"（《〈日知录〉序》）吾辈后生，发表读书杂记，固不必以名山之业，高自期许，而慎重其事。然亭林先生之精神，则所当取法也。颜之推曰："读天下书未遍，不许妄下雌黄。"吾人生当今世，所学者多，遍读天下书，势有所不能，亦有所不必，然研究中国文学，《文选》亦未尝披寻搜讨，而遽轻于立言，吾不能不为郑君惜矣。而拾其牙慧者，又复沾沾焉以此自喜而笑人，吾更不能不悚然以惧，惧古书或将因青年之不学，而日就于沦亡也；悲夫！

丁氏全书，仆去年闻其名，最近始获从同学李君处假阅。观其《绪言》，颇多警辟之论，然独于前所钞引一段，尚有怀疑之处。今引寒假中日记一则于下：

　　　　读《太白文集》卷六《去妇词》，末云"忆昔初嫁君，小姑才倚床。今日妾辞君，小姑如妾长。回头语小姑，莫妇如兄夫"数句，与普通本所载《孔雀东南飞》"新妇初来时，小姑始扶床。今日被驱遣，小姑如我长"

---

① 散忘，宜作"散亡"。

数句，几乎完全相同，而陈师言宋本《玉台》及《乐府诗集》，无"小姑始扶床，今日被驱遣"十字。究系普通本因太白诗而误耶？抑系太白诗完全抄袭《东南飞》而宋本有误耶？然太白为名家，全集中无完全抄袭他人语者。或系普通本因太白集而加入此二句也。

此则日记，证明"小姑始扶床"二句，为后人加入，其方法颇能与丁氏不谋而合。唯丁氏据冯默庵①之说，断为钞袭顾况；吾则从太白集，断为钞袭太白耳。考顾况时代，当后于太白（太白卒于肃宗宝应元年，年六十二；顾况为肃宗至德进士，论年当差后），似不若断为钞袭太白集之为愈也。

然更考《全唐诗》卷六太白《去妇词》下注云："一作顾况诗。"《全唐诗》又于顾况《弃妇篇》注云："太白集中亦有之，元人萧士赟谓'此篇顾况《弃妇词》也，后人添增数句，窜入太白集中'。"观两诗字句无异，当出于一人之手，然究系顾况作，或太白作，似尚不能断也。元人定为顾况作，别无旁证，丁氏从之，亦非阙疑之旨。

据上所谈，则"小姑始扶床，今日被驱遣"十字，实事求是，当确为后人加入。然从艺术方面观之，自当仍以有此十字为佳也。因之郑君若仅以文学家眼光，非笑丁氏，吾当绝对赞同，似此毫无根据之考据，亦欲推翻丁氏之说，则期期以为不可。盖丁氏根据宋刻《玉台》及《乐府诗集》，亦信而好古之旨也。宋人臆改古书，其大略可得而举者，唯朱子之《诗序》及《大学》，然皆据于理而别有见解。以《国风》多为淫奔之词，能脱去汉人窠臼（唯以彤管为淫奔之具，则殊属非是；且郑君《读〈毛诗序〉》一篇文章，亦极推崇②朱子，其又何以自解）。颠倒《大学》次序，亦见治学条理。至于任意改窜，变乱旧帙次第，竟至顺舛百出，无知妄作，以吾所闻于师友，及丁氏之《绪言》，明刻本往往有之，宋刻本殊不如是也。（据叶德辉言："宋元明三代刻本，当以元刻本为佳。"）然吾于古本书，所见者少，固不敢以此相质难也。

要之，全诗艺术，多不足道（其详见后）。其所以流传至今者，或非其文足传，乃其事可悲。因诗中之矛盾，而删此十字，与因艺术之美，而存此十字，以愚视之，其失为均。盖同不免以今人之艺术眼光待古人，而昧乎文学史

---

① 原文作"冯冯庵"，有误，径改。
② 原文作"惟崇"，径改。

与文学批评之分也。今引二人之言，以为此段文之结论：

赵祖翼序《全汉三国晋南北朝诗》曰："论古兴衰，感时得失，唏嘘凭吊，慨慷激昂，是谓诗［识］；扬风扢雅，高华名贵，审音按节，沉郁顿挫，是谓诗才；远搜旁绍，证据精确，繁征博引，断制谨严，是谓诗学。备斯三者，可与言诗矣。"

胡小石先生曰："研究文学史与文学批评，绝不相同。一为辨别其真伪，一为欣赏其艺术。一为求真，一为求美。一为客观，一为主观。若不分别，自堕迷网。"

以上所谈，几乎全对郑君立论，其实即为吾前次通询[①]（主张根据丁氏删去"小姑始扶床"二句）之辨护及申说。以下且略谈吾对于全诗之意见。[②]

吾觉讨论此问题者，举其大端，约有二病：（一）囿于诗而忘叙；（二）未从诗体上观察，故支离破碎，终无当也。但诗体为一重大问题，其牵连他处者甚多。偶一检书，已不胜其繁；排比诸说，更觉非易。今兹所谈，错误必多。特其方法，尚堪自信，故敢冒昧，质诸当世。

（一）囿于诗而忘叙

讨论此问题者，可概分为二派：一为推翻事实，一为承认事实。然此二派，均嫌囿于原诗而忘诗叙。三百篇之诗序，固属多不可信；然此篇诗序，准诸情理，则足助吾人之了解（此篇诗序，或亦为后人所加）。今引其序于左：

> 汉末建安中，庐江府小吏焦仲卿妻刘氏，为仲卿母所遣，自誓不嫁。其家逼之，乃没[③]水而死。仲卿闻之，亦自缢于庭树。时伤之，为诗云尔。（《乐府诗集》"时"下有"人"字，末句作"而为此词也"。见丁氏本）

由叙而谈，在推翻事实者，固属无当；即杂引原诗及旁证以承认事实者，亦不能恰解人疑。更思其故，推翻事实者，非惟囿于原诗而忘诗序，且不明乎文学与历史之分。文学家采取事实以入诗歌，常用其想像（Imagination）以

---

① 通询，应是"通信"之误。
② 此一部分，载《学灯》第 6 卷第 5 册第 1 号，1924 年 5 月 1 日第 1、2 版。移录时序号按今之层级略有调整。
③ 没，或作"投"。

弥补或变换事实中之细节，以激发人之感情。莎翁（Shakespeare）之戏剧，即一良好之例证，故虽小与事实矛盾，亦无大害也。

（二）未从诗体上观察

吾研究此诗而发生之问题，为：1. 此诗究作于何时？2. 五言之兴，究在何世？3. 何以在建安中，有如此孤篇横绝之纪事长诗？因怀疑而有假定之解释，为人类本性之倾向。出其鄙陋之假定，以请益于当代之明达，在兹印刷便利之世，或亦后生末学应有之事欤？今就问题之次序分述之于左：

1. 此诗究作于何时

此诗究作于何时？吾前曾以此问题，质诸胡小石先生，胡先生谓："从其用韵参差处观察，似仍当在建安之时，至于诗中称谓之不合时代（所举例不复记忆），则或为后人之所窜改。"胡先生能从用韵处观察，可谓能识其大（若能以此诗之用韵，与魏晋六朝诗比较，或更从洪亮吉《汉魏音》一书，寻求旁证，当可得满意之答覆，惜吾于音韵学，殊甚浅薄，此不能不望诸当代之考据家）。今更从诗序上观之，在事实方面，既无若何之反证，足以生疑者（或者更在历史上亦可寻得，未暇细检也），则此诗之作，自当在建安之世；即后于建安，亦当不远矣。又胡君引晋后重门第之说，为仆所极端赞同。唯引蔡琰，则殊不伦类，盖文君遭遇非常，千载下读其《悲愤》诗，尤令人堕泪，则其能得当时社会之原谅，固在此（指遭遇）而不在彼（指礼教）也。（《悲愤》诗不见录于《文选》，其文沉痛苍劲，有丈夫气，疑果非文君所作，或系后人本其《胡笳十八拍》，而作为此诗也。）此外，颜延年之《秋胡》诗，乐府古辞之《陌上桑》，亦足为此事之证明。此处未能细举也。

2. 五言之兴，究在何世

胡小石先生谓："建安为古今学术及文学一大变迁时代，五言及七言，均当成立于是时。《柏梁台诗》，《日知录》卷二十一已言其为人拟作。《招魂》《大招》为楚调（有些、只），亦非七言。故真正之七言诗，当以魏文帝之《燕歌行》为第一首。此七言诗成立于建安之一解也。《古诗十九首》，及苏李赠别，从文体变迁上观之，在西汉决不应有如此整齐之诗体，仍当为建安或建安以后之作品，此五言诗成立于建安之一解也。"征引繁博，不及尽述。陈师斠玄亦谓："枚乘之赋，质实绵密，与《玉台新咏》所载古诗九首之清空流丽者，绝不相同。"（按《文选》所载无名人《古诗十九首》，《玉台新咏》作二十首，十首无名，九首为枚乘所作，《孤竹》一篇，则为傅毅之词。王湘绮《八代诗

112

选》从之。）又谓："十九首中如'东风摇百草''秋草萋已绿'，直是六朝人名句。"近读《十驾斋养新录》"七言在五言之前"一节，更信五言之兴，下在景武之世。兹引其全文如左：

《楚词》《招魂》《大招》多四言，去些只助语，合两句读之，即成七言。荀子《成相》，荆轲《送别》，其七言之始乎？至汉而《大风》《瓠子》，见于帝制；柏梁联句，一时称盛。而五言靡闻，其载于班史者，唯"邪径败良田"童谣，出于成帝之世耳。刘彦和谓西京词人，"遗翰莫见五言，所以李陵、班倢伃见疑于后代"。又谓"古诗佳丽，或称枚叔"，则彦和亦未敢质言也。钟嵘《诗品》云：古诗，其体源出于国风。"去者日以疏"四十五首，疑是建安中曹王[①]所制。《文选》所录《古诗十九首》，未审即在钟氏四十五篇之数否？要之，此体之兴，必不在景武之世。观《汉书·李陵传》置酒起舞作歌，初非五言，则知河梁唱和，出于后人依托。"不待盈觞"之语，触犯汉讳，始决其作伪也。枚叔又在苏、李之前，班史不言有五言诗，其为臆说，毋庸置辨矣。《虞姬歌》不见于史汉，谅亦出于依托。《白头吟》见沈休文《宋书》，但云古辞，不言何人作，唯《西京杂记》有"卓文君作《白头吟》自绝"之语，亦不载其词，且《杂记》出吴均之手，岂足信乎？

考钟氏未言《古诗十九首》，而《文选》所录十九首中，有"去者日以疏"一首，则《文选》所录《古诗十九首》，当在钟氏四十五首之数，而不容疑者也。（又陆士衡《拟古诗》，钟氏谓为十四首，《文选》只录十二首，亦一旁证。）又考《诗品》亦云："自王扬枚马之徒，辞赋竞爽，而吟咏靡闻"，是则《文选》《文心》《诗品》三书，均不认十九首中有枚叔作品也。西京词人，既已遗翰莫见五言，则李陵、班倢伃，当然不免见疑于后代。而《诗品》乃云："逮汉李陵，始著五言之目矣。古诗眇邈，人世难详。"《文选》亦以十九首冠诸苏、李之前，是则《文心》独当，而《诗品》及《文选》，均嫌武断矣。至于《白头吟》一诗，丁福保于其《绪言》中，更详言其非卓文君作，胡怀琛君于其所著《中国文学史略》中，亦仍其伪而不知考，尤属非是也。

---

① 曹王，当是"陈王"之误。

又按钱氏论七言之始，实本于《日知录》。今节引《日知录》于左：

> 昔人谓《招魂》《大招》，去其些只，即是七言诗。余考七言之兴，自汉以前，固多有之，如《灵枢经》……宋玉《神女赋》"罗纨绮缋①盛文章，极服妙彩照万方"。此皆七言之祖。

观顾、钱二氏所论列者，均为七言诗之源流，与胡先生之说，固不相冲突也。唯《柏梁台》一诗，据丁氏《绪言》，则谓前后矛盾，系章樵增注妄以其人实之，未知果为何如，他日当寄书质诸胡先生也。又近读《古诗十九首》，觉其气体高妙，托辞思妇，实与曹子建杂诗相近，疑其系陈思王所作也。其不署己名，而诡托他人者，或亦同其《六代论》之托名曹元首欤？文帝多猜忌，日以杀陈王为事，陈王身处藩国，心恋魏阙，忧谗畏讥，不敢畅所欲言，亦情理中或然之事也。然陈师谓："古诗十九首，解为恋歌，当更恰切，直属陈王，亦嫌武断"，且由"玉衡指孟冬""孟冬寒气至""驱车上东门"数句观之，又非一时一地之词。要此问题，本为文学中之大问题，非末学如我，及兹短篇，所能解释。兹本胡陈二先生之口谈，及个人之管见，姑假定其说耳，非敢以为定论也。

3. 何以在建安中，有如此孤篇横绝之纪事长诗？

由第（一）段证明，此诗确为建安或其后之作品。由第（二）段证明，五言诗似当成立于建安，或成立于西京以后，建安以前。何以在建安中，即有如此孤篇横绝之纪事长诗乎？此为当然继续发生之问题（即退一步，否认第一段及第二段，此问题亦可成立）。吾前曾以此问题，质诸胡小石先生，胡先生以时间短促，问者纷纭，未有所答，常以为恨。今偶忆及《湘绮楼论唐诗》"白居易歌行，纯似弹词，焦仲卿妻诗所滥觞也"数句，因之断定《孔雀东南飞》，或为当时民歌，与后世弹词相类，约举其证，凡有四端：

（1）在昔诗歌，有乐府古诗之分，较然两体，不可合并。考《乐府诗集》，既载此篇；丁氏又列此篇于乐府古辞之杂曲歌辞类，则此诗当为乐府体，然此诗既题名古诗；元稹《乐府古题序》亦谓："其余木兰、仲卿、四愁、七哀之辈，亦未必尽播于管弦明矣。"更考《文心雕龙·乐府篇》谓："观高祖之咏

---

① 原文作"溃"，有误，径改。

《大风》，孝武之叹《来迟》，歌童被声，莫敢不协。子建士衡，咸有佳篇，并无诏伶人，故事谢丝管，俗称乖调，盖未思也。"《汉书·艺文志·诗赋略》所载歌诗，虽多不传，然考其所谓"燕代讴""齐郑歌""淮南歌"之类，多为民歌，故知民歌之属，亦可归入乐府，则此诗为民歌一类之乐府明矣。

（2）考中国文学，尝有贵族与平民之分，而平民文学，又尝为贵族文学之先导，故国风多采自民间。而屈原《楚辞》，亦采自蛮荆歌谣，而藻以华词（最近白话文之发展，亦其一例）。又按诸世界文学发展之公例：文学以诗歌（verse）为先，散文（prose）次之；诗歌以抒情诗（lyric verse）为先，纪事诗（epic verse）次之，剧诗（dramatic verse）又次之（见《新中国》瑟庐君译日本本间久雄著之《新文学概论》）。贵族之五言抒情诗，既确成立于建安；则平民文学，已进至于纪事诗，当无怪也。故汉魏六朝之贵族文学，无纪事诗（《木兰》亦失名，且时代尚可疑）。至于唐之杜甫元白，始加以时事，自作波澜也。然何以独传此篇？则以操选政者，为贵族文人，多以略其芜秽，集其清英，为去取之标准。凡出辞鄙倍①者，均在淘汰之列，故此篇已见摈于《文选》及《古文苑》，若非以其长之故，为《玉台新咏》及《乐府诗集》所收录，当不复流传人间矣。纪事诗本有冗长之倾向，平民艺术，又多幼稚，则其词冗长，超绝古今，亦何怪哉？

（3）全诗字句，独多不可解处：例如"寻遣丞请还"之"请还"二字，"说有兰家女"之"兰家"二字，"不嫁义郎体"之"义郎体"三字。全诗字句，各本独多不同处：例如"守节情不移"句下，各本有"贱妾留空房，相见日常稀"二句，宋刻本《玉台新咏》《艺文类聚》《乐府诗集》皆无之。"人贱物亦鄙，不足迎后人"二句，《艺文类聚》作"鄙贱虽可薄，犹中迎故人"；固不独"小姑始扶床，此日被驱遣"二句，各本与宋刻《玉台》《乐府诗集》，一有一无也。欲睹其详，有丁氏原书在，兹仅略举其例耳。考其不可解及互相异之因：

①为乐府。《文心雕龙·乐府篇》曰："凡乐辞曰诗，诗声曰歌，声来被辞，辞繁难节。故陈思称'左延年闲于增损古辞，多者则宜减②之'，明贵约也。"纪晓岚以"此为乐府多不可读之根，后人不知其增损遂乃妄解"。

---

① 鄙倍，当作"鄙俗"。

② 原文作"解"，径改。

②为俗语。细观全诗字句，如"白鹄舫""龙子幡""削葱根"之类知，所采用之当时俗语必甚多，与文人学士之以雅言入诗者，适相异也。方音递变，俗语杂①用，故后世文人，竞相窜改，以求可解，而此诗之本面目，益不可识矣。②

（4）全诗艺术，多可议处，大抵如叙所言建安时人所作也。如："腰若流纨素，耳著明月珰，指如削葱根，口如含朱丹，纤纤作细步，精妙世无双"一段修辞，较之《三百篇》"手如柔荑，肤如凝脂，领如蝤蛴，齿如瓠犀，螓首蛾眉，巧笑倩兮，美目盼兮"，已觉有逊色；比之曹子建《洛神赋》"其形也翩若惊鸿，婉若游龙。荣曜秋菊，华茂春松。仿佛兮若轻云之蔽月，飘摇兮若流风之回雪。远而望之，皎若太阳升朝霞；迫而察之，灼若芙蕖出渌③波……体迅飞凫，飘忽若神，凌波微步，罗袜生尘"，更不及矣。或以为曹子建作，既无征信，又不相类也。

又如："青雀白鹄舫，四角龙子幡，婀娜随风转，金车玉作轮，踯躅青骢马，流苏金镂鞍，赍钱三百万，皆用青丝穿，杂彩三百匹，交广市鲑珍，从人四五百，郁郁登郡门"一段描写，亦不免堆砌之弊，不甚出色。起句"孔雀东南飞，五里一徘徊"，颇疏宕有致，下句连接"十三能织素，十四学裁衣……"，不特上下文不相连属，且不可解也。末尾"东西植松柏，左右种梧桐。枝枝相覆盖，叶叶相交通。中有双飞鸟，自名为鸳鸯，仰头相向鸣，夜夜达五更。行人驻足听，寡妇起彷徨。多谢后世人，戒之慎勿忘"一段，在全诗中可称佳处，然亦殊嫌草草。他如描写人格之不统一，布置全篇之不整齐（前密后疏），叙述□词之有讹谬，尤为全诗之大病。《历代诗话续编·诗镜总论》一段批评，可谓恰中肯綮。今引其全文于下，以为兹段之结论：

　　焦仲卿诗，有数病：大略繁絮，不能举要。病一：粗丑不能出词；病二：颓顿不能整格；病三：尤可举者，情词之讹谬也，如云"妾不堪驱使，徒留无所施。便可白公姥，及时相遣归"，此是何人所道？观上言"非为织作迟，君家妇难为"，斯言似出妇口，则非矣。当县令遣媒来也，"阿女含泪答，兰芝初还时，府吏见丁宁，结誓不别离。今日违情义，恐

---

① 原文作"难（難）"，应是与"杂（雜）"形近而误，径改。
② 此一部分，载《学灯》第6卷第5册第2号，1924年5月2日第1、2版。
③ 原文作"�"，径改。

116

此事非奇。自可断来信，徐徐更谓之"。而其母之谢媒，亦曰"女子先有誓，老姥岂敢言"，则知女之有志，而母固未之强也。及其兄怅然，兰芝既能死誓，何不更申前说大义拒之，而云"兰芝仰头答，理实如兄言。处分适兄意，那得自任专？"意当时情事，断不如是。诗之不能宛述备陈，亦明矣。至于府君订婚，阿母戒曰，妇之为计，当有深栽。或密唔以寄情，或留物以示意，不则慷慨激烈，指肤发以自将；不则纡郁悲思，遗饮食于不事，乃云"左手持刀尺，右手执绫罗，朝成绣夹裙，晚成单罗衫"，其亦何情作此也？"晻晻日欲暝，愁思出门啼。府吏闻此变，因求假暂归。未至二三里，摧藏马悲哀。新妇识马声，蹑履相逢迎。"当是时，妇何意而出门？夫何缘而偶值？诗之未能当情又明矣。其后府吏与母永诀，回身入房，此时不知几为徘徊，几为恍惚？而诗之情色，甚是草草，此其不能从容抒写又甚矣。或曰："诗虚境也，安得与纪事同论？"夫虚实异致，其要于当情则一也。汉乐府《孤儿行》，事至琐矣，而言之甚详。傅玄《秦女休行》，其事甚奇，而写之不失尺寸。夫情生于文，文生于情，未有事离而情合者也。

据上四端而谈，则此诗当确为民歌，"何以在建安中，有如此孤篇横绝之纪事长诗"之疑问，虽不能完全解释，然鄙陋之怀，于此时所能言者，尽于此矣。

附言

此文本拟改为通信，后因太长，故仍其旧。检书匪易，功课尤忙，荒谬之处，尚希阅者指教，再者全文尚有须声明之处，兹顺便附之于左：

（一）此篇于郑君或不免有过甚之辞，然均出以严肃之态度，并无嘲笑慢骂之口吻，损失郑君人格。今之青年，均喜吹毛求疵，仆愧无学，未能免俗，诚如北京师（大）ZM君所谓"百草中之一株，而不可以理喻"者也，希勿以为意。

（二）关于论诗体一节，似嫌过泛，然时贤所著文学史，于作品真伪，诗体源流，均无详细之讨论。甚有于前人所已驳为拟作而证据凿凿者，亦仍其伪

而不知，如胡怀琛①君所著之《中国（文学）史略》，即其一例。故于此文，不惮烦详为论列，希研究文学史者，于此等问题，应有相当之注意，而予吾侪以明了之观念。不然，则展转钞写，有何益耶？陈师斠玄及胡小石先生均谓："编中国文学史，应采去②截断众流之手段。秦以前之诗，断自三百篇，秦以后之五言古诗，断自建安。而可疑之作品，则悉归之于附录。"吾觉其言，甚足供参考也。

（三）谢无量《中国大文学史》、曾毅《中国文学史》、胡怀琛《中国文学史略》，关于论《孔雀东南飞》一诗，除极口称道其为古今长诗外，别无一字，叙其原因，殊觉非是，故此文于此点论之特详，并略举其艺术可议之处。末学如我，何敢妄论时贤。才不逮古人，何敢掎摭利病？然诗之佳者，在质而不在量，固不必以其为古今长诗，而曲为之护也。

（四）此文或本旧书，或本师说，皆详其出处；其有细节不及尽举者，则因行文之便，非敢掠美，而蹈钞袭之习。其或有错误，则又系著者之疏忽，当由个人负责也。

四月二十五号，楚侨寄于东大③

附：胡云翼《〈孔雀东南飞〉辨异》④

近来我们常常在《学灯》上，看到关于讨论《孔雀东南飞》的文字，如五卷十一册张文昌君的《读〈孔雀东南飞〉后的批评》，五卷十二册田楚侨君的一封信——讨论《读〈孔雀东南飞〉后的批评》的通讯⑤，同册周大觉君的读《读〈孔雀东南飞〉后的批评》的一点意见，最近又有杨幸人君的《读〈孔雀东南飞〉的一段话》⑥。他们有的说《孔雀东南飞》的事实是假的，有的说是真的，还有的说真假不定。议论纷纭，莫衷一是。但在我看来，意见又与他们

---

① 原文作"刘怀琛"，径改。

② 去，或当作"取"。

③ 此一部分载《学灯》第 6 卷第 5 册第 3 号，1924 年 5 月 3 日第 2 版。

④ 载《学灯》第 6 卷第 4 册第 17 号，1924 年 4 月 17 日第 2、3 版。移录时序号按之层级略有调整。

⑤ 检李扬主编《民国时期报纸文艺副刊汇编》第二编之㊴（广陵书社，2021 年版），有缺漏，未见此文。

⑥ 原题《读〈孔雀东南飞〉的一段说话》，载《学灯》第 6 卷第 2 册第 15 号，1924 年 2 月 15 日第 4 版。末署"十二·十［二］·二六·于杭州一中师范"。

不同，或是意见相似，而解说不同，正不妨写出来请教吧，虽然像我这般无学。

（一）时间的矛盾

甲、张文昌君说："……仲卿与兰芝结婚不过三、二年……小姑始扶床时，至多不过五六岁，那有二三年之中却长得这样快，与兰芝等长了。兰芝这时候至少已有十九岁……"

乙、田楚侨君说："宋刻本《玉台新咏》无此'小姑始扶床，今日被驱遣'二句，那末，这二句是后人添上去的，当然不成问题了。"

张君的话，自有可驳之处，但田君实在没有驳倒张君，郑振铎氏说得很好："……《乐府诗集》载此诗，将'小姑始扶床，今日被驱遣'二句删除，宋本的《玉台新咏》也不曾载此二句。但考《文选》《古文苑》及普行本《玉台新咏》则皆有此二句，冯惟讷的《古诗纪》也照《文选》录入。丁福保以为'此二句乃后人添入'，实乃臆断之言，不足信。细读原诗，'新妇初来时，小姑始扶床。今日被驱遣，小姑如我长'四句，语气融成一片，决非后人添入且后人也无故将前后矛盾之句添入之理……宋人最好臆改古书，《乐府诗集》及宋刻本《玉台新咏》见此处不可解，便删去二句，以求其无病，而不知斧痕显然，反失原诗低徊悲惋之意……"此论最精辟，想田君没有看见，故为此言。

田君的话，既然不能成立，然则张君却是对的吗？这也不然。

因为诗歌是情绪的结晶，并不是知识的叙述，所以诗人作诗，往往利用错觉，描写矛盾现象，以表现情绪的高潮。这在白话诗和旧诗里面都看得出来。虽然叙事诗不是抒情诗，所叙的是"事"，但叙事诗叙到剧情紧张的时候，也往往把剧中人物的矛盾动作或言语描写下来，使作品越发有力。我们试细看原文：兰芝当那无端被遣含冤莫诉的时候，而别离伊数年相聚相亲相爱的唯一的小姑，这时兰芝是何等伤心。未免有情，谁能［遣］此？抚今追昔，能勿悲夫？

"新妇初来时，小姑始扶床；今日被驱遣，小姑如我长。"

既感觉空间的区别，乃联想到时间的差异；因时间的差异，而发生今昔之感慨。这四句说得何等地沉痛呀！兰芝此时只有感情冲动极利害，失掉了理知作用，所以不免形容过量。作者所以叙出这样矛盾的话来，也是为着要读者知道兰芝此际，只有感情冲动，而失掉理知作用了。张君的误解，就是误以作者所描写的对象的矛盾，为作者描写的矛盾。殊不知这剧中人的矛盾，正是作者

所要表现的，正是描写的好材料。

（二）事实的矛盾

甲、张君说："……焦仲卿和兰芝的爱情既然这样深厚，那末当然能互相牺牲，互相了解……如何后因她的阿兄几句言语，却答应了县令的求婚呢？况且她阿兄的言语又不甚凶暴，及含有逼迫的意思……"

"……各人回去要即寻死了，然而焦仲卿回去告知他的母亲要死的话后，又不即死，及等到兰芝嫁到县令家后，跳入清池，消息传到仲卿那里，他才自缢……换句话说，若是仲卿不听见兰芝的死信确耗，或竟未必死。这显是他们俩的爱情不彻底，尚不能互相信托……"

我们分"事实的矛盾"作两项讨论：1. 兰芝对于仲卿的爱情；2. 仲卿对于兰芝的爱情。

关于兰芝确系恋爱仲卿，终始一致的话，周大觉君已引了许多原文句子来证明了。但周君也没有解答张君的疑问，因为张君本已承认："兰芝这个人物，决不是这样的失信，也不是作者的意思"，只怀疑"如何后因她的阿兄几句言语，却答应了县令的求婚呢？况且她的阿兄的言语又不甚凶暴及含有逼迫的意思"。且让我来解释张君这个疑问呵！

当着兰芝别仲卿的时候，不是曾①经提"我有亲兄弟，性行暴如虎，恐不任我意，逆以煎我怀"，而引为□忧吗？于此，可见兰芝的兄是家庭当权的一个人，同时也是个卑鄙的小人，兰芝早已领过教了。后来他虽然没有用积极的手段压迫兰芝改嫁，他却曾消极地讥笑兰芝："……作计何不量？先嫁得府吏，后嫁得郎君。否泰如天地，足以荣汝身。不嫁义郎体，其往欲何云？"

夫以兄妹间之亲爱，而不直心说话，乃以一半踞尊一半讥笑的口语诘责兰芝，言外之意，令人何堪？实已极其压迫之能事矣。呜！有兄若此，妹复何言？

"兰芝仰头答：'理实如兄言。谢家事夫婿，中道还兄门。处分适兄意，那得自任专？虽与府吏要，渠会永无缘。登即相许和，便可作婚姻。'"

表面看来，兰芝似乎是有改嫁的志愿。但仔②细玩味，则兰芝当此无法挽回，作计殉夫，肠回千转之际，一面阳示允许，以全兄妹之情面；一面则身

---

① 原文作"当"，径改。
② 原文作"好"，径改。

殉，以遂自己之志。诚训芝转，含情莫诉。作者把一个旧式的多情而无抵抗的懦弱的女子，直写得如画，而谓"作者不叙述兰芝①的抵抗"，这不是肤浅吗？

至于说焦仲卿对于兰芝无激底的爱情，则我和张君表同意。然《孔雀东南飞》的价值，却并不因此而损失丝毫，因为兰芝才是诗中的主角；兰芝的缠绵悱恻，才是超时的人物！才是最使感动的人物。仲卿不过陪衬而已。然仲卿生于当代，居然能够不顾一切，而死兰芝之死，其人亦足钦佩矣。

（三）事实之真伪

甲、张君说："由以上归纳起来，［可］有下面的两个结论：这件事实是没有的，由作者的理想空造，致有错误……"

乙、杨幸人君说："由历史上观察，汉时决没有如此文明的女子……况且西汉之时，又提尚尊孔；而孔子的思想，又是重礼，并且汉时教育，不能如现在一样的普及。几层恶劣环境的牵制，魔王式专制的压迫；在贵族难得的女子，而独见于府史之家，这岂不是有些说不去的理吗？……在重礼教之下，那里有女子会自己要求遣归呢？而后竟离夫家而返。所以在我个人观察的意见：没有这一回事……"

张君的前题，即已经证实不对，结论自然也不能成立，用不着讨论了。至于杨君以为从历史上观察，决不②能产生这样漂亮的女子，我以为不然。举一个最明显的例，就是蔡琰。蔡琰是后汉时一个受过教育的贵族女子，多少总受过礼教的薰陶，但她却三次改嫁，社会上也不见得怎样疵议她。在重礼教之下，竟有如此文明的女子，且得社会的默认（？）杨君又怎样解说呢？而且兰芝也是受过教育的，尤其兰芝并不是自由要求遣归。如其兰芝是自由求归，那末，为什么仲卿听了她的话，不直劝兰芝莫归，而反去启阿母替兰芝求情呢？至于说兰芝"竟离夫家而返"，这真是什么话了。

然则《孔雀东南飞》的事实是真的了。我还有两个意见：

甲、题诗作赋，大抵名士风流，小民百姓，文无专业，作者既系时人，倘无刺激印象，作者未必有此创作闲心。

乙、作者以一时人，即就事写实，而写得如此长如此妙，已足惊人。谓事实亦系作者理想，以时代证之，亦未必有此超时代理想的，而且写得像煞有介

---

① 原文作"兰愧"，径改。

② 原文作"上"，径改。

事的时人。

这也足为《孔雀东南飞》确系事实的小小证明。

至于作品年代，我敢决定此诗系后汉作品。盖此诗已录入《玉台新咏》，《玉①台》乃梁时作品，则此诗在两晋宋齐时当已著名，非后汉时作，即晋宋时作可知。但西晋以还，社会上门户观念甚深，非门当户对，不为婚姻。而此诗中适是：以县令之尊，而聘贫家之女一回事，故我以为此诗必系后汉时事，必系后汉时作。

（四）余言

近来学者读古书，最喜欢翻案，翻案本是读古书应有的工作，我很赞成，但读者不用心研究，只看见古书中有一隙可乘，不大体观察一下，是不是如此，却大翻其案，以自诩读古书用心，我以为这尽可不必，须知古人作书写文，并不是为后人翻案而作写的。有了他的大体，有了他的中心思想，却往下写了，琐碎小节那里顾得许多呢？所以我们读古书应从大体着眼着想，不必吹毛求疵。

至于有人说：古书多有非完璧，我们去争论它，都属瞎猜而无益，这个话却也未免大②老实大胆小了，我以为在可能的范围内，古书还是要讨论的，——像《孔雀东南飞》一类的小有残缺的作品。

写此文既竟，余意尚多，拟作《孔雀东南飞》的研究，然近日功课颇忙，无暇执笔，他日稿成，还当请教。

十三，四，二，于武昌师大

---

① 原文作"至"，径改。

② 习用"太"，下同。

序《中国文学体例谈》

杨子启高①，笃学苦行之士也。五年不见，已刊行《史记通论》一部。今又以其行将出版之《中国文学体例谈》征序于余，受而读之，深叹杨子用力之勤；而悲余五年之光阴，尽虚耗于滥竽教职之中。既凛贼夫人子之戒，复深学益荒落之悲。今虽弃教而学，重来南中②；而疏慵成性，能否如杨子之艰苦卓绝，以著述问世，尚不敢必也。

昔者梁任公先生提命后生，宏奖著述，以为承学之士，不必存出版之志，不可无斐然之思（原文见《清华周刊》，此处所记系其大意）。窃颂其言，以为美谈。不揣固陋，更进一义。年少轻刊著作，固不免贻悔于将来；然较之深秘不宣，于人无引玉之机，于己绝就正之道，或为较优，何可厚非？唯此种主张，昔年所谓"古人刻集，都在身后；今人刻集，偏喜生前：此虽小故，亦足征风俗之厚薄，文化之盛衰"，已绝不相同，适得其反。在我自觉，今胜于昔。未知世之知言君子以为何如也？

本上述之义，余虽非闻人，亦乐序杨子之书而观其成。何况据余教学数载微少浅薄之经验，知高中文科于文学史一学程，竟乏较善少疵之教本及适宜参考之书籍。杨子此书，虽尚微有不惬余意之处，而于文学体例，诠释特详，固可以供高中文科学子一部分之需望。至于更善之本，则固余日夕所祷望于海内之慧心文人，而杨子与余亦应共勉者也。

民国十九年九月，田楚侨序于南京

---

① 杨启高，四川南川（今属重庆）人。有《史记通论》《中国文学体例谈》《唐代诗学》等传于世。关于其生平事迹，笔者曾撰《南川杨启高：民国学术史上的失踪者》，初刊于《蜀学》第九辑（西南交通大学出版社，2015年版），后收入《深隐的风景线——巴蜀人物散记》（广西师范大学出版社，2017年版）。

② "南中"，或为"南京中央大学"简称。

果庵随笔

一、黄季刚先生谈读书①

南京《朝报》副刊，曾有关于黄季刚先生，博学强识之纪载（见去年十二月二十九日朝副），以愚所闻，则异于是。忆昔隶南雍时，刚师尝踞讲席而告吾侪曰：所谓无书不读者，言关于所专一类之要籍，均曾涉猎也。所谓一目十行者，言其阅览之迅速也。所谓过目不忘者，言能举其要旨也。夫操觚为文，语多增饰，故山峻可以极天，河广曾不容舠，义取形容，未可拘牵。刚师此解，殆为近是。若某君所纪，确为夫子自道，则英雄欺人之谈也。（类此尚多，另文详述。）自古成学之士，未必尽有异禀，大抵多由于坚苦卓绝，锲而不舍（故西人谓天才之百分之九十九，均为血汗）。曩者梁任公先生尝谓天资颖悟者，记忆力多薄弱，而读其书者，常惊其记问之广博，不知其盖由于平时札记，聚集点滴，而加以整理耳（见《国学书目答问》，大意如此）。此说也可与刚师之言相发明，均足以增学者之勇气，因并记之，以告世之有志于学，而苦于资禀不佳者。

二②

（一）

诸葛武侯之隆中对："益州险塞，沃野千里，天府之上，高祖因之以成帝业。……若跨有荆益，保其岩阻，西和诸戎，南抚夷越，外结好孙权，内修政理。天下有变，则命一上将将荆州之军以向宛洛，将军身率益州之众以出秦

---

① 载《中心评论》第 4 期，1936 年 2 月 21 日，第 32 页。

② 原题《果庵随笔》，载《西南评论》第 3 卷第 2 期，1936 年 7 月 15 日，第 111—114 页。

川，百姓孰敢不箪食壶浆以迎将军者乎？诚如是，则霸业可成，汉室可兴矣。"

周瑜亦谓孙权曰："……乞与奋威俱进取蜀，得蜀而并张鲁，因留奋威固守其地，好与马超结援，瑜还与将军据襄阳以蹙操，北方可图也。"

昔贤以为英雄所见略同，此实南宋诸公据东南以图北方，而以蜀为根据之所祖述（见《国粹学报》）。蜀中何以有此资格，一曰险要：东有三峡之险，西有剑阁之雄据长江之上游，有建瓴之势。闭关而守，万夫莫开，楼船东下则可以收破竹之功。二曰富庶：高祖之得成帝业，先主之功成三分，取资于蜀，无庸论矣。前乎此者，则秦之兼并诸侯，实发轫于司马错之主张伐蜀，后乎此者，则南宋一代亦以一镇而支全局。张文襄《忆蜀游》诗："忆昔南宋季，一镇支全局。缗钱三千万，供军踵相属。（自注：南宋时蜀中财赋解三司者三百余万缗，蜀中自用者三千余万缗。）"

诚所谓"闭关一无求，善国莫如蜀……蜀产洵夥颐，更仆难尽录"矣（亦文襄诗）。其险要也如彼，其富庶也如此，故割据之雄，如公孙述，王建，孟知祥之流，莫不据此以抗上国；而今之识时势之俊杰，亦以蜀为吾国之"堪察加"也。惟其特别险要，故民情趋于褊陋，风气容易闭塞（成渝二地，虽奢靡不减京沪，而穷乡僻壤，究大悬绝），惟其特别富庶，故赋敛常至过酷，争夺无时稍休，加以中枢力量，难于控制但相羁縻，任其生灭。此即廿余年来军阀割据、民生困苦之真正原因。鸣呼，"天下未乱蜀先乱，天下已治蜀后治"，几已成历史上之公例，欲求其故，此二端殆可以尽之欤？

（二）

吾前年供职铁部，由京赴青阳港，作虞山之游，遇吴稚晖先生于京沪车中，时亦□匪祸川，其焰甚张，乃投刺与先生攀谈，以二事奉问：一为新生活问题（大意谓先生昔年主张投线装书于厕里，而今之新生活则均由线装书来，似颇矛盾，如何解释？先生谓少数人读线装书并不反对。先生最近在党部纪念周之演辞，解释"民可使由之，不可使知之"之义，非孔子之愚民政策，其义殆可以印证）。其一即为□匪问题。先生以为在历史上，陕可以制川，今政府方注意于川陕之交通，度□匪无能为役。后曾与某公谈及此点，谓今之交通器具，迥异于前，鼓轮西上，则巫峡失其险，其言亦有至理。今政府由陕由鄂双方进兵，川中□匪已残破不能成军，吴先生与某公之言，均有先见之明也。吾闻守国不在险，昔者邓艾之入蜀由阴平，桓温之破李势由三峡，可知险固不可

恃，恃险者终必亡。故居今之世，倘尚有人怀纵横之计，欲据蜀以抗命，其人必至愚。不知古今形势之有变迁也。必地方输款于下，中央开诚于上，通力合作，而后蜀难可已，国难可救。

（三）

诸葛武侯上后主表曰：

> 成都有桑八百株，薄田五十顷，子弟衣食，自有余饶。至于臣在外任，无别调度，随身衣食，悉仰于官，不别治生，以长尺寸。若臣死之日，不使内有余帛外有赢财，以负陛下。

郤正著《论姜维①》曰：

> 姜伯约据上将之重，处群臣之右，宅舍弊薄，资财无余，侧室无妾媵之亵，后庭无声乐之娱，衣服取供，舆马取备，饮食节制，不奢不约，官给费用，随手消尽；察其所以然者，非以激贪厉浊，抑情自割也。直谓如是为足，不在多求。凡人之谈，常誉成毁败，扶高抑下。咸以姜维②投措（厝）无所，身死宗灭，以是贬削，不复料摘，异乎《春秋》褒贬之义矣。如姜维之乐学不倦，清素节约，自一时之仪表也。

武侯受托孤之重，身兼将相之尊，伯约继承武侯，亦任上将，苟稍肆情享受，其谁得而非之？而乃躬行节约，类于寒素之儒生。意者非淡泊果无以明志，狗马声色之娱，徒足以移人志气，而立国沃土，尤应以俭率下，然后可以治民而图存欤？狐裘豚肩，晏子之俭；匈奴未灭，去病辞官。大丈夫报国泽民，不当如是耶？中朝士夫，姑置不论，返观吾蜀，浩叹曷胜？身领师干者，固大多腰缠百万，极妻妾宫室之奉，即其部属若参军、主簿之类，亦莫不储款若干万，面团团作富家翁。盖近廿余年来之聚敛，已如竭泽而渔，一年四征，尚属旷典，粮税预征至民国六七十年，为极普遍之现象。平时丰收，小地主及

---

① 原文作"论论维"，径改。
② 原文作"姜约"，径改。

自耕之农，尽出其所有，不足以供赋税，于是张贴税契于门，相率而逃。一遭荒歉，饥民相食，固不仅采掇草根，掘食泥土已也。市乡盖藏，早已空空，故□匪一呼，全川震动，今虽中央军入川追剿，而余焰尚未尽熄，至如人民负担，亦似尚未轻灭，空怀来苏之望，未餍黎庶之心。最近行政院政务处长蒋廷黻先生由蜀归来，发表谈话，尚谓四川田赋，特别富庶，结论所本，未知何如。吾特恐所根据之数字，中含有数千万人民之血泪。所谓富庶最高之纪录，实由驻军及贪吏以严刑酷罚，敲剥吾民之骨髓，逼其一年数征所造成。若然，则蜀极富庶之结论，恐非现在实际之情形也。张文襄《忆蜀游》诗曰："固由地产穰，亦恐征敛酷，保民有至道，君子善处沃。"

其论极正确，吾愿为蜀之执政诵之，更愿身任文武长官者，以诸葛武侯及姜伯约为法，于私人生活方面，痛自抑损，除正当之薪饷以外，不容别有攘窃，庶几民劳可以小休，民力可以稍苏。然后出其所蓄，以事建设，则将来之四川，真复兴民族之根据地也。

（四）

民国六年太炎先生赴渝（时太炎正五十之年），时笔者方由蓉之第一师校转学于渝之川师，校长为龚春岩先生，延太炎演讲（时校舍在今之县庙街黉学，先生并于演讲后，对客挥毫书小篆，其景犹依稀记忆也），音辞若不能辨，后由报端，知其大意。略谓蜀人轻易淫洗，柔弱褊阨（根据《汉书·地理志》），须读司马光氏《资治通鉴》，以开扩其神智。后笔者就学中大，猥以拙钝之资，蒙伯沇①师之曲予教益，亦屡以多读书，开胸襟为言。意者古今风俗，迁改无多，巴蜀民情，尚如汉代欤？闲尝推求其故，所谓轻易褊阨，即由于地势之险要，山多峻急，气少渟涸，故乏宽博宏毅之风。所谓淫洗柔弱，即由于出产之富庶，沃土易淫，淫则易弱，故少朴厚清刚之气。虽其间亦是杰出之才，不为风气所宥，然而一般之民性，当不外是。补偏救弊，有所望于今之司蜀中教育者。

---

① 应即王伯沇（1871—1944），名瀣，一字伯谦，号冬饮。江苏溧水人，生于南京。程千帆推崇其为20世纪二三十年代"东南大学和中央大学中国文学系最有威望的教授"。一生秉持"南派"学人风格，专注教书育人，述而不作。南京师范大学赵国璋、谈凤梁曾整理出版其遗稿《王伯沇红楼梦批语汇录》（江苏古籍出版社，1985年版）。

（五）

吾国科学思想，本极幼稚，庚子一役，尚有余痛。而今之达官贵人，乃于迷信，犹未破除（如此次粤陈之异动，有人以为即由于陈维周之术数，江湖术士之祸国殃民，自古以然，于今尤烈，可胜叹哉！其言若实，此辈之当禁止，固不在烟赌娼妓之下矣）。吾蜀僻在西陲，其风尤甚。以历史上而论：如据有汉中之张鲁，即系著名之五斗米贼。以近事而论：如唐焕章之混合五教，刘崇云之掌握军权，均迷信思想之最著者。闻刘老师炙手可热时，川中师旅长，以出其门下，得一膜拜顶礼为荣（反对之者，闻仅一王陵基，然其人本身又别有其迷信者在）。其后节制诸军，一夕溃散，赤焰复张，几至不可收拾。今虽遁居青城，而继起之刘老师，恐固未能绝迹也。此辈侈谈休咎，固有偶尔言中者，百口相传，各稍增益，于是其术愈神，而信者愈众。洎夫挟其术以游于达官之门，阅人愈多，而揣摩之术愈工。加以侥幸富贵，谁无此心？喜悦面谀，显宦尤所难免。始犹妄言妄听，疑信参半；继则妄自尊大，倾心悦服。识者方怜其举动之愚妄，而己则堕其术中而不悟。其个人之成败无足论，而吾民之受其殃者，盖已不可以数计矣！昔者，任叔永先生似曾请"吾国之科学教育尤关重要"（为论文，为演辞，不复记忆），今任先生已长川大，望于此点，特别努力，多聘科学专家，赴川主讲，迷信陋习，或尚可以破除乎？至于错误百出、令人绝倒之刘大杰，善著情书诱导青年之章衣萍（关于刘君笑话，曾载本京《新民报》及上海《大中华日报》），亦以任先生之援引，而高居川大讲席，且抗颜为中国文学系主任，旅外川人，殊未敢苟同，不能不为贤者惜也。

主编者嘱撰软性之随笔，以实本刊，而其性质须与西南有关系。搜索枯肠，苦无以应，溽暑挥汗，姑以此文塞责。大抵论川中形势之险要，地产之富，庶与夫民情之褊狭，信仰之鄙陋。虽各为篇，实相连贯。谓为论文，固属[①]不类；名曰随笔，亦不伦也。非驴非马，阅者谅之。蜀民附识。

---

① 原文作"屡"，径改。

三①

一日偶遇林公铎先生，与谈蜀中人物。林先生宿酒未醒，酒气逼人，告余曰："尧老下笔万言，今之存者，断推此老，至于散原，犹稍嫌其涩云。"余昔教学于渝中时，友人李君天民（即宜园之主人，尧老来渝，尝主其家。飞阁题诗，犹可概见），尝以香宋词一册慨赠，故曾涉猎。独于其诗，则谨见于《近代诗钞》及《采风录》中，未获窥其全豹也。其诗才之敏捷，汪辟疆师于《光宣诗坛点将录》及《近代诗派与地域》二文中，均曾述及。据《石遗室诗话》，梁任公日尝问诗于先生。胡先骕先生在《学衡》中，于先生之词，备极倾倒。足征先生诗词，并皆卓然成家。虞杨以后，司马扬王之遗风，固未沫也。即舍诗词而言剧本，如《离燕哀》及《情探》诸剧，亦复情文悱恻。何物安人，自诩开山，是犹持布鼓以过雷门，多见其不知量也。

香宋词第一首"鳞原一掌，指贴地婆城，药膏圆样"之句，伯沆（沆）师以为不免过于嗜奇，亦贤者之过。盖沆（沆）师论词素尚雅音而主姜张，故其言云尔。

胡先骕先生之《序〈蜀雅〉》，于癸叔先生之作，推许备至。小石及辟疆二师则均谓"如铜墙铁壁，密不通气"。盖癸叔先生专学梦窗，时有饾饤之弊，颇乏清空之气，固其所短，然其书卷之富，致力之勤，朱况以后，似尚鲜有。余曾遇先生于渝中，数次晤谈，均未尝以所业请益。盖个人笔调，于词不近，以伯沆（沆）师之屡相告诫，所作遂绝少也。

文字中唯名词一项，变迁最大，古无今有，举不胜举。以之入文则伤雅，避而不用则失实，此实文家最费踌躇之事也。王揖唐《今传是楼诗话》，举石遗"雨中月色电灯光"，"强携啤酒注深杯"之句，仍主自我作古，似受《人境庐》影响。"怯书今语，勇效昔言"，此刘子玄对于往史之批评，黄公度亦不过引此原则以入诗文耳。近复阅香宋词，如"电灯如月，钟打壁间早"，"请风琴为我一抚月下曲"之句，更以新名词入诗余矣。

李后主之"梦里不知身是客，一晌贪欢"，宋徽宗之"天遥地远，万水千山，知他故宫何处。怎不思量，除梦里有时曾去。无据，和梦也新来不做"，

---

① 原题《果庵随笔》，载《西南建设》创刊号，1937年3月20日，第39—44页。

以其身世之相同，后人尝据二词并论。实则徽宗之词，固由晏几道"梦魂纵有也成虚，那堪和梦无"脱化而来也。

范希文词"绿树碧帘相掩映，无人知道外边寒"；方壶词"晓角霜天，画帘却是春天气"；尹鸿祚①词"巷曲谁家，彻夜锦堂高宴，一片氍毹月冷，料灯影衣香烘暖。嫌漏短，漏长却在，者边庭院"（见《听秋声馆词话》）；况蕙风《寒夜闻角》词"凭作出、百绪凄凉，凄凉惟有，花冷月闲庭院。珠帘绣幕，可有人听？听也可曾肠断"（见《蕙风词话》），均能以两种不同之境界对比，盖由杜诗"朱门酒肉臭，路有冻死骨"脱化而来。今者塞北健儿，嚼雪苦战，而江南歌舞，尚复依然。人间苦乐之迥异如此，偶读上述诸词，感慨无已。

陈克《菩萨蛮》之"花晴帘影红"，与贺铸《望湘人》之"花气动帘"，均极锤炼。

清真词"莫倚能歌敛黛眉，此歌能有几人知"，不啻为古今怀才不遇而恃才傲物者，下一针砭。

清真词"凄风休飐半残灯，拟倩今宵归梦、到云屏"，吾最喜诵之。近日复阅《散原精舍诗·江夜遣兴》之第三首："梦中喧人语，乱以风雨哭，江湖一寸心，摇摇向残烛"，则又于沉郁之中，寓有故国之思矣。

东坡之《江城子》，梅溪之《寿楼春》，同为悼亡之作，同多促节，同用阳韵，而一则炼意，一则铸辞，宋词分南北，于此可略见其消息。至"寿楼春"不可用以祝人生日，"贺新郎"不可用以贺人结婚，则瞿庵师已言之矣。

晏几道《虞美人》词"曲阑干外天如水，昨夜还曾倚。初将明月比佳期，长向月圆时候、望人归。……"之末二句，描写小儿女胸怀，恰到好处。与东坡《水调歌（头）》"不应有恨，何事偏向别时圆"之笔触，便迥然不同矣。

朱淑真词"多谢月相怜，今宵不肯圆"。吾乡尧老《香宋词·中秋无月和休庵》"嫦娥爱客，怕素月一天，人瞰乡国"，仍由朱词脱胎，与前条所引之二词，以境界不同，落想又迥异矣。

贺铸之"赖明月、曾知旧游处，好伴云来，还将梦去"，境界新奇而幽蒨，颇有西诗风味。至梦窗之"梦不湿行云，漫沾残泪"，则又近于沉着矣。

唐人诗"思君如满月，夜夜减清晖"，"思君如流水"之原作，惟此可以媲

---

① 尹鸿祚，当作"项鸿祚"。

美。宋人严仁之《木兰花》后半阕"意长翻恨游丝短，尽日相思罗带缓，宝奁如月不欺人，明日归来君试看"，亦复有致。

东坡《水龙吟》和章质夫《杨花词》，远过①原作，昔贤已有定评。又如《粲字韵》诗，和答三人，四反不困，而愈奇崛。《中秋见月和子由》诗，发端八句，落想尤为新奇。大抵才高者流，和韵初无痕迹，反借韵脚，别出蹊径。才细者则对于普通韵律，已视为束缚矣。今录子由原作及东坡和作于后，以资比较：

> 西风吹暑天益高，明月耿耿分秋毫，彭城闭门青嶂合，坐听百步鸣飞涛。使君携客登燕子，月色着人如着水②，筵前不设鼓与钟，处处笛声相应起……（子由）

> 明月未出群山高，瑞光万丈生白毫，一杯未尽银阙涌，乱云脱坏如奔③涛。谁为天公洗眸子，应费明河千斛水，遂令冷看世间人，照我湛然心不起……（东坡）

东坡《和子由渑池怀旧》之前四句"人生到处知何似，应似飞鸿踏雪泥，泥上偶然留指爪，鸿飞那复计东西"，虽由白居易诗"更无寻觅处，鸟迹印空中"脱化而来，初无痕迹。较之清真词"春光如遇翼，一去无迹"，似差胜矣。吾近作《赠焦子尹孚》长歌一首④之发端四句"谁云年光如驹过不留，我道如鸿飞踏少年头。年年踏额如踏雪，忍看迹印日益稠"，系用西文语（原文大约为 The time left its footprints on her brow，直译为"时光遗其足迹于彼女之额上"，即年龄老大之女郎，额上有纹，非如昔时之滑如凝脂矣），而翻东坡之意（其实应曰用东坡之语，译西文之意）。在吾国诗词中，似尚不失为生新之句。吾尝窃谓中国诗之革新，端赖西诗之介绍，惜个人限于环境，不能专心于此。勇气有余，才力不足，奈何奈何。世之有志于深造者，傥亦乐趋此涂欤。

李后主因《虞美人》词"一江春水向东流"之句，遂贾杀身之祸，但赐牵机药者系宋太宗，而梁任公误以为宋太祖（见《中国韵文里头所表现的情感》

---

① 原文作"遇"，当是"过"之形近而误，径改。
② 或作"月色着人冷如水"。
③ 奔，多作"崩"。
④ 惜此诗今已无从得见。

一文)。孟东野五十而始得进士第,其集中载有"一日看尽长安花"之句。筱石师谓唐人为诗,热中利禄,其动机不如宋人之纯洁,曾引东野此诗为证。而王揖唐之《今传是楼诗话》,则引东野"出门即有碍,谁谓天地宽"之句,谓为"宜其一生不第"(见原书二〇六页)。此皆振笔直书,记忆偶误者。至钟嵘《诗品》之平原兄弟,陈延杰先生初版之《诗品注》,解为陆机、陆云,王文濡注解为应璩、应场,均属考证之偶疏,亦不足为贤者病。最可怪者,唯陈柱尊君,以为平原当系子恒之误(其大意谓由形近而讹,陈延杰君不察,解为陆机、陆云,不知其年代之不符也)。既于上海国学研究会席上大谈其考证之方法,又复刊载于《暨大月刊》中,而《三国志》中之《陈思王传》似竟未尝阅读者。陈君为海上大学国学一门之名教授,如此错误,似又未容忽视。纠正他人之谬,而己亦未免错误,与偶误又不同矣。笔者于五六年前肄业中大时,即已发觉柱尊君之误。据狭陋之见闻,迄今似尚未见有纠正之文字,学问文章本谓公器,聊记于此,以见为学之不可不慎也。

胡适之先生与任叔永先生论杜诗"独留青塚向黄昏"之句,以为"青塚亦向白日,何必独曰黄昏",固哉,适之先生之论诗也,见解如此,宜《尝试集》中无佳作也。其《词选》一书,解李后主《浪淘沙》"独自莫凭栏"之"莫"字,应读曰"暮",吾欲反问适之先生,早午亦可凭栏,何必独曰暮乎?可见此时之适之先生较之论杜诗之时,固显然有进步也。

"平生诗才尤清绝,能以宋意入唐格"[①],此本广雅赠人之句,伯沅(沈)师尝告余曰:"此夫子自道也。"黄公度年辈似略后于广雅,其新意境入旧格律之主张,或即本于广雅"宋意唐格"之语而扩充之乎。退一步言,即事实上二人本无关系,此二语之见解固极相同,亦即近人所谓"旧瓶盛新酒"也。此路究竟通否,初不敢必,然至少当与新诗同等,有尝试之价值。而其努力之初步,则在以旧诗译西诗。曼殊以后,译者寥若晨星。今则白话译品,亦复甚少。岂果叔世苟偷,人思速成,不乐为此事倍功半之业欤。

姜白石词戏平甫纳妾"别母情怀,随郎滋味,桃叶渡江时",《词品》以为"句法奇丽",余则喜其慰藉。女郎初嫁时之心境,描写恰到好处。其下半阕之"杨柳津头,梨花墙外,心事两人知",亦复艳而不亵。至《踏莎行》之"别后

---

① 语出张之洞《四哀诗·蕲水范昌棣》,一般作"平生诗才尤殊绝,能将宋意入唐格"。

书辞，别时针线，离魂暗逐郎行远。淮南浩①月冷千山，冥冥归去无人管"，郎固行远，妾亦魂销（附书辞及针线而作离魂之倩女），淮南风月，无人管领，境界何等凄寂！《解连环》之下半阕"西窗夜凉雨霁，叹幽欢未足，何事轻弃。问后约空指蔷薇，算如此溪山，甚时重至。水驿灯昏，又见在曲屏近底，念唯有夜来皓月，照伊自睡"，则又顿挫开阖，思力曲折而沉着，乃玉田《词源》但赏其"暗香""疏影"二阕，而王国维之《人间词话》，亦谓其格调虽高，惜不于意境上用力，故无言外之味，弦外之响，可见名人对于名家之批评，亦未必搔着痒处，吾侪读古人之作，直当扫却浮言，以寸心相印证，庶几得其近是矣。

四、廖仲恺先生之词②

吾尝以为革命情绪与爱情，初非相反，惟笃于爱者，始能了解革命之真谛。盖革命者以实现理想之境界，解除民众之痛苦，为爱之对象。其排除万难，而死生以之，不啻爱之追求。昔读《爱尔兰爱国诗人》（刘半农译，载《新青年》）③，今观《革命情侣》④（最近曾演印⑤于新都，亦述爱尔兰革命事），知此假设之初非虚诞。近又读廖仲恺先生之《罗敷媚》一词"燕钗蝉鬓重围绕，便值销魂，不敢销魂，留取心情付与君。残红褪尽春犹炽，一度生嗔，一度相亲，一样欢怀未许分"，革命者之情怀乃如此绮靡，前说愈足以证实矣。

---

① 浩，当作"皓"。

② 载《西南建设》第 1 卷第 2、3 期合刊，1937 年 5 月 20 日，第 8 页。

③ 此即刘半农《灵霞馆笔记：爱尔兰爱国诗人》，载《新青年》第 2 卷第 2 号，1916 年 10 月 1 日出版。所介绍的诗人计三位：一为柏伦克德（Joseph Plumkett），译其《火焰诗》（The Spark）七首、《悲天行》（I See his Blood Upon the Rose）两首；二为麦克顿那（Thomas MacDonagh），译其《咏爱国诗人》（On a Poet Patriot）三首；三为皮亚士（Patrick Pearse），译其《割爱》（To His Ideal）六首、《绝命词》（To His Death）两首。并附后两者照片。

④ 《革命情侣》（Beloved Enemy），据《电声周刊》第 6 卷第 10 期（1937 年 3 月 12 日出版）的"电影批评"，"是以十年前爱尔兰革命党流血斗争得到'有限度'的政权的一页历史，而穿插着一段一个革命党领袖和他敌人女儿的浪漫事的故事。革命，恋爱——在这里织成了一串紧张刺激的故事"；"演出的成就，颇可称许。导演 H. C. Potter 底手法很不弱。开场时，导演人处理爱尔兰首都的恐怖气氛，统治者的军警的横暴，革命党人之为事业而横遭杀戮，这些场面之暴露，都还可看。演员方面，Merle Oberon（译作梅儿·奥伯兰、梅儿·奥白朗、麦·俄培隆等）所饰的那个悲剧角色，颇能适合于身份，男主角（布林艾赫尼——引者注）不过尔尔"（总第 487 页）。

⑤ 演印，应作"演映"。

按此词前半阕即"虽则如云，匪我思存"之意，有时割舍爱情，为革命而牺牲，亦即此种精神之表现。后半阕说明嗔缘爱生（旧小说如《红楼梦》宝玉、黛玉之相恋，即系此种情况）。革命者有时虽不见谅于民众而绝不心灰意懒，正缘一往情深也。"衣带渐宽终不悔，为伊消得人憔悴"，此种"锲而不舍""至死不变"之单恋或相恋，固恋爱成功之秘诀，亦即古今伟大人物同具之精神也（可参阅王静庵之《人间词话》，梁任公之论屈原，他日有暇，当再详论）。

五、川灾与川谣^①

川灾正极严重之际，而川谣繁兴。上下努力救灾之未遑，何堪战事之爆发，此多数人对于川谣之批评也。余亦川人，窃以为川谣川灾事本相因，救灾息谣，唯在裁兵，愿就愚见，略加解释。

川灾直接之原因，因为久旱不雨。"道弗不通，民食素陋"（严复译《原富》论印度多灾语），亦其重要原因。但其主因，则为赋敛之酷。在昔防区制时代，平时暴敛横征，以充军实，战时所耗食粮，尤难数计。民间积谷，早已一空。今各军虽统一于省府，而大量军队，迄未裁减。此若干执戈之壮丁，在昔皆为南亩之农民，本属生产者而今则变为消费者，生产量自然减少，而剩余之生产者，赋税之负担遂益加重。在省府方面，除尽量发行公债，一年四征田赋外，尚难支持此庞大之军费，于是花样新翻，借验契之名，行收括之实，其他临时名目，又难以罄述，要皆直接间接，敲剥农民，使农村为加速度之奔溃而已。虽无天灾，已感困难，加以饥馑，自然饿殍载道矣。

四川已在统一省府之下，隶属于中央，各军皆有诚意拥护之表示，此由防区制时代所竞赛而累积之巨大军额，既已失其作用，当即自动缩编，兵若不裁，民困因无由苏，川灾必将续至，川局亦莫由定，诸公自身亦无良好之结局。盖天灾流行，何代蔑有，而植森林，建仓库，筑道路，施急赈，则虽灾而不为害。而此等救荒要政，以军额过大，多废而不举，以赋敛过酷，亦抵而相销。倘不及时悔悟，则民难出赋，民固铤而走险；兵无粮结，兵亦倒戈相向，不戢自焚，可不惧乎？且既有武力，鲜不滥用，初以夜郎自大，嗣则乘间窃

---

① 载《西南建设》第 1 卷第 2、3 期合刊，1937 年 5 月 20 日，第 11—14 页。

发，统一为之破坏，个人亦必无幸，今请以四川之往事及近事，为诸公一详陈之。

尝读《通鉴》汉纪至光武之世，寻隗嚣公孙述覆亡之迹，知隗氏之病在反复无常，公孙氏之病在妄自尊大。宇内将定，人恐失势，必有用奇之谋臣，献其合纵之诡计。此"图王不成，其弊犹足以霸"（王光说隗嚣语），"高可为六国，下不失尉佗"（张玄说窦融语），一种似是之谬说，尝足以动听而使反侧之徒，侥幸于万一。但若事势穷迫，此辈良佐，亦必如法孝直与刘璋书所谓"将各迫生，求济门户，展转反覆，与今计异，不为明将军尽死难也"。今蜀谣复发生于西安事件解决以后，吾侪固不信历史重演之定例，而蜀难已深，灾民可念，窃望蜀中当局好自为之，幸勿"负虚交而易强御，恃远救而轻近敌"（窦融劝隗嚣语），以自取败亡。"夫未至豫言，固常为虚，及其已至，又无所及，是以忠言至谏，希得为用"（申屠刚谏隗嚣语），诚愿诸公以古为鉴，三复《通鉴》此篇，勿使人笑井底蛙也。

四川在已往之二十余年中，所受祸难，亦已多矣。远者不必论，如刘存厚、熊锦帆、杨子惠、刘文辉等，莫不叱咤一世，曾几何时，或则销声而匿迹，或则离乡而寄命，未有能长握威权者。盖己军扩大，下必分化，他军含愤，志切联合，故兵愈盛，其溃败愈速。此皆四川最近之殷鉴，可不注意乎？

但已往之二十余年，国内多故，中央权力，鞭长莫及，故川内军阀，尚可作走马式之内战，割据一隅，雄长更代。今则统一之局既已完成，而外侮逼人，又须强固之中央政府，而后可以应付裕如。四川又为民族复兴之根据地，恐国人心理亦复不愿诸公之自生自灭也。昔者汉之光武，得陇犹复望蜀，终未能置陇蜀于度外，而谓今之政府，将任川之军阀始终保持其半独立之封建状态乎？恐未必然也。

昔者马援与嚣将杨广书："前披舆地图，见天下郡国百有六所，奈何欲以区区二邦，以当诸夏百有四乎？"今之巴蜀，不过二郡，欲抗中央，非愚则妄。且刘主席在民十九年之时，即已力排众议，独输诚款。至于今日，中央势力深入堂奥，已失客主之势，显有顺逆之分，而犹欲狐埋狐撅，自掘坟墓，吾又知其必不然也。

余以为川谣之症结，即在川省府拥有庞大之军额。苟诸公能自动裁兵，可以救灾，可以息谣，诸公身名，亦与俱泰。若夫妄思合纵，负嵎抗命，既属无此能力，或亦本无此心。亦惟自动裁兵，始可表明心迹。部属不愿者，自可晓

以大义，当必乐于从命，解甲归农，则川人国人，同拜厚赐，诸公大名，可垂不朽。断不可激于耻辱之谬说，发其血气之小勇，奋螳臂以挡一车，以民命为孤注也。

然劝军人裁兵，不异与虎谋皮，如何恩威并用，不战而胜，使人民感其德意，军阀戢其野心，是则中央当局须善筹而审处者也。何部长指示刘主席之六项办法，内容如何，官方迄未公布。据报纸所载，仅知其大要为川军之国军化而已。吾人以为此诚彻底安定川局之法，亦即根本救济川灾之道，窃愿翘首，以观其成。

要之，以赋苦民，造成川灾，以赋养军，造成川谣。兵若不裁，则军阀为保存实力，必爱兵而不爱民，不截赈款，已属万幸，望其缓赋，岂非空谈，是灾不能救也。兵若不裁，则军阀于中央命令，必阳奉而阴违。且中央军与地方军，驻防区域，壤地密迩，系统既不相同，局势已成对立，心挟猜嫌，惧见侵辱，必以小衅，构成大隙，是谣不能息也。故曰，救灾息谣，唯在裁兵。

六、旧话新诠[①]

宋翔凤《乐府余论》："……本传又言张浚自蜀还朝，荐孝祥，召赴行在，孝祥既素为张思退所知，及受浚荐，思退不悦。孝祥入对，乃陈二相当同心戮力，以副陛下恢复之志。且靖康以来，惟和战两言遗无穷祸，要先立自治之策以应之。复言用才之路太狭，乞博采度外之士，以备缓急之用，上嘉之。按大臣异论，人才路塞，俱非朝廷所以自治，孝祥所陈，可谓知恢复之本计矣，传乃谓两持其说，何见之浅也。故北宋之初，未尝不和，由自治有策。南宋之末，未尝不言战，以自治无策。于湖《念奴娇》词云'悠然心会、妙处难与君说'，亦惜朝廷难与畅陈此理也……"余按今中国之形势，与南宋颇相似。今日流行之口号，与张孝祥所陈者，亦所见略同。如"精诚团结，共赴国难"，即同心勠力以图恢复之旨也。"集中人才"，即用才之路不宜太狭之旨也。新生活运动及国民经济建设运动，即自治之策也。惜乎南宋君臣初则知其理而不能实行，继则联元灭金，而卒致亡国。今则全国上下，努力于救亡图存，自力更生，兴也勃焉，当可预卜矣。

七、文章与学问①

　　昔年某教授以"汗牛之充栋"一语，为士林所诟病。近日偶读商务出版李博士权时②《统制经济研究》③三五五页，又有"假使曲突早已徙薪"一语，觉李博士对于曲突徙薪本系平列一点，或尚未十分明了。世间事无独不偶，"汗牛之充栋"，正可对"曲突已徙薪"也。李博士本经济学专家，对于国文，偶尔失检，固有原谅之余地。但大博士大教授而国文程度尚复如此，其次焉者文章之不明白通顺，又何足怪乎。

　　如不相信，请以商务出版社邹敬芳④译《财政学史》⑤为例。其书四八页叙述斯密氏赋税第四原则，其译文为："第四，在征收各种赋税之际，应费工

---

① 载《西南建设》第1卷第2、3期合刊，1937年5月20日，第52、68页。

② 李权时（1895—1982），现代经济学家，字雨生，浙江镇海人。1911年为北京清华学堂第一期学生。1918年赴美留学。在美期间获得碧落脱大学经济学学士、芝加哥大学经济学硕士、哥伦比亚大学经济学博士学位。1922年学成归国。1922—1945年历任上海复旦大学教授兼教务长、商科主任、商学院院长、经济系主任，上海交通大学、大夏大学、光华大学、上海商学院、东吴大学、之江大学、震旦女子文理学院等校教授，并担任中国经济学社理事暨《经济学季刊》主编，上海银行周报社社长暨总编辑，商务印书馆《大学丛书》委员会委员。1945年赴香港，担任华侨工商学院教授及经济系主任。1950年回到内地担任东北人民大学（即今吉林大学）经济系教授。1956年参加中国国民党革命委员会（简称民革），曾任民革吉林省常委及天津市民革对台工作委员会委员。所著有《经济学原理》《财政学原理》《经济学新论》等20余种。参见《宁波词典》，复旦大学出版社，1992年版，第359—360页。

③ 其版权页题著作者：李权时，发行人：王云五（上海河南路），发行所：商务印书馆（上海河南路），1937年3月初版。导言之后，全书分为两部。第一部"统制经济总论"，包括三编：统制经济概论，统制经济之理论的根据，统制经济的心理条件。第二部"统制经济各论"，包括六编：省统制经济之商榷，经济组织之统制，金融统制，国际经济关系之统制，财政统制与战时财政，促进节约与提倡保险。卷首有《自序》，"中华民国二十五年十二月十二日，李权时识于沪滨"。

④ 邹敬芳（1895—?），字兰甫。湖北临澧人。毕业于湖南高等工业学校，后赴日留学，获早稻田大学政治经济学学士学位。加入中国社会学社。历任湘西靖国军总司令部秘书长、广州大本营军政部秘书、国立中山大学教授、中国国民党湖南省党部指导委员等。抗日战争期间，任汪伪国民党中央执行委员、汪伪行政院参事厅厅长、伪国民政府务会参赞、伪最高国防会议副秘书长等职。著译有《财政学史》《政治学原理》《经济学原理》《政治概论》《经济概论》《财政学概论》等。参见林煌天主编：《中国翻译词典》，湖北教育出版社，1997年版，第992—993页。

⑤ 其版权页题原著者：阿部贤一，译述者：邹敬芳，发行人：王云五，印刷所：商务印书馆，1930年7月初版，1936年4月商务印书馆再版。全书包括：绪论，近世新兴资产阶级财政思想的发生，基于个人自由主义之财政思想，社会政策的财政学理论，经济学的财政学，社会学的财政学——葛德雪的财政学说，社会主义的财政学说底发展，结论。卷首有原序。其1930年7月的初版本由神州国光社（上海河南路第六十号）发行，收入"社会科学名著丛刊"。

夫的，便是凡真正送到国库的金额，应从人民的钱袋以外取去，最后的金额务必使之尽量减少。"寥寥数语，虽往复数遍，亦不明其真意所在。乃翻陈启修《财政学总论》第三编五十一页："4. 最少征收费之原则，谓在人民之完纳与在国库之收入之间，对于租税之额及时期，当设法使其悬隔能底于最少。"

又再翻严译斯密氏《原富》部戊下："四曰核，赋必核实，国之所收与民之所出，必使相等。不中之赋，往往民之所出者多，而国之所收者寡。"然后恍然大悟。觉陈译已不如严译，邹君之文，更江河日下也。

又同页邹君之文："征收官吏的频繁调查和严密检查，在纳税人方面是不必要的麻烦，是嫌恶压迫，可以说是和没有金钱上的收入相等。"亦使人莫明其妙，再阅严译则为："夫民各有私而经营之家弥甚，责税之司，催科之吏，挟公家之势，乃时时取民幽隐，暴之广廷稠众之中，此于上固无所益也，而于民有大损，且其损有时过于縻财，苟有其术，莫不求免，而官之徒隶，遂持此以为讹索择噬之资，四也。"其意固甚明显。邹君所译，固日人著作，但《原富》非难得之本，何不取而参阅。个人相信，日人原文或不致于如是晦涩也。严译《原富》①迄今已三十余年，而译事反益退步。笔者以为此非文言与白话优劣之问题，而一般人国文能力之低落，及研究精神之缺乏，则为不可争之事实。此种著作，误人匪浅（至少亦浪费人之金钱及时间），在邹君个人，吾不欲深责，经营出版事业在吾国素居第一位之商务印书馆，于此种著作，竟未深加审查，遽予贸然印行，此实可悲之事也。章士钊先生在任教育总（长）时代，曾有创设国立编译馆之拟议，最近北平《晨报》之社论，亦主张合并中山文化教育馆及国立编译馆，而促进其效率，笔者不敏，甚望主持文化事业者采纳其建议也。

能文章者不必有学问，有学问者亦不必能文章。昔吴稚晖先生尝谓"其不识宗国之无者，固无害于其善治世界之学"，但既执笔于译述或撰著，国文之应明白通顺，使阅者易于理解，此实最低限度之要求。吾国主持文化事业者，似宜于此特别加意，但现在一般中等阶级之主管人员，对此工作是否能胜任愉快，在国文程度一般低落，外国文程度亦不高明之现在，在升官只凭钻营，作事惟知敷衍之现在，在口号以外无表现，开会以后无工作之现在，似乎尚成为问题也。

---

① 原文作"原原富"，有衍字，径删。

货币为百物交易之中准，而文章亦为各科学习之媒介。故货币无论为硬币纸币，必为货物之代表而后可贵。文章无论为文言白话，必以学问为内容而后可观。若迳以货币为物，文章为学问，此固误错。然倘不明货币之原理，而管理无术则物价必混乱。不明文章之规律，而辞气无章，则学理必殽乱。其关系之密有如此者，未容忽视也。

八①

伯沆师尝谓“于文字最恶纱帽气，然独喜张文襄之诗，宋理唐格，大声镗鞳”，窃以为诗文之佳，关于天分者多，关于人事者少，人事之中，又以阅历地位为要，书卷抑其次也。故达官贵人较之山泽之癯，武夫较之文士，虽学力不足，常难抗衡，而其至者，往往特出。无意为文，偶尔流露，日弄翰墨之士，虽穷老尽气，亦难追摹于万一。故“问君还有几多愁，恰似一江春水向东流”之句，非山泽之士所能作。而“天苍苍，野茫茫，风吹草低见牛羊”，亦非文士所能拟。文襄以达官而兼名士，值世运剧变之会，撷经史之膏腴，消胸中块垒，故其诗中多有事，非无病而呻者所能比也。

文襄《雨后早发天津至唐官屯》“残溜宵辍响，明霞朝盈瞩，灌木骄平川，轩轩出新沐”，本于柳柳州“道人庭宇静，苔色连深竹，日出雾露余，青松如膏沐”。而“良苗吐微薰，无意时相触”二句，则又堪与彭泽之“微雨从东来，好风与之俱”，及东坡之“月明看露上，一一珠垂缕”媲美矣。

咏雪诗极不易佳，文襄之“瘦人愈肌肥愈饱，今年三白犹未了，江上千山化白云，势欲出川薄天表。……”及“庭阴贮余雪，浑莹不受雕”，均系佳句。“江上”二句尤佳，所谓“成如容易却艰辛”也。

文襄写荷花诗，有“压地红云不见水”，“迎日翘朱华，其下万绿叠”，后二句尤能写出荷花之神理，非他花可以厮赖者。

文襄《戒坛松歌》“……十松庄慢各异态，各各凌霄斗苍黛，一株偃蹇甘独舞，不与群松论向背……”《小孤山绝句》“霧髻嵯峨插镜空，山容孤与客心同，明波自惜青青影，不逐淘沙走向东”，此老耿介之胸襟，跃然纸上。

诗，词，文章，均重发端，如报纸之特重第一条新闻也。曹子建、谢玄晖

① 原题《果庵随笔》，载《西南建设》第1卷第2、3期合刊，1937年5月20日，第69—76页。

以后，东坡尤善于以喻起，使人耳目，为之一新。如文襄《江行望庐山》"朝见庐山临江湄，青翠腾跃来迎人。暮见庐山忽杳霭，首尾隐若龙登云。……"正学东坡法也。

"文书遮眼黑如蚁，刮膜赖有一泓水"，此文襄诗也。每于公余棹舟后湖，则有同感（东坡有"遮眼文书原不读，照人灯火亦多情"之句）。

刘禹锡诗"唱得凉州意外声，旧人惟数米嘉荣，近来时势轻前辈，好染髭须学后生"，陆放翁袭其意，云"碧玉当年未破瓜，学成歌舞入侯家，如今憔悴蓬窗底，飞上青天妒落花"，盖均有美人迟暮、转逊后生之感。昔者季刚师尝引此二诗，谓"刘不如陆，正缘直说，故诗词以用喻为佳也"。今重阅《词苑丛谈》，则谓"放翁在蜀日，曾有所盼，尝赋诗云云"，然玩其辞意，终以刚师之说为近是。又刘禹锡"玄都观里桃千树，尽是刘郎去后栽"之句，傲然以前辈自居，更不如陆之婉约矣。

金冬心《题画老马》诗"玉辔金鞯锦作鞍，嘶风啸月渡桑干。而今衰草斜阳里，只作牛羊一例看"，诗极苍凉，殆有老骥伏枥之感。季刚师《月费》诗"月费千金录一官，贪婪曾不救饥寒，成阴鹤盖通衢畔，只当流民一例看"，仍用"一例看"三字，而嫉俗之意，见于言表矣。

《观林诗话》山谷云："余从半山老人得古诗句法云：'春风取花去，酬我以清阴。'"今按山谷将诗"残暑已俶装，好风方来归"，正学半山"春风"二句句法也。

曾文正与张文襄，均以达官而兼名士，对于山谷之诗，则持论不同。曾诗"大雅沦正音，莎①琶实繁响，杜韩去千年，摇落吾安放，涪叟差可人，风骚通胮盦②，造意追无垠，琢辞辨倔强，伸文揉作缩，直气摧为枉，自仆示涪公，时流颇忻向。……"张诗则曰"……黄诗多搓牙，吐语无平直，三反信难晓，读之鲠胸臆，如佩玉琼琚，舍车行荆棘，又如佳荼荈，可啜不可食，子瞻与齐名，坦荡殊雕饰。……"盖自文正倡"江西诗"以后，海内风从。而文襄持论则主清切，主神味，以救末流之弊。观其《吊袁汇簑》一诗"江西魔派不堪吟，北宋清奇是雅音，双井半山君一手，伤哉斜日广陵琴"，可知文襄于山谷诗固未尝废也。

---

① 莎，多作"筝"。

② 盦，或作"蛮"。

山谷《夜发分宁寄杜陵①叟》"阳关一曲水东流，灯火旌阳一钓舟，我自只如常日②醉，满川风月替人愁"，与寻常写法不同，此殆即曾文正所谓"直气摧为枉"欤？

山谷《登快阁》诗"痴儿了却公家事，快阁东西倚晚晴，落木千山天还大，澄江一道月分明。朱弦已为佳人绝，青眼聊因美酒横，万里归船弄长笛，此心吾与白鸥盟"，"落木"一联，固极阔大，"青眼"句押横韵亦极佳也。

王逸塘《今传是楼诗话》谓徐树铮"万马无声秋塞月，一灯有味夜窗书"之句，极为时流传诵。按树铮曾一度筹边，且以翰墨自诩，文武兼资，见于此诗。分而言之，上句本于老杜之《后出塞》"中天悬明月③，令严夜寂寥"，及东坡之"令严钟鼓三更月，野宿貔貅万灶烟"。下句则本于放翁之"青灯有味似儿时"。其所以倍觉精采者，正以能将两种极不相同之境界，合而为一，与其身份，又适相符也。《蕙风词话》论刘伯宠《水调歌头·中秋》云"破匣菱花飞动，跨海清光无际，草露滴明玑"，"跨海"云云，是何意境，下乃忽作小言。子云《解嘲》所云"大者含元气，细者入无间"，略可喻词笔之变化，余于小徐此联，亦有同感。余曩作诗有"抱膝吟灯窗，佳句摇人影，此味美于肉，久嚼得隽永"之句，谬荷伯沆师叹赏，以为"人影"句颇近简斋之"微波喜摇人，小立待其定"，惟惜取境狭小耳。

柳柳州《南涧》诗"回风一萧瑟，林影久参差"，余最喜诵之。郑子尹《咏景》之"清风偶然度，绿影不可揸"，《咏庭柳》之"夜凉壁上影，静共人抱膝"，虽骚雅逊于柳州，亦系佳句。准以词中"三影"之例，此殆五言之"三影"欤？

东坡《游焦山》诗"……同游兴尽决独往，赋命穷薄轻江潭，清晨无风浪自涌，中流歌啸倚半酣……"与荆公之《彭蠡》诗"……少年轻事镇南来，水怒如山帆正开，中流蜿蜒见脊尾，观者胆堕予方咍……"均状乘舟之险。二公之性及身世，颇不相同，此二诗足以觇之。

东坡诗"独骑瘦马践残月"与荆公诗"独骑瘦马冲残雨"格调相似。东坡诗"翩翩岁月下坂轮"，与荆公诗"日月纷纷车走坂，少年意气何由挽"，意境相似。

---

① 杜陵，多作"杜涧"。
② 日，原文作"人"，径改。
③ 明月，原文作"明天"，径改。

荆公诗"端居感慨忽自悟，青天闪烁无停晖，男儿少壮不树立，挟此穷老将安归"，每一讽诵，不觉惘惘。其《和王胜之雪霁借马入省》"居家洛阳名实大，谈笑枯槁回春柔，平生意气固应在，白发未敢相寻求"，则又作豪壮语，与上诗不同矣。

东坡尝有寄子由之作，荆公当有寄妹之作，此可见古人骨肉之情。荆公《寄朱氏妹》诗一首之结句"萧萧东南县，望尔何时已，空知梦为鱼，逆上西安水"，尤佳句也。

东坡"门前江水去掀天，寺后清池碧如环，君如大江日千里，我如此水千山底"，昔人以为系由曹子建《七哀》诗"君若请①路尘，妾若浊水泥，浮沉各异势，会合何时谐"化出，而切合其境，不落窠臼。余以为不如梅苑陵《妾薄命》"昔是波底沙，今为陌上尘，曾闻清冷混金屑，谁谓飘扬逐路人"，更善为脱化也。至孟东野《征妇怨》"良人昨日去，明月又不圆，别时各有泪，零落青楼前，君泪濡罗巾，妾泪满路尘，罗巾长在手，今得随妾身，路尘如得风，得上君车轮"，更想入非非。欧阳炯《巫山一段云》"恨其翻不作车尘，万里得随君"，自系以孟诗之意入词也。

东坡《京师哭任遵圣》诗"十年不还乡，儿女日夜长，岂惟催老大，渐复成凋丧……"《与临安令宗人同年剧饮》"……与君登科如隔晨，敝袍霜叶空残绿，如今莫问老与衰，儿子森森如立竹……"二诗均以儿女之长大，衬自己之衰老，人当中年，辄有此感。

东坡《别子由》诗"近别不改容，远别涕沾胸，咫尺不相见，实与千里同"，山谷《寄家》诗则谓"近别几日客愁生，固知远别难为情，梦回官烛不盈把，就听娇儿索乳声"，二诗表面意相反，而实则均系实情，惟苏超脱而黄沉痛也。至郑子尹之"近行十几日，只如旦暮间，远行十几日，恍若不计年"，又系自东坡诗化出也。

东坡之《咏酴醾》"凄凉吴宫阙，红粉埋故苑，至今微月夜，笙歌来翠巇，余妍入此花，千载尚清婉"。山谷之《咏水仙》"凌波仙子生尘袜，水上轻盈步微月，是谁招此断肠魂，种作寒花寄愁绝"。二诗用思，大抵相同，姜白石《疏影》咏梅"昭君不惯胡沙远，但暗忆江南江北，想珮环月下归来，化作此花幽独"，自系以苏黄之诗意入词，或更寓有故君之思。《词绎》乃谓白石

---

① 请，应是"清"之误。

词"昭君"二句费解，当系未连下二句合看也。

东坡《法惠寺横翠阁》诗"雕阑能得几时好，不独凭栏人易老"，系翻李后主"雕阑玉砌应犹在，只是朱颜改"词意。

东坡《铁沟行》"城东坡陇何所似，风吹海涛低复起"，荆公"巫山高，偃薄江水之滔滔，水于天下实至险，山亦起伏为波涛"，二诗用意亦相似。至姚姬传《感春杂咏》"芳草碧如染，春风吹作波"二句，境界亦极优美。郑子尹之"眉水如处女，春风吹绿裙"，则又伯沅师所极称道者也。

荆公《开元行》，述玄宗晚年因任李林甫等而致乱，意本于诸葛公"亲小人，远贤臣，此后汉之所以倾颓"，本极寻常，而结尾用"由来犬羊着冠坐庙堂，安得四野无豺狼"二句，譬语清新，发人深省，化腐朽为神奇，是何等本领。

《世说》："陆玩拜司空，有人诣之，索美酒，得，便自起泻着梁柱间地，祝曰，当今乏才，以尔为柱石之用，莫倾人栋梁。玩笑曰，戢卿良箴。"此公可谓善讽。张文襄《挽彭刚直公》诗"急难不尸位，此意空千载，袍泽入魂梦，孤愤结磊魂，鲸牙日锋厉，箕尾失光彩。群蒿岂任柱，雨泣问真宰"。以蒿任柱，宜其倾覆，清社之屋，文襄似已先知矣。

东坡《哭子》之作，如"我泪犹可试，日远当日忘，母哭不可闻，欲与汝俱亡。故衣尚悬架，涨乳已流床，感此欲忘生，一卧终日僵"，以父哭衬母哭，故衣涨乳，描写逼真。海藏《哀东七》之作"一家各上床，掷汝向荒草"二句，亦极沉痛。

陈后山《别三子》诗"夫妇死同穴，父子贫贱离，天下宁有此，昔闻今见之。母前三子后，熟视不得追，嗟乎胡不仁，使我至于斯。有女初束发，已知生离悲，枕我不肯起，畏我从此辞。大儿学语言，拜揖未胜衣，唤爷我欲去，此语那可思。小儿襁褓间，抱负有母慈，汝哭犹在耳，我怀人得知"。"有女"以下八句，力摹文姬①《悲愤》"……已得自解免，当复弃儿子……儿前抱我颈，问母欲何之，人言母当去，岂复有还时，阿母常仁恻，今何更不慈。我今未成人，奈何不顾思。见此崩五内，恍惚生狂痴，号泣手抚摩，当发复回疑……"一段，几于出蓝。至《示三子》"去远即相忘，归近不可忍，儿女已在眼，眉目略不省。喜极不得语，泪尽方一哂，了知不是梦，忽忽心未稳"一

---

① 文姬，原文作"文姖"，径改。

首，则又汪辟疆师所极倾倒者也。窃按此诗亦似学杜《羌村三首》之一："峥嵘赤云西，日脚下平地，柴门鸟鹊噪，归客千里至，妻孥怪我在，惊定还拭泪，世乱遭飘荡，生还偶然遂，邻人满墙头，感慨亦歔欷，夜阑更秉烛，相对如梦寐。"学古入化境，此后山不可及处。

后山五言古，如"围山缺西北，放目不可制，归怀纳清境，夜揭①成良寐"，"魏侯转物手，百好趋就叙，得句未肯吐，秀气出眉宇"，发端如"宿云护朝霜，秋阳佐残暑，蝇痴驱复来，汗下拭莫御，庭梧自黄陨，风过成夜语，幸是可怜生，胡然遽如许"，结句如"灯花频作喜，月色正可步，预恐何水曹，明朝有新句"，均雅健深秀。

后山七言古，如《古墨行》中段"睿思殿里春夜半，灯火阑残歌舞散，自书细字答边臣，万里风尘入长算"四句，由古墨想到用墨之人，如水之波澜。其《和饶节咏周昉画李白真》中段"醉色欲尽玉色起，分明尚带金井水，乌纱白纻真天人，不用更着山岩里"四句，写太白风神，政恐画亦难到。此等处所，运思全凭想像，描写极为具体，固不易学得也。

九、再论汪精卫诗②

汪精卫《杂诗》，如：

> 朝来雾气重，天半山尽失。
> 初阳鸡子红，破白乃无力。
> 披蓑行林间，雨自蓑针滴。
> 缩项入笠檐，苔滑碍行屐。
> 草根泥渐解，萍际水微活。
> 荷锄此其时，沾衣讵云惜。
> 梅花顾我笑，数枝正红湿。
> 遥知新霁后，青动万山色。

---

① 揭，应是"榻"之误。
② 载《建国画报》第18期，1939年8月10日，第6页。

又如《红海舟中望月作歌》：

> 暮云卷尽河星稀，大月徐升海之湄。[①]
> 冰轮未高光未满，已觉飒飒清风吹。
> 鲸波万里如燃脂，群动蛰蛰喘且疲。
> 一时冰雪忽照眼，岂止渴咽餐琼糜。
> 嗟哉素娥圣且慈，清辉所被无偏私。
> 广寒大开来熙熙，行歌起舞惟其宜。
> 夜深人静声影微，潜鱼不跃鸟不飞。
> 孤光一点定中移，青天四垂水四围。
> 亭亭脉脉将何依，栖栖皇皇终不辞。
> 上天下地随所之，入火不灼水不漓。
> 芸芸众生良可悲，三五二八须臾期。
> 同光共影勿复疑，试吸沆瀣甘如饴。
> 嗟哉素娥圣且慈，我欲作歌穷于词。

与夫咏瀑诸诗，以艺术论，均成熟之作品。沾衣不惜，孤光自移，此豪杰独往独来，不顾流俗之襟怀。惟其有此襟怀，一念之误，敢为大奸慝而不辞也。昔者伯沆师题阮大铖《咏怀堂诗集》："大铖猾贼，事具《明史》本传，为世唾骂久矣。独其诗新逸可诵，比于严分宜、赵文华两集，似尚过之。乃知小人无不多才也。"

汝南月旦，评魏武帝为治世之能臣，乱世之奸雄。足知能臣奸雄，本质相同，环境一变，贤奸遂分。盖多才之人，类不甘寂寞、晓于正途发展之非易，遂不惜越轨狂奔，倒行逆施。误用其才，多才为患，吾不能不为汪氏惜。张文襄诗"耐寂方为善择福"，诸葛孔明《戒子书》"宁静足以致远，淡泊足以明志"，观于汪氏之行为，然后叹恬淡耐寂之非易，而高旷襟怀之修养，今世仍极重要，不能与消极之隐君子同类而恃之也。

---

① 此两句或作："暮云澹尽河星稀，皓月徐升海之湄。"

十、三论汪精卫诗①

汪精卫《杂诗》："去恶如薅草，滋蔓行复萌。掖善如培花，茫茫不见形。平生济时意，枵落无所成。倚枕忽汛澜，中夜闻商声。愿我泪为霜，杀草不使生。愿我泪为露，滋花使向荣。不然为江河，日夜东南倾。"

"从善如登，从恶如崩"之理，汪氏亦深知之，结果杀花而滋草，为江河之横流。

《杂诗》之另一首："青松受严风，兀兀不肯驯。不如靡靡草，暂屈还复伸。强项性使然，骨折何足论。我行松林下，风落不拾巾。不辞众草笑，只畏青松嗔。"足见风骨，结果不为青松而为小草。汪氏《再过西湖》一律之第三联"疏钟渡水无歧籁，落木攒空有静柯"，与夫《四赋红叶》"疏林亦有斜阳意，都为将残分外妍。留得娟娟好颜色，不辞岑寂晚风前"，《佛手岩饮泉水》之结句"自惭肝肺无由热，尚为冰泉进一觞"，《水石月下》之结句"此心静似山头月，来听清泉落涧声"，吾人诵诗论人，必叹其清高，而结果适得其反。然后叹元遗山《论诗》绝句论潘安仁一绝："心画心声总失真，文章宁复见为人。高情千古闲居赋，争信安仁拜路尘！"确含真理。文人不必尽无行，而文皆清绝者亦未必尽秽浊。世宋有甘心为小人者，今日君子而明日小人，翻云覆雨，正坐无守。柳翼谋师《跋咏怀堂诗》："负才怙智不甘枯寂，积苦摧挫，妄冀倒行逆施，以图一逞，卒举其绝人之才，随身名而丧之者，良足悲已。"吾于汪氏，亦有同感，然则德之［惜］才，不更重叹。

《词苑丛谈》：舒信道，名亶，神宗朝御史，与李定同陷东坡于罪者，尝作《菩萨蛮》词云："江梅未放枝头结，江楼已见山头雪。待得此花开，知君来不来？风帆双画鹢，小雨随行色。空得郁金裙，酒痕和泪痕。"王阮亭极赏此词。尝曰："钟退谷评闾邱晓诗，谓'具此手段，方能杀王龙标'。此等语乃出渠辈之手，岂不可惜。"仆每读严分宜钤山堂诗至佳处，辄作此叹。

吾每读阮大铖、汪精卫诗，亦有此叹也。

---

① 载《建国画报》第18期，1939年8月10日，第7页。

十一、论阮大铖诗①

散原先生评阮大铖诗："芳絜深微，妙绪纷披。具体储韦，追踪陶谢。不以人废言，吾当标为五百年作者。"

太炎先生亦谓："大铖五言古诗，以王孟意趣，而兼谢客之精练。律诗微不逮，七言又次之。然榷论明代诗人，如大铖者鲜矣。潘岳、宋之问险诐不后于大铖，其诗至今存，君子不以人废言也。"

大铖名章佳句，胡先骕先生曾为文论列，载于《学衡》。柳翼谋先生刻《咏怀堂诗》，附录此文于后。个人所最喜讽诵者为《摄山东峰石上坐月》：

> 竹路亦何白，凉月灿东岭。
> 客心感佳夕，游泳孰能屏。
> 危步历禽上，清言满松听。
> 泉幽滴春脉，林贞抱秋影。
> 澄鲜入河际②，空明转遗境。
> 微风拂露花，石上苔弥净。
> 身心化寒碧，沉冥不知省。
> 赖闻霜下钟，山萝动微警。

"澄鲜入河际"以下，直□自然冥合，此王静庵先生所谓无我之境也。言情如《子夜歌》两首之一："曙花能有情，纷纷布苔隙。为怜欢去心，一覆欢来迹。"用思亦极深微。关于阮大铖诗，首先赏识者为王伯沆师，闻师叙述其经过，云时长南京龙蟠里图书馆，偶得大铖诗，曾向散原先生提及，散原尚未注意也。嗣又屡称道之，散原始索书观览，大加叹赏。胡先骕先生之论文与夫柳翼谋先生之刻集均发端于此也。

---

① 载《建国画报》第 19 期，1939 年 8 月 20 日，第 4 页。
② "河际"，一般作"何际"。

十二[①]

昔者刘师培先生尝［谓］骈文律诗，为诸夏所独有，惟此可与异域文化争长。盖中国文字，一字一音，妃青俪白，此为最便。惟过重形式者，不免损及内容，有削趾适履之嫌。故恃此与异域文学争长，非个人所敢信，然其工者，亦复令人击节，未容一概抹杀也。

楹联一端，据云起于蜀之孟昶时，而以清人为最工，如俞曲园、曾文正、王湘绮均其并者。其体为骈文律诗之结晶，与诗余八股均有密切之关系。故此虽小道，非如诗文词曲有素养者不能工也。喜庆吊贺为中国社会应酬所重，诗文词曲均觉费事，惟楹联为简便。故庆祝吊贺之场所，悬挂满堂，大抵皆楹联也，大抵皆千篇一律、无关痛痒之贺联。此在外国人眼中，自不以为然，如明思溥著《中国人的特性》第十九节《客气的中国》：

> 人婚丧喜庆或其他大典时所用的吉庆和荣哀的字眼，连篇累牍而不厌其多，千篇一律而不厌其烦，在外国人看去可以急得冒出无明业火，中国人却处之泰然。（潘光旦译）

此虽未言明楹联，但大部分为楹联可断［言］也。此种虚文，有无保留之价值，系另一问题，此处不欲详论。但既成习惯，禁止亦未必有效。伤财费时，或足引起火灾之迷信，例如中元焚纸之类，禁者自禁而焚者自焚。禁关人情，其效可睹，则无伤大雅、［有］异迷信之楹联，在民智未进步，经济组织未发生变化以前，似可放任，听其自然。盖禁令不行，徒损威信也。

楹联既为应酬所必需，而撰作又复不易，易拙难工，徒贻笑柄。昔者黄季刚师曾谓生平少作楹联，盖不愿以率尔应酬之作，于篱壁间挤一席地，供人批评也。大家矜慎，故宜如此。吾侪之无略识，以备书糊口，有时为人或朋友所［期］，事出仓卒，虽欲迴回者虚，略于修饰，亦不可能。草草将事，时复内疚。此种况味，当有同感者。且文由情生，而代人拟作，则为文［无］情，凭空结撰，鲜有佳构，自不待言。窃谓文章境界，一为清通，二为清切，三为清

① 载《建国画报》第 21、22 期合刊，1939 年 9 月 20 日，第 5—6 页。

新。联语一端，清切尤为首要。通套如马络头，此文家之大忌。生平所撰楹联颇多，但足存者少，故随作随弃，不敢以敝帚自珍也。

十三、略谈新旧诗①

一个刊物，有新诗，也有旧诗，说起来似乎不很调和。但个人在昔就养成一种偏见，以为要真正明了中西诗的异同，只有互译。要真正明了新旧诗的长短，只有多作。个人虽然偶尔也翻译几首英文诗，但汉诗译成英［文］，□然没有这种力量，早就不敢尝试。这种□作，只好望专家去担任。

年来虽然□作旧诗，但有内容的新诗，也似乎还能理解。虽然自己作新诗的勇气早就没有了，同样的，见着别人只具形式的旧诗，也不敢胡乱的恭维。连自己的作品，虽［然］不［必］敝帚自珍，但示人的勇气，也就丧失无［余］。老实说，诗总有独具的风格，特殊的手法，不管他是新诗或是旧诗。你觉得新诗容易吗？乱头粗服而不损其天然之美，那需要韵律的容华。你觉得旧诗容易吗？陈腔滥调，旁□笔端，稍一不慎，就如东施之效颦，只觉其丑而不见其美。本无绝色②之姿，而浓妆艳抹，不过徒令人恶心而已。我以为诗□是□，英诗人威次威斯说□诗为丰富感情自然之流［溢］，人是感情的动物，□□感情泛起的时候，又谁不曾哼上几句。但你的想像能力和平□修养，是不是能够抓住要点，而独当的表现，那就是工拙的问题，或许是无关重要的问题。朋友，你如果觉得新旧诗摆在一块，不易调和，我就要点以吾□苏东坡咏歌西湖的名句，向你解释，那就是"欲把西湖比西子，淡妆浓抹总相宜"。

如果你对新旧诗，已经养成偏嗜，吃惯了口味，我就请你换一换，试试看。四川人吃惯了辣椒，久住下江，也能欣赏下江味。同样的，许多下江人早已吃惯辣椒了，这种口味的调和，至少③在空间上足以促成文化的交流。同样的新旧诗的调和，至少在时间上足以促成文化的发展，而这种发展是有因袭也有革新的成分。如果你说这个有点破坏"诗［韵］"，或改革得不够澈底，反正天地之大，何所不容，各行其是。承认异己而最后取决于多数的读者。在这民

---

① 原题《果庵随笔之一》，载《世界日报》1946 年 1 月 29 日第 4 版。本文所表达的观点，应是田楚侨在接手《明珠》副刊时所阐发的编辑旨趣。

② 原文作"绝望"，径改。

③ 原文作"只少"，径改。

主潮流澎湃一世之下，也可以说这是诗坛民主的办法。

十四、漫谈欣赏与创作①

欣赏和创作，看起来是两件事，但高度的欣赏，可说已几乎接近创作的境界，读者与作者在心理上已经共鸣。高山流水，古人以为知音，钟期一死，伯牙终身不复鼓琴，就因为高度的欣赏，并不是容易的事。宋词"莫倚能歌敛黛眉，此歌能有几人知"②。每一〔咏〕诵，不禁三叹。但就一般说，欣赏和创作，毕竟应该分开。我们不必一定要创作，但欣赏的能力，总应该养成。这犹如自己虽然不会唱川戏或平剧，也不懂得高腔二黄的板眼，但偶尔走到戏园里，或在收音机下面，听着急管繁弦，也要悠然神往。更进一步，或许因为这悠然神往，偶尔便会哼上几句，所以可说欣赏是创作的初步。

中国几十③年来的名人诗集，真是汗牛充栋，这项遗产确实丰富。虽然有时候因为太丰富了，压得我们不能自由活动。各种诗体似乎已经成为定型，我们要去欣赏，等于耗子钻牛角，越钻越紧。但个人的偏见，总以为这项遗产大可利用。如果你想作一个诗人，对于域外的诗集，还要去研究，希望做到兼收并蓄，难到④本国有名的诗，还不值一看吗？退一步说，你就不要作诗人，也无妨欣赏一下。由初步的欣赏进到高度的欣赏，你创作就可以自由。但你又要知道，创作也是欣赏，是对于自己作品的一种欣赏：容许这一种欣赏，使自己精神上更为满足，但与欣赏他人的作品，根本上实无差别。你也许可以把你的创作，给道同志合□的良朋腻友，大家来共同欣赏。如能听取他们的意见，作为你修改的参考，那你的进步一定更大。最忌讳的是欣赏尚无根柢，便要创作。创作初不精采，便想发表。文章是自己的好，这是一般的通病，所以颜之推说："独观谓为警策，众睹终沦平钝⑤。"

这两句话⑥，我希望大家记着。有天才的据说近于狂人，很容易妄自夸大，目中无人，但你要记住，虚心的才是最后的成功者。

---

① 原题《果庵随笔之二》，载《世界日报》1946年1月30日第4版。
② 语出周邦彦《定风波·商调美情》。敛，引文作"欧"，径改。
③ 十，或当作"千"。
④ 难到，现作"难道"。
⑤ 引文作"平纯"，径改。
⑥ 原文作"语"，径改。

十五、释《中国文学欣赏举隅》①

文学的欣赏与创作，我们已大体谈过。主要的意思是最完全的欣赏等于创作，最理想的创作本身就是一种欣赏。我们又说欣赏是创作的初步，看起来似乎欣赏比较容易，但我们读《中国文学欣赏举隅》一书（开明书局出版的）②，就有欣赏亦复不易的感觉。自然，如李义山的《锦瑟》诗一类，不容易欣赏，不足为怪，但比较常在人口的话，如果我们著书的人，所解释的话，也在似懂非懂之间，那就不免误己误人了。全诗的批评，今姑不谈，先随便引两个例子。

一，第四五页"痴情与彻悟"一章，引李益《江南曲》："嫁得瞿塘贾，朝朝误妾期。早知潮有信，嫁与弄潮儿。"作者某君诠释如左：

> 小妇人深不足于"误"而专注情于"信"，竟云任下嫁于趁潮水来去之海上弄舟之小子，惟涎其乘潮有信无误而已，他不复计，其情痴可见。乃亦以予人以尖新奇丽之感，致足取也。

但诗之"弄潮儿"，实等于我们寻常说的造化小儿。这是人格化的神灵，而决不是一个"趁潮水来去之海上弄舟之小子"。我们的作者，竟把他当作一个真正的人，并且说明这是"下嫁"，未免太老实了吧。作者接着引《词诠》："唐李益诗'嫁得瞿塘贾'云云，子野《一丛花》末句云'不如桃杏，犹解嫁东风'，此皆无理而妙。"可知弄潮儿等于东风。所谓"嫁与"，是它不可能的想像，所以才说"无理而妙"。但是我们的作者，尽管在引用，似乎还没有理解。

二，其次原书第六页引孟郊的《游子吟》："慈母手中线，游子身上衣。临行密密缝，意恐迟迟归。谁言寸草心，报得三春晖。"这也是一首人人能诵的名诗，我们的作者解释如左：

---

① 原题《果庵随笔之三》，载《世界日报》1946年1月31日第4版。释，原文作"译"，径改。
② 傅庚生著，1943年9月于重庆初次出版，1946年1月于上海再版。

恐游子之归迟，慈母之意不只见于密密缝衣之顷而已；盖暮出而不还，则倚闾而望，矧在远游，思何能间？密缝游子之衣，慈母之心不只寓恐迟归之意而已；盖游子所御衣，固温凉所恃，缝之以密，实恐儿寒。故云"寸草心"难报"三春晖"也。游子思归，而迟迟未得，是以检视身上为慈母密密缝缀之衣，亦似并寓恐迟归之意者；诗人乃达其一隅，俾吟哦之者能反其余三也。……①

朋友，作者的这一段解释，你懂得么？个人实在不聪敏，就越看越糊涂。缝得密就可以御寒，□亏作者去揣想。我们要欣赏东野此诗，至少须读汉诗《艳歌行》：

翩翩堂前燕，冬藏夏来见。兄弟两三人，流宕在他县。故衣谁当补，新衣谁当绽。赖得贤主人，览取为我组②。夫婿从门来，斜倚西北盼③。语卿且勿盼，水清石自见。石见何累累，远行不如归。

古代社会，工商业都不发达，缝[缀]之事，都由家妇女包办。而男女之间，按照古礼，又复授受不亲。所以游子客久，衣线中断，在今日可以随便找裁缝或女工补缀，丝毫不生问题。而在古代社会，就要引起瓜田李下的嫌疑，这是远客游子最感麻烦的事情，所以游子迟归，固④非慈母所愿意，而客久线断，尤为慈母所担心。虽然不愿意游子迟归，在做衣服的时候，还是为他密密的多缝几针，免得他万一迟归，客衣断线，感觉衣破难[处]的麻烦。仅仅十个字，及⑤无曲折，已将慈母爱子之心，和盘托出，所以结句才说寸草难报。这就是孟东野⑥诗的好处。你如果再不相信么，再引他自己《寄卢虔使君⑦》诗来作说明："霜露再相换，游人犹未归。岁新月改色，客久线断衣。"我想大概可以明白了吧。从前黄季刚师旁谓"唐人诗中喜用'砧杵'，盖既系征兵，

---

① 引文多误，据《中国文学欣赏举隅》原书录入。
② 或作"揽取为吾祖"。
③ 或作"斜柯西北晒"。盼，以下亦或作"晒"。
④ 原文作"因"，径改。
⑤ 及，或当作"既"。
⑥ 原文作"孟原野"，径改。
⑦ 田楚侨原文作"虔使君"。

衣由家寄，一闻洗衣之声，自然特别感伤"云云。准此例推，如果我们不懂得古代社会补衣困难的情形，对于东野此诗，就不会觉得他的好处。所以欣赏文学确不是容易的事，马马虎虎，你就不会懂得。

由上两点，可知"才学可以著书"的人，对于古人诗句，尚且不免误解，我们能够掉以轻心，说欣赏古诗容易吗？"精研与达诗①"，是作者此书第一章的标题，诗虽无达诗，但我们真的要精研。

十六、再论《中国文学欣赏举隅》②

原书一○五页③引王阮亭《论诗》绝句："苦学昌黎未赏音，偶思螺蛤见公心。平生自负《庐山》作，才尽'禅房花木深'。"作者某君接着说道："虽论常建之诗，亦以见韩诗之奇奥不可学。"又查原书第五五页，亦引东坡语：

> 常建诗"竹径通幽处，禅房花木深"，欧阳文忠公最爱赏，以为不可及。此语诚可人意，然于公何足道？岂非餍饫刍豢，反思螺蛤耶？

作者某君接着说："是所以褒欧公，意非④在贬常建也。"两条合观，作者似未解。盖阮亭所论者，为欧公而非常建。第一句指欧学韩，第二句即用东坡语，第三四两句，谓欧公于己作《庐山》诗，虽极自负，而于常建"禅房花木深"二句，则推□不到，有"江郎才尽"之叹。阮亭论诗主神韵，喜轻灵缥眇一路。故《吴贤三昧诗集》⑤，连李杜的诗都不入选，何况韩孟。但诗道广大，奇奥深僻，正足药肤□□易的毛病，似未可以概论，何况昌黎诗佳处亦不少，更不能只引"忽忽乎⑥余未知生之为乐也，愿脱去而无因"，神其"搜奇而不反⑦""以奇而创以文人诗之格"。至《寄皇甫湜》及《朝归》诗，均非韩公上［意］作品，容缓再论，此姑不赘。

---

① 傅庚生原书作"达诂"。

② 原题《果庵随笔之四》，载《世界日报》1946年2月16日第4版。

③ 检原书，实为"一○六"页。

④ 引文作"飞"，径改。

⑤ 应作《唐贤三昧集》。

⑥ 引文作"乎乎"，径改。

⑦ 反，或应作"返"。

原书之第十二章，为"辞意与隐秀"。虽引《文心雕龙》及各家解释，并引诗词为例，说明隐与秀的分别。但作者对于"隐秀"两字，似乎为清空质实等词所混，而实无所知。黄季刚师《文心雕龙扎记》[1]，就有"补隐秀"一篇。原书虽不在手边，但大概还记得他曾经引宋张戒《岁寒堂诗话》述《文心雕龙》语谓："情在词外曰隐，状溢目前曰秀。"而今本"隐秀篇"无此二语，可知其为伪作。个人以为梅圣俞的"状难写之景如在目前，含不尽之意见于言外"，正是前两句的解释。诗文范围不外言情写景，大抵言情主隐，主含蓄，主薇[2]婉。写景主秀，主警策，主超脱。而诗文之佳者，又大抵情景交融，故隐秀有时亦非对立。总之，情以曲折为工，以清新为上，如此分析隐秀，或较为明白。但此决非个人之创见，不过祖述师说而已。

又原书一八五页引苏曼殊诗："谁怜一阕断肠词，摇落秋怀只自知。况是异乡兼日暮，疏钟红叶坠相思。"作者谓"摇""坠"等字皆极纤巧。不知此处，"摇"字已与"落"字连为一词，本于宋玉《悲秋》："悲哉秋之为气也，（萧瑟兮）草木摇落而变衰。"

中国旧诗词，遣辞必雅，所谓雅者即有来历而非杜撰，今乃割裂成语，以评曼殊，恐不足以服人。

十七、略论情景[3]

《中国文学欣赏举隅》第六章为"情景与主从"，引李渔《窥词管见》："词虽不出'情景'二字，然二字亦分主客，情是主，景是从"，以为："文学境界中，既必终始有我焉，自必以我之情为主，而以物之景为从。谚有云'红花虽好，还仗绿叶扶持'，盖取其可以相帮衬，互发明也。故欣赏文学者，宜辨主从。"

其论固亦可通，但我们要知道，从根源处去看，情与景质相对待，看《文心雕龙》"物色篇"赞语：

---

① 该书 1927 年 7 月初版，1929 年 5 月再版，文化学社（北平和平门外）发行。封面与版权页作"扎记"，内文作"札记"。

② 薇，或为"微"之误。

③ 原题《果庵随笔之五》，载《世界日报》1946 年 2 月 18 日第 4 版。

　　　　山沓水匝，树杂云合。目既往还，心亦吐纳。春日迟迟，秋风飒飒，
情往似赠，兴来如答。

　　在外者为物色，目既与之往还，心亦与之吐纳，其所谓"情往"也。山林
皋壤①为文思之奥府。昔人谓属文之道，□出于思，故情往兴来之过程，可总
名之曰"神思"。而兴来尤为重要，故文须位兴，诗恐败兴。此"兴"也，或
曰"神来"，或曰"灵感"，或直译英文曰"烟士披里纯士"。我们看焦循《答
罗养斋书》：

　　　　循往年家居，每岁诗不过数首；去年游齐鲁，半年得诗五十首。今游
　　吴越，半年得六七十首。盖山川旧迹与客怀相摩荡，心神血气，颇为之
　　动，动则诗思自然溢出。境与时不同，则诗思亦异。

　　此与刘融斋《艺概》所谓"在外者物色，在我者生意，二者相摩相荡而赋
出焉。若与自家生意无相入处，则物色只成闲事，志士遑问及乎？"大概相同。
陈散原先生诗"杂糅物与我，亲切相摩荡"，更为简单明了，可知情与景，在
根源上为物我之对待，而在结果上则为物、我之摩荡，因为摩荡□合，于是便
有兴象。这就是王静安先生所谓"境界"。《人间词话》："沧浪所谓'兴趣'，
阮亭所谓'神韵'，犹不过道其面目，不若鄙人拈出'境界'二字，为探其本
也。"境界即意境，即想像中安排的境界，即东坡所谓"反常合道"的奇趣，
这就是情景事理的综合，也就是严沧浪所说的"别才""别趣"："诗有别才，
非关学也；诗有别趣，非关理也。然非多读书，多穷理，则不能工。"②
　　张文襄所谓的"神味"：

　　　　《輶轩语》："有理、有情、有事，三者具备，乃能有味。诗有至味，
　　方臻极品。"数语虽约，颇能该括前人众论，学诗者试体会之。

　　新城王文简论诗主神韵，不如言神味也。

―――――――――――

① 原文为"壤壤"，系衍字。
② 引文与原文有异。

总之，诗有诗的境界，具有别才者，当情景的摩荡，事理①的感触，就有了一种呼之欲出，而又可望而不及的兴会。我们抓住了这个稍纵即逝的兴会，把它写在纸上，这就是神来之笔。读之者补得有奇趣，有兴趣，有神韵，有神味。于此可知情与景实无主从的分别。我们在"随笔之四"一篇中，说情主隐，景主秀，不过是为明晰起见的一种说法。实则情景交融以后，所谓隐与秀也合而为一。《汉魏六朝专家文研究》谓"每篇有特出之处谓之秀，有含蓄不发者谓之隐"。换句话说，陆士衡《文赋》所谓"立片言而居要，乃一篇之警策"，这就是"秀"，而含蓄吞咽，或用比兴，就是"隐"。秀虽不完全是景语但大半是景语，或情景交融语。同时借景言情，也就是隐了。所谓"隐"，并不等于猜灯谜，时人解释为"说一半，留一半"，殆庶几近之。

十八、再论情景与隐秀②

我们在前篇里，说借景言情，例如太白思③的"故人西辞黄鹤楼，烟花三月下扬州。孤帆远影碧空尽，惟见长江天际流"，查荃"想斜阳影里，寒烟明处，双桨去悠悠"，都是送别的好诗词，不言情而自见。我们再看《艺概》：

"昔我往矣，杨柳依依。今我来思，雨雪霏霏"，雅人深致，正在借景言情。若舍景不言，不过曰春往冬来耳，有何意味。

《艺概》又说：

词有点有染，柳耆卿《雨霖铃④》云："多情自古伤离别。更那堪、冷落清秋节。今宵酒醒何处？"上二句点出离别冷落，"今宵"二句，乃就上二句点染之。点染之间，不得有他语相隔，隔则警句亦成死灰矣。

所谓"点"，就是指情；所谓"染"，就是以景语烘染之。故"今宵"二句

---

① 原文作"事现"，径改。
② 原题《果庵随笔之六》，载《世界日报》1946年2月21日第4版。
③ 思，或当作"诗"。
④ 引文作"雨淋铃"。

状溢目前，为一篇之秀句，感情即此吞咽住，含蓄住，使人得言外之致，也可以说就是［隐］了。一篇好的作品，自然是天衣无缝，无句可摘，但譬如植物一样，不管木本草本，总有秀出之处，绿叶衬托着花萼，禾麦的尖端，抽出颖秀。所以在诗文中，字句的锤炼，究不可少。《艺概》说：

> 词以炼章法为稳，炼字句为秀。秀而不稳，犹百琲明珠，而无一线穿也。

我们以为诗词之道，不过篇章字句，譬如写字，篇章似间架，字句似点画。点画易知，而且是初步的入门；至于间架，［相］较无定法。素养的人可以随心所欲。所以个人以为欣赏或创作，似乎都应无从句警策处开始。[①] 已经引过陆士衡《文赋》："立片言而居要，乃一篇之警策。虽众辞之有条，必待兹而效绩。"他又说："石韫玉而山辉，水怀珠而川媚。彼榛楛之勿翦，亦蒙荣于集翠。"

所谓"珠玉"，即文章的警策语。虽然"榛楛勿翦"，也因翠鸟的飞集而使湄□蒙荣，此即所谓□□虽有条理，必有警策而后才能发生文章的效用。文章秀出处的重要，于此可见。《艺概》：

> 谭友夏论诗，谓"一篇之朴，以养一句之灵；一句之灵，能回一篇之朴"。此说每为谈艺者所诃，然征之于古，未尝不合。如《秦风·小戎》"言念君子"以下，即以灵回朴也，其上皆以朴养灵也。《豳风·东山》每章之意，俱因收二句而显，若"敦彼独宿"以及"其新孔嘉"云云，皆灵也；每二句之前，皆朴也。赋家用此法尤多。至灵能起朴，更可隅反。

所谓"灵"，也就是警策处，"朴"则榛楛也。我们翦前[②]去榛楛，固然是不可能。玉田《词源》说："词中句法，要平妥精粹。一曲之中，安能句句高妙？只要拍搭衬副得去，于好发挥笔力处，极要用工，不可轻易放过，读之使人击节可也。"而且翠鸟也无从飞集。《艺概》说得最好：

---

① 此两句难解，应有手民之误。
② 前，系衍字。

诗中固须得微妙语。然语语微妙，便不微妙。须得一路坦易，忽然触着①，乃足令人神远。

这就是作者某君所引的俗谚"花好还须绿叶扶持"真正的解释。总之，诗词中要有特出的处所，而这地方，往往，就是借景言情。人人能诵的邱迟②《与陈伯之书》中一段警策处："暮春三月，江南草长。杂花生树，群莺乱飞。见故国之旗鼓，感平生于畴昔（日）。抚弦登陴，岂不怆恨！所以廉公之思赵将，吴③子之泣西河，人之情也！将军独无情乎？"若无"暮春"四句，便难动人故国之思。又按：

> 晋王珣《孝武帝哀策》略云："自罹旻凶，秋冬代变，霜繁广除，风回高殿，帷幕空张，肴俎虚荐。极听无闻，详视罔见。"云云。《南史》卷二十三《王诞传》云：晋孝武帝崩，从叔尚书令珣为哀策，出本示诞，曰："犹恨少序节物。"诞揽笔，便益之，接其"秋冬代变"后云："霜繁广除，风回高殿。"珣叹美，因而用之。④

若无"霜繁"两句具体写景的文章，"帷幕"四句凄清的情绪，便不显著而生动。这更是借景言情的例子，也就是古人所谓的"情文相生"。借景言情，似乎也有主从的分别。所以我们说，李笠翁的说法，未始不可通，但我们真要了解情景的关系，还是要从两者对待和杂糅上去看，而所谓"借景言情"⑤，不过是研究文艺的一种方便的说法，我们不要太执着了。

十九、再论情景⑥

我们已引太白送别的诗句，借景言情，使人□□。《三百篇》"燕燕送归妾"一首："瞻望弗及，泣涕如雨"，不能说是好诗，但□毕竟不同。又《唐人

---

① 引文作"须是一路坦易中忽然触着"。
② 应作"丘迟"。
③ 引文作"异"，径改。错字之外，亦有多处异文。
④ 引文多误，今据杨树达《中国修辞学》改。
⑤ 原文作"所借谓景言情"，径改。
⑥ 原题《果庵随笔之七》，载《世界日报》1946年2月26日第4版。

万首绝句选》，载冷朝阳《送红线》诗："采菱歌怨木兰舟，送客销魂百尺楼。还似洛妃乘雾去，碧天无际水空流。"也似在学太白。同时我们又想起六朝的名句："夜雨滴空阶，晓灯暗离室。"① 上句因是名句，但如果没有下句，还是死句。如果柳词"今宵酒醒何处？杨柳岸、晓风残月"，是初别后难堪的情景，但"夜雨"二句可说是将离时□痛的境界。我们无妨〔闭〕目涉想，夜雨未歇，晓灯凄暗，此时离别，何以为怀？如果单是夜雨点滴或为良友重逢，或为新婚宴尔，必不感觉凄怆伤怀，所以章实斋《文史通义》"文理"一篇说得最为透澈，读者可以参阅。因此陈石遗先生诗话，单举"夜雨"一句以为景语，个人殊未敢苟同。以上几个例子，可以说是借景言情，也可以说融情入景。

诗词中因有纯粹的景语，如颜之推《颜氏家训》"文章篇"：

> 兰陵萧悫，梁室上黄侯之子，工于篇什。尝有《秋诗》云："芙蓉露下落，杨柳月中疏。"时人未之赏也。吾爱其萧散，宛然在目。颍川荀仲举、琅琊诸葛汉，亦以为尔。而卢思道之徒，雅所不惬。

"芙蓉"两句，写□景宛然在目，确是状溢目前的□句，也是纯粹的景语。下句之妙易知，上句则较难晓。去年闲居，尝于□朝□步洞庭，见盛开之芙蓉花，已有数朵散落地上，始〔觉〕古人体物之工。

"瞻望弗及，泣涕如雨"，当然是纯粹的情语。王静安《人间词话》分有我之境与无我之境。所谓"有我之境"，他〔举〕秦少游词："可堪孤馆闭春寒，杜鹃声里斜阳暮。"这便是借景言情或融情入境。所谓"无我之境"，他举陶渊明诗："采菊东篱下，悠然见南山。"这种无我境界，并不是纯粹的景语。这是物我交流、天人合一的境界。这种摩荡杂糅，可说已达到高峰了。何尝无我，不过忘我，不过是太上忘情，自然同流。除陶公□，王摩诘诗也有这种境界。明末阮圆海的《咏怀堂集》，名句亦复不少："身心化寒碧，沉冥不知省。"

总之，我们以为情景终是对待〔具〕体上说，除纯粹的景语情语外，便是情景的糅合，而这种糅合，在程度上又有深浅。虽然王静安极端推重，但就已往的文艺作品而言，有我之境毕竟稍多，□的更是不少。所以"融情入景"一点，初学文艺的人□要注意。个人昔尝以□诗请教于王伯沆先生，先生于某一

---

① 语出南朝梁何逊《临行与故游夜别》。

首的批注，过□话□少不免□寂。又尝以和陶《移居》诗请教于汪辟疆先生，先生谓当注意坡公融情入景处。又尝以诗请教于胡小石先生，先生谓加以藻饰，便可进于□□。三位先生均文坛的名宿，其持〔论〕虽系对个人而发，但注意的都是融情入景，或可供一般学诗词的参考。伯沆先生，尤喜谈诗，尝戏告同学，如诗词中有□泪□□等字，必不足以感人，盖直率道破，了无余蕴；而□惨、伤心又都是抽象或惯用的词语，当不能引起具体的景象，更何能感人。

二○、再论情景难易①

诗词内容，亦不外情景。《随园诗话》："诗家二题，不过写景言情。"据随园的意见，以为情难于景："凡作诗②，写景易，言情难，何也？景从外来，目之所触，留心便得；情从心出，非有一种芬芳悱恻之怀，便不能哀感顽艳。"

但据近人陈石遗先生《石遗室诗话》③卷十四：

> 说诗标举名句，其来已久，此诗话所由昉也。……由是流传名句，写景者居多。……大约代不数人，人不数语。至隋炀帝忌人能作"空梁落燕泥""庭草无人随意绿"句而杀之，亦可知工于写景之不易矣。

他又说："近人诗句，工于写景者，亦复不可多得，惟苏堪最多。苏堪平日论诗，甚注意写景，以为不易于言情，较难于叙事。"④ 以为言情难，写景亦复不易。他在"诗话"卷十，又说：

> 宛陵尝语人曰："凡为诗，必能状难写之景如在目前，含不尽之意见于言外，乃能为至。"此实至言。前二语惟老杜能之，东坡则有能有不能。后二语阮、陶能之，韦、孟、柳则有能有不能。至能兼此前后四语者，殆惟有三百篇。汉魏以下，则须易一字曰："状易写之景如在目前，含不尽

---

① 原题《果庵随笔之八》，载《世界日报》1946年3月8日第4版。
② 原引文作"凡诗"。
③ 原作"石遗诗话"，径改。
④ 原引文首句作"近人诗句工于写景者不可多得"，据《石遗室诗话》补正。

之意见于言外。"

他又说:"宛陵此四语①,前二语实难于后二语。"更谓写景难于言情,与随园之说恰反。据石遗所列举之名句,如大谢之"池塘生春草,园柳变鸣禽",小谢之"余霞散成绮,澄江净如练",陶公之"平畴交远风,良苗亦怀新",丘迟②之"风轻花落迟",王籍之"鸟鸣山更幽",谢贞之"风定花犹落",何逊之"夜雨滴空阶",崔明信之"枫落吴江冷",孟浩然之"微云淡河汉,疏雨滴梧桐",柳柳州之"回风一萧瑟,林影久参差"③,白香山之"一道斜阳铺水中,半江瑟瑟半江红",郑海藏之"月影渐寒秋浩洞,柝声弥厉夜嵯峨",张广雅之"日落江光都转白,春来谷气尽含青""柳仍婀娜秋生色,荷已离披水吐光",陈太傅之"断钟坠涧无寻处,佳月笼云恣赏难"。此外如陶之"微雨从东来,好风与之俱",韦之"乔木生夏凉,流云吐华月"④,张子野"三影"中之"云破月来花弄影",东坡之"令严钟鼓三更月,野宿貔貅万灶烟",近人徐则林⑤"万马无声秋塞月,一灯有味夜窗书",都不[愧]为写景的名句。要再列举,当然还有不少。例如清真词咏荷"水面清圆,一一风荷举",王静安先生以为能得荷之神理,此诚不错。张广雅文襄诗"迎日翘来华,其下万绿叠"⑥二句,个人亦喜诵之,而赵香宋先生则不喜张诗。王伯沆⑦师与杨沧白先生则以为"纱帽诗"⑧之尤工者。此关个人[恶]好,无足深论。个人曾举王湘绮论李东川绝句"河上神明宰"一首,以为兴到之语,不足深□,沧白先生诩为破的之论。由此例推,[言情写景],各有难易,前贤所谈,足供参考□□启,不为准绳也。

---

① 引文作"句",径改。
② 原文作"邱迟"。
③ 语出柳宗元《南涧中题》。原作"杨柳州",径改。
④ 语出韦应物《同德寺雨后,寄元侍御、李博士》。乔木,引文作"桥木"。
⑤ 徐树铮(1880—1925),字又铮、幼铮,号铁栅,自号则林。原文作"林则",径改。
⑥ 语出张之洞《游净业湖,访法桐门故居不得》。
⑦ 原文作"王伯沅"。
⑧ 陈散原尝云:"张诗语语不离节镇,此纱帽气也。"所谓"纱帽诗",或指此类诗作。

二一、略论比兴

关于"比兴"的解释，古说纷纭，以近人而论，季刚师《文心雕龙札记》：

> 原夫兴之为用，触物以起情，节取以托意，故有物同而感异者，亦有事异而情同者。……自昔名篇或兼存比兴，及时世迁贸，而解者只益纷纭。一卷之诗，不胜异说。九原不作，湮墨无言。是以解嗣宗之诗，则首首致讥禅代，笺杜陵之作，则篇篇系念朝廷，虽当时未必不托物以发端，而后世则不能离言而求象。由此以观，用比者历久而不伤晦昧，用兴者说绝而立致辨争。当其览古，知兴义之难明，及其自为，亦遂疏兴义而希用，此兴之所以寖微寖灭也。……虽然，微子悲殷，实兴藏于黍离；屈平哀郢，亦假助于江山。兴之于辞，又焉能遽废乎。①

说得最为详细。大抵两辞对举，则比浅而兴深，比明而兴晦。两辞连举，则所谓比兴者，即陈觉玄师《中国韵文通论》"赋尚铺陈，修词中之直叙法。比重取譬，修词中之象征法。兴则由彼及此，修词中之联想法也"之末项。所谓由彼及此，即言在此而意在彼，此即嵇康诗所谓："手挥五弦，目送飞鸿。"
《文山指南录》，说得明白：

> 信云父好为诗而辞极俚近，一日问予诗法。予因学宫词数章，比兴悠长，意在言外，云父恍有所得。明日袖出一绝云："东风吹落花，残英犹恋枝，莫怨东风恶，花有再开时。"言予之不忘王室，而王室之必中兴也。云父居近阙里，渐染孔氏之遗风，故其用意深厚而超悟如此。

同时《唐诗纪事》所载：

> 朱庆余遇水部郎中张籍，因索庆余新旧篇什，留二十六章置之怀袖而推赞之。时人以籍重名，皆缮录讽咏，遂登科。庆余作《闺意》篇以献

---

① 引文与原文个别字句有异。

曰："洞房昨夜停红烛，待晓堂前拜舅姑。妆罢低声问夫婿，画眉深浅入时无。"籍酬之曰："越女新妆出镜心，自知明艳更沉吟。齐纨未足人间贵，一曲菱歌敌万金。"

张朱唱酬，都以男女为比兴。同时张籍的《节妇吟》，□经时贤〔解释〕而终未得其神味的名作。

> 君知妾有夫，赠妾双明珠，
> 感君缠绵意，系在红罗襦。
> 妾家高楼连苑起，良人执戟明光里。
> 知君用心如日月，事夫准拟同生死。
> 还君明珠双泪垂，何不相逢未嫁时。

若不是注明"却李师古之聘"，还是要莫名其妙，此即季刚师所谓"说绝而立致辨争"。大抵君臣、夫妇、朋友之间，名虽不同而情实相类，故诗人于君臣、朋友去就离合之际，往往以男女之□来作比兴。此即所谓"指事以类情"，而发源于诗〔骚〕。唐代之李义山诗所以难解，正因此故。过去王伯沆（沈）师曾谓韩冬郎诗虽托体香艳，而多系年月，皆感时伤事之作。《疑云》《疑雨》二集，内无芬芳之怀，遂为〔淫〕亵之品，其言足供参考。返川以后，又曾以诗及论诗之作，请教于荣县赵香宋先生，先生赐函中有一通与此点有关，□录如左：

> 大作五古似将□进，《哀江南》等不如也。尊论各家□句，推校其高下同异，具见用心。私愿则望先生求古人身（本传）世（通鉴），依史而深求之，往往不经意处，皆有言外之旨，或所得尤大。至格律则初盛①皆好，推杜公为尤密也。

先生所谓据身世以推言外之旨，虽不必限于比兴，而要以比兴为多。刘彦和《文心雕龙》："比者附也，兴者起也。附理者切类以指事，起情者依微以拟

---

① 或指初唐、盛唐。

议。起情故兴体以立，附理故比例以生。"① 记室《诗品》："文已尽而意有余，兴也。因物喻志，比也。直书其事，寓言写物，赋也。"季刚师《文心雕龙札记》，以为："钟记室云云，其解比兴，又与诂训乖殊。彦和辨比兴之分，最为明晰，一曰起情与附理，二曰斥言与环譬，界划了然，妙得先郑之意矣。"

愚窃以刘、钟之言，正可并存。所谓兴者，就作者说，是依微以拟议。就读者说，是文已尽而意有余。季刚师释言外之旨，谓言外即言内。言之内有余意，虽非全属比兴，而要以比兴为大宗。惟彼与此，既有共通之点，即在某一部分上，有相似的地方。我们的诗人，可以利用这种相似，来［指事］就是比，来拟议就是兴。所以我们的比兴，还是浅深的分别，但如果用西洋修辞学的□比、□比来解释，那又未免牵强附会。详细的说明，我想从［后］，但［应］可说，我们的兴、比□喻的程度，还要更深，深到言者在此而意注于彼，所谓"手挥五弦，目送飞鸿"。读者亦申此而及于彼，心领②神悟，得其言外之旨。所谓微言以相感，此即比兴之妙用。要说，我们干干脆脆直说好了，为甚么要用微［言］的方式，去兜圈子，使人在闷葫芦里，如堕五里雾中呢？我以为焦循的话说得最好：

> 夫诗，温柔敦厚者也，不质直言之而比兴言之，不言理而言情，不务胜人而务感人。自理道之说起，人各挟其是非以逞其血气。激浊扬清本非谬戾，而言不本于情性则听者厌倦，至于倾轧之不已而怨兴之相寻。以同为党，以比为争。

他又说："诗三百篇，于序既知为刺某某之诗，而讽味其诗文，则婉曲而不直言，寄托而多隐语，故其言足以感人而不自祸。"③

中国本无宗教，但诗［教］的功用，是诉诸性［灵］的深处，利用直觉感情，达到混同所抽象与澈悟，而其方法，则为比兴，也可以说兼有宗教的性质。蔡子民先生欲以美育代宗教，此中实有真理。好了，我们略谈比兴，下笔不能自止，已经谈得相当多。因为笔者的笨拙，或者是越说得多，越更糊涂。

---

① 此一部分载《世界日报》1946 年 3 月 11 日第 4 版。原主标题为"果庵随笔之九"。

② 原文作"须"，有误，径改。

③ 引文的点读或为："学诗三百于《序》，既知为刺某某之诗，而讽味其诗，文则婉曲而不直言，寄托而多隐语，故其言足以感人而不自祸。"

现在姑且引班婕妤的《怨歌行》：

> 新裂齐纨素，皎洁如霜雪。
>
> 裁为合欢扇，团团似明月。
>
> 出入君怀袖，动摇微风发。
>
> 常恐秋节至，凉飙夺炎热。
>
> 弃捐箧笥中，恩情中道绝。

这一首诗，是否班姬所作，实成问题。但纨扇之［用］，已成为妇人见弃的典故。这便是比或者兴的好例。你如果尚有怀疑，请你连前面所举的例子，多读几［遍］吧。

三月六日[①]

二二、再论比兴[②]

我们在上篇所引《团扇》《节妇吟》等例，都是先有见弃或却婚的事情而又不强明言直说，乃托物以见志。这是先有本意的例子，也有纯系咏物、本无所指，而气机所感，流露于不自觉者。相传薛涛幼时吟诗，有句为："枝迎南北鸟，叶送往来风。"其父见之，惨然不乐，其后薛涛果沦为官妓，送往迎来。生儿满了周岁，杂陈百物，使儿选择，其所好恶，可以测其将来。这种办法，古人谓之啐盘[③]，今人叫做抓周。惟其尚茫昧无所知，其所［摊］选必更近于其人之性情。由周岁到了童年，智识逐渐进步，观察外物，稍具抽象观念，注意的投射，本有很多方面，而薛涛则注意迎南北之鸟，送往来之风，可见其性之所近了。

又传宋太祖有咏月的句子："未离海底千山暗，裁到中天万国明"，为徐铉所惊诧，确为开国英主的气象。又传宋太祖的《日出》诗："欲出未出光辣达，

---

① 此一部分载《世界日报》1946 年 3 月 12 日第 4 版。最后一段文字多为墨团，经反复揣摩，补入数字。

② 载《世界日报》1946 年 3 月 13 日第 4 版。其主标题仍为"果庵随笔之九"。

③ 或作"晬盘"。

千山万山如火发。须臾走向天上来，赶却残星赶却月。"其景象与《咏月》略同。此种诗句是否曾经文臣润色或完全出于傅会，不得而知。但我们以为开国君主，其气象与寻常不同，有此吐属，自不足怪。退一步说，就是文人的润色或傅会，也是比兴的好例子。昔人谓诗以言志，志者心之所之，这真是要言不烦的解释。六合之内，万象纷陈。即以一花一鸟一木一石而论，析其内容，其属性亦非一端。我们的心志，在这万端万象之中，择其数点或一点，与我们的情感糅合摩荡而成为诗，这种诗歌当然足以代表个人的风格。

我们看元好问的诗："谷口暮云知郑重，林梢残照故分明。"又如："林烟漠漠鸦边暗，山骨棱棱雪外青。"明明写景而人格如见。我们又看张文襄的："三年菜色灾应澹，一树岩香晚未舒。"又如："霜菊如人支岁晚，西山似梦隔前游。"此老暮年的情怀可以概见。又如《小孤山绝句》："霜髻嵯峨插镜空，山容孤与客心同。明波自惜青青影，不逐淘沙走向东。"本人尤喜诵之——伯沆师尝称道《戒坛松》长歌之警句："十松庄慢皆异态，各各凌霄斗苍黛。一株偃蹇甘独舞，不与群松论向背。"均系咏物，而身份如见。

除了上面所述的例子而外，我们想再加说明的，就是借古喻今，例如苏老泉的《六国论》，不是说的六国，而是说的宋朝。因为直说本朝，或触忌讳，以古为喻，更是殷鉴，这就是古人所说的，借他人的酒杯，销自己的块垒。例如阮嗣宗明明不满意于现实，但广武之叹，乃说："时无英雄，遂使竖子成名。"故元好问诗，有"成名竖子知谁谓，拟唤狂生与细论"之句。又张文襄绝句，伯沆师曾谓中皆有事在。例如："门户都忘新旧事，调停头白范纯仁。"如仅作怀古咏古诗读，意味自不深远。又如杜工部的《咏怀古迹五首》之一，后半段："羯胡事主终无赖，词客哀时且未还。庾信生平最萧瑟，暮年诗赋动江关。"曾文正《十八家诗钞》注，"羯胡"以侯景比安禄山，庾信，杜公以自比也。其实据我们看来，比兴尚不止此，恐蹈穿凿之嫌，此处不愿多说了。

二三、再释《中国文学欣赏举隅》[①]

"落花人独立，微雨燕双飞。"此晏几道《临江仙》警句，与陈简斋之"杏花疏影里，吹笛到天明"，均写［花］景，而□婉转俊爽迥异。《中国文学欣赏

---

① 原题《果庵随笔之十》，载《世界日报》1946年6月13日第4版。

举隅》的作者某君，解释晏作，大意无误；对于陈作，不免痒搔隔靴也。《艺概》：

> 词之好处有在句中者，有在句之前后际者。陈去非《虞美人》："吟诗日日待春风，及至桃花开后却匆匆。"此好在句中者也。《临江仙》："杏花疏影里，吹笛到天明。"此因仰承"忆昔"，俯注"一梦"，故此二句，不觉豪酣转成怅惘，所谓好在句外者也。傥谓现如此，则呆甚矣。

一段批评，作者或未注意。自然古人批评，不一定要墨守，但识见必须超过古人。古人诗词，固有用阶层之法，拾级而上，所谓愈转愈深者。但亦有今昔对照，以解悟作结者。行文安有定法，所谓行云流水。而某君辄〔奋〕其照明，掎摭利病，个人愚见，以为未当。兹特钞录于次，先录陈与义《临江仙》词：

> 忆昔午桥桥上饮，坐中多是豪英。长沟流月去无声。杏花疏影里，吹笛到天明。
> 二十余年成一梦，此身虽在堪惊。闲登小阁眺新晴。古今多少事，渔唱起三更。

再录某君批评：

> 此词既用"一梦""堪惊"等句，当是伤逝之作。前阕由一"忆"字唤起二十余年前之往事。"流月""疏影""吹笛"三句，景①幽美而情疏快，后阕乃不足②以与之抗轭，唯有借"古今""渔唱"两句似乎近道之语以为收束。不知既③已悟道，则原已不必有伤逝之障。既伤逝，则后阕写今时之情辞，尤宜较前阕写往事之情辞更加深刻方敌得，惜作者之才不足取异，乃使读者之情靡知所同也。

原词是否伤逝，悟道，俱不具论。如谓"悟道"就不必"伤逝"，则古今

---

① 原引文作"是"，径改。
② 原引文"足"字脱落，今补入。
③ 原引文作"即"，径改。

多少作品，均可不作。"发乎情，止乎礼义"的说法，照某君的意思推论，也难成立。某君接着又引蒋捷《虞美人》词：

> 少年听雨歌楼上。红烛昏罗帐。壮年听雨客舟中，江阔云低、断雁叫西风。
>
> 而今听雨僧庐下。鬓已星星也。悲欢离合总无情，一任阶前、点滴到天明。

批评似乎更为严厉：

> "红烛昏罗帐"，语极工致，令人憧憬。"江阔云低、断雁叫西风"句，语极凄苦，为此词中①之警策。"悲欢离合总无情，一任阶前、点滴到天明"两句力弱，不足以宾服（?）前阕。作者既能工彼"昏罗帐""叫西风"等句，是其心情未尝不眷眷于畴日之悲欢离合也。云"总无情"，其实伪也。悲喜②未尝发于真，世岂有同情于伪饰悲喜者之妄人耶。

蒋先生在某君眼里成了"伪饰悲喜之妄人"，笔者非律师，何敢为蒋先生辩护。但蒋词似以听雨三种情景，来代表人生少、壮、老三种［境界］。我们未□注重词义，我们□□诗文□字句上着眼，等于写字注意点画，原是一种入手的办法。我们最要注意□还是篇章的结构，字句易知而篇章难晓，因为字句尚有定法，而篇章则变化莫测。但此词篇章固极□□，同人生□□□□□时期之心境。□□□不同，此种□属伤怀，□□而情景的写法，在写作的□□上，似乎不能说是很坏。在文学的欣赏上，似乎应该［这样］的举隅来□□。而某君似乎不□，词人不愿多说，□以□□□明。

二四、闲话苦热③

"我［惜］人生长病［疫］，饮冰抱炭费支持。"这是个人二十九年旅居南

---

① 原引文"中"字脱落，今补入。
② 原引文作"悲欢"，径改。
③ 原题《果庵随笔之十八》，载《世界日报》1946 年 8 月 28 日第 4 版。

泉，热到不可支持时的妄想。人生不过百年，而盛暑祁寒，略居其半，寒热间作，与疫疾相去何远？重庆沿江据山，而以热著名。笔者昔年任教重庆联中，校址在今之桂花园，余宅□图书馆旧址，四壁土墙，而西晒之面适为高坡，余宅其下，俨若穴居。有时暴雨，不免水患，此其所短。至于苦热，殆无其事，诚所谓佛地洞天矣。

南京亦苦热，而入夜小舟，荡漾于玄武湖中，微风荷气，使人遍体清凉，盖亦有地逃暑，不似山城之逼促也。余乡南川，亦在万山中，先人敝庐，后接城垣，密迩奎星阁。高阁既拆卸，余遂货得，筑室树草，远挹金佛之秀。墙既高迥，四面受风，一榻独据，暑气全消。余去、前年曾函吾友惕轩，有"看山销忧君来否，薄酒浓茶两可携"之歪诗。而"结庐在市廛，那有襟怀追魏晋。来客吟风月，为安笔砚对溪山"之［楹］联，则拟成而未悬挂。于役在外，行将一年，当此秋虎肆虐，愈令人怀念果庵不置也。

《湘绮楼说①诗》卷五曾有左列一段：

> 偶作《苦热》诗云："露枕毛发烦，夜风绤纻温"，似有图云汉之意。因寻乐府诗，苦热苦寒，皆述征役之劳，知闲居不得言寒热，更无所谓苦，诗不可作。②

然以唐宋言，作苦热诗者亦多，例如韩昌黎《郑群赠簟》："法曹贫贱众所易，腰腹空大何能为，自从五月困暑湿，如坐深甑遭蒸炊。"体肥遇暑，如坐甑中，苦热情况可知。而既睡竹席，便觉清凉："青蝇侧翅蚤虱避，肃肃疑有清飙吹。倒身甘寝百疾愈，却愿天日恒炎曦。"此系加倍写法。古人以此享受自足。杜工部《早秋苦热，堆案相仍》一诗：

> 七月六日苦炎蒸，对饮③暂餐还不能。
> 常愁夜中自足蝎，况乃秋后转多蝇。

---

① 原文"说"字脱落。
② 据《湘绮楼说诗》（酉阳王简编辑，甲戌秋成都日新社代印，新北市广文书局 1978 年 7 月初版本。以下所据版本同）录入。下文同。
③ 饮，或作"食"。

束带发狂欲大叫，簿①书何急来相仍。

南望青松架短壑，安得赤脚踏层冰！

"赤脚层冰"为工部之幻想，今则冰砖冰糕，毫不足奇；电扇冷气，均足添凉矣。

前几日某报副刊，载有一文，叙述卖冰糕者之心理，文长约近百字。其实此种心理，即白居易《卖炭翁》所谓"可怜身上衣正单，心忧炭贱愿天寒"，如果容许我们模仿，正可改为："可怜汗滴断还续，心忧冰糕愿日出。"

今年立秋乃改处暑，仍旧酷热不退，冰糕汽水，大走红道。

暑天最感麻烦的跳蚤、蝇蚊、臭虫，笔者昔尝为诗，以此为暑天之患三。重庆虽然臭虫甚多，而跳蚤及蝇蚊尚少。山居或较为阴凉的地方，便是蚊子活动的区域。而不洁之所，则青蝇飞集。营营青蝇，入诗最早，诗人以喻小人，足见厌恶痛恨之深。我担心是我们的幼童，或者尚有小部分，以捕拆苍蝇为戏。这是我们的教育家，最要注意的。跳蚤及臭虫，诗中似乎少见。关于蚊子的诗歌，个人最喜梅宛陵的那首《聚蚊》：

日落月复昏，飞蚊稍离隙。

聚空雷殷殷，舞庭烟幂幂。

蛛网徒尔施，螳斧讵②能磔。

猛蝎亦助恶，腹毒将肆螫。

不能有两翅，索索缘暗壁。

贵人居大第，蛟绡围枕席。

嗟尔于其中，宁夸觜如戟。

忍哉傍穷困，曾未哀癃瘠。

利吻竞相侵，饮血自求益。

蝙蝠空翱翔，何尝为屏获。

鸣蝉饱风露，亦不惭喙息。

薨薨勿久恃，会有东方白。

---

① 引文作"薄"，径改。

② 引文作"距"，径改。

"贵人"八句，异常沉痛。我们觉得就是在今天，我们的苛政虐吏，其对象还是在贫苦民众，真正较为富有的贵人，所谓"钜宦"，还是他们所不敢得罪的。

> 晨雨连午，遂有秋声。昨夜云暗气凉，川空寂旷，不胜沈寥之感。盖四时迭代，皆有惊觉，无如秋之最愁也。然宋悲凛秋，则仍未写此意。苦热诗既不可作，感秋其可广乎？

这是《湘绮楼说诗》中之一段，即在前引一段之后。我们以为盛极而衰，秋固可悲，热极而凉，亦正可喜。我以为东坡的"苦热念西风，常恐来无时。及兹遂凄凛，又作徂年悲"，颇能道出此种悲喜交集的心情。秋阳肆虐，倍于盛夏，日夕汗流，寝食不安，但毕竟是尾声，一雨就要成秋。我们且稍安勿躁吧，朋友。

二五①

马君武博士，党国先进，余力为诗，亦极可诵。身殁以后，即有遗作之刊行，迄未得睹。马译《哀希腊》，于民十三年（？）《小说月报》"摆伦专号"中，曾获读一片段。后阅某报副刊（已忘其名），谓全诗载于某小说中，其书为大东书局出版，其名似为"不如归"。辗转寻求，竟不可得。于民国廿八年函询朱光潜先生，朱先生覆书，谓吴雨僧先生处或有此项译本，不知究何如也。

摆伦此诗，除马译外，曼殊之《文学因缘》②亦曾移译，但字句奥涩，或经季刚先生之润色。胡适之、郭沫若两先生似均先后改译。傥有好事者集为一册，亦足以嘉惠士林。盖诗固难译，诚如雪莱所谓浸掷百合花于高热度之镕液中，而求其旧有之色香，其难几于不可能矣。故译诗工作最为吃力而不讨好。

---

① 原题《果庵随笔之十九》，载《世界日报》1946 年 8 月 30 日第 4 版。
② 《汉英文学因缘》，上海求益书社印行，版权页未具时间。封面署"苏曼殊编"，版权页署编著者：苏曼殊　元瑛。横版 24 开，内多曼殊画作图版。据邵盈午《苏曼殊诗全注全解》（北方文艺出版社，2019 年版）所附《苏曼殊年谱》，1906 年，"撰成《文学因缘》"（第 235 页）；1907 年，"《文学因缘》第一卷在东京印行"（第 236 页）；1908 年，"《文学因缘》出版"（第 237 页）。

然马、苏、胡、郭诸先生译此诗时，必俱费不少时日与精力，虽未必为最好之译本，至少有导游之作用，可以引导读者深入其中，领略但诗①之优美。故笔者切望有好事者集为一册。如承以马译本惠赐一阅，尤为笔者所感荷无已者。

广西陈柱尊先生为陈石遗先生之诗弟子，有《待焚诗稿》②之刻。余民十九年暑中游沪时，以觉玄师之介，曾访柱尊先生于暨南大学。蒋存坤弟其时肄业暨大，曾以《待焚诗稿》两册惠赠。后返金陵，复学中大，某次国文系级会，黄季刚先生亦莅临，席中漫谈，谓马博士最为善谑。当陈柱尊以《待焚诗稿》请益于马先生时，马先生略读数诗，即辗然谓陈曰："君诗不焚何待？"此一故实，有关前辈风流，因论马译英诗，附记于此。

以"胡适放林损"及"中大女韩非"两故事著名一时之林公铎先生，民十九年二十年任中大教授，余虽未获聆此公之课，曾晋谒于其私宅，其时或正酒后，酒气醺人至不可向迩。徐澄宇③先生闻即此公之入室弟子，诗文才气，均极纵横。其《诗法通微》④一书，则语多平正。或为初学说法，不便过于新奇也。例如李太白《清平调》三首，千秋传诵，徐先生解释如左：

> 第一首咏贵妃。贵妃之美，形容难罄，故由浅入深以形容之。首句实说，前四字写装束，后三字写容貌。次句虚说，以写丰神。而贵妃之美已衬托而出矣。末二句更从空中落想，摇曳咏叹以出之。第二首咏花以象征贵妃，诗家之比兴也。前咏贵妃曰"春风拂槛露华浓"，"一枝浓艳露凝香"，贵妃与花之相似在此矣。第三首咏明皇而仍归到贵妃，是将花比人。"可怜飞燕倚新妆"，是将人比花。有花不可以无人，有人不可以无花，有

---

① "但诗"，原文如此。
② 《待焚诗稿》现存一、二集，10卷，共千余首。或云有版本两种：一为中华书局套红木刻版，一为中华学术讨论社铅版（1929年）。
③ 徐澄宇（1902—1980），名英，字澄宇，笔名沉玉。湖北汉川人。早岁从章太炎、黄季刚、林公铎游。毕业于北京大学文学院、中国大学哲学系。素负才名，工诗古文辞，尤精七律。自20世纪20年代起，历任上海交通大学、大夏大学、中央大学等校教授。中华人民共和国成立后，历任东吴大学、复旦大学教授。1957年以言辞获咎，备极坎坷。1962年受聘为上海市文史馆馆员。著有《楚辞札记》《诗法通微》《论语会笺》《甲骨文字理惑》《天风阁诗》等。参见张明观、张慎行、张世光编著：《南社社友图像集》，上海人民出版社，2019年版，第642页。
④ 1943年12月重庆初版。其版权页著者：徐英，发行人：吴秉常，发行所：正中书局。1946年5月沪一版，1948年8月沪二版。全书共六章：诗体杂述，学诗总略，古诗法，绝句法，律诗法，律外之法。卷首有《陈序》，"中华民国二十七年春长沙陈朝爵谨序于秋浦寓庐"；《自序》，"中华民国十八年己巳九月汉川徐英澄宇序于沪上行馆"及《提要》。

花有人，尤不可以无君王。三者合而不可分，故曰不可增不可减。"解释春风无限恨"者，君王也；"沉香亭北倚阑干"者，贵妃也，故曰咏明皇而仍归到贵妃。三章首尾周密，章法准绳，学者察焉。

这一长篇，是徐先生对于《清平调》三诗的解释。现为明了计，再录原诗于左。

第一首（为）："云想衣裳花想容，春风拂槛露华浓。若非群玉山头见，会向瑶台月下逢。"

第二首为："一枝浓艳露凝香，云雨巫山枉断肠。借问汉宫谁得似，可怜飞燕倚新妆。"

第三首为："名花倾国两相欢，常得君王带笑看。解释春风无限恨，沉香亭北倚阑干。"

读者吟咏[①]原诗，再以徐说为参考，不知是否明了？昔者黄季刚先生曾略释此诗，谓太白以飞燕比贵妃，确含讽刺，毋怪高力士摘其语以中伤之也。余以为黄先生之说颇堪玩味。但余对于"云雨巫山"及"解释春风"二句，未因徐说而得确解，不免引为遗憾，甚望世之高明者解我愚惑也。

又英诗人雪莱《对月》一诗，长仅数行，系以问语发端，其实就是问话一句，诗仅[②]《英诗萃珍》中。最近颇欲参考此诗，而手中无此书，甚望有人能抄录此诗，或更附译文，当酌予刊载也。

二六

在五四运动以后，新文学蓬勃一时之际，文学研究会与创造社对立，前者主张为人生而艺术，后者主张为艺术而艺术，彼此之间，笔战甚烈。四十岁以上之人，对此当犹记忆也。

美术与实用是否能同时存在，此一问题，颇值讨论。今先引《湘绮楼说诗》于左：

---

① 原文作"泳"，有误，径改。
② "仅"，当系排印错误。

　　扇之为用旧矣，自班氏有弃捐绝恩之叹，世人稍喜留藏，多求题写，珍之锦袭，以充佳玩，常有数百年前之制，然皆纨素金象，贵重以为饰，名士书画笔迹以为重。前朝多尚折叠，尤易收拾。至于谢安所握，羲之所题，以其蒲葵，终无存者。然则婕妤所叹，亦以纨素而后在箧乎？夫物之适宜者，其为用广，则其质不美，得之也易，而弃之若忘。有见珍重者，必其闲置者也。是以麒麟无服箱之功，芝兰无充口之味，若以箧笥为无恩，则蒲葵其永恨矣。①

为用者广，则其质不美，反之，其质美者，亦多无实用之价值。西洋哲人叔本华阐释此理，最为透澈。陈铨教授《文学批评的新动向》一书叙述叔本华思想有左列一段：

　　天才能够借艺术摆脱意志的束缚，他工作的价值因此也就不能拿实用的标准来判断。"正因为天才能够抛开意志的支配，从事智力自由的活动，他的作品，不能帮助实用的目标，不管是音乐、哲学、图画或者诗歌，一种天才的工作，决不是一件实用的事情。没有实用是天才工作的特性，这是他高贵的特权。其他人类的工作是为生命维持与便利而存在，惟有天才是为自己本身而存在。他是生命的花，在我们欣赏他的时候，我们的心澎涨了，因为我们超脱了需要严重的尘氛。所以我们很少看见美丽与实用联合。美丽崇高的树木，不结果子。结果子的树木，是丑陋弯曲的小树。园中双层的玫瑰，没有生产。只有纤小无香的野玫瑰，才有果实。最美丽的房屋，不是最有用的房屋。一座庙宇，不是一个家庭。一位有难得天赋智力的人，勉强去从事一个最平常人能够胜任的有用职业，就像一个宝贵的彩画的花瓶，拿来作烹调的傢俱。拿有用的人来和天才相比，就像拿砖头

---

① 原引文为"扇之为用旧矣，自班氏有弃捐绝恩之叹，世人稍喜留藏，多求题写，珍之锦袭，以充佳玩，常有数百年前之制，然皆纨素金象，以为饰，名士复书，笔迹以为重。前朝多尚折收，尤易叠拾，至于谢安所握，羲之所题，以其蒲葵，终无存者，然则婕妤所叹，亦以纨素而后在淡乎。夫物之适宜者，其为用广，则其质不美。得之也易，而弃之若忘。有见珍藏者，必其闲置者也。是以麒麟无服箱之功，芝兰无充口之味，若以箧笥为无恩，则蒲葵其永恨矣"，多讹误脱漏。今据《湘绮楼说诗》卷一（第14a—14b面）补正。

来比金刚石。"①

称诵天才，可谓已达极点，但我们要知道这种无用，不过是无实用，而仍有无用之用。所谓解脱意志之束缚，提高精神之欣赏，不是人生的大用吗？

刘师培先生曾有一文，论文有美术与征实之别。黄季刚先生亦曾学楚辞"制芰荷以为衣兮，集芙蓉以为裳"，谓虽不可能，只觉其美，如改为"制湖绉以为衣兮，裁花缎以为裳"，岂非笑话。吾友张少侠君常谓川中某先生有"花下商量生计"之词句，吴君毅先生极不以为然，谓其有煞风景，类于焚琴煮鹤。商量生计，何处不可，何必于花前月下乎？生计问题关系个人及一家之生存，固极重要，必须个人考虑，或与利害②相关人共同商量。但此为实用境界，不应［划］入艺术境界。艺术境界，是忘人我，超利害得失。我们以为这两种境界，离之则双美，合之则两伤。《湘绮楼说诗》叙华阳曾季硕③《桐凤集》："谁谓词章末艺，所言吟即可验其学，世未有汩汩于名利而能言风雅者也。"可知名利与风雅，确为两不相容之事。日于古人名作，口诵心维，而涵濡其中，自不免受古人影响而不合时宜，《蕙风词话》似有此种议论。因近于古而远于时，故其辞较工，而遇亦更穷，因穷而愈工。故穷而后工，固属真理，诗能穷人，亦系事实。特此种所谓"穷"，系与"达"相对，故欧阳修谓诗人"少达而多穷"，此即孟子所谓"穷则独善吾身，达则兼善天下"。故穷为富贵利达之反面，非如普通世俗所谓饥馁堪虞，家无立锥之穷人。此其意至显，而罗家伦先生的《新民族观》，也偶然误以为经济上之穷（原书一〇八页）：

① 原文见陈铨：《文学批评的新动向》（收入"中国人文科学社丛刊"），正中书局，1943 年 5 月初版，第 131—132 页。引文个别文字、标点与原文不一致。
② 原文作"利书"，径改。
③ 曾季硕，名彦，华阳人。四川著名女诗人。父曾咏，字永言，号吟村，清道光二十四年（1844 年）甲辰成进士，历官至江西吉安府知府。母左锡嘉，字小云，一字浣芬（一说婉芬），晚号冰如，阳湖（今属江苏常州）人。后与张子馥结婚。其夫在尊经书院受业于王壬秋时，王获知曾"明慧工诗画"，遂收为弟子，教以精读楚辞、汉诗，兼作篆隶，未及十年，工力大进，"骎骎过其夫"。其诗风骨端伟，不同凡响，无纤弱、华靡之弊。《桐凤集》以其子桐之名而得，共收诗二百余首，刊于光绪十五年（1889 年），王壬秋为之序，称其诗"颇有古作者之风"。近世诗人绵竹曹纕衡称她"吾蜀笋珈能诗者，百年来首称华阳曾季硕"。参见王孟侠：《夫妇诗人——记广汉张子馥与曾季硕》，载《广汉文史资料选辑》（第 5 辑），内部资料，1984 年，第 69—70 页。

虽然欧阳修说梅圣俞的"诗穷而后工",后来沿用此语,几为论诗标准之一,其实应用此语为慰藉穷困诗人之词则可,若认为评诗的条件则不可。朱晦庵曾说梅圣俞诗不是平淡,乃是枯槁①,其实即宋代诗人或词人如欧阳修、苏东坡、王荆公等,又何曾以穷为成功的条件。何况近代在诗歌以外的艺术作品,即以工具而论,也需要经济的力量,才能配备。总之,徒有经济力量不能产生优美的文字,而高尚优美的文字,亦有时很需要经济的条件。②

但以罗先生举的苏东坡、王荆公大③而论,坡公叠遭放逐,由北而南,惠州琼崖,更非人所能堪。荆公诗精深华妙,亦在罢相以后。陈石遗《宋诗精华录》论谓:"荆公功名士,胸中未能免俗,然饶有山林气,相业不得意,或亦气机相感耶。"故坡公、荆公事业均不得意,其诗文之成就在此。太史公谓诗三百篇,[大]④抵皆圣贤发愤之所为作,所谓发愤,当兼指世道之爱,而已身之穷,亦兼包在内。此即欧阳修"穷而后工"一说之所本。昔以为"穷愁之言易好,欢愉之辞难工",盖以读者论,穷愁易于同情;以作者(论),欢愉之际,创造力亦至薄弱。韩退之撰柳子厚墓志铭,谓子厚若不遭贬逐,则其文不工,其得其失,事极显然,故有志于立言而传世者,终不以彼易此。笔者第一次晋谒杨沧白先生于弹子石之霞庄,正畅读其诗⑤,杨先生倚窗远眺,若有所思⑥,忽向余引昌魏⑦此文,意若谓其半生落拓,换此成就,颇足以自豪。余挽翁诗,有"柳州穷达伤心语,得失人间未必然"之句,盖自豪语亦伤心语也。王湘绮游戏人间,尝谓多文以为富,故文多则不富。但所谓不富,亦非饔飧不继者。司马长卿为词赋之推,若长久"家徒四壁",亦断难闭户精思,苞举六合。赖琴心一曲,卓女来奔,平空发了一笔[妻]财,始得沉思词藻。《王湘绮说诗》论此事极有趣:

---

① 引文原作"稿",径改。
② 此一部分,原题《果庵随笔之二十(上)》,载《世界日报》1946年9月1日第4版。
③ 大,应系衍字,删去后语意即通达。
④ 原文脱落,或因排版有误,衍至前注。
⑤ 原文作"笔者第一次其晋谒杨沧白先生于弹子石之霞庄,正畅读诗",排版有误,径改。
⑥ 原文作"异(異)",径改。
⑦ 昌魏,或即"昌黎"之误。

泊界矶偶谈司马长卿卓文君事，念司马良史而载奔女，何可以垂教？此乃史公欲为古今女子开一奇局，使皆能自拔耳。即传游侠之意，虽偏颇不中经，要非为奔骗者劝。自来无人发明，因拟李太白诗体作一篇云：

　　　　厮养娶才人，天孙嫁河鼓。

　　　　一配匆匆终百年，泪粉蔫花不能语。

　　　　君不见卓女未尚长卿时，容华倾国不自知。

　　　　簪玉鸣金厌罗绮，平生分作商人妻。

　　　　良史贱商因重侠，笔底琴心春叠叠。

　　　　一朝比翼上青霄，阙下争传双美合。

　　　　使节归迎驷马高，始知才貌胜钱刀。

　　　　古来志士亦如此，胶鬲迁殷援去嚣。

　　　　卓郑从今识文理，有女争求当代士。

　　　　锦水鸳鸯不独飞，到来江上霞如绮。

　　　　得意才名难久居，五年倦仕谢高车。

　　　　盛阳仕女论先达，唯有临邛一酒垆。①

　　卓文君善择良偶，此似明代李卓吾之谬论。而司马拐骗人女，居今之世，必受警察之干涉，此又徐子休②先生于民国初年，为吾侪讲授修身学时之高谈。曾几何时，良偶选择，已获极大之自由，而钱刀胜才愿作商人之媵妾。白乐天《琵琶行》"门前冷落车马稀，老大嫁作商人妇"，或非今之后生，所能理解。世道之变，有如斯者，偶读湘绮时，诚不胜其慨叹矣。③

---

① 引文有异字，"子女（女子）""压（厌）罗绮"等，今据广文书局版《湘绮楼说诗》卷二（第7b—8a面）改。

② 徐炯（1861—1931），字子休，号霁园，学者称"霁园先生"，又号"蜕翁"。华阳人。光绪三十二年（1906年）中举，后以兴学为事。先后改建华阳学堂，办东文学堂。历年执教于华阳中学、中国公学、存古学堂、法政学校、四川高等学堂及师范学校。晚年任大成学校校长，曾任四川教育会会长，列成都"五老七贤"之尊。去世之后，门人亲故特发起募捐，于1936年在藩库街东头修建"霁园先生图书馆"（或云1938年8月1日成立），庋藏其生前藏书及所募图书，馆长刘鼎钧。1952年悉数交呈政府。徐炯著有《论语要义》等。《霁园诗钞》共收其诗歌611首，仅存上册，收录233首，民国甲申（1944年）二月，霁园先生遗书刊行会校印，谢无量题署书名，并撰《徐子休先生家传》。

③ 此一部分，原题《果庵随笔之二十（下）》，载《世界日报》1946年9月2日第4版。

二七①

　　高适《人日寄杜二拾遗》诗之结句"龙钟还忝二千石，愧尔东西南北人"，系言白己。老尚一官，而杜则蓬转，不免怀惭，其意甚明。而沈归愚《唐诗别裁》，则释为"言羁绊一官，萍踪断梗，远不如遨游四方之为乐也"，恐非本意。刘随州诗"今日龙钟人共弃，愧君犹遣慎风波"，谓己虽已老，人所共弃，而君独见怜，犹祝珍重。此系以普通人作衬，而高诗则重在"还忝"二字，以己比杜，衬出杜之不得意，所谓"刘蕡下第，我辈何颜"。以文气而论，系遥应"身在南藩②"二句，而近承"一卧东山"二句，作开合跌宕。故工部"追"③之作，有"东西南北更谁论，白首扁舟病独存"之句，即沈氏亦以为系针对高赠句，落如前解，两诗意味俱索然矣。

　　《山谷外集·次韵答张沙河④》："使公⑤系腰印如斗，驷马高盖驱骎骎。亲朋改观婢仆敬，成都⑥男子宁异今。"史容注除引孟郊诗外，引汉《萧望之传》："萧育杜陵男子，何诣曹也。"按师古注："自言欲免官而⑦去，但是杜陵一白衣男子耳。⑧"又《后汉书》："曹操欲杀杨彪，孔融谓操曰：'今横杀无辜，海内观听，谁不解体？孔融鲁国男子，明日便当拂衣而去。'"又《三国志·蜀·张裔传》："张裔字君嗣，蜀郡成都人也。……还⑨书与所亲曰：'近者涉道，昼夜接宾，不得宁息，人自敬丞相长史，男子张君嗣附之，疲倦欲死。'""前后汉书"及《三国志》均用"男子"，此其相袭处。《前汉书》最早，引所自当为先，但按诗意系用《三国志》，且"成都"二字，亦有关合，无一字落空。故此注虽不误，究尚未能窥作者之用心。又孟郊诗"亲宾改旧观，僮仆生新敬"二句，因为注所当引，〔则〕白居易之"妻子欢娱僮仆饱，看来算

---

① 原题《果庵笔记》，载《世界日报》1947 年 12 月 13 日第 4 版。
② 南藩，或作"远藩"。
③ 即《追酬故高蜀州人日见寄》。
④ 原文作"张沙美"，径改。
⑤ 引文作"侠公"，径改。
⑥ 引文作"成部"，径改。
⑦ 引文作"者"，径改。
⑧ 其后尚有一句："何须召我诣曹乎？"
⑨ 引文作"遗"，径改。

只为他人"，亦当加入。盖除兼用两人之意外，前①者兼用字面，后者兼用句
□。任渊所谓"山谷诗律妙一世，用意高远，未易窥测。然置字下语，皆有所
从来"，于此又得一证明，虽博学如史氏，亦偶然有疏漏处也。

　　任渊注《陈后山诗》及《山谷内集》，特标用其字，□其律，用其意等项，
博极群书，深窥作者之用心，在注释中，可谓最差②。《山谷外集》，为史容
注，亦可比美。唯《答王道济寺丞观许道宁山水图》之结句，"不诬方将有人
识"，注："言此画虽蠹，而他日有识之者。"按《文选》谢灵运《拟邺中》诗，
其序言③：建安末在邺中④，究欢愉之极，古无此娱。何者，楚襄王有宋玉、
唐景，梁孝王有邹、枚、严、马，其主不文，汉武时徐乐诸才，备应对之能，
而雄猜多忌，岂获晤言之适？不诬方将，庶必贤于今日耳。灵运之意，谓他日
人必以今日之乐为贤于昔人。"不诬"之义，犹嵇叔夜《养生论》云："一溉之
益，固⑤不可诬也。"五臣注不［逮］，故为笺云。按《邺中诗序》，大意本于
魏文帝《答吴质书》："诸子但为未及古人，自一时之俊也。今之存者，已不逮
矣。后生可畏，来者难诬，然恐吾与足下不及见也。"吴季重《答魏太子笺》：
"而今各逝，已为异物矣。后来君子，实可畏也！"其意亦略同。魏文帝以为建
安诸子，虽不如古人，已胜过今人，至于后起之秀，比量何如，则未敢遽下断
语。《邺中诗序》，则谓邺中之娱可谓"空前"，而"绝后"则未敢必。不诬方
将与来者难诬，谓将来之乐，盛过于今日。史氏注解，谓他日人必以今日之乐
为贤于昔人，不知古无此娱，已见于前文也。手中无"五臣注文选"，其解何
如，容他日考之，但史注之不［逮］，可断［言］也。

---

① 原文作"为"，径改。
② 差，应是"佳"之误。
③ 下文所引，多断章摘句。
④ 邺中，多作"邺宫"。
⑤ 引文无"固"，据原文补入。

近读《中国文学》一卷三期①方竑君《〈文赋〉绎意》②，部分系根据季刚师说而加以演绎。序文"他日殆可谓曲尽其妙"一句，季刚师以为"谓"字衍，意即他日庶能之耳。方君以为李注非是，当从季刚师说，但又以为文有"谓"字，"气较舒徐"，并非衍文云云。③愚意以为"谓"字有无，关系极大。方君此说，未敢苟同。此等处所，足征季刚师之神解。又《文赋》大段，曾于讲堂上亲聆口授，而此处竟未提及，足征季刚师公开教授，恒有余丛之说，亦非毫无根据，此似微可惋惜者。但不美不告，古之善教；书读百遍，其义自见，有志□古者，除□求师友以自转益外，固存□□往之勇气，从事探案，必有所从也。

二八、论悼亡诗④

夫妇生离，以苏子卿《别妻》一首最早而又最佳，虽然真假尚有问题。至于夫妇死别，则推潘安仁之《悼亡诗》与《叹逝赋》。安仁诗文善于言情，其《寡妇赋》缠绵悱恻，可与□刘令娴《祭夫徐敬业文》匹敌而无愧色（祭妻文则推李后主一篇）。沈归愚：《悼亡》诗中，"'如彼翰林鸟'四语反浅"，殊嫌过刻。其次元微之《悼亡三首》，最为梁任公所称赞。某次，记曾与杨沧白先生论摆伦诗中之"乐日尔我共，愁日遗我独"一联，以为中诗似尚少见。沧公覆书，略论摆伦诗固佳，但尚不如微之"惟将终夜长开眼，报答平生未展眉"一联。私心虽不完全赞同，但微之所作，真情流露，清空婉转，□不受格律之束缚，在中国律诗中确为上乘作品，则固多数人所赞同也。

---

① 1944 年 8 月出版。

② 文前有一小序云："昔余年弱冠，读陆士衡《文赋》爱之，为文一篇绎其意旨。呈正金陵杨铸秋师，颇承奖饰。并别纸写示陆赋通篇结构线索与每段树义甚详。后余负笈金陵，从蕲春黄季刚师游。一日，呈此文请益。师留其稿藏诸笥中，经年不肯赐还。然余每晋见，师必勉余为亭林有本有用有实之学，而罕言文事。及师归道山，乃复从念田兄求得余稿焉。迩岁来暑，获读师批校《昭明文选》，见其于此赋文义、辞旨、段落要义与李善注未谛之处批语特详，用心独较他篇为细。忽忆往事，因知余文虽浅劣，实隐中师深心之微尚。乃复取前文覆阅，校以师说，幸知无大纰缪。然十余年来，所造殊无寸进。季刚师既殁，铸秋师老病湖湘间，亦久矣不承音诲。师远学荒，能无惧乎？爰出余旧稿，就正有道。并录二师之言，以识向往。甲申四月竑记。"

③ 《〈文赋〉绎意》原文云："竑谨案李注曰：言既作此《文赋》，他日而观之，近谓委屈尽文之妙理。注说非，师言是也。有'谓'字气较舒徐，而文意无改，窃意'谓'非衍文。"

④ 原题《果庵笔记·论悼亡诗》，载《世界日报》1948 年 1 月 3 日第 4 版。同版"编余"云："此期田楚侨先生论悼亡诗一文，因作者曾以伤逝之作，传诵一时，故言之精切如此。"

元微之略前之韦苏州，和宋诗中之梅宛陵悼亡之作，特多而且特好。兹姑略举数例，如苏州之《月夜》"坐念绮窗空，翻伤清景好"，《出还》之"昔出喜还家，今还独伤意"，均于朴质中流露真性情，而不假雕凿。"不出只愁感，出游将自宽。贵贱依俦匹，心复殊不欢"，可说是学韦。石遗室《宋诗精华录》所选，不过尝鼎一脔。"见尽人间妇，无如美且贤"，昔者王伯沆师曾谓太过，但诗人之词，义主胜余，似无妨也。他如《椹涧昼梦》《灵树铺夕梦》《梦睹》诸作，写梦入微。《秋夜感怀》之"哀哉齐体人，魂气今何征。曾不若陨箨，绕树犹有闻①"，《怀悲》之"本期百岁恩，岂料一夕去。尚念临终时，拊我不能语。此身今虽存，竟当共为土"，均沉痛之作。《七夕有感》一首："去年此夕肝肠绝，岁月凄凉百事非。一逝九泉无处问，又看牛女渡河归"，亦悲感动人之小诗也。

近人郑海藏人不足道而诗笔健举，其悼亡诗亦特出，例如"偕老亦既老，所欠惟一死。先行子不惮，继往吾何馁"等句，精思锐笔，宜乎敢于作汉奸而无忌惮也。次则吾蜀庞石帚先生之悼亡诗，甚为荣县赵尧老所叹赏。其律句"同穴便期原上土，残灯新白夜来头"，类元遗山。而五古之一："窀穸忽已毕，蓄泪期一纵。遗像好眸子，顾我凄欲动。君如作蛹蚕，茧成身剧送。我如失群雁，鸣悲故创痛。抚膺当告谁，倦枕苦无梦。吞声傍妆台，甘受达士讽。当时画眉笔，今作写哀用。""动""用"两韵盖尤佳也。

于清人诗，除郑子尹外，殆少阅读。《渔洋精华录》，亦仅读其绝句，如《秋柳》等名篇，殊不感兴趣。《哀嫁女》诗，如"未嫁女如男，既嫁女如客，送客出门去，主人头已白"等句，最为杨沧公叹赏，但他作多鄙纤巧。赵瓯北诗话盛推查初白，其所摘诗句，无愧大家。但《敬业堂诗》与《厉樊榭集》，均摆置未细阅也。近偶读《樊榭集》，于其悼亡诗十二首，特为爱好，以为足堪嗣响元微之也。其对句如"定情顾兔秋三五，破梦天鸡泪一双"，"薄命已知因药误，残妆不惜带愁描"，"搦管自称诗弟子，散花相伴病维摩"；其结句如"犹是踏青湖畔路，殡宫芳草对斜曛"，"只余陆展星星发，费尽愁霜染得成"，"当时见惯惊鸿影，才隔重泉便渺茫"，均精深沉着。全首如"郎主年年耐薄游，片帆望尽海西头。将归预想迎门笑，欲别俄成满镜愁。消渴频烦供茗碗，怕寒重与理熏篝。春来憔悴看如此，一卧枫根尚忆不。"又如"约略流光事事

---

① 闻，或作"声"。

四楚侨文存

同，去年天气落梅风。思乘荻港扁舟返，肯信妆楼一夕空。吴语似来窗眼里，楚魂无定雨声中。此生只有兰衾梦，其奈春寒梦不通！"真随园所谓缠绵宛转之合作[1]，未可以望及清人诗，□屏而不睹也。

以上为个人所见的悼亡诗，限于篇幅，未能全录，兹更录杨沧公《悼内詹[2]夫人》四律如下。其一："患难相依四十年，岂期一瞑让君先。脱簪救国平生事，随舶将亲赖尔贤。弱息共哀摧陨地，诸孙已大跃呼天。它时歇浦寻遗挂，老去神伤剧可怜。"其二："伯劳东逝燕西飞，共命频迦世所稀。一梦卅年几忧喜，暂游小别总依违。多情合与生忍利，亡命相携出故围。至竟黔荼有逸妇，频年思来故山薇。"其三："绮岁绿窗曾似花，薄游微勤早归家。小诗吟罢方研露，寒漏分初自煮茶。海上风涛涉险恶，山中水木忆清华。买田二顷巴南岸，为道谿光胜若耶。"其四："偕隐愆期误[3]一官，债台高筑卸帆难。朝回衣典封珠玉，谪后襄空俭绮纨。古器几年劳护惜，家书万卷恐摧残。何因晚岁多悲愤，热血惊君骨已寒。"至于《詹夫人事略》一首，文境亦极凄怆，[盖]以诗意入文[4]者。某次与沧公谈，曾以"词境小于诗，诗境小于文"为问[5]，沧公答以不然，谓古文之佳者，[盖]有诗境也。沧公为文，深于马迁，惜乎未及从容请教，已归道山，因附记于此。

总之人生死别，为最大之威胁，在于夫妇，情更难堪。古今名作如林，殆难尽数，此亦不过尝鼎一脔耳。个人昔曾钞录上述诸家之悼亡诗篇而系以打油诗一绝："潘郑悼亡词并妙，不独轻薄元微之。梅翁若著黄金缕，定爱韦郎五字诗。"此亦个人一时之偏见，未敢执途人而强同也。

二九、论除夕诗[6]

一年之除夕，颇似一日之黄昏，最足令人留恋。唐以前之除夕诗，似尚少见。唐诗中最有名者，首推高蜀州之《除夜作》："旅馆寒灯独不眠，客心何事

---

① 语出《随园诗话》卷十四："即如悼亡诗，必缠绵婉转，方称合作。"
② 詹，原文作"禾"，径改。
③ 引文作"娱"，径改。
④ 文，原文作"问"，排印有误，径改。
⑤ 问，原文作"文"，排印有误，径改。
⑥ 原题《果庵随笔·论除夕诗》，载《世界日报》1948年2月15日第4版。

转凄然。故乡今夜思千里，霜鬓①明朝又一年。"似乎《石遗室诗话②》（？）曾经说过，"霜鬓"一句为"思"字之宾词，虽然"今夜""明朝"是相对之句。其次则是戴叔伦《除夜宿石头驿》之五律一首："旅馆谁相问，寒灯独可亲。一年将尽夜，万里未归人。寥落悲前事，支离笑此身。愁颜与衰鬓，明日又逢春。"此一绝一律，最清切可诵，凡除夕作客者，俱有同感。

　　宋诗中东坡《除夕③野宿常州城外二首》："行歌野哭两堪悲，远火低星渐向微。病眼不眠非守岁，孤灯④无伴苦思归。重衾脚冷知霜重，新沐头轻感发稀。多谢残灯不嫌客，孤舟一夜许相依。"其二："南来三见岁云徂，直恐终身走道途。老去怕看新历日，退归拟学阳⑤桃符。烟花已作青春意，霜雪偏寻病客须。但把穷愁博长健，不辞醉后饮屠苏。"在湘绮诗话中，曾经提到此诗。而《守岁》诗五古一首之发端"欲知垂尽岁，有似赴壑蛇。修鳞半已没，去意谁能遮"，可谓妙喻。《除夜病中叠和粲字韵》诗，中一首之发端"寒鸡知将晨，饥鹤知夜半。亦如老病客，遇节常感叹。光阴等敲石，过眼不容玩。亲友如抟沙，放手还复散"⑥，连用譬比。其《百步洪》诗，首数句设譬八端。曾文正以为坡公之文，善设譬喻，凡他人所不能达者，辄以譬喻拟之。窃谓用譬为诗人最紧要而又最普遍之手段，诗文非此不易达，非此不易新。然而寻一新喻，正非易事，例如狂颠如花、时光如流等，正如朝花已坠，陈腐不鲜，欲另设譬，谈何容易。

　　次读元遗山之《汴梁除夜》："六街歌鼓待晨钟，四壁寒斋只病翁。鬓雪得年应更白，灯花何喜也能红。养生有论人空老，祖道无诗鬼亦穷。数日西园看车马，一番桃李又春风。"沉□高亮，个人亦喜诵之。

　　清人查初白诗，赵香宋前辈以为□清之圣手，其《除夕⑦》诗，如"弟兄踪迹团圞少，儿女心情指顾移"⑧，及"乡曲无医怜病妇，米盐何物累衰翁。一家悬磬丰年后，万事挑灯此夕中"⑨两□，最为可喜，"儿女"及"万事"两

---

① 霜鬓，或作"愁鬓"。
② 原文作《石遗室诗》。
③ 除夕，或作"除夜"。
④ 孤灯，或作"乡音"。
⑤ 阳，或作"旧"。
⑥ 此诗题作《二公再和亦再答之》。
⑦ 原文作"无夕"，径改。
⑧ 语出《除夕与润木分韵》。
⑨ 语出《戊寅除夕》。

句，尤道尽千百万人意中事。偶一□语，虽生数百年后，不啻吾辈口中新语也。次则厉樊榭之《除夕》"鸦"字韵诗，为李越缦所和叠者，如"牵连酒伴生吟思，枨触风情上鬓华"一□稍□，尚不如《除夕宿德州》"荒村已是裁春帖，茅店犹闻索酒钱"一联。写□□除夕光景，如□□惠州至越□和诗。如"卅年贫□初□□，一饭艰难怕忆家。忽□旅中惊爆竹，□愁甚送年华"①，及"矮烛杯盘慈母馔，小门风雪野人家"②等譬。又《除夕寄诸弟》"骨肉无多谁念远，鬓丝如□尚依人"，均至性之流露。而《甲子除夕独坐守岁追悼德夫》一首："泪光烛影年年事，今夕悲君不复同。地下差无逋券到，前期回首酒杯空。生盆夜色千家雪，爆竹边声万里风。等是穷途人鬼判，独将孤愤叩苍穹。"与查初白《除夜平原旅舍梦亡妻》一首："分明入梦又蓦腾，昨岁今朝病正增。倦枕为余犹强起，残樽到手已难胜。围炉枕火儿烹药，薄雪钩帘婢上灯。谁遣荒鸡忽惊觉，北风茅店冷于冰"，均不堪卒读。所以吾人于清人诗，清初喜敬业堂，清末则喜越缦堂③也。

清诗如郑子尹《巢经巢》，亦余所凤嗜，如《度岁澧州寄山中》四首："今宵此一身，计集几双泪。炉边有耶孃，灯畔多姊妹。心心有远人，强欢总无味。"又如"爆竹声已销，邻舍④亦罢博⑤。把杯念吾生，飞鸟究何托？……何必父母身，持受达官虐。……焉如⑥妻妾羞，百倍衣食恶"，均极诚□。而《襄城除日作伤歌行》之第二首："一夕复一夕，一朝复一朝。朝夕递相送，岁尽何必在今宵。噫乎岁如江上之波⑦，我如中流之石抵荡磨。来波去浪渺⑧无尽，石行渺矣当奈何。酒杯融融，吾留六龙。六龙不留我心苦，夜半高歌泪如雨。"用意新奇而□俗在太白、东坡之间矣。

---

① 方东树《吊牡丹并序》诗有句云："卅年踪迹滞天涯，每值春风苦忆家。"颇类之。
② 或谓《白华绛柎阁诗集》之《除夕》诗有句云："矮烛杯盘慈母馔，小园伏腊野人家。"《白华绛柎阁诗集》，别集名，清李慈铭作，十卷，又名《越缦堂诗集》。系慈铭诗前集，作者手定，有光绪年间刻本。其后集名《杏花香雪斋诗》，系近人从其《越缦堂日记》中辑出。有 1939 年排印本。
③ 原文作"越堂"，今补入。
④ 邻舍，或作"邻居"。
⑤ 博，引文作"戒"，径改。
⑥ 如，或作"知"。
⑦ 引文原作"嗟乎眠如江上之波"。
⑧ 渺，或作"涉"。

近人林鼎燮①之《除夕》诗"乡谊每从为客□，年光紧勾此宵更"一联颇佳。李审言②师之《辛酉守岁作》："酸风飘雨漏声残，宿雪连阶烛影寒。尚觉啼呼满郊野，宁容欢喜谬语盘③。壮怀渐恶仍今夕，浅醉初消④又万端。占岁明朝要晴旭，东窗揩眼几回看"，亦顿挫跌宕，似均曾载《石遗室诗话》⑤。散原翁之"殷市箫笳又换年，危楼许我仰呼天。所忧直纳无穷世，敢死翻余自在眠。四合烽烟肥海气，半收儿女压灯筵。漫逃藕孔迷寻梦，宿草坟犹落枕边"，则载于《散原精舍诗别集》⑥中，近方从山青处借得阅读也。

以上为个人就所见而又就所喜，特举之除夕诗。三十三年家居，承庞石帚先生写示癸未除夕作《水龙吟》一首：

> 涨林兵气漂⑦残，换年邨鼓⑧郊扉悄。竹楦斜水，鸡豚小市，惯敧衰帽。汉腊依稀，众雏烂漫，梦华空好。甚夷歌野哭，钟鸣漏尽，都不放、春声到。（时禁爆竹）
>
> 牢落无心卜镜，耿南枝、背人红早。映帘灯火，一回照影，一回人老。彩胜羞簪，屠苏后饮，是何怀抱。算今宵几辈，葡萄美酒，卧沙场笑。

则又个人于近代词中所仅见之佳制。世有同好，当知其非阿私也。

（本期刊出时，计适在除岁守岁之际，而又□无□项之稿可□，因就记忆所及，列举古今关于除夕之诗词名篇名句，以供省览。）

---

① 名步瀛，号研斋，闽侯人。同治七年（1868 年）戊辰科进士，签分云南即用知县，改任浙江庆元知县，署知遂昌县，调补平湖知县。辛亥革命后曾任教于福州女子师范学校，为冰心的作文老师。后以贫病忧郁卒。冰心在《我的故乡》一文中有忆。

② 所引之诗，或谓奚侗（度青）所作。

③ 谬语盘，或作"对杯盘"。

④ 消，或作"销"。

⑤ 此句原作"似均载曾《石遗室诗声》"，特订正。

⑥ 原文作"散夜猜舍诗别集"。

⑦ 漂，或作"销"。

⑧ 邨鼓，或作"箫鼓"。

三〇

余于《高考指南》一书之末，略谓诗文标准，首为清通，次为清切，再次为清新。由浅近而高远，如阶级然故。前尽次复鹰公函时，亦别清切与清新为二，实则切者虽未必，而新必自切中来。① 所谓清新之作，有时即清切之必歧而二之，不免多事。所谓妄生分别，鹰公高明，必拊②掌大笑也。

海藏序散原诗：

> 往有钜公与余谈诗，务以清切为主，于当世诗流，每有"张茂先我所不解"之喻。其说甚正。然余窃疑诗之为道，殆有未能以清切限之者。世事万变，纷扰于外；心绪百态，腾沸于内；宫商不调而不能已于声、吐属不巧而不能已于辞者，吾固知其有乖于清也；思之来也无端，则断如复断、乱如复乱者，恶能使之尽合；兴之发也匪定，则倏忽无见、惝恍无闻者，恶能责以有说若是者！吾固知其不期于切也。并世而有作，吾安得谓之非真诗也哉！噫嘻，微伯严，孰足以语此！

其后《答樊云门冬雨剧谈之作》："尝序伯严诗，持论关清切。自嫌误后世，流浪或失实。君诗妙易解，经史气四溢。[诗中见其人，风趣乃隽绝。"
又云：

> 少陵云："为人性僻耽佳句。"诗虽以气格为上，佳句亦不可少者也，然必以真切为贵。作诗不外情、景、事三端，言情言景言事，必不可移之于他人、移之于他地、移之于]③他时，满题中之量而又不溢出一分，恰到好处，意味有余，乃为真切。近世名家，或琳琅满目，然按之当时情事，不必定合，可以惊俗眼，非惬心贵当者也。诗意不足，或换一二新奇之字，遂以为佳，失之远矣。集中佳句皆真切不可移者，此甚不易到之境，可与知者言也。

---

① 原文作"新，而而新必自切中来"。
② 拊，原文为"作"。
③ 原文作"清中见其人他时"，其中当有脱落，今覆按原文，以方括号补入。

此段议论，甚为警辟。真切即清切，先□真性情，就其感触而流露，所谓感于物而动，而又深入其中，复复独造。由雕琢而返于自然，如古人所谓"清水出芙蓉，天然去雕饰"，此即传世之作也。此种境界，窃以为散原《寄胡梓方》①一首，论之至精，要言不烦：

> 兹事无穷壤②，辛勤归自赏。万流互腾跃，真宰终昭朗。要向心地初，灵苗从长养。杂糅物与我，亲切相摩荡。天诱力所到，过去③增惝恍。极览廓神照，专气护儿襁。

所谓"长养""灵苗"，即敦厚其性情；所谓物我"摩荡"，即"文心·物色篇"所④谓"情往兴来"；所谓"腾跃""昭朗"，即前文所引情感平静后回忆时之简择。诗文要沉着，须力透纸背，石破天惊。⑤

昨复鹰公书札⑥及前次《果庵随笔》，屡论清切与清新。此乃个人所悬之鹄的，非谓此外更无高境也。夫诗歌为人生之写照，人生至为广大；有所感而为诗，亦复千门万户。前贤所标宗派之说，通人当不以为然，以其取一格而限之也。至如品藻之词，如司空图之《二十四品》，更人各有好，难于强同。余之所以谈清切清新，以为循此门径可以更求深造耳。

姚惜抱有言："大氏作诗平易则苦无味，求奇则患不稳，去此两病乃可言佳。"寥寥数语，已搔着痒处矣。窃意古今诗人平易而有味无过陶渊明，新奇而能稳无过苏长公。

张文襄《輶轩语》："有理有情有事，三者俱备乃能有味。诗至有味乃臻极品。"数语虽约，颇能该括众论。"新城王文简⑦论诗主神韵。窃谓言神韵，不如言神味也。"末谓"有事"一条，尤为切要。另一则又谓："五古忌散缓垛积，七古忌空廓平直，五七律忌枝节钉饾，绝句忌剽滑。各体之通忌曰言外无

---

① 原题《胡梓方自京师屡寄新篇并索题句别墅萧闲赋此报之》。

② 壤，或作"垠"。

③ 去，或作"取"。

④ 所，原文作"即"，径改。

⑤ 此一部分《果庵随笔》，末署"未完"，载《世界日报》1948年3月4日第4版。

⑥ 回信附录于"田楚侨与潘伯鹰"，末署"元月十六日"。据此可知，本则随笔当作于1月17日。

⑦ 即王士禛（1634—1711），原名王士禛，字子真、贻上，号阮亭，又号渔洋山人，人称王渔洋，谥文简。新城（今山东桓台县）人，常自称济南人。清初杰出诗人、学者、文学家。其论诗以"神韵"为宗。

余味。"文襄论诗文特标"清真雅正"四字,其论诗宗旨大约相同。所谓"有事",即昔贤所谓言之有物,以余事作诗人,诗外有事在。换言之须阅历富,胸襟高旷。所谓"有味",即能索味于掩卷之末。就意境而言,即含不尽之情,见于言外也。譬之音乐,余音绕梁,是之谓神韵。譬之饮食,香生齿颊,是之谓神味。二者合而言,又可谓为韵味。何以谓之"神"?据刘彦和之解释为"身在江湖,心存魏阙"。神思即远思。司空所谓"入神",即诗思到一较远之境界,与现实有若干距离之境界。换言之即现实之另一解释,亦即现实之形似。非真实而觉其可悦;不可能而觉其愈美。能有此种境界,可谓具有神思。或者谓之"神采","灵感"。诗成以后自然有韵有味。就其体验而言,谓之真切①,谓之清切,谓之清新均无不可。新奇而有神味,此乃古今诗家呕心之企求。一代名家,必或多或少有此种作品。而其入门之捷径虽不限于清切,然清切要为可循之坦途。文襄又谓:"诗之上乘,自以雄浑超妙为上。然初学岂易语此?"又云:"先求动中规矩,方可言神而明之。"其所标之四字曰"工切庄雅"。古今体诗大氐相同也。

顾亭林《日知录》言诗体代降,名篇具在。"不似则失其所以为诗,似则失其所以为我。"此论甚精。故诗律虽宗前贤,而诗中须有我在。余昔肄业南京时,有《和陶移居》之作。王伯沆师谬相称赏,以为颇有陶味。嗣后钞呈赵香宋先生。先生曾加眉批谓"何时何地,惜未炼入耳"。诗中有我,我在何时何地,有何感想。此感想又复出以蕴藉,或借景以言情,或融情以入景,使读之者,由其言以窥其意,感叹低徊不能自已,掩卷以后犹有余味。所谓上乘作品,如是而已。②

以上为个人对于"诗应清切"再事补充之意见。前次随笔,颇有错简及脱落,不能卒读,至为歉仄。但所引为散原、海藏③两集,读者可以覆按,并此声明。④

---

① 《京沪周刊》原文作"真攻",径改。

② 自"(余于诗)屡论清切与清新"至"如是而已",又以《清切与清新》为题,载《京沪周刊》第2卷第20期,1948年5月23日,第12—13页。

③ 原文作"藏散原海",径改。

④ 此一部分题作《果庵随笔》,载《世界日报》1948年3月28日第4版。

三一、论炼字句^①

多读与多作为不可分割之问题，虽然多读似宜在前半□。多读较多作尤关重要，此胡翔冬先生所指示者。多读与多作中间有一重要之关键，即悟入。读为欣赏，作为创作，能欣赏者不必尽能创作，盖即缺乏悟入者。所谓"悟入"即是深度之欣赏，必熟读深思而后有此境界。常有此种境界，创作即无问题。姚曾^②论诗文，尝谓欲求其工，必先悟入禅宗；谓悟分渐与顿，世间惟大智慧人可以顿悟，中人以下皆由渐悟。积力既久，自可豁然贯通。

无论诗文，均由字句积为篇章，亦由书法由点画而间架，建筑由竹头木屑而积为结构也。诗文佳者，字句篇章无一不精，但字句之工拙易知，而篇章之组织难晓。世固有篇章极佳，而无字句可摘者，但从未有字句不工稳而篇章反可称道者，故窃谓研究诗文不于字句入手，此似高而实疏之论调也。吾侪诵读古人佳作名篇而求悟入，断然宜从字句入手，虽然古人之高妙不仅限于字句。桐城论文，谓神理气味为文之精，格律声色则文之粗，然不由粗何以得求精？又谓神理见于音节，音节准［于］字句，均为至精之论。

筱石先生尝戏谓散原作诗，工于炼字。诗人能炼得数十个动字，便可成为法宝。伯沆先生又尝戏谓散原喜用"飘"字，常人不能用者，散原用之恒工。窃谓散原又喜用"扶"字，常理不能用"扶"字者，散原往往用之，遂成奇境。例如："岸柳髡都尽，江波暖自翻"；"乱萤翻木末，残雁脱烟围"；"一凉能定梦，万耗与翻空"；"寻源波底出山影，乱眼鸦群翻夕阳"；"影筐秃柳狰狞出，喧屋攒枫向背翻"，尚可以想像者。至如"蚍蜉已杂风埃卷，雁骛如飘木叶来"；"龟鱼依棹拨明月，乌鹊投枝飘夕凉"；"飘歌樽隔盈盈水，引睡炉分细细烟"；"飘日客愁鸥自乱，干云兵气雁先知"，则戛戛独造矣。"孤月浪中翻"，"返照入江翻石壁"，似均老杜之句，散原本之而"飘歌""飘日""飘凉"，殆均匪夷所思。

又如"图夺魅居扶梦佳^③，诗含禅悟与天通"；"老窭穷^④山埋霰雪，吟扶

---

① 原题《果庵随笔：论炼字句》，载《世界日报》1948年4月16日第4版。
② 姚曾，当分指姚惜抱、曾文正二人。
③ 佳，或作"住"。
④ 穷，引文作"残"，径改。

残梦落江湖"；"石罅吟虫扶夜气，灯边吠犬隔溪流"等"扶"字，均奇而能稳。姚武功似有"胆赖酒杯扶"之句，郑子尹之"绿荷扶夏出，嫩立如婴儿"，及筱石师之"一雁扶秋至"，均异曲同工。李清照以"绿肥红瘦"形容花少叶多，遂成千古艳称之名句。其实以意义而论，本于"桑之未落，其叶沃若"；以句律而论，又似本于瘠义肥辞。散原之"夜气自肥虫语静，烟光初漏鹊栖尊"，"四合烽烟肥海气，半收儿女压灯筵"，两"肥"字亦佳。

宋陆辅之《词旨》所录佳句，多与炼字有关，例如"霜杵敲寒，风灯摇梦"，实本于岑嘉州[①]之"酒影摇新月，滩声聒夕阳"，"孤灯燃客梦，寒杵捣乡愁"；而史邦卿之"做冷欺花，将烟困柳"，亦本于姚武功之"远钟惊漏压，微月被灯欺"。

大抵炼字之法，远者姑不具论，至六朝之鲍明远而始惊心动魄，例如"腾波触天，高浪灌日"，是何等光景！□以阴何，其风弥□。至唐之杜韩，语必惊人。由李贺、孟郊、贾岛、姚合而至宋之"四灵"，虽气魄愈小，而路数正复相同。宋之山谷，清之散原，虽不以此为安身立命之所，而下字必奇，则正复相同。词如吴梦窗，炼字工夫亦出以矜慎，"霜饱花腴，烛销人瘦"，当为人所熟悉矣。

诗词炼字，略如上述，实则汉赋汉文，亦何尝不以炼字为主要工作。曾文正举"'蔚如相如，矞如君平'，以一'蔚'字该括相如之文章，以一'矞'字该括君平之道德。此虽不尽关乎训诂，亦足见其下字之不苟矣"。林纾论文有《拼字法》一篇，曾举词中之"柳昏花暝""恨烟颦雨"，与古文之"骋嗜奔欲""羽义翼忠"相比较，以为词眼纤艳，古文则庄雅，字虽异而法则同。由上二人之说可知文赋诗词，无一不以炼句为主。而"文心"所谓："夫人之立言，因字而生句，积句而成章，积章而成篇。篇之彪炳，章无疵也；章之明靡，句无玷也；句之清英，字不妄也。振本而末从，知一而万毕矣。"彦和"章句篇"此论，可谓深知字句之重要。而融斋《艺概》所谓："词以炼章法为稳，炼字句为秀。秀而不稳，是犹百琲明珠而无一线穿也。"其实不仅词应如此，诗文亦然。炼字炼句，虽□必要，于其终极，仍赖有篇有章以一贯之。如以为能炼字句，已极诗词之能事，则又非确论也。

---

① 原文作"岑嘉洲"，径改。

三二、再论炼字炼句

余于前篇，曾就散原诗句中，略举"翻"字、"飘"字、"扶"字、"肥"字，论其造字之工。又如以"摇"字论，散原亦尝用之："楼船灯火摇波碎，鼓角山川抚槛存"；"两岸画楼摇鬓影，数行官柳长春阴"；"万古酒杯犹照世，两人鬓影自摇天"；"摇摇雪鬓兴亡影，逐逐麻鞋战伐尘"；"荷香郁郁灯摇镜，柳影层层月在天"；"十年江海摇怀抱，万劫虫沙入笑颦"；"长霄风乱旌旗影，独寐灯摇鼓角秋"，炼"摇"字俱极佳，而同时亦可入摘句□者。筱石师尝谓中国文字之组织与西文迥异，既不能随字加以形容之语句，诗人所得操纵而锤炼者，其惟动词，故雕肾刿心，以寻求适当之动字为多。如散原之"孤吟自媚空阶月，残泪犹翻大海波"，"波蹙湖江浮日气，石攒刀剑斫天风"，"翻""蹙""浮""攒""斫"等字，更换即成常境，但寻求正复不易。

又善用譬喻，更诗人应用最灵之法宝，其详当别论之。

赵尧生先生之"仙凡路隔人来往，苍〔翠〕胸横海动摇"，与易实甫之"十里白云如堕①海，半天红叶欲烧楼"，为山行者常有之境界而苦于不能描写。至易实甫之"四山云似饭初熟，一路滩如花乱开"，更清新可诵，真绝顶聪明人语。散原句法，往往将"如""似"等字略去，例如"松枝影瓦龙留爪，竹籁声窗鼠弄髭"；"眠烟单舸鱼浮镜，射岸疏灯蚌弄珠"，言松枝照瓦如龙留爪，竹籁响窗似鼠弄髭，而以"影"易"照"，以"声"易"响"。此与《今传是楼诗话》所引，谓温庭筠之"鸡声茅店月，人迹板桥霜"，"声"字"迹"字均当作动字讲，用法略同。至下联则谓：船卧烟波如鱼浮镜，镜射对岸似蚌弄珠。中国诗歌之句度，长者限于七言，或以四句两句写一境界，而律诗中之偶句，则多为一句一意，故冗字冗句均为律所忌。唐人诗"雨中黄叶树，灯下白头人"，乃至连动词亦省去，而凄凉之景见于言外。元人《天净沙》小令："枯藤老树昏鸦，小桥流水人家，古道西风瘦马。夕阳西下，断肠人在天涯"，亦如此作法。而其所祖述则为秦少游之名句"斜阳外，寒鸦数点，流水绕孤村"，又不待论矣。

诗文均有疏密两路，字分虚实，大抵多用虚字者较疏，多用实字者较密。

---

① 堕，引文作"动"，径改。

以陶谢论，陶疏而谢密。以词论，则〔以〕梦窗较密，而清真、白石则较疏也。疏密相间，而于密中仍潜气内转，顿挫沉郁①，此为上乘也。陈石遗于清末诗人，分为两大派别，谓清苍幽峭以海藏为首，以平凡字句写人所欲言，深思而笔健。其另一派则生涩奥衍以散原为宗，大抵字忌习见，语必惊人。其论固是，但窃以为如从疏密立论，则散原较密而海藏较疏。散原多炼动字，而海藏则炼虚字也。②

《石遗室诗话》谓："作诗文要有真实怀抱，真实道理，真实本领。非靠着一二灵活虚实字、可此可彼者斡旋其间，便自诧能事也。今人作诗，知甚嚣尘上之不可娱独坐，'百年''万里''天地''江山'之空廓取厌矣！于是有一派焉，以如不欲战之形，作言愁始愁之态，凡'坐觉''微闻''稍从''暂觉''稍喜''聊从''些须''渐觉''微抱''潜从''终怜''犹及''行看尽''恐全非'等字，在在而是，舍此无可着笔。非谓此数字之不可用，有实在理想，实在景物，自然无故不常犯笔端耳！"篇末又引沈春泽语，"'篇章字句之间，每多重复，稍下一二助语，辄以号于人曰：吾诗空灵已极。余以为空则有之，灵则未也'云云，不啻为今日言之"。

石遗所谓此派，不知是否即海藏一派，但海藏善炼虚字，则为事实。如《西湖》诗："但③觉楼台胜人物，欲凭山水远风尘。"又如《重九雨中作》："楼居每觉诗为祟，腹疾翻愁酒见侵。东海可堪孤士蹈，神州遂付百年沉。"《重九》诗："添衣犹觉楼难倚，入肆翻怜酒未尝。"《九日》诗："遂付虫沙期共灭，并疏文字但余哀。"此类在全集中，殆难枚举。

又如以查初白《敬业堂诗》而论："佳处不嫌千遍读，识君翻恨十年迟"，"南北岂堪频送别，去留等是未还家④"，则炼助字也。"四壁灯明孤影外，一官霜侣二毛初"，"暝色浮钟来别寺，秋声分雨过前山"，则炼动词也。"出郭人如秋澹荡，入山天爱雨霏微"，"飞鸿与作书空字，落叶轻如度岭装"，则利用比喻以成名句也。"疏磬晚潮孤影塔，暖云浓树四垂天"，"宿草墓门黄叶雨，乱鸦祠宇白杨风"，则全用名词堆叠而成也。

---

① 沉郁，原文作"沈挫"。
② 原题《果庵随笔：再论炼字炼句》，末署"未完"，载《世界日报》1948年4月30日第4版。
③ 但，或作"祇"。
④ 未还家，引文原作"未归人"。

又以李莼客《越缦堂诗》而论："出处岂关天下重，穷愁深恐老亲知"①，"未必文章资上第，自惭灯火负初心"，炼助字也。"北湖树映寒流静，西岭钟催晚翠深"，"云带边愁随旅雁，波分暮色到闲鸥"，炼动字也。

又如元遗山诗："烽火苦教乡信断，砧声偏与客心期"，"沧海忽惊龙穴露，广寒犹想凤笙归"，炼助字也。"桑海②几经尘劫坏，江山独恨酒肠干"，"倦客不知归路远，孤城惟觉暮山攒"，炼动字而又炼助字也。"严城钟鼓月清晓，老马风沙人白头"，"千里关河高骨马，四更风雪短檠灯"，则堆砌名词以成名句也。③

以上仅就个人平素喜诵之句，[杂]引为例，如再征引，连篇累牍。总而言之，炼字之大概指动词而言，多用于写景。炼句大概指助词而言，多用于言情。诗句之工不限于此，而此不失为基本要素之一。浅而言之，[固关]字句；深而言之，则境界之新奇由是，诗律之顿挫沉郁，亦莫不由是，但须有真实之本领及怀抱耳。不贤识小，此何足道？而循此道以渐进，多读书，多浏览，多经验，以扩其襟抱，更神而明之。□也此说，愿同刍狗。

融斋《艺概》谓："律诗声谐语俪，故往往易工而难化。能求之章法，不惟于字句争长，则体虽近而气脉入古矣。"切按此论甚是，但所谓"不惟"，意即"不仅"；所谓"不仅"，意即字句既工，更求章法也。《艺概》又谓："律诗中对句用开合、流水、倒挽三法，不如用遮表法为最多。或前遮后表，或前表后遮。表谓如此，遮谓不如彼，二字本出禅家。昔人诗中有用'是''非'、'有''无'等字作对者，'是''有'即表，'非''无'即遮。惟有其法而无其名，故为拈出。"窃谓融斋此论极为精到。例如杜诗"岂有文章惊海内？漫劳车马驻江干"，谓之开合可，谓之遮表亦可。放翁"戏招西塞山前月，来听东林寺里钟"，此流水也。东坡之"老僧已死成新塔，坏壁无由见旧题"，可谓为逆挽，亦遮表也。□放翁之"远客岂知今再到，老僧能记昔相逢"，陈石遗谓"此放翁极似东坡者"，可谓极有见地。义山之"此日六军同驻马，当时七夕笑牵牛"，及温庭筠（按此□□而遮表）"回日楼台非甲帐，去时冠剑是丁年"，更逆挽法，不用[解]说。于此均足证明融斋之说，而遮表为用之广，可以概见。又放翁之"已凭白露洗明月，更遣清风收乱云"，此流水也。其"宦游何

---

① 此句未能与越缦堂诗原文复核。
② 桑海，引文作"沧海"。
③ 此一部分，原题《果庵随笔（续）：再论炼字炼句》，载《世界日报》1948年5月14日第4版。

窨路九折，归卧恨无山万重”，“栖鹊拣枝寒未稳，断鸿呼伴远犹闻”，则又遮表法之□例。至东坡之“山中老宿依然在，案上《楞严》已不看”，又系流水而兼遮表，同时有宽紧之分。而“欹枕落花余几片，闭门新竹自千竿”[①]，及咏雪之“遗[②]蝗入地应千尺，宿麦连云有几家”，则又兼有问答法，或疑问法。总之，律诗虽只八句，而格律甚严，中间两句，固须对偶工整，□□□□，尤□注意，□□无合掌呆板之弊。出句无妨稍欠，对句尤不可苟；第二联无妨稍欠，第三联尤应注意。二联三联须情景分写，或宽紧各殊。而一起一结，尤精神所系，不可稍涉苟且。凡此皆□人所已详，他日方□□□□□说，以供参考也。[③]

三三、读王荆公诗[④]

（一）[⑤]

王荆公诗，虽曾读数遍，但李雁湖之注本，则近来始一见也。记胡翔冬先生曾一度劝告，谓荆公诗非注不明。如《明妃曲》二首，胡师筱石于讲授[⑥]“中国文学史”时曾特别指出。后因郭沫若先生论及此诗，曾于《书简杂志》，发表个人意见，与郭先生商榷。承郭先生赐函，个人以为“家人万里传消息”以下，亦可解为家人相慰之词，如郭先生所说。但必［谓］荆公与当时一般老百姓表示同情，反对君主纳妃制度，则始终以为未必然也。又“汉恩自浅胡自深”一句，似可改为“汉恩胡恩自浅深”，语病较少。盖胡似有恩，而言语不通，遑论知心。此正明妃苦痛所在，不能谓其忘汉也。至于“汉宫侍女暗垂泪，沙上行人却回首”二句，个人浅见，以为明妃悲痛，传诸琵琶，汉有从行之侍女已为垂泪，而沙上行人却不解其真意而为之回首。盖根据叔夜之论，声无哀乐，吾以为极其悲凉之音乐，而彼或以为乐。故明妃以琵琶佐酒，意初不在胡儿，而心中凄楚，音中悲凉，亦非胡儿所能理解，其无知心之乐，可以想见。所以结语，谓青冢虽已芜没，而哀弦尚留于今日也。用上下文气连贯而

---

① 引文作“欹枕桃花余几片，闭门修竹自千竿”。
② 遗，引文作“余”。
③ 此一部分，原题《果庵随笔：再论炼字炼句》，载《世界日报》1948年5月26日第1版。
④ 今仅见三则，即其（一）（二）（五）。
⑤ 原题《果庵随笔：读王荆公诗（一）》，载《世界日报》1948年6月17日第1版。
⑥ 原文作“胡师于石筱讲授”。

观，足证"汉恩自浅胡自深，人生乐在相知心"二句，非得意之词也。

更以二首章法论，第一首之结句为"人生失意无南北"，足见明妃在北亦为失意，决非视胡为知心，而感其深恩。如其有此，则王深父与黄山谷之辩论，必更着重于此二句，而"人生失意无南北"一句，不应为辩论之中心。盖人生失意，不过以阿娇衬明妃，言失意既同，何论南北。若重既在失意，不得谓其反对统治阶级也。失意无分南北，王深父尚不以为然，黄山谷提出孔子居九夷以为辩护，可见在北宋时，于荆公诗"汉恩"二句尚未发生问题，至南宋初年乃有异议也。

蔡上翔《王荆公年谱》，断此诗作于宋仁宗嘉祐四年，时荆公三十九岁，欧阳修、司马光等皆有和篇，其诗名重一时云云（郭沫若先生原文引用）。又据李雁湖注，黄山谷与王深父讨论此诗时，深父谓为少年，可见山谷年龄必在二十以内，其时荆公固未入相也。据此可证蔡上翔年谱"嘉祐四年"之说，十九足信。而陈石遗先生《宋诗精华录》所谓："'低徊'二句言汉帝之有眼力，胜于神宗。"其说殊无根据，盖荆公作此诗在仁宗时，中间尚有英宗，神宗更在后也。至石遗老人解释"汉恩"二句谓："即'与我善者为善人'意，本普通公理，说得太露耳。"其说亦沿一般而观，足征①解诗之难。昔者赵香宋先生曾专函教导，谓读古人诗，应知人论世，应就本传及通鉴，寻求其身世，然后可以得作者言外之旨。达哉通人之论，宜率为读诗之法！而石遗老人《宋诗精华录》之说，则偶尔失检，未之思也。

（二）②

余前笔"读王荆公《明妃曲》二首"，大抵根据郭沫若先生之说而加以补充或修正，初无所见也。荆公《思王逢原》诗三首之二：

> 蓬蒿今日想纷披，冢上秋风又一吹。
> 妙质不为平世得，微言唯有故人知。
> 庐山南堕当书案，湓水东来入酒卮。
> 陈迹可怜随手尽，欲欢无复似当时。

---

① 原文作"微足"。
② 原题《果庵随笔：读王荆公诗（二）》，载《世界日报》1948 年 6 月 30 日第 1 版。

四楚侨文存

石遗《宋诗精华录》谓"五六写出逢原为闲气所钟"。窃按张籍《寄白二十二舍人》一律，第二联为"滠浦城中为上佐，炉峰寺后著幽居"，系以滠浦□□□□，荆公本之，□□陈迹旧欢，可见此系两人读书饮酒之地，因逢原之死而成为陈迹，似非感叹逢原才华也。此诗发端四句极佳，李雁湖注曾引陈后山《怀黄鲁直》诗"妙质①不为平世用，高怀犹有故人知"，仅四字小异。两句均非钞袭者，其偶同乎？

荆公《题张司业》诗："苏州司业诗名老，乐府皆言妙入神。看似寻常最奇崛，成如容易却艰辛。"

元遗山选《中州集》，评秦简夫诗："诗尚雕刻②而不欲见斧凿痕，故颇有自得之趣。《悼亡》一诗，高出时辈，殆荆公所云'看似寻常最奇崛，成如容易却艰辛'者耶？"

诗思需奇崛，诗功须艰辛，此前半段或内面事，而后半段成功以后，观其外表，又须看似寻常成如容易，一切成功之作品，鲜不如此。"诗尚雕琢而不欲见斧凿痕"，可谓最简切之说明矣。杨沧公《论诗》绝句："因创由来各有宜，抒情不废古人师③。若教雕琢能归璞，便是君家幼妇词"，亦说明此理。荆公评张籍诗如此，其所自作，亦能办到此点。近代郭绍虞君著《中国文学批评史》，材料极富，论断亦时有佳者。其第二章叙述北宋诗论，曾举欧阳修、梅圣俞，继以苏东坡、黄庭坚，而独不及王荆公。乃至北宋文论，于荆公亦付阙如。此□□所未解。盖荆公诗文均北宋大家，即宋□诗话所有关于荆公诗论，如李雁湖注所曾列举者，似亦不少。近代所谓"同光体"诗，学荆公者颇多。窃望郭君能于重版时酌予补入也。

据李雁湖注，"文淑公女弟，张剑州妻，亦能文"。故荆公时有寄诗，如《次韵张氏女弟咏雪》《和文淑滠浦见寄》等。其《寄张氏女弟》：

> 十年江海别常轻，岂料今随寡嫂行。
> 心折向谁论宿昔，魂来空复梦平生。
> 音容想像犹如昨，岁月萧条忽已更。

---

① 妙质，或作"妙手"。
② 雕刻，引文作"雕琢"。
③ 师，引文作"诗"，径改。

知汝此悲还似我，欲为西望涕先横①。

据雁湖注，楚公（荆公父）二女，长适工部侍郎张奎，张时已亡，诗中多悼张之词。按张奎当即张剑州，"心折"四句，言系代妹设想。但公亦曾悼亡，其《一日归行》有"音容想像今何处，地下相逢果是非"。

（五）②

前笔于王荆公有关张剑州二诗③，提出鄙见，妄谓二诗各有侧重。实则以诗律论，意既略同，不容并存。或系公写定以后未及删削，或公已删削而编集者阑入。许伯建兄亦谓此种可能性极大，并谓第二首实优于第一首。准此推测，或公亦自认"今日相逢"一句意不显豁，故改为"行路想君今瘠④瘦，相逢添我老悲酸"云云。若果如此，则"几时能到与留连"一句，可用雁湖之解，"今日相逢知怅望"，应为彼此如逢，定同怅惘，不应解为张尤望相逢也。至于"浮云""西去"，则为代表亲丧，雁湖"见西去之云伫立夷犹如望况如张乎"之解，不知何所指也。

但作诗难，解诗亦复不易。例如高适《除夜》一诗："旅馆寒灯独不眠，客心何事转凄然？故乡今夜思千里，霜鬓明朝又一年。"据沈归愚解释："作故乡亲友思千里外人，愈有意味。"《石遗室诗话》［则］根据此"客"，谓"霜鬓"一句为"思"之宾辞。此解固亦可通，但"故乡"一句说离别，"霜鬓"一句说衰老，两句平列，为客心所以凄然之解答，又何尝不可通？

又如杜工部《九日蓝田崔氏庄》之后四句："蓝水远从千涧落，玉山高并两峰寒。明年此会知谁健？醉把茱萸仔细看。"据沈归愚解释："茱萸，酒名，言把酒而看蓝水、玉山，不忍遽去也。若只⑤看茱萸，有何意味！"纪晓岚亦赞同此说，谓："一说'看'谓看蓝水玉山，并非看茱萸也。亦自有理，不同穿凿。"但九日佩插茱萸，恐非酒名。杜诗仇注谓："看茱萸，明是伤老。顾注谓'手把茱萸、眼看山水'，非是。"又引赵大纲说，谓"山水无恙而人事难

---

① 横，引文作"倾"。
② 原题《果庵随笔：续（读）王荆公诗（五）》，载《世界日报》1948 年 9 月 7 日第 4 版。
③ 即《张剑州至剑一日以亲忧罢》与《寄张剑州并示女弟》二首。
④ 瘠，或作"眚"。
⑤ 只，或作"云"。

知，故又①细看荣萸，仍与老去悲秋相应"。

根据上述两例，可知沈归愚之解释不过足备一说，解诗之难，于此可见。个人释荆公诗，不敢自信为无误也。又荆公诗中自以"汉恩自浅胡自深，人生乐在相知心"二句为关系较大，争执最烈。而其关键所在则在二"自"字，郭沫若先生分为"自然"与"自己"两项，而杜诗仇注于《和裴迪登蜀州东亭送客逢早梅相忆见寄》一诗之后，引黄生解释，谓两"自"字有"自己"与"自然"之别，或即为郭先生之所祖，否则郭先生与之暗合。又杜诗《忆弟》之第二首"故园花自发，春日鸟还飞"，亦与荆公所用"自"字相同。葛常之《韵语阳秋》，且列举杜诗所用"自"字，谓"古人对景言情，各有悲喜②，而自不能累无情之物也"。吾人正可模仿此语，谓胡汉对于明妃虽恩有深浅，而均不能解明妃之忧。盖明妃所乐为知心之人，汉固绝望矣，胡岂能语此，所以琵琶怨恨，流传千载。明妃人格之高，荆公已曲折写出矣。葛亦宋人，"自"字解释尤堪玩味。取与荆公参照，用意似更显豁。明妃对于人生自有忧乐，固非胡汉深浅之恩情所能转移，其用意更深，初非牵强，愿其读者共为证也。

三四、高尔础与李赤③

鲁迅小说固多佳者，但在个人记忆中印象最深者，为高尔础先生之描写。以内容而论，讲中学历史的教师，讲三国以《三国演义》为蓝本，而对于五胡十六国则不免大伤其脑筋，这实在非常的普遍。如果我教中学时也教"中史"，难免不有此种感想，此鲁迅之所以深刻。同时此公以慕俄国文豪高尔基之文章及为人，遂自名曰高尔础，也是中国文人传统的派头，例如我们的老乡司马长卿，因慕蔺相如之为人，也号相如，大约就是这一派头［的开］始山祖师。近来偶翻王伯厚的《困学纪闻》，看到下面一段文章：

> 张碧字太碧，黄居难字乐地，慕太白乐天也，亦李赤之类欤。

---

① 又，引文作"及"。
② 引文"喜"字阙。
③ 载《世界日报》1948 年 9 月 15 日第 4 版。

而所谓"李赤"者，注引柳宗元《李赤传》："李赤①，江湖浪人也。尝曰：'吾善为歌诗，类李白。'故自号曰李赤。"

此公惑于厕鬼，以世为溷，以溷为帝居清都，卒堕溷而死，其病在心②，故其狂若是。鲁迅意构中之高尔础，大约即本于李赤。可惜鲁迅先生已死，确否无法追问。茫茫人海，不知尚有高尔础及李赤其人否？

三五、太炎先生的文章③

太炎先生的学问文章，世所共知。以班辈而论，如果笔者要妄为攀附，他是道地的太老师，更不容随便批评。但偶尔的失检无伤日月之明，贡此一得之愚以相商榷，敢自比于撼大树的蚍蜉。

中华书局出版的《古书修辞例》④，确是一部好书。七四页引《华国月刊》第一卷第十一期《文话一则》，最后一段文章，系太炎先生所改定，照钞于左：

> 先府君好读书，未尝⑤知家人生产，一日思食鱼，亟携筐趣渔舟泊所。渔者欲以德府君，先权其筐，抑其悬使下。既纳鱼于筐，则扬之使上。已而减筐之重以计值，告府君，重若干，值若干，府君大诧。谓："称物宜平，汝先抑之，后扬之⑥，其诳我耶？"渔者答曰："抑之使筐之重，扬之则求鱼之轻，意以厚公。"且为之譬解百端。府君良久乃省，其性遗物多类此。⑦

此文内容系描写一个忽于世故的书呆子。章先生以为"叙述琐事，期于达

---

① 李赤，引文原作"赤"。
② 原文作"其病在心心"。
③ 载《世界日报》1948 年 9 月 16 日第 4 版。
④ 编者：张文治。1937 年 9 月印刷、发行。全书除"修辞总论"外，共分五编：改易之例，增加之例，删节之例，摹拟之例，繁简之例。卷首有《古书修辞例自序》，"中华民国二十五年三月，常德张文治序于申江客次"。
⑤ 引文作"赏"，径改。
⑥ 引文作"汝先扬之，后抑之"，据《古书修辞例》改。
⑦ 引文标点与原书多不一致。

而止"，乃就改定本，略加点窜，诚如《文话》所谓"辞简而意开豁，洵大匠之能事也"，可"以为承学之矩矱"。窃按"抑之使筐之重"一句，系保留改定本而无所增减。照文法上说，此句语意殊未完足，似应改为"抑之增筐之重"，或"抑之所以增筐之重"，或更颠倒其次序，改为："扬之所以求鱼之轻，抑之则为增筐之重，筐重则鱼轻，其价不更廉乎？意以厚公，公何疑为？"字虽增加，意更开豁。章先生对于改定本，删削甚多，均极精采，独于此意未完足之文句，不肯增加附益，遂不免留一小疵，此或为古文家"准减不准增"之成见所误。即以减字而论，若果省去"轻""重"上两"之"字，改为"抑之使筐重，扬之则求鱼轻"，语意亦明。章先生若通西文如行严先生，于此有疵之文句必予以改削，此又足为兼通西文有益于国文之明证。黄季刚师昔曾笑语余曰："闻子能读西文，愿益精研，他日我当语胡适之曰，某为我之学生，其说云何，汝不得诳我。"此虽笑语，盖未尝不以不通西文为遗憾也。惜乎辗转俑书，此事早废，而师已归道山，为恨何如。又太炎先生之文章，季刚师以为安定辞，安而能雅，盖尤得力于段氏"说文"云云。又尝谓先生有秘本，一日偷发其秘，则虚字谱也。盖先生取汉魏文章之尤雅者，去其实字为虚字谱，以为临文之助云。前辈用功如此似可法，而多一"之"字，遂成小疵，或亦此种方法必然之结果也。同时此段文字，甚愿长于白话文者，试以白话译之，可以一较白话文言之优劣。

附：但焘《文话一则》①

冯昭适者，慈溪儒家子，弱冠攻学甚苦。今年来上海，为章太炎先生授幼子读。一日，出文质先生，则其乡人张原炜记父轶事，而同里张美翊为之点定者也。先生曰："记述琐事，期于达而止。"略加点窜，辞简而意开豁，洵大匠之能事也。备录之，以为承学矩矱焉。

先府君轶事

先府君终岁客授。生计纤屑，一不以过问。一日，客居思啖鱼，见河干泊渔舟，亟自携器往就之。渔者权其器，故抑衡示增益，欲以德府君。凡称物，

---

① 载《华国》月刊第 1 卷第 11 期，1924 年 7 月 15 日出版。《古书修辞例》附录与《华国》有异。文字与格式参照《华国》，标点亦参照《古书修辞例》。

必先权其器,谓之约;已乃纳物其中,物逾其重者衡多振,其约则反是。府君误以为诳己也,强渔者扬使上。渔者为譬解之百端,良久乃省。其阔达类如此。

此事至琐屑,然叙次颇不易,屡与诸友相商榷,苦不能达,惟寒畟先生有以教我。张原炜记。

其二 张美翊

先府君好读书,终岁客授于外;家人生产,一不以过问。一日家居,思食鱼,见河干泊渔舟,亟自携筐就之。凡入市称物,必先权储物之器,已乃纳物其中加减之,准物之轻重以计值,无或爽者。渔者见府君躬市物,欲以德府君;先权其筐,抑其愚,使之下;既纳鱼于筐,则扬之使上。告府君重若干,值若干。府君大诧异,谓:"称物宜平,汝先抑之,后扬之,何也?其诳我耶?"渔者答曰:"抑之使筐之重,扬之则求鱼之轻,意以厚公。非概施之人。"且为之譬解之百端。府君良久乃省,既而曰:"汝毋然!称物宜平。汝厚我,得勿薄于人耶?"卒令平之,给以值,渔人欢谢而去。乡人见之,感叹谓:"长者!长者!"其阔达多类此。

其三 章太炎先生改定本

先府君好读书,未尝知家人生产。一日,思食鱼,亟携筐趣渔舟泊所。渔者欲以德府君,先权其筐,抑其愚,使下;既纳鱼于筐,则扬之使上;已而减筐之重以计值。告府君,重若干,值若干。府君大诧,谓:"称物宜平,汝先抑之,后扬之,其诳我耶?"渔者答曰:"抑之使筐之重,扬之则求鱼之轻,意以厚公。"且为之譬解百端。府君良久乃省,其性遗物多类此。

三六、《大学国文选》之标点符号①

在标点符号初初②搬到中国古书上面的时候,斫头截腰的故事,盛极一

---

① 载《世界日报》1948 年 9 月 19 日第 4 版。

② 初初,刚开始。

时。到现在已经二三十年，宜乎廓而清之，而屡有不然者。去年下期偶为友人代课于某私立学院①，代的课是"国文"。为选择教本，有学生某向我推荐正中书局出版的《大学国文选》②，并以一本借给我参考。我拿回来一看，始知此书为国立编译馆所编选，系部定大学用书。由学生口中，知为一般大学所通用。在购选方面，个人有很多不同的意见，此时不想谈及。只是有一段的标点符号，如果不是误植，很令人疑心编选此书者，于原书未必了解。万一讲授时遇着一位老实的教师，没有想到手民的误植，或者编选的误读，而硬要照着那个标点符号去解释原书，未免难乎其为讲解。我想既是部定的用书，就是误植也③有更正之要，我希望已经有人加以更正。我既没有闲心到书局去查对，不妨作义务［校］对一次，引原书及标点于左：

> 论曰：马援腾声三辅，遨游二帝，及定节立谋，以干时主，将怀负鼎之愿，盖为千载之遇焉。然其戒人之祸，智矣，而不能自免于谗隙，岂功名之际，理固然乎？夫利不在身，以之谋事，则智虑不私己；以之断义，必厉诚能回。观物之智，而为反身之察，若施之于人则能恕，自鉴其情，亦明矣。④

标点完全照旧，读者是否懂得？范蔚宗的文章如此艰深，恐［关］手民误植矣。爰为改正如左：

> 夫利不在身，以之谋事则智；虑不私己，以之断义必厉。诚能回观物之智，而为反身之察，若施之于人则能恕，自鉴其情亦明矣。

如此标点，至少我自己懂得，惜无古本可对，愿以质之编选此书的先生们。因此联想到标点符号颇为误人，其存废也值考虑。

---

① 据《我的自传》，田楚侨此间曾"在渝女师正阳学院为友人代课"。
② 《大学国文选》为国立编译馆出版，正中书局印行。1943 年 8 月重庆初版。其编选者为国立编译馆大学用书编辑委员会，具体人员包括：伍俶、卢前、朱自清、魏建功、王焕镳、黎锦熙。卷首有《大学一年级国文选本序》，"中华民国三十二年元月，吴兴陈立夫序"。
③ 也，原文作"他"，径改。
④ 语出《大学国文选》之"二五、后汉书·马援传"，据该书第 209 页原文录入。

三七、谈《〈瀛奎律髓〉刊误》[①]

方虚谷氏所著《瀛奎律髓》[②]，纪氏为之刊误，在"镜烟堂十种[③]"内。此书闻名已久，近始从子黎兄处借读。纪评苏诗，主文诰氏苏诗集注[④]多不以为然。但纪氏阅览博，评论颇能从大处深处着眼，而无细碎或徜佹笼统之病。此固以前诸家所不及者。谓为集评诗之大成，或不为过。

评覆古人之诗，应先解得原诗之意，而中诗文字简略，复无文法之限制，故异说纷纭尚无定论者颇多。例如温庭筠《过[⑤]陈琳墓》"词客有灵应识我，霸才无主姑[⑥]怜君"二句，据沈归愚解释，言袁绍非霸才，不堪为主也。而纪氏则谓"霸才无主"为庭筠自负之辞。又如李义山《安定城楼》"永忆江湖归白发，欲回天地入扁舟"二句，据归愚解释，"言己长忆江湖以终老，但志欲挽回天地，乃入扁舟耳"。而纪氏则谓："欲回"句言"欲投老江湖，自为世界，如收缩天地归于一舟然，即仙人敛日月于壶中，佛家缩山川于粟颖之意。注家谓欲待挽回世运，然后退休，非是"。又按冯注亦略同沈氏："言扁舟江湖，必须待旋乾转坤、功成白发之时。"何注："此二句亦是王荆公一生心事，故酷爱之。"楚侨按：沈、冯、何三家之解释，因亦有理，但根据元遗山诗"商余说有沧洲趣，早晚乾坤入钓台"[⑦]，"拂衣明日西溪去，且放云山入浩歌"[⑧]比例推求，纪说似更可。盖遗山句法当由义山脱胎也。

以上两点，个人赞同纪氏之说，但不敢苟同者亦有两点。一为贺方回《上

---

① 原题"果庵随笔：谈《〈瀛奎律髓〉刊误》"，载《世界日报》1948 年 12 月 12 日第 4 版。

② 《瀛奎律髓》，元人方回编，凡四十九卷。专选唐、宋朝五言与七言律诗，即所谓"律髓"，并取"十八学士登瀛洲、五星聚奎"之义，故名"瀛奎"。共选唐代作家 180 余家，宋代作家 190 余家。提出江西诗派"一祖（杜甫）三宗（黄庭坚、陈师道、陈与义）"之说。清人纪昀对《瀛奎律髓》一书批评甚力，并撰有《〈瀛奎律髓〉刊误》，《序》云："虚谷乃以生硬为高格，以枯槁为老境，以鄙俚粗率为雅音。"

③ 镜烟堂，纪昀室名。所谓"镜烟堂十种"，包括《沈氏四声考》二卷、《唐人试律说》一卷、《删正二冯评阅才调集》二卷、《删正方虚谷瀛奎律髓》四卷、《李义山诗集》三卷、《后山集钞》三卷、《张为主客图》三卷、《风雅遗音》二卷、《庚辰集》五卷、《馆课存稿》四卷。

④ 即王文诰《苏文忠公诗编注集成》。文诰，原文作"文浩"，径改。

⑤ 过，原文作"遇"，径改。

⑥ 姑，或作"独"。

⑦ 语出《昆阳二首》之二。

⑧ 语出《寄西溪相禅师》。

巳晚泊龟山作》一诗，中有"故园犹在北山北，佳节可怜三月三"二句，纪氏谓："方回是南渡时人，故'北山北'字用得好，虽是凑来，却无牵合之迹。"楚侨按：此诗题下明明注"元祐辛未赋"，"元祐"为哲宗年号，"辛未"为哲宗六年。其时南渡尚有三十八年。又查《宋史·贺方回本传》，此公未入南渡时，不知纪氏何所据而谓为"南渡时人"也。考《后汉书·法真传》，有"若欲吏之，真将在北山之北，南山之南矣"数语，贺方回用此成语，形容故园之远，似不得谓为"凑来"也。

又其一为苏东坡《次韵刘景文见寄》诗：

> 淮上东来双鲤鱼，巧将诗信①渡江湖。
> 细看落墨皆松瘦，想见掀髯正鹤孤。
> 烈士家风安用此，书生习气未能无。
> 莫因老骥思千里，醉后哀歌缺唾壶。

方虚谷原批："坡诗亦足敌景文。三、四劲健，五、六言景文家世壮烈而能诗。气象崒屼，未易攀也。"而纪批则谓："前半有致，后半极其沉着，五、六是开合句法，'书生习气'乃指其慷慨悲歌，非谓其能诗也。"楚侨按：方说似不误，纪说未可从。"此"即承上文谓"掀髯""落墨"均②为诗歌，景文家世壮烈而乃为诗，由于"书生习气"，"落"韵二句暗承"烈士"，意谓书生习气似尚无妨，烈士高歌则可不必，此可见公意亦开慰景文也。前六句均说诗，后二句掉到哀歌，此为上承"烈士"而更进一层，若如纪解，后四句均说哀歌，前后无层次可言，且与上文脱节也。诗意甚明。

三八、介绍《谈艺录》

迩来对于新出书籍及杂志之类，仅偶一讲读。日昨③蒋山青兄购得开明书店最近出版之《谈艺录》④，一度借□。其阅览之渊博，见解之宏通，实近来

---

① 诗信，或作"书信"。
② 原文作"军"，不可解。
③ 日昨，昨天。
④ 1948年6月初版。

论文学者所难企及。因与陈觉玄师通讯，曾提及此书，师略谓作者钱锺书君盖治西方古典文者，博雅过乃父子泉（按：即钱基博先生）万万也。庞石帚师赐函，亦谓此书在考据方面为庸中佼佼，兹愿录原函于左：

承示钱书《谈艺录》，此君聪慧多闻，所补任史诸注，足见搜讨之勤。吾兄与之暗合，乃读书人所恒有。（请读者参考《谈艺录》，补任史注第四十七条及本刊十六期随笔，拙考山谷诗"成都男子宁异今"一则，笔者附注。）钱君书偶从书肆见之，似亦不甚周密。大抵近人考证略有二病，一曰矮人观场，一曰小儿得饼。往时尝①与友人向宗鲁先生拟作□考证论，材料甚多，彼此以为笑谈，实则并非不关痛痒之事。但此事匆匆难尽，容后徐徐往复可也。即如钱君之书，其补山谷诗注似甚得意，其廿二条《次韵立春日三绝句》②，第一首："渺然人物③望欧梅，已发黄州首更回。试问淮南风月主，新年桃李为谁开？"任注谓是忆东坡。钱君谓欧梅为太平县官妓，历引黄诗并考其作诗之时，以为山谷特因当日春光而忆往时乐事，欧、梅二字与永叔、圣俞了无牵涉也，天社不免附会巾帼为须眉矣。言下似颇沾沾自喜，以仆瞥见暂观，便觉十分不妥。盖此诗必如天社所说，毫无可疑。何以故？"方今人物渺然"，系王羲之帖语，安可施之妓女？但观逸少本语，便知钱君不审文章语气矣。且山谷此题第三首云："传得黄州新句法，老夫端欲把降幡。"此谓文潜能传东坡之句法也。同时尚有七古一首，有句云"经行东坡眠食地，拂拭宝墨生楚怆"，亦谓文潜当感东坡之遗迹也。诗意但谓欧、梅二公既不可作，而东坡新亡，则淮南风月当属文潜为主，得晤文潜愈感东坡，师友风谊之叹，诵之使人怆然伤怀。不意乃有异说，如其所说，不知当涂官妓与文潜无涉耶？二妓不住黄州，又何为已发而为之回首耶？反问钱君，恐将失［真］，妄言考证，而无通识，非矮人之观场，即小儿之得饼。如钱君盖犹庸中佼佼，其余更难数也。如仆之愚，非敢自谓读书有得，但不肯卤莽评断耳。荆公、山谷两家皆有佳注，恨无暇时字字读之。吾蜀人好为诗注，当由吾蜀宋代史学特

---

① 尝，原文作"赏"，径改。
② 原题《次韵文潜立春日三绝句》。
③ 人物，或作"今日"。

盛之故，惜乎后来遂无其人也。①

以上为石帚诗来函，其说自较钱君为精确。窃按《豫章文集》卷二十八
"□法帖"："当今人物眇然，而艰疾若此，令人短气。"今年每读此语，便□意
□，正可为证，而钱君乃□异说，当出于好奇标新。

又按《谈艺录》补任注山谷诗第廿一条："《次韵文潜》云'张侯文章殊不
病'，天社注谓'无衰苶之气'。按此承上文'君亦欢喜失微恙'来。注未核。"
以上系钱君原文。窃谓山谷原诗"我瞻高明少吐气，君亦欢喜失微恙"，任注
系末疾，当系指"疾病"之"疾"；而"张侯文章殊不病，历险心胆原自壮"，
则谓历险心壮，文章健拔。山谷《与王观复书》："文章盖自建安以来，好作奇
语，故其气象衰苶。"任氏本此语为注，自极精审。"恙"指末疾，"病"指文
章，渺不相论，何得谓为承上来乎？且"不病"一句在"词林根柢颇摇荡"句
后，正谓文潜文章足□东坡，与"传黄州句法"可参。不知钱君何以反谓任注
未覈，此亦愚所未解者。

按山谷诗注，大抵任胜于史。任注固非全无可议之处，然正须细心参究。
即如山谷诗"妙在和光同尘，事须钩深入神。听他下虎口着，我不为牛后人"
一首，任意从为人上说，亦无可疑。而郭绍虞君之《中国文学批评史》（商务
出版之"大学丛书"）上册四〇五页，乃从作诗上解释。笔者近撰《黄山谷诗
论述评》一文，载于《京沪周刊》第二卷第四十四期，表示不同之意见，主张
维持任注，足见任注未容轻□也。

又《谈艺录》补任史注之第一条，第十条，第四十条，吴旦生《历代诗
话》均曾［提］及，宏博如钱君，独未征引此书，亦笔者所未解。但此□微
疵，原□□□精深之□□，初不因此而被□。其发古人之所未发，使余闻所未
闻；或先得我心之□所，随处可遇，□□参断。其所□□，□□□于苟同处，
固亦有之，例如□元遗山诗一段，□乎个人嗜好，此可不□。其□通中西而加
以诠释，如《说圆》等篇，尤为笔者所深叹。要之，此书在最近文学界中，妄
以为□称上选之名著，对于文［学］有嗜好而有素养者，吾愿介绍此书，请一
研读。

过去在学校时，曾就□□《诗学之原理》一书，从事节译。其书组织，系

---

① 原题《果庵随笔：介绍〈谈艺录〉（上）》，载《世界日报》1948 年 12 月 30 日第 4 版。

分门别类，选列名家之解释，如论想像，论感情，论音节之类□名家意见，收罗殆尽。吾国流行之诗话，未能满足□练习也。此书对于研究西洋文学，或于中西诗歌愿作比较之研究者，窃以为均有莫大之裨益，故发愿翻译①。□□学校，公事便废，其书亦为友人借去，化为灰烬，□□□□。盖□于中西文□□深湛之思如钱君者流，能抽[暇翻译]，必嘉惠士林。此种书籍之价值，较之大家名家之□集，或□不足逮，但所集者均大家名家是说之碎金，或一[路]之灵感，佳语妙句，更足引人入胜，故附为介绍也。②

附：庞石帚《钱氏〈谈艺录〉补注山谷诗》③

钱锺书君《谈艺录》补任注黄山谷诗："《次韵文潜立春日三绝句》第一首云：'渺然今日望欧梅，已发黄州首重回。试问淮南风月主，新年桃李为谁开？'天社谓是忆东坡。东坡谪于黄州，欧阳修、梅圣俞则坡举主也。按此诗乃崇宁元年十二月中作，时山谷已罢太平州。《外集》载崇宁元年六月《在太平州作》（二首之一）云：'欧靓腰支柳一涡，小梅催拍大梅歌。'又《木兰花》词云：'欧舞梅歌君更酌。'则是欧、梅皆太平官妓。太平州古置淮南郡，文潜淮阴人，贬黄州安置。黄州宋属淮南路，故曰淮南风月主。盖因今日春光而忆当时乐事，与庐陵、宛陵了无牵涉。南宋吴渊《退庵遗集》卷下《太平郡圃记》，自言作挥麈堂。卷上《挥麈堂诗》第二首云：'欧梅歌舞怅新知。'亦其证验。天社附会巾帼为须眉矣。"④ 今按钱说殊误。此诗（见《内集》卷十七），必如天社所说，无可改易。涪翁用"渺然"字，本之王羲之帖，天社亦已注明。"人物渺然"，本谓耆旧之逝，（山谷《内集》卷三《寄尉氏仓官王仲弓》云："人物方渺然。"已用此典。任注引王帖较详。）岂可施之妓女耶？此诗第二首云："传得黄州新句法。"谓文潜传得东坡句法也。同时尚有七古一首，有云："经行东坡眠食地，拂拭宝墨生楚怆。"亦忆坡之作也。此诗之意盖

① 原文作"译翻"。

② 原题《果庵随笔：介绍〈谈艺录〉（下）》，载《世界日报》1949 年 1 月 27 日第 4 版。

③ 庞俊著、白敦仁纂辑、王大厚校理：《养晴室遗集》下册，巴蜀书社，2013 年版，第 688－689 页。收入"养晴室遗集卷十三·养晴室笔记三"。文中所引庞石帚之函，未见于《养晴室遗集》。此则笔记可与之相互发明。

④ 《谈艺录》后有【补订】两条。其二为："《谈艺录》刊行后，偶与潘君伯鹰同文酒之集。伯鹰盛叹黄诗之妙，渠夙负诗名，言下几欲一瓣香为山谷道人，云将精选而详注之。颇称余补注中欧梅为官妓等数则，余虽忻感，然究心者固不属此类尔。"

谓欧、梅既不可作，东坡复逝，则今日风月之主，惟有望之文潜而已。不然，当涂之妓，与文潜何相干涉？且二妓不在黄州，已发而为谁回首邪？涪翁之意，乃伤词林之荡摇，而非感青楼之薄幸。钱氏反疑子渊附会，此殆以不狂为狂也。

三九、追记王伯沆师[①]

王伯沆师为笔者生平师友中，最敬佩之一人。过去在本报《明珠》副刊，曾为《怀旧录》，略叙其生平。顷者陈匪石前辈新由南京来渝，于张实甫先生处，谈及伯沆师著述，多于身前焚去，身后残存，曾由同学卢冀野君为之刊载，但非其得意者。谈后不胜感喟。

先生于佛学、汉宋学、骈散文、诗、词，均有精深研究，而无门户之见。其制行尤谨，□者以为孤僻，实则平易近人，在讲堂讲授时，有时极富趣味，同学闻之，莫不哄堂大笑。但于出处、进退、取与之间，断然不苟，此则躬行君子，吾所仅见者。殁后，闻国府曾予褒扬，同门诸子并拟醵资为之刊行遗集。然先生初意，固不愿流行其著述。民国廿四年，笔者供职于铁道部，间赴学校与先生谈，先生曾手写其所自作《题陈□园手册》，即"江〔头〕数文献"一诗，告以作诗之法，并戒不得浪传。其矜慎可知。又尝举述学为例，谓缵学如汪容甫，而所存仅此，以严格论，其《经旧苑吊马守真》一文，亦应删者。盖士君子立身行己，何至自比于倡优。而先生有时戏语，则又谓今之大学教授，更番上堂，有类秦淮河夫子庙歌女之演唱也。

先生按时来校授课，风雨不间，非大病不缺席。而黄季刚先生则缺席频仍，尝戏谓"吾亦淮阴侯，可号'假王'"，盖教书请假之王也。先生于杜诗研究尤深，笔者曾与同学殷孟伦君相约，由殷君转请季刚先生讲授"文选"，伯沆师讲授杜诗，则由笔者转，结果两先生均未允许。伯沆先生以为子如管子及淮南较杜诗尤为学者所应研习。中国文学系四年级之高级作文，始终由伯沆师担任，为笔者改诗稿极多。尝谓笔者才力可以学诗而不宜为词，谓词笔须高华婉约，须有林黛玉之聪明而后始能玲珑剔透。又谓词体虽小，须有开合顿挫，

[①] 原题《果庵随笔：追记王伯沆师（上）》，载《世界日报》1949年3月1日第4版。未见其"（下）"。

并应守律；而笔者则疏于平仄，且用笔偏于瘦硬，故不宜也。从此以后，笔者遂不随意为词。

　　笔者始学为诗，以胡小石师之教，由郊、岛入手，并由炼字上用功。其所作者，多短篇五古。伯沆师以为此一途径，渠于早年，亦曾采取。用思锐，笔能深入，故其所长，但长久不改，须防碰壁。时贤如郑海藏亦曾致力郊、岛，用笔能洗去浮□，但气魄之大，究不如散原翁。诗能雕琢固可爱，但大笔淋漓，尤不易得。又谓诗须有骨，五言古诗尤忌放缓，长篇如可缩，决非佳篇。诗若平平说去，即少趣味。学陶尤不易得，苏和陶而终不如陶，其关键何在？子试参之。又以饼师为喻，其作饼，随手成圆，必意境中先有一圆之境界。又谓诗有无理而佳者，例如李长吉之"酒酣喝月使倒行""羲和敲日玻璃声"等句。同学湖南某君有"花落洞庭香"之句，师激赏之，以为佳句，嘱其另作一诗以资比较。后师告余，某君如非钞袭他人，当系梦中一脚，偶尔中的。盖其后所作者，迥不如前句矣。

四〇、追忆杨沧白先生[1]

　　余之拜谒沧白先生也，陈云阁兄函介于先，故人张筱门君复与同行，其时为民国卅一年之初夏，其地则南岸弹子石小石坝之霞庄。主人出与客谈，并以所著诗稿见示。余据案疾读，主人时为解释，时或倚窗如有所眺，曾笑谓余曰："韩昌黎《柳子厚墓志铭》：'虽使子厚得所愿，为将相于一时，爱以易此[2]，孰得孰失，必有能辨之者。'余以老懒废弃，成诗若干首，得失虽不可知，然不愿以彼易此，则甚明也。"读诗稍停，余顾筱门，欲与告辞，主人则殷勤留午饭，并饷以白酒。时陈铭枢将军亦在座。饭后复闲谈，日斜始别去，并留拙稿两册请益，此盖惟一之赞见礼也。

　　第二次晋谒，与云阁偕行，时渠已由成都归来也。此次晤谈尤欢，盖已数度通询。午饭时，主人频频劝酒。云阁谈及题字事，主人笑曰："君欲留作永久之纪念耶？吾寿方长，可勿急也。"饭后，云阁又请作字，沧公仍以稍绥为对，岂料不及旬日，竟归道山。此公法书，遂永远无从索取耶！沧公谈话中，

---

①　原题《果庵随笔：追忆沧白先生》，载《世界日报》1949 年 6 月 2 日第 4 版。

②　或作"以彼易此"。

余记忆尤深者，有两事：一为劝余习字，曰："余与陈真如，均欲向子建议，应稍习为字，盖诗文均尔雅，而字不称，此何可者？"又其一，则为临别之谆嘱，略谓："此次彼此通询可谓频繁，余门人中，如子所知之刘君泗英，相从最早，来往亦密，其所存余之信扎，或尚不如吾子之多，可妥为保存也。"事后追忆此临别之语，殆若［昺］知后此之长别，此倘气机之所感欤？每一忆及，无任怆［然］。而所谓习字者，迄今六七载，毫无进步，亦从未临池，此公深情之建议，余迄未采纳，言之谆谆，而听之藐藐，冥冥之中，惭负尤深。

沧公赐余信函，凡七八通，余曾以二三通，分赠云阁及革陈。其答余论诗三事一篇，曾刊于追悼会纪念特刊[1]中。论叠韵为诗一篇，则影印于重庆市政府印行之《新重庆》中。以正溽暑，余惮跋涉，而其时邮检虽严，取赀尚低，故余得以书函频频请益。沧公此时之心情，羁孤作客感□念家，除为诗自遣，或与来访之友人闲谈外，亦时苦无聊，故虽不佞如余，亦乐予教正，每问必答，每答不惜长篇挥洒，尽其所欲言。其时讨论之问题，仅限于诗□，中有一点，受益最多。余时曾分雕琢与自然为两派，沧公则谓始于雕琢而归于自然，此殆文事之公例。其《论诗百绝》"因创由来各自宜，抒情不废古人诗。若教雕琢能简朴，便是君家幼妇词"，亦即此旨。

张灵《对酒》一首，即"隐隐江城玉漏催，劝君且尽掌中杯。高楼明月清歌夜，此是人生第几回"，洪北江激赏之，称为"明绝第一"。元人黄星甫《池荷》绝句："红藕花多映碧阑，秋风才起易凋残。池塘一段荣枯事，都被沙鸥冷眼看"，沧公激赏之，以为元绝第一。沧公以一代党人，由显达而废弃，于抗战期中，间关归国，身尝轰炸之苦，目睹淫荒之事，激赏此诗，殆亦气机之所感。若使此公今犹健在，其感愤哀时，当更可想见，则公之早逝，未为不幸。［盖］沙鸥冷眼，正蕴有无限之热泪也。"红藕池塘事有无，沙鸥冷眼看荣枯，若从元代论佳绝，应载黄生主客图"，此即沧公《论诗百绝》[2]之一。

沧公论渔洋绝句，谓《冶春》诗可续作，《秦淮杂诗》，则骊珠已得，不容妄续。又论修辞，极推西洋修辞学中"句中之一字，如其无益，则必有损"一原则，谓其理殊精到。又谓文中有诗情处，往往绝佳，如公所著《詹夫人事略》，写深夜逃难，滨海相对时情形，洵浓郁之诗情也。沧公诗□，纪念特刊

---

① 特刊惜未见。
② 原文作"绝百"，径改。

已刊载一部分。返川以后之原稿，迩来以受沧白纪念堂管理委员会之托，曾与社友许伯建君，就萧君厚藩之钞本，校读数过，略有订正。刘泗英君原拟将钞本携蓉，请省务会议拨款印行，时局如斯，恐难如愿。吾蜀前辈如赵香宋先生，诗集之印行亦复无期，沧公门生故旧遍蜀中，似未宜缓。在印行之前，有一最大之问题，即删节与否，宜先解决。沧公生前，本拟仿《渔洋精华录》之例，自行选录，似未竣事。其《论诗百绝》评论朱王，曾有"终配阮亭输一席，应知爱好胜贪多"，更证此公原意，殊不以多为贵。惟精选一事，究由何人主之？有此资力者未必有此时间，而有此精力者未必又能胜任，故又有主张保存本来面目，概予印行者。个人鄙见则主精选精印，而选事则推由谢无量先生、向仙乔先生、庞石帚先生分任之。就原稿写为三通，分送三先生，各就己意以单圈、连圈、三圈表示等第。最后三占从二，就连圈以上者选为一集，以木刻精印。际此乱世，物力维艰，其量较少，其费较约，倘亦可行之一道欤。

故友张筱门君其所攻为地理，所谓"辩证法"者，余之固茫然，筱门特为解释，事足证其渊博，而于吟事，虽好，固非其所长也。曾以诗就正于沧公，后有所呈，曾经余及成涤轩兄之润色，沧公告余："筱门诗乃尔精进。"余唯唯，未敢以实奉告也。

余与沧公通讯既频繁，信牍频遭检查，沧公告余，谓后此宜稍疏。后又见既告谓邮已解严，可续□为之。衰翁弃家归国，精诚足感天地，其《东禽》七律一首，即为汪精卫而作，而乃不为当国者所谅解，通信亦几无自由可言。沧公苦闷之心情，由此可以推知，而国事终于不免败坏，于《狗来谣》等篇，亦可以［窥］知矣。石梁观日，作诗颇多；前［后］游简，公尤自喜，于私函中，均曾透露。惟公所自注，今犹未见。私函及所著诗，念孙弥笃，此为老人暮年惟一可以自娱者，而乃悬隔万里，念念不忘，未足怪也。时方盛暑，虑有疫疾发生，公于私函中，频嘱珍摄，而公竟以疫疾逝世。余别公不及半月，时方在涪陵［县］中，云阁由渝以函告，为之惘惘如有所失者数日。公墓在东温泉，旧为南川经渝之大道，自汽车通后，绕道綦江，竟未得一拜墓门，此尤私心所引为惭负者。拙稿两册，均经公用朱墨圈点，间有涂改处，亦有眉批处，蝇头细书，弥足宝贵。至答余问诗三事一篇，亦系稿本，懒于重写。闵纯□同学言，后经多人传钞，今尚藏诸箧衍也。

余先后两次谒公，在旧历端午前后。每年此时，楼头坐雨，辄想江干道上，禾黍盈畴，绿杨风里，霞庄一角，即此一代名公安居数年之处所。身高不

及中人，容貌清癯，而鬓丝未白，清言娓娓而音带微哑，此即沧公之小影。时节犹是，风景不殊，而此一代□人已早舍吾侪而安卧于东泉，泉响松声，时相唱和，朝霞夜月，定感孤寂。愿吟"魂兮归来"也！

卅八年端午节前夕

四一、介绍《范伯子诗文集》①

（一）②

二十七八年在成都时，常□庞石帚先生言，□功酒肆，均谈文之所，偶谈及范肯堂，□□年以所著诗请教于潘伯鹰君，承谓拙诗颇与范近，因托人代购此书，最近始从□以庄师处，借得全集。讽诵数过，似有所得，略为介绍，以就正于方家。

范无错先生，讳当世，号肯堂，世为南通儒族，与朱铭盘、张季直，号"通州三生"；又与其弟钟、铠，称"通州三范"。先生诞于咸丰初年，卒于光绪三十年③，年五十一岁。科举既不得意，绝意仕途，初学《艺概》于兴化刘融斋先生，已而受□古文法于武昌张廉卿。与桐城吴挚甫先生尤称莫逆，吴挚甫函□谓："读君诗，直高妙不可测。此种乐趣至多，不似鄙人命薄也。"其原配为吴夫人，续配为姚倚云，均能诗。姚之来嫁，即吴挚甫所介绍。闺中唱和，殆不让昭□□著专美于前也。君以一诸生，"名在士大夫间"，曾饭李合肥所，为课其公子。"虽为文人，好言经世，究中外之务。后更甲午、戊戌、庚

---

① 关于范伯子诗文集的版本，就笔者所见，主要有：《范伯子文集》有芳洲精舍校刊本（1922年）、壬申（1932年）十月徐氏校刻本（十二卷）。又有《范伯子诗集》（十九卷，附姚倚云《蕴素轩诗稿》五卷），"癸酉（1933年）六月浙西徐氏校刻"。另有十九卷民国铅印本（1936年）未曾见。今有马亚中、陈国安校点《范伯子诗文集》，上海古籍出版社2003年7月版，收入"中国近代文学丛书"；2015年4月再出修订本。值得注意的是，《饮河集》新第二期（重庆《中央日报》1944年3月26日第6版）亦曾发表周呆的《范伯子先生及其诗》。

② 原题《果庵随笔：介绍〈范伯子诗文集〉（一）》，载《世界日报》1949年4月26日第4版。

③ 范当世，生于1854年，卒于1905年。

子之变，益慕泰西学说，愤平生所习无实用，昌言贱之。"① 而于文学，则取以自娱。陈散原序其文集：

> 盖君之文，敛肆不一体，往往杂瑰异之气，而长于控抟盘旋，绵邈而往复，终以出熙甫，上毗习之、子固者为尤美，此可久而竣论定者也。

可谓知其真处。其文集中载有《与蔡燕生论文第一书》，所论尤高古人，读之叹为奇绝，特录其全文于次：

> 迭承状甚慰。承以暇日，即发兄所选姚选读之，尤所望也。三年学政，一瞬便过，不足以把玩，而钱财入弟之手，又必不能归来作富人。惟于此事多尽一日心，即多置一分产耳。积学多年，不患无意，辖辕万里，不患无题。苟意有所动，便放胆为之。为之之道，第一求意雅不求字雅，则所见若某某君之病去矣。布帛菽粟，平实说来，不必矫揉造作，以求波峭，则所见若某某君之病又去矣。二者本非吾弟所甚爱，而但恐持之不坚，持之既坚而多读多作，必有气机大顺之时。气机顺而变化兴焉，变化之妙则非愚兄之本领所能尽知，试为弟悬构数语；则古人佳文，大抵必多所磊砢不平，而含蓄不露；意思稠叠，而随手包裹，不碍于奔放。著字数百，而旁见侧出之虚影不啻数千；空明澄彻，而万怪惶惑于其间。此皆可遇而不可求。熟于古人之文境，可以先机影射而四远为之罗，亦不能知其必获否也。所尤难者，在乎骂讥王侯将相而敬慎不渝，与下辈粗解文字纵情牢骚者，判若天壤。文章虽极诙嘲，而定有一种渊穆气象，望而知为儒人之盛业，与杂家小说不同。此则所谓胸襟不至豪杰，不足谈古文；德器不类圣贤，亦不足以俯笑一世耳。吾弟高明之资，去前两病易，而慎此为尤难，故首戒焉。珍重不宣。

---

① 语出《范伯子文集》之"陈序"（末署"壬戌七月义宁陈三立"），文字略异。范伯子之女孝嫦为陈三立长子衡恪（师曾）元配。陈三立另有《范伯子诗文集跋》，发表于《国艺》月刊（中国文艺协会编辑发行）第 1 卷第 5、6 期合刊（第 3 页），1940 年 6 月 25 日出版。末署"己亥伏日。陈三立题记。时年八十有三"。有"寥士附识"云："右文成于《范伯子全集》刻成之后。世多未见。"

（二）①

上录一短文，可以□□□□□□□□□□□□，吾侪今日研究，似不妨分为四点。第一点，雅□之作，意雅为上，而字雅次之。此最为要着。一般旧诗作者，大抵多注意字句之雅驯，而不知于立意方面，先求其雅，故于其作品多无内容，其至庸俗不可卒读。雅俗之辨，为诗文第一关头，如何为雅，如何为俗，非一言所能尽。而胸次高，眼光远，举世俗一切龌龊之见，洗涤无余，不使犯我笔端，庶几可谓雅矣。

第二点，不必矫揉，以求波峭。凡为诗文，最忌平直，平铺直叙，有何□味。但此种境界，不可强求，所谓"气机顺而变化兴"，自然如山之嶙峋，水之波澜矣。吾辈读书既多，阅历渐富，对于事理、人情，均能明其底蕴，发为文章，自然可观。如其未臻此境，刻意矫揉造作，等于本无颜色，而乃搔首弄姿，方自以为得意，有识者已为齿冷。

第三点，磊砢不平，而含蓄不露。文学作品，多为不平之鸣，韩昌黎《送孟东野序》，及厨川白村《苦闷之象征》，均于此理，多所阐发。《诗》亡而《春秋》作，温柔敦厚为《诗》教，微而婉为《春秋》之书法。所谓"微婉"，即含蓄不露，即情在词外之隐也。心头眼底，本有不平，而后发而为诗文，此为诗文发泄之本源。而出以含蓄，则为发泄不平之极则。丈夫作事当磊磊落落，何以作为诗文，反要吞吞吐吐。玩索真意，类似猜谜，此何苦者。但金刚怒目，不如拈花微笑，此即文学之生命，他日有暇，容再论之。

第四点，文词诙嘲，而气象渊穆。此一点与第三点有密切之关系。孔子谓："不学诗，无以言。"出使专对，本之诗教，盖以微言相感，效力较大。而孟子所谓"说大人则藐之"，亦非纵情骂讥者所得借口。总之，第三点，为诗文之原则，而此点则一原则下之一条目。范先生《赠黄公度诗二首》，曾题其后曰：

> ……此二诗乃不能绝佳。故知赠送之作，必如②李白所谓"揄扬九重万乘主，谑浪赤墀青琐贤"，方足以尽其磊落之概。至以同道相赠答，虽杜公怀李诸作亦殊乏奇观。何者？其气平而其志莫由深隐也。公度以为何如？

_____

① 原题《果庵随笔：介绍〈范伯子诗文集〉（二）》，载《世界日报》1949年5月5日第4版。

② 如，或作"若"。

由上所述，可知此公论诗文之要旨，在于志不平而词深隐，意雅为上而字雅次之；而平实说去，不必故为波峭；著字无多，而虚影可以概见。此其为说，不啻自道其甘苦。古人论诗文之作何限，求如此书之真切简当，似乎尚未之睹。后起转精，不其信乎！不佞如愚，偶尔为诗，当努力以求字面之雅驯矣，又尝努力以求章句之曲折矣，更尝纵情骂讥而不免于泼口直陈，类乎市井之所为矣。读公此书，不禁汗颜。

（三）①

上文就范肯堂论文书，举出四点，加以说明。其家书三："文之道莫大乎自然，而莫妙于沉隐，无错中年到此，则天下文章其在通州乎？此亦至父所云也。"

所谓"自然"，殆含两意：一不矫揉造作，一不故为波峭。本乎性情，自然流露，而其意沉隐，异乎浅薄者之所为。

《再与义门论文设譬》一首，譬喻极佳："双眸炯炯如秋水②，持比文章理最工。粪土尘沙不教人，金泥玉屑也难容。搓摩日月昭群动，折叠河山置太空。正要当前现光景，不能向壁造方瞳。"

又常譬文于水，谓清言如水："汝寓得气滋益多，已有清言发如水。此宜拓地成河江，眼底一泓乌足喜。噫乎得师良独难，古有高才化为俚。"③ 谓积水成渠："语子瑰文④猛如虎，伏而不出如处女。浩如积水千倍余，千一之放流成渠。天仙化人妙肌理，堕马啼妆百不须。莫学世间小丈夫，容光滑腻心神枯。少壮真当识途径，看余牛老已垂胡。"

又谓如积水秋月："岭南六年君始奇，吏才每共诗才竭。骨底寒深气益高，积水一轮秋后月。"

澄澈之水，异乎潢污；江河之水，异乎行潦；而双眸秋水，则尘沙金玉，一点不容。光景现于当前，不容向壁妄造。文以假象为戒，所谓"假象"，即妄造之境界也。读书涵养之久，心田自然澄澈，此即古人诗所谓："问渠那得清如许，为有源头活水来。"

---

① 原题《果庵随笔：介绍〈范伯子诗文集〉（三）》，载《世界日报》1949年5月17日第4版。
② 引文"水"字脱落。
③ 语出《赠王宾基寓基两生》。
④ 文，引文作"才"。

范诗又谓："颉颃古人岂在貌，肺腑净洁心肝芳。"又谓："岂有纤云翳肺肝，真于至澹得香苾。此事方今尤寡才，此文目下谁能匹。"

因为诗文境界如秋水澄澈，遂觉肺腑肝胆，亦无纤翳，澹泊之极，芳香可嗅，而挚性□情，即拂拂由笔尖达于纸上，此譬若积水之一决，自异于眼底之一泓矣。吾人作□诗文，须先有此空明澄澈之境界。此种学养，非仅为诗文，而作诗文者，必不可少，容于下节，再申论之。

(四)①

杨沧白先生谓曾文正公，长于文章，而诗则外行。盖纱帽词之尤拙者，而张广雅则尤工者。窃谓曾公文章，虽名为湘乡派，实则仍宗桐城。自谓初解文章，由姚先生（惜抱）启之，特其名位既盛，而事功亦复煊赫，故气体较姚氏为恢宏耳。其所选"十八家诗钞"，断自遗山，较之惜抱《近体诗钞》终于南宋者，似胜一筹。但以自作之诗论，则惜抱胜于文正。文正亦推惜抱七律为清朝第一家，故其门人张廉卿《国朝三家诗钞》，其一即为姚惜抱七律也。近人钱锺书《谈艺录》谓：

> 惜抱以后，桐城古文家能为诗者，莫不欲口喝西江。姚石甫、方植之、梅伯言、毛岳生，以至近日之吴挚父、姚叔节皆然。且专法山谷之硬，不屑后山之幽。又欲以古文义法，人之声律，实推广以文为诗风气。读《昭昧詹言》三录可知。

钱君此论，可谓中肯。窃按范肯堂为张廉卿弟子，张廉卿又曾文正之弟子，故范于曾，以再传弟子自命。所谓桐城诗派，自惜抱以后，其说就最大者，似当推范。范于诗亦断自遗山，其《赠黄公度》诗之第二首："愁来遍②揽③前人句，读至遗山兴亦阑。容有数声入清听，何曾一气作殊观。乾坤落落见君好，冰雪沉沉相对寒。剩恨杨云犹贱在，不虞千世少人看。"意谓遗山以后之作，不愿再读，原因所在，即不能一气作殊观，虽偶有佳句，不足道也。于遗山以前之诗，则推尊苏黄，其《除夕诗狂自遣》之第二首：

---

① 原题《果庵随笔：介绍〈范伯子诗文集〉(四)》，载《世界日报》1949 年 6 月 8 日第 4 版。

② 遍，引文作"偏"，径改。

③ 揽，或作"览"。

> 我与子瞻为旷荡，子瞻比我多一放。
>
> 我学山谷作遒健，山谷比我多一炼。
>
> 惟有参之放炼间，独树一帜非羞颜。
>
> 径须直接元遗山，不得下与吴王班。

于遗山以后之诗，即梅村、渔洋，亦差与为伍。故其家书一："大抵朴而古，与梅村、渔洋异趣。昔挚父推夫人诗云：'确似我家梅村'，梅村尚非吾意之所餍。"《与俞恪士书》又谓：

> 所贵乎文学者，岂不自娱其身耶。吾诗其实无意于学人，出手类苏黄，亦所极谓近专者。然恪士愿吾取其所能而矫之，此亦意自娱，何为而不可。故吾已深守此言矣。抑愿恪士守吾言者，无为尊唐薄宋，蹈明人之陋习。且彼明人何当不说到做到，何当不有绝特过人处，而何以卒不远苏黄诸君子耶？此有道焉，依人与自立之不同，为己与为人之各别也。不但此也，文章有世代为之限，贤豪之兴，心气万古一源①，皮色判别殊绝。五六百年间，薄近代之所为而力求复古者，未有不流于伪俗者也。此则恪士之所通知。恪士之与吾辨，不在古近而在难易，吾岂不知？然壹意求难，其弊亦有时而近于复古。且遁苏入黄一派之字，诚不能为病，吾不可以不辨。

足证此公为诗，虽无意于学苏黄而出手与之相近。其于苏则取其旷荡，而无其放。其于黄则学其遒健，与②而无其炼③。旷荡当指其胸怀，遒健当指其用笔。坡公才大，往往放笔为之，此如黄河俱下，偶杂泥沙。而山谷诗，则锤炼有时不免过火，如"潦水尽而寒潭清"，然未能若东坡之所行无事也。人谓坡诗旷多于豪，意颓放而语遒警。又谓山谷诗"于诗家因袭语，漱涤务尽，以归独得"（以上均见刘融斋《艺概》）。又谓山谷诗"刻意少陵，虽不能到，然其兀傲磊落之气④，足与古今作俗诗者澡濯胸胃，导启性灵"（姚惜抱《今体诗钞

---

① 引文作"万一古源"。

② 与，应系衍字。

③ 原文无"炼"，据上文补入。

④ 引文此处有"炼"，系排版有误。

序》）。以上所引诸说，评论苏黄，均可参阅。而范氏之意，则欲于放炼之间，自树一帜。从来学江西诗者，多拘于"一祖三宗"之说，东坡亦在摈列。杨沧老之评《避寇集》[①]（时贤马一浮著），亦谓近人学宋范[②]者，弊在不能兼［学］东坡。范公之诗，大体虽仍学黄，而能参之以苏，并□遗山，故仅以七律而论，亦多一气回旋，读之往往回肠荡气。此与时贤之学江西，未可一概论也。而仍桐城诗派之支流，广诗文合一之主旨，则固近是之论矣。

姚氏、曾氏之论诗论文，均主由声音悟入。所谓"声音"，即自然之音节，即《文心雕龙》"声律篇"所谓之"和声"。范氏为诗亦重此点，其《与义门论诗文绝句》之第二首："最有空词定乐哀，网罗故实定非才。请看灯雨檐花句，便值高歌饿死来。"其自注为："二诗盖不佞之常谭，以为工部当时若作'檐前细雨灯花落'，便不成语言，更值不得'高歌饿死'也。声音之道，亦莫知其所以然。高才若从此悟人士，岂有死法可循哉。"

从声音悟入，显然推阐姚曾之论。其《喜闻况儿诵吾文，因示之要》一律："能谱吾文作歌吹，汝从何处得真诠。行多磊落抛人外，气有滂洹在道先。笔下聊浪三数处，弦中高下五千年。要令事少文无累，此妙空空竟不传"，足与其诗参阅。

除声音一点外，用事亦其所忌。山谷为诗，无一字一句无来历，其法本于杜韩。以其胸中自具炉锤，能化俗为雅，故虽用事而不为事所累。后贤学山谷者，专从字面上讲究出处，结果字句虽雅而性灵受其桎梏。钟记室《诗品》，于声音之道，主张勿多拘忌伤其美："余谓文制，本须讽读，不可蹇碍。但令清浊通流，口吻调利，斯为足矣。至平上去入，则余病未能，蜂腰鹤膝，闾里已具。"可谓通人之论。对于用事，亦不以为然：

> 夫属词比事，乃为通谈。若乃经国文符，应资博古，撰德驳奏，宜穷往烈。至于吟咏情性，亦何贵于用事？"思君如流水"，即是即目。"高台多悲风"，亦惟所见。"清晨登陇首"，羌无故实。"明月照积雪"，讵出经

---

① 《避寇集》，民国庚辰（1940 年）仲夏刻于嘉州（四川乐山）。集中所收诗，始丁丑（1937 年）九月，"将避兵桐庐留别杭州诸友"，至腊月"避兵开化"；戊寅（1938 年）至西昌，羁泰和，过大庾岭，过韶州，居桂林，经宜州，入四川；己卯（1939 年）居巴中，借乌尤寺僧寮营书院，诗友唱和，斗茶、望月、遣兴、登尔雅台、上峨眉山、建濠上草堂；直至庚辰夏，得谢无量序，以诗为酬止，共 110 首，其中且多长调之作。
② 范，或为"诗"之误。

史。观古今胜语，多非补假，皆由直寻。

更具达识。范公事多为累诗之论，足救江西①末流之弊。至行多磊落，气有瀁洄，则由于性情过人，学养纯粹为之。故诗中排除故实，非不学之谓也。② 乃诗中之第二关，非不学者所能借口也。

<h2 style="text-align:center">（五）③</h2>

《京沪周刊》第二卷第十六期④"饮河诗叶"，载有羲谷先生《读范伯子诗》一文。此文大意，系根据范先生令侄范彦彬（名毓）君在诗集上之批注，推论范先生之为人。其一则为：

> 毓年九岁，祖父徂逝，（姚）叔节先生来吊，暇日抚予头移时。呼就兰盎而低属曰："若而英物，莫学伯父，是终穷也。"伯父神明，亟呼以询。前而告，则曰："不理他。"夏日蚊轰，先生谓其："来作武鸣，去作骄嘤；吮血遗毒，天地不仁。"伯父谓其："来作哀鸣，去作饱嘤；知足适欲，天地所馨。"贱子当时，瞠然莫辨，年过五十，追怀先贤，笔之于此，又未尝不大笑玄机也。

羲谷先生以为由此可以窥见范先生民胞物与、仁民爱物之精神。姚意则为天地不仁，虽智仁所见无妨不同，然其恢宏终逊于范也。其二则为：

> 先君（按为秋门先生，名铠，世所谓小范也）诏毓，以"伯父因仲父北上待试，所乘海舶焚于烟台，昆弟诀别轮上，实未知是轮迟驶，仲父觇知友相约换船自沪也。而抵京即病，无复信邮。伯父友于，忧伤内伐，积时成病。转且秘于双亲，下逮弟妻。迨仲父禀函抵里，父试告聊慰，不图伯父不信，索函一阅，涕泣横流，而疾病若失焉"。以斯篇无一词及之，庸德庸行，诚不必以示来者，哲人之醇也。

---

① 原文作"西江"。
② 此处或有"此"字缺漏。
③ 原题《果庵随笔：介绍〈范伯子诗文集〉（五）》，载《世界日报》1948年6月18日第4版。
④ 1948年4月25日出版。

其三则为：

> 伯父就医沪上，行李先行。自塾呼毓，抚顶移晷。然后命以好好读书。毓愕询："何系念乃尔？"伯父曰："双亲俱逝，吾病复深，去不及也。"余曰："然则孰若家居？"则曰："循妻友意也。"①

羲谷先生据此推知范先生之孝友恺悌，其《狼山观烧》②一诗又谓"百姓身家不可侮"，足见范先生亲亲仁民之怀。以上批注三则，由其佺叔③其伯父之行为，当属可信。范先生于友朋之际，真挚亦时时流露。例如《上海遇彭蒂亭病还江西》一诗之一段：

> 昔君至浦濒我去，今我去沪濒君至。我行两度皆迟迟，遇君宁得非天意。不然朋旧各四方，何必甘苦都与尝。所以为君一挥涕，仍当欢喜临壶筋。君不能饮我心恻，安得与君分气力。江湖盘曲山峻高，远哉遥遥不得息。

据范先生自注：

> 蒂亭临别，气弱声微，招我就枕，语属他日弗删此诗与赠序，未几遂卒。吾间以问于张濂亭先生，先生曰："赠序固佳，即若诗所谓'安得与君分气力'者，正复浓缛似古语，何必删也。"

遇有关系之友人，病不能饮，而又行将离别，便欲分一己之气力，使之能饮，此种心愿，非至性人安能具有，非公笔墨，更难道出此意中事，张廉卿谓为"浓缛似古语"，洵不诬也。

余昔者曾钞录悼亡诗歌若干首，载于"随笔"中，然未备也。例如顾亭林

---

① 原文其后尚有数语："毓知伯父自祖母去世，即无生念，强尝西药百不回有以也。人固有一念万年，而修短非所计……"
② 羲谷文中作"狼出观烧"。
③ 叔，原文如此，或当作"述"。

《悼亡五首》之一："独坐寒窗望藁砧，宜言偕老记初心。谁知游子天涯别，一任闺芜日夜深。"其第五首："摩天黄鹄自常饥，但惜流光不可追。他日乐羊来旧里，何人更与断机丝。"与姚惜抱之《凉阶》："凉阶今夕又飞萤，倚槛风前已涕零。人迹不如修竹影，每随明月到中庭。"及《细雨》："细雨余春尚薄寒，绿窗风定蕙香残。七年同种阶前树，独坐花开掩泪看。"均凄怆不可卒读。

而范先生《悼亡诗四绝》之第三首："入棺闻说彩衣鲜，费尽亲心总枉然。十载宵晨有饥饱，不曾销我卖文钱。"及第四首："迢迢江汉泪滂沱，秉烛修书且奈何。读罢五千嫠妇传，可知男子负心多。"末句尤为沉痛。其《大桥墓下作》一律："草草征夫往月归，今来墓下一沾衣。百年土穴何须共，三载秋坟且汝违。树木有生还自长，草根无泪不能肥。泱泱河水东城暮，伫与何人守落晖。"第二联极佳。其《挈儿往省外舅》①一首："苦月临宵转转亏，昏灯倦眼对迷离。当阶瑟缩惊秋早，引枕低回结梦迟。语世竞难宽病叟，行身不得饭痴儿。回头快婿升堂日，卅载仓皇到此时。"尤能道出妻殁有儿，拜访岳丈，家既苦贫，遭时多难之心情。其时为七月二十日，一起四句所写境界，更与此种心情相称，此种殆集中上乘之作品也。

由上所引，可知此公对于家人朋友，确为至性过人。惟其有此过人至性，而精思健笔，又能宛转达出，所以其成就不可及。此点实一切文艺作品之根源，诗歌尤以此点为其生命，否则艺术虽工，非作家也。

（六）②

范公之诗，虽多感伤，然父子兄弟，夫妇师友之间，□咏□□，此□人生难得之情□。其"天边落日与谁传，天下寒多一望全。两弟虽抛万里外，七言都上古人前。雪天晴到风吹叶，啼鸟惊回梦化烟。不怖小郎徒阿嫂，天吴紫凤我堪怜"一诗之题目为：

近来湖湘间名士，盛传吾弟仲林《庐山》诗③中有"落日一去无人

---

① 原题《七月二十日，挈罕儿往省外舅吴公疾，自吾庚午孟秋入此门，恰三十年矣。即夜感赋》。

② 原题《果庵随笔：介绍〈范伯子诗文集〉（六）》，载《世界日报》1949年6月28日第4版。

③ 光绪十九年（1893）四月初，易顺鼎邀陈三立游庐山。同行者二：范钟，字仲林；罗运崃，号达衡，曾官湖北知县，陈三立前妻之弟。四人乘外轮至九江，南行经东林寺，至通远转东北行，经星子归宗寺时，游金轮峰，观玉帘泉。继以栖贤谷为中心，寻幽访胜，斗韵吟诗。极游览之乐，获创作之丰。

传"之句，以为苍茫雄特，而以吾弟秋门①《甘肃》诗中"天下寒看逐望齐"一语配之。此外则盛称吾妇《啼鸟》一绝，及其"碧天云净雪初消，又见风吹叶"之词句；而吾诗则依然寂寞无人道者，坛坫之可畏如此。余乃戏为拆补此数作以为己有，既以自娱，亦自笑云

按范夫人姚倚云之《蕴素轩诗·午寐》："半掩虚窗一缕烟，绿蕉庭院欲秋天。香凝蕙帐成幽梦，唬鸟惊回亦自怜。"而《好事近·即景》："供养水仙花，开到盈盈欲折。一片岁寒清思，共芳香幽绝。碧天云净雪初消，又见风吹叶。人意钟声俱远，有一轮冰月"词一首，似较诗尤为清远也。范公诗：

墙外群山拥髻来，墙隅花萼接莓苔。

鸟啼清脆蜂声暖，龙井香甜蚁甕开。

好事只今疑过分，悲歌对子不能才。

一篇残稿嗟何咎，十七年间事可哀。

即"与蕴素闺中联吟乐甚，因而感怀前室"，再次蕴素诗者②。□□如此，而乃以忧伤损其天年。因由环境为之，而诗思过苦，亦不无关系。其《除夕诗狂自遣》之第一首：

岁岁年年有更换，不见留光可稍玩。

惟独今年除未除，雄诗百首长为伴。

人言诗必穷而工，知穷工诗诗工穷。

我穷遂无地可入，我诗遂有天能通。

思能通天，固匪夷所思，而平生精□，从此销磨。其七言律，尤多凄怆之韵，例如《中秋月》③：

---

① 即范铠，字秋门，号酉君。
② 该诗题作《与蕴素联吟乐甚，因而感怀前室，诵其遗诗，忽复与之流涕，蕴素用前韵，余复次之》。
③ 原题《光绪三十年中秋月》。

噫予瘦削不成影，见汝盈盈在上头。

一世闺人齐下拜，八方园实竞前投。

移灯读曲行行怨，倚杖看云片片愁。

病久可胜寒彻骨，颓然掩袂若为秋。

此诗作于光绪三十年，范公即殁于是年。《石遗室诗话》，举其发端两句，谓"凄咽似倪云林《中秋》之作，皆不久下世矣"。诗话中谈范诗者，似仅此一条（？），而于范婿陈师曾悼亡之作，则盛赞之。例如诗话卷十七第九页《题春绮遗像》一首，谓其为"真挚"①。卷十九第五页："春绮卒后百日，往哭殡所②"，"第二首'冠''銮'二韵，眼前事，人不能道；愈瑰丽，乃愈悲痛"。

窃按春绮即范先生女公子，诗集中有诗二首，题为"内人有诗别女，吾亦不可无以诒师曾也"。第一首之前四句："平生冰玉有余音，不觉推移望汝深。如此妇翁应可意，向来儿女未关心。"属望于其婿者至深，乃翁婿□赋悼亡，均于再婚之际，□"[悼]念前室，如此巧合，亦奇事也"。

"□绿今□夫婿□，堆黄故□人□□"两句，伯建兄极称道之。窃以为对极工整而□以质朴，□□之法也。

卅八年六月廿六日稿

（七）③

[范公之]诗，既具有真情实感之至性，则对于身所遭遇之环境，自不能淡然漠然，哀时感世，为自然之流露。其《戏题白香山诗集》一首：

白氏论诗崇讽谕，吟风弄月只空华。

笑他闲适终成片，莫我平生竟一家。

万语纵横惟己在，十年亲切为时嗟。

原知诡绝都无用，持比陈人却未差。

---

① 原文为"真挚语至多，莫如《题春绮遗像》一首"。

② 为使语意前后连贯，此处引文应据《石遗室诗话》补入"感成三首"。

③ 原题《果庵随笔：介绍〈范伯子诗文集〉（七）》，载《世界日报》1949年7月8日第4版。

"万语"句即"诗中有我在"。为时嗟叹，但须亲切。何以能亲切，有我即亲切也。悟得此旨，一切泛泛悠悠之语，则均可以扫除矣。诗□于古，到达最高境界，须知□于无用。另一诗又谓：

> 人才信与江涛涌，合散升沉不可期。
> 一日声名非异事，万年文藻有清思。
> 所悲厕此英多会，不幸生当大乱时。
> 纵不身谋犹熟醉，发心徒益卷中诗。①

身当大乱，亦只［添］却诗料而已。既曰"无用"，可否焚去，却又不可，所以另一诗之结尾："欲把斯文待灰烬，凭何写恨向苍天。"又一结尾："漫□共以哦诗集，过绝□令后世知。"② 可知诗虽无用，然足以写怀，足以遣［兴］，要之，即公所谓，归于自娱。其《临睡感题杜集》：

> 了知身世风驰过，无奈当前日似年。
> 事至终须一笑遣，吟成翻藉百忧煎。
> 思君往矣真同物，问我谁欤待后贤。
> 病体不胜炉火澹，仍能辛苦课宵眠。

结尾说出□病吟诗，原能遣愁。发端数语，真类项莲生所谓："不为无益之事，何以遣有涯之生？"其《有所闻并愤所见》一首中③第二联："前席终无一筹展，对觞谁免百忧煎。""对觞"一句，与歌德"当食临寝谁不忍泪而吞声"之名句意境略同。结句"疑是诸公唉榆饱，不然何至抱薪眠"，则［诮笑之怒穷］矣。

其《夜读遗山》④一律：

---

① 语出《次张季直金蕖意韵各一首》。
② 此二句，未能与原文覆按。
③ 中，原文作"终"，径改。
④ 原题《夜读遗山诸作，复自检省乱来所为诗百余首，至涕不可收，愤慨书此》。

细思我与国何关，惨痛能来切肺肝。

局外迷茫成错想，就中安稳是当官。

千夫历碌愁关传，一辈嵯峨已国冠。

竟与丧家为代哭，可怜真个泪阑干。

　　得一讽诵，辄为击节。其一起四句以譬喻写时事□，如《走笔书事》①："全河已落渔人手，细小还为巨者吞。路尽人人偷作计，哀来一一告无门。"又如《两舫》："两舫哄然复构争，老夫无奈一身横。稍凭意气全无用，直析毫釐始得平。"今日读之，弥觉有味。至结句如"茫洋黑海天难问，闪烁还为自照萤"②，"洋洋海势兼风雨，何术能将片笠遮"③，"正愁风雨乾坤大，蚁穴侯王梦未醒"④，均以晦冥风雨，譬喻时艰，迩来情势，似更类此。蚁穴□梦，风雨□□，片笠无术能遮，微萤将□自照，范公身丁戊戌、甲午、庚子之变，蒿目时艰，伤感□如是，如使生今世，其悲怀不知更何如也。

卅八年六月六日⑤

（八）⑥

　　人谓文学之成就，江山、书卷、师友三者不可缺一。窃以为"行万里路，读万卷书"，其事虽难，有志可以期其必得。惟师友之间，则可遇而不可求。吾人生当斯世，"前不见古人，后不见来者"，其可以及身承教者，为数既极有限，加以人事之错迕，固有终身相慕而迄不得一晤者。杜工部诗"长啸宇宙间，高才日陵替。古人不可见，前辈复谁继"，每一讽诵，不胜其怅惘也。"讽味遗言，不如亲承音旨"，世间有读□甚博，资质亦佳，而成就究不足道者；或以无江山之助，或以无师友之益，而师友切磋之缺乏，足使之终其身为门外汉，所以千里求师，古人不嫌其远。范先生师刘融斋，师张廉卿，而吴挚甫、陈散原又时时相摩厉，甚至弟兄夫妇，争奇斗胜，亦在字句之间。宜其成就加

---

①　原题《走笔书事即以谢同人之招》。

②　语出《感事依爱沧所用丁字韵》。

③　语出《还家有述前韵》。

④　语出《养疴寓楼苦雨吟眺》。

⑤　据此日期，则第七则的成稿时间晚于第六则。

⑥　原题《果庵随笔：介绍〈范伯子诗文集〉（八）》，载《世界日报》1949 年 7 月 19 日第 4 版。

人一等也。范先生极称道黄公度，吾□已录其一诗，盖许为元遗山后一人，其第一首前四句为："谁谓君为异人者？我观君道得毋同。诗言起讫一生事，眼有东西万国风。"而其题目则为"旅中无聊，流观昔人诗至于千首，有感于黄公度之人之诗，而遽成两律以相赠"。第一句注："陈伯严赠公度诗'千年治乱余今日，四海苍茫到人异'，余固感于是而发端也。"①

范公另一绝句为："眼有东西万国风，谁欤真得我心同。翻疑闭户无言处，一息能将九地通。"黄范诸人，志存经世，以通达中西时务自许，故复用"眼有东西万国风"一句也。

除黄公度外，范公于严又陵亦极倾佩。例如：

> 挚甫渊渊镜众流，揭来仅见服严侯。
>
> 为于秦汉搜诸子，无以迁雄说九州。
>
> 任与濡需同豕祸，也因汗漫识鹏游。
>
> 昭然一是群书废，十万缥缃只汗牛。

题目略谓"幼陵所著《天演论》，为吴冀州所叙行云耳"。"天演"一论，群书可废；〔其〕于严氏，倾倒至矣。不佞于严译诸书，今犹嗜读。陈石遗激赏《原富》，吴稚晖则推《群学肄言》。窃谓《权界论》及《法意》两书，殆尤精到。严氏自谓《法意》译笔，"一字一句，均由戩子称出"。严非妄人，其言可信。惜于吾国学术界，影响不大，故专制流毒犹未绝也。

除黄氏、严氏外，范公于越缦诗亦称道之。例如诗集卷八"东南一老"之题：

> 从審博借得李莼客侍御诗集，即夕读其七古二十余篇，不容不服，恨无由见之。观其自序，称"后世谁能定吾文者，吾自定云尔"，则又慨乎莫能禁也。独夜无聊，迭兵字韵题其端②以示審博

按李氏诗五古七律，均多佳篇，不仅以七古见长也。其诗集商务本分为正

---

① 此句或作："陈伯严赠公度诗，有'千年治乱余今日，四海苍茫到异人'之句；余故感于是而发端也。"

② 端，或作"耑"。

续，中华本则有《白华绛柎①阁诗》六卷、《杏花香雪斋诗》十卷，其《自序》最后一段为：

> 所得意莫如诗也。其为诗也，溯汉迄今数千百家，源流正变，奇偶真伪，无不贯于胸中，亦无不最其长而学之，而所致力莫如杜诗。呜呼！来者之工，吾不得而穷之矣。往者则历历可指也。以吾絜之，不知其同欤异欤？过欤不及欤？后世谁为论定吾文者？而并世悠悠之口又不足恃，则还以吾定吾文而已。夫贵远忽近，中智之士，多不能免，况予之孤特自晦，言貌禄位不足以动人，而又日月逝于上，体貌衰于下。今年三十有四矣，所得止此，而欲藉是以传，不亦悲乎？

此公可［谓］自负。范公《赠黄公度》诗之结句："剩恨杨云犹贱在，不虞千世少人看"，用意正与李同。达官名士，诗可以传，余则篇章优劣，多随禄位为转移。悠悠风尘，谁为真赏？桓谭所论，无间古今。惟诗歌作用，莫大于自娱，知否传否，举不足道。而欲极其娱，则须苦心孤诣。思能通天，想与世隔，日夜如此用心，自然非穷不可。而师友之益，则在雅俗之分，源流之别，途径既获指示，气力不致枉费，如斯而已。

---

① 柎，或作"跗"。

读诗偶拾

一①

山谷老人于晚年留意唐律，香宋老人许为知音。

近读山谷《寄家》一绝："近别几日客愁生，固知远别难为情。梦回官烛不盈把，犹听娇儿索乳声。"写梦觉情景，宛然如在目前。其实系从唐人王龙标《长信秋词》"真成薄命久寻思，梦见君王觉后疑。火照西宫知夜饮，分明复道奉恩时"脱化而来。盖"复道奉恩"为梦中境，而"火照西宫"则觉后所见。亦犹"娇儿索乳"为梦中所闻，而"宫烛残照"则觉后之景。在梦回之俄顷，竟真幻之难辨。此种感觉，人恒有之。又如岑嘉州《宿蒲关东店，忆杜陵别业》：

> 关门锁归路，一夜梦还家。
> 月落河上晓，遥闻秦树鸦。
> 杜陵树边纯是花。②

月落天晓为觉时，而愁声遥闻，则犹在梦中，与王龙标诗固同一机杼，于此可知山谷老人于唐律用功之深。香宋先生知音之谈，仅见于与个人函中。惜乎远在荣州，未得侍座一畅论之也。

---

① 载《世界日报》1946年2月25日第4版。
② "关门锁归路"，或作"关门锁归客"；"杜陵树边纯是花"之前，应有"长安二月归正好"一句。

二①

从前黄季刚先生，尝说六朝何逊的名句"思等流波，终朝不息。心如膏火，独夜自煎"，本于徐幹的《自君之出矣》末二句："思君如流水，无有穷已时。"而李后主的名句"问君还有几多愁，恰似一江春水向东流"，更是由何句、徐句变化而来。

黄先生的话当然不错，我们以为唐刘禹锡的《竹枝词》"花红易衰似郎意，水流无限似侬愁"，也是受何、徐的影响，而直接影响李词。根据黄先生这种说法，大家可推而广之。例如："芙蓉露下落，杨柳月中疏"，是六朝人的名句，而高达夫的"池空菡萏死，月出梧桐高"，何尝不可以说是由六朝脱化。刘长卿的"淮南木落楚山多"，可说是黄山谷"落木千山天远大，澄江一道月分明"首句的来源。而辛稼轩《摸鱼儿》的警句："休去倚危栏，斜阳正在烟柳断肠处"，也可以说是本于刘长卿的"寒林空见日斜时"了。刘诗□首仅《长沙过贾谊宅作》，如第三联："汉文有道恩犹薄，湘水无情吊岂知"，紧接"寒林"句，其意更显。杨沧白先生在《论诗百绝》中，论刘随州，似曾特别提出此首，以为佳作。因之我又想起季刚先生曾说杜牧之的"欲把一麾江海去，乐游原上望昭陵"，是本于王仲宣《七哀》："甫登霸陵岸，回首望长安。"盖灞岸为文帝之陵，而昭陵则太宗之坟，皆系身居衰世，而系念盛时。其〔摹〕拟之迹，固极显。昔教学女二师时，曾〔撰〕《创造与模仿》一文，后呈季刚先生。文中曾两引曾文正语，一为与陈右铭太守书，谓模拟为戒律之首。而与其子曾纪泽书，则劝以从摹拟入手。季刚先生笑余曰：前者为门面之语，后者乃父子之私。一语破的，较余于极端矛盾中，强闻其说，相去何啻天壤。

三②

同学老友李白华君于前数年续弦，友人多为诗词以贺，中有填"贺新郎"词牌者，词非不佳，但我个人似乎曾闻吴瞿庵先生说，"贺新郎"不能贺人结

---

① 载《世界日报》1946年3月19日第4版。
② 载《世界日报》1946年3月26日第4版。

229

婚，犹之"寿楼春"不能用以祝寿。"寿楼春"是史邦卿悼亡的创调，"贺新郎"创自何人，虽未问过吴先生，但辛稼轩《别茂嘉十二弟》，就是用的这个调子，可以证明确是送别无疑。当时我曾驰函，告诉白华，白华问我理由安在，我竟未置答。据我现在想来，吴先生自谓守律甚严，于并世词人，只推邵次彭先生，言下大有舍我二人其谁之概。创调的时候，至少要受七情的支配，所以填词，就不应该过分的自由。例如送别悼亡，都是凄凄惨惨的事情，近于商音，用于欢愉的时候，自然不甚适宜。词的歌唱既不可能，我对于音律一道，更是外行得很，这个肤浅的解释，不知白华兄以为何如。

辛稼轩的《贺新郎》，确是人间杰作。其他的作品虽然不免有掉书袋的毛病，但此首则用江文通作《别赋》的方法，而前后用"啼鸟"来化板为灵，使人读起来只觉得轻松流丽，我们现在引原词于左：

> 绿树听鹈鴂。更那堪鹧鸪声住，杜鹃声切。啼到春归①无寻处，苦恨芳菲都歇。算未抵人间离别。马上琵琶关塞黑，更长门翠辇辞金阙。看燕燕，送归妾。
>
> 将军百战身名裂。向河梁、回头万里，故人长绝。易水萧萧西风冷，满座衣冠似雪。正壮士悲歌未彻。啼鸟还知如许恨，料不啼清泪，长啼血。谁伴我，醉明月。

看他发端只说啼鸟，用"算未抵人间离别"一句，转到历史上有名的悲剧。把悲剧述完后，接着又说"啼鸟还知如许恨，料不啼清泪长啼血"两句来总结，同时又遥应"算未抵"一句前文。最后达到所谓本题，只"谁伴我醉明月"两句，而此次离别，与历史悲剧并列，其凄戚也可以想见。

我因辛稼轩此词，就想起李义山的《咏泪》诗：

> 永巷长年怨绮罗，离情终日思风波。
>
> 湘江竹上痕无限，岘首碑前泪几多。
>
> 人去紫台秋入塞，兵残楚帐夜闻歌。
>
> 朝来灞水桥边问，未抵青袍送玉珂。

---

① 引文原作"春到"，径改。

义山在《和友人戏赠》诗里末句为："猿啼鹤怨终年事，未抵熏炉一夕间。"所谓"未抵"，即当不住也。所以《十八家诗钞》的注说："前六句泪凡六种，固已可伤，末二句以青袍寒士而送玉珂贵客，其泪尤可伤也。"我们以为此虽咏泪，仍系送别之词，末二句为正文，其余皆衬托。此种手法正是辛稼轩词所脱胎。

辛词除《贺新郎》一阙外，我更喜欢《摸鱼儿》，其原词为：

更能消几番风雨，匆匆春又归去。惜春长怕花开早，何况落红无数。春且住，见[①]说道、天涯芳草无归路。怨春不语，算只有殷勤，画檐蛛网，尽日惹飞絮。

长门事，准拟佳期又误。蛾眉曾有人妒。千金纵买[②]相如赋，脉脉此情谁诉。君莫舞，君不见、玉环飞燕皆尘土。闲愁最苦，休去倚危楼，斜阳正在，烟柳断肠处。

上半首姑且由读者自去领略，下半首明明本于楚辞，妒余娥眉，谣诼善淫的词意。因为娥眉遭妒，长门的弃妇已将覆水重收而不可能。千金买赋，亦无诉处。"君莫舞"二句，是失意的人警告得意的人。玉环飞燕不盛极一时么，还是化为尘土。末三句则怨君已达极点，所以有人说，寿□见之，凄然不乐，若在汉唐，必有杀身之祸。何永佶君说中国历代的党祸是妻妾争风史，这一首词就恰恰说明这个道理。这是君主专制时代必有的现象，君臣夫妇两伦，尤为相似，其共通之点尤多。李陵《答苏武书》，明明为伪作，章实斋以为出自六朝时代南人降北者所拟，识者叹为通论。据此推广，班姬的《怨歌行》，也必定是汉魏之际，如曹子建之流所拟作。但无论他的真假是非，他的艺术价值是千古常新的。所以我们喜欢读《怨歌行》，也喜欢读《摸鱼儿》。

四[③]

《湘绮楼说诗》谓南唐后主《虞美人》一首云云，朱颜本是山河，因归宋

---

① 引文原作"且"，径改。
② 引文原作"有"，径改。
③ 载《世界日报》1946 年 4 月 24 日第 4 版。

231

不敢言耳。若直说山河改，反又浅也。结亦恰到好处。此老解词毕竟别具会心。

词人多□诗入词，□虽恰到好处。如用词意入诗，则□者□谓西施效颦于□子□。(《词苑丛谈》，似［有此语］。)后主"雕栏玉砌应犹在，只是朱颜改"，东坡于《法惠寺①横翠阁》一诗："雕栏能得几时好，不独凭栏人易老。百年兴废更堪哀，悬知草莽化池台"，即用后主意而更进一层两层，可谓善□矣。

"问君能有几多愁，恰似一江春水向东流。"古今□为名句。贺铸的"试问闲愁都几许？一川烟草，满城风絮，梅子黄时雨"，似乎即由后主词脱胎。黄山谷既赏后主词（？），又说："解道江南断肠句，只今惟有贺方回。"② 其□倒可见。后主之词，已有所本，贺方回变而愈工。盖其境界更为复杂苍茫，而以闲愁融汇为一也。

宫殿犹存而朱颜非旧，或如王湘绮说景物依旧而山河已改，□惑乎此君之意，盛如春［流］了。此后主词后半阙的好处。至于前半阙："春花秋月何时了，往事知多少？小楼昨夜又东风，故国不堪回首月明中"，亦极□响。东坡的《水调歌头》"明月几时有，把酒问青天"，［乃］融太白《把酒问月》的诗句"青天有月来几时？我今停杯一问之"。

这是□问明月的来历，而后主□则□诘春花秋月的终［极］。虽然发问后，接以"往事知多少"。因为花月往事不再继续，所以希望花月终了，免得引起［感怀］。这篇直是问□。而下文一转，小楼东风，花又开了，月明之夜，还是要逼着你回首故国。转而愈深，这是上半阙的好处。下半阙又接着上文，意犹未断。

总之，慢词的压卷之作，究柳耆卿的《雨霖铃》，苏东坡的《念奴（娇）》，抑周清真的《瑞鹤仙》，似乎不易论定，但以小令而论，如以后主此词为压卷，或者无大问题吧。

解词亦复非易。辛稼轩的《摸鱼儿》"君莫舞。君不见，玉环飞燕皆尘土"，个人在前一次说是警告得意的人。因为以美而论，诚如东坡诗所说"短长肥瘦各有态，玉环飞燕谁敢憎"，但在中国文人的想象里，一向是不甚同情

---

① 原文作"法华寺"，径改。
② 语出《寄贺方回》。"解道"或作"解作"。

于赵飞燕、杨玉环，以为长舌，以为祸水，所以杜工部的《北征》，叙述马嵬之变，还是称赞陈元礼将军，说："桓桓陈将军，仗钺奋忠烈。微尔人尽非，于今国犹活。"对于唐玄宗的割爱，似乎是李义山也要说："毕竟圣明天子事，景阳宫井又何人。"①

长门永巷是失［意］的，玉环飞燕则是得意的。佳期又误，正缘玉环飞燕妒其娥眉。照文意上说，似乎应该如此解释。但近读《国文月刊》三十八、三十九两期，所载徐嘉瑞先生的《辛稼轩年谱》一文，引证详博，而于"君莫舞"二句，则以为"玉环飞燕指被谗害之人，也许是指陈同甫"，② 则与个人鄙见，适相反，究竟孰是，很愿意请教于通人。

五③

《湘绮楼说诗》谓七绝难作，余已杂引其说。湘绮又谓：

> 词章莫难于诗，而人皆喜为之。诗以养性，且达难言之情。既不讲格调则不必作，专讲格调又必难作。于是人争避难，多为七绝七律，以为易成而又易入格也，不知愈为其难，虽名手无名篇焉。

---

① 语出郑畋《马嵬坡》。原诗作"终是圣明天子事，景阳宫井又何人"。
② 篇名有误，应作《辛稼轩评传》。全文共 15 节：辛稼轩的时代背景，第一个时代，奇耻大辱的记载，荒淫与无耻，悲壮的一幕，耿京和辛弃疾，忠义人马最后的幻想诗人，第二个时代，辛稼轩的主战论，第三个时代，开禧用兵的失败，辛稼轩的忠魂，辛稼轩著作，稼轩集抄存，辛稼轩的相貌。1946 年 10 月由贵阳文通书局出版，收入"文艺丛书"。在"九 辛稼轩的主战论"中，对《摸鱼儿》有如下解读："'几番风雨，匆匆又归去'是指空谈时代，'怨春不语'，指皇帝，'殷勤飞絮'是指谗臣，'脉脉此情'是指中兴幻想，'玉环飞燕'被谗害之人，也许是指陈同父，'闲愁'指金人，'危阑'指国势，'斜阳烟柳'是指南宋的命运"。徐嘉瑞（1895—1977），字梦麟、辑五，笔名文园，云南昆明人。1938 年任国立云南大学讲师。次年任教授兼文史系主任，讲授曲史、诗选、习作、中国文学史、诗经等课程。曾兼任中华全国文艺界抗敌协会云南分会主席，主编诗刊《战歌》。1946 年任武昌华中大学教授（参见周川主编：《中国近现代高等教育人物辞典》，福建教育出版社，2018 年版，第 532 页）。《国文月刊》编辑委员：余冠英（主编）、罗庸、罗常培、朱自清、王力、浦江清、彭仲铎、沈从文、萧涤非、张清常、李广田；出版者：国立西南联合大学师范学院国文月刊社；发行人：陆联棠；发行所：开明书店。第 38 出版于 1945 年 9 月，第 39 期出版于 1945 年 11 月。
③ 载《世界日报》1946 年 5 月 6 日第 4 版。

真的，我们看盛唐人的七律，除杜工部外，王摩诘①只廿余首，高常侍只七首，岑嘉州只十首。这些都是名手，其不苟不如此。湘绮又谓：

> 七律亦出于齐梁，而变化转动，反局促而不能骋。唯李义山颇开町畦，驰骋自如，乘车于鼠穴，亦自可乐，殊不足登大②雅之堂也。七绝则上继皇古，下开词曲，王少伯足兼之，不必以时代限。王阮亭、袁简斋皆可开口，然不足以言诗。

七律推李义山，七绝推王少伯，大体不误。湘绮七绝，有机括相类似者，例如："淫豫东回望黛溪，滩头白勃引猿啼。行人不觉牵船缓，但怪夔城日易西。"又如："栗烈清明似腊残，貂裘冲浪渡神滩。当年只为春衣薄，错恨东风二月寒。"又如尖山道狭泥堆，行者甚困："细雨如尘滑似酥，浅泥危石路难扶。天公自与花调露，多少行人怨鹧鸪。"都委婉有情致，个人极喜诵之。又如《访塔智亭战地》③四首之一："衰草寒原度鸭龙④，将军营树起秋风。几年前事无寻处，园菜青青细雨中"，极慨叹之致。而《嘉陵江》⑤一首："活似云英软似纨，碧漪清处⑥不知寒。世间水色应无比，唤取吴生袖手看"，亦清绝类东坡。

至《口号二绝》其一："急溜奔涛石道寒，海飞雷吼壮奇观。何须苦向源头辨，且作庐山瀑布看。"其二："崩湍激气似云蒸，黄瀑街流素雾腾。此景平生浑末识，他时夸语白莲僧。"此二诗前两句均极意形容，而后两句则以庐山的瀑布为比，其机括亦略同。诗虽工，但较之前叙记一段文章："梁山道中大雨，山雷奔飞，怒涛雷吼，汹汹欲啮人。其溪瀑黄流，县浪而下，溅沫激气成白雾，如石灰得水，蒸腾而上，上下几欲冲斗，生平未见之奇也"，似尚不如。姜白石词，其小序之工，往往有过于词者，吾于湘绮楼此诗亦有同感。《湘绮楼说诗》："写《四岳诗》一卷，并跋云：狮子搏象用全力，必异于搏兔子力。凡登岳望海诗，必气足盖之，以不用力为力也。"

---

① 原文作"结"，径改。

② 原引文"大"字脱落，据《湘绮楼说诗》补入。

③ 诗题或作《自鸭婆罐至马坡，有怀智亭》《过塔岭战地》。

④ 原文作"罐"，今或作"垅"。

⑤ 原题《嘉陵江水》。

⑥ 处，原诗作"泛"。

故书记载《北征》《南山》两诗优劣的争论，其实个人的偏见，昌黎《南山》诗，就不如《岳阳楼别窦司直》①一首。例如："轩然大波起，宇宙隘而妨，巍峨拔嵩华，腾踔较健壮。"说洞庭湖的巨波，为宇宙所难容，高出嵩华，与较健壮，这是何等气魄。至以"星河尽涵泳，俯仰迷上下"，写洞庭湖的月夜，与李贺的"洞庭明月一千里，凉风雁啼天在水"景象略同。其《南山》一诗，虽亦有警句，但孟东野的"南山寒天地，日月石上生"，似乎以少许胜。韩《送惠师》一首，插写海中日出光景一段："夜半起下视，溟波衔日轮。鱼龙惊踊跃，叫啸成悲辛。怪气或紫赤，敲磨共轮囷。金鸦既腾骞，六合俄清新"，真是惊心动魄，一字千金。我们看旧的文章，姚姬传《登泰山记》，尚能举重若轻。范文正《岳阳楼记》，如"浮光跃金，静影沉璧"，句非不佳，终嫌其小，随处可用，非洞庭湖之月夜也。

"明月出中央，青天绝纤滓。素光淡无际，绿净平如拭"②，尚不失为佳③句。又如《洞庭秋月行》："洞庭秋月生湖心，层波万顷如铬金。孤轮徐转光不定，游气濛濛隔寒镜"④，亦佳。还有苏东坡的"天门夜上宾日出，万里红波半天赤。归来平地看跳丸，一点黄金铸秋橘"，个人亦喜诵之。昔者杨沧白先生《朝日》⑤诗成，驰函相告，以□头自喜，□曾举韩愈诗为例。并说在白文话中，似乎胡适之先生有新诗一首，描写日出，颇用力气云云。总之，所［谓］日出，名山大川，大海巨湖，悬瀑，等等，都是大题目。虽名手为之，未必即有名篇。因为不用力气或过用力气，都难恰到好处。同时体裁的选择，也关重要。大题目毕竟与小诗不甚相宜，虽然小诗也有写大题目的。

六⑥

某君《中国文学欣赏举隅》，余于随笔中曾杂［举］数条，以［质］某君，

①　原文作"洞岳阳楼别窦司直"，"洞"应系衍字。
②　语出刘禹锡《韩十八侍御见示〈岳阳楼别窦司直〉诗，因令属和重以自述，故足成六十二韵》，末句原作"绿静平如砥"。
③　原文作"你"，径改。
④　末句原作"游氛蒙蒙隔寒镜"。
⑤　检《杨庶堪集》（重庆市文化委员会、重庆中国三峡博物馆编，况正兵校订，中华书局，2015年版），未见以此为题的诗作。
⑥　载《世界日报》1946年5月14日第4版。

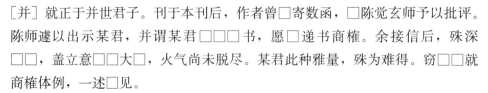

〔并〕就正于并世君子。刊于本刊后，作者曾□寄数函，□陈觉玄师予以批评。陈师遽以出示某君，并谓某君□□□书，愿□递书商榷。余接信后，殊深□□，盖立意□□大□，火气尚未脱尽。某君此种雅量，殊为难得。窃□□就商榷体例，一述□见。

晚近谈中国文学者，喜用"庙堂""民间"二词对举，而清代论文者，亦鄙夷词曲而不屑道。虽好恶迥异，而区分之迹显然。士在中国过去，为一特殊阶级，誉之者谓为社会中坚，诋之者则□为寄生之感。无论毁誉及功罪如何，他努力的动机，是否完全为利禄之途使然，但就一部分来说，他那种先忧后乐，志不在温饱，达则兼善天下，穷则独善其身，处江湖之上则思其君，居庙堂之上则念其民那一种精神，确是近代士夫所最缺乏的。这些士夫，大多出身于中等陇亩之家，深知稼穑艰难，也能吃苦耐劳，只为诗书的酝酿，使他成了缙绅阶级。东坡诗"诗书与我为曲蘖，酝酿老夫成搢绅"，便是一证。他们虽然十年寒窗，一旦成名，但并不一定就作官。就是作了官也可退休，告老还乡，重度其田园生活。因为灯下所勤读的都是圣经贤德，诸子百家，对于文学已有很深的根柢，加以经济力量的比较充裕，而中国政治的原理又是政简刑清，当然比较的清闲，就处在京师浩穰、应酬纷绪的局面里，也还能独对□□。至于谪官江湖或一麾出守，那更可纵情自适，尽意探讨了。因此我就想到，中国的诗文集真是汗牛充栋，文人胜流多如过江之鲫，这就是因为时日久，幅员广，而半官式的文人又天天在那里制造，当然无惑其多了。

除了士大夫诗人集应是中国文学的主流而外，如应制歌颂一类真正的庙堂文学，根本不多。流行于民间的山歌乐府、大鼓弹词之类，虽然也偶有好的，但个人偏见总以为未经批炼之沙耳。同时数量也有限，不足与士夫文艺对衡。因此个人对于庙堂民间之分别，根本不敢赞同。其次小令系由绝句演变，加入慢声而成，慢词更是小令的扩充与放大至于词变为曲，更不容说。既是一脉相传，血统相同，我们还要尊诗歌而□词曲，恐怕无此情理。

说了一大篇废话，我们的意思是要说明，要谈中国文学的欣赏，必先明定中国文学的范围。我的意思，是想起自诗题上断□于曲，或者更干脆一点，只选散曲，不选合套，或剧本。这样一来，诗歌独成一章，小说、戏剧可以各为一章，乃至于散文、骈文也无妨分章讨论。这样一来，包罗或可更为□尽。

因此我对于原书虽然十之七八，杂用诗词，而有时又忽引小说，总觉得不伦不类。古今的名诗词不少，我们来印□□情与至情不嫌不足而要取□于小说么？诸君，万勿误会这种说法，决非轻视小说，不是说小说不是中国文学。不过居今之世，我们应该分别论到了。

其次某君往往喜自作聪明，推翻陈说也为个人所不敢赞同。我们对于陈说，不是说应该绝对承认，作古人的奴隶，但粗心推翻未免大胆。例如原书五十五页引《吹剑续录》后加以己见：

> 东坡在玉堂日，有幕士善歌，因问："我词比柳耆卿何如？"对曰："柳郎中词，只好十七八女孩儿，按执红牙板，歌'杨柳岸晓风残月'；学士词须关西大汉，执铁绰板，唱'大江东去'。"公为之绝倒。余谓唱东坡之"大江东去"，何莫不先唱范文正之"塞下秋来"。①

按范文正公《渔家傲》一词，有"穷塞主"之称，在□中不愧为上乘作品。其"千嶂里，长烟落日孤城闭"，更系点化王摩诘诗"大漠孤烟直，长河落日圆"，及唐人诗"平沙日已没，黯黯见临洮"②而成名句。确是豪壮沧凉，情景相称。但东坡词所以与耆卿［相］对比，系因柳词婉约悲怨，而坡［词］则潇洒卓荦，高旷豪放。这正是东坡《与鲜于子骏书》所谓："近却颇作小词，虽无柳七郎风味，亦自是一家。"虽不薄今人，正欲独树一帜。这就是东坡的高绝处。倚声家于此二者，虽有正宗副派之论③，左祖秦柳。

其实尤其是苏词，确非食烟火人语！偶一讽诵，可以尽涤龌龊之肠胃。王伯沆先生论词，以为除周、吴、苏、辛外，尤当□□张之□□云云。

总之，我们以苏柳者两个代表者作的对比，实由于两人于词的作风根本不同，我们不必妄作聪明，易以他人之［鉴］。

七④

其次⑤，凄怨的词，有时强调一点，可以变为苍凉。而苍凉的吞咽一点，

---

① 田楚侨引文与傅庚生原书亦多歧异。页码实为"五十六"页。
② 语出王昌龄《塞下曲》。原诗为"平沙日未没"。
③ 此处疑有"却"字脱落。
④ 载《世界日报》1946 年 5 月 16 日第 4 版。
⑤ 开篇即曰"其次"，可见此文应是紧承上文而来。

也就变为凄怨。例如柳耆卿的《雨霖铃》[①]，极吞咽之能事；而《八声甘州》发端数句："对潇潇暮雨洒江天[②]，一番洗清秋。渐霜风凄紧，关河冷落，残照当楼"，不□是苍凉的好例么？如果"塞下秋来"可以代替"大江东去"，"残照当楼"更可以代替了，因为一个说的晓风残月，一个说的晚风残照，虽然长烟落日里有个穷塞主在，但这里也有"断肠人在天涯"呢。

因为原书的五八页，批评秦少游《满庭芳》一阕：

此词情景间未能匀称。试析之为两。"山抹微云，天黏衰草"，"多少蓬莱旧事，空回首，烟霭纷纷"，"销魂当此际，香囊暗解，罗带轻分。谩赢得、青楼薄幸名存。此去何时见也？襟袖上、空染啼痕"，是一种缠绵悱恻之情景。"画角声断谯门，暂停征棹，聊共引离尊"，"斜阳外，寒鸦数点，流水绕孤村"，"伤情处，高城望断，灯火已昏黄"，是一种豪迈怆凉之情景。二者犬牙交错于一词中，终有扞格牴牾之处。

我们的作者某君又引《艺苑雌黄》及《铁围山丛谈》，于最后再按上数句：

是则此词当时颇受称许，岂皆不见其枘凿耶？盖以语工入律，瑕不胜瑜，咏歌之者，辄不觉察；以言欣赏，则不可不深思以辨之也。

自谓中有枘凿，虽名流如东坡亦未觉察，我则欣赏于千载之下，深思有得。作者这种自得，不敏如余，只觉莫测高深，因为不敢乱说，这是作者的妄身（生）分别。柳永《八声甘州》的发端，确是豪迈苍凉，我们已经引在上面。此次的结尾是："想佳人、妆楼颙望，误几回、天际识归舟？争知我、倚阑干处，正恁凝愁。"照作者说，这应该是缠绵悱恻之景。这两种情感犬牙相错，我们并无不快之感。同时，"斜阳外，寒鸦数点，流水绕孤村"数句，虽系点化古人□句，而古今艳称，以为即不识字人，亦知是天生好言语。而某君轻轻归［于］豪迈沧（怆）凉一类，然则"天苍苍，野茫茫，风吹草低见牛羊"等句，又应置之何类也。

---

① 例如，原文作"倒如"；《雨霖铃》，原文作"雨淋铃"，径改。
② 原引文"天"字脱落，今补入。

陈觉玄师以为老杜《北征》一诗，抒写悲喜之情，内容极复杂而富有变化，故其境界绝高。一首诗里①可以并容悲喜两种感情，难道不允许一种情感的高低强弱的存在吗？以此衡论诗词，确是闻所未闻。

又如原书一二三页引王摩诘《终南别业》诗：

> 中岁颇好道，晚家南山陲。
> 兴来每独往，胜事空自知。
> 行到水穷处，坐看云起时。
> 偶然值林叟，谈笑无还期。

作者某君又按下列一段：

> 黄山谷云："余顷年登山临水，未尝不读摩诘诗：'行到水穷处，坐看云起时'，故知此老胸次有泉石膏肓之疾。"实则此两句，非右丞止于写景，亦以寓其识度也，中有否极泰来，剥久复生，穷变则通之象；其时见超逸乎凡俗，岂止于泉林之爱好哉？②

作者又引陆放翁之《游山西村》诗，其颔联为"山重水复疑无路，柳暗花明又一村"，来与王诗"行到""坐看"二句比较，以为诗中未寓识③度，不足以并摩诘。他又重复的自读一番：

> 山谷登山临水，未尝不读摩诘诗，乃云"此老胸次有泉石膏肓之疾"，赏④其写景，而忽其见道，岂足称摩诘之知己；王诗中已有"胜事空自知"之句，知解人正复不易得也。

山谷老人晚年深爱唐律，赵香宋⑤先生许为知言，但尚不能［及］摩诘之

---

① 原文作"理"，径改。
② 田楚侨引文有异，据傅庚生原文补正。
③ 原文作"议"，径改。
④ 引文作"言"，据原文改。
⑤ 原文作"赵香米"，径改。

大。选《唐贤三昧集》而一生低首于摩诘的王渔洋先生，连摩诘此诗亦未入选，除①更可以不论。遥遥千载，乃得某君，摩诘有知，当亦惊知亡于地下矣。

老实说，要否②泰来，剥极复生的境象，陆放翁诗"山重水复"二句，倒确有此意境。我们是不③常用此诗来作形容吗？至于王摩诘诗也不过表示随遇而安，水路不通，坐看云起罢了，有何深景。如说寓有识度，我始终相信王伯沆的话，王先生以为他最喜杜诗"水流心不竞，云在意俱迟"，二句意境极好。第二句意□俱迟，与化同流；第一句则一任世纷，我心独静，要说有道么，此中即有至道。诗舞④无达诂，说诗亦无定［律］，但亦有最□者，即不明夜景而曲予解释。或深者故浅，浅者故深，以矜一时心眼之创获，盖均厚诬古人而误来者。本篇所引各例，在作者即有矜才之意，于题外横生枝叶。

八⑤

又如陆士衡《文赋》一篇，黄季刚先生以为其文等于学医术者之医方歌括⑥，［盖］必熟读成诵者。笔者于《果庵随笔》中［曾］引其文，并本师说，略加［注］解。今按作者某君，商务印书馆出版的《中国文学批评通论》⑦第一四〇页，解释《文赋》"彼榛楛之勿翦，亦蒙荣于集翠"二句，为："因翡翠之来集于林，而榛楛赖以逃于斧斤耳。"

按原意只说，榛楛不予翦除，以集翠而蒙荣。篇章所□，在乎去［芜］存［菁］，今则□能□□，实因秀句使然。还□篇章应有秀句的加倍写法，我们□不可□□所□。作者乃以为是翡翠来集，榛楛逃于斧斤，这未免有点倒果为因，同时也是附会增益的意思。

我们看陆侃如君为《中国文学欣赏举隅》作的序文：

---

① 除，疑为"余"之误。
② 此处应有"极"字脱落。
③ 是不，应作"不是"。
④ 舞，应系衍字。
⑤ 原题《读诗偶拾（七）》，载《世界日报》1946年5月18日第4版。七，实为"八"。此篇文字尤为漫漶，多难辨识。
⑥ 歌括即用唱歌的方式概括药方之功效，以便于记忆。
⑦ 《中国文学批评通论》，傅庚生著，1946年1月重庆初版，1947年8月上海初版。

我曾见他的手稿，对于过去文评诗话的材料，分类搜集，用力至勤。搜集后，他又运用西洋文学批评的理论，加以部勒和整理，积数年之久，方成此巨著。

□□□于此话□□□□，某君确［用力］在文评诗话中去了，而对于诗词名著本身的［努］力，就显然不觉得很多。作文□□材料，可是，□□事□□□□□□□□□烹□□□□□□□□□的材料□□，结果□他为材料所用，被材料压得出□□□，□□□□□刘熙载□□，我们要□□明理，□□□□要□□本□，更不是□□，所能□□，因此更不能□，□王伯沆先生确有此说，他就最反对□通论一类的讲义，其□□可以使学者束□□□□。

同时赵香宋先生赐函也说："□□如□□□□，觉有得有失，□食□□待成，皆徒劳也。"

词话□□□□况蕙风等，□□□□者之心思。刘［融斋］《艺概》，虽正□□□□，但如诗及注疏深知□□，实在不是简单事。此话系伯沆抑翔冬先生说的，现在记不清楚，惟刘说极为精到。□文家大抵无间言。但如果只奉刘说为枕中之秘［宝］，而不于本集中探求，只是拾人唾余，不仅毫无营养价值，而且会为识者所不齿。胡筱石先生曾经说过，我们要分工合作，先从事专家的探讨，然后才有好的可读的文学史。同样的，要作"欣赏举隅"一类的书，也要集合专家来分门别类［研究］。过去有一个同在中学教国文的朋友，曾经分类写过几篇诗文的体制和作法。我后来接他的下手，就写词之作法。现在想起来［仍觉］有些大胆，因为当时所根据的，不过摆在手边的如"词苑丛笺""清人词话"几种，连唐圭璋同学编的"词话丛书"也没有看过。这项工作，我认为还是需要，但决非一人之力。

九

昔者胡筱石先生为讲杜诗"江鸣夜雨悬"一句，极言"悬"字之锤炼。近读《湘绮楼说诗》卷二：

峡中昼多阴，夜多雨，自巴以下，江声细如碎雪，乃悟杜诗"江鸣雨

夜悬"之意。"悬"字状景甚工，不知者以为不稳也。

立论自无可非，但杜公一方面性耽佳句，语求惊人，高吟"为人性僻耽佳句，语不惊人死不休"，一方面也说："不敢要佳句，愁来赋别离。"故刘融斋《艺概》以为："此二句是杜诗全旨，凡其云'念阙劳肝肺''弟妹悲歌里''穷年忧黎元'，无非离愁而已矣"，乃知筱［石］师［盖］有所本。其实江如碎雪，不仅自巴以下，即嘉定至叙府间亦正如此。民国初年，袁世凯祸国，刘罗、刘戴两次战役，极人世之惨痛。余其时求学成都，住东马栅街，日夕闻炮弹声，乃仓皇偕乡友买舟东下。于时沿江多闻警，乃昼伏夜行，夜坐船头，不敢点灯，惟闻江声如□□，终宵彻耳。此余夜行木船印象最深者，故犹［鲜］明记忆也。

唐人诗"听雨寒更彻，开门落叶深"①，评诗者似以为象外句，盖虽系对句，实系误以落叶为雨声耳。东坡诗"微风萧萧吹菰蒲，开门看雨月满湖"，早四②本唐人诗意，如照湘绮解释，少陵"江鸣夜雨悬"五字，系偶闻江鸣，误为夜雨，其字盖尤［值］拈矣。

少陵《送郑十八虔贬台州司户，伤其临老陷贼之故，阙为面别，情见于诗》，在少陵七律中，堪称上乘作品，□不为律所缚而驰骋自如，余［最］喜诵之。湘绮楼□不称杜，亦谓此首沉痛以气胜。

少陵于诗，兼擅各体，湘绮楼则以为杜之歌行，波澜壮阔；五言则惟其《北征》一篇："杜甫歌行，自称鲍、庾，加以时事，大作波澜，咫尺万里，非虚夸矣。五言惟《北征》学蔡女，足称雄杰。他盖平平，无异时贤。"实则杜公五言，除《北征》外，佳篇［犹］多。例如由秦州至驾诸诗，赵香宋先生以［是作为教材看］，□□此被批训，似□传［诵］。即以湘绮论，亦非□□□者，如论五律一则：

　　自齐梁新体兴，而五律自为一种，要以超逸取致。杜少陵乃有沉着顿挫，前后照应之法。余五律不拘一家，自谓变化，而邓弥之乃云"不过平稳"。邓五律专学杜而看去实胜我，专博之异也。杜所以成家者，所存诗

---

① 语出唐僧无可《秋寄从兄贾岛》。引文作"门门"，径改。

② 原文如此，不可解。

多，而题目平易，咏景物多，恰近人情，故流俗喜传之，易于见好矣。

于五律就极推杜。其说明杜所以流传之故，则不甚确。至其专门〔论〕杜处，第一为就杜"语不惊人死不休"句□杜，但观其《四岳诗跋》：

> 狮子搏象用全力，必异于搏兔子力。凡登岳望海诗，必气足盖之，以不用力为力也。杜子美语必惊人，即其不及古人处。余少时，与邓弥之游祝融，邓诗语雄奇，余心愧之。怀之卅年，乃得《登岱诗》，压倒白香亭矣。

前方评杜语必惊人，后即以压倒白香亭自喜，足证其城门胜①，亦自人情，岂可厚非。又观其《答张正旸问》：

> 诗者，持也。持其所得，而谨其易失。其功无可懈者，虽七十从心，仍如十五志学，故为治心之要。自齐、梁以来，鲜能知此，其为诗不过欲得名耳。杜子美诗圣，乃其宗旨在以死惊人，岂诗义哉！②

余以为必合此两诗，然后可以窥杜诗之全。湘绮先生执其一端，以攻杜；若当时又有人焉，执其另一端以拥杜，不立致纷争么？湘绮骂杜最厉害的要算卷六：

> 观余少时所作及今年诸诗，少时专力致工，今不及也。凡谓文章老成者，格局或老，才思定减。杜子美则不然，子美本无才思故也。学问则老定胜少时，少时可笑处殊多。

老杜全无才思，此岂足信？其所以如此云云者，实由湘绮欲重振前七子之遗绪。何大复《明月叙》即诋老杜，以为少风人之致。湘绮祖述其说，复益以陆机《文赋》"诗缘情而绮靡"之说，主张诗当不□言情，并谓靡靡之音，自

---

① "城门胜"，原文如此，暂不可解。
② 此一部分，原题《读诗偶拾（九）上》，载《世界日报》1946 年 5 月 23 日第 4 版。

能开发心思：

> 杨氏妇兄妹学诗之功甚笃，然未秀发。余间为女妇言，亦知有小词
> 否。靡靡之音，自能开发心思，为学者所不废也。周官教礼，不屏野舞缦
> 乐。人心既正，要必有闲情逸致，游思别趣。如徒端坐正襟，茅塞其心，
> 以为诚正，此迂儒枯禅之所为，岂知道哉。学者患不灵，不患不蠢，荡佚
> 之衷，又不待学。

湘绮又尝①补充沈休文《六忆》诗。他自己的辩护，为："凡聚会作诗，
苦无寄托，老庄既嫌数见，山水又必身经。聊引闺房，以敷词藻，既无实指，
焉有邪淫。世之訾者，未知词理耳。"②

其"忆坐时""忆眠时"两首，均极艳情诗之能事。又如他的《九夏》词、
《拟华山畿》诸作也到了化工境界，确是才人之笔。但又何必以此［怪］人？
唐朝自射洪、曲江以后，宫体艳情，一扫而空；李杜挺生，自少此恉；且生丁
乱离，目伤兵祸，除有闲情，更不足作。赵香宋先生论杜，窃谓较为平正。余
前已杂引其说，今更以一书，作为本篇的终结：

> 楚侨仁兄：甚哉吾子之好学也。韩苏古体过人，然皆在老杜范围中。
> 杜下笔有东海之风，句中有学术，有政见，大宗也！但少齐梁体耳。唐人
> 最可□法，子昂、曲江、沈、宋外，如王维、李颀、高适、岑参为已宗深
> 求之，必有得，特专研专部，犹不足云古籍也。大稿纳上，即烦时祉。熙
> 再拜，花朝，覆。③

十、湘绮小诗④

湘绮楼小诗，叙述马行之乐，凡有二处，其一处为李福隆招饮观伎，归途

---

① 原文作"当（當）"，径改。
② 见张之洞《六忆诗》之序。所谓"补充"，如其小序所说："沈休文旧有此题，亦宫体也。诗轶二
忆，以意补之。"
③ 此一部分，原题《读诗偶拾（九）下》，载《世界日报》1946 年 5 月 24 日第 4 版。
④ 载《世界日报》1946 年 5 月 28 日第 4 版。

马行甚乐，二首之一为："碧草春泉罨画溪，玉骢饮罢更骄嘶。罗衣叶叶东风里，未许轻尘流马蹄。"又一处则为芳原走马，人生之最乐，偶有小诗："逆水枉抛牵缆锦，胡沙空费辟尘犀。南朝惟有东昏俊，解向春郊斗马蹄。"

诗都甚佳，但个人夙所爱□的，还是李后主的"归来休放烛花红，待踏马蹄清夜月"，以为如后主者，殆真不愧为千古等一风流君主。至湘绮小诗《春近四绝句》之一："消寒连日泼新笃①，试数梅花下酒筹。倚醉不知霜月冷，夜行初卸紫貂裘。"写胜楼［豪］情，亦极可诵。而《端午有感》一首："野艾园蒲节物新，小枝红烛赛诸神。灵均枉自伤心死，却与人间作令辰。"② 质今之文艺家，当亦□然。《吊燕子楼四绝》之一："婉娈恩长一死轻，舍人原不解深情。多应爱惜花枝好，不放云鬟白发生。"能自出新意，入议论而不落陈腐。

十一③

《湘绮楼说诗》论元遗山处，似有两则，其一为评陈梅根诗："元遗山本筼碧小品，拟韩、孟劲弓，始复纷糅；自谓变化，犹亦谨守绳尺，微作狡狯而已。"又其一则为论作诗之法："遗山初无功力而成大家，取古人之词意而杂糅之，不古不唐，不宋不元，学之必乱。"

实则遗山之诗，七律亦为大家。余于《怀旧录》中曾引"黄耳定从秋后到，白头新自夜来生"二句，以为系庞石帚先生所祖述，吾友李白华君以为顾亭林的"黄耳不来④江表信，白头终念故山薇"，亦系学遗山者。《湘绮楼说诗》：

> 岑参［言］"愁窥白发羞微禄，悔别青山忆旧溪"，深微婉至。

大抵唐宋人诗均喜以"白发""青山"□或"白发""青云"为对，陈谷山诗注，似曾例举之，为"雨中黄叶树，灯下白头人"，□以"黄叶"对"白

---

① 原引文作"刍"，径改。
② 枝，原引文作"技"，径改。"人间"，或作"闲人"。
③ 载《世界日报》1946 年 5 月 31 日第 4 版。
④ 来，原引文作"传"，径改。

头”，至遗山、亭林则以"黄耳""白头"为对［矣］。①

十二②

关于李义山《锦瑟》一篇，过去在《东方杂志》上，读过孟心史先生的解释。他的大意，似乎偏重悼亡。去年在《中国文学》上面，又读过汪辟疆师《唯美诗人李义山》③一篇，则说这是义山年近五十时自伤生平的诗。此期文学为一卷五期，出版时间为三十四年四月。三十五年出版的《国文月刊》第四十期，载有傅庚生君的《读诗偶识》。傅君关于《锦瑟》篇解释，认为惟朱光潜先生最为精到。朱先生的《文艺心理学》，曾读过一遍，但以印刷纸张太坏，似未读完，且不复记忆。难得的是傅君也□心这一首《锦瑟》是李义山五十生辰述怀的诗，与汪师不谋而合，可谓英雄所见略同。虽然时间相差半年，傅君近在成都，或许读过《中国文学》这个刊物，而偶不遗忘，也未可知。其次傅君终究不能□掉悼亡，同时又加上曾殇爱子。原文：

> 这"珠有泪"的句子或是为悼亡而发的。蓝田有玉，玉已成烟；敢是玉谿曾殇爱子？

玉谿悼亡，见于诗句，是否丧子，不得而知。或伤身世，连带的叙述悼亡，也是可能的事。不过个人以为生烟绝非成烟，且系成语，不必多疑。汪先生的解释，虽不就是定论，但毕竟成于情理。他说：

---

① 自《湘绮楼说诗》至末，原文排版错乱，大抵如此。

② 原题"十五"，但检《世界日报》所刊《读诗偶拾》，并无十二、十三、十四，故按序调整。

③ 《中国文学》编辑者：中国文学月刊社（重庆沙坪坝中央大学转）；发行人：马骤程、王君一；总发行所：文信书局（重庆保安路一七○号）。该文为"座谈会讲演记录"。关于此次讲演，可见诸《中国文学系第五次学术座谈会，汪辟疆教授讲唯美诗人李义山》（载《国立中央大学校刊》1944年第6期，1944年3月16日出版）。讲演的具体情况如下："三月四日下午六时半，中国文学系假一○一教室，举行第五次学术座谈会，敦请汪辟疆教授主讲唯美诗人李义山。汪教授为现代诗坛宗师，对于义山诗有独到的见解，议论极为精辟。当时将义山的身世遭遇讲解清楚后，进而分析其诗之价值，不仅是浮□□词采美，而（且）是意境、韵味、声调四者之美兼而有之，并举《锦瑟》《泪》及《无题》多首作为例证。听着无不心领神会，点头不已。与会者除数百同学外，朱教育长、宗白华教授及中文系全体先生均莅临参加，盛况空前。"

"沧海明月"，譬喻清时；"蓝田日暖"，譬喻自己抱负；"珠有泪"，犹言沉沦下僚，只好自伤；"玉生烟"，犹言光彩终不可掩，这就是文章的事。珠玉都有自负的意。他以"沧海"句应"庄生"句，以"蓝田"句应"望帝"句，更见紧凑。戴叔伦说过："诗家之境，如蓝田日暖，良玉生烟，可望而不可置于眉睫之间。"戴是义山前辈，王应麟说："义山句本此。"（《困学纪闻》）更可证明。

〔至〕"庄生"二句，汪先生的解释：

这两句最易惑人，就是："庄生即蝴蝶，蝴蝶即庄生，杜鹃即望帝，望帝即杜鹃。"你千万不要呆看，也不要受他的骗。他的意思，是说：以我的才华，不应功名蹭蹬到这样地步；他正在怀疑："到底是天命呢？抑是人为呢？"故借用庄生梦蝶的寓言，他实在着重在一"迷"字。第四句说他：内心上的悲苦，无从发泄，只好垂空文以自见，故借用望帝精魂化为杜鹃的神话；这句又着重在一"托"字。

个人以为汪先生说上句着重在"迷"字，下句着重在"托"字，都无问题。不过〔与〕其说他怀疑于天命人为，似不如说他指的牛李党争。陈寅恪先生的《唐代政治史述论稿》，一则曰：

李商隐之出自新兴阶级，本应该始终属于牛党，方合当时社会阶级之道德，乃忽结婚李党之王氏，以图仕进。不仅牛党目以放利背恩，恐李党亦鄙其轻薄无操。斯义山所以虽秉负绝代之才，复经出入李牛之党，而终于锦瑟年华惘然梦觉者欤！此五十载词人之凄凉身世固极可哀伤，而数百年社会之压迫气流尤为可畏（者）也。

二则曰：

士君子读史，见玉溪生与其东川府主升沉荣辱（悴）之所由判，深有感于士之自处，虽外来之变态（世变）纵极纷歧，而内行之修谨益不可或阙也。

三则曰：

> 如出入牛李未能始终属于一党之李商隐，则卒为两党所俱不收，而"名宦不进，坎壈终身"，此点为研究唐代中晚之际士大夫身世之最要关键，甚不可忽略者也。

可见义山依违于两党之间，□□□□终身，这个关键确是义山生平最重要的。他时而牛党，时而李党，这种去牛投李，［实］受□□文记。这就很像庄生晓梦，幻为蝴蝶，自己也不知道。虽然为梦所□，化为蝴蝶，但其衷心，间仍未忘令狐，而时有不如归去之感，但大［难］已成，不过空作杜鹃之啼，此望帝春心之所托者，于是沧海遗珠，望月明而垂泪，暗用鲛人泣血故事，这就是汪先生所说的"沉沦下僚"。［至］于蓝田良玉，因日暖而生烟，或许是如汪先生所说用戴叔伦语意，自喻其文采。或许也是靠牛党进用，援引无望，所谓"望长安于日下"，可望而不可即。这就是李义山五十年的生平。所以发端两句："锦瑟无端五十弦，一弦一柱思华年。""思华年"三字，确如汪先生所说是"全诗的眼目"。所以用"无端"二字者，正以□往年，不堪回忆而［偏］以［追］忆之故，引［证旧］事也。［最］后这两句："此情可待成追忆，只是当时已惘然。""可"字应作"岂"字解释，□如汪先生所谈，但汪先生以为：

> 说我不但到今天始这样的伤感，就在过去任何时期，那我已不胜其怅惘之情了。①

仰人鼻息就略有不同。所谓"当时"即指去牛投李、幻化蝴蝶之时，言不待此时，追忆平生□□离合，始觉伤怀，在去就之际，早不胜其怅惘了。可见义山根本无背牛之意，非为去牛以后的□个一生［的］感伤。②

根据上面的说法，这一首诗，可以大约解释如下。"锦瑟"真是［个］人，为何也有五十弦，你一弦一柱，都引起我华年的回忆。我在华年的时候，一时

---

① 原文为："说我不但到今天始有这样的伤感，就是在过去任何时期，那我已不胜其怅惘之情了！"
② 此一部分，原题《读诗偶拾（十五）上》，载《世界日报》1946 年 6 月 10 日第 4 版。

迷误，去牛投李，正如庄生之化为蝴蝶，但此心眷念，时切归牛，也如望帝托春心于杜鹃而有不如归之啼声。但结果沧海遗珠，望月垂泪，蓝田良玉以君主之恩深而光彩照耀，终可望而不可及。此情此景，早已伤怀，已不待今朝追忆然后凄然也。这样的解释，似乎也过得去，未知汪先生以何如。汪先生这篇讲稿，足称义山知己，启人心思，有益来学，实在不少。绝句诗部分之解释尤为精辟绝伦。但汪先生有意为义山开脱，想一洗历来对于义山不好的批评，把当时的牛李党争的关系看轻了，这是个人未敢苟同的地方。但不重考证，专凭一己的想像，来谈古今难解的《锦瑟》诗，也未免大胆（连冯注樊南山诗文集①也不在手边）。

再有声明者，汪先生为笔者生平最为敬重而受益很多的老师之一。此次来渝，屡欲一游沙坪坝晋谒师友而未果。筱石先生及圭璋同学曾由世禄同学写信来催促我，要我早去，趁他们未走。辟疆先生更嘱马骕程同学便道过访，其盛意隆情，均极可感。个人疏懒，一至于此，尤为惭悚。但学术文章，天下公器，一得之见，何敢自閟。西哲不云乎，吾爱吾师，尤爱真理。此次义山诗敢于微持异同者在此，汪先生如果赐以一哂，曰孺子可与言诗，个人不胜其荣幸矣。

此稿写成后，曾向李良政兄借阅寅恪先生原书，并曾与柯尧②放、许伯建两先生谈及。第二日，良政兄专人寄书到，钞录第一段，深觉寅恪先生于《锦瑟》一诗或有同感，所以有"锦瑟年华，惘然梦觉"之语，此与杜牧之"十年一觉扬州梦，赢得青楼薄幸名"用意略同，不过在义字③应改为"十年一觉庄生梦，党〔争〕应传薄幸名"。叹老嗟卑，为旧式文人所难免者。义字出牛入李，除④了婚姻关系外，或许是为贫而仕，或许也有知己之感。初不料其影响平生出路，有如许重大，所以于《锦瑟》一诗，三致意焉。若⑤是悼亡，就不用这样的闪烁其词了。此外，柯尧放兄以为："中路因循我所长，古来才命两相妨。劝君莫强安蛇足，一盏芳醪不得尝"七绝一首，是义山生平写照之最显

---

① 《樊南文集》初由作者李商隐自编，后散佚。清代朱长孺从《文苑英华》《唐文粹》中加以辑录，又经他人增补，后由徐树毂、徐炯两兄弟共同笺注，冯浩又在此基础上将原注大量增删改订，并按文体重新分类，每类文章予以编年（不可编者附各体之末）整理，乃成《樊南文集详注》。

② 原文作"克"，径改。

③ 义字，宜作"义山"。以下同。

④ 原文作"际"，径改。

⑤ 原文作"各"，径改。

明者。我们如果撇开考据不谈，或许义山本意也指的是党争，指的是结婚王氏的事情。因为单凭与令狐关系，义山也可以直上青云，偏偏画蛇添足，反转失败，所以有才命相妨，中路因循之叹。尧放兄意见极可珍贵，因并记于此。①

十三

李后主词"问君还有几多愁，恰似一江春水向东流"，与柳耆卿词"问今宵酒醒何处，杨柳岸晓风残月"，贺方回词"试问闲愁都几许？一江烟草，满城飞絮，梅子黄时雨"②，都用问答，其机杼略同。刘融斋《艺概》，以柳词为点染，盖"晓风残月"，正染"冷落清秋"也。至于贺词，则《艺概》以为：

> 贺方回《青玉案》词收四句云云，其末句好处，全在"试问"句呼起，及与上"一川"二句并用耳。或以方回有"贺梅子"之称，专赏此句误矣。且此句原本寇莱公"梅子黄时雨如雾"诗句，然则何不目莱公为"寇梅子"耶？

此解甚为名通。贺词语句虽本寇，而机杼则本李后主，三叠句均用具体景物，凑成一幅凄凉图画，昔间又复铿错，所以可贵。至秦少游"落红万点愁如海"，似亦本李词。《艺概》：

> 案少游得花间、尊前遗韵，却能自出清新。东坡词雄姿逸气，高轶古人，且称少游为词手。山谷倾倒于少游《千秋岁》词"落红万点愁如海"之句，至不敢和。要其他词之妙，似此者岂少哉？

可见此句在当时名之盛，固不亚"山抹微云"及"斜阳外，寒鸦万点，流水绕孤村"数句也。

史邦卿《双双燕》咏燕，一代名作。其"柳昏花暝""红楼晚归"③，而

---

① 此一部分原题《读诗偶拾（十五）下》，载《世界日报》1946 年 6 月 11 日第 4 版。
② 上引各句多与今行版本不同。
③ 原诗作"红楼归晚"。

"差池欲住，试入旧巢相并。还相雕梁藻井。又软语、商量不定"，殆尤全篇警策。但亦本于杜少陵"暂止飞乌将数子，频来语燕定新巢"，不过变定为不定，而刻画亦更为细致耳。至《喜迁莺》一阕，起句"月波疑滴。望玉壶天近，了无尘隔"已极佳，结句"旧情拘未定，犹自学、当年游历。怕万一，误玉人、夜寒帘隙"，王湘绮说诗以为：

> 富贵语无脂粉，结有调侃，非方回见妓辄跪也。余己丑至天津，正是此意。但非书办所知，所谓借他酒杯也。

此则由男女之情，推论到仕途遇合。陈后山诗"不惜卷帘通一顾，怕君[1]着眼未分明"，以女子自寓。而湘绮对于史词之解释，则以玉人比达官贵人也。此均比兴之显著者。

《宋词[2]三百首》之第一首为徽宗之《宴山亭》，题为"北行见杏花"。此与《唐诗三百首》之第一首，以皇帝之作冠之者，用意正同。此词后半阕："凭寄离恨重重，这双燕，何曾会人言语。天遥地远，万水千山，知他故宫何处。怎不思量，除梦里、有时曾去。无据。和梦也、新来不做。"《词苑丛笺》及梁任公《中国韵文里表见的情感》一书，似均称誉此作。读之，确足令人回肠荡气。但晏几道《阮郎归》结句"梦魂纵有也成虚，那堪和梦无"，其意境似为徽宗所祖述，而青出于蓝。盖北狩遭遇，人生至苦，不仅非晏氏父子歌舞太平所能想像，即较之李后主，虽亡国略同，而情形之狼狈[3]过之。所以较"故国回首""玉砌雕阑"，殆尤婉转缠绵，使人不忍卒读也。[4]

"蜡烛有心还惜别，替人垂泪到天明"，此唐人诗也。晏几道檃栝其意，入《蝶恋花》"红烛自怜无好计，夜寒空替人垂泪"。杜工部《羌村三首》"夜阑更秉烛，相对如梦寐"，晏几道之《鹧鸪天》"今宵剩把银釭照，犹恐相逢是梦中"，亦□用其意。某词话曾举此例，说明诗词之分野，此书似为王士祯之《花草闲拾》。纪晓岚之《阅微草堂笔记》，亦引韦苏州之"流云吐华月"与张子野之"云破月来花弄影"，说明诗词境界之迥异。诗词境界，从大处论，不

---

① 君，引文作"看"，径改。
② 原文作"朱词"，径改。
③ 原文作"狼狈"，径改。
④ 此一部分，原题《读诗偶拾（十六）上》，载《世界日报》1946 年 6 月 14 日第 4 版。

同者殊多；然就小处看，分别亦复甚难。例如"无可奈何花落去，似曾相识燕归来"，入诗入词，作者本身已费考虑，我们代为决定，更复不易。又如姜白石绝句，王伯沆①先生以为近于词，且不易学，个人以为古诗和慢词，差别甚大；但近体诗与小令，固相去无几也。

"车如流水马如龙，花月正春风"，此李后主词，全用《后汉书·马皇后纪》："前过濯龙门上，见外家问起居者，车如流水，马如游龙②。"殷孟伦君前在南京，曾举以相告。

近读《王莽传》：

> 校尉韩威进曰："以新室之威而吞胡虏，无异口中蚤虱。臣愿得勇敢之士五千人，不赍斗粮，饥食虏肉，渴饮其血，可以横行！"

以为岳武穆《满江红》词"壮志饥餐胡虏肉，笑谈渴饮匈奴血"二句，或即本于韩威。而"三十功名尘与土，八千里路云和月"，则迄今犹未了了。廿七、八年旅居成都时，曾问唐圭璋君，唐君解答如何，今不复记。蓬心究未甚解，敢以质之高明。③

十四④

《湘绮楼说诗》第一条载诗二首，其第二首为："六花偏傍锦裘飞，湿尽重襟火力微。湘绮楼中他夜雪，好将鸳瓦当油衣。"以后写瓦油衣，尚有数处，其《笺启》第二页亦引此诗谓："自此誓不雪中孤行，若迫以时日，必逢雨雪，俗所云犯祝神者，甚可畏也。"觉未甚解，盖未知其出处也。迩来□阅《续世说》卷三：

> 高宗出猎，在途遇雨，问："油衣若为得不漏？"谷那律曰："能以瓦为之，必不漏矣。"意欲上不畋猎。高宗悦，赐物二百段。

---

① 原文作"王伯沅"。
② 原引文作"车如流水马如龙"。
③ 此一部分，原题《读诗偶拾（十六）下》，载《世界日报》1946年6月15日第4版。
④ 原题《读诗偶拾（十七）》，载《世界日报》1946年6月20日第4版。

然后恍然，盖即道途遇雪，自伤劳形，欲［倦］卧湘绮楼中也。其"说诗"另一则：

> 遇雨不能行，皆避亭中，感行路之难易在人，作一诗云："雨里看山雨后行，芒鞋虽湿裹缠①轻。油衣鸳瓦皆成见，争似随时缓一程。""油衣鸳瓦"，典凡三四用，他日可作一段诗话。

此则谓油衣［冲］雨，固可不必；楼［外］□卧，亦嫌物泥。雨大无妨暂避，雨住无妨远行，所谓"随时"之［义］，似更通［达］也人②。"说诗"卷一：

> 孟浩然《除夕③有怀》云："守岁家家应未卧，相思那得梦魂来。"是从对面生情。

按黄公度《今别离》四首之一，以东西两半球昼夜既殊。醒眠自异，故梦魂不能于□，其手法正与孟同，虽不必为钞袭也。吾人读古人诗词，［习］染既久，思路略□，此不足［异］者。至于受其启示，而出以变化，则又常见之事，容缓再详谈也。

"不似秋光，只与离人照断肠。"④ 此东坡词，其意［在说］王夫人秋月下如春月，遂成妙句。《湘绮楼说诗》卷三：

> 寅雨卯晴，起视海棠，尽落矣。猛雨顷刻，不足滋润，适足摧花耳。然雨亦无心，为气所使，花开乘煖，煖极而雨，又何怨焉。因指示六云，六云又言：春雨愁人，富贵离别者甚；秋雨愁人，贫贱离别者深。余曰：然。余正居富贵贫贱之间，所谓出入苦愁者矣。⑤

---

① 原引文作"缠裹"，径改。
② "人"，应是衍字。
③ 多作"除夜"。
④ 断肠，原引文作"断于王"，径改。
⑤ 原引文多舛乱脱漏，今据《湘绮楼说诗》改。

此一则□设秋花随雨落，颇尽物理。后半析春雨秋雨，亦确有此感。人惜湘绮未如东坡，写其诗词耳。内人尝转述外祖母语："屋檐水，点点滴滴，不差一。"此为俗语，盖谓报应不爽。例如子妇不孝其父母者，后有子妇，亦必以不孝报之。余尝本其意，仿"思君之出矣"体裁，写成"思君加□水，点点故［虚］"，颇有新意，惜首二句久未妥也。

十五

《国文月刊》四十期傅庚生君之《读诗偶拾》①，论中国旧诗凡五条。其末一条，论《锦瑟》诗，余已凭陈断，略为推论。若无佐证，未敢自喜。陈寅恪先生《唐代政治史述论稿》一书，于一二年前曾□读一过，书亦远留故乡。来渝后，某日与李良政兄游街头，见旧书担，余购章行严先生②《逻辑学》一本，余一本则陈著，良政兄购去。余论《锦瑟》诗一篇已脱稿，思欲得陈著一参考。除□良政外，并以电话催促。书收到后，即就原稿补入，窃喜陈先生之说，与余有同感，实则余说或即受陈先生之启示也。余近作文，凡为师友之说，必著明其出处，非言必称先生，借先生为门面，以先生文浅陋。盖剿袭陈言，文家大忌，掠师友之美，乃贪天之功，受教君子，［殆］所不敢。此余立身［为］文所据之原则，如有背此原则者，亦不敢赞同也。

傅君于其所著《中国文学欣赏举隅》一书中，曾论《锦瑟》诗，其说具在，并无"五十生辰述怀"一语。而《国文月刊》，亦未谈及前书。笔者颇疑心这是由于傅君曾读汪先生《中国文学》一书而［偶］尔［遗］忘，不幸这种疑惑竟然证实。请看傅君《读诗偶拾》的第一条吧。□□所研讨者为《饮马长城窟行》，我们先看原诗：

> 青青河畔草，绵绵思远道。
> 远道不可思，夙昔梦见之。
> 梦见在我傍，忽觉在他乡。
> 他乡各异县，辗转不可见③。

---

① 原题《读诗偶识》。
② 原文作"先王"，径改。
③ 可见，或作"相见"。

枯桑知大风^①，海水知天寒。

入门各自媚，谁肯相为言？

客从远方来，赠^②我双鲤鱼。

呼儿烹鲤鱼，中有尺素书。

长跪读素书，书中竟何如？

上言加餐食，下计^③长相忆。

傅君解释此诗，相当高明，真的我也佩服得很，兹录如左：

"枯桑、海水"两句，李善《文选》注说："枯桑无枝，尚知天风；海水广大，尚知天寒。君子行役，岂不离风寒之患乎？"这似乎有类于"深院卷帘看，应怜江上寒"（周美成《菩萨蛮》）的意思，是居人萦牵行子之辞。照这样解释，便和下边"入门、谁肯"两句不甚联属了。今人有的解作："枯桑何以知天风，因为它高；海水何以知天寒，因为它深。"海水深了，为什么就知道天寒？"冱寒凝海"，已经是夸饰的句子；海水既不结冰，应该认作它不知道天寒才是。若说海水虽不凝冻，而冷暖自知，这样立意便晦了。至于桑树，偏是"每岁刈取，枝干低亚"的，它并不曾高；自然又不是桑因为枯了才高的。说枯桑因为高而知天风，怕不也失了诗人的本旨？我以为这两句应该作疑句解，就是：枯桑（讵）知天风，（而）海水（又岂）知天寒（耶）？朔风尽管使着劲儿的吹掠，落了叶儿的桑树已经不复能发出拨刺的声响，只是枝柯直刺着天空，晓得什么天风地风的？海水浩瀚，从不结冰，那里知道什么天寒地寒？他们这些夫妇团聚的人家，"入门各自媚"，有谁理会离人的苦楚？"有昏黑在我的周围；正屋的纸窗上映出明亮的灯光，他们正在逗着孩子玩笑"（鲁迅《伤逝》）。他们正像是枯桑、海水不知道风寒的一般，谁肯向咱说一句半句同情的话语儿来相慰藉呢？怜惜咱的，算来算去，只有远道的夫君。他能浼烦远客带下尺素的书，"书中竟何如：上有加餐饭，下有长相忆"。这一封素书，还

不值得伊"长跪"去读它吗?①

这一长篇的解释,虽然证据不多,证得非常通顺,较之解孟郊《游子吟》,及唐诗《弄潮儿》那样的牵强,真是高明得多。士别三日,刮目相看,古人说的不错。《左传》上的"敢辱高位",注"敢,不敢也"。"四书"上的"四体不勤,五谷不分",大梅②据俞曲园的解释,"不勤,勤也;不分,分也"。由这两个例子,知古人造句,正反视乎语气,谁能否认这枯桑、海水两个"知"字,不可以解作"不知"呢?因为这个关系,我觉得傅君说法,大可成立,方拟为文颂扬一番,免得有人说我不太公平。事真凑巧,一天晚上久不出门的我,想到街上溜达。一到街上,就进书店里去翻翻,一翻就翻得徐天闵先生集注《汉魏晋宋五言诗选》③,但作者似为武汉大学讲授,以前或有讲义亦未可知。徐先生对于《饮马长城窟行》一诗,曾集数家之注,今[采]列于后:

> 吴旦生曰:翰注谓"枯桑无叶,则不知天风;海水不冻,则不知天寒",喻妇人在家,不知夫之消息也。善注谓"枯桑无枝,尚知天风;海水广大,尚知天寒",喻夫在远,不知妇之忧戚也。余意合下二句总看,乃云枯桑自知天风,海水自知天寒,以喻妇之自苦自知,而他家入门自爱,谁相为问讯乎?

> 朱止溪曰:白乐天云"诗有隐一字而意自见者",海水知天寒,言不知也。

> 何义门曰:桑常知风,虽枯犹知之;水常经寒,到海犹知之。若新少年不通人情,各自媚悦于君子,谁为我言离思之苦乎?

> 天闵案:"枯桑"二句,解释纷纭,参合吴、何二家之说,其义自明。④

吴旦生曰"翰注",或即指五臣注,手边《文选》只李善注,无从查考。

---

① 田楚侨引文多误,今据傅庚生原文录入。此一部分,题作《读诗偶拾(十八)上》,载《世界日报》1946年6月27日第4版。
② 大梅,或为"吴梅"之误。
③ 即《汉魏晋宋五言诗选集注》,商务印书馆1946年1月初版。
④ 据徐天闵《汉魏晋宋五言诗选集注》(第29—30页)引录。

但在大学图书馆，五臣注非难得之事。姑退一步，徐先生的讲义，傅君尚未见过。如果傅君一概都未见过，而暗与古人相合，这是傅君的聪明过人。但以傅君搜集诗话、词话而［拟］比以为之勤，初不促其陋亦如鄙人也。如或许是［偶］一见过而偶尔遗忘，也未可知。其实傅君说法，很像综合上文所举吴旦生一条之首尾，虽所本，亦不害其成立，又何必如此回避呢？①

十六②

余自许伯建君处，借得《中国文学》数册，从旧师友，获得新知，至为欣慰。昔人常谓文字亦有因缘，其说殆足征信。例如《方湖读书钞》③所载之成吉斯④汗之军歌⑤（见《中国文学》第一卷第四期），一刊于《朝报》，再刊于《新民族》，三刊于《中国文学》，余均未得拜读。今幸从许君处借得《中国文学》，否则尚不知□至何日，始□斯篇，谓非因缘，□难解释。

此□诗文凡五章，翔冬先生⑥赏为辞旨古艳，非近人手笔者，殆指第四章。此章为夫妻相别之辞，在中国古诗中，《文选》载苏武诗四首，其第三首为"结发为夫妻，容许为别妇"之诗。苏武曾否□作此诗，大是疑问，但拟作时间，不会过迟，当无问题。其诗全体均好，末八句："行役在战场，相见未有期。握手一长叹，泪为生别滋。努力爱春华，莫忘欢乐时。生当复来归，死当长相思"，尤极缠绵宛转之致。虽不过于衰飒，但较之蒙古军歌：

美人送壮士，手把黄金卮。朔风栗以烈，凛凛倾城姿。美人语壮士：

---

① 此一部分题作《读诗偶拾（十八）下》，载《世界日报》1946年6月28日第4版。
② 原题《读诗偶拾（十九）》，载《世界日报》1946年7月1日第4版。此版页眉作"11日"，当有误。
③ 汪辟疆《方湖读书钞》分两期刊于《中国文学》，其中第1卷第3期（1944年8月出版）刊三则：缅甸之今昔，倭寇在明代，日本使臣请封禀提帖。第1卷第4期（1944年1月出版）又刊三则：石油，蒙古与蒙古军歌，成吉思汗军歌。
④ 斯，应作"思"。
⑤ 军歌共五章，篇末有"汪辟疆题记"云："此成吉思汗所制蒙古军歌也。余于旧籍中得之，悲壮缠绵；译者不知为何时人？用笔古拙，绝类汉歌，洵罕见也。"
⑥ 胡翔冬（1884—1940），名俊，字翔冬，以字行。编有《自怡斋诗》一卷，金陵大学文学院1940年仲夏刊行，成都宝墨轩杨子霖书镌。其门弟子辈又抄有《自怡斋诗续钞》。1989年，诸及门弟子重印《自怡斋诗》于南京，将《续钞》补录其中，由其侄胡健中作跋。

"此去无濡迟,生当立功名,死当随鼓旗;无为作降虏,令我无容仪。"壮士拊①手笑:"何用多言为?我有大宝刀,励②志相与期;怅望日以久,而今乃得之。"跃马一扬鞭,去去不复辞;白马溅赤血,少妇③施焉支。壮士赴战场,还似新婚时。

便有逊色。好战乐祸,偏于军国主义之诗歌,自为吾侪所不取,然有侮而不能御,不能执干戈以卫国家,所谓风云气少,儿女情多之作品,亦非吾人所愿称许者。杜工部"三吏""三别",极[沉]痛之致,而《新婚别》一首,则较为豪壮。胡翔冬先生尝谓此首在各首中为生面别开,以章法论,不能不如此也。

王维之"闺中少妇不知愁,春日凝妆上翠楼。忽见陌头杨柳色,悔教夫婿觅封侯"④,因见杨柳,引起闺思。此与久病登楼,忽见池塘春草,机杼略同。因觅封侯,负此春色,此种情景,尚较含蓄。至陈陶之《陇西行》"誓扫匈奴不顾身,五千貂锦丧胡尘。可怜无定河边骨,犹是春闺梦里人",昔贤谓其本于李华之《吊古战场文》"其存其殁,家莫闻知",而窥其意,视没为存。□战已死,变为枯骨,而春闺梦里,独望归来,其沉痛之极,惊心动魄。在非战文学中,可谓上乘作品。昔者顾惕生先生授文学史于东南大学时,尝读此诗,谓为非华夏之正声,足以销沉志气。其言不为无见,但从纯文学观点看,战争之不人道,寡人之妻,孤人之子,既系事实,诗人本此事实,发为吟咏,即不朽之作品。而蒙古军歌,则妇人激励其夫,以马革裹尸相劝勉,貌似相反,无妨并存。盖前者可□为人类对于战争之反抗,而后者则民族自卫之战争,正需有取义成仁之精神,此即止戈之武,不必[认]为矛盾也。

十七、再论《锦瑟》诗

义山《锦瑟》一诗,余最近于《读诗偶拾》中,略加推论,想像之说,未足为凭。又大段意思仍本于方湖先生,惟"庄生"与"蓝田"两句微异耳。按义山去牛向李,实缘于联婚王氏,或许也有求系援之意。[因]"庄生蝴蝶"这

---

① 《中国文学》作"拊",当有误。
② 《中国文学》作"砺"。
③ 《中国文学》作"少女"。
④ 此诗为王昌龄《闺怨》,非王维之作。

个故事最低限度包含有两种意思，蝴蝶与蜜蜂，都是与花为缘的动物，宋词如"怎得香香深处，作个蜂儿抱"，又如"粉蝶儿守定花心不去"，可见一斑。据方湖先生的考证，义山追逐王小姐甚勤，托李十将军和韩同年为之撮合，于此可以推知庄生早年幻梦，实为采花的蝴蝶所迷，换言之，即以婚姻关系，由牛党一变而为李党。此第一层意思。第二层太太接了以后，功〔名〕既不如意，又□悼亡之痛："浮世本来多聚散，红蕖何事亦离披。"

所谓"浮世聚散"，当以指政党离合，固非泛咏世事。这就是说因结婚而致被人目为背党，仕途聚散，已足伤怀，差可自慰者，家有贤妻，爱玩亦可终身。而美同出水芙蓉之夫人，亦遂离披。死了夫人又丢官，所谓"晓梦迷蝴蝶"，或亦兼有悼亡之意。陈寅恪先生：

> "锦瑟年华""惘然梦觉"二语，轻轻一点，其意已甚明矣。杜牧之扬州梦觉，薄幸青楼，而李义山则蝴蝶梦醒，坎坷仕途，两大诗人，正成对照。凭义山才华，加以同令狐关系，青云直上，本非难事，而偏以联婚王氏之故，本意多一系援，结果事同蛇足，义山由此不无悔心，所以有"劝君莫强安蛇足，一盏芳醪不得尝"之叹，除了以才命相妨、古来如此自慰外，尚有何术。方湖先生以"画蛇添足"指宏农作尉，"芳醪"指秘书省，此或有据。个人如此想像，固不报之游谈也。

除"庄生"一句外，"蓝田"一句，亦在全诗中最为难解。蓝田产良玉，地近长安，所谓"日暖"，当指君恩之深重，言牛党在朝，深承君恩，正如良玉映日，光采照人。但覆水难收，已同去妇，长安虽近，仅在望中，又何怪沧海遗珠，望月明而垂泪。上句说在野之一己，下句指在朝之牛党，文气似较开〔阔〕。如谓"珠玉"均喻自负其才，或喻其文采，衡以诗律，病犯合掌，义山才调，或不如此。

又以末二句而论。"可"字作"岂"字解，在宋词中犹然，例如秦少游"可堪孤馆闭春寒，杜鹃声里斜阳暮"，"可堪"即"岂堪""不堪"之意。此二句即当时已觉凄凉，何待今日追忆。一般人均以为意极明显，然苟解作悼亡，或泛泛之自悲身世，则"当时"二字即无着落。追忆应思华年，"当时"即指庄生晓梦。庄生晓梦虽迷蝴蝶，望帝啼声，未忘归去。妙在这两个故典，均有变化的意思，庄生化为蝴蝶是梦，望帝化为杜鹃是死后的变化，但蝴蝶虽迷，

而杜鹃声在。这就是说明他虽以结姻王氏，而被人目为李党，遂见弃于牛党，而初心本不如此，所以仍切归欤之思，但牛党终不见□，落拓终身。"月明"喻清时，而沧海遗珠，堕鲛人之泪，日□□君恩；蓝田良玉，指长安贵人，牛党声势虽煊赫一时，而于个人，则可望而不可即。此种情形，在联姻之时，或至［迟］在悼亡之时，蝴蝶梦觉，已为惘然，因此而［遂］坎坷至于现在五十之年，岂堪回首追忆。而锦瑟弦柱，无端逼人追思，惘然程度，自更深于当时，可知也已。此种起结，大气包举，而中二段跌宕开阖，对仗精、用典工而初无平实之弊，所以堪称名作。①

　　根据这种解释，至少全首文意可以连贯。朱光潜先生在《文艺心理学》"美感与联想"一章里所说的［疑惑］：

　　　　全诗以五六两句为最精妙，但与上下文的联络似不明显，尤其是第六
　　句像是表现一种和暖愉悦的气象，与悼亡的主旨不合。向来注者不明白诗
　　与联想的道理，往往强为之说，闹得一塌糊涂。他们说："玉生烟，已葬
　　也，犹言埋香瘗玉也"，"沧海蓝田言埋韫而不得自见"，"五六赋华年也"，
　　"珠泪玉烟以自喻其文采"（见朱鹤龄《李义山诗集笺注》萃文堂三色批
　　本）。这些说法与上下文都讲不通。②

似乎可以解释。第六句气象确是和暖愉悦，但如用戴叔伦"可望而不可即"一句原意，稍变为于他人富贵利达，徒叹羡而不可企及，而不必拘泥于文采之自喻（古人引典往往断章取义），上下文意义，或可勉强联络。而朱先生本人对于《锦瑟》诗的解释：

　　　　其实这首诗五六两句的功用和三四两句相同，都是表现对于死亡消逝
　　之后，渺茫恍惚，不堪追索的情境所起的悲哀。……庄生蝴蝶，固属迷
　　梦；望帝杜鹃，亦仅传言。珠未常有泪，玉更不能生烟，但沧海月明，珠
　　光或似泪影，蓝田日暖，玉霞或似轻烟。此种情景可以想像揣拟，断不可
　　拘泥地求于事实。它们都如死者消逝之后，一切都很渺茫恍惚，不堪追

---

① 此一部分，题作《读诗偶拾（二十）上》，载《世界日报》1946 年 7 月 4 日第 4 版。
② 据朱光潜《文艺心理学》（开明书店，1936 年 7 月版）第 93 页录入。

索；如勉强追索，亦只"不见长安见尘雾"，仍是迷离隐约，令人生哀而已。所以第七句说"此情可待成追忆"？四句诗的佳妙不仅在唤起渺茫恍惚、不堪追索的意象，尤在同时能以这些意象暗示悲哀。"望帝春心"和"月明珠泪"两句尤其显然。五六两句胜似三四两句，因为三四两句实言情感，犹着迹象，五六两句把想像活动区域推得更远，更渺茫，更精微。……①

我们觉得这种解释虽甚精微，但究不免渺茫之感。朱先生于中西文艺造诣极深，于西洋文艺理论，尤为个人所倾倒，且曾一度短期受教于朱先生②。但我们以为诗家境界，固有此一种。

一首诗中的意象，好比图画的颜色、阴影、浓淡配合在一起，烘托一种有远致的风景出来。李义山和许多晚唐诗人的作品在技巧上很类似西方的象征派，都是选择几个很精妙的意象出来，以唤起读者多方面的联想。这种联想有时切题，也有时不切题。

但知人论世，以意逆志，孟老先生说诗的方法，究［属］道地的国货。赵香宋先生所谓读诗应先求古人身（本传）世（通鉴），依史而深求之，往往不经意处皆有言外之旨（全文见随笔之九）。与湘绮说诗所较：

> 吴南文说诗必合之史，虽未得实据，要如其说，则诗乃有用，真可谓知人论世，以意逆志者也。镜初言：屈子谋反怀王，顷③襄不愿，故发愤自沉。此言近理，若无故自死，非贤达之行矣。

其说大抵本于孟子。治史谨严如陈寅恪先生，读诗必有确解。不过此种方法，运用也有限度，例如《诗比兴笺》④一书，虽徐澄宇先生极称道之，但牵强晦

---

① 据朱光潜《文艺心理学》（开明书店，1936 年 7 月版）第 93 页录入。
② 田楚侨受教于朱光潜的时间，尚难确定。检宛小平《朱光潜年谱长编》（安徽大学出版社，2019 年版），亦无相关记载，但大抵应在田楚侨供职成都期间。
③ 原引文作"项"，据《湘绮楼说诗》改。
④ 《诗比兴笺》，蕲水陈沆（1785—1826，嘉庆二十四年状元，官四川道监察御史，与魏源友善）所著，以笺古诗三百篇之法，笺释汉、魏、唐之诗。最早刊刻于咸丰五年（1855），经乱版毁。光绪年间，陈沆后人陈小舫就此书见示于湖北巡抚彭祖贤，彭氏为广其传，于光绪九年（1883）复刊刻此本于其武昌官舍。是书由知县诸可权校字，刊刻颇精。近多有学者论及此书为魏源所作，并将其收入《魏源全集》。

昧之处，间亦不免。话愈说愈远，且回到本题吧。①

凡上所谈，为诗前论之补充，敢以就正于方湖师及贤达。至于傅庚生君卅五年一月出版之《国文周刊》②，对《锦瑟》诗之解释，已于"偶拾"中节录要点，殇子之说，未敢苟同。其卅二年出版之《中国文学欣赏举隅》，于《锦瑟》诗亦曾谈及。前后略有不同，不足为贤者病。盖文学上之见解，以一人言，今是昨非，固常有事。特亦有不敢苟同处，例如傅君引《缃素杂记》：

> 义山《锦瑟》诗云："锦瑟无端五十弦，一弦一柱思华年。庄生晓梦迷蝴蝶，望帝春心托杜鹃。沧海月明珠有泪，蓝田日暖玉生烟。此情可待成追忆？只是当时已惘然。"山谷道人读此诗，殊不晓其意，后以问东坡，东坡云："此出③《古今乐志》，云：'锦瑟之为器也，其弦五十，其柱亦如之，其声也适、怨、清、和。'"案李诗："庄生晓梦迷蝴蝶"，适也；"望帝春心托杜鹃"，怨也；"沧海月明珠有泪"，清也；"蓝田日暖玉生烟"，和也。一篇之中，曲尽其意。史称其"瑰迈奇古"，信然。

以及：

> 东坡之解，当是矜奇之偶合；义山诗中用事，不致似此之委曲也。且专为《古今乐志》"适怨清和"而为诗，则岂非用诗以徇事，何义山之不惮烦？而以④"此情可待成追忆，只是当时已惘然"之收束语，又当何辞以解之耶？愚意此诗首两句言见锦瑟之弦与柱而触动年华似水、追惟往事之情。第三句云浮生若梦，第四句云宿怨无穷。五六两句意较晦，蓝田之玉似以自况，沧海之珠似咏所怀，亦谓彼我之同戚戚耳。七八两句则意甚显，云此情不必待今日追忆时始痛人肠，在当时固已令人惘然悲悯矣。如是⑤只觉其颈联之意少难捉摸耳；若依东坡之解释，则全篇皆晦，且用事如此，诞不经矣。

---

① 此一部分题作《读诗偶拾（二十）中》，载《世界日报》1946 年 7 月 5 日第 4 版。
② 应为《国文月刊》。
③ 原引文作"书"，径改。
④ 以，傅著原文无此字。
⑤ 傅庚生原文作"如此"。

余意东坡之说，确甚牵强，"[乐志]"之书，不足信者多，似未可奉为典要也。特[声明]一句：□写光景，确如[苏东坡]、朱光潜先生所说，无论其为喻人，或为自况，皆无[精]微含愁之意，似不能与"沧海"句同等并观，随便谓为"彼我之同戚戚耳"。傅君又引《随园诗话》：

> 元遗山《惜义山》诗，无人笺注，渔洋先生亦有"一篇锦瑟解人难"之句。近得冯养吾太史注《玉溪集》，断定以此为悼亡之诗。"思华年"，但①拟偕老也；"庄生晓梦"，用鼓盆事；"蓝田日暖"，用吴宫事。皆指夫妇而言。曰"无端"② "追忆"者，云从何得此佳妇。曰"惘然"者，早知好物不坚牢。

以为"此说差近③，所释用事之处，虽仍少（按：或应作'多'字）牵强，较胜于东坡之附会也"。

冯注李诗及《随园诗话》《文艺心理学》等书，均不在手边，无从查检[原]文，仅就傅君原著钞录，以意分割，如有错误，其咎在余。又余最近[为]文，常喜速成。原书[可]检，亦凭[忆]断，例如随笔之九，引张籍《节妇吟》一首，以却李师古□为自注，实则《容斋随笔》乃有此说。据此类推，错误定[复]不少，□荷匡正，企予望之。最后仍引元遗山《论诗绝句》作结：

> 望帝春心托杜鹃，佳人锦瑟怨华年。
> 诗家总爱西昆好，只④恨无人作郑笺。⑤

十八

---

① 但，或作"原"。
② 此处或有"曰"。
③ 傅著作"说为差近"。
④ 只，或作"独"。
⑤ 此一部分题作《读诗偶拾（二十）下》，载《世界日报》1946年7月6日第4版。

王荆公"春风已绿江南岸"句,"绿"字几经窜改而后定,《容斋随笔》曾载其事:

> 王荆公绝句云:"京口瓜洲一水间,钟山只隔数重山。春风又绿江南岸,明月何时照我还。"吴中士人家藏其草,初云"又到江南岸",圈去"到"字,注曰"不好",改为"过"。复圈去而改为"入",旋改为"满",凡如是十许字,始定为"绿"。

其实唐人邱为之"东风何时至,已绿湖上山",当为荆公所祖,似未必如许费力也。李清照《醉花阴》词"莫道不销魂,帘卷西风,人比黄花瘦",准刘融斋①贺方回《青玉案》之例,知李词佳处,在用"莫道不销魂"一句呼起,一如贺词用"试问闲愁都几许",李后主词用"问君还有几多愁",而今之解词者,则或仅就"帘卷"二句作分析,此亦美中不足。东坡词《水调歌头》:

> 明月几时有?把酒问青天。
> 不知天上宫阙,今夕是何年。
> 我欲乘风归去,又恐琼楼玉宇,高处不胜寒。
> 起舞弄清影,何似在人间。

凡四韵,前两韵,第一韵用李太白诗意,是追问明月初有的时间。第二韵是询问天上现在的时间。人间天上,已暗[连]下文。过去现在,文意相连。后两韵之第一韵,欲归天上而恐不胜寒,第二韵则转到人间无异天上。就文境说,可以说是□□跌宕,同时第一韵□有□意,所以相传宋神宗见到此句,就说苏轼终是爱君云云。此处的"天上人间",比喻魏阙江湖,当然不算牵强。我们读古人诗词,最忌附会,但这种比较显豁的寓意,似乎不应该略而不谈。至坡词下半阙:

> 转朱阁,低绮户,照无眠。
> 不应有恨,何事长向别时圆?

---

① 此处疑有字脱落。

人有悲欢离合，月有阴晴圆缺，此事古难全。

但愿人长久，千里共婵娟。

亦系四韵。第一韵一二两句正面写月，"照无眠"句，已有愁人在内。第二韵又顺承上文而凌空发问。月圆中秋，实无足怪，而人以别离时多，怪月圆偏在此时，似乎月亦有恨。第三韵自为解释，转到"澈悟"，就是说天时人事，古亦如此，何必多怪。不过话虽如此，仍愿彼此平安。"隔千里兮共明月"，不是《月赋》的名句吗？坡公用来作结，就是题目上说的"丙辰中秋，欢欣达旦，作此篇，兼怀子由"①，兼怀他的老弟子由。

东坡送子由长诗："亦知人生要有别，但恐岁月去飘忽。寒灯相对记畴昔，夜雨何时听萧瑟。"② 子由与兄子瞻会宿绝句："逍遥堂后千寻木，长送中宵风雨声。误喜对床寻旧约，不知漂泊在彭城。"③ 此第一首，似较东坡和作尤佳，故坡曰："读之，殆不可为怀也。"听雨联床，弟兄旧约，而乃勤于王事，以千里共月□解，所谓"跨海清光与子分"，其心情已可想见。总之，东坡此词，前半首寓魏阙之思，后半首则兄弟之怀。前半开合，后半转折，语虽旷远，情实自伤。而《中国文学欣赏举隅》，则仅为左列的解释（原书七十二页）：④

前阕首句用一"月"字，后阕将煞尾时用一"月"字，而全篇固无一处离却"月"字也。"天上宫阙""琼楼玉宇""乘风归去"，意悉在于月宫也。"弄清影"，月影也。"转朱阁，低绮户，照无眠"，月之运行照临也。"长向别时圆"，中秋月圆也。但愿千里所共者，亦婵娟之月也。是以"月"为纲毂，而敷辞为辐凑也。胡元任云："中秋词自东坡《水调歌头》一出，余词尽废。"盖亦欣其扶疏茂密，而叶落归根也。⑤

读者诸君，于此解释，感觉何如？［虽］不敢知，个人则以为殊无较多之

---

① 原文为"丙辰中秋，欢饮达旦，大醉，作此篇，兼怀子由"。
② 语出《辛丑十一月十九日既与子由别于郑州西门之外》。
③ 语出苏辙《逍遥堂会宿二首》之一。"千寻"，引文作"千章"；"对床"，引文作"对对"；"漂泊"，引文作"飘泊"，径改。
④ 此一部分，题作《读诗偶拾（一）》，载《世界日报》1946年7月13日第4版，文末注明"未完"。"一"前有"廿"脱落。
⑤ 据傅庚生原文录入。

意义。作者泥于自拟之分类，故时多牵强之语。此病根之所在。至作者对于李清照《醉花阴》之解释，虽美中不足，尚大体无讹，原文过长，未便征引，请读者参阅《中国文学欣赏举隅》第三页至第五页也。①

十九②

余尝于《读诗偶拾》第一里，举王少伯《长信秋词》一首，以为系黄山谷《寄家》七绝所祖。盖"复道奉恩"为梦中境，而"火照西宫"则觉后所见。近日偶读徐英著《诗法通微》（正中书局出版），论绝句法一章，第一三〇页：

> "真成薄命久寻思，梦见君王觉后疑。火照西宫知夜饮（觉后），分明复道奉恩时（梦中）。"上述③诸法，皆易寻迹，惟此诗立法最奇。此代言望幸之情也。"分明复道"云云，梦中情事宛然。既而"火照西宫"，知奉恩者，在彼而不在此。觉后之事可伤已④，然犹疑非梦。展转寻思，而君恩仍在梦中，始知"真成薄命"也。此诗以四三二一为一二三四，错叙到底。千年以来，解人不少⑤，知其妙而不知其所以妙。甚矣！作诗不易，解诗亦不易也。

徐君此种解释，可谓说诗解颐，使人更易明了。个人所谓"在梦回之俄顷，竟真幻之难辨"，亦或足与徐说相发明。又窃以为结两句即第二句具体之说明，第二句又第一句之注脚，全诗主旨，只第一句，而重心则在第二句。于此可见唐人律绝一气呵成，起句亦不稍苟。唐以后即山谷老人《寄家》一首，末两句深得唐贤妙境，而发端两句，不甚相属，即另易亦可也。

唐贤岑嘉州亦善言梦，其《宿蒲关东店，忆杜陵别业》一首，余已征引于前。他如《郡斋平望江山》"梦魂知忆处，无夜不京华"，与《巴南舟中，思陆浑别业》"梦魂知忆处，无夜不先归"，前就空间言，后就时间言。本为因思忆

---

① 此一部分题作《读诗偶拾（廿一）》，载《世界日报》1946 年 7 月 15 日第 4 版。
② 原题《读诗偶拾（廿二）》，载《世界日报》1946 年 7 月 16 日第 4 版。
③ 徐著原作"述上"。
④ 徐著原文为"己"。
⑤ 徐著原作"多"。

而后有梦，乃谓梦知忆处，如此说便不寻常。其《春梦》一首："洞庭昨夜春风起，遥忆美人湘江水。① 枕上片时春梦中，行尽江南数千里"，绝类唐五代及北宋诸公之小词，如晏几道《蝶恋花》"梦入江南烟水路。行尽江南，不与离人遇"一类也。黄粱梦所叙［述］者，为贫贱而思富贵，富贵而履危机，贫士□□□，而黄粱未熟，梦里光［阴］，［盖］更远于人世；此与仙家一日，人世千年，可以比□，知人世年□又远于天上也。此就时间言。以空间论，即如上引岑诗，片时春梦，可以行尽江南。总之，梦中之时间空间，均异于真实，此梦境之奇特处。而庄周蝴蝶，列子蕉鹿，所谓梦觉真幻，［实］亦难辨。昔者黄季刚先生尝谓李太白《天姥吟》"惟觉时之枕席，失向来之烟霞。古来行乐亦如此，世间万事东流水②"四句（字句或有错讹），实一篇之警策也。

二○③

《孔雀东南飞》，吾国第一首长诗，其事足悲，而其文未必为上乘作品，故事出沉思、义理、翰藻之《昭明文选》，此诗即未收录。昔年郑振铎君于《小说月报》为文，误以《文选》载录此诗，个人曾投稿《时事新报》之《学灯》，述其偶误。并从陈觉玄④先生处借《历代诗话》及《清诗话》，杂引前人之说，说明称赞此诗如沈归愚之流，固不在少数，而菲薄此诗以为不足观者，亦大有人在。此文曾经剪贴⑤，惜不在手边，无从征引。

在一切文学作品里，与长度无观⑥者为诗歌，此为西洋某诗家之意见。故诗之作者多短篇，中国文学史上少长篇诗歌，吾人据此意见初不必自馁。古人作品，流传至今，曾经时代之簸扬，拙劣者无多，但如"鱼戏莲叶东""鱼戏莲叶南"等类，固不必□为附会，以为凡古必佳。准上所谈，可知《孔雀东南飞》虽为古代之长诗，未必即最佳之作品也。

以遭遇而言，宋代大诗人陆放翁⑦之遭遇，即略等于焦仲卿。中国家庭制

---

① 此二句或作"洞房昨夜春风起，故人尚隔湘江水"。
② 原诗作"世间行乐亦如此，古来万事东流水"。
③ 原题《读诗偶拾（廿三）》，载《世界日报》1946 年 7 月 19 日第 4 版。
④ 原文作"陈觉立"，径改。
⑤ 原文作"翦贴"，径改。
⑥ 无观，疑是"无关"之误。
⑦ 原文作"陈放翁"，径改。

度，姑媳不能和之情形，至为普遍。媳以受姑虐待而至于憔悴以死者，比比皆是。遣之大归，殆犹放一生路。陆放翁①与其夫人，感情至笃，而陆老太婆逼其离婚，此放翁生平最为痛心者，故屡见于诗词。据云《沈园绝句二首》，亦为此事而作。

其第一首为："城上斜阳画角哀，沈园非复旧池台。伤心桥下春波绿，曾是惊鸿照影来。"其第二首为："梦断香消四十年，沈园柳老不吹绵。此身行作稽山土，犹吊遗踪一泫然。"陈石遗《宋诗精华录》："无此绝等伤心之事，亦无此绝等伤心之诗。就百年论，谁愿有此事；就千秋论，不可无此诗"，推崇可谓备至。□□结句用意极显，但□□须略为说明者。第一句"斜阳画角"，等于"青塚黄昏"，布置凄凉之景色与声音；同时"斜阳"与第二首结句"稽山土"遥应。盖时到斜阳，与人将就木固相类似也。第二句言楼台虽非旧时，而照影往事仍在心头。从反面引入，故结句倍有力量。放翁在四十年前，曾与其夫人同游此园，凌波照影，今则时过境迁，何以为怀？第二首第一句，补述隔绝之时间，第二句说柳老无絮，影射人老亦无情思，然而一睹照影遗踪，虽行将就木，化作稽山一抔土之老人，亦不禁潸然流涕，则当年绝决时足以断肠，可以想见。据此足见绝句固重结句，而上二句亦不可苟也。

舍诗言词，梁任公先生在《中国韵文里所表现的情感》②一文里，似曾提及，读者可以参考，惜手边无此书也。

东坡"姑恶"诗"姑恶姑恶，姑不恶，妾命薄"③数句，论者以为可以泣鬼神，笔者以为其机杼正与韩昌黎《羑里操》"君王圣明，臣罪当诛"相同。此种极端之自怨自艾，从纯文学及中国情理言，均无可非议，［盖］躬自厚而薄责于人之意也。"姑恶"为鸟鸣之音，传有媳为姑虐待致④死，化为此鸟，故呼"姑恶"云。其言如此，可知姑恶之普遍，此实中国历代家庭之悲剧，迄今尚未绝迹。友人某君，酷爱其女，相婿颇费苦心，既婚而又［隙］离，主要原因，即为姑媳不相安。其女既改嫁，可谓满意，近又似有怨言，盖仍由于姑媳之距离过远，对于女婿则固无问题也。此即余所见最显著之一例。在旧家庭

---

① 原文作"陈放翁"，径改。
② 原题《中国韵文里头所表现的情感》，分两期刊于《改造》第4卷第6号（1922年2月15日出版）、第4卷第8号（1922年4月15日出版），署名"梁启超"。
③ 语出苏轼《五禽言（并叙）》。
④ 原文作"能"，径改。

制度下，新婚以后，如夫妇情感较好，而母亲又爱儿较切者，姑媳感情，不易维持。同时一面为儿子、另一面为丈夫之男子，亦常为姑媳之怨府，而不易见好于两方。为母者尝谓婚前为母亲之儿子，婚后则妻子之儿子。而为新妇者，亦以新来势孤，夫妇之爱，断不如母子之亲。男子既不愿顺妻灭母，然顺母而疏远其妻，亦良心上所不愿，斡旋其间，欲其相安于无事，此真世上第一难事。如有小弟小姑媒孽其间，道短流长，其事更难。因此笔者深觉小家庭制度，亦有其优点，家庭悲剧如《孔雀东南飞》一类者，当可以减少也。

二一

余于诗粗涉藩篱，而词则为门外汉，□以师友讲习，耳濡目染，于词一道，亦不免妄有论列，载于本刊，实则扣盘扪烛，皆盲人之妄说也。

刘申叔先生谓骈文律诗为诸夏所独擅，与异域文学争长，惟此而已。窃以为就文章言，除散文外，所谓骈文，其句度以四言六言为普遍；就诗歌言，除杂言及少数四言古、六言绝外，其句度以五言七言为大宗。句度分音节与意义两种，意义之句度，虽或踰越此限，而以音节言，则常以此为范也。例如"我不敢效，我友自逸"，以音节言，因四［字］句；而就意义言，则"我友自逸"四字，因"效"字之宾词。又如高达夫《古大梁行》"白璧黄金万户侯，宝刀骏马填山邱"，与白香山《长恨歌》"花钿委地无人收，翠翘金雀玉搔头"，虽各□两□，而前例则五物供填山邱，后例则四物同时委地，故此排列。

《诗经》大概为四言，《离骚》大概为六言，而中隔以"兮"字，惟《九歌》不尽然。自五七言诗体代兴而四六遂为文家所专用。古体诗不限于五七言，而有杂用四、六及三言者，然大势所趋，以五言七言为主。［洎］夫变而为词，遂由整齐变为长短句矣。如玉楼春①、浣溪纱，纯粹之五言。踏莎行、蝶恋花七言句特多，菩萨蛮则五言句特多，且为五七言之错综。由整齐而长短，可谓诗体之解放。同时句读错综，亦古体诗杂言之支流。而句调有定格，平仄不可移易，小令变而为慢词，四声亦须遵守，又可谓其律愈严也。

诗与文分别较易，按刘融斋《艺概》：

---

① 原文作"玉楼者"，径改。

文所不能言之意①，诗或能言之。大抵文善醒，诗善醉，醉中语亦有醒时道不到者。盖其天机之发不可思议也。故余论文旨曰："惟此圣人，瞻言百里。"论诗旨曰："百尔所思，不如我所之。"

"善醒""善醉"，其喻极妙。更有谓文似炊米为饭，诗则酿米为酒者，此谁何语，渺不复记。此外如"学说以启人思，文辞以增人感"，与戴昆西"教人""感人"之说极相类似，而诗文之界，固不在此。至有［韵］与无［韵］之分，时贤论列已详，不复征引。大抵凭一时之感兴，一己之直觉，始于自感而终以感人者谓之诗。根据见闻，叙述事物，或凭依推论，发为议论，则文之范畴。此其约略之分界也。

诗词分别，已略述于前篇，前更引数家之谈于左：

吴江沈雄《柳塘词话》：徐野君与余论："诗如康庄九逵，车驱马骤，易为假步；词如深崖曲径，丛筱幽花，源几折而始流，槁独木而方渡，非具骚情赋骨者，未易染指。"其言正为吾辈长价。

长洲孙麟趾《词径》：牛鬼蛇神，诗中不忌，词则大忌。运用典故须活泼。又曰：近人作词，尚端庄者为诗，尚流利如曲，不知词自有界限，越其界限即非词。

刘体仁《七颂堂词绎》：词中境界，有非诗所能至者，体限之也。大约自古诗"开我东阁门，坐我西阁床"等句来。②又曰："夜阑更秉烛，相对如梦寐。"叔原则云："今宵剩把银釭照，犹恐相逢是梦中。"北词与诗之分疆。又曰：词须上说香奁，下不落元曲，乃称作乎。

王渔洋《花草蒙拾》曰："平芜尽处是春山，行人更在春山外。"升庵拟石曼卿"水尽天不尽，人在天尽头"，未免河汉。盖意近而工拙悬殊，不啻霄壤。且此等入词为本色，入诗即失古雅，可与知者道耳。又曰：或问诗词词曲分界，予曰："无可奈何花落去，似曾相识燕归来"，定非香奁诗。"良辰美景奈何天，赏心乐事谁家院"，定非草堂词也。

以上大抵为清人词话，此外纪晓岚《阅微草堂笔记》"姑妄听之"卷十七：

---

① 引文作"义"，径改。
② 此一部分，题作《读诗偶拾（廿四）上》，载《世界日报》1946 年 7 月 27 日第 4 版。

李秋崖与金谷村，尝秋夜坐济南历下亭，时微雨新霁，片月初生，秋崖曰：韦苏州"流云吐华月"句，气象天然，觉张子野"云破月来花弄影"句，便多少着力。谷村未答，忽暗中人语曰：岂但着力不着力，意境迥殊，一是诗语，一是词语；格调亦迥殊也。即如《花间集》"细雨湿流光"句，在词家为妙语，在诗家则靡靡矣。愕然惊顾，寂无一人。

此纪氏或其友朋对于诗词分别之意见，而托之于神鬼者。"细雨湿流光"句，王静安先生《人间词话》似亦极端称道，以为能摄春草之神[①]者。又"春水碧于天，画船听雨眠"，亦"花间"丽句而未可以入诗。苏东坡的"海风东南来，吹尽三日雨。南［檐］[②]有余滴，似与幽人语"，则诗中佳境。准次类推，孟浩然的"微云淡河汉，疏雨滴梧桐"为诗境，而温庭筠的"梧桐树，三更雨，不道离情正苦。一叶叶，一声声，空阶滴到明"，与李清照[③]的"梧桐更兼细雨，到黄昏、点点滴滴"，则词境。若照此举例，还可以举出若干。我们以为由此推想，于诗词境界及格调，固可以得着一些轮廓。但个人还是坚持前篇所述之鄙见，以为正体诗与小词，因为源流接近，颇难显明的分别。即如晏殊的"无可奈何花落去，似曾相识燕归来"，一见于《浣溪纱》词：

　　　　一曲新词酒一杯。去年天气旧池台[④]。夕阳西下几时回？
　　　　无可奈何花落去，似曾相识燕归来。小园香径独徘徊。

再见于《示张寺丞王校勘》[⑤]：

　　　　　　元巳清明假未开，小园幽径独徘徊。
　　　　　　春寒不定斑斑雨，宿醉难禁滟滟杯。
　　　　　　无可奈何花落去，似曾相识燕归来。
　　　　　　游梁赋客多风味，莫惜青钱万选才。

----

① 《人间词话》原文作"春草之魂"。
② 多作"空阶"。
③ 原文作"李清然"，径改。
④ 多作"亭台"。
⑤ 诗题原作《假中示判官张寺丞王校勘》。

前者为小令，后者为律诗。我们可以说作者于此二句，极为自喜，故不辞一用再用。但我们也可以说就是作者自身，于此两句，宜词宜诗，已难判定。这不［啻］是说明诗词的界限分别极［微］。当然，我们也可以说这两句入词较佳，因为"小园香径独徘徊"一句，在词为结句，［倒］结上两句，情意极紧凑。至在诗中则为第二句，中隔一联，结句收拾亦嫌无力。此即刘融斋所谓"隔则警句亦成死灰"。但此为布局问题，与此两句本身，宜诗宜词，关系较少。①

又词以婉约为正宗，秦词又为婉约之极则，如清真如梦窗则婉约而变沉着矣。自来倚声家，尝目苏辛之豪放为别派，其甚者，更以苏辛之词为长短句之诗：

> 《渔隐丛话》引李清照语，苏子瞻学际天人，作为小歌词，直如酌蠡水于大海，然皆句读不葺之诗耳。（任二北《词学研究法》）
>
> 《词苑萃编》引《坡仙集》：东坡问陈无己："我词何如少游？"无己曰："学士小词似诗，少游诗似小词。"
>
> 《词源》：辛稼轩、刘改之作豪气词，非雅词也。于文章余暇，戏弄笔墨，为长短之诗句耳。

且欲屏于词之门户以外，不仅不以为正宗也。

元遗山《论诗》绝句："'有情芍药含春泪，无力蔷薇卧晓枝②'。拈出退之《山石》句，始知渠是女郎诗。"此遗山评秦少游诗。韩昌黎《山石》一首，有"振衣千仞冈"之概，与少游相比，有如豪士之与女郎。以诗品而论，确令人有如此感觉。陈石遗《宋③诗精华录》："遗山讥'有情'二语为'女郎诗'。诗者，劳人思妇公共之言，岂能有雅颂而无国风，绝不许女郎作诗耶！"［詖］语遗山，未免太过。盖遗山原意仅谓秦诗如女郎，未尝谓女郎不应作诗。以《词苑萃编》而论，少游诗似小词；以遗山绝句而论，少游诗如女郎，可以推知小词风调，应如女郎。昔者王伯沆先生曾□作词［事］，必有林黛玉之□□而后可以作词，余于前文曾引其语，今则更书其故矣。黄季刚先生尝谓词自有

---

① 此一部分题作《读诗偶拾（廿四）中》，载《世界日报》1946 年 7 月 28 日第 4 版。

② 晓枝，应作"晚枝"。

③ 原文作"采"，径改。

词语，如仁义道德等词类，决难入词。可知词之范围更小于诗，此即《艺概》所谓"虽小却好，虽好却小"。诗以言志，志之范围，包括知、情、意三者，或如翁德①一派心理学者之说法，意分知、情两者，而意即志也。或知或情，或知、情之混合，凡其所向往，即心之所之，皆可谓之曰志，发于咏吟则为诗。至于词则儿女小言，恩爱尔汝之语，盖纯为抒情之作，能所谓情者，尤泰半为男女之私。即有君国之感，亦出以美人香草。词名"诗余"，[所]谓极为妥当，盖不仅格律方面，系由正体加入和声；即在内容方面，亦系遥承宫体，由广泛之情知，集中于纯粹男女之爱。唐人诗自射洪、曲江②以后，如杜如韩，固少宫体，即以太白而论，亦谓建安以后，绮丽不足为训。宋人所宗者多为杜韩，言词之什，则托于词。此种诗词之分流，酝酿于唐而成于宋，故唐人诗犹多情韵[独]到之作，而宋诗则为重意境之深刻。元遗山《论诗》绝句："风云若恨张华少，温李新声奈尔何？"时至义山，沉博绝丽，换言之，尚欲独障狂澜，以诗笔写艳词。温索性兼为诗词，另开生面。二人用力不同，同偶为新声，而所谓新声者，即风云气少，儿女情多，故谓词为女郎诗，似颇切合，但此中绝无褒贬之意存乎其间也。

故以境界而论，诗小于文，词又小于诗，由词变为曲，则又遥承至宋传奇小说支流，而包罗万象，盖较文境为尤③阔大。论者谓唐之古文运动与小说有关，又或谓明清之时文系受曲子之影响，此种源流正变之研究，极有兴趣，不学如余，未敢妄论也。④

---

① 应即威廉·冯特（Wilhelm Wundt, 1832—1920），德国生理学家、心理学家、哲学家，世界上第一个心理学实验室的创立者，被普遍认为是实验心理学和认知心理学的创建人。
② 分指陈子昂、张九龄。
③ 原文如此，以"尤为"语意更顺畅。
④ 此一部分题作《读诗偶拾（廿四）下》，载《世界日报》1946 年 7 月 29 日第 4 版。

怀旧录

一①

中央大学快要复员到南京了，我偶然想起我们那位留住南京的老教授王伯沆先生，据说早已下世，身后情形如何也不得而知。现存的老教授到了南京，睹墓草之已宿，当不胜其慨叹。同时瞿庵先生的灵柩是否能返苏州，翔冬先生大概要长眠在锦官城畔了。我们及身亲见，并得幸承教言的一部分老师宿儒，便这样的结果。读杜少陵《八哀诗》"长啸宇宙间，高才日陵替。古人不可见，前辈复谁继"，实在有些怅惘。翔冬先生在成都金大时，刻了一部《自怡斋诗集》，刻得相当的精致。承他赠我一本，并说首页的题字，是钩摹其先师清道人的手笔。瞿庵先生的诗词，也经他的大弟子卢前分别刻出。这两先生都可以不死，独王先生的诗文，因为身前特别矜慎的缘故，流传甚少。记得有一次他在南京中大国文系预备室里，用信笺写了一首他自作的五古诗给我看，特别给我打招呼，不要拿在报章杂志上去发表。他又常说汪容甫平生著述仅《述学》薄薄的两本。在王先生看来，似乎还嫌其多，例如我们在那时最喜欢读的《经旧苑吊马守真文》，便应删去，因此我们可以推知这位老先生存稿的东西，压根儿就少得很。我不知道钱子厚先生那里是不是存得有一部分，更不知道这次学校迁回南京后，在他那城南老屋里，是不是还可以寻出一部分来，把他刻出。

去年杨沧白先生的诞辰日，我在沧白纪念堂遇着何奎垣先生，何先生首先告诉我，他同邓晋康［主任］曾打电报给马超俊市长，请他帮忙照料黄季刚先生的遗书遗著，结果似乎连房子都不可寻觅了，何先生非常的叹息。在黄先生下世后不久，我曾听到吴瞿庵先生谈过，吴先生以为太炎先生著述等身，虽死

---

① 载《世界日报》1946年3月29日第4版。

无恨。惟黄季刚先生则尚无撰定之书，不可死而竟死，此诚最大之遗憾。

王黄两先生的亲友及高足弟子不少，望于学校还都以后，首先注意搜集残缺的工作，陆续把他刊出，使我们这一种滥竽的学生也得饱一饱眼福，这是我个人对母校快要复员的一个请求。

二①

前两三年有机会和杨沧白先生讨论中国诗歌，我以为摆伦的"乐日尔我共，愁日遗我独"，其意甚［好］，在悼亡诗中，堪称独创。从潘安仁起，唐朝的韦苏州、元微之，宋朝的梅宛陵，逊清的郑海藏，及近人庞石帚先生，悼亡的诗歌，都值得特别称颂。个人过去曾钞为一集，题了几句歪诗：

> 潘郑悼亡绝妙词，不独轻薄元微之。
> 梅□若著"黄金缕"，定爱韦郎五字诗。

末句借用东坡诗②。但摆伦的诗句似乎标新意于数家之外。因为本来的事实，是你我同住，非常快乐，自你死后，我就愁苦。现在偏不那样说，而那样的意思，自在言外。当时杨先生回我的信，说摆伦此两句不如元微之的"惟将终夜长开眼，报答平生未展眉"。

其时杨先生也正悼亡，四首律诗和一篇《詹夫人事略》（曾载《追悼会遗著特刊》），都觉得情致悱恻，使人凄然增伉俪之重。

个人在南京时曾以自作悼亡诗呈伯沆先生改定，首四句原为"死已隔重壤，江南远于宋。幽魂定暗悲，无由入我梦"，伯沆先生改为"死已隔重泉，形影在我梦。谁谓梦咫尺，觉未远于宋"。他以为这样的改，他非常满意，并说费了大力，同时他对于中间的数句："固知士不遇，偏寡天所弄。嗟汝凰何辜，择对得衰凤。弱羽一从风，力微不能控。伤心盖馆时，再视了无缝"，也曾改定数字，并一再称述"凤""缝"两韵。后来杨沧白先生改"再视"为"一钉"。香宋先生则谓："庞石帚悼亡，私以为佳，与大作相参也。"我当时在

---

① 载《世界日报》1946 年 3 月 31 日第 4 版。
② 苏轼《和孔周翰二绝，观净观堂效韦苏州诗》云："弱羽巢林在一枝，幽人蜗舍两相宜。乐天长短三千首，却爱韦郎五字诗。"

成都，便冒昧函请庞先生以悼亡诗见示。不几天我就拜读庞先生的诗文，原辞虽不在手边，但我最喜欢的一首，似乎还记得是：

窀穸忽已毕，蓄泪期一纵。
遗像好眸子，视我凄欲动。
君如作蛹蚕，茧成身遽送。
我如失群雁，鸣悲故创痛。
拊膺当告谁，倦枕苦无梦。
痴心傍妆台，甘受达士讽。
昔日画眉笔，今作纪哀用。

"动""用"两韵均神来之笔（其他五首，记忆已不完全，即此首亦容有误字），无怪香宋先生要称赞不绝了。此外庞先生为其夫人营葬地那一首七律的第三联"同穴便期原上土，残灯新白夜来头"，也非常沉痛，颇似元遗山的作品"黄花自与西风约，白发先从远客生"。又如"黄耳定从秋后到，白头新自夜来生"，都是遗山的名句，我们庞先生略师其意，□为自己的警句，又无怪庞先生对我说遗山七律最好了。

三①

因为师友［游］乐的关系，我偶尔也玩玩填词。那时吴瞿庵先生正教专家词，读吴梦窗。有一次出的题是"［游］玄武湖"，用"满江红"的平韵。吴先生曾用清宫的朱墨来改□圈点，并给我一个较好的评语，说字句［锤］炼，颇有进步。只记得大意如此，而我那本卷子早被老友李君度［有］意没收去了，究竟词里说些什么糊涂话，自己也记不清楚。

在读专家词以前，读过汪旭初先生的《词选》，他对我诗词的批语是苦音雅调，诗为独胜。至于王伯沆先生更干脆的说，词于平仄太疏；又说我的笔颇能瘦硬，宜于作诗而断不宜于作词。王先生说词要玲珑别透，要有林黛玉的聪明，才可作词。他对于我作的词，认为只有一首《浣溪纱》的末句"牵人久立

---

① 载《世界日报》1946 年 4 月 4 日第 4 版。

是残霞"，尚有情致。又一首《齐天乐》的换头①："湖波归棹②月夕，清游曾小病。人艳如水"，如此便好。瞿庵先生也在上面圈圈点点。我曾经举唐人"雨中黄叶树，灯下白头人"，和温庭筠的"鸡声茅店月，人迹板桥霜"，和元人小令《天净沙》"枯藤老树昏鸦，小桥流水人家，古道西风瘦马，断肠人在天涯"，说这些名作，都是堆砌实字即名词，成功一幅清丽的图画。不过这种堆砌，是费过最大的剪裁或选择的工夫。王先生用我的话笑对我说，你这几句词也可以说是实字的堆砌了。

当我初次偕西洋文学系男女同学旅行西湖的时候，正是嫩柳红桃，妆点苏堤。明媚的山光水色，我耳目为之一新，此诗心境的怡悦，恍若置身于一个绝代佳人的面前，她的神光离合，逼着我不敢正视，我只有俯首了。

第二次再到西湖，大概是五六月吧，绿荷翠盖，摇曳于明月之下。一只小舟满载一群天真的少女，在湖波里尽情的游荡。曼妙的歌声和娇［嗔］的笑声，打破了夜里一片银光的岑寂。此时我坐在船头，她们要求我朗诵一首诗或一首词，然后她们才依次的或共同的唱歌。我的脸似乎有点发烧，不晓得怎样起头。最后鼓最大的勇气，读了一遍苏东坡的《水调歌头》：

> 明月几时有，把酒问青天。不知天上宫阙，今夕是何年。我欲乘风归去，惟恐琼楼玉宇，高处不胜寒。起舞弄清影，何似在人间。
> 转朱阁，低绮户，照无眠。不应有恨，何事长向别时圆。人有悲欢离合，月有阴晴圆缺，此事古难全。但愿人长久，千里共婵娟。

这一首词，我本来早给她们讲解过，对着她们也似曾朗诵过。那一夜里总觉得不很自然流畅。

因为是暑天，当然大家都穿的单薄。皎洁的月轮，踏着雪白如羊毛的云影，已经高悬在中天，而渗和着荷香衣香的清风，徐徐的吹来，她们青丝般的头发，真像迎风的垂柳。在那样环境中，大家都觉得有点注意，于是就回到旅馆去。

第二天早晨，大家忙着准备上北高峰，而一群中的一个，竟受病了。有人

---

① 原文作"齐天的乐换头"，径改。
② 原文作"掉"，径改。

来告诉我,就去看她,她睡在薄纱[围]着的帐内,脸儿在枕上看起来似乎很倦,很嫩的样子。同时两颊像朝霞一样,泛起红色。这显然是着凉了,我很想用手去试试她头部的温度而终于不敢。于是我便自告奋勇去买阿司比灵,同时吩咐工友还是陪其他的小姐先去玩山,我随后就来。其实,我那一天根本没有去成。在药买回来给她吃了以后,劝她盖上锦薄被衾,静卧一下。我就同另外一位特别关心她的小姐,陪坐在床侧的[凳]子上面,隔着一张方桌①,低声的聊天。她睡着后,细细的呼吸,我听着。她胸部微微的起伏,像一泓明湖在风平时的细浪,我也看着。

一大篇的废话,就是上面那几句词的注释,也就是十五六年前的一幅梦境。我想起汪旭初先生在讲《词选》时极端称赏的《浣溪纱》词:

> 道字娇讹语未成,未应春阁梦多情,晓来何事绿鬟倾。
> 彩索身轻常趁燕,红窗睡重不闻莺,困人天气近清明。

真的,东坡此种词句,也宜妙龄女郎,红牙低唱;彩索红窗,趣味的隽永,殆过于晓②风残月。可见才人妙笔,不仅限于"大江东去"。汪先生似乎这样的说过,但已记不清楚,文责由我自负好了。

四③

早年就学南京时,适汪旭初先生主编《华国》月刊,得读季刚先生诗词。曾以书抵汪先生。□谓季刚先生诗不如词,汪先生虽不以为然,亦将原函刊于《华国》④。辟疆先生后曾相告,谓有同感。其实于诗于词,[殆]无所知,□有偏嗜,岂遽定评。

后到南京,重返学校,黄先生及两汪先生,均任都讲,时承教益。黄先生讲《文心雕龙》,诗词[杂]文,无所不包,获益匪浅,惟谓清真《瑞鹤仙》,即起数句为"悄郊原带郭,行路永,客去车尘漠漠。斜阳映山落,敛余红、犹

---

① "桌(棹)",原文作"掉",径改。
② 原文作"既",径改。
③ 载《世界日报》1946年4月16日第4版。
④ 检今存《华国》各期,未见有刊。

恋孤城阑角。……"一首，为两宋压卷之作，则至今尚不甚解（汪先生词选，似亦有此说）。以为清真之作，如此者尚多，未尝即为压卷，例如瞿庵先生即推《瑞龙吟》一首。此中缘故，颇望通人之指示。

瞿庵先生以词曲教中大，垂二十年。其高足弟子如某君已有盛名，不愿深论，愿一论女弟子。女同学中以词人著称者，前有陈家庆①，后有沈祖棻，似均曾同堂上课而迄不相识。数年前旅居成都，唐圭璋同学曾以沈女士《涉江词》见示，心窃喜之。似如《浣溪纱》之一，其下半阕"应有笙歌新第宅，可怜烟雨旧楼台。谢堂双燕莫归来"，感伤离乱，情见乎词。徐仲年先生于《彼美人兮》②一书中，举其《临江仙》词，谓与朱淑真、李清照略同。实则淑真之词，何足媲美清照，沈女士身世词翰，与《漱玉词》真堪并读矣。沈女士夫为陈君③，以孟［伦］④同学之介，曾有一面缘。《涉江词》亦仅见油印稿，憾未睹其全也。

王伯沆先生尝谓作诗者喜作七律，尤喜作七绝；填词者喜填浣溪纱，实则均不易作。以浣溪纱而论，两□固难，结句尤当总括上文而有［达］的，词人以为如东坡之"彩索身轻长趁燕，红窗睡重不闻莺。困人天气近清明"，吴梦窗之"落絮无声春堕泪，行云有影月含羞。东风临夜冷于秋"，堪□合作。沈女士之《浣溪纱》，庶几近之矣。

---

① 陈家庆（1904—1970），字秀，号碧湘。湖南宁乡人。南社女诗人。1927 年与徐澄宇结为夫妇。其《碧湘阁集》刊于民国二十二年（1933），收诗 243 首、词 134 阕、文 15 篇。
② 长篇小说。初连载于《中国青年》（社址：重庆两浮支路八十四号），自第 10 卷第 1 期（1944 年 1 月 15 日）至第 11 卷第 3 期（1944 年 9 月 15 日），共九期，约占全书三分之一，首期题名"西方之美人"，自第 2 期方更为"彼美人兮"。后收入"正风文艺创作丛书"，上海正风出版社 1946 年 1 月初版。《附记》四则：其一，末署"重庆；三十三年一月十七日，星期日"；其二，"中央大学；三三，十二，二二，星期五"；其三，"涪陵、乌江、奔渡坎；三四，七，十七，星期二"；其四，"重庆，领事巷十二号；三五，一，十二，星期六"。
③ 即程千帆。陈为"程"之误。
④ 应即殷孟伦。1908 年生于四川省郫县。1932 年毕业于国立中央大学中国文学系。1941 年任四川大学中文系教授兼系主任。程千帆于 1932 年 8 月自金陵中学升入金陵大学，师从黄侃、吴梅、胡小石、汪辟疆、商承祚、汪东等。1943 年 8 月至 1944 年 7 月任成都四川大学中文系副教授兼金陵大学副教授。田楚侨与程千帆的会面，或即在此期间。

五①

黄遵宪的《人境庐诗钞》传诵一时，其《今别离》四首，以轮船、火车、电报、照相及东西两半球入诗，真能以新思想入旧格律，极旧瓶新酒之能事。今之作者，似乎尚少有此种魄力。我们觉得古今中外文明的分野，最显著要算交通工具了。尽管我们觉得乘坐旧式的小船，富有诗意，如杜工部诗"幸有舟楫迟，得尽所历妙"，大概是水上逆风。如李太白的"朝辞白帝彩云间，千里江陵一日还。两岸猿声啼不住，轻舟已过万重山"，则是顺水行舟，如《水经注》所说的"乘奔御风"。但我们既有了轮船，为安全迅速起见，自然舍木船而不坐。又例如骑马吧。你可以按辔徐行，如清真词："花骢会意，纵扬鞭、亦自行迟。"你也可以驰骋自如，如孟郊诗"春风得意马蹄疾，一日看尽长安花"，或疾或徐，你可以完全自主，不比木船还要听命于舟子。就是个人包一只船，他为营业关系也要催你。如耆卿词"留恋处，兰舟催发"，清真词"无情画舸，都不管、烟波隔南浦。等行人、醉拥重衾，载将离恨归去"，都是无可奈何，实则较之轮船、火车、汽车、飞机等类，准时开行，旧的交通工具，已经自由多了。但我们既有了火车、汽车，又随②愿意再去坐马③或坐马车呢。

战争也是新旧文化显明的分野，但除杀人的工具不同，古以弓矢〔斧钺〕，今以枪炮炸弹而外，交通工具也占重要的部分。步兵不如骑兵，所以一个农业国家，总敌不过游牧民族。胡人南下而牧马，饮马长江，立马吴山，这些成语，都是表示铁骑的威风。周穆王的八骏，或者不免荒唐，但春秋战国的勤求千里马，当是事实。相马的专门人材如九方皋之类也就应运而生。主要的是车战，马以运车，人以御马，所以御马者的技术，和马的优劣，当是决定胜败重要的因素。我们试读《左传④》所记，就可以知道。到了汉朝，求大宛马，改良马种。到了唐朝，我们觉得诗歌里，更充满了咏马的篇什。杜工部不用说，个人最喜欢的是岑嘉州的《卫节度赤骠马歌》。发端二句"君家赤骠画不得，一团旋风桃花色"，即非常警策。画马在唐，也最讲究，桃花马可画，然此马

---

① 载《世界日报》1946 年 4 月 19 日第 4 版。
② 随，"谁"之误。
③ 坐马，"骑马"之误。
④ 左传，原文作"右传"，径改。

行急，如一团旋风，试问如何画法。又如："扬鞭骤急白汗流，弄影行骄碧蹄碎"，〔两〕句自佳。"骑将猎向南山口，城南狐兔不复有。草头一点疾如飞，却使苍鹰翻向后"，草头一点，飞过苍鹰，其迅速可见。结尾"男儿称意得如此，骏马长鸣北风起。待君东去扫胡尘，为君一日行千里"，〔说〕明骏马的主要功用，还是在于安边御侮。宝马赠与烈士，名将名马〔总〕是相得益彰。《三国演义》的赤兔马，写得有声有色。至于"桃花马上请长缨"，也是形容女将军的名句。

但时代进化，骑兵又不如机械化师团了。血肉之躯的人和马，究竟抵不住坦克车。瞬息千里，使风云变色，河山改形的飞机炸弹，更不用说了。我们偶尔〔驰马〕试剑，猎取狐兔；或①者扁舟荡漾，啸咏湖山，都不失为闲情的消遣。但你不能沉醉在里面，而忘记了坦克车和炸弹、原子弹的威力。或竟诅咒现代工业化的文明，要想开倒车回到古代去。

六②

王伯沆先生诲人不倦，尤□善谈诗。个人除在课堂听讲外，并常到教习房楼上他住那间屋子里，听他的高谈〔阔〕论。他最不喜欢编通论一类的讲义，以为原书具在，尽够我们研究。某君著《唐诗通论》，刊于《学衡》③，于唐诗名家，都有评骘，在我们看来，已够博洽，但王先生曾对我说，某君于名家以外，等诸自郐以下，他就不很赞同，以为《全唐诗》所载，除开名家，也有不少佳篇俊句，似未便一笔抹杀。

同学湘人某君所作的诗，有"花落洞庭香"之句，王先生以为大佳，但疑非某君所作，嘱其另作一篇。过后王先生告诉我，古人诗，如"枫落吴江冷"，"满城风雨近重阳"，尽有以一句出名者，某君之作，初亦以为或系梦中之脚，偶尔踢中。但最后定为钞袭，或不甚误。此诗好处，在于无理而有可能。洞庭湖八百里，如何能香，此无理之说。但花落风吹，播散全湖，亦非决不可能。花落余香，何足为奇，加入洞庭二字，便成绝妙好辞，此非名手〔莫〕办。

王先生以为李贺之诗，可谓奇绝，例如"羲和敲日玻璃声"，从何处听来？

---

① 或，原文作"马"，径改。
② 载《世界日报》1946 年 4 月 22 日第 4 版。
③ 应即邵祖平《唐诗通论》，刊《学衡》第 12 期，1922 年 12 月出版。

又如"酒酣喝月使倒行",亦无理而妙。在酒酣气盛时,容有此种光景。

王先生以为无论诗文,均须先从学识器度入手,学问渊深,胸襟阔大,自然吐属不同凡响。他以为诗文有三字诀,即爽,朗,响。他对于意境笔调,都喜欢重大,与蕙风论词标举之拙重大略同。他以为作诗,均须选 [好] 题目,题目不好,就是大手笔,也无能为力。例如汪容甫的文章,不能说不好,《广陵对》《哀盐船文》《黄鹤楼铭》,都是皇皇巨制。但除此以外,就少大题目了。曾文正的机会比汪容甫好,这是时代关系。一个是承平之世,一个是生逢乱离。例如金陵城阙口的碑铭,本属幕僚为之,曾均不满意,后乃自撰:"竭天下力,复此金汤,哀哉将士,来者勿忘。"

这四句真是大力包举,何等气魄。平常的咕喎小声,章句陋儒,断难撰作此种大文章也。

因此联想到太炎先生批评黄季刚、汪旭初两先生的诗文,他以为黄先生的诗文有扩气,所以特佳。确实的,黄先生那一□目中无人,不可一世之概,或许就是他诗文的 [骨] 干。

"手似五丁开石壁,心如六合一游丝。"这是曾文正的诗句,作诗作文,都要心细才能深入,但能细者往往不能大,不就是说能在显微镜下观察者,往往不能乘飞机而□远□般,所以游丝一根,应绕六合。至于手笔要沉郁顿挫,更不要说了。王先生结为个人心思虽细锐,而□途尚嫌其窄小。常和我开玩笑似的说:"鼠子钻牛角,再不回头,快要碰壁了。"一别将近十年,师□墓木或拱,牛角既未钻到顶点,也未回头□路,一事无成,何胜慨叹。

王先生最大的长处,据个人看来,还是那种负责不苟的精神。他住在城南,无问 [风] 雨,按日来校,从未缺课。与常常缺课的黄季刚先生(闻同学传述:黄季刚先生尝自谓己同韩信亦作假王,盖请假之王也。此语未亲闻,未审确否。但某一学期的某一课程,每星期挑三点钟,黄先生在那一学期先后共上点□,则是事实。同时还有一位喜欢缺课的张 [歆] 海①先生,他的英诗文选读,我一学期也听过两三次,同学写信请他上课,被他大骂一顿,大概就是末一次的课堂)恰相对比。他教②学生非常认真,四年级的作文,他 [担] 任了□□年。字斟句酌改好以后,还像私塾先生那样,喊你过去,站在他坐处的

---

① "歆"字脱落,据史补入。张歆海(1898—1972),时任东南大学英国文学系主任。
② 原文作"叫",径改。

旁边，说明他改动的原因。单给我一个人，他就改了一大卷。我在离开他的时候，为要表示一点感谢的微意，□了一些很少的东西。但王先生拒而不受，他说，为我改文，他已经得到学校的薪给，他有责任，他决不［再］取。我当时很惭愧，但也很感动。我们觉得师生间的［关系］，最为纯洁，王先生这种精神，确如胡小石先生批评的，不免过于孤僻。因为他讲宋学的实践，过分的耿介，自然容易引起人难于亲近之感。但这种精神，在现代的中国，不更是一件难得的奇珍么。我们的达官贵人，似乎都应该知道世间上，有这样的人，有这样的事。

除了负责任不苟取以外，王先生讲学，于汉宋之分；讲文，于骈散之界；讲诗，于唐宋之争，他都能毫无门户之见，这也是他的伟大处。他常勉励我们，作词曲不如作诗，作诗人不如作文人，作文人更不如作学人。四子书是他每学期必讲的课程，有一学期他要讲管子，我曾和殷孟伦同学商量，由孟伦去请季刚先生讲《文选》，由我去请王先生讲杜诗，结果王先生听了□子，他说杜诗他也讲过，也愿意讲，但管子更为有用，所以不能改。我在铁道部作事时，他还劝我于作事之余，抽暇读数页有用书，所得必更奇进。信简犹存，而其人已殁矣。

最近偶于报端或友人谈话中，知某君在某大学讲《西厢记》，某君又在某大学讲《红楼梦》，都非常受人欢迎。《西厢记》《红楼梦》，在中国文学中都是不朽的名著。个人非道学先生，更无卫道的意思。不过大学教授专［作］注重兴趣，投合青年人的胃口，在教育上似乎是一个值得考虑的问题。王先生讲书，有时也杂以诙谐。他说大学教授，［犹］如秦淮歌女。他说他因娱母，要为母亲说《红楼梦》的故事，他对于《红楼梦》曾经读过十六遍，并曾层批细注，注明其出处。他说"红楼"一书，□经□史。他笑说他真是红学专家。①

七②

英国诗人威至威斯的名句"银海露酥胸，夜夜对明月"，据学西洋文学的

---

① 王伯沆批《红楼梦》，后有四种版本：一是《王伯沆〈红楼梦〉批语汇录》（上、下），江苏古籍出版社，1985 年 1 月出版；二是《红楼梦》（王伯沆先生圈点手批本），广陵书社，2003 年 8 月出版；三是《王伯沆先生圈点手批本〈红楼梦〉》，艺术家出版社，2010 年 1 月出版；四是《王伯沆批校〈红楼梦〉》（全四册），南京大学出版社，2010 年 8 月出版。
② 载《世界日报》1946 年 4 月 23 日第 4 版。

朋友说，这是英国浪漫诗人首先睁开眼睛，对于自然界的赞美。而中国文人，则除木玄虚《海赋》以外，见于诗词中的，"海"字根本不多。唐人的"请将东海水，量取浅深愁"①，宋人的"春去也，落红万点愁如海"，大概要算名句了。至于妇女装束，更异于西洋之裸胸，所以很少像威至威斯那样的联想。谢宣城"澄江净如练②"，已使仙才的李太白一生低首。他曾说："解道澄江静如练，令人长忆谢玄晖。"可以想见其倾倒的程度。

昔年就学南京，时于鸡鸣寺之豁蒙楼，品茶瞑想，独对钟山，以为双峰高峙，真像马□其背。现在我们的飞机，横渡喜马拉耶山，而名之曰"驼峰"，足证人同此心。有一次更发奇想，以为"一角浴钟岭，双峰隆于乳"，我们的王伯沆先生就大不以为然，劝我删去此诗。近读《湘绮楼说诗》卷二，谓：

> 读齐梁数卷古艳诗，唯言眉目脂粉衣装。至唐而后，及乳胸腿足，至宋明乃及阴私，亦可以知世风之日下也。余作诸诗，惟前一首言及乳，故记其言于此。③

所谓前一首诗，系叙为土倡留客事，中数句为："婵绢主人女，留客初婚时。低鬟工巧笑，拢袖掩冰姿。袜香长护乳，棉柔稳著肌。撩情烛应摇，非眠眼自垂。"④ 此与况蕙风老人所推重的宋词"绮罗纤缕见肌肤"⑤ 一首，可以并观。

在西洋诗中，摆伦的

> 睡□般温和的月光，
> 对着重洋。
> 织□亮晶晶的环网。

---

① 语出李群玉《雨夜呈长官》。多作"请量东海水，看取浅深愁"。
② 多作"澄江静如练"。
③ 据《湘绮楼说诗》，原文为："读齐、梁、陈诗数卷，古艳诗唯言眉目脂粉衣装；至唐而后，及乳胸骸足；至宋、明，乃及阴私，亦可以知世风之日下也。余作诸诗，惟前一首言及乳，故记其言于此。"
④ 该诗题作"萍乡赠逆旅主人女"。据《湘绮楼诗》第十卷，原诗作："婵媛主人女，留客初昏时。低鬟工巧笑，拢袖触冰脂。袜香恒护乳，绵柔稳著綦。撩情烛应摇，非眠眼自垂。"其中"触"，《湘绮楼日记》作"掩"；"綦"，日记作"肌"。
⑤ 语出《花间集》欧阳炯《浣溪沙》。

重洋轻轻跳动地的胸膛，

好像婴孩睡时的情况。

个人也觉得特好。至于雪莱《爱的［性学］》一诗："山峰吻着青天，月光吻着海波"，更是多人知道，不足为奇。总之，色情与肉感，似乎也是近代文明的特征。像中国古代对于女性美那种微妙精致的欣赏，要世风日下而无可奈何。所以我对于王先生这［种］意见，尚在然疑之间。王先生有一次曾对我说，世间处女，有一种特别而难以名言的美感。一经结婚，便觉销失。由此我知道王先生对于美的欣赏，也非常精［细］。他又说他少年时，曾作艳情的无题诗甚多，后均焚稿。个人以为青年钟情，女郎怀春，□如歌德所歌咏，用不着板起面孔，特别的压抑，发乎情，止乎礼义，导入正轨，似乎是较为妥善的办法。讲《西厢记》，用关汉卿和王实甫的［本］子，来比较其异同高下。讲《红楼梦》，用王国维先生的方法，以小说来体验人生，进入哲理。这种讲法，孰敢厚非。但这些似乎至少都是研究生的课程。大学中的青年男女，要学的东西似乎还多，还别有所在。文学的功用，在于情欲的升华。这与中国发性止礼、持人性情的说法，似乎不甚相远。

八①

我记得民国二十年离开南京时，曾到小石先生处［辞］行过，翔冬先生亦在。当向两先生［请］益，翔冬先生劝［我］阅读《湘绮楼日记》。后□成□购得以一册［函］辟疆先生，辟疆先生赐函，谓阅读一过，大概系集湘绮楼日记及王志诸书②而成，恐诸书尚未□者□□多，他日当集湘绮［楼］各书一为检阅也。后问杨沧白先生，杨先生以为近有《湘绮楼说诗》之刻，自□王志诸书为□云云。日记同书余竟未得睹，未知究如何也。

湘绮诗文，自清末民初一大师，即以黄季刚先生而论，在学术方面，虽师事章太炎、刘申叔，而文学方面，则多祖述湘绮。胡小石先生好像说过，五言［特］学汉魏六朝者，其七律必取径于温李。我们以为这种说法甚对。从陆士

---

① 载《世界日报》1946 年 4 月 25 日第 4 版。

② 王志诸书，应指王闿运同光年间主编和定稿的《桂阳州志》《东安县志》《衡阳县志》《湘潭县志》等方志及其《湘军志》。

衡《文赋》，有"诗缘情而绮靡"的主张说起，六朝的富赡，降而为温李的新声，再降而为宋代的乐章，大概是一脉相传，所以湘绮楼和季刚先生不仅七律接近义山，并且都工于填词。工于骈丽之文，更不用说了。

伯沆先生好像说过，散原的诗，在辛亥以前，尚不出湘绮的范围。辛亥以后，作风一变，就转变到宋诗的路上。王先生又说，郑海藏□尽净□，气概之大，究不如散原。他又说郑子尹文过于诗，散原亦如此。过后我在《青鹤》杂志①上，曾收集散原文章若干篇。七七事变，仓皇离京，一切读过书籍，连同伯沆先生、小石先生、辟疆先生给我写的东西，一并损失。据现在模糊的记忆，散原文章的气魄，大概近曾文正。

总之，我们谈中国的学术有汉宋，谈文章有骈散，谈诗歌有唐宋，虽然分别有这样多，大概不出两条路。一条是义理、散文、宋诗，一条是考据、骈文、唐诗。这是大体的说法，当然也有例外。例如赵香宋先生的文章，当然是散文，而□诗题以□□上。所以汪辟疆先生说蜀士往往独立于风气之外，而自辟途径。王伯沆先生对于张文襄诗"就中诗才尤清绝，能以宋意入唐格"，常常称诵，以为宋意唐格，如能合而为一，正是一条新的道路。所以我们对于中国文学的研究，贵能观其分，尤能观其合。

前数年杨沧白先生下世之前数月，偶有机会向他请教，他于回信中极推刘长卿七律。我于购读以后，说随州诗调高意远，乃其独擅。但杨先生回信又说，调高意远，别有人在，随州不得独擅也。惜乎竟无机时，再问杨先生。今以杨先生《论诗百绝》中论随州一首②，与《湘绮楼说诗》并观，知杨先生所标举，大体仍本于湘绮，但湘绮所说：

> 刘长卿《长沙过贾谊宅》③运典无痕迹。"汀洲无浪复无烟"一首，有"手挥五弦，目送飞鸿"之意。"路逐山光何处尽，春随草色向南深"，二

---

① 《青鹤》，文史杂志，半月刊。1932年11月15日在上海创刊，连续出刊5年，共出版114期，末期为第5卷第18期，1937年7月30日出版。总编陈灏一，又作甘簃，字藻青，号颍川生，为江西"新城陈氏"。

② 即《论诗百绝》之"四十四 刘长卿"。诗云："海内知名但长卿，五言仆射号长城，更嗟七字（文房七律如《登余干古城》《过贾谊宅》《自夏口寄元中丞》《使次安陆》《别严士元》《江州重别薛柳》诸作，皆音韵铿锵，词旨清峻，于王维、杜甫外，别成一格，高仲武诃以诗锐才窄，似稍过情）俱清切，漫为随州薄老兵。"参见杨庶堪著、彭伯通笺：《沧白先生论诗绝句百首笺》，四川人民出版社，1984年版，第101页。

③ 《湘绮楼说诗》其后有"诗"字。

语飘摇远逸。"暮雨不知涢口处，春风只到穆陵西"，"孤城尽日空花落，三户无人自鸟啼"等句，情景兼到，律诗上乘。《送子婿崔真父归长城》云，"心怜稚子鸣环去，身愧衰颜对玉难"，运典深妙工切。

［个人愚］钝，莫能理解者，或尚不［摧］十之三四。对于杨先生，可问而未能，尚望贤达之指示。

九①

王伯沆先生以为诗唯五言绝最难，难在浑成而有远致也。次则七言绝句亦复不易。唐人工者甚多，宋人如姜白石，亦复可喜。近读《湘绮楼说诗》：

> 七言绝句和乐皆五句，盖仿于《淋池》《招商》，其平仄相间，惟作者四句，则始于汤惠休②《秋思引》，自是以后，盛于唐代。有美必臻，别为一体。然其调哀急，唯宜筝笛，《大雅》弗尚也。而工之至难，一字未安，全章皆顿。余初学为诗即惮之，故集中无一篇。间有所感，寄兴偶吟，旋忘之矣。……

赵香宋先生赐函，亦谓："五七言今体决以唐人为宗，［殆］无余议。大抵由造句□起句不佳，则全篇减色矣。"又谓："唐律高者，以五言论，四十字无一字无用。假令一字一句空凑，则全章委顿，故句句有意，又皆［应］用之意，非□处生枝。故可为准的也。"

沧白先生曾对我说，［西］洋修辞学中有最精到□："文中之任何一字，如其于文之美无益，则必［删也］。"大意如此，原文已不复记忆。赵香宋也说："文无论［字数］，要在篇无闲句，句无闲字。"可知诗文之所以要删去闲字，就因为他不仅在积极方面无所帮助，而且在消极方面，还有损害。字句较多的诗文，闲字闲句，偶有一点，尚不觉得。如果是律诗或绝句，通共只有几十个字，那容还有闲言闲语。

---

① 载《世界日报》1946 年 5 月 2 日第 4 版。
② 原引文作"汤惠林"，径改。

因此，我们觉得绝句诗的结尾，固然要有远[致]，要有弦外之音，使人一唱三叹，索味于掩卷之末。发端二语，尤不可□。律诗的中间两联，固然要对仗精工，但一起一结，尤关重要。这两种诗，所谓今体或近体，要一气呵成，又要沉郁顿挫，实在都不好作。而我们[下]笔便作七绝或七律，独[观]赏味，何[曾]不沾沾自喜，但[仔]细推[敲]起来，便很难登大雅之堂。有一次伯沆先生曾出我不意的，说：不要以为七绝容易，随便写作。当时我不免摇头，现在想起来，我还得感谢王先生，虽然有时技痒，不免写上几句，但始终不敢自信。有日也出以示人，但□是请教的多。丑拙尚□[流布]，当然是王先生的教益。

伯沆先生又尝以为其他专家容易作，因为解人较少。诗则解人多，故作虽易，而无瑕疵，美好清新，传诵一时，则甚困难。《颜氏家训》，似乎也说："拙学研思，不妨精熟。如乏天才，勿强操笔。"① 此即《湘绮楼说诗》所谓："闻道犹易，成文甚难；必道埋允周，则诗文自古，此又似易而愈难，非人生易言之境也。"他又说：

> 情动于中而形于言，无所感则无诗，有所感而不能微妙，则不成诗。生今之世，习今之俗，自非学道有得，超然尘埃，焉能发而中，感而神哉。就其近似求之，观古人所以入微，吾心之所契合，优游涵泳②，积久有会，则诗乃可言也。其功似苦，其效至乐。究而论之，如屠龙刻棘，无所用之。人生百年，幸有可乐，殊不必劳心于至苦，运神于无用。故余之论，未尝劝人学诗，诚见其难也。

可知青年学子，不研专门学问，而喜为诗词，皆一病痛。我们的理想，除有天才者应为诗人而外，最好各有专业，业余之暇，偶尔吟咏几句，如劳人思妇之所咏歌，其动机纯出于自娱。这样的娱乐以养性情，等于我们业余运动家，玩玩球戏，训练身体及品格，都是人生有益的事情。

---

① 《颜氏家训》原文作："学问有利钝，文章有巧拙。钝学累功，不妨精熟；拙文研思，终归蚩鄙。但成学士，自足为人；必乏天才，勿强操笔。"
② 涵泳，原引文作"游泳"，径改。

十①

湖北才人，与余有同学之雅者，前有李白华，后有成惕轩。惕轩于骈文律诗，极工丽之能事。白华则才气纵横，昭章跌宕。以文论，如《寿朱骝先部长》；以诗论，如《送郭复初先生》，盖均煌煌巨制，未敢赞一词者。

余尝以联语为晚清所独［擅］，白华深表赞同，且谓清末文人，并喜诗钟②，如张文襄之流，以封疆大吏，苦思［骈］对至废［寝］食云云。余因联想，散原先生旅居京沪时，闻陈觉玄先生谈，亦喜赌诗条子③。曩年在渝，目睹蒲伯英④先生为此戏，旧岁元宵，雅座苦思，更有灯虎⑤。如《橐园春灯谜》⑥所载，巧思几夺天工，后来殆难居上矣。

所谓"诗条子"，其事当本于推敲。胡小石先生尝谓中国文法既异西文，故诗词中动字之［锤］炼，极关重要。如能善用数十动字，终身可以用之不尽。伯沆先生亦谓散原诗喜用"飘"字，他人不能"飘"者，散原亦能"飘"之。又如王荆公诗"春草又绿江南岸"一句，相传"绿"字原为"入"、"到"、"过"、"满"，□谓此或为诗条子之［滥觞］。《湘绮楼说诗》：

> 寄禅僧问："僧敲月下门"，胜"推"字易知，何必推敲。余云：实是推门，以声调不美，改用⑦"敲"耳，"敲"则内有人。又寺门高大不可

---

① 载《世界日报》1946 年 5 月 4 日第 4 版。

② 中国古代的一种限时吟诗文字游戏，限一炷香工夫吟成一联或多联，香尽鸣钟，故名"诗钟"。诗钟吟成，再作为核心联句各补缀成一首律诗，游戏结束。多限定内容（诗题）或文字。

③ 诗条子，亦称"押诗韵"。其法是摘录旧诗一句（七言或五言）中空一字或两字，以圈之，用纸条写好，旁注类似的字四个，原来的字写在纸条小角，用纸夹密封，任人猜测、下注。参见文安主编：《晚清述闻》，中国文史出版社，2004 年版，第 293 页。

④ 蒲伯英（1875—1934），四川广安人。蒲殿俊《晨报》《实话报》时期的笔名。中国近代民族资产阶级立宪派的代表人物，四川保路运动的发起者和组织者之一，中国新文化运动的积极斗士。

⑤ 灯虎，亦称"灯谜"。古代元宵灯节，张灯者贴谜面于花灯上，供人猜测。谜底着眼于文字意义。谜格相传有二十四种，至今常用者有卷帘、谐声、会意、白头、粉底、拆字、解铃、系铃等。参见钱玉林、黄丽丽主编：《中华传统文化辞典》，上海大学出版社，2009 年版，第 506 页。

⑥ 或作《橐园春灯话》。商务印书馆 1917 年 4 月初版，1923 年 1 月再版。编纂者：古闽张起南；校订者：武进恽树珏。是上、下两卷，是古今最完整、内容最丰富的谜书。其出版为"北平射虎社"奠定了理论基础，推动了谜事活动的蓬勃兴起。参见叶国泉、黄英章、杜可贵、甄汉深编著：《实用灯谜小辞典》，广西人民出版社，1989 年版，第 206－207 页。

⑦ 原引文为"由"，径改。

敲，月下而敲门，是入民家矣，"敲"字必不可用，韩未思也。因请张正旸改一字，张改"关"字，余改"留"字。

鄙意"敲"字如不合用，"关"字似较好，未知"归"字何如。好了，这两故事，恰凝成诗条子两条也。此虽文人游戏，降而变为赌博，但其事可以启人思路。诗文用字必求其工稳，亦最基本之工作。韩昌黎诗，六字常语一字奇，此一奇字，虽不志即为动词，但多为动词，可以断言。

除此而外，还有和韵诗，《湘绮楼说诗》：

> 看陈小石近诗，其七律亦自使笔如古，盖所谓险韵能稳，难对能易者，与樊山同开和韵一派也，因为作序。

个人于江翊云①先生之《蜀游草》，亦有使笔如古，难险韵能稳，难对能易之感。但和韵过多，曾引杨沧白先生语，以为不甚相宜。个人曾和陶《移居》至四五十叠，妄名曰《移居集》②，杨先生点阅改［窜］后，最终的评语如左：

> 此集已近成熟，清词秀句，络绎其间，故足喜也。唯叠韵为□断阻抑，其□当别论之。此于［习］作练习不无小助，要是宋后习气，不足多效。五古□尤当□□□□，不得以末法自□也。

他又于赐函中，再加说明：

> 次韵叠韵，鄙意［素］不主张，以为斧［斫］性情，以就文字，其巧思之运，乃同于诗钟灯虎。朋友酬答，肇自苏［李］，自不得废，唯不必

---

① 江庸（1878—1960），福建长汀人，字翊云，号澹翁。1906 年毕业于日本早稻田大学。1908 年中举人。曾任大理院推事，北洋政府京师高等审判厅厅长，司法部次长、总长，政法大学、朝阳大学校长。曾创办《法律评论》。1936 年救国会"七君子"案辩护律师之一。后在重庆执行律师业务。1949 年，同章士钊、颜惠庆、邵力子等到北平，与中共代表商谈和平。著有《趋庭随笔》《蜀游草》《澹荡阁诗集》。参见吴成平主编：《上海名人辞典（1840—1998）》，上海辞书出版社，2000年版，第 127 页。
② 惜乎诗集已不可见。

和韵耳。大作《移居集》，乃用是成功，较前辈草为无此病，且多警语。此□初□不无神助，再进则当自写情性，不必多此束缚。此宋以后习气，唐人用□，殊不常见。皮陆稍[随]此流，元[皮]和诗虽多，初不斤斤于韵，樊山辈自怙其才，为之不已，乃用回文，此成何境。近胡展堂《酒[圣]百余次》，散原评骘，亦引为叹。予瞻《题〈烟江叠嶂图〉》七古，神妙乃尔，后用□一言，则索然寡味，兹情文不俱至耳。

所谓回文，大概系指倒用原韵。一韵用到百多次，而文意要贯串，同昨又不许重复前意，这当然是一件困难的工作。但我们的诗人，就要难中见巧。巧思之运，同于诗钟灯虎，实在是破的之论。做□□诗，填和韵词，其□严者，四声悉同。玩诗钟灯虎，打诗条子，这便是清末民初，旧式文人的三味游戏。你说这些都是无益之事吗，他可用孔子的话"博奕独贤"来抗辩，或者更感慨的引项莲生的话，"不为无益之事，何以遣有涯之生"①。我们有用的聪明才力，不向科学方面去发展，便很自然的走向文字魔术中去求发泄。详细的分析起来，有政治的、社会的、物质的、心理的各种因素存在。但这些因素，都早已在转变中。我们须得猛省了，不可再钻牛角尖。

十一②

"满眼旌旗惊世路，闭门风雪羡山家。"这是元遗山的警句，但我们以为真的旌旗满路，山家也难闭门安居。我们在"严城钟鼓月清晓，老马风沙人白头"的环境里，致慨于"千里关河高骨马"，或者感慨的说"衣上风沙叹憔悴"，而觉得风雪闭门的山家，充满幸福，这是极自然的事。俗语说，这山看见那山高，真是道尽人情世故。例如王湘绮说诗："磴道清泉界水田，青苍垣树蠹墙鲜。居人未必无尘事，却被尘中望作仙"，就是说明这个道理。我们以为别个的家庭好，殊不知各人家里有本难念的经。我们以为别种职业好，殊不知条条蛇都咬人。

人固然有自尊心，以为自己的总比别人好，例如自己的文章，所谓家有敝

---

① 项鸿祚（1798—1835），字莲生，后改名为廷纪，钱塘（今属浙江）人。清代词人。著《水仙亭词》二卷，《忆云词甲乙丙丁稿》，补遗一卷。曾自弁其集云："不为无益之事，何以遣有涯之生。"
② 载《世界日报》1946年5月13日第4版。

帚，享之千金。但在好多方面，就常以为不如别人。这是起于求全责备，或者不知足的占有的心理。这是空间的扩展，还有时间的扩展。我们常常忽视现在，以为现状不好，有些追逐将来，有些就迷恋过去。我们要不远千里，[负]粮寻山，但当地的居人，就□同寻□，或近在咫尺，也未前往。我们以为已得着的不足为□，所以走了的鱼常常都是大的。故乡的美好，要在异乡时才觉得；也如健康的快乐，要生疾病时才领略，这一个外国诗人的譬喻，真是再好没有。在一本外国书里，又说我们常觉古时代的□□比今世更优，[好]像我们看距离相等的电杆，常觉近疏而远密。这个譬喻也非常恰切。这些都是眼光或心理的错觉，不足为奇。

现实的环境，美丑并存，而在诗人的想像里，则是取美遗丑，并加以种种的渲染。所以我们对于所咏歌曲的东西，常常[悠]然神往，而引起思古的幽[情]。这种偶然的陶醉，或者也有相当的益处，但如以为古代的一定好，慨然思退于古，那你就不免为诗人所[误]了。

如果大部分的文艺作品，是肉欲的升华作用，那我们就可扩广的说，一切文学作品，透过想像，已经发生净化作用。朱光潜先生的《文艺心理学》，真能运用近代的科学解释自来认为不可捉摸的美学。他说文学作品与现实总保持相当的距离。这种距离的由来，就是想像的净化。我们的大诗人莎士比亚，以为诗人、情人、醉人、梦中的人、疯了的人，都同样的具有强烈的想像。"情人眼里出西施"一句成语，不是已经美化了对方吗？李长吉的"酒酣喝月使倒行"，元遗山的"醉来日月两秋萤"，不是已经改变了日月的位置和形状吗？宋人词"梦魂惯得无拘检，又踏杨花过谢桥"，□不是已经说明我们下意识的灵魂，逮着一个解放自由的机会，就要偷偷摸摸的出现吗？

总之，文学的内容，除一小部分是满足现状，乐天知命以外，大多数皆孤臣孽子，劳人思妇之所作。身逢不辰而苦忆承平之世，或环境并不甚恶，繁荣业已销歇，或者甚至于从根本上看来，比起古代，诗不如人，而我们的诗人还是要用无病之呻，来表示风雅。博古所以知今，这是最好不过的。而我们研究中国文学和其他学问，很□随人博古的钜牢里，在那里孤芳自①赏，而把整个的时代都遗忘了。

五四运动去今已有二十七年的历史，时间当然不算很长，但单就文艺方

---

① 自，原文脱落，今补入。

面，尤其是诗歌方面，成就实在有限得很。我们陆续见着许多新诗作家改做旧诗，但旧诗家改做新诗的似乎如凤毛麟角。我并不因此为新诗前途［隐］忧，我担心的是旧诗还有他存在的理由。我们已引过的顾亭林先生的话，他说不似则失其所以为诗，似则失其所以为我。我们又见着王湘绮说诗，不讲格律，诗不必作；既讲格律，作必难工。我以为两位先生的话，都值得深思。我们生活于几千年来诗的格式中，不方便确是不方便，一举而廓清之，可以诗人满街走，岂时①古今快事？但空无依傍，过分容易，人人可写，□□必作。既无夺取锦标的机会，当然积久而遂废然思返。旧诗所以难作，是因为精英已经发泄，就是英雄也无用为。新诗所以作家寥寥，成［诗］未免容易，就是阿猫阿狗也可以印行诗集。这两个解释的后一个，是我一时的妄想，或许也是一个抛砖引玉的办法，我并不想为新诗加以桎梏枷锁，他现在尚是婴孩的时候。婴孩最容易受人忽视，我的解释，实在是珍重他。信不信，由你。

十二、再谈和韵诗②

关于和韵诗，已［几］度谈及，大抵均系反对之论。昔年阅《青鹤》杂志，赵某先生言，谓和韵诗为"捆倒打"，细思其言，亦颇有理。［人］学□和韵，或学散文，由字句音节以求神韵。黄季刚先生于太炎文章至为倾佩，谓太炎熟读段注说文，多数成诵。其词安定，不能移易；又谓从学太炎时，□有秘本□。尝［伺］其出，发□□视，则古人虚字语也。□就古人佳文，去其实字，仅留虚字，及自为文章，按已缺实字填入，其文不期古而自古。此说也，究是季刚先生自述，抑闻诸其他先生，今不确记，未敢擅断，特此种方法于初习为文，必可采用，则无疑义。盖西洋文学名家，亦于年少时，取古人佳篇名句，随意改作，然后持较原文，觇其高下异同也。在此种立场上讲，诗和文的差别，在有［韵然也］。学文可以按［谱］填字，学诗更加上和韵，此即"捆倒打"之说也。

在根本上说，诗可以有韵，也可以无韵。我们觉得王国维先生的说法，最为通达。王国维《观堂集林》"说《周颂》"：

---

① 时，应是"非"之误。
② 载《世界日报》1946 年 6 月 1 日第 4 版。

凡乐诗之所以用韵者，以同部之音间时而作，足以娱人耳也。故其声促者，韵之感人也深；其声缓者，韵之感人也浅。韵之娱耳，其相去不能越十言或十五言，若越十五言以上，则有韵与无韵同。即令二韵相距在十言以内，若以歌二十言之时歌此十言，则有韵亦与无韵同。然则《风》《雅》所以有韵者，其声促也。《颂》之所以多无韵者，其声缓而失韵之用，故不用韵，此一证也。

本刊在最近的过去，以有韵无韵引起争辩，两边的说法，都引经据典，似［均］很有理由。其实只要明白王先生的说法，可以知道双方都不免有些偏见，一个据旧诗说，一个据新诗说，不知道《风》《雅》有韵而《颂》无韵，是古已有之。何以要用韵，何以可不用，道理也非常简单，何必争论。

其次，作诗不难于韵而难于和。刘彦和的《文心雕龙》"声律篇"：

异音相从谓之和，同声相应谓之韵。韵气一定，故余声易遣；和体抑扬，故遗响难契。属笔易巧，选和至难，缀文难精，而作韵至①易。

黄季刚先生以为这是精［辟］之论。他曾经举曹子建"明月照高楼，流光正徘徊"二句，他说如果改"楼"字为"阁"，始与"明月照高"四字相和，选此和声，法至无定，所以倍难；至于准"徊"字而作［韵］，似难而反易也。

不仅作韵甚易，有时因为［韵］有限制，思路更易于纷杂之中，寻出道路。《湘绮楼说诗》：

又于案头得来纸索题者，因检案头易由甫《琴思》词本，和其第一篇《水龙吟》韵，以期立成。盖文思不属时，非和韵必无着手处，以此知宋人和韵，皆窘迫之极思也。印伯温文大雅，必无无聊之作，见此必怜我之匆匆矣。

可知在思路比较深入，而学问又比较广博的人，和韵叠韵，实在都不困难。［其］有反正，有开合，容许多用譬喻，在腹笥充裕、才思敏捷的人，那

---

① 至，或作"甚"。

会感到困［难］。不过这样一来，毕竟只是作韵，而不是作诗，可以见巧思，而非真性情之流露，所以杨沧白先生不甚赞同，其原因就在此。但于初学练习，也还有益，这是我们要注意的。杨先生说东坡□□叠□□，第一首神妙乃尔，第二首和诗，则索然寡味，但东坡□一首和作胜于原唱。又如□字属诗，亦确如黄山谷所谓"和答三人，四返不困，而愈崛奇"。即杨先生本人，□□与陈真如先生和韵，而未能免俗，可知偶一为之，未尝不可。叠得太多，不免勉强，这是个人对于和韵诗一个中庸的看法。

五月廿五夜

十三①

关于悼亡诗词，我们曾谈过一次。

郑海藏悼其子东七诗"一家各上床，掷汝向荒草"②，悼亡诗的"偕老亦既老，所欠惟一死。先行子不惮，继往吾何馁"③，都不失为好句。吾友李白华君以为顾亭林的"贞姑马鬣在江村，送汝黄泉六岁孙。地下相逢告公姥，遗民犹有一人存"④，极为沉痛。在词里，东坡的《江城子》，自注"乙卯正月二十日夜记梦"，［实］亦悼亡之作。此词与梅溪《寿楼春》同用阳韵，哀音促节。这于何处［语］某君引东坡此词于文之发端，而下文所述之死者，则与作者为母子见系，此真极大之错误也。

除诗词外，李后主祭其亡妻一文，亦非常沉痛，惜《吴越备史》⑤不在手边⑥，无从征引。至以妻悼夫，则梁刘令娴《祭夫徐敬业文》，真六朝之名作，为众口所传诵。其最佳为末段：

---

① 载《世界日报》1946年6月4日第4版。原题"十四"，有误。
② 语出《哀东七》三首之二。
③ 原题《伤逝》。
④ 此即顾炎武《悼亡五首》之四。相逢，或作"相烦"。
⑤ 《吴越备史》，宋钱俨（937—1003）撰。编年体史书，四卷，补遗一卷。旧题范坰述、林禹撰，乃俨假托。此书记载唐末、五代、宋初一段历史时期内吴越国钱氏五主事迹，颇为详备，故名《吴越备史》。有《四库全书》本、《学津讨原》本、《武林掌故丛书》本、《四部丛刊续编》本。参见赵传仁、鲍延毅、葛增福主编：《中国书名释义大辞典》，山东友谊出版社，2007年版，第520页。
⑥ 原文作"不手在边"，径改。

生死虽殊，情亲犹一。敢遵先好，手调姜橘。素俎空干，奠觞徒溢。昔奉齐眉，异于今日。从军暂别，且思楼中。薄游未返，尚比飞蓬。如当此诀，永痛无穷。百年何几？泉穴方同。

前八句宛转曲折，后八句顿挫跌宕，善于运用对照和譬喻，令读之者低徊不能自已。至于前面的"雹碎春红，霜雕夏绿"两句，虽是非常著名，但王伯沆先生就微以为嫌。他说这两句文，如果是夫祭其妻，毫无问题，以妻祭夫微嫌未当。这是王先生的意见。

王先生与吾蜀尹昌衡将军雅善，王先生曾送尹将军一联，其文为"羞与哙等为伍，虽无文王犹兴"。王先生以为此联［拟］议，未免稍过，有飞其伦之感①。此与许②刘令娴文略似，因并记于此。

十四、我与写字③

以交朋友来说，有些人是一见如故，有些人则［口］味不同。以学东西来说，有些很合口味，有些又终身为门外汉。前者儒说如旧相识，佛说则为因缘，后者据说是性之所近或者神秘一点说是天才。其实第一次的关系很大，两则恐怕相同。以学习数学来说吧，很多朋友都视为畏途，而个人则因中学数学教师王伯宣先生的善教，觉得很有兴趣，虽然在小学时，于数学也莫名其妙。其次例如写字，在私塾的时候，就把笔路写坏了，以后简直无法挽救。

胡小石先生的书法，大家知道，但个人在受教时，除问诗法外，就少请教过。王伯沆先生，倒请教过一次，但他的答覆，是读书多。胸襟眼界都宽阔，字当然好，并引陈散原先生为例，他说陈先生平生未尝习字，而其字绝可爱。

---

① 按"拟非其伦"一说，"飞"应作"非"。
② 若妻冠夫姓，"许"应是"徐"之误。
③ 载《世界日报》1946 年 6 月 7 日第 4 版。

有一次他又嘱我代购鲍春霆①将军书写的联语，上文为"三分天下四川水"，下联一时忘记，但我竟没有给他买着，我写信给他道歉，他回信说：

> 来函已悉，弟时甚□入，充之以学养，再作必另有一境界也。鲍公对如字体雄伟，望即购寄，不必胶执。索写之联附还，聊代面耳。即问楚侨贤弟侍［福］，［春］启。

可见他注（意）于鲍字，是注意他的雄伟。另外的也没有寄去，而王先生给我写的那副对子，幸而现在尚还保存。

其次赵香宋先生曾数度通信，以拙作请益。关于写字一事，我并未请教，而赵先生则几乎每封信都要说到写字。例如说："作字亦须大雅，勿有三家村气，勿有市上俗气。"又说："作字亦求开展，勿近破碎。"我实在感谢赵先生这种盛意。

再其次就是杨沧白先生，是民国卅一年，我同张筱门兄走谒，为的是代云阁兄索字，同时以诗稿两册，请求评阅。此次读杨先生的诗甚多，谈话也不少。第二次是个人去，碰巧杨先生到黄桷垭，没有遇着。第三次偕云阁兄去，谈话更多。在谈话当中，杨先生很诙谐的说，他同陈真如先生对我有个建议，因为我的诗文都还不俗，而字太不相称，希望我学一学。不料这一次就是我与杨先生最后的一面，我的字还是毫无进步。有一年除夕，我单作怀陈真如先生绝句数首，中有一首，提到杨先生同他们劝我学字，末两句为"不惜临池水全黑，□教红袖解笼纱"。这算是我自己解嘲的说法，但其中也不无真理。

赵先生、杨先生对于后学那种殷切的盛意，实在令人知感怀惭。最幽默的我以为要算蒲伯英先生了。蒲先生于民国廿二年（？）避暑于渝之桂花园，我那时忝为重庆联中教员，家眷也住在那里。每天夜里，有很多机会，侍坐闲谈。我也谈到写字的问题，蒲先生劝我学《道因碑》，但不要购买何绍基的临

---

① 即鲍超（1828—1886）。清末湘军将领。字春亭，后改春霆，四川奉节（今属重庆）人。行伍出身。咸丰四年（1854）以川勇投湘军，升至参将。后至长沙募勇，所部号"霆军"，在湖北、江西、皖南与太平军作战，以能战名。同治元年（1862）授浙江提督。后至闽、粤镇压太平军。同治六年（1867）在湖北尹隆河与淮军刘铭传夹攻捻军，被李鸿章劾以会师误期，愤而称病乞归，所部大半遣散。光绪六年（1880）授湖南提督。1885 年中法战争中调赴云南。次年回籍，病卒。参见夏征农、陈至立主编：《大辞海》第 12 卷 "中国近现代史卷"，上海辞书出版社，2015 年版，第 159 页。

本。有句话很幽默，你的字很好，不俗，只须注意点画便得。以后我常同朋友谈，蒲先生这个话，等于说你的文章不错，只须注意字句即得。文章的字句尚且欠妥，那里谈得上其他。写字来说，点画尚须注意，好处从何说起。以后到南京，凑巧云阁兄因办《西南评论》，要因题字，购了一本故宫博物院出版的《道因碑》，结果我算据为己有。虽然没有用心好好的临过，但因为蒲先生推荐过，就视同拱璧。除了乱题的一本书名叫《高考指南》，是在《道因碑》上钩摹而外，实在说不上心得。最后在南泉受训，那一本《道因碑》也就不翼而飞，现在想起来，还觉得可惜。

廿九年在南泉受训，因为一场小病，睡在家里，委实无聊，于是叠《移居》诗，［要情］之发，自命和陶。其时友人中如成惕轩、黄惠威、王［达］五、张少侠诸君都有唱和，陈觉玄师往还尤多。初意是借作诗来消遣病榻日月，结果病已愈可，而诗仍不休。那一次受训的成绩最劣，大概受作诗的影响最大。汪辟疆先生曾经驰［书］劝告，谓名士习气，不宜于今日，应予痛改。我虽深受感动，但性成［慵］懒，莫可如何。最近又因某君招饮，饮黄酒过多，又病了一次。病中颇觉无聊，于是向李良政①兄借了一本《黑女碑》，承他好意特地为我送来。很想如像在南泉作和陶诗一样，趁此机会，学一学字，藉副赵、杨、蒲、王各先生的雅望，结果时将一月，病渐愈可，而《黑女碑》一本，仍关在办公桌抽屉里而未尝一临。我偶然一想此生与写字一道，大概是无缘了。先严在时，我尚童年，见我写字，不禁叹息曰：儿兄写字极佳，大概被他写尽矣。其时家兄已安世，我偶尔在旧书上面见他写的字，确实比我高明得多。悠悠忽忽就是卅余年，何所成就。

十五②

杨沧白先生在上海时，汪、陈百端诱胁，不为稍动，卒由香港，间关归蜀，其高风亮节，国人同钦。杨先生于汪，有律诗③一首，发端二句，偶尔遗忘，下六句为"子孟上官俱念汝，会之伯彦独怜□。□栖枳棘宁孤往，牛夺蹊田□互倾。君本佳人最堪念，莫教千古恨终成"，似尚望其最后的觉悟。《汉

① 曾任《世界日报》《新华时报》主笔，后为海南华南热带作物研究院教授。
② 载《世界日报》1946年6月16日第4版。
③ 原文作"律师"，径改。

298

书》记载李陵、卫律说灵武王降胡一段，真绝好文章。同秦桧、汪伯彦之流，
□主和媚金，形同卖国，然较之刘裕、张邦昌，在帝国卵翼下，窃帝号自娱，
似尚高出一等。在日本投降以后，个人曾有歪诗数首，中有"伪楚降齐同瓦
解，李陵卫律更安之"，即为陈公博辈惜。汪氏早死，可谓大幸。假若死于刺
摄政王时，或廿四年人刺之于中央党部时，宁不更幸？乃以多寿取奇辱，较之
褚彦回，死尤披猖。

《南史·褚渊传》：齐爰禅，拜司徒，宾客满座。其兄炤叹曰：彦回，少立
名行，何意披猖至此？门户不幸，复有今日之拜。使彦回作中书郎而死，不当
是一时名士耶！名德不昌，复有期颐之寿。

同时《续世说》载褚拒公主事：

> 褚彦回美仪貌，善容止，俯仰进退，咸有法则[1]。宋景和中，山阴公
> 主窥见彦回，悦之，以白帝。帝召彦回西上阁宿十日。公主夜就之，备见
> 逼迫。彦回整身而立，不为移志。公主谓之[2]曰："君鬓髯如戟，何无丈
> 夫意？"彦回曰："回虽不敏，何敢首为乱阶。"

足证少立名行，固非虚语。于男女之私，尚能以礼自持，而禅代之际，
□□□□异趣，此真可惜。

"沧波熨月无微折，碧宇嵌星有密攒。"此汪季新印度洋舟中望月之作，曾
载于《采风录》者。[3] 以常识而论，月明则星稀，满天星斗必无月照之夜。个
人于廿八年在成都《建国画刊》上曾引韩昌黎《盆池》诗"池光天影共青青，
拍岸才添水数瓶。且待夜深明月去，试看涵泳几多星"为证，证明汪之矛盾。
后曾以此意质之翔冬先生。先生以为此虽有语病，但在党国要人中，汪究能诗
者。杨沧白先生则以为汪远不如胡展堂先生也。张慧剑君主编《南京朝报》副
刊时，谓汪诗除"慷慨歌燕市，从容作楚囚。引刀成一快，不负少年头"一首

---

① 法则，原文作"风则"。
② 原文无"之"。
③ 语出《印度洋舟中》，发表于《国闻周报》第 13 卷第 49 期（1936 年 12 月 14 日出版）的"采风
录"（国风社编），署名"季新"。全诗云："多情灯火照来残，露气微生筦簟寒。自被疮痍常损虑，
转令魂梦得粗安。苍波熨月无微折，碧宇嵌星有密攒。谁奏鸡鸣风雨曲，悄然推枕起长叹。"据汪
兆铭《双照楼诗词稿》（大北京社，1941 年 3 月 10 日初版），则题作《印度洋舟中（二十五年三
月）》，"微生"作"潜生"，"嵌星"作"箝星"。

外，扩大会议失败后一绝"残烽废垒对茫茫，塞草黄时鬓亦苍。剩有一杯酬李牧，雁门关外度重阳"①，尚不失为好诗，而《双照楼诗集》，竟不收录此首。既已贵为行政院长，雅不愿再记□□。其时个人尚不谓然，不知张君固意存调侃也。至汪《三月廿九日游岳麓山②谒黄克强墓》：

> 黄花岳麓互联绵，此日相望倍惕然。
>
> 百战山河仍破碎，千章林木已风烟。
>
> 国殇为鬼无新旧，世运因人有转旋。
>
> 少壮相从今白发，可堪揽涕墓门前。

大概是二十八年或二十七年的作品，诗亦可［观］。初不料其所谓"转旋"者竟如此，其可怜也。王伯沆先生长□□□③图书馆时表章阮圆海诗，陈散原、章太炎两先生，以为不以人废言，三百年无此作矣。柳诒徵先生刊行《咏怀堂集》，集后作品，于阮亦有恕辞，以为当时清［廷］如不逼之已甚，或不致于倒行逆施，此论确否，殆不具论。余书箧［内收］《双照楼诗词》一本，系友人借阅而未及归还者。后唐君毅兄惠赠《咏怀堂集》一册。今此二书，并在成都。三人生平，均艺林秽史，□直干犯名教，不［仅］轻薄，不护细行之文人矣。诗歌可以陶冶［虽应］征召而尚悔一出，时有故国之思者，□犹不远。郑虔洛阳，王维赋诗，文人无行古今同□。余因之怀疑④，文艺于人格之影响，以为陶冶之功，殊难尽信。

　　昔在蓉时，翔冬先生以《雨⑤不绝》五律一首见示，中有"陈蕃死何怨，王维病起无"⑥ 两句。"陈"指散原先生骂贼绝食事，"王"指伯沆先生［气］节，殆非右丞所能比［拟］。后沧白先生以右丞方外之士⑦，亭林《日知录》，［觉］有［激］而发，非只右丞也。窃以为散原死事之烈，杨沧白先生［间关］

---

① 诗题为《出雁门关》。
② 山，原文作"上"，径改。
③ 三字难以辨识。据其生平，王伯沆曾任江苏省立国学图书馆馆长，又曾在南京江南图书馆任事。
④ 原文作"疑怀"，径改。
⑤ 原文作"再"，径改。
⑥ 诗题《雨不绝有悲往事》。全诗云："诗传槐叶落，文丧德星孤。陈蕃死何怨，王维病起无。同云天丑老，类我月糊涂。莫道成都好，朝昏听屋乌。"
⑦ 原文作"土"，径改。

□□，［赞］为文人中之卓荦者。余昔咏韩光第将军与马占山将军，有"一死一生［皆］国士，韩将军与马将军"，似亦可以移赠陈、杨，盖不仅为民族生色且为文坛洗垢矣。又吴子玉将军之死，较之［齐］秀才俯甘国法，岂止云泥之别。乡人刘泗英先生情殷念旧，于故乡［殇］蓬莱阁，于渝殇天隐阁，沧白先①生之丧，经犯不遗余力。近更将由京转平，为吴子玉将军营葬，较之江南刘三之葬郑大将军，难易容有不同，而高风今所稀有。窃望国家于陈，于杨，于吴数公，均能特别再予褒扬，以式来兹。

十六

余于《怀旧录》中，数数谈到王伯沆先生，今拟再谈王先生数事。

王先生［尝］劝人读有用书，有用除"四书六经"外，《管子》《淮南子》他都认为极有价值。笔者近于许伯建君处借得《中国文学》数册，一卷二期载有先生《与王雷夏论学书》凡十余通，多涉佛学。佛学一道，王先生谓□早年，反对甚烈，［后］稍稍研究，始知其精深。笔者于此为门外汉，不敢妄谈。中有一处涉及学风者："近世学风与世风俱不堪，瀣常私忧之。然推其原因，全由不读六经四书，则廉耻不明，立身无本。不读'通鉴'，则利弊不明，乱政日多"②，则"通鉴"亦王先生所谓有用书之一。

记民国初年，太炎先生入蜀，在川师校演讲，亦谆谆劝学子读"通鉴"。今之从政多洋博士，"通鉴"一书，未必阅览。昔贤者语当时宰相读《霍光传》，盖国家大政，罔非不学无术者所能胜任。昨尝与良政兄闲谈，渠谓洋博士，似未尝读《商鞅列传》。商君虽刻薄，尚知徙木以立信，今之黄金储蓄则食言而肥矣。李君此言，极为沉痛。此事已成过去，而四川征实又复成为问题，此皆政府不顾本身威信，极不明智之措施。不在执政本身，不学者无术。在政府本身，不信者无威，稍读故书，岂待烦言，今则数典忘祖，宜其折鼎覆𫗧。读王先生"利弊不明，乱政日多"二语，为之心惊矣。

---

① 原文作"光"，径改。

② 《中国文学》第 1 卷第 2 期（1944 年 5 月出版）所刊王瀣《与王雷夏论学书》共计 11 通。引文出自第 9 通，末署"八月十一日"。移录时据原刊补正。王雷夏（1865—1936），名宗炎，号燕樵。王荫祜子、王耕心、王夔立弟。光绪二十三年（1897）举人。光绪十三年（1887），受业于陈壬龄、陈廷焯父子。

笔者服务于铁道部时，曾以处境困难，颇思求退，当时王先生赐书有"棣台以处境复杂，颇味鄙言，此阅历有得语。倘能抽暇读数页有用书，则所得必有奇进矣"数语。年来书虽未读，然立身行己，亦未敢违王先生之教。又"通鉴"一书，舍政治而言文学，亦不刊之典。黄季刚先生曾谓汪容甫一生得力于"通鉴"。容甫少孤，仅有残本，就此熟读，多能成诵，故其文淹雅云云。

王先生尝谓作词曲不如作诗，作诗不如作文，作文人不如作学人，以纯文学立场言，不无可议。但前辈持此论调者，不〔惟〕王先生也。沈紫蔓女士①在同学中，以工为小词著名，方湖先生曾驰函劝其少作：

> 弟小令骎骎追古作者，而幽忧沉痛之语，使人读之，回肠荡气。家国之痛，身世之感，亦不宜过于奔进。仆意固非如前人诗谶之谓，实以文词过于悲伤，发之至诚，有伤心气；习之既久，即觉天地间皆呈一悲惨之境，力不能自破，则身亦甘之矣。即以身世论：弟以美才，腾逴②词场，凡所造述，冠孙前哲；又以家世青箱，抗心希古，人世所竞逐之声华，在弟则弊屣而不屑一顾；此固不可求之于今世者。千帆行谊学术，亦自卓绝，取俪吾弟，适成双美。……词姑少作，曷移其力以事当世之务，则所以辅翊千帆者，不既多乎？（见《中国文学》一卷四期）③

近承曾履川④先生赐油印本《涉江词》一册，排印本《猛悔楼诗》一册，樊山题词数通，弥可珍贵。中有一则，转述张文襄语：

> 先师张文襄公亦曰：诗可多作，词不必多作。词以绮丽为正宗，日日

---

① 紫蔓，多作"紫曼"，系沈祖棻别号。

② 《汪辟疆文集》作"连"，有误。

③ 原题《方湖诗：得沈祖棻雅州书，凄断不可卒读，适校阅〈后山集〉，因集句成二十首，寄之以广其意，兼示千帆》，其后附沈祖棻书及汪辟疆复函，载《中国文学》第1卷第4期（第71—76页），1944年11月出版。复函后收入《汪辟疆文集》（上海古籍出版社，1988年版），题作《复沈祖棻书》，末署"四月二十一日，汪辟疆"。

④ 曾克耑（1900—1975），系曾巩（南丰）后人，字履川（因其出生于四川），号涵负（复），又号颂桔，闽侯人。曾追随吴挚甫哲嗣吴闿生（北江）学诗、古文辞，与贺培新、潘伯鹰等早负时名；又从游于陈衍、陈三立，亦得宋诗法乳。擅书法，曾与潘伯鹰同谒沈尹默之门，重庆时期即有"草圣"之称。卒业于北京财政商业专门学校，生平以财经为专业。曾任暨南大学教授、国史馆纂修。晚年寓香港，任新亚学院教授。著有《颂桔庐丛稿》73卷。

为，乃肠［尽］气语，恐器量日趋卑琐。看周美成、柳耆卿毕试①有何事业。

亦谓词不必多作，可谓所见略同。实则损人器量不②绮丽之词，即寒瘦之诗，如孟郊、贾岛，初学以之入门，不无洗涤之功，而习之既久，确类诗因。天地本自广大，何处不可安身，而孟东野则谓"出门即有碍，谁谓天地宽"。聊以自娱，褒贬何足轻重，而贾长江则谓吟诗"二句三年得，一吟双泪流。知音如不赏，归卧故山秋"，可谓褊心之［极致］，异乎达士之襟抱矣。昔者伯沆先生尝谓郊、岛可学而不可学，又谓［诗］才可爱者虽拙重大，稍加绳墨，便已可观。若夫［纤］细□逼，究［难］成为大［家］也。王先生虽薄词，然犹以为难。至于赵香宋先生赐函，于诗词两者更显为轩轾：

能诗自然能词，有诗人不作词者，彼不为也。词人不作诗，则或不能矣。词人所学多陋（南宋陋者已多），其不陋者，乃别有根柢，不于词求词。③

作词不应于词求词，作诗亦然。方湖先生赐书，亦论及此点：

楚侨老弟，叠奉手毕诵悉一一。诗较前更进，足征好学之猛。香宋所批示，最中肯［綮］，此老真具眼也。兄意诗求之于诗之外。诗外自有学术，有经济，有人情，胸怀所蕴蓄者既积于中，则发之为音律者，必出诸寻常句语之外，此探诗之本旨也。若但区派别，审风格，正步趋，此犹为操觚说法耳。弟诗有好句，有篇法，所缺者诗外事耳。将来着力处，诵经史，探理篇（古子及宋元理学、东西哲学皆是），察人情，又贵能一一体会，返于身心，则蓄理富而择［别］精，出其绪余，以为诗文，则信今传后矣，诗云乎哉。……④

---

① 毕试，疑是"毕生"之误。
② 据语意，此处应有脱落之字，如"惟"或"只"等。
③ 此一部题作《怀旧录（十六）上》，载《世界日报》1946年6月29日第4版。
④ 此函又单独刊于《世界日报》1947年8月26日第4版。参见书后附录。

田楚侨文存

诗外有事，［以］事为诗，本中国一贯之宗风，而纯文艺家或诋斥其说。但读书多、胸襟广，如王伯沆先生所谈，其人格本身之美，已巳①于艺术作品，发而为诗，自更可爱。即如伯沆先生，胡筱石师谓其不免孤僻，但王先生讲书，或私人深谈，固富有风趣之人。一次因个人和陶《移居》诗，王先生颇加叹赏，以为第二首冲淡和夷，尤有陶味，作手也。他就大讲其陶苏同异，并与个人玩笑。他说如你能道着一点，我便拜为师云云。可如《与王雷夏论学书》："十一月十六日灯下子初写成，破笔，臭墨盒，临时加水，故不如兄来信，墨色清纯，字则笔笔珠圆玉润也，一笑"，自赞其字。又谓："修屋负债，家人颇以为悔，我②笑谓若早知梦中尿床，便醒了起来矣"，颇善取譬。至于记吃茶□茶一段，亦绝好文章：

> 见惠庐山茶，味尚好。大抵不用花重者，皆有一种本味。若过梅大，香色俱退，盖无茶叶不然也。瀍尝自笑平生，贪得之罪，惟茶第一，都是受之而不报。又侈客之罪，亦惟茶第一。茶愈好，饮愈豪。每一开始吃茶，都用两砂壶，此往彼来，竟不可一刻无此兄。（近年托人在宜兴购一砂壶，取米元章诗"茶甘露有兄"，因镌"露兄"二字。惜所托非人，壶不佳耳。）以此所费不少，则侈矣。然非知味之徒，虽文人尊客，亦只以下品相酬。客或指案佳茗，亦只添水不换叶，告以尽在壶中了。客有知之者，每大笑而去。又曾上人一当。见即喜色相告曰：为公觅得新芽茶四大瓶，全以奉贻，已命仆送来，欲与公一试。余感其厚意，先以天阙新茶与饮，客以为未甚佳。再换新绿雪一瓯，饮之始大乐。余怪其仆何久不至。客笑曰：实未有佳茶奉贻，以公好匿佳茶，以下品奉客，为此以报公吝耳。瀍愕然无可如何，客仍尽饮瓯中元汁，笑而去。此一事，瀍切齿之恨不能忘。以是瀍得佳品，尽量藏之腹中，以防人骗。梅天一过，香色味俱退。明春得佳茶，能从速见赐否？③

窃以为窃④此客骗茶，究为知味之徒。先生切齿不忘，似亦［通］人之

---

① 已巳，原文如此，不可解。
② 原文用"瀍"自称。
③ 据《与王雷夏论学书》原文录入。
④ 窃，衍字。

[蔽]。忆谒翔冬先生于成都寓所时，翔冬先生亦饷以好茶。南京仁厚里三号为伯沆先生寓居之所，曾数度晋谒，曾否饮茶，不复记忆。余于茶非知味者，龙井茶过淡，沱茶则太浓，在浓淡之间而味似[冻]果之回甘者，为吾乡南川之细茶。昨偕妻儿赴中央公园茶社小坐，所谓香片，与北平产迥异，与吾乡细茶绝相类似。惜王、胡两先生俱归道山，不及以乡茶呈献请一品题。每诵翔冬先生《济上人遗圆山茶以其半献散原先生》①之作："茶子种江上，白头茶长成。我闻老僧说，夜对小诗烹。照影眉都活②，回甘骨更清。太多唤不得，再拜寄先生"，不禁怅然。唐圭璋兄曾嫌结句未[称]，然"太多"句实本于卢同，似亦无□，未知圭璋兄以为何如也。③

十七④

方湖师之《光宣诗坛点将录》，曾分载于《甲寅》周刊⑤，当时搜集，似已完备，后不知何处，全部遗失。此录之姊妹作，则《近代诗派与地域》⑥也。师曾以一册见赐，其时约民国二十三四年。二十九年南泉受训，此书即与故宫博物馆影印之《道因碑》，同时不翼而飞。楚弓楚得，本无足惜，而故剑遗簪，未免怏然。后与方湖师通讯，重索此书之油印稿，迄未得复。赐函中有关蜀故者，敢为师录：

前闻弟从香宋老人学诗，想近作更猛晋。香宋沟通唐宋而唐音独多，蜀中诗人，自清寂翁外，莫之或先也。海内耆宿，仅有此公，惜兄无缘一晤，下议论上也。蜀学近五十年内，湘绮广雅，显成二派。广雅精研流

---

① 田文作"照上人遗茶献散原先生"，有误。
② 或作"照眼眉都话"。
③ 此一部分，题作《怀旧录（十六）下》，载《世界日报》1946 年 6 月 30 日第 4 版。
④ 原题《怀旧录（十七）》，载《世界日报》1946 年 7 月 3 日第 4 版。
⑤ 《光宣诗坛点将录》分五期连载于《甲寅》，自第 1 卷第 5 期（1925 年 8 月 15 日出版）至第 1 卷第 9 期（1925 年 9 月 12 日出版）。又曾分六期连载于《青鹤》，自第 3 卷第 2 期（1934 年 12 月 1 日出版）至第 3 卷第 7 期（1935 年 2 月 16 日出版）。均署名"汪国垣"。
⑥ 初刊于《国立中央大学文艺丛刊》第 2 卷第 1 期（第 7—56 页），1935 年 6 月出版。署名"汪辟疆"。

略，导①学海之先路。湘绮崇尚八代，振文圃之元音。沾②溉蜀士，视张
为盛。惟蜀中贤达，初皆服膺，久乃脱然自得，不为所囿，则卓然独秀者
也。宗风不远，遵轨循途，是又在有志之士耳，吾弟□有意乎。兄知弟从
华国杂志，及南雍讲习，益证根柢甚深，非同浮慕。近年虽不相接，然精
神固相往还也。……③

　　香宋先生诗名满天下，不待赘论。中江王病山诗，曾载于抗战前之《青
鹤》④，个人尤喜诵之。后与庞石帚先生通讯，谈及此公，庞先生亦极倾倒。
其身后遗集，不知有人曾谋刊行否？中江人士，其责任尤重。方湖先生于此公
亦有因缘，似髫龄趋庭之际，此公曾在方湖师祖父之幕中也。后有机会，当再
问讯。石帚先生极为香宋所称道。庞先生赐函，谓香宋今之长公，其于后进，
每多奖掖。庞先生籍隶綦江，其生长或在成都，诗文均不落凡近，为□尤佩太
炎。但于季刚先生则颇不满，谓太炎［过］誉其弟子，且谓季刚先生尝诋其
师，教学必须金钱云云。余观季刚先生之于太炎，可谓言必称师，庞先生所
闻，或系传说之讹。余民十九年晋谒季刚先生时，曾告先生，谓闻人语，先生
不易会见。季刚先生笑谓余曰：汝亦曾为人师，岂有佳弟子来请益而不愿倾箱
倒箧以相告者乎？［凭］此可知不仅季刚先生未尝谤太炎，即同学相传，谓季
刚先生传授真学不于讲室而必拜门纳贽称弟子，始授衣钵，亦为推测之辞。非
形迹疏远者遥为揣度，即朝夕亲近者居同奇货，同为不免厚诬君子，未可视为
俗脱也。

　　庞先生除诗文外，近年更加意为乐章。前年曾写寄数首，谓将刊行，以印
赀浩大而未果。清寂翁词，庞先生曾为作序，于胡适之、王静安评词之旨，都
不谓然。惜此书不在手边，无从征引。又香宋序此书时，不纤不莽，语有内
心，即可传之词，数语亦极简括。香宋谓能诗者必能词（见《读诗偶拾》引），

---

① 引文作"道"，径改。

② 引文作"沾"，径改。

③ 此函又单独刊于《世界日报》1947 年 10 月 15 日第 4 版。字句略异。参见书后附录。

④ 《病山遗稿》分九期断续刊于《青鹤》，即第 3 卷第 2 期（1934 年 12 月 1 日出版）、第 4 期、第 6 期
（1935 年 2 月 1 日出版）、第 8 期（1935 年 3 月 1 日出版）、第 10 期、第 12 期、第 14 期（1935 年 6
月 1 日出版）、第 16 期、第 18 期。其（一）署"中山王乃徵遗著"，余者则署"中江王乃徵遗著"。
王乃徵（1861—1933），四川中江人，字聘三，又名萍珊，晚号潜道人。清翰林，官贵州巡按。
《益州书画录》称其"工书，尤长北碑。清逊（1912）隐于申江鬻字"。

如衡以伯沆先生"诗笔瘦硬者不宜于作词"之语，似亦不尽然。

除庞先生外，个人以为杨沧白先生之诗文，亦极可诵。这当然是个人的偏见，或者不免因为接触较密，遂阿其所好，例如谢无量先生的诗文，当然也非凡流可及。其余因为个人的固陋根本不知道的，或许为数正复不少。

方湖师所谓《华国杂志》，即寄庵汪先生所主办者，其事仿佛曾经提及，就是投文"华国"，妄谓季刚先生诗不如词。寄庵师殊不谓然，而方湖师则引为同调一事。笔者前谓沈祖棻女士之词，系受瞿庵先生之教，实则以沈词所受影响而论，季刚、寄庵两师或者尤大。盖两师均主清真，重意境，而瞿庵师则偏重词律也。妄言之咎，附志于此。

方湖师所谓南雍讲习，系笔者十九年复学，以诗请益于汪先生，汪先生评语："局度整齐，苍秀有致，此境从东野、都官得来。能从二集致力，则所进更无量矣。"

"东野"一集，以筱石师之介绍，固尝致力；而《宛陵集》则草草阅读，初无所得。梅于东坡为前辈，［欧］公所推服者，近代为同光体诗者，大都［肆］力探讨。王伯沆先生尝戏谓其［诗］为匏土革木，而非金石丝竹。《石遗室诗话》亦喻为"老树着花无丑枝"（此句似即梅诗），而欧公则以为读其诗句，如食橄榄，真味回甘，久而愈在。此三种批评，声色味俱备矣。又梅诗亦有从东野来者，《艺概》："孟东野诗好处，黄山谷得之无一软熟语，梅圣俞得之无一热俗句。"

为诗过苦，固是一病，但软熟热俗，尤诗家之大患也。

十八、论《自怡斋诗》①

　　胡翔冬先生的诗集，名《自怡斋》，刻于成都，是先生同弟子高石斋②校录，刻得极尽考究。民国廿八年，笔者适寓成都，承先生赠以一本。虽经水灾，[未]□完好，盖民廿九年春余偕眷属由蓉飞渝，而书籍衣服则由四川旅行社取水道运输，木船在叉鱼子③失事，该社迟不通知，损失甚重，而执事人犹大打其官腔，殊可慨也。

　　个人认识翔冬先生，大概是民国十三年。以陈觉玄先生之介，认识胡小石先生，以小石先生之介，又认识翔冬先生。其时小石先生任教金大，个人尝以诗文请益，小石先生多与翔冬先生共商，同予改定。先生□嗜酒，新年寒假，常买醉于秦淮河畔之六朝居，小石先生不善饮，惟品茗。余量狭，亦非先生敌也。但民国廿八年晋谒先生于蓉之白丝街时，先生方以病后止酒，惟相对饮苦茶以佐谈耳。

　　庞石帚先生谓先生题画诗颇似散原。④ 又谓据人传述，先生少时，行类戴渊，确否？待他日质小石先生。但刘成禺先生谓先生[为]"胡三怪"⑤，按之其□，确□非虚传也。同年郑方叔□尝共□谈，谓与两胡先生善。一日翔冬先

① 《金陵大学金陵学报》第8卷第1、2期合刊（1938年5月11日出版），有"《自怡斋诗》（胡翔冬著）"书讯一则云："国文系教授胡翔冬先生所著诗章，向不轻易示人，故凡得先生之片纸只字，莫不视同[瑰]宝，而尤以不获见其全部为憾。先生播迁万里，入川以来，年老多病，手稿零乱，时有散失之虞，乃请付刻，以饷学者，由高石斋先生校录，书式行款，一依赋闲草堂本《杜诗偶评》，阅四月而成，名曰'自怡斋诗集'。凡一卷，百有七首，皆入川以前作，目录系先生所自订也。""木板精印平装一册"，"实价二元"（第104页）。

② 原作"高实斋"，径改。高文（1908—2000），字石斋。江苏南京人（或云河南南阳人）。早年毕业于南京金陵大学中文系，曾师从吴梅。抗战爆发后，任教于四川华西协合大学中文系，后任成都金陵大学中文系教授，1942年兼任系主任。其间主持编制国文专修科选课指导书、公共必修国文教科书。1946年任国立西北大学中文系教授。1949年后任河南大学中文系教授。曾讲授诗词、国文等课程。辑有《高石斋文钞》（参见周川主编：《中国近现代高等教育人物辞典》，福建教育出版社，2018年版，第537页）。有《读〈自怡斋诗〉》，载金陵大学文学院中国文学系主编《斯文》半月刊第1卷第8期（第10—16页），1941年1月16日出版。文章对《自怡斋诗》介绍綦详，评价亦颇中肯。

③ 又名"蟆颐滩"，位于犍为县城北五里，有一巨石潜伏岷江之中，修长如鱼；山上一石横卧，三叉如刃，故名。冬春水涸时节，行船极险，有"蜀江第一险滩"之称。

④ 原文作"庞石帚先生谓题先生画诗颇似散原"，径改。

⑤ 所谓"三怪"，是指其人怪、诗怪、字怪。"学弟刘成禺哀奉"《胡翔冬先生挽诗》（载《斯文》第1卷第8期，1941年1月10日出版）之一云："至性为高咏，江南怪得名。"

生自诩其《泛舟玄武湖》之作"仰首木桥下，天分几十条"①，尤为精警。郑君私心，殊不谓然。同学唐圭璋君亦谓"以茶献散原"一诗之结句，太多"吃不得""再拜寄先生"，殊不类诗。余于郑、唐两句，两君之说，固未敢厚非，但先生自有连城璧，非此种玦珷所能掩也。

先生此集仅百余首，大约七律最多，五古七绝次之，七古不多，七律则无一首。② 先生尝据散原谈话，谓七律诗殊不易作。季刚先生亦谓七言较五言为难，虽只增加两字。闻同学某君谈，金大某次国文系同乐会，季刚先生于言谈之际，似轻［瞿］庵先生，小石先生为不平，谓当今之世，谁为健者，季刚先生益［怒］不可遏，报以恶语。翔冬先生攘臂离坐，谓太炎之诗，已多不通，君之诗文已可想见，言毕几致用［武］。同学起而劝解，盛会遂至不欢而散去云。此道听途说之语，或未足信，他日当质之金大同学，一询其究竟。但国文系教授意见多不合，似乎各大学［校］同然，若非为国粹之代表，则殊堪叹息，无惑乎今之国共两党不易妥协，而打风弥漫于全中国也。

诗由孟郊、李贺入，可以□［作］肤廓之语，此小石先生第一次见高者。伯沆先生亦谓此一门路，足以疗俗医熟，但深入而不返，鲜有不碰壁者。笔者于抗战发生后，由京赴蓉，适翔冬先生亦随金大来成都。筱石先生其时在江津，任女子师范学院讲席，曾□□得余雪曼君驰函相告，谓个人之诗须多接近翔冬先生，或足以起废疾而有成就，□清有余而生□不足，流走有余而涩不足。其后小石先生驰函相告，又谓藻采不足。在南京时，又谓古今诗家，［多］注意于古书中取字。翔冬先生深［谙］《庄子》，其字□多由《庄子》来。此外如楚辞，如前后汉书。如南□南齐书，均□杂采取，但非专精，不足□此。个人深□小石先生之［剀］切，曾［几］度晋谒翔冬先生，但牵于俗务，次数有限，□不□世人离□。不久，先生遽归道山。虽欲请益，□可不得矣。③

先生之诗，酷类郊岛，例如《夏夜牛首山中呈散原老人》④五律之第二联"松密月如死，塔狞天欲惊"，造语奇险。又如《和散原登雨花台》⑤"草木含

<hr />

① 此即《泛舟玄武湖同胡小石、陈仲英作》，全诗云："一瓢携二客，厚水与轻桡。仰首木桥下，天分几十条。山藏蘋末静，蛙坐芰盘骄。归路逢仓妪，于今颜已凋。"

② 据高文石斋《读〈自怡斋诗〉》，"《自怡斋诗》凡一百零七首，五古二十首，七古七首，五律六十四首，七绝诗六首"，田楚侨的表述应该是"五律最多"，"五绝则无一首"。

③ 此一部分，题作《怀旧录（十八）上》，载《世界日报》1946年8月6日第4版。

④ 作于"丁巳"年。

⑤ 原题《奉和散原先生登雨花台之什依韵》。

春怒①，乌鸢食腐忙"，与《卧病雨夜闻雁》"壁灯煎豆小，檐溜滴蕉肥"，均炼动字者。《大雷雨宿牛首》②"肥僧鼾可怕，名酒影能陪"，与《以茶呈散原诗》"照影眉都活，回甘骨更清"，形容饮酒饮茶□，如在目前。又若"草晴蚊睫动，冰坏鸭头宽"③，与《春日闲居》"晒衣嫌日瘦，汲井④怪天翻"，善写物理人情。《丁巳除夕》⑤"此夕强为乐，一年今又过"，《元日》之"一杯悬万态，旧雪与新诗"，均工于作对。《哭□□□先生》"无天那可问，□命更难亲"，与《题大鹤山人⑥遗墨》⑦"此死贫非病，由来天不仁"，均极沉痛。至《醉坠牛首绝壁下》⑧"牛头青峨峨，白骨点麽麽。亦有圣贤辈，不拣是饮者"，与《黄杨篇》⑨"谁能罪真宰，生杀视儿戏。万古万万古，我与物无异"，则由沉痛而转为旷达。

《游栖霞寺》"林寒叶辞柯，还我宇宙广。时菊正色佳，归雁喜声朗"，本刘长卿之"淮南木落楚山多"，及黄山谷之"木落千山天远大"。其《汽舟青溪》"肥□大酒边，花娘貌恭敬"，写人情世故。而《入牛首》⑩"穿市众喧死，天地惟狗尊"，虽为实是⑪，而语含讥讽。《游摄山》⑫"一泉不平鸣，仅为清瀑事"，胸怀极为高旷。而《雨中酒集》"狡狯老人哥，牛背作［鸡］立"，《［盈］甲子除夜》"荒城一雪冰□□，有兵捉人恶难似。先生抱颈如避秦，寻得桃源

---

① 原文作"恕"，径改。
② 原题《大雷雨宿牛首观音洞，夜半月出，独酌成诗》。
③ 语出《奉和散原先生〈始春初堂望钟山余雪〉，次均》。
④ 或作"汲水"。
⑤ 原题《丁巳除夜寄江南诸子》。
⑥ 郑文焯（1856—1918），字俊臣，号小坡，又号叔问，晚号大鹤山人。辽宁铁岭人。晚清四大词人之一。俞樾称其词"体洁旨远，句妍韵美"。著有《词源斠律》。词作有《瘦碧词》《冷红词》《苕雅余集》《比竹余音》等稿本，晚年刊成《大鹤山房全集》九种，未刊稿尚多。
⑦ 原题《为赵养娇题大鹤山人遗墨》。赵养娇为郑文焯友人。
⑧ 原题《五月十一日夜，醉坠牛首绝壁下，伤左胁，几死；越四日，子钦携瓶酒来问疾，欣然作此诗》（壬戌）。引句中的"麽麽"，或作"么麽"。
⑨ 该诗作于丁丑并序云："曩余赋自怡斋三咏，矮松曰师，黄杨曰友，吊兰曰婢，伯沆颇赏其趣。松兰久枯死，今年黄杨亦凋悴无生意矣，而闻伯沆忽［遘］风疾，言动不自由，感叹之余，因而有作。"
⑩ 原题《八月十四夜，同岷原入牛首；越三日，渡江游犊儿矶，明日泊烈山，阻风，遂宿野人家》。高寒《胡翔冬先生及其诗歌》，即注此二句语出《宿野人家》。参见《刁斗集》（文通书局，1947年9月贵阳初版，1948年4月上海一版），第94页。末署"《文学评论》创刊号"，但检《文学评论》第1卷第1期（1934年8月1日出版），未见有刊。
⑪ 实是，或当作"实事"。
⑫ 原题《庚午游摄山》。

翠被里"，均有诙诡之趣。

总之，先生作诗数十年，而生前选订，仅此薄百余首，其矜慎可知。此集刻后，当尚有诗，惜仅获读一部分而又未钞录也。民廿八年寇机来袭成都，余家盐道街，与宋大鲁君同住一宅，宅傍落弹，房舍倒塌，虽书物［毁］损不多，匆匆移居书升街①，仓皇可见。丁字街及新南门一带目觇陈尸数十具，血肉模糊，心为之悸。在轰炸之际，余偕妻抱子，避新南门一竹篱笆屋中，作□□对岸华西坝，机枪扫射，仅相距数十丈。其时天崩地坼，房屋［震］落，□惊儿啼不知□□。后以五言古纪其事，约五六十纪。请教于翔冬先生，先生谓如此正面写法，虽数百□亦难尽，固当从侧面也。先生有一诗即从侧面写者，曾出以相示，今不复记忆矣。

今之青年喜作白话诗，或亦应作白话诗。［若］以难易工拙而论，刻鹄尚可类鹜。如学养不足而遽作旧诗，则画虎不成反类狗矣。但作新诗为一事，读旧诗又为一事，两事固不相妨或正相成。盖诗体虽有新旧，诗法固无二致。□□诗法者，求之□□，□嶙四□，先辈教人，不外多读自知，多作□□。故"入门"一类书［籍］，□卑之无甚高论，未可奉为典要。以西洋治文［事］之方术，排比旧说，条分缕析，此正今日学者尚应埋头伏案以研求者。个人偏嗜旧诗，偶谈旧诗，不过叙其一己一时观感，以就正于［通］人。所以不谈新诗，非拒新诗于千里之外，实由新诗历史不久，作家不多，个人于此，尤为隔膜，固未敢□［意］论列也。因论《自怡斋诗》，［酬］答某君来［书］□上。②

---

① 或是"斌升街"之误。

② 此一部分，题作《怀旧录（十八）下》，载《世界日报》1946 年 8 月 7 日第 4 版。

读《蜀游草》①

　　从前人说，自古诗人多入蜀，最有名的杜工部、高达夫、岑嘉州，和宋代的黄山谷、陆放翁，这是尽人皆知的。唐宋五代，中原多故，很多词人，流寓蜀土，这更是文学史上的一个奇迹，可与晋宋南渡，给予文学的影响相比拟。但这些都是〔偏〕安的局面，气魄究嫌不大。

　　三国东吴的周公瑾也志在用蜀，中道夭亡；诸葛亮和刘备先占一着，奠定三分的局面。秦汉平定天下，是取资于巴蜀。武王伐纣，据说也用四川人做前锋。可见四川的人力和财力，物产和地形，实在特别值得称赞。果然，这一次史无前例的圣战，又靠四川来支持。结果胜利获致，重庆定为永久的陪都。这一个局面太伟大，流寓的诗人，也特别多，我们相信一定有很多好诗，可以饱我们的眼福。

　　昨天"我的朋友"惕轩来谈，携江庸先生新刻的《蜀游草》②一册，畅读一过。江先生是诗坛老宿，后生小子实无此批评的能力，我想略说的，是个人读后的感想。

　　全册多近体，而七律，以白描见长，用家常语，语意曲折而对仗精工，无描□株之习，固非深于唐宋诗者不办。例如《寿冯焕章》一首：

　　　　深知俭朴③励生平，上寿惭于晋兕觥。走卒半看为将帅，苦吟何暇效儒生。狂胡不信终难扫，墨道端忧未易行。钟鼎勋名公自有，献芹聊写野人诚。

---

① 载《世界日报》1946 年 4 月 14 日第 4 版。

② 封面署"长汀江庸著"，赵熙题词，章士钊书序并题写书名。1946 年 3 月初版。发行所：大东书局（重庆中华路一三二号）；发行人：陶百川。

③ 原文作"扑"，径改。

于冯将军，可谓婉而多讽，一扫寿诗者□绥字之恶习。又如《见猴沿门作剧状，颇自得，诗以哀之》一首：

> 自是岩栖野宿身，为何顽性一朝驯？
> 宛同傀儡应怜汝，才着衣冠便傲人。
> 几日山中寻故侣，此生阶下作累臣。
> 巫峰十二青如许，肠断天涯落月晨①。

似为汪精卫、陈公博辈悼惜，极手挥目送之致。

　　词略谈叠韵诗。个人昔叠陶渊明《移居》诗，达四十五次。沧白先生以为此究宋后习气，不免束缚性情。并谓胡展堂先生叠至百余次，散原评骘，亦引为［叹］。此种主张，个人以为颇值重视。因之对于江先生的叠韵诗，亦微觉其多，虽然才思焕发，并无强韵之嫌。

　　全集古诗似不甚多，五古似尤非江先生擅场。故大题目少见，个人颇引为遗憾。但惬心贵当之七律外，七绝风神特佳者亦复不少。例如《花滩溪》一首：

> 峡水②无波小艇宜，晚风初起竹参差。
> 溪山似比江南好，只少吾侬橹一枝。

　　个人居住花溪，大约半年。虽然也写一些歪诗，实在不行得很。又木洞附近，种桐特多，春暮微寒，桐花盛多。乘竹［筏］过其下，花飞落衣帽间，屡欲写入小诗而未能，今读江先生的《步至天门石观洪桐花》："天门一石当岩扉，宿雨初晴称袷衣。枝上万花如粉蝶，风来齐傍碧山飞"，觉这个譬喻，真情新恰切。个人偶携幼子，于清秋行落木中，见黄叶翻飞，幼子误以为黄蝶，脱手扑之，遂写歪诗一句："黄飞蝴蝶叶翻秋"，初颇自喜，但风趣索然，所以对于江先生此诗，颇觉爱好。

　　此外，诗中虽用四川方言，颇能恰到好处，例如《溪上闻老农语口占》：

---

① 引文作"痕"，据原诗改。

② 引文作"少"，据原诗改。

经年作客惯殊方，涉水跻山底事忙。

溪上老翁言有味，一生未赶几回场。

《蕙风词话》似曾说过，福建谓初月为"月芽"，四川人谓春寒为"桐花冻"，［都］可入诗词（大意如此）。江先生以"赶场"入诗，并［谓］带花为"手带花"，□带花为受枪伤之四川俗语，使我想起庞石帚先生之言，他说王湘绮镕"黄马褂"为"鹅黄马上衣"，可谓极镕裁之能事。以新名词入诗，本府中①一大问题，此处姑暂不谈。

---

① 原文如此，暂不可解。

论梅圣俞悼亡诗

悼亡在旧诗中，系专指丈夫伤亡妻。人生除骨肉系天合外，夫妇、朋友、君臣均以义合，而夫妇之间，为人伦之始，所谓"言子之□"，造端于夫妇。夫妇是家庭的中心，人生的归宿，恩情之深，自过于朋友君臣。中间除怨耦外，生离死别，最足感人。单以诗歌而论，如《结发为夫妻》一首，虽不定为苏武所作，然哀感顽艳，足为"生离"之代表作品。"死别"则潘安仁之《悼亡》时间最早。唐之韦苏州，悼亡诗亦佳。元微之悼亡三首①，以律诗写哀情，知者更多。有宋一代，则以梅宛陵所作，既多且好，兹特略为绍介。

陈石遗《宋诗精华录》，录宛陵《悼亡》诗三首及《书哀》。三首之末一篇为："从来有修短，岂敢问苍天？见尽人间妇，无如美且贤。譬令愚者寿，何不假其年？忍此连城宝，沉埋向九泉！"石遗老人注称："情之所钟，不免质言。虽过，当无伤也。"又谓：

> 案潘安仁诗，以《悼亡三首》为最。然除"望庐"二句、"流芳"二句、"长簟"二句外，无沉痛语。盖熏心富贵，朝命刻不去怀，人品不可与都官同日语也。

昔者王伯沆先生对于"见尽"二句，颇有微词。笔[者]个人极同意石遗老人之见解。盖此种写法，即《文心雕龙》之所谓②"夸饰"，但余以为宛陵悼亡最[佳]者，当推《正月十五夜出回》：

> 不出只愁感，出游将自宽。

---

① 即《遣悲怀三首》。
② 原作"神"，据语意改。

贵贱依俦匹，心复殊不欢。

渐老情易厌，欲之意先阑。

却还见儿女，不语鼻辛酸。

去年与母出，学母施朱丹。

今母归下泉，垢面衣少完。

念尔各尚幼，藏泪不忍看。

推灯向壁卧，肺腑百忧攒。

此诗前半就出不出作曲折，后半以儿女作衬托，人死愁多，便觉一身无安放处。不出固愁，出游仍不欢，只有回来。回来见着儿女，以去年今年作一对照，便因人死而有显然之不同，于是由酸鼻而落泪矣。但因儿女年幼，只好藏泪向壁而卧，一任忧思之攒集。应首句作结，此种写法，读之使人凄惋。其《秋夜感怀》一首："风叶相追逐，庭响若[1]人行。独宿不成寐，起坐心屏营。哀哉齐体人，魂气今何征。曾不若阴霤，绕树犹有声。涕泪不能止，月落鸡号鸣。"起四句写个人独宿无寐，闻风叶之声而心悸，"风叶"十字，恍若有鬼来矣。但一转念，鬼□有灵而所心愿，惜乎魂不知何往，不若阴霤之□有声也，于是落泪至晓。

其《椹涧昼梦》一首："谁谓死无知，每出辄来梦。岂其忧在途，似亦会相送。初看不异昔，及寤始悲痛。人间转面非，清魂殁犹共。"首四句写梦魂来送，似痴人说梦。五六两句写由梦而昔。结二句以世人衬托逝者，补足首四句诗意。其《怀悲》诗[2]：

自尔归我家，未尝厌贫窭。

夜终每至子，朝饭辄过午。

十日九食齑，一日偿有脯。

东西十八年，相与同甘苦。

本期百岁恩，岂料一夕去。

尚念临终时，拊我不能语。

---

① 若，或作"如"。

② 此一部分题作《论梅圣俞悼亡诗（上）》，载《世界日报》1946年8月23日第4版。"怀悲"，原文作"怀愤"，径改。

316

此身今虽存，竟当共为土。

及《悲书》诗：

悲愁快于刀，内割肝肠痛。
有在皆旧物，唯尔与此共。
衣裳昔所制，箧笥忍更弄。
朝夕拜空位，绘写恨少动。
虽死情难迁，合姓义已重。
吾身行将衰，同穴诗可诵。

均为书往事。"本期"六句及"有在"二句，极沉痛。"绘写恨少动"一句，庞石帚先生似师其意而变为"遗像好眸子，顾①我凄欲动"，可悟变化之法。同时结句用"同穴共土"，与《悼亡》第一首"结发为夫妇，于今十七年。相看犹不足，何况是长捐！我鬓已多白，此身宁久全？终当与同穴，未死泪涟涟"结句用意略同。其第二首："每出身如梦，逢人强意多。归来仍寂寞，欲语向谁何？窗冷孤萤入，宵长一雁过。世间无最苦，精爽此销磨。"［发］端四语与《正月十五夜出回》一首，略相类似而同其曲折。结二语，陈石遗以为与《书哀》一首"天既丧我妻，又复丧我子。两眼虽未枯，片心将欲死。雨落入地中，珠沉入海底。赴海可见珠，掘地可见水。唯人归泉下，万古知已矣。拊膺当问谁，憔悴监中鬼"，最为沉痛。其《忆吴松江晚泊》"念昔西归时，晚泊吴江口，回堤逆清风，淡月生古柳。夕鸟独远来，渔舟犹在后。当时谁与同，涕忆泉下妇"，及《忆将渡扬子江》"月晕知天风，舟人夜相语。平明好挂帆，白浪须出浦。此身犹在吴，归梦预到楚。今日念同来，吾妻已为土"，［结句］相同。其《新婚》诗：

前日为新婚，喜今复悲昔。
阃中事有托，月下影免只。
惯呼犹口误，似往颇心积。

---

① 顾，或作"视"。

幸皆柔淑姿，禀赋诚所获。

"惯呼犹口误"，足见宛陵笃于故旧，非得新忘旧者。而《七夕有感》"去年此夕肝肠绝，岁月凄凉百事非。一逝九泉无处问，又看牛女渡河归"一诗，风韵亦□绝。总之，宛陵诗，有时稍嫌生涩，但确如欧阳公所谓"如食橄榄，久而回甘"。观其造语质朴，已达平淡之境。韩昌黎谓"奸穷怪变得，往往造平澹"，可知此境固不易到。而悼亡之作，又系性情之流露，古人或谓读之使人惨然增伉俪之意者，惟此种□足以当之。在此朝结婚而夕□离，夫妇之道苦而生人之乐殆将索然之际，偶一讽诵，或仅非无益之事欤。①

---

① 此一部分，题作《论梅圣俞悼亡诗（下）》，载《世界日报》1946 年 8 月 24 日第 4 版。

与郭沫若先生论《明妃曲》书①

沫若先生有道：

　　比于此间《国民公报·水星副刊》，拜读大著②，甚佩高见。王荆公《明妃曲》二首，确为佳篇。"汉恩自浅胡自深，人生乐在相知心"二句，昔寓成都时，亦误以为不啻代汉奸解说，曾于《建国画刊》为文，词并连及作《宋诗精华录》之石遗老人。但于李雁湖③之荆公诗注，虽辟疆、翔冬两师先后提示，迄今犹未得阅览，其孤陋可见也。

　　此处两"自"字，与杜公"映阶碧草自春色"一句之"自"字，用法略同，意与"固"字相近。即汉恩固浅，胡恩固深，而人生大乐，在于知心。汉非知心，固不待论，即恩情似深之胡，岂知心者。据文意顺言之，当为汉恩固浅胡固深，人生最苦不知心。所以下文才说青塚已芜，哀弦尚留。若果胡恩甚深而又有相知之乐，何必托哀怨于弦管。上文已明说"含情欲说无语处，传与琵琶心自知"矣。诗人固可以作翻案文章，说"常恨言语浅，不如人意深，今朝两相视，脉脉万重心"。但私语小窗，喁喁尔汝之儿女，如果言语不通，或者尚须翻译，其情形之尴尬，不难想见。故言语不通，决难知心，虽然通言语者不必为知心者。"弹看飞鸿劝胡酒"，系用嵇康④诗"手挥五弦，目送飞鸿，笙歌劝酒"，而目所注视者则惟飞鸿，其心中曲衷⑤之哀怨可知，故汉宫侍女为之暗泣也！纵观上下文意，确应如此解释，始可贯通，但非先生高见，如仆之愚，正适得其反也。

――――――――――

① 载《书简杂志》第 7 期，1947 年 1 月 15 日，第 3—4 页。

② 此即《王安石的〈明妃曲〉》。初刊于上海《评论报》第 8 号（第 12—13 页），1946 年 12 月 28 日出版。末署"三十五年十二月二十日夜"。

③ 李雁湖，即李璧（1158—1222），或作李壁，字季章，号石林，又号雁湖居士，谥文懿。四川丹棱人。李焘之子，李埴之兄。有《王荆文公诗（李雁湖笺注）》。

④ 原文作"稽康"，径改。

⑤ 原文作"曲裏"，径改。

第一首末四句，如先生之解释，固亦可通。盖上为明妃寄声，下为家人传信，彼此正相对待，诗词中往往如此。然仆之愚，窃欲另贡一说，以为好在"氈城"以下三句，仍明妃自慰并以劝慰家人之词，此即向万里家人所传之消息，似较家人劝慰更为深厚有味，其机括与《古诗十九首》"弃捐无复道，努力加餐饭"之旨相近。至于一般老百姓或农民之心理，虽然反对统治阶级选妃之举动，但"姊妹弟兄皆列土，可怜光采生门户；遂另天下父母心，不重生男重生女"，此非白香山脍炙人口之诗句乎？似未可以一概论也。古人阶级意识，本不甚浓。专制时代，向帝王争宠，如何永佶先生所说，固不仅妇女为然，而妇女尤甚。此无可讳言者，不必以近代人眼光评论之。一闭深宫，红颜白发，当时所深惧者，惟此而已。大抵明妃之慷慨请行，亦或正以恩幸绝望，诗人王荆公窥其隐曲，以永辞金阙之陈皇后自慰，咫尺长门，何殊南北，人生失意，彼此正同。惟其如此，更足证明第二首"人生乐在相知心"一句，系反说而非正面，系理想而非现实，盖人生固未有在"乐莫乐兮新相知"之时，而作失意之叹者。梅宛陵[1]《依韵和原甫昭君辞》五古二首，亦仆所喜诵者。其第一首之情语既不通，岂止肠九回。第二首之"宁闻琵琶乐，但闻琵琶哀"，均足与荆公之诗，相为发明也。

凡上所述，虽于先生之说，略有补充或修正，而大体固无出入，启予蓬心，感佩无既。回忆二十年前先生主持《创造周刊》时，不揣梼昧，曾与先生商榷英诗人雪莱译诗，承先生于刊出后，附以报书，虚怀盛谊，永难弭忘。抗战期中，先生来渝，而仆又伏处故乡，虽音讯曾通左右，拜辱赐书教督，而平生缘悭，末由一面。近读大著，如晤故人，思怀异同，切求指示，适《书简杂志》编者索稿，遂于寒雨滴沥中，呵冻书此，以博大雅之一哂。并颂
撰安！

晚　田楚侨再拜
三六年元月七日

---

[1]　梅尧臣，字圣俞，世称宛陵先生。

附：郭沫若《覆田楚侨先生论〈明妃曲〉书》①

楚侨先生：

《书简杂志》中损书论《明妃曲》已拜读。谢甚，佩甚。

"自"字有二义，一与"固"近，即"自然"之"自"；另一与"独"近，即"自己"之"自"。尊书中所举杜诗"映阶碧草自春色"，谓与《明妃曲》第二首两"自"字同一用法，自是卓识。然谓"意与'固'字相近"，似尚有间，读再思之。

"家人万里传消息"以下，鄙意仍以为解作家人寄慰之辞，较近人情。如作为自慰，文法上殊嫌扭捏。且明妃传语家人乃不重问家人安否，未免太无情。如此则与"可怜着尽汉宫衣"语不类伦。明妃实切思归汉，并非甘心老死塞北。青塚之恨，哀弦之留，实属无法排遣，故借家人传语以略作安慰耳。

《长恨歌》"不重生男重生女"等句，乃士大夫心理，并非老百姓心理。中国老百姓向重生离，决不以荣华富贵而轻骨肉也。尚祈不弃固陋，时赐教督。

专复，顺颂

大安

弟郭沫若再拜　三月二十二日

---

① 载《书简杂志》第 12 期，1947 年 5 月 10 日，第 8 页。该期首篇为《编辑部乔迁了——给读友第十二信》。其出版信息新增：发行部：（一）重庆中山一路二一四号附一号本社，（二）上海东大名路七三七弄十五号；编辑部：上海迪化南路三九八号。

黄山谷诗论述评①

    江西诗派于诗，唱"一祖三宗"之说，祖山谷而祧东坡。反其说者，则尊苏而抑黄，如王若虚之《绝句》四首，张文襄之《摩围山》五古一首，其最著者。实则黄列于苏门，于苏可谓心悦诚服，而苏于黄亦极推重，未尝相轻。黄《再次韵答杨（明）叔诗引》："庭坚老懒衰堕，多年不作诗，已忘其体律。因叔明有意于斯文，试举一纲而张万目。盖以俗为雅，以故为新，百战百胜如孙吴之兵。棘端可以破镞，如甘蝇飞卫之射，词诗人之奇也。明叔当自得之，公眉人，乡先生之妙语，震耀一世，我昔从公得之为多，故今以此事相付。"任②于此引无注。郭绍虞先生谓以俗为雅，以故为新，虽为东坡所言，却正是山谷诗法。窃谓此正东坡传授之诗法，任注似应征引东坡之说以为证。山谷又曰："诗文不可凿空强作，待境而生，便自工耳。"又《与王观复书》，一则曰："好作奇语，自是文章病，但当以理为主，理得而辞顺，文章自然出群拔萃。"再则曰："文章盖自建安以来，好作奇语，故其气象衰苶，其病至今犹在。"篇中并述尝请文法于东坡先生，教以熟读《礼记·檀弓》，然后知后世作文章不及古人之病如观日月也。以上均山谷之说。三之二明说本于东坡。再取东坡评柳子厚诗："诗须要有为而后作，当以故为新，以俗为雅。好奇而新乃诗之病，柳子厚晚年诗极似陶渊明，知诗病也。"比较可得相似之点三。第一，诗须有为而作，不可凿空强作，换言之必须有实事真感。第二，诗家本领，为化俗为雅，以故为新。而新为尤要，盖即赋平常事物以新境界，此为诗之生命。第三，清新固为诗之生命，而不可以好奇而新。必知好奇而新，为诗家病，然后诗之境界，进于高明。

---

① 载《京沪周刊》第2卷第44期，1948年11月7日，第6—7页。

② 指任渊（约1090—1164），名子渊。四川新津人。少曾从黄庭坚学诗。今存著述《山谷诗集注》二十卷，《后山诗注》十二卷，《山谷精华录》八卷。另有《宋子京诗注》已佚。任注的特点在于渊博、典雅、贴切，故为山谷传世注本之典范。

东坡评柳子厚《渔翁》一诗："诗以奇趣为宗，反常合道为趣，熟味之，此诗有奇趣。"又曰："观陶彭泽诗，初若散缓不收，反覆不已，乃识其奇趣。"东坡于陶柳诗酷嗜，呼为"南迁二友"，而均以奇趣目之，可见其意并不反对新奇，特不可立意苦求，且须出以自然耳。故窃以为求新求奇为诗之第一关；继而知其为病，于枯谈（淡）平淡之中，自有高风远韵，由炫烂之极而归于平淡，发纤秾于简古，寄至味于淡泊。此方是诗之第二关也。此种论调，东坡或本之于梅圣俞，故梅诗有"作诗无古今，惟造平澹难"之句。而得东坡之传者则惟山谷。此为苏门传授之法，六君子同闻其绪论，惟山谷成就最大，且形之于诗文耳。

山谷之诗阐述苏门传授，最足与东坡及上引山谷之说相发明者，为《酬向和卿》诗"覆却万方无准，安排一字有神。更能识诗家病，方是我眼中人"，及《赠高子勉》诗"拾遗句中有眼，彭泽意在无弦。顾我今六十老，付公以二百年"。前一诗所谓诗家病，任注引沈约之八病而指为借用。郭绍虞先生《中国文学批评史》，谓山谷论诗，积极在法，消极在病。据姜白石诗说（话）："不知诗病，何由能诗；不观诗法，何由知病。名家者各有一病，大醇小疵可耳"，足知诗法既非一种，诗病宁只一端。特就第二首而论，一字有神即句中有眼，识诗家病即意在无弦，复以东坡之说参之，知山谷之所谓诗病，应从狭义，解为好奇而新。至于"意在无弦"一句，任注释为："老杜之诗眼在句中，如彭泽之琴意在弦外。"固非山谷本意。郭先生谓为："于杜学其法，于陶则又斯得其超于法者，得于法而后工，超于法而后妙。"然山谷《跋渊明诗》谓："谢康乐庚义城之诗，炉锤之功不遗余力，然犹未能窥彭泽数仞之墙者，二子有意于俗人赞毁其工拙，渊明直寄焉。持是以论渊明，亦可知其关键也。"又曰："宁律不谐而不使句弱，用字不工不使语俗，此庚开府之所长也，然有意于为诗也，至于渊明则所谓不烦绳削而自合者。"又曰："渊明不为诗，写其胸中之妙耳。"《朱子文集》曰："渊明诗所以为高，正在不待安排，胸中自然流出。"由是可知此句之真意为，渊明以诗为寄，而无意于为诗，一如好琴而无弦，以其"才高意远，寓得其妙，遂如大匠运斤，无斧凿痕，不知者疲精力，至死不悟也"（释惠洪《冷斋夜话》）。

郭先生"超于法"之说，与山谷原意固不甚相违。而"妙在和光同尘，一事须钩深入神，看他下虎口著，我不为牛后人"一首，任注从为人上做解释，似无可非难，郭先生纯从作诗上立论。虽能言之有故持之成理，然原诗"下虎

口著"上，明明有"看他"二字，他与我相对为文，如何能说为山谷一人？"俗里光尘合，胸中泾渭分"，此山谷为人立身之道。人虽行险以相谗害，我仍特立独行①，不肯为人牛后。"行要争光日月""处世要清节""胸中有度择人"，均为此种处世哲学之说明。柯尧放君告余，谓至今彭水尚有"钩深堂"三字，明辨是非，为儒者精神所在。诗可弦歌即由于此。至于山谷作诗之法，大半详于任注，不外此用其意，此用其字，此用其句律数端，而善用古人陈言，入于翰墨，此灵丹一粒，点石成金（《与洪驹父外甥书》），与夫脱胎换骨之法，言之极为具体。而学诗以陶为归趣，学陶又以柳为借径（《书柳子厚②诗赠王观复》），其说本于东坡（《书黄子思诗集后》），所开示之法门及为学之次第，今日是否尚值皈依，此则别一问题，非此篇所能详也。

---

① 原文作"持立独行"，径改。
② 原文作"柳子原"，径改。

论王安石的《明妃曲》[1]

王安石的《明妃曲》两首，第一首的“人生失意无南北”，第二首的“汉恩自浅胡自深”，从宋代到现在，引起过很多的争论。“人生失意无南北”，显然是家人安慰之词，这里争论较少。“汉恩自浅胡自深”一句，无论是明妃自慰，或诗人代明妃着想，似乎都说不过去。因此，朱自清先生说“汉恩”二句是沙上行人的回首自语，与明妃无涉。朱先生的原文如次：

……这心事汉宫侍女知道，只不便明言安慰，唯有暗地垂泪。沙上行人听着琵琶的哀响，却不禁回首，自语道：汉朝对你的恩浅，胡人对你的恩深，古语说得好，“乐莫乐兮新相知”，你何必老惦着汉朝呢？在胡言胡，这也是恰如其分的安慰语。这决不是明妃的呧咕，也不是王安石自己的议论，已有人说过，只是沙上行人自言自语罢了（开明版《朱自清文集》第二册五五四页，一九五三年版）。

朱先生这篇文章写于一九三六年，即抗日战争发生的前一年，为明妃和王安石辩护，显然具有苦心，但按之前后文意，究嫌有些牵强。首先，标点符号就有问题。因为我们没有标点符号，无论散文或诗歌，上下文的交代都很清楚，不容易发生误会。例如蔡文姬《悲愤诗》“儿前抱我颈”一段，王仲宣《七哀》诗“路有饥妇人”一段，杜少陵“三吏”“三别”中的问答之词，都是如此。王安石此诗，仅说行人回首，如果更进一步，说成行人讲话，那就是回首等于讲话，我认为这是值得研究的。

其次，“沙上行人”究竟指谁，李璧笺注本没有注释。胡汉言语不通，我们应该注意。沙上行人如果是路人，可能是汉人，更可能是胡人。路人一闻哀

① 载《艺林丛录》（第七编），商务印书馆香港分馆，1961 年版，第 193—197 页。

弦之声，居然自言自语起来，而"氊车百两"上的胡姬反无一言，这又是值得研究的地方。

我认为当时的明妃，万里出嫁，可能有随从的侍女，但诗人为了要突出"含情欲语无说处"的苦痛，就说"氊车百两皆胡姬"。既然前后左右都是胡姬，则此地的"汉宫侍女"必然是远在汉宫的侍女。这是诗人苦心安顿的地方。当然，侍女远在汉宫，听不见琵琶的声音，但汉宫侍女的垂泪，为的是明妃远嫁异域，听不听得见琵琶，似乎无关重要。上文刚说到作乐劝酒，忽然又说到汉宫侍女，好像扯得过远。我认为这是诗笔大开大合的地方。虽然说到"汉宫侍女"，仍然回到"沙上行人"，正用"汉宫侍女"来陪衬"沙上行人"。

我们看江淹的《别赋》，上文说"行子肠断，百感凄恻"，下文又说"居人愁卧，怳若有亡"，这显然是袭用《左传·僖公二八年》居者行者对举的老例。行人、行子、行者都是同义语，不过末尾一字平仄不同。又看江淹《恨赋》"若夫明妃去时"一段的结尾，有"望君王兮何期，终芜绝兮异域"两句。辛稼轩《贺新郎·赋琵琶》："记出塞黄云堆雪，马上离愁三万里，望昭阳宫殿孤鸿没。弦解语，恨难说。"这是明妃北行南望的传统说法，与上文的弹看飞鸿，第一首的"寄声欲问塞南事，只有年年鸿雁飞"，互相照应。这样一来，"沙上行人"指的就是明妃，回首南望，望的就是昭阳宫殿。全句都有了着落。诗人有意用侍女垂泪来陪衬行人回首，"暗"字说明侍女的辛酸，如在胡庭明妃身边，并无暗里垂泪的必要。"沙上"句用一"却"字，更显出两事对比的力量，明妃的深情恋汉，完全透露出来。这样推论，"汉宫"两句的虚字，也有着落。

"汉宫"二句的解释如上，现在可以更进一步来研究"汉恩"二句了。郭沫若先生说：

> 大家的毛病是没有懂得那两个"自"字，那是"自己"的"自"，而不是"自然"的"自"。"汉恩自浅胡自深"是说浅就浅他的，深也深他的，我都不管，我所要求的是知心人。这是深入了王昭君的心中，而道破了她[1]自己的独立的人格，认为她的心中不仅无恩怨的浅深，而且无地域的胡汉，她对于胡汉的浅深，是丝毫也没有措意的。更进一步说，便是汉恩浅罢我也不怨，胡恩深罢我也不恋，这真是最同情于王昭君的一种想

---

① 引文作"他"，据郭沫若原文径改。

法，那里牵扯得上什么汉奸思想来呢！（《天地玄黄》新文艺出版社版，四九三页）

我完全同意郭先生的说法。我之所以同意，因为关于"自"字的解释，在《杜诗详注》里可以找到很多条。例如卷九《和裴迪》诗，引黄生说："两自字有自己、自然之别。"又如卷十七《秋兴》八首之三，仇氏于"同学少年多不贱，五陵衣马自轻肥"两句下，注曰："自轻肥，见非己所关心。"此外如卷六《忆弟》一诗，引葛常之《韵语阳秋》，卷七《遣怀》诗引赵汸，说法略同，不必赘举，足证杜诗对于"自"字这种用法是屡见不鲜的。王安石对于杜集用功很深，《明妃曲》用这两个"自"字，也不足为奇。而郭先生之说，也并非毫无根据了。

我们再看年辈略早于王安石的梅圣俞，有《昭君辞》二首。他说："情语既不通，岂止肠九回"，可见胡汉异俗，言语不通，昭君必不以胡儿为知心。而"乃知女子薄，莫比原上莱"二句，更是同情女子的。

又看年辈后于王安石的韩子苍，有这样一段话："按昭君南郡人，今秭归有昭君村。人生女必灼艾灸其面，虑以色选也。"（仇注杜诗卷十七《咏怀古迹》之三引）吴旦生《历代诗话》卷六十，又引韩子苍《题昭君图》诗："寄语双鬟负薪女，灸面慎勿轻离别。"并引《唐逸士传》："昭君村至今生女必灸其面。"白乐天诗："至今村女面，烧灼成瘢痕。"上面征引这些文献，足证灼面成瘢的风气，一直传到唐末时代。这是选妃制度造成的悲剧。因此，诗人王安石的《明妃曲》，同情明妃的遭遇，而不以知心人许胡、汉，有怀疑选妃制度的倾向。

懂得了"汉恩"两句的真正意思，"汉宫"两句也解释得通了。由"汉宫"两句到"汉恩"两句，是一转，结尾两句再转，真是越转越深入，而气脉还是一贯的。如果照朱自清先生那种解释，我认为费了力气，反而难通。但这是个人初步的看法，未必正确，愿就教于高明。现录第二首诗于后：

> 明妃初嫁与胡儿，毡车百两皆胡姬。
> 含情欲语无说处，弹与琵琶心自知。
> 黄金杆拨春风手，弹看飞鸿劝胡酒。

汉宫侍女暗垂泪，沙上行人却回首。
汉恩自浅胡自深，人生乐在相知心。
可怜青冢已芜没，尚有哀弦留至今。

关于对偶与声律[①]

王力先生《对偶与声律》一文，收入《艺林丛录》第四编。个人读了这篇文章，联想到黄季刚先生关于对偶与声律的讲述。根据记忆，似有两点，可以和王力先生的说法互证。

一、对偶中合掌的问题。大约是纪晓岚的故事吧。他新年乘车过市，见一家骡马店，张贴过年的楹联，下联没有见着，上联为"左手牵来千里马"。他在车内构思，认为下联应是"前身合是九方皋"。他为了查看清楚，特嘱车夫回头再走原路，结果下联是"右手牵来千里驹"，他大失所望。这一故事说明律诗骈文合掌的毛病，颇为生动。我当时印象虽深，但后来也没有查明这故事的出处。清代联语盛行，很可能是当时文人因黄诗而编造这一故事。当然，也有可能确有其事。但黄先生何以不引黄山谷诗，我颇为奇怪。

二、声律中和声的问题。季刚先生讲《文心雕龙》的《序志》《神思》等篇，讲得很略，讲《声律篇》则独详。八病这类问题，印象不深。印象较深的有双声叠韵问题，有和声问题。《声律篇》说："双声隔字而每舛，叠韵杂句而必睽。"大约因为双声较难知晓，黄先生特别强调"隔字每舛"的道理，认为如不注意，就是"文字之吃"。据我的体会，黄先生解释"隔"字，是隔一个字，即双声字的中间，隔一个字。例如芬芳是双声字，二字之间不得横插另一声类之字。如果横插，必劳唇吻，读起来不顺口，这问题就严重了。黄先生释异音相从的和声，举曹子建"明月照高楼，流光正徘徊"为例说，高楼不能作高阁或高树，他认为这不是平仄的问题。后来我读《诗人玉屑》卷六，"陵阳论下字之法"一条，说："因有二字一意，而声且同，可用此而不可用彼者。选诗云：'庭皋木叶下''云中辨烟树'，不可作'庭皋树叶下''云中辨烟木'。

① 载庄昭选编：《名家谈文学》（一），商务印书馆（香港）有限公司，2001年版，第20—24页。署名"楚侨"。

至此，唯可默晓，未易言传耳。"陵阳的意思是说"木叶"不可作"树叶"，"烟树"不可作"烟木"。大体诗人选字，问题复杂，当作具体分析。例如贾岛"僧敲月下门"的"推""敲"两字，敲字较佳，多半在声音上面。王荆公"春风又绿江南岸"的"绿"字，所以优于"入""过""满""到"等字，又多半在形象上面。"烟树"与形象有关，"木叶"与声音有关，或者还与习惯用法有关。例如《楚辞》就早有"洞庭波兮木叶下"的句子。与声者有关，就是和声的问题。范文澜先生《文心雕龙注》，于"异音相从谓之和"这一句，注为"指句内双声叠韵及平仄之和调"。根据个人的体会，季刚先生认为和声还不仅限于双叠及平仄。季刚先生古诗宗选体而律诗学温李（据胡小石先生说），而他关于和声的解释，却和韩子苍论诗相近，这也是值得注意的。

以上两点，是黄先生当时的口述。合掌与和声的问题，学选体诗和作宋诗的人，都同时注意到，可见这问题和民族语言有关。今天的新诗和语体文，或可以从这里找到一些有益的借鉴。季刚先生的看法，我认为可和王力先生的说法互证。此外，个人还想补充一点不成熟的意见。

根据吴瞿安、陈匪石两位专家的看法，填词要依平仄，严去上，有些旧调必守四声。王伯沆先生也说，依谱填词，在可仄可平处，要特别注意，分调使用，不可通融，例如上句可平处，用了平声，则下句可仄处，也必须用仄声。至于作近体诗，必须注意平仄，要知道一、三、五不论，二、四、六分明，是断不可从的俗说。还要知道律诗三、五、七句的句末一字，要配上、去、入三声。这是明末李天生研究杜诗的新发现。更要知道双声字必须与叠韵字作对。作古体诗，则应守三平正调，更研究王渔洋、赵秋谷等家的声调谱。我认为以上这些说法都很正确，差不多已成为作诗填词必具的常识。但诗词的生命并不在此，世间上尽有声律正确而意境平常的诗词，我们千万不要陷入形式主义的泥坑里而不能自拔。《红楼梦》里林黛玉教香菱作诗，有些见解，就很通达，值得研究。

其次，对偶问题，更有很多诗人词人都大伤脑筋的问题。《文心雕龙》写于六朝的齐梁，其时骈文律诗，不过规模粗具，到了唐宋时代，花样就更多了。杜甫《寄高适、岑参三十韵》，有"更得清新否，遥知对属忙"之句。李义山《漫成五首》的第一首说："沈宋裁辞矜变律，王杨落笔得良朋。当时自谓宗师妙，今日唯观属对能。"这是唐代两位大诗人的自供。又据《词苑丛谈》载晏殊《浣溪沙》下半阕："无可奈何花落去，似曾相识燕归来，小园香径独徘徊"，"似曾相识"这一对句，经年未能觅得，后来才由王琪给他对上。由此可见，诗词觅对，有时不很容易配得匀称。清末民初的况蕙风，作《蕙风词话》，他说："实勿对虚，生勿对熟，平举字勿对侧串字。深浅浓淡，大小重轻之间。务要侔色揣称，昔贤未有不如是精整也。"至于易实甫，更公然宣言："以对属为工，乃诗之正宗"，"无工巧浑成对仗，竟可以不必作诗"（参阅钱基博《现代中国文学史》）。易实甫这些话显然主张太过。我认为《白石诗说》"花必要柳对，是儿曹语，然其不切，亦病也"；顾亭林的《诗律蒙告》，说诗须一气呵成，又说"诗避三巧，巧句、巧意、巧对，三者大家之所忌也"，比较正确。

和对偶有连带关系的是用事。如"无可奈何"一联，可说是白描的对偶，更多的对偶不免用事，或者说用典。叶适论宋代的士大夫以"对偶亲切，用事精的相夸"。我们看清末民初的作家，也多数如此。即以号称"诗界革命家"的黄公度而论，他的部分律诗，也未能免此。

论近体诗作法比较精微的，是清代刘融斋的《艺概》。陈觉元先生早推荐过这部书，律体中的对句，本有开合、流水、倒挽、遮表等法，但流水法用得最多，个人认为这就是黄公度所说的"以单行之神，运排偶之体"。古代作家如苏东坡的"泥上偶然留指爪，鸿飞哪复计东西"，"山中老宿依然在，案上楞严已不看"，这种诗的思想性本来不高，但这种对法，个人颇为喜欢。当然，唐代的杜、李（义山），宋代的黄、陆，和金代的元遗山，对句极多雄杰精工，可以取法。我们对于古代名作必须涵泳揣摩，才能欣然有得。但这还只是诗内事，还必须注意诗外功夫，真正做到以"余事作诗人"。因此，可以说，对偶与声律的知识，知道一点是必要的，但单靠这些，却并不能写成绝妙的诗词。

附：王力《对偶与声律——中国古典文论中谈到的语言形式美》①

中国古典文论中谈到的语言形式美，主要是两件事：第一是对偶，第二是声律。关于这两件事，《文心雕龙》都有专篇讨论。《文心雕龙》第三十三篇讲声律，第三十五篇讲丽辞。所谓丽辞，就是对偶。

这两件事都跟汉语的特点有关。惟有以单音节为主（即使是双音词，而词

---

① 载庄昭选编：《名家谈文学》（一），商务印书馆（香港）有限公司，2001 年版，第 13—19 页。

素也是单音节）的语言，才能形成整齐的对偶。在西洋语言中，即使有意地排成平行的句子，也很难做到音节相同。那样只是排比，不是对偶。关于声律，我们的语言也有特点。汉语是元音占优势的语言，而又有声调的区别，这样就使它特别富于音乐性。

文论中对于文章的对偶特别是诗的对偶是有很多讲究的。人们容易把对偶看得很简单，以为只是字数相等，名词对名词，形容词对形容词，动词对动词，副词对副词就是了。实际上远不止此。《文心雕龙》提出了著名的对偶原则："故丽辞之体，凡有四对。言对为易，事对为难；反对为优，正对为劣。言对者，双比空辞者也；事对者，并举人验事者也；反对者，理殊趣合者也；正对者，事异义同者也。"拿今天的话来说，言对就是不用典故，事对就是用典故，反对就是反义词或意义不同的词相对，正对就是同义词或意义相近的词相对。

刘勰轻视言对，提倡事对，这是跟骈体文的体裁有关的。从艺术观点说，这个作用不大。杜甫、王维等许多大诗人许多著名的对句如"感时花溅泪，恨别鸟惊心"、"明月松间照，清泉石上流"也都是言对，不是事对。这个可以撇开不提。

反对为优，正对为劣。这倒是一条很宝贵的艺术经验。《文心雕龙》所举反对的例子是王粲《登楼赋》："钟仪幽而楚奏，庄舄显而越吟"（"幽"和"显"是反义词），正对的例是张载《七哀诗》："汉祖想枌榆，光武思白水"（"想"和"思"是同义词），二者的优劣是显而易见的。在这个问题上，刘勰的理论是高的：他把反对认为是"理殊趣合"，这是用不同的道来达到同一的意味，表面上是相反，实际上是相成。这样的对偶是内容丰富的对偶。他又把正对认为是"事异义同"，因为两个句子从字面上看来虽然不同，实际上只表示了同一的意思，这样的对偶是内容贫乏的对偶。

正因为这个意见是对的，所以后人常常拿它来衡量诗的优劣。王籍《入若耶溪》："蝉噪林逾静，鸟鸣山更幽"，这是被人传诵的名句。但是蔡宽夫《诗话》说："晋宋间诗人造语虽拔，然大抵上下句多一意。"他举了王籍这两句诗批评说："非不工也。终不免此病。"正对走到了极端，自然是诗家之大忌。所以诗论家有"合掌"的戒律。所谓"合掌"，也就是同义词相对。

因此，关于对偶，我们不要单看见古人求同的方面（字数相等是同，词性相等也是同），同时还要看见古人求异的方面。后者比前者更加重要。古人在对偶中特别强调相反，强调对立，强调不同。这个原理同样地适用于声律方面。

《文心雕龙·声律篇》中有很重的两句话："异音相从谓之和，同声相应谓之韵。""同声相应谓之韵"这一句话好懂：韵就是韵脚，同在同一位置上同一元音的重复，这就形成声音的回环，产生音乐美。但是刘勰所强调的不是这一句，而是前一句："异音相从谓之和。"所以他跟着就说："韵气一定，故余音易遣；和体抑扬，故遣响难契。属笔易巧，选和至难；缀文难精，而作韵甚易。"这和"丽辞篇"所论"反对为优"，"正对为劣"的道理是相通的。依一般的见解，异音相从应该是不和，现在说异音相从正是为了和，这也和"丽辞"所说的"理殊趣合"是同一道理。音乐上的旋律既有同声相从，也有异音相从。假如只有同声相应，没有异音相从，那就变为单调了。

甚么是"异音相从谓之和"呢？范文澜先生认为是"指句内变声叠韵及平仄之和调"（《文心雕龙注》第559页），这是对的。所谓"八病"，虽然旧说纷纭，莫衷一是，实际上就是避同求异，如变声的字不能同在一句（连绵字不在此例），句中的字不能跟韵脚的字叠韵，五言诗第五个字不得与第十五字同一声调，等等。沈约《宋书·谢灵运传》说："夫五音相宣，八音协畅，由乎玄黄律吕，各适物宜。欲使宫羽相变，低昂互节，若前有浮声，则后须切响。一简之内，音韵尽殊；两句之中，轻重悉异。妙达此旨，始可言文。"沈约在这里也是特别强调了"特异"的作用。

律诗的平仄格式是逐渐形成的，而平仄的讲究主要还是求其"异音相从"。一句之中，平仄交替成为节奏，这是异；一联之中，出句的平仄和对句的平仄相反，这又是异。后联和前联相黏（第三句与第二句起句平仄相同，等等），似乎是为了求同，实际上还是为了求异，因为失黏的结果是前后两联的平仄雷同。

严羽《沧浪诗话》批评了"八病"的戒律。他说："作诗正不必拘此，弊法不足据也。"凡事一到了"拘"，就出毛病。形式美与形式主义的区别，就在于诗人驾驭形式还是形式束缚诗人。"八病"的避免，如果作为形式美来争取，而不是作为格律来要求，还是未可厚非的。

杜文澜《声调四谱图说》引杜审言的《早春游望》作为示范。杜审言原诗是：

独有宦游人，偏惊物候新。

云霞出海曙，梅柳渡江春。

淑气催黄鸟，晴光转绿蘋。

忽闻歌古调，归思欲沾巾。

这首诗有四句是平上去入四声俱全的，其余也都具备三声（其中有两句按诗律也只能具备三声）。这样，在声调上就具有错综变化之妙。

有人说，杜甫的律诗出句末字上去入三声俱全；如果首句入韵，那就是平上去入四声俱全。我曾经就《唐诗三百首》所选的杜诗作一个小小统计：五律十首，合于上述情况者八首；七律十三首，合于上述情况者十首。这可以说明：一方面杜甫的确有意识地追求这种形式美；另一方面，杜甫决不会牺牲了内容去迁就形式。

相连的两个出句声调相同，叫做"鹤膝"，也有人认为就是"上尾"。杜甫的诗，特别注意避免上尾。但偶然也有不拘的。例如《客至》诗第三句末字是"扫"字，这个字有上去两读，若读上声则跟第一句末字"水"字犯上尾；若读去声则跟第五句末字"味"字犯上尾。这些地方都可以说明杜甫既讲究形式美而又不拘泥形式。

两个出句末字声调相同还不足为病，至于三个出句末字声调相同，那就算是缺点了。谢榛《四溟诗话》批评杜牧之《开元寺水阁》诗："六朝文物草连空，天澹云闲今古同。鸟去鸟来山色里，人歌人哭水声中。深秋帘幕千家雨，落日楼台一笛风。惆怅无因见范蠡，参差烟树五湖东。"又批评王维《送杨少府贬郴州》诗："明到衡山与洞庭，若为秋月听猿声。愁看北渚三湘远，恶说南风五岭轻。青草瘴时过夏口，白头浪里出湓城。长沙不久留才子，贾谊何须吊屈平！"他说：此上三句落脚字，皆自吞其声，韵短调促，而无抑扬之妙。其实他在这里指出的就是上尾的毛病，因为这两首诗三个出句末字都用了上声。谢榛最后说："然子美七言，近体最多，凡上三句转折抑扬之妙，无可议者。其工于声调，盛唐以来，李、杜二公而已！"他的话是颇有根据的。李白的律诗较少，我没有分析过；至于杜甫，我相信他在声调美的方面是有很深的研究的。

总起来说，古典文论中谈到的语言形式美，不管是在对偶方面，或者是在声律方面，都是从多样中求整齐，从不同中求协调，让矛盾统一，形成了和谐的形式美。

我们不可能也不应该照搬古人的艺术经验，特别是现代的诗即使讲究格律，也不一定要拘泥平仄（写旧体诗不在此例）。但是古典文论中谈到的语言形式美，从原理上说，还有许多可以借鉴的地方。文章语言的形式美，应该是随着民族而不同的，随着时代而不同的。希望有人在这方面进行研究，对文学的发展将有很大的意义。这篇短文，不过是抛砖引玉罢了。

试论辛弃疾的《永遇乐》①

辛弃疾《永遇乐·京口北固亭怀古》一词，《词品》评为辛词第一。它的原文如下：

> 千古江山，英雄无觅、孙仲谋处。舞榭歌台，风流总被、雨打风吹去。斜阳草树，寻常巷陌，人道寄奴曾住。想当年，金戈铁马，气吞万里如虎。
>
> 元嘉草草，封狼居胥，赢得仓皇北顾。四十三年，望中犹记、烽火扬州路。可堪回首，佛狸祠下，一片神鸦社鼓。凭谁问，廉颇老矣，尚能饭否。

最近由于工作的需要，曾和十多位朋友讨论了这首词，意想不到，在讨论中很有一些不同的看法，而且发生了争执。讨论以后，我又重读了黄清士君所作《略论辛弃疾词》一文。黄君对《永遇乐》的解释，部分和我们相同，部分又和朋友们差不多。这首词至少是辛词代表作之一，值得提出来商量一下。

问题之一，是这首词上片第二韵"舞榭歌台，风流总被、雨打风吹去"。部分朋友认为风流应指六朝，其意义略等于"六代豪华春去也"，并说这一韵连同上一韵都是讽刺南宋统治者的，上一韵称颂孙权，对南宋是明讥；下一韵慨叹六朝歌舞，对南宋是暗讽。黄君的文章说上片是歌颂孙权刘裕，没有提到六朝。胡云翼君《宋词选》的注释，谓风流是指英雄事业的风流余韵。我和几位朋友正有同样的看法，认为这一韵是补足上一韵，不应牵扯到六朝上去。主张风流应指六朝的人，大概有三点误会。

第一，误于"风流"二字。以为这个词总含贬义，其实古今诗词中含褒义

---

① 载庄昭选编：《名家谈文学》（二），商务印书馆（香港）有限公司，2001 年版，第 151—156 页。

的正复不少。例如杜工部有"英雄割据虽已矣，文采风流今尚存"两句诗，苏东坡有"大江东去，浪淘尽千古风流人物"两句词。

第二，误于"舞榭歌台"四字，以为歌舞也含有贬义。其实歌舞的好坏，主要在内容方面。靡靡之音和雄壮的调子，不能相提并论。京口地当南北冲要比较繁荣（孙权在建都武昌、南京以前，经营过这个地方），有舞榭歌台并不足奇。

第三，地点问题，一般咏六朝或南朝的诗词，地点多在南京，而这首怀古的词，则是写于京口，这一点，朋友们也滑过了。

再说，辛稼轩另一首《满江红》的换头"吴楚地，东南坼。英雄事，曹刘敌。被西风吃尽，了无尘迹"，和"千古江山"两韵，意境绝相类似。所谓雨打风吹，渺无寻处，不过是说英雄事业无人继续罢了，此与六朝又有什么联系呢？更就词的作法来说，这首词上片共四韵，两韵叙述孙权，两韵歌颂刘裕，词意极为清切，如果于孙权刘裕的中间，忽说到六朝，这就不免夹杂了。按照刘融斋《艺概》"词有点染"的说法，应该说第一、第三韵都是点，第二、第四韵则是染。不如此，便抽象，便空洞，便不饱满，便不酣畅。如用现代术语，就叫做形象化。

根据以上理由，我们认为风流就是孙仲谋这类人物的英雄风流。上文提到千古江山，下文提到草树巷陌，中间指点舞榭歌台，这也是线索，又各与下句成为波折。虽有舞榭歌台，但表现英雄人物的流风余韵，却随风雨消逝而渺难寻求了。这正是完足上韵的诗意。

问题之二，是下片"四十三年，望中犹记、烽火扬州路。可堪回首，佛狸祠下，一片神鸦社鼓"等句。黄君的文章说，稼轩"笔锋转到当代问题，是第二层。扬州路和佛狸祠都是作者四十三年前南下经行之地，当时扬州路上烽火遍野，敌骑蹂躏的战火犹新，而佛狸祠前，鼓吹喧天，人们却在那里迎神赛会"。我们这里有些朋友的意见和黄君略同，我们也强调扬州的烽火，以为这几句紧接上文"元嘉草草，封狼居胥，赢得仓皇北顾"，说这是用以警告韩侂胄，如果也像元嘉时代那样毫无准备，就会引起四十三年前扬州那样的烽火。然而，佛狸祠前，神鸦社鼓，是荒凉景象，我们不赞成这样的说法，理由有以下几点。

第一，四十三年的问题。这一年，如众所共知，正是稼轩生擒叛徒张安国渡江南归的时候。他在《鹧鸪天》（"壮岁旌旗拥万夫，锦襜突骑渡江初"）那

首词里，也叙述了这件事情。所谓"烽火扬州路"，不过是"燕兵夜捉银胡觮，汉将朝飞金仆姑"的缩写。这和宋史本传"金将追之不及"的记载也相符合。稼轩这一行动是少年英雄的杰作，他本人回忆这件事情，也充满了乐观的气氛，而且津津乐道，不止一次。既然特别指出四十三年，那就只能是胜利的欣悦。"望中犹记"和上文的"仓皇北顾"恰好形成相反的对比，而烽火扬州不过是敌人尾追的概括。如用烽火遍野，敌骑蹂躏等句，显非辛词本意。

第二，佛狸祠的问题。佛狸祠是供奉魏太武的庙子，庙在瓜步，瓜步在六合县，较之扬州，更接近长江。胡云翼君说是沦陷区域，殆未可信。稼轩用佛狸社鼓与扬州烽火对照，社鼓迎神就在供祀敌人的庙子里，意在指出南宋偏安，已经忘记了敌人，更说不上对敌斗争了。黄君的文章说，"扬州路和佛狸祠都是作者四十三年前南下经行之地"，他定是误会了"可堪回首"这一句。因为上文有"望中犹记"，就误认为回首的时间也是过去。也因为下文有"可堪回首"一句，就误以为"望中犹记"，只有烽火遍野了。部分朋友可能也是这样来理解的。按刘融斋《艺概》说"词有顿跌"，我体会所谓顿跌，就是反正、开合、对照、顿挫，有时较明显，有时也像骈文家所说的"潜气内转"。稼轩在这里，正是用这种今昔对照，顿挫生姿的笔法，来抒写自己的感愤，而"可堪回首"这一句，恰是这两韵的枢纽和关键，可能作者的全神更直贯末韵。四十三年前的扬州，是战斗中的扬州，而今呢，则瓜步的佛狸祠前，也只有神鸦社鼓了。今昔如此不同，这是不堪回首的原因。再说，四十三年前的自己是少年英雄，而今呢，则老同廉颇，像赵王那样关心垂询，也说不上。抚今思昔，更是作者登亭怀古的心情。前文提到那首《鹧鸪天》的下片，"思往事，忆今吾，春风不染白髭须。却将万字平戎策，换得东郊种树书"，和此篇意境极相似。

由此可知，换头处虽引元嘉故事以讽韩侂胄，但后半转到自己，则为抒写无路报国的悲愤。须知草率北伐，稼轩反对，偷安一隅，稼轩更反对。综观全词，慷慨激昂仍是基调。黄君说换头三句是全篇的主题，部分朋友忽视了四十三年，强调了烽火扬州，我认为都不免缩小了辛词丰富的境界，贬低了辛词战斗的价值。

以上是我们在讨论中争执的问题。为了寻求印证，我又参考了一些关于辛词的近著。"古典文学基本知识丛书"中的《辛弃疾》，是夏承焘、游止水两先生写作，1962 年由中华书局出版。这本书分析这首词，上片没提到六朝，下片说"现在北望瓜步",可以说夏、游两位先生的意见,和我们的看法基本上是一致的。

稼轩这首词,大家都爱讽诵,而意见如此不同,真是怪事,过去王伯沆师尝谓:"词之为体,玲珑剔透,明暗激射。忽今忽古,大起大落。"又尝戏谓:"没有林黛玉那样的聪明,可不必填词。"我于1949年初次会着陈匪石先生,听这位词人谈词,曾用"尺地弯强弓,不许穿鲁缟"这两句诗,来概括他对于词的意见。个人体会,词要如帷灯匣剑,不许过露。这就是说,要把想像的余地留给读者,让读者自己主动地去咀嚼,这才会有余味。这是艺术的境界,也就是读古人诗词不免发生误解的原因。我的意见,未必正确,同时正面的意见也有朋友们的看法,为求行文简洁,我就没有一一交代了。

附：黄清士[①]《略论辛弃疾词》[②]

辛弃疾(1140～1207年)《稼轩词》,都七百余阕,无论质与量,在两宋词坛上是无与颉颃的。特别是其词风所扇,并世和后代都产生深远的影响。辛氏生于南宋初期,正是民族矛盾尖锐化的时代。当他二十三岁渡江南来,即以湔雪国耻、规复失土为唯一职责。数十年间他曾不断努力而终无成效。与身俱羸的国势,与年俱增的牢愁,前者为因,后者为果,直到他吟着"春风不染白髭须"的时候,此种矛盾才稍改变。辛氏对南宋国策是有意见的,这些意见有时在词作中提出;辛氏对国家的感情是深厚诚挚的,这种感情往往在词作中流露。由于辛氏与当时人民的愿望和感情息息相通,所以他的词作就有了普遍的现实意义。

湔雪国耻、规复失土既为辛氏一生之奋斗目标,可是尽其一生,南宋恢复中原的良机,仅有1161年金主完颜亮南征挫败被杀的一次。辛氏在十七年后

---

① 黄清士(1914—1985),原名卓(一作"焯"),字孟超,号清盫。上海川沙城厢镇人。复旦大学中文系毕业,先后拜夏敬观、沈恩孚为师,研修古文和诗词。历任复旦大学助教,中华工商职业专科学校国文教员。新中国成立初期,创办中华工商业学校,任校长。学校设文化补习班、高考复习班、财会班、机械班、托儿班等,为颇有声望的业余补习学校。1954年,在校内办初中部。该校后改名为上海市建东中学,任第一任校长。1956年后,在上海教育学院、上海师范学院任教。曾参与《辞海》《汉语大词典》的编写工作。1985年初,患肝癌辞世,生前遗嘱将遗体贡献医学事业,留诗谓:"已知吾身非我有,何须朽骨化寒灰。去来无迹衔泥燕,再为人间补寸埃。"早年随伯父黄炎培纂修《川沙县志》。工诗、善填词。著有《元好问集笺注》及《黄炎培诗选注》(未刊)。

② 载庄昭选编:《名家谈文学》(二),商务印书馆(香港)有限公司,2001年版,第143-149页。

经过扬州，作《水调歌头》，上片追记其事。词曰：

> 落日塞尘起，胡骑猎清秋。汉家组练十万，列舰耸层楼。谁道投鞭飞渡，忆昔鸣髇血污，风雨佛狸愁。季子正年少，匹马黑貂裘。

按《宋史·虞允文传》："（绍兴三十年）九月，金主命李通为大都督，造浮梁于淮水上，金主自将兵号百万，毡帐相望，钲鼓之声不绝，十月，自涡口渡淮。"这就是"落日"两句的注脚，预示一场大战即将展开。又同书："命允文往芜湖趣（李）显忠交（王）权军，且犒师采石。……时敌兵实四十万、马倍之，宋军才一万八千。"据此，"组练十万"云云，不免夸大其辞。双方虽众寡悬殊，但由于南宋士卒的同心御侮，主帅虞允文的指挥若定，居然打了几个漂亮的胜仗，不仅粉碎了完颜亮"立马吴山"的妄念，逼迫他"焚其舟而去"（《宋史·孝宗纪》）；而且促使金人祸起萧墙。"鸣髇血污"，引用《史记·匈奴列传》冒顿以响箭射杀其父头曼的典故；佛狸，北魏太武帝拓跋焘的小名，拓跋焘曾率众南征。两句合指完颜亮被杀于扬州龟山寺一事（《宋史·高宗纪》）。最后二句，辛氏写自己在山东敌后参加耿京义军与金人作战，并奉命赍表归宋的前尘往事。按辛氏《进美芹十论割子》："粤辛巳（一一六一）岁，逆亮南寇，中原之民，屯聚蜂起，臣尝鸠众二千，隶耿京，为掌书记，以图恢复，共籍兵二十五万，纳款于朝。""匹马黑貂裘"，乃苏秦初次出游时李兑给他置办的行装，初次出游为苏秦毕生功业的起点；此处借喻自己一生功业发轫之始，就是为了抗金斗争。

词里充分体现辛氏爱国抗金的赤诚坚志。他处处以国事为前提，把自己的前途和国家的命运紧紧结合在一起。当国家有兴复之机，他欢呼，他歌诵，虽在若干年之后，还神往于这段宝贵经历。遗憾的是，南宋当政者史浩、汤思退之流，苟安畏葸，不支持虞允文乘胜北伐恢复中原的正确主张，以致坐失良机。

金人以武力侵占了半壁河山，造成了严重的民族危机，宋金之间的矛盾已无法调和；只有整军经武，厉兵秣马，才能收回失地，还我河山。为此辛氏志切从军，留恋于少年时代的军旅生活。他寄词给好友陈亮，表露此意。词曰：

> 醉里挑灯看剑，梦回吹角连营。八百里分麾下炙，五十弦翻塞外声，

沙场秋点兵。

马作的庐飞快，弓如霹雳弦惊。了却君王天下事，赢得生前身后名。可怜白发生！

（《破阵子·为陈同甫赋壮语以寄》）

词题：赋壮语。壮语的内容，可以藻饰，可以夸张，甚至还可以想像。尽管如此，却不等于凭空臆造，向壁虚构，而必须具有生活基础和思想基础。本词前九句是壮语，其组成部分有二，即军旅生活的概括和爱国热情的流露，前者属于生活基础，后者则为思想基础。九句壮语又可分为三层，上片五句写出征前的军队生活，下片六七两句写战场上的情况，八九两句写凯旋归来的欢欣。由于这些内容都有丰富的生活基础和真实的思想基础，所以信笔写来，既亲切，又形象。结句用"可怜白发生"的现状和过去如火如荼的场面相对照，突出自己的苦闷心情。可惜"了却君王天下事"只是为了赢得个人的"生前身后名"，就未免冲淡了此词的爱国主义色彩。

宋宁宗开禧二年（1206）"五月丁亥下诏伐金"（《宋史·宁宗记》），这不是辛氏寤寐以求的王师北伐，而是一次规模较大的军事投机。原来此时贵戚韩侂胄柄政，其资望与素行均不得人心，因而意欲发动对外战争，战胜后，便可抬高威望，保持权位。辛氏则认为北伐的成败，攸关国家的安危隆替，必须充分准备，操必胜之券后，才可兵戎相见。这种对敌持重的正确主张，在他历来的章奏和平素的言论中都曾一再透露。他还经常派出谍报人员侦察敌情（见程珌《丙子轮对剳子》）。他精审地分析对比了敌我形势后，认为此诗出师，危险性还大。所以不同意韩侂胄以国事作孤注，在北伐前一年，作词劝阻。词曰：

千古江山，英雄无觅、孙仲谋处。舞榭歌台，风流总被、雨打风吹去。斜阳草树，寻常巷陌，人道寄奴曾住。想当年，金戈铁马，气吞万里如虎。

元嘉草草，封狼居胥，赢得仓皇北顾。四十三年，望中犹记、烽火扬州路。可堪回首，佛狸祠下，一片神鸦社鼓。凭谁问，廉颇老矣，尚能饭否。

（《永遇乐·京口北固亭怀古》）

此词以登临怀古为题，实质上引举古人古事，讽喻当世，警告今人。上片选择了历史上曾在京口活动过的风云人物孙权、刘裕作为追慕对象。孙权内固国本，外御强敌；刘裕再次北伐，战果辉煌。渲染孙、刘二人的英武，就衬托出南宋当局的懦弱，所以对孙刘的歌颂，无异给南宋的鞭策。下片分为三层。借历史上军事冒险的失败教训，告诫韩侂胄，是第一层，也是全篇的主题。元嘉八年，刘裕之子刘义隆兴师北伐，拟效汉代霍去病封山勒石纪功，由于准备不足，大败而归，只落得仓皇北顾，涕泗交流。历史悲剧，那许重演！元嘉之败，无疑是韩侂胄前车之鉴。接着笔锋转到当代问题，是第二层。"扬州路"和"佛狸祠"都是作者四十三年前南下经行之地。当时扬州路上烽火遍野，敌骑蹂躏的战痕犹新；而佛狸祠前鼓吹喧天，人们却在那里迎神赛会。国耻的严重如彼，人心的麻痹如此。所以当务之急，惟有激励人心，同仇敌忾。可是韩侂胄计不出此，轻率地决定北伐。作者要求韩侂胄充分做好抗金动员工作，这个建议是正确的。可是对人民的抗金愿望，估计不足，未免以点概全。最后借廉颇以表明自己对国事的态度，是第三层。赵将廉颇，保卫国家，屡立大功，可是当秦赵关系紧张之际，却因被谗而身居异国。作者满腔爱国热忱，一贯坚持抗金，而且洞悉敌情，畅晓军务，却在对金问题正要作出决定时，反无置喙的余地，就这一点来看，他与廉颇有相似之处。

韩侂胄未被此词所打动，盲目地兴师北伐，招致了各路溃退。不久，南宋政局变化，以政变起家的韩侂胄，在这次政变中被击杀于玉津园，宋廷函其首级送金国谢罪。韩侂胄冰山倒了，南宋收复中原的希望也渺茫了。

从上举诸词中，已可概见辛词个性鲜明、政治气味浓郁的艺术特点，这是辛词基本的一面。构成此种特点的主要因素，应该说是作者老而弥坚的抗金意志。他对恢复中原的信念始终不变，如嘉泰四年（1204 年），他还向宋宁宗说"金国必乱必亡"，建议"付之元老大臣，务为仓猝可以应变之计"（《朝野杂记》）。这种意志和信念贯串在他的词作里，成为一根不褪色的红线，所以命题选材，"率多抚时感事之作"（《汲古阁本稼轩词跋》）。又由于他在宦途中屡被摈斥而落职闲居，因而写了不少喜爱林泉山水、田园的词，不免抒露些消极的思想感情，但这只是辛词次要的一面。此外，他大胆创新的笔调，六经、子、史乃至语录小说中的词汇，都可驾驭运用，融化入词。这样，便铸成辛词"横绝六合，扫空万古，自有苍生所未见"（刘克庄《辛稼轩集序》）的艺术风格。

辑四

高考指南

序

　　仕途正当之出路为文官考试，而应考必读之要籍，则同学果庵所编之《高考指南》也。果庵本研究国学，尤擅歌诗，为师友所称道。而果庵殊矜慎，积稿若干首，不肯轻出以示人。有怂恿其出版者，辄笑而［不］答，最近高考获中，行将赴渝受训。乃出其历年所钞高考试题以示密友。友人叹其搜集之勤，知其及格，非由侥幸，于是劝其印为小册，作为"四川文建分会丛书"①之一，以供同志之研讨，而免传钞之烦劳。盖有志应考者固可借此为揣摩之助，而性耽研究者，亦因各项题目多关国是，不尽为明日黄花，按题探索，有益学问。至于应考经验，更属现身说法，有味其言，弥足珍贵。而各项建议，尤足供当局之参考，关系考政之前途，非仅为一身谋也。抗日军兴，军事第一，特出非常之士，允宜破格录用，待以不次之赏。救溺无取于规行，疗饥不期于鼎食，考试制度，疑若为太平之感业，而非当今之先务。但军事应与政治平行，而抗战亦与建国有关。政治不能革新，军事难望进展，建国如未成功，抗战难期胜利。建国端绪既极繁多，政治整饬亦非一途。而辅赞建国大业，推进一国庶政者，首赖人才。如其人才之出路，多数仍为有力之荐牍，私门之干谒，则夫达而在位者，操守已不足道，枉尺直寻，气节先隳，虽复多才，适以误国。故尝窃以为考试不必能得干济之士，而明礼义知廉耻之风尚，惟考试可以养成，未

---

① 关于此丛书，《高考指南》冠有中国文化建设协会四川分会秘书室的启事云："本会业已编印通俗唱词十余种，惟以经费关系，未能大量印刷，辱荷各方函索，无以应命，至为歉仄，尚希鉴原。//本会现拟编印文化小丛书若干种，内容以中国及四川之文化问题为主。除已由本会聘请专家撰述外，并欢迎投稿。每册字数约两万字左右，每种稿费约百元上下。如荷赐稿，关于题目及内容概略等项，请先投函成都斌升街二十三号内本会秘书室接洽，以便函约面谈。//本会于二十八年度曾购新旧图书千有余册，准备高考各科书籍，大体完备，原系专供本会会员阅览。现本会以书价奇昂，购买匪易，为便寒畯，发愿流通。外间人士如经本会会员负责介绍，亦可借阅。"其"通俗抗敌唱词"（杨天惠主编）有《枪毙李服膺》（新排川剧），成章（口述），成都：中华文化建设协会四川分会编辑部，1939年4月初版，5页，32开"；《办兵役》，1939年5月初版；等。

可以其为利禄之途而遂少之。此则果庵所以应密友之请，而印行此书，与平日之矜慎，迥若两人。如余文章，本不足以发扬友朋之著述，而亦不辞献拙、乐为作序之故欤！

新都李琢仁谨序，时民国廿九年二月

丙编　考试臆谈

第一　由考试谈到受训

国民政府自成考试院以来，民国二十年举行第一届高考。二十二年，二十四年继续举行。二十五年并举行临时高考一次。此后即因抗战而陷于停顿。以前四次取录之人数约共计五百人左右，此五百人者，分发之情形如何，未睹精确之统计，无从深悉。然就零碎之见闻，则各机关主管长官对于此种及格人员，大半意存歧视。其原因固非一端，而悠悠六合，各私其亲，考试分发，非其亲［暱］，虽不明白拒绝，亦不依法任用，于是及格人员，变为眼中之钉。此一端也，或为各项原因中之大者。不乱用一人，不乱用一钱，本为文武官吏就职之誓词，结果不贪污者尚可屈指而数，而真不用私人者，则如凤毛麟角。位尊权重，则亲戚故旧及所识穷乏，固皆如蚁之附，请求任用，即疏远者，亦复千方百计，志求系援。贵贱由我赵孟，威福出其喜怒，颐指气使，傲岸自喜，此中国数千年权门之行径，亦大丈夫得志一时之所为。积习相沿，骤变非易。故长官一有更动，荐书可以盈尺，揣量轻重，苦心应付。此考试及格者既无奥援，升迁自难，此种现象或仅官场之一部分，然仅一部分，其影响如何重大，可以想见，不必细论也。

政府除举行考试以拔真才外，更有短期训练，以期才尽适用。受训人员，或经考试，或由抽调。此制倡于中央，各省相率效法。名目繁多，人才辈出，平心而论，此制固有优点，然办理必须统一。现政府变更高考程序，初试及格人员训练一年后，始予分发，即系合考试与训练二者而冶于一炉。吾人希望考试训练，无妨尽量严格，一经及格，必予任用，则文官制度可以从此确立矣。

此次高考训练，业已定期开始。此种办法，事属创举，将来文官制度是否可以确立，与训练内容，关系极大。政府当局于此必已有妥当精密之计划，吾人无庸过虑。惟正以关系之极大，窃愿政府能延聘通儒专司其事，深研往古之

成法，参以欧西之法意，又复博访周谘，郑重其事，定百年之大计，创建国之宏规。期间无妨稍迟，讨论不厌求详。惟其慎之于始，庶能收效于后。

此外尚有一种最应注意者，即以前数届高考及格人员，既经任用，有何缺点，应由考试院函请各机关主管长官，详密考查，公正批评。考试院根据此项批评，加以归纳，并条列救济之对策。中政校即可根据此项对策，订训练之科目及方法。缺点既经补救，则任用益形便利矣。

个人对于此项训练，尚有几种原则：

一、应略仿古代国学书院及研究院之制，学行并重，学应以研究为主。研究应以博通古今，深达治体为主。

二、实际行政问题，应以现任高级行政长官担任讲授。并分别出席小组会议，指导学员共同讨论。

三、应延聘专家担任导师，最好以实际问题为主，指导学员分别研究。至于参考书籍，务须尽量购置。如能移国立编辑馆或历史社会研究所于中政校附近，设法合作，收效更大。务期中政校不仅成为高级官吏之养成所，同时更成为一国最高政治研究院。举各院部会之研究机关，均设置于中政校内。

四、训练毕业之学员可以立时出任官吏，其研究兴趣较浓者，并得由政府优给薪俸，继续在校，研究问题。提出论文，给予硕士或博士学位。

五、此次及格人员，十之八九均属大学毕业者，业受军训教育，不必如普通训练，再耗时间于军训。如为整齐起见，军训万不可无，时间务必尽量减少，以免妨害研究。

六、各项考试及格人员之分发，应于可能范围以内，于入校受训之初，即大体加以确定。财务行政大体入财部，教育行政大体入教部，外交人员大体入外交部，此固无多问题。但如普通行政一项，分发院部及职位，即应先予指定。各院部现在所缺人员究系何种，如能先与学校商洽，学校即就各机关最需要者加以训练。将来分发，必更便利。机关与学校既相融洽，可以实现为事择人，人尽其才之理想矣。

七、此项训练一经毕业即予任用以外，并宜于训练及任用之际，特别优待，例如受训来往路费之减免，衣食居处之优良，与夫任用以后之升迁迅速，特别保障，均宜细密规定，以新视听而移风尚。使聪明才智之士，均以出身中政校为平生之荣誉，而以奔走权门为耻。则天下英雄尽入彀①中之日，亦即文官制度确立之日矣。

八、此次训练科目，有无初试各项，此实最关重要之问题。个人意见以为初试各项，似无再训之必要。非谓受训各员，学问已经丰富，盖以实际情形而论，普通荐任官吏，能具及格程度，应用或已有余。至于民法刑法，行政法，地方自治法规等项，作原理之探讨，时间必感不足。如作条文之研究，意义又嫌无多。常识较足，门径粗通。临事之际，自能应付。愚意以为此种科目均可从略也。英人文官考试，以普通必具之常识为主，以开拓心胸之文史为重，其意殊可效法也。

第二　现任及格人员受训应否留薪？

此次考试成绩，据考选会负责人发表之谈话，以为全榜无一优等，成绩多属平平，此项事实，原因何在，事关抡才，颇值研讨。个人以为受战事之影响者半，由程序之变更者半。七七以后，学校播迁，图书毁于兵火，研究极感困难，此固一般之现象，而程序既经变更，受训长至一年，已有固定工作，而家人生活全仰薪俸者，必徬徨顾虑。盖受训之出路虽优，远在一年以后，而家人之忍受寒饿即在目睫之前。握图扼吭，愚夫不为，远利近害，究孰取舍。个人于考试时间公布以后，即以上项原因，应考与否，久而后决。如其决心较早，准备时间较久，则考试成绩或可较优。个人如此，其他可知，又据以往历届考试而论，成绩较优者多属现任人员，其准备时间有达三年以上者，盖一经考试及格，即能晋级加薪，实惠荣名，足酬辛苦，故其努力，倍于常人。今则及格尚须受训，受训尚须考试。再试及格，或仅委任，已任委职，必不乐此。至于受训期内，三十元津贴，在原无工作者，虽属优厚；在已有百元以上之收入者，家用必苦不敷。熟较利害以后，应考必不踊跃，此实人情之常，无足怪也。

又以现任调训人员而论，服务机关概留原薪。高考及格，其事难于调训，而其待遇反不如焉，名实不副，窃恐以后现任人员应考者更少，考试成绩将有每况之叹，而文官制度之推行愈难，何则？考试及格人员未能依法任用，其原

---

① 原文作"彀"，有误，径改。

因固由长官私心，不惜以国家名器表示私人威权。而现任人员亦以被汰之机会多，上进之希望少，故与长官一致，深闭固拒，意存把持，视及格者如赘物，冷嘲热讽，情殊难堪。嗟夫！此非各机关对待及格者之现象乎？假使政府当局能予现任人员以特殊奖励，不必待以高考之虚荣，而剥夺其实利，只须与调训人员，视同一律，受训期中，同留原薪，现任人员中之志切上进者，当必纷纷准备应考。不仅将来高考成绩必较现在为优，考试制度之确立亦可拭目以待也。

政府当局鉴于现任公务人员，缺乏研究精神，特创小组会议，树立读书风气。切实奉行者固多，而因循敷衍者亦复不少。即号称遵守办公时间者，公余无所用心，或则幻想鸿鹄，或则聚谈不义，大好时光，如此消磨，全国统计，损失不赀。如中政校或考试院能呈请国防最高委员会通令各机关对于受训人员，一律保留原薪，是无异于年拨少数之款项，作为奖学之奖金，读书风气，自然养成，及格既难，所损者微，而收效之大，未可计量。

上述各点，均为受训留薪之正当理由，个人以为此事不仅关系个人利害，考政前途，影响尤大。除向本机关呈请外，更分呈中政校及考选会，请援应考人于应考期中以公假论即仍支原薪之优待办法，对于及格受训之现任人员，饬由原机关一律留薪，以示优待。现中政校方面尚无回批，考选会方面则以为高考及格受训异于现任调训，如果经济困难，可向原机关呈请。而原机关又以事属创举，恐人援例，迟回审慎，迄未批准。个人虽一再具呈，声述此项办法，意在劝奖，唯恐人不援例，无须鳃鳃过虑。而在事实上，则高考举行，隔年一次，就曰改为年考一次，同时亦难数人及格。一机关无谓之锁耗甚多，于此似无庸吝惜。所述理由，自谓充足，而满怀热望，仍浇冷水。瞻望考政前途，此时尚难乐观。个人切望政府当局为表示推行考政之决心，对于此事，再予考虑：留薪有何困难，困难如何补救；不留有何影响，影响如何预防。考虑周详，重予决定。如个人理由，确不充足，此项提议，甘愿撤回。

第三 只录题目不载客案之理由

此书编竣，或以未载答案为遗憾。余则以为此项题目，或则包含颇广，叙述不易简括；或则测验心得，仁智存乎作者。学问浅陋如余，决难圆满解答。至其范围较小而题旨确定者，则原书具在，翻检即得，举手之劳，无庸庖代。

以前而言，则难于作答；以后而言，则不必作答，此本书仅有题目而无答案之理由也。

个人肄业中学时，因数学教师王伯宜先生之善教，对于算术，特感兴趣，凡有难题，莫不搜集。甚至日文之《算学辞典》，虽有文字障碍，亦乐努力冥索。因缘此故，竟成习性，各项科目题目，均喜试为作解。昔在南京时，对于高考试题，搜集不惮麻烦，积之既久，居然成帙。当夫准备某科之时，常于阅览某书以后，即就所录某科试题，试作答案。如有未合，至废食眠，因此而记忆更为明确；或更利用联想及类推办法，由此及彼，制成他题，其幸中者，十之一二。较之泛泛阅读而又不得要领者，似一筹差胜。

各科命题人于命题之际，对于历届试题，或必参考，以求深浅之相符，而免重复之弊病。但一科要义，究属无多，或竟不免前后重复，或则不过稍有变化，出入既少，作答自易。

吾人阅书，以赋性不同，恒有所偏。或观其大体而鸟瞰，或注重精细而析微。或才长记忆而巨细靡遗，或才长批判而识解超卓。而细按各科试题，则往往大小兼收，而记忆与理解并重（见命题标准）。故欲求各科答案之毫发无遗憾，泰半难矣。补救之道，大题应能控制，小题应能记忆。控制之方，应讲求于平时，要点均能吸取，行文贵有体要。记忆之术，则应注意于临时，表解可以备忘，类似尤须明辨。以经济政治而论，类多大题；以民法刑法而论，则多小题。题小易致完全失败，中的固不容易；题大虽可勉强敷衍，及格尤为困难。盖一则内容难于详尽，挂一不免漏万；再则文体易伤芜杂，阅者不易醒目。人类天性，常多自恕，以为不无中肯之言，或有及格之望，而考试结果竟谬不然。此即平时研讨，贵有方法与特识，而此编所载各科题目之所暗示，个人以为殊足宝贵；至于答案洵为末节，其有无于重轻无关也。

第四　个人对于考试制度之管见

关于考试制度，原拟搜集材料，详加论列，但时间仓卒，未遑从事。兹请

略述其概。克来尔，英之哲人也，其所著《英雄崇拜》[1]一书，对于中国考试制度，颇为推崇。英之文官考试，重文史常识而轻专门智识，窃疑或受克来尔此论之影响。若然，则英伦对于中国考试，不仅模仿其形式，且又师法其意义也。八股文章固无复兴之理，但文史应否略予重视，似不无考虑之价值，此其一。

迩来喜阅各县县志，荣县县志为赵香宋先生所编纂。余不识赵先生，二十六年由京返蓉，曾不揣冒昧，以诗为贽，驰函请益。辱承赐书，殷殷教正。书辞所述，足与县志论文相为发明。其他关于礼俗，尤多特识，谨节录有关考试者一则于左：

> 帝制之利弊，秦以后彰矣。独古学生最贵且重，如汉如唐如宋，学生非特华贵，且有左右国政之权。上考周制明室太庙圜之以水，名曰辟雍。天子袒而割牲，当其为师则弗臣也。天子之元子犹士也，王太子王子群后之太子卿大夫元士之嫡子皆造焉[2]。凡国有大政大典无不关于国学。在泮献馘，在泮献囚，虽军事亦告成于学。春秋教以礼乐，冬夏教以诗书，学校人才，文武具备。国学之尊严，乃若后世之皇宫，学生济济宛然列仙之班。当时一州一乡学典为大，故二十八篇《书》，三百篇《诗》，其道德文章下被于野田妇孺。以清制论，学生唯不作皇帝耳，公侯将相皆学生为之也。班固讥利禄之途，然造士齐才，岂得听其自沉自浮，自生自死。故帝制今为人诟病，并议其偏厚学生，非持中之论也。[3]

今之中政校略等于国学，在今民主政治盛行世界之际，学生应否最贵且重，亦值考虑，此其二。

---

① 时有中译本《英雄与英雄崇拜》（Hero and Hero-worship），正文题作"英雄与英雄崇拜及历史中的英雄性"，原著者：Th. Carlyle（嘉莱尔），译述者：曾虚白，发行所：商务印书馆，1937年3月初版。全书共六讲：第一讲"成神的英雄 奥定 异端教—斯干狄那维亚的神话"，第二讲"成先知的英雄 摩罕谟德—回教"，第三讲"成诗人的英雄 但丁 莎士比亚"，第四讲"成教士的英雄 路德—宗教改革 脑克斯—清缴"，第五讲"成文学家的英雄 约翰孙 卢梭 彭士"，第六讲"成王的英雄 克伦威尔 拿破仑—近代革命家"。此系"万有文库第二集七百种"。
② 语出《礼记·王制》，可点读为："王太子、王子、群后之太子、卿大夫元士之嫡子，皆造焉。"王子，王之庶子。群后，公及诸侯。
③ 检《赵熙集》（王仲镛主编，浙江古籍出版社，2014年版）之"香宋文录"，未见此书札。

富顺宋芸子先生文章经济，为世所重。其《借筹记》^①一书，余曾节录于《建国画报》。香宋先生尝谓其诗闳然入唐人之室，又于《荣县志》中，称为今之伏生，并录其《行乡饮乡射礼演说》之全文于《荣县志》，原文过长，谨节录一段：

> ……如其贤者不贵，贵者不贤，则修德者无所奖劝，不道者无所惩戒，自然道德堕落，人格堕落，社会同齐堕落，历代兴衰治乱皆系于此，后世盲从瞎揣，未寻到此地根原，所以根本错误。……

又谓王道之行，不外"老老""长长""贤贤""贵贵"八大字，立论极为超卓。贤贤之法，古由选举，魏晋之九品中正，犹存遗规。隋唐以后，变为考试。选举重乡曲之誉，重德行。考试则重文章。或谓考试系由选举蜕变，选举所凭之毁誉，未必大公，而考试方法，则较为客观。此两种方法，究孰优孰劣，一时未易评论。但今之欧美国家，则政务人才，由于选举，事务人才，由于考试，是二者并重。要之，有德有能者宜高居位，为选举与考试共同之目的。如以为考试未必能得真才，但除考试以外，更无公平之道。且行考试制度之国家，尚有公务员考绩法相辅而行，考试幸中者未尝无救济之方。总理遗教，于考试一项，业已阐明无余，吾人只应遵照奉行，不必再存怀疑之心，此其三。

右列三项，第三项较为确立，一二两项尚待商榷。观高等检考所列科目，多有中外史地一科。但大学毕业者，不经检考，而大学各院系，未必即有史地。昔者太炎先生以为学校各科，历史最重。当此国士日蹙，人欲灭我之际，其足以启后生之欣慕而慨然兴故国之思者，非历史莫属。国际关系日益复杂，

---

① 1893年10月，清廷命四川布政使龚照瑗（仰蘧）继薛福成（叔耘）为出使英国兼法、意、比钦差大臣。1894年7月，龚照瑗抵英履新，宋育仁以参赞名义随往。10月，平壤陆军溃败，黄海海战失利。宋育仁是时代公使职，与使馆参议杨宜治、翻译王丰镐等密谋，拟购英国兵舰、鱼雷快艇，招募澳大利亚水兵，组成水师一旅，托名"澳大利亚商团"，以"保护商队"为名，自菲律宾北上直攻日本长崎。谋既定，与美国退役海军上将夹甫士、英国康敌克特银行经理格林密尔等商定：由康敌克特银行贷款二百万英镑、战款一百万英镑，买定兵船快艇共十艘、运输船两艘，募得水兵一旅，由原北洋水师提督琅威里率领，整装待发。1895年3月，李鸿章、伊藤博文签订《马关条约》，令"潜师之谋废"。8月，辞职离英返国，途中成《借筹记》，记"潜师之谋"始末。参见刘绍唐主编：《民国人物小传》（第19册），生活·读书·新知三联书店，2017年版，第103—104页。

地理一科亦特重要。语言文字，国族灵魂。英之民族，最重实利，然其哲人克来尔曾有"宁无印度帝国，莎士比亚断不可少"之语。则吾辈对于吾国文字之应特别宝贵而研讨之，似亦无待细论。否则国家未灭文字先亡，扶助敌人，自斲根本，此又不智不仁之尤，幸无为其游言所惑也。

至于第二项贵重学生，所以清仕途，所以尊学术，其关系亦巨，切愿贤者，共与扬榷，兹姑不赘。

第五　个人对于考试文章之管见

一、刘彦和《文心雕龙·神思篇》谓人之禀才，迟速异分。或谓垂之于后，迟常胜速，枚皋百赋无传，相如赋皆在人口，可验。窃谓名山之业，固只论工拙。而考试则于工拙以外，迟速之关系颇大。即以第一场国文而论，两小时之工夫，须作论文公文各一篇，其比例分数为六十分与四十分，才思较迟者，往往不能从容完成。甚至有论文缮写载笔，公文尚未属草，而撤卷之铃声已频响者。结果此第一场即难及格。公文所重唯在说理扼要，措辞显明，只求格式无误，不必过于推敲。个人以为宜于落坐之初，以二三十分钟之时间，迅将公文完成。以其余时，专作论文，大约三十分构思，三十分属草，三十分缮写，四五百字之文言文，可以告厥成功。

二、川省二十五年举行之县长考试，与全国二十八年举行之高等考试，各科成绩，据云均以国文为最劣，此果何故欤？个人愚见，以为约有两端。此两项考试之应考人，年龄较一般为长。事务较繁，诵读少暇，阅历虽深，笔路则涩，此一因也。应考者对于各科，届时莫不准备，唯独对于国文，以为操之有素。且国文修养端赖平时，临时掘井，亦必无效，此二因也。有此二因，无惑乎其成绩之劣也。

三、长于文章者，未必即为干练之才；口若悬河者，临事未必能应付裕如。以言语文章取人，何尝能得真才，此一般反对考试者之意见。但从反面言之，胸无点墨、文理不通者，果足以任天下之重乎？恐又未必然也。无论文理事理，其理相通，深通文理者，必达事理。即以经验而论，擅长文者，必多研古书，积古人之经验于胸中，较之不学无术者，相去何啻天渊。故擅文章不必尽为真才，而真才必擅文章。除以文章取人，其他更有何术，足以杜请托而清仕途。至于所谓文章，非选学，非桐城，而为通达古今治体，文辞清切条畅，

354

又不待细论也。

四、桐城论文，标举义法，每为识者所诟病。实则所谓"义法"，即《易》所谓有物有序，亦即今人所谓内容与法式也。欲求内容之丰赡，必须预之以学。至于研求法式之书，则文法学，章句学，修词学诸书，言之已详。兹更就鄙见所及，略举特应注意者数条于左：

（一）避免别字

弄獐宰相，伏猎侍郎，遗笑千秋。世俗既以此为重，故衡文者亦多以此为准。一字之别，颇关轻重，文成以后，宜予检查。

（二）文理通顺

文章最低限度之要求，须无文法上之错误。讽诵既熟，上口即知其不合，文法错误可以避免，如字句之间，稍有怀疑，应予涂改，以免他人吹求。

（三）文章标准

昔人批评文章之标准，尝有三项：曰清通，曰清切，曰清新，而以清为本。所谓"清"者，不芜杂之谓也。所谓"通"即前条所谓文理通顺。所谓"切"即切合题目，就题发挥，而无千篇一律之滥调。所谓"新"即意义之新，词藻之新。意义清新，发人之所未发，动观听而新耳目，此为上乘。有时陈理虽极平常，而譬喻颇为新奇，披朝华而启夕秀，此亦易于入选。义庸词腐，屡见不鲜，令阅卷者，昏昏欲睡，此则最下之文品，欲求试官刮目，尽亦难矣。举实例言之，如"欲求木之长者，必固其根本"之类，理无可非，义不足取，肤廓庸俗，莫此为甚，此文家之大忌，必痛予荡涤而后可以语于文事矣。

（四）文章首尾

西人修辞之术，谓适当之字句，须置于适当之处所。又谓精采之章句，须置于文章之首尾。此与中国论文，发端结穴同属重要之论，若合符节。结穴须能总括前文大意，发端尤贵高唱入云，笼罩全篇。文章起首数行，若不亲切警策，入后虽佳，亦必减色。研心学者，谓不相识人之交接，初次印象，最为深刻。是否成为密友，决于初相见时。准此类推，阅文亦然。故善为射策之文者，必工于发端。较之结尾，盖尤重也。

（五）文章戒律

文章戒律，亦非一端，如一篇之中端绪不亦过多，前后尤忌矛盾。应博闻以馈贫，贯一以拯乱。先定一中心思想，以为大本，其余众说，如车轮之辐辏，枝叶之扶疏。条理畅达，阅者必有快感。次则遣词陈理，浅陋与艰深同

病，布局分段，太简与冗长俱非。斟酌于二者之间，而适得其中，譬如老于斫轮，甘苦自辨，决非言语所能详也。

（六）文章分类

第三项文章标准，以清为主，由通而切，由切而新，此三阶段，不可躐等，此纵分之说也。以横分类，则文章不外叙事状物，说理抒情，叙事应有条理，状物如在目前，说理分析入微，抒情沁人心脾。季刚先生更谓抒情以状物为本，说理以叙事为本。考试之文，大体偏于事理，精微朗畅，深入显出，援引事例，疏通证明，而又纸墨注入生命，笔锋常带感情，如梁任公一类文字，则试官必为击节，而入选可操左券矣。

总之，今之考试之文章，以时间之短促，虽①有美妙之作品。只须字句妥贴，无瑕疵可指，文理流畅，有佳章可摘，即得之矣。

次则小楷一项，亦须注意。书法端正，而挥洒迅速者，及格必较容易。盖迅速可以按时缴卷，而端正足令阅者刮目。此虽小事，所关非轻，望于平时，相当练习。

第六　编余琐谈

一、此编所录，以高等考试中普通行政人员考试一种之题目为主，财务、外交与夫县长，普考、检考各种亦间有收入者。次序或有颠倒，泰半均予注明。中如国文、公文、党义、宪法史地、政经等科，大抵为各项考试共同必考之科目，虽网罗末备，足供参考。

二、第一届试题曾载于二十年考试院公报。一届二届试题，则载于上海三民图书公司二十四年增订出版之《高等考试全书》②。但合一届二届三届临时高考及第四届而编为一书，据浅陋之见闻，则似乎尚未之睹。此编所录，或抄自考试院之公报，或摘录当时之报纸，或系友朋口述，或则自身经历。来源既杂，不无讹误，阅时既久，订正亦难，尚希博雅君子，进而教之。又全书付印

---

① 虽（雖），或为难（難）的形近而误。
② 《高等考试全书》为"遵照考试院最新修正条例增订"，分甲、乙、丙、丁四组，每组六册。甲组为"普通行政人员、财务行政人员、外交官领事官考试必备"，乙组为"会计人员、统计人员考试必备"，丙组为"教育行政人员考试必备"，丁组为"司法官考试必备"。另有《普通考试全书》，系"普通行政人员、财务行政人员、会计统计人员、外交行政人员、使馆领馆人员考试必备"。

之际，一二两届题目，曾参考《高考全书》，有部分改正及增益，谨于该书著者，表示谢意。该书着重在各科内容，试题则属于特载之列，而本书则以类录试题为主。体例不同，固非剽袭。又《高考全书》内容颇为丰富，定价亦廉，有志应考者，除精研专著外，固宜购读。他如星星学会出版之《十科表解大全》①，亦系准备高考便于记忆之作，可供阅览，合并介绍。

三、就考试程序而论，以前考试，虽分三次，但以口试被汰者极少，实只二次。第一次甄录试为六科，第二次正试，共计七科。以科目之繁，竞争人数之多，故恒有分为两次准备者，即应考之初，准备初试六科；初试及格以后，再研其余七科。科目既少一半，心力自然集中，此亦制胜之一道。今虽减为十一科（史地并而为一，实际仍有十二科），但同时考试，预备较为困难也。

四、就考试科目而论，以前之第二试，必试者五科，选试者二科。迄民国二十五年临时高考，一律改为必试。二十四年列经济于第一试，二十五年则改列政治于第一试，而列比较政治制度于第二试，二十八年则只有政治学而无比较政治制度。余则史地二科，变动最大。二十年第一届未考史地，从二届起，始予加入，以其范围较广，故其题目亦较难。迄二十八年又并史地为一科。个人鄙见，以为历史地理，关系綦巨，至少普通行政及外交领事二类考试，仍应分别也。

五、以前历届考试，间设任选题目，每科以三题为度（见附录之命题标准），一题失败，尚有及格之望。今则一律改为二题，一题不中，难望及格。为应考人方便计，仍望将来改为三题也。

六、受训一年，时间不为不久。尤其对于已有工作者，以政府并无原机关一律留薪之规定，已及格者未必踊跃受训，欲应考者或更徘徊观望。此亦受训办法中缺点之一，希望政府方面，能援照公务人员请假应考以公假论之优待办法，在受训期内仍支原薪，以示体恤而资奖励。至于受训科目，当局想已切实商讨，务望能造成国家有用之人才，于抗战建国之进程中有所供献，则幸甚矣。

---

① 《十科表解大全》，主编者：史世华，校阅者：方文，发行者：史世华，1935年6月1日初版。分两册。上册：党义、中国历史、中国地理、中华民国训政时期约法、经济学；下册：行政法、民法、新刑法、地方自治法规、财政学。卷首有《弁言》，"鄱阳史世华谨识，二十四年五月一日"。书名题签：于右任。收入"星星学会丛书"。

第七　应考漫谈

参考各书已详于上，多数不必全购，只以一书为主，其余可以借阅。兹再就个人经验列举数点于后：

一、各科之中，均以为不必预备者，殆莫若国文，实则国文技术如果纯熟，其他各科偏于理论之答题，必较容易。故吾人于此不宜忽视。一届各科试题，虽未限作文言，但文言究较白话为简。题目较大，义蕴较多，似非白话所能叙述。故萧选姚纂，如嫌专门，曾文正《经史百家杂钞》，至少亦宜阅读；关于典章制度如马端临《文献通考序》①等，更关重要。如能购读《九通序》②，尤佳。盖借此可以考见历代制度因革。又司马温公《通鉴》一书，不仅治乱之借镜，且为文章之典范，有暇披览，裨益尤宏。各科最为繁赜者，首数历史，历史内容，不外事迹与制度。能读以上数书，再阅历史教本及近代史，其知识必较一班只读教本者为丰富。中国文史常合而为一，同时准备，虽嫌迂缓，但收效甚大，不仅应付高考绰绰有余也（又严又陵译著，据陈石遗先生《谈艺录》所载，以《原富》为最佳，多读一二遍，亦足为临文之助）。

二、以命题标准而论，系记忆与理论并重，但因天资及年龄关系，不免各有所偏。《十科表解大全》等书，足供临时记忆，而理论究嫌过简。如仅凭此种，必致失败。个人以为平时研究，无妨月研一科，参考应求丰富，理论务须透澈。于紧要处所，除画线或密圈于旁，顶批于书之上端外，并宜直一小册，随读随作大纲，将来复习，较阅他人表解，必更容易记忆。

三、本编所录各题，宜③于研究之际，试为解答，或向专家请益，或与朋友商榷。如能准此类推，自拟题目，得益尤宏。此外如坊间新出有关之小册，

---

① 《文献通考》，简称《通考》，宋元时期马端临编撰，共348卷。因"引古经史谓之'文'，参以唐宋以来诸臣之奏疏，诸儒之议论谓之'献'"，故名。主要记载上古至宋宁宗时典章制度的沿革，计有田赋考、钱币考、户口考、职役考、征榷考、市籴考、土贡考、国用考、选举考、学校考、职官考、郊社考、宗庙考、王礼考、乐考、兵考、刑考、经籍考、帝系考、封建考、象纬考、物异考、舆地考、四裔考等24门。每门皆有序，卷首冠总序，序文共计25篇。

② 古代典章制度的政书。清代乾隆年间，以官修的《续通典》《清通典》《续通志》《清通志》《续文献通考》《清文献通考》六书与前代所撰之"三通"（《文献通考》《通典》《通志》）合称为"九通"。《九通序》（或作《九通序录》）收录"九通"所有序文，是研究和使用"九通"的必备工具书。

③ 原文作"宜"，有误，径改。

报章杂志所载之论文，随时留意，恒有珍贵材料，足资①启发。无论何项考试，均有投机性质，但预备愈广博者，其及第希望必愈大，此则又与学力有关，非仅全凭预料，可以幸中者也。

四、无论作文或答题，均应于最初若干分钟内，就现能记忆或理解之范围内，迅速将要点书于稿纸上，加以排列以免遗忘。至于属草与否，当视个人习惯。或于难易及时间上，加以斟酌。即题目较难或时间较裕者，无妨从容起草；否则信笔挥成，亦无不可。又科一二题或三题不必悉能应答，应先就能答者竭力发挥；然后再以余时，多方研讨。此所谓先易而后难，否则一遇盘错，脑力已疲，即能答者，亦敷衍了事，失败程度，必更增加。

五、最末，尚有一事，奉告有志投考者，即得失心断不可过重是也。命运之说，固不足信，但高才被摈，古今恒有。盖由机会使然，此事殊难索解。一已准备不足，对于试官何尤，准备如已充分，有时仍致错误，在我人事已尽，似更无庸惭悔。一度失败，何妨重来。就再不中，仍可三战。即使终身不第，学问固有增加，他处可以致用，劳力未尽枉费。何况当今之世，出身甚多，非如古昔，限于一途。及第者未必扶摇直上，落孙山者亦大可不必作穷途之哭也。如其患失之心过重，应考之际，影响殊大，本可勉强作答者，亦必糊涂了事矣。故事前之准备宜充分，临考之心境宜豁达，胜固可喜，败亦欣然，游戏出之，不中不远。个人于民国二十四年三届高考落第时，曾戏作打油诗数绝，刊载于《南京朝报》，以未存稿，仅记一首，诗曰：

对直刘蒉今下第②，数奇李广不封侯。
一杯剩欲酬猿臂，负汝弯弓射石头。

当时汪辟疆先生颇相称许，谓非打油。谨录于此，愿与诸君子奇文共欣赏也。敝帚自珍，文人结习，凡我同好，尚望鉴原。

六、个人从事高考，今凡三次，两次在京，一次在蓉，历时五载，所谓准备，多在公余。百里之行，九十才半，今后所历，未必坦途。但对于奖掖玉成之长官同僚，良师益友，感谢之忱，与时共深。中有一事，尤难弭忘，即二十

---

① 原文作"贸"，有误，径改。
② "刘蒉下第"，事见洪迈《容斋随笔》。

四年入场之际，季刚师已归道山。题纸未下，枯坐无聊，乃于废纸上，成挽联一首，文曰：都讲记南雍，剩馥残膏曾丐我；名山藏绝业，儒林文苑并宗师。终场以后，托友人李君度代为书写，奉寄师门。回忆民二十年大水之际，亦即第一次高考举行之时，季刚师曾殷殷驰函，以与苏曼殊译西诗一事相告，并招同殷孟伦君抠衣过谈，以阻积水，未获晋谒。[①] 后虽数面请益，窃尝虑其不寿，初不料天夺良师如是之速也。愚也不敏，以古人强仕之年，而方簪笔挟策，张空拳于文场，与生平志趣，背道而驰，回首前尘，惭悚何极。

　　七、丙类各篇，系就零碎感想，杂凑而成。文义重复，次序紊乱，但以多数业已印成，不便改作。事出急就，自难惬心，后有机会，当予删削，尚希阅者，惠而教之。

---

① 据《寄勤闲室日记》辛未五月廿九日庚午（1931 年 7 月 14 号），"夏绍笙（伏雏）又来久坐。孟伦来。下晡偕两生两子出游，至农场，隔水呼觉生以车迓予，至其寓小坐（谈次及覃寿恭，通因明，著书数十万言）。……孟伦至深夜乃去。"参见《黄侃日记》，江苏教育出版社，2001 年版，第 705 页。

跋

中国固有文化，以道德而言，为忠孝、仁爱、信义、和平；以制度而言，为考试与监察。总理于其遗教中，已反复阐明矣。世界文官制度之确立，首推英伦，而其所仿效者则为中国。所可惜者，家有千金，视同弊帚，变法之际，珠随椟卖耳。国府奠都南京以还，先后举行高考凡四次，去年十月为求适应抗战建国之需要，更合考试与训练而治①于一炉。过去高考及格人员，虽尚未能完全依法任用，而基础已奠。今后当必能弥补过去之缺憾，恢复昔时考试之尊严，俾一国事务人才，均视考试出身为唯一之正途，而以奔走权门，钻营请托为耻。则吏治可望澄清，贪污可以绝迹，其关系之大，有如是者。顾名思义，本会目的为建设中国文化，第以经费人才两俱有限，此一年来出版之小册，虽有十余种，多数为唱词，至于谈学理资应用之丛书，尚在编辑之中。因觉考试问题关系建国，群才之兴，必循此途，辄先搜集历届高考试题，汇印成册，虽漏略尚多，补苴有待，对于有志投考者，傥亦参考之一助欤！

民国廿九年元月，编者

---

① 治，宜作"冶"。

附

录

田楚侨著作系年

　　田楚侨的著述，其档案登记表曾有载："在成都伪国民党四川省党部任干事时，曾写《高考指南》一书，为反动政府宣传考试制度，系中国文化建设协会四川分会①丛书之一。时为 1940 年春季，印行两千册，笔名果庵。五○年上期曾为重大写'中国明日的诗歌'，未出版。"又云："解放前，高考及格后，著有《高考指南》。有零星篇章发表于《学灯》《创造周报》，渝版《世界日报》及渝版《世界日报》的副刊《明珠》及《饮河诗刊》。"另据韦骏若《对田楚侨先生的点滴回忆》，田楚侨有诗集名《垃圾箱》。现据其发表年份系之。

　　一九二四年

　　3 月 11—12 日，《中国文化的一个商榷》连载于《时事新报》副刊《学灯》第 6 卷第 3 册第 11、12 号。

　　3 月，《登蒋山第一峰》《归家杂感》《秋兴》《西风辞 Ode to the West Wind》（原著者雪莱），发表于《国学丛刊》第 2 卷第 1 期②之"诗录"（第 150－152 页）。署名"田世昌"。

　　4 月 5 日，《雪莱译诗之商榷》，发表于《创造周报》第 47 号③（第 14－16 页）。署名"田楚侨"，目录中署"楚侨"，"十三年二月二十二日寄于东大"。附郭沫若 2 月 25 日的回复。

　　4 月 16 日，《评胡怀琛君所著之〈中国诗学通评〉》发表于《时事新报》之《学灯》。署名"田楚侨"。文末有"楚侨自识四月二号"。

　　5 月 1—3 日，《研究〈孔雀东南飞〉之我见》连载于《时事新报》之《学

---

①　其档案有简阳一中杨叔慎所写材料《关于重庆四川建设协进会和田楚侨》。

②　国学研究会编辑，上海商务印书馆发行。

③　编辑者：创造社；发行者：泰东图书局（上海四马路）。

灯》。署名"田楚侨"。

6月3日,《谈谈"摆伦纪念号"所载之译诗》,发表于《时事新报》之《学灯》。署名"田楚侨"。

6月,《记某农人并序》(末署"民国十二年除夕前二夕,楚侨自识")《岁暮杂感》《携太白集至梅庵访梅花,因怀太白》《译英人雪莱诗二首》(即《有怀》《爱之哲学》),发表于《国学丛刊》第2卷第2期之"诗录"(第148-150页)。署名"田世昌"。

9月,《春日感怀(甲子)》《冬日登豁蒙楼,望玄武湖,感怀时局,并呈筱石师(甲子)》《咏泪》《冬夜杂诗二首》《译英人彭士(Burns)诗一首》《译巴尔布(Barbauld)赠生命(To Life)诗一首》以及《译英人雪莱 Shelley 诗二首》(即《问月 To the Moon》和《拿坡湾畔书怀 Stanzas Written in Dejection near Naples》),发表于《国学丛刊》第2卷第3期之"诗录"(第118-121页);《法曲献仙音》《绮罗香》,发表于同期之"词录"(第125页)。署名"田世昌"。另有《唐人五七绝诗之研究》(陈斠玄先生演讲,田世昌笔记,第6-19页)见刊。

一九三〇年

10月,杨启高《中国文学体例谈》由南京书店出版(9月排印)。田楚侨为其作序,署有"民国十九年九月田楚侨序于南京"。

一九三六年

2月21日,《果庵①随笔:黄季刚先生谈读书》发表于《中心评论》旬刊第4期②(第32页)。署名"田世昌"。

7月15日,《果庵随笔》五则刊《西南评论》第3卷第2期的"古今漫谈"栏(第111-114页)。署名"蜀民"。该刊编辑者:简又思。发行人:李健吾。发行所:西南评论社。据该期《本刊特别启事》之一:"本社现已移至南京石板桥板桥新村二十五号"。印刷者:文心印刷社(南京八条巷十四号)。总代售处:上海图书杂志公司。文末有"蜀民附识"。第四则首句云:"民国六

---

① "果庵"亦系纪庸笔名,须认真分别。

② 编辑兼出版者:中心评论社(南京大石桥单牌楼四号);发行者:正中书局(南京太平路);总批发处:正中书局杂志推广所(南京河北路)。刊名为胡光炜题。

年太炎先生赴渝（时太炎正五十之年），时笔者方由蓉之第一师校转学于渝之川师，校长为龚春岩先生"，证之田楚侨简历，则此"蜀民"应是其又一笔名。但署"蜀民"者较多，余者难以确认，故暂未收入。

一九三七年

3月20日，《果庵随笔》发表于《西南建设》创刊号①（第39－44页）。署名"楚侨"（其《要目》中署"楚桥"，有误）。

5月20日，《廖仲恺先生之词》发表于《西南建设》第1卷第2、3期合刊（第8页），署名"果庵"；《川灾与川谣》，同期第11－14页，署名"楚侨"；《旧话新诠》，同期第36页，署名"果庵"；《文章与学问》（一），同期第52页，署名"果庵"；《文章与学问》（二），同期第68页，署名"果庵"；《果庵随笔》，同期第69－76页。该期为"救灾专号"。

一九三八年

《呈斠玄师》，存《清晖诗钞·酬唱集》。姚柯夫编著《陈中凡年谱》（书目文献出版社，1989年9月版）有载："是年"，得"门人田楚侨赠诗一首"（第40页）。

一九三九年

8月10日，《果庵随笔（续前②：再论汪精卫诗；三论汪精卫诗》发表于《建国画报》第18期③（第6－7页）。署名"楚侨"。

8月20日，《果庵随笔（续前）：论阮大铖诗》发表于《建国画报》第19期（第4页）。署名"楚侨"。

8月30日，《挽聂佛鸿与冯湘洁》发表于《建国画报》第20期（第5页）。署名"楚侨"。该期为"冯湘洁先生纪念特刊"。

9月20日，《果庵随笔》发表于《建国画报》第21、22期合订本（第5－6页）。署名"楚侨"。

---

① 编辑者兼发行者：西南协会（南京杨将军巷凤仪村八号）；印刷者：国民印务局（南京宗老爷巷四号）。

② 既是"续前"，则在第18期之前，已有《果庵随笔》刊载，但相关的《建国画报》未能见到。

③ 社址：成都文庙后街七三号。"每旬一册"。

一九四〇年

1月，果庵编著《高考指南》由中国文化建设协会①四川分会②编辑部编印并初版。发行者：四川文建分会；印刷者：成城出版社。"新都李琢仁谨序，时民国廿九年二月。"③ 全书分三编：甲、高考试题汇录，包括：第一、国文公文考试，第二、总理遗教试题，第三、宪法试题，第四、历史试题，第五、地理试题，第六、政治学试题，第七、经济学试题，第八、财政学试题，第九、民法试题，第十、刑法试题，第十一、地方自治法规试题，第十二、行政法试题，第十三、财政各论试题，第十四、财政法规试题，第十五、货币及银行论试题，第十六、经济政策试题，第十七、中外条约试题，第十八、国际公私法试题，第十九、土地法试题，第二十、国际贸易试题；乙、考试须知摘要，包括：第一、廿八年高考十类考试初试科目表（附县长考试应考资格及科目、普通行政人员应考资格），第二、廿八年高考应考须知，第三、修正检定考试规程摘要，第四、命题标准，第五、参考书举要；丙、考试臆谈，包括：第一、由考试谈到受训，第二、现在及格人员受训应命留薪，第三、只录题目不载答案之理由，第四、个人对于考试制度之管见，第五、个人对于考试文章之管见，第六、编余琐谈，第七、应考琐谈。《跋》，"民国廿九年元月编者"。正文计94页。重庆图书馆有藏。该书封面版心题"枕畔集"，右侧手批"高考

---

① 1934年3月25日，由陈果夫、朱家骅、邵力子等发起组织，在上海正式成立。以"根据三民主义，建设新中国文化"为宗旨，发扬"民族精神""科学精神""统一精神""创造精神"。其机构设理事会总揽一切会务，以陈立夫为理事长；邵元冲、吴铁城为副理事长；常务理事有朱家骅、陈布雷、张道藩、吴醒亚、潘公展、叶秀峰、沈鹏飞、黎照寰、李登辉、欧元怀、刘湛恩、张寿镛、翁之龙、裴复恒。下设教育、新闻、出版、电影、电播、戏剧、美术、体育等事业委员会，各省市设分会。1935年曾发起"中国文化本位建设"的讨论，举办"读书运动大会"。出版有《文化建设》（月刊）及《中国文化建设协会会报》（月刊），并主编《抗战丛书》数十种。原地址设在上海汉口路绸业大楼，后迁重庆江家巷6号（或教育部陈部长转）。

② 中国文化建设协会四川分会的筹备委员有曾扩情、卢作孚、梅恕曾、李琢仁、魏廷鹤、魏时珍、张凌高、甘典夔、何鲁，并于1934年6月26日，在重庆大学召开四川分会第一次筹备会议，决定：会所设重庆大学，另设成都办事处，由张凌高召集；推甘绩镛、何鲁、李琢仁为常务委员，张德敷为总务科主任、董家骥为登记科主任、周开庆为编审科主任。12月11日，向总会呈报并经核定的干事部名单为——干事长：甘绩镛，副干事长：王兆荣、李琢仁，干事：曾扩情、卢作孚、梅恕曾、魏廷鹤、张凌高、何鲁、刘堃南、刘肇龙、易秋潭、高显鉴、高巍、陈斯孝、蔡昂若、张德敷、董家骥、江疑九、聂佛鸿、周君适、周开庆、吴大猷、黄应乾、郑璧成、温嗣康、罗竟忠、熊天祉、郑献徵、王国源、陈让卿、萧永熙、周太玄、吴君毅、向楚、宋天问。1935年1月11日在渝正式成立。后又成立四川分会评议部，评议长：何鲁，副评议长：谢作民、杨全宇。出版有《文建周刊》（售珠市大陆通讯社转）。

③ 该书既是一月出版，缘何序却作于二月？或系后来补入。

指南"，内文页眉则作"高等试题汇录"，是则一书三名也。

一九四一年

8月1日，《喜雨》《仲夏久旱，小雨后大雨继作，喜述》，发表于《文史杂志》半月刊第1卷第9期①（前者第27页，后者第61页）。署名"田楚侨"。

一九四二年

4月9日，《高等考试方法论》发表于《中央周刊》第4卷第35期（总第380—382页）。署名"果庵"。该刊由陶百川主编。全文分为："考试与文章""高考初试科目""参考书举要""应考经验谈"。《高考指南》罕见，据此文可窥知该书大略。

一九四六年②

1月29日，《果庵随笔之一：略谈新旧诗》发表于《世界日报》第4版《明珠》③。

1月30日，《果庵随笔之二：漫谈欣赏与创作》发表于《世界日报》第4

---

① 编辑兼发行者：文史杂志社（重庆小龙坎下戴家院一号）；印刷所：商务印书馆重庆分厂（重庆禹王庙）；总经售：商务印书馆重庆分馆（重庆白象街）。

② 1946年2月10日，较场口事件发生后，重庆新闻从业人员221人联名发表《保障人权·忠实报道》的意见书，田楚侨亦列其中。见重庆《新华日报》1946年2月17日第三版。

③ 《明珠》于1945年5月1日创刊。1946年1月23日刊有《启事》云"本刊编辑徐迟先生已经请假离职"，此后风格渐变，旧体诗文的比重逐渐上升。1946年12月19日出刊后，于20日中止，至1947年1月21日又出一期，旋即停刊。1948年9月1日复刊，至1949年9月30日再次停刊。田楚侨编辑《明珠》的时间应是1946年1月底至9月初。其具体情况，陈宛茵（1946年曾任副刊助理编辑）有过回忆：世界日报社时在黄家垭口，"副刊编辑部在报社二楼一间临街的屋子里"，同室办公的一共三人，其中一位是编辑田楚侨，另一位是李良政，人称"李秘书"。"田楚侨是一位颇有旧学根底的老夫子"，"虽是编辑，却不大管事"。"每天晚上，我们三个人照例到办公室上班，田老先生多半只是翻翻报纸，或和李良政喝茶聊天，却把所有阅稿、编排、校样等工作一古脑儿都交给我。实际上，副刊编务是我这个助理在具体负责"，"稿件汇齐后，田老先生照例略一过目，点头认可，很少挑剔"。"我见当时副刊登载的不外是些吟风弄月的闲文或旧体诗词，认为这缺乏时代气息，引不起读者兴趣，于是便不自量力地想把它革新一番。我先去征求田老先生的意见，他沉吟了一会后说：'就这样不好么，何必多找麻烦？'我又再三力争，终于得到他的同意，但仍叮嘱说：'试试吧！但要谨慎些，不出问题才好。'"后陈宛茵虽得梅林（中华全国文艺界抗敌协会秘书、驻会理事、《抗战文艺》编委）之助，但却遭到世界日报社社长陈云阁的反对，最后以辞职告终（参见陈宛茵：《在世界日报社工作半年的回顾》，载《巴县文史资料》第十一辑，中国人民政治协商会议四川省巴县委员会文史资料委员会内部资料，1994年，第22—26页）。

版《明珠》。

1月31日，《果庵随笔之三：译〈中国文学欣赏举隅〉》发表于《世界日报》第4版《明珠》。"译"应是"论"或"释"之误。

2月16日，《果庵随笔之四：再论〈中国文学欣赏举隅〉》发表于《世界日报》第4版《明珠》。

2月18日，《果庵随笔之五：略论情景》发表于《世界日报》第4版《明珠》。

2月20日，《泗英先生怀园重建，诗以落之，并呈雨若先生》发表于《世界日报》第4版《明珠》。署名"果庵"。诗后有"附注"。

2月21日，《果庵随笔之六：再论情景与隐秀》发表于《世界日报》第4版《明珠》。

2月25日，《读诗偶拾：一》发表于《世界日报》第4版《明珠》。署名"楚侨"。

2月26日，《果庵随笔之七：再论情景》发表于《世界日报》第4版《明珠》。

3月5日，《涤轩书来，诗以答之》发表于《世界日报》第4版《明珠》。署名"果庵"。

3月8日，《果庵随笔之八：再论情景难易》发表于《世界日报》第4版《明珠》。

3月10日，《久雨放晴》发表于《世界日报》第4版《明珠》之"汉声（四）"。署名"楚侨"。

3月11日，《果庵随笔之九：略论比兴》发表于《世界日报》第4版《明珠》。

3月12日，《果庵随笔之九：略论比兴》发表于《世界日报》第4版《明珠》。此处应是"略论比兴（续）"。

3月13日，《果庵随笔之九：再论比兴》发表于《世界日报》第4版《明珠》。

3月19日，《读诗偶拾（二）》发表于《世界日报》第4版《明珠》。署名"楚侨"。

3月26日，《读诗偶拾（三）》发表于《世界日报》第4版《明珠》。署名"楚侨"。

3月29日，《怀旧录（一）》发表于《世界日报》第4版《明珠》。署名"士苍"。

3月31日，《寄惕轩》，发表于《世界日报》第4版《明珠》之"汉声（七）"，署名"楚侨"。另有《怀旧录（二）》，署名"士苍"；《陈觉玄师以游草堂之什见示，并云将游青城，有诗愿就吟定》三首，署名"果庵"。

4月4日，《怀旧录（三）》发表于《世界日报》第4版《明珠》。署名"士苍"。

4月7日，《晚眺》发表于《世界日报》第4版《明珠》之"汉声（八）"。署名"楚侨"。

4月14日，《读〈蜀游草〉》（署名"士苍"）、《答黄惠威》、《除夕怀黄惠威同年》（署名"果庵"）发表于《世界日报》第4版《明珠》。

4月16日，《怀旧录（四）》发表于《世界日报》第4版《明珠》。署名"士苍"。

4月19日，《怀旧录（五）》发表于《世界日报》第4版《明珠》。署名"士苍"。

4月22日，《怀旧录（六）》发表于《世界日报》第4版《明珠》。署名"士苍"。

4月23日，《怀旧录（七）》发表于《世界日报》第4版《明珠》。署名"士苍"。

4月24日，《读诗偶拾（四）》发表于《世界日报》第4版《明珠》。署名"楚侨"。

4月25日，《怀旧录（八）》发表于《世界日报》第4版《明珠》。署名"士苍"。

4月27日，《离家杂诗》（三首）发表于《世界日报》第4版《明珠》。署名"果菴"。

5月2日，《怀旧录（九）》发表于《世界日报》第4版《明珠》。署名"士苍"。

5月4日，《怀旧录（十）》发表于《世界日报》第4版《明珠》。署名"士苍"。

5月6日，《读诗偶拾（五）》发表于《世界日报》第4版《明珠》。署名"楚侨"。

5月13日，《怀旧录（十一）》发表于《世界日报》第4版《明珠》。署名"士苍"。

5月14日，《读诗偶拾（六）》发表于《世界日报》第4版《明珠》。署名"楚侨"。

5月16日，《读诗偶拾（七）》发表于《世界日报》第4版《明珠》。署名"楚侨"。

5月18日，《读诗偶拾（七）》发表于《世界日报》第4版《明珠》。署名"楚侨"。此"七"应是"八"之误。

5月23日，《读诗偶拾（九）上》发表于《世界日报》第4版《明珠》。署名"楚侨"。

5月24日，《读诗偶拾（九）下》发表于《世界日报》第4版《明珠》。署名"楚侨"。

5月28日，《读诗偶拾（十）》发表于《世界日报》第4版《明珠》。署名"楚侨"。

5月31日，《读诗偶拾（十一）》发表于《世界日报》第4版《明珠》。署名"楚侨"。

6月1日，《怀旧录（十二）》发表于《世界日报》第4版《明珠》。署名"士苍"。

6月4日，《怀旧录（十四）》发表于《世界日报》第4版《明珠》。署名"士苍"。此"十四"应是"十三"之误。

6月7日，《怀旧录（十四）》发表于《世界日报》第4版《明珠》。署名"士苍"。

6月10日，《读诗偶拾（十五）上》，发表于《世界日报》第4版《明珠》，署名"楚侨"。另有《除夕怀人（癸未）》见刊，共四首：《怀成惕轩同年》《怀郑方叔同年》《怀天隐翁》《怀任洪济君》，署名"果庵"，排版亦有错乱。韦骏若《对田楚侨先生的点滴回忆》录《除夕怀人》三首：《怀成惕轩同年》《怀郑方教（叔）同年》《怀任洪济君》。该文认为上三诗作于"1944年前后"。

6月11日，《读诗偶拾（十五）下》发表于《世界日报》第4版《明珠》。署名"楚侨"。

6月13日，《果庵随笔之十：再释〈中国文学欣赏举隅〉》发表于《世界日报》第 4 版《明珠》。

6 月 14 日，《读诗偶拾（十六）上》发表于《世界日报》第 4 版《明珠》。署名"楚侨"。

6 月 15 日，《读诗偶拾（十六）下》发表于《世界日报》第 4 版《明珠》。署名"楚侨"。

6 月 16 日，《怀旧录（十五）》发表于《世界日报》第 4 版《明珠》。署名"士苍"。

6 月 20 日，《读诗偶拾（十七）》发表于《世界日报》第 4 版《明珠》。署名"楚侨"。

6 月 27 日，《读诗偶拾（十八）上》发表于《世界日报》第 4 版《明珠》。署名"楚侨"。

6 月 28 日，《读诗偶拾（十八）下》发表于《世界日报》第 4 版《明珠》。署名"楚侨"。

6 月 29 日，《怀旧录（十六）上》发表于《世界日报》第 4 版《明珠》。署名"士苍"。

6 月 30 日，《怀旧录（十六）下》发表于《世界日报》第 4 版《明珠》。署名"士苍"。

7 月 1 日，《读诗偶拾（十九）》发表于《世界日报》第 4 版《明珠》。署名"楚侨"。是日报纸独此版页眉被误排为"七月十一日"，余者皆作"七月一日"。

7 月 3 日，《怀旧录（十七）》发表于《世界日报》第 4 版《明珠》。署名"士苍"。

7 月 4 日，《读诗偶拾（二十）上》发表于《世界日报》第 4 版《明珠》。署名"楚侨"。

7 月 5 日，《读诗偶拾（二十）中》发表于《世界日报》第 4 版《明珠》。署名"楚侨"。

7 月 6 日，《读诗偶拾（二十）下》发表于《世界日报》第 4 版《明珠》。署名"楚侨"。

7 月 13 日，《读诗偶拾（廿一）》发表于《世界日报》第 4 版《明珠》。署名"楚侨"。"廿一"原版作"一"，有误。

7 月 15 日，《读诗偶拾（廿一）续》发表于《世界日报》第 4 版《明珠》。

署名"楚侨"。

7月16日，《读诗偶拾（廿二）》发表于《世界日报》第4版《明珠》。署名"楚侨"。

7月19日，《读诗偶拾（廿三）》发表于《世界日报》第4版《明珠》。署名"楚侨"。

7月27日，《读诗偶拾（廿四）上》发表于《世界日报》第4版《明珠》。署名"楚侨"。

7月28日，《读诗偶拾（廿四）中》发表于《世界日报》第4版《明珠》。署名"楚侨"。

7月29日，《读诗偶拾（廿四）下》发表于《世界日报》第4版《明珠》。署名"楚侨"。

8月6日，《怀旧录（十八）上》发表于《世界日报》第4版《明珠》。署名"土苍"。

8月7日，《怀旧录（十八）下》发表于《世界日报》第4版《明珠》。署名"土苍"。

8月23日，《论梅圣俞悼亡诗（上）》发表于《世界日报》第4版《明珠》。署名"楚侨"。

8月24日，《论梅圣俞悼亡诗（下）》发表于《世界日报》第4版《明珠》。署名"楚侨"。韦骏若《对田楚侨先生的点滴回忆》录其悼亡诗一首，具体写作时间不详。

8月28日，《果庵随笔之十八：闲话苦热》发表于《世界日报》第4版《明珠》。此版页眉虽署"二十七日"，但实际应是"二十八日"。

8月30日，《果庵随笔之十九》发表于《世界日报》第4版《明珠》。另有《寄惕轩同年南京借用潘伯鹰君怀伯建韵》，署名"果庵"。

9月1日，《果庵随笔之二十（上）》发表于《世界日报》第4版《明珠》。

9月2日，《果庵随笔之二十（下）》发表于《世界日报》第4版《明珠》。

10月23日，致陈中凡信，抬头为"斠玄吾师尊鉴"，末署"门人田楚侨谨启"。见姚柯夫编著《陈中凡年谱》（第58页）。

一九四七年

1月15日，《与郭沫若先生论明妃曲书》发表于《书简杂志》第7期之

"论学书简"(第 3—4 页)。署名"田楚侨"。该信抬头为"沫若先生有道",末署"晚 田楚侨再拜 三六年元月七日"。

3 月 29 日,饮河渝社编《饮河》①世字第一期,在《世界日报》第四版面世。刊(李)春坪《楚侨见和礼园诗,却寄二十韵》《楚侨、山青各示感时之作,同作》,(杨)元佛《楚侨堕车伤足奉讯》;并有"河讯"一则云:"田楚侨先生顷再撰义山《锦瑟》诗考证之作,虽未脱稿,而创获颇多,皆极翔实。元遗山有'但恨无人作郑笺'之叹,此文殆可弥其缺憾。特为预告。"

4 月 12 日,《次韵答春坪,并寄尧放及同游》《次均奉和杨元佛兄》,发表于《世界日报》第 4 版《饮河》第二期。署名"楚侨"。另刊(许)伯建②《次春坪楚侨莞字韵兼呈尧放》。

4 月 26 日,《危楼》发表于《世界日报》第 4 版《饮河》第三期。署名"楚侨"。另刊(柯)尧放《春坪楚侨赠答二十韵,有句及余,伯建复以和章见示,次酬一首》、(蒋)山青《次春坪楚侨倡酬二十韵》。

5 月 11 日,《春坪临问,出示见和新作,戒勿浪传,东归之意,亦形言外。次原呈仲云老韵奉和》,发表于《世界日报》第 4 版《饮河》第四期。署名"楚侨"。

5 月 25 日,《四叠莞韵写赠伯建,并寄鹰公海上》,《世界日报》第 4 版《饮河》第五期(按:原版作第四期,排印有误)。署名"楚侨"。刊有(张)圣奘《次春坪楚侨二十韵》。

6 月 8 日,《用伯建诗并寄鹰公守一,请为转呈行老》《惕轩有诗见寄,次韵奉和》,发表于《世界日报》第 4 版《饮河》第六期。署名"楚侨"。

6 月 8 日,《叹逝》发表于《京沪周刊》第 1 卷第 22 期③之"饮河集"(第 16 页)。署名"田楚侨果庵"。

---

① 据《中国新文学大系 1937—1949·史料·索引》(上海文艺出版社,1994 年 8 月版),《饮河》有:1. "饮河(世界日报·重庆)1—52 1948.？—1949.7.19 饮河渝社编辑。本刊历任主编有柯尧放、李春坪、刘家驹、蒋山青、许伯建、田楚侨等"。2. "饮河诗讯(和平日报·上海)周刊 1—5 1948.8.18—9.11。" 3. "饮河集(中央日报·重庆)新 1—4 1944.2.27—5.28 饮河社编辑。"其社址在重庆观音岩张家花园三号。4. "饮河集(时事新报·重庆)1—7 1944.6.15—10.3 饮河社编辑。"(第 1608 页)又据王国华、李良政、刘迪明、皮钧陶《回忆重庆〈世界日报〉》,《饮河》自第十六期起,"推选田楚侨完全负责编辑,断断续续,出至第五十三期才停止"。参照田楚侨《我的自传》及笔者对《世界日报》的翻阅,总数当为 51 期。

② 许伯建(1913—1997),重庆渝中区人。名廷植,别号蟫堪、阿植、补茅主人。

③ 发行人:孙宕越;总编辑:吴正;出版者:京沪周刊社(上海虹江路民德路口京沪铁路管理局)。

6月21日，《病中读散原诗集，忆伯沆师》发表于《世界日报》第4版《饮河》第7期。署名"楚侨"。

7月7日，《病中杂述》四首发表于《世界日报》第4版《饮河》第八期。署名"楚侨"。

7月23日，《次韵再呈孤桐公并柬尧放》发表于《世界日报》第4版《饮河》第九期。署名"楚侨"。

8月11日，《骄儿家乐》发表于《世界日报》第4版《饮河》第十期。署名"楚侨"。该期"河讯"云："田楚侨先生前因公折足，误于庸医，卧床数月，近经中央医院骨科诊治，渐臻康复。病中读书不少，作诗亦多，可谓因病得益。不幸之幸也。"

8月26日，《感事》发表于《世界日报》第4版《饮河》第十一期。署名"楚侨"。该期"吟俦书简"之一为《汪辟疆先生与田楚侨》。

9月28日，《次和尧放林园观梅》发表于《世界口报》第4版《饮河》第十二期。署名"楚侨"。

10月15日，《共饯春坪分得□字》《送别春坪二首》，发表于《世界日报》第4版《饮河》第十三期。署名"楚侨"。"吟俦书简"有二：《汪辟疆先生与楚侨》，"兄辟疆民国廿九年四月三日"；《成惕轩与楚侨》，"弟惕轩十月九日"。

11月15日，《次春坪韵送行并寄泗英》发表于《世界日报》第4版《饮河》第十四期。署名"楚侨"。刊刘泗英《喜春坪至兼柬楚侨》。

11月30日，《社集李氏园补作重阳》发表于《世界日报》第4版《饮河》第十五期。署名"楚侨"。

12月13日，《次韵奉酬鹓雏师》《次韵奉酬惕轩》，发表于《世界日报》第4版《饮河》第十六期。署名"楚侨"。《果庵笔记》，载该期《饮河·文录》。署名"楚侨"。另刊王存拙《奉尘①果庵先生》、（姚）鹓雏《以诗代柬答楚侨□伸》。

一九四八年

1月3日，《社集秋禊李氏园二首》《果庵笔记：论悼亡诗》，发表于《世界日报》第4版《饮河》第十七期。署名"楚侨"。

---

① 尘，同"呈"。诗题中时见。

1月22日，《重阳后社集并宴元佛伯祥（得事字）》《陪都纪功碑》，发表于《世界日报》第4版《饮河》第十八期。署名"楚侨"。"吟俦书简"有二：其一为（潘）伯鹰致果庵；其二为《楚侨复伯坪》，"元月十六日"。

2月15日，《丙子客中除夕》《次韵奉酬泗英元日之什》《果庵随笔：论除夕诗》，发表于《世界日报》第4版《饮河》第十九期。署名"楚侨"。

3月4日，《丁亥除夕》《拙耆之日匆匆十年矣》《戊子春日酒醉林园，同尧放山青》《果庵随笔（未完）》，发表于《世界日报》第4版《饮河》第二十期。署名"楚侨"。刊元佛《次韵视楚侨伯建》。

3月28日，《次和惕轩台城晚眺》《亮翁姻丈将有南京之行，宴社友于紫薇馆，得读大鹤山人词札暨冷红簃填词图，酒后登山看桃花》《果庵随笔》，发表于《世界日报》第4版《饮河》第二十一期。署名"楚侨"。

4月16日，《吟诗》《红岩冶春尘，亮翁姻丈》《高楼感春》《果庵随笔：论炼字句》，发表于《世界日报》第4版《饮河》第二十二（按：原文作二十一，有误）期。署名"楚侨"。

4月30日，《喜雨（三十一年作）》《泗英航寄〈海藏楼集〉赋谢》《果庵随笔：再论炼字炼句（未完）》，发表于《世界日报》第4版《饮河》第二十三期①。署名"楚侨"。

5月14日，《惕轩书来，诗以答之（三十三年）》《尧放卧□，买宅未成，次韵奉慰》《果庵随笔：再论炼字炼句（续）》，发表于《世界日报》第4版《饮河》第二十四期。署名"楚侨"。

5月23日，《清切与清新》发表于《京沪周刊》第2卷第20期②之饮河社编"诗叶"（第12—13页）。署名"田楚侨"。

5月26日，《以诗代柬，奉答［怀］园（三十六年）》《果庵随笔：再论炼字炼句》，发表于《世界日报》第1版《饮河》第二十五期。署名"楚侨"。

6月17日，《移居（用陶韵，十九年作）》《果庵随笔：读王荆公诗（一）》，发表于《世界日报》第1版《饮河》第二十六期。署名"楚侨"。

6月30日，《果庵随笔：读王荆公诗（二）》，发表于《世界日报》第1版

---

① 《饮河》自本期改版，双开，中缝书："饮河诗页　渝世字第二十三期　重庆世界日报印"。

② 发行兼总编辑：孙宕越。

《饮河》第二十七期。署名"楚侨"。刊元佛《次韵酬楚侨见赠之作》。①

9月7日，《怀念邠翁》《果庵随笔：续（读）王荆公诗（五）》，发表于《世界日报》第4版《饮河》第二十九期。署名"楚侨"。此期刊头下所标时间为"民国卅七年八月一日"。②

9月15日，《高尔础与李赤》发表于《世界日报》第4版《明珠》。署名"果庵"。

9月16日，《太炎先生的文章》发表于《世界日报》第4版《明珠》。署名"果庵"。

9月19日，《〈大学国文选〉之标点符号》发表于《世界日报》第4版《明珠》。署名"果庵"。

11月7日，《黄山谷诗论述评》发表于《京沪周刊》第2卷第44期之饮河社编"诗叶"（第6—7页）。署名"田楚侨"。

12月12日，《秋感》"果庵随笔：谈《〈瀛奎律髓〉刊误》"，发表于《世界日报》第4版《饮河》第三十二期。署名"楚侨"。

12月30日，《山青以纪水厄诗见示感赋》《果庵随笔：介绍〈谈艺录〉（上）》，发表于《世界日报》第4版《饮河》第三十三期。署名"楚侨"。

一九四九年

1月27日，《次韵奉寄伯鹰春坪并尘诸老》（四首）、《果庵随笔：介绍〈谈艺录〉（下）》，发表于《世界日报》第4版《饮河》第三十四期。署名"楚侨"。

2月4日，《从历史，看现在》发表于《世界日报》第2版"专论"。署名"世昌"。

2月5日，《大学基本国文之商榷》发表于《世界日报》第2版"专论"。署名"世昌"。

2月7日，《新劝学篇》发表于《世界日报》第2版"专论"。署名"世昌"。

---

① 重庆图书馆所提供的《世界日报》胶卷，自1948年9月1日至10月20日，仅勉强可见标题，文字大多一团墨黑，无法辨识。李扬主编《民国时期报纸文艺副刊汇编》（第一编）第79册，则自1948年5月14日《饮河》渝世字廿四期跳至9月7日廿九期。

② 此期中缝文字作："饮河诗叶 饮河渝社主编 重庆世界日报印"。

2月12日，《谈民主的风度》发表于《世界日报》第2版"专论"。署名"世昌"。

2月21日，《本市的小学校长问题应该从速解决》发表于《世界日报》第2版"来论"。署名"世昌"。

2月22日，《再论大学基本国文——并答许固生先生》发表于《世界日报》第2版"来论"。署名"世昌"。

2月23日，《再论大学基本国文——并答许固生先生（续完）》发表于《世界日报》第2版"来论"。署名"世昌"。

2月24日，《安定西南之我见》发表于《世界日报》第2版"人民公论"。署名"世昌"。

3月1日，《英雄，武力，特务》发表于《世界日报》第2版"专论"。署名"世昌"。

同日，《张君实甫于新历元日招□素饮河两社同人宴集，平居分韵得稿字。座中闻陈匪石前辈谈词学源流，并承告以王伯沆师所著各稿多于生前焚去，身后残存非其得意者，慨然有述并呈同座谢主人》（该诗其后有自注云：王伯沆师别署冬饮。其略见本期随笔）、《感事》、《果庵随笔：追记王伯沆师（上）》，发表于《世界日报》第4版《饮河》第三十五期。署名"楚侨"。

3月6日，《和平之障碍物》发表于《世界日报》第2版"人民公论"。署名"世昌"。

3月8日，《大家涨，看谁快》发表于《世界日报》第2版"人民公论"。末署"果庵 三，六"。

3月9日，《中国之华盛顿》发表于《世界日报》第2版"专论"。署名"世昌"。

3月12日，"吟俦书简·庞石帚先生来函"，系致"楚侨学兄"，发表于《世界日报》第4版《饮河》第三十六期，末署"二月十八日"。

3月13日，《邮费与盐税》发表于《世界日报》第2版"人民公论"。末署"果庵 三，十"。

3月15日，《为中共设想》发表于《世界日报》第2版"专论"。署名"世昌"。

3月21日，《为国民党设想》发表于《世界日报》第2版"来论"。署名"世昌"。

3月23日，《从内阁说到总统》发表于《世界日报》第2版"来论"。署名"世昌"。

3月26日，《哀哉重庆号！哀哉重庆市！》发表于《世界日报》第2版"来论"。署名"世昌"。

3月29日，《梁武帝唐玄宗论》发表于《世界日报》第2版"来论"。署名"世昌"。

4月7日，《基本国文与基本英文》发表于《世界日报》第2版并转第3版"来论"。署名"士苍"。

4月12日，《再论英雄思想》发表于《世界日报》第2版"来论"。署名"士苍"。

4月14日，《奉怀鹰公时从行老北上》发表于《世界日报》第4版《饮河》第四十期。署名"楚侨"。该期刊头卜仍署"四月十三日"，可视为第四十期之续。

4月25日，《近于①勤于为文妄有所评骘，似颇瘦削，家人嘲之，赋此以自解也》，发表于《世界日报》第4版《饮河》第四十二期。署名"楚侨"。

4月26日，《感事》《果庵随笔：介绍〈范伯子诗文集〉（一）》，刊于《世界日报》第4版。当是《饮河》第四十二期（续）。署名"楚侨"。

5月4日，《感事（闻和谈破裂）》发表于《世界日报》第4版《饮河》第四十三期。署名"楚侨"。

5月5日，《红岩寿钱竹汀并观所藏书》《读〈三国志·吴志〉》《读陆放翁绝句》《果庵随笔：介绍〈范伯子诗文集〉（二）》，刊于《世界日报》第4版。当是《饮河》第四十三期（续）。署名"楚侨"。

5月6日，《拿破仑述评（上）》发表于《世界日报》第2版"来论"。署名"士苍"。

5月7日，《拿破仑述评（中）》发表于《世界日报》第2版"来论"。署名"士苍"。

5月8日，《拿破仑述评（下）》发表于《世界日报》第2版"来论"。署名"士苍"。

5月13日，《漫谈银元标价》发表于《世界日报》第2版"来论"。署名

---

① 于，或为"日"之误。

"士苍"。

5月15日,《从沈同尧案谈到豪门》发表于《世界日报》第2版"来论"。署名"士苍"。

5月17日,《果庵随笔:介绍〈范伯子诗文集〉(三)》,发表于《世界日报》第4版《饮河》第四十五期。署名"楚侨"。

5月20日,《中央与民意》发表于《世界日报》第2版"来论"。署名"士苍"。

5月22日,《和难,战亦不易》发表于《世界日报》第2版"来论"。署名"士苍"。

5月25日,《硬币乎?纸币乎?》发表于《世界日报》第2版"来论"。署名"士苍"。

6月2日,《果庵随笔:追忆杨沧白先生》,刊于《世界日报》第4版,未署刊名及期数,当是《饮河》第四十六期。署名"楚侨"。末署"卅八年端午节前夕",

6月4日,《官僚资本的新出路(上)》发表于《世界日报》第2版"来论"。署名"士苍"。

6月5日,《官僚资本的新出路(下)》发表于《世界日报》第2版"来论"。署名"士苍"。

6月7日,《怀天隐翁(三十二年除夕怀人诗之一,时翁已下世)》,发表于《世界日报》第4版《饮河》第四十七期。署名"楚侨"。

6月8日,《果庵随笔:介绍〈范伯子诗文集〉(四)》,刊于《世界日报》第4版。未署刊名及期数,当是《饮河》第四十七期(续)。署名"楚侨"。

6月16日,《国府迁渝杂感》发表于《世界日报》第2版"来论"。署名"士苍"。

6月18日,《果庵随笔:介绍〈范伯子诗文集〉(五)》,刊于《世界日报》第4版。未署刊名及期数,当是《饮河》第四十八期(续)。署名"楚侨"。

6月21日,《本市立待解决的辅币问题》发表于《世界日报》第2版"来论"。署名"士苍"。

6月28日,《果庵随笔:介绍〈范伯子诗文集〉(六)》,刊于《世界日报》第4版。未署刊名及期数,当是《饮河》第四十九期(续)。署名"楚侨"。该文末署"卅八年六月廿六日稿"。

7月1日，《选灾的补救》发表于《世界日报》第2版"专论"。署名"士苍"。

7月4日，《为虎谋肉，其可缓乎（上）》发表于《世界日报》第2版"来论"。署名"士苍"。

7月5日，《为虎谋肉，其可缓乎（下）》发表于《世界日报》第2版"来论"。署名"士苍"。

7月7日，《次韵奉和鹰公社长香港兼尘行严先生》《奉和伯祥雨夜之什（时正苦热，并示国定）》（各两首），发表于《世界日报》第4版《饮河》第五十期。署名"楚侨"。

7月8日，《果庵随笔：介绍〈范伯子诗文集〉（七）》，刊于《世界日报》第4版。未署刊名及期数，当是《饮河》第五十期（续）。署名"楚侨"。

7月12日，《再论政府迁渝》发表于《世界日报》第2版"来论"。署名"士苍"。

7月17日，《喜读容庵近作次韵奉和》《次韵寄春坪兄海上》，发表于《世界日报》第4版《饮河》第五十一期。署名"楚侨"。

7月19日，《散兵游勇，如何处置?》发表于《世界日报》第2版"人民公论"。署名"士苍"。[①]

同日，《果庵随笔：介绍〈范伯子诗文集〉（八）》，刊于《世界日报》第4版，未署刊名及期数，当是《饮河》第五十一期（续）。署名"楚侨"。

一九五〇年

上期，作《中国明日的诗歌》，未刊行。

一九五一年

6月21日，致函吴宓，并附诗四首。见吴宓7月15日日记。诗未录（《吴宓日记续编Ⅰ：1949～1953》，生活·读书·新知三联书店，2006年3月

[①] 《世界日报》1949年7月25日出版之后，即短时间停刊，至8月8日复刊。复刊之后，未见田楚侨用其常见的"楚侨""士苍""世昌""果庵"为名发表的文章。或许另有化名，如8月9日第二版"人民公论"有《白皮书的反响如何?》一文，署名"济苍"，疑即田楚侨，但无从确认。另外，韦骏若《对田楚侨先生的点滴回忆》称：《世界日报》社论《西南执政诸公拿话来说》亦为田楚侨所作，但其余社论多未署名，故难以辨别。

版，第 174 页）。

一九五二年

1 月 22 日，吴宓"又接田楚侨诗函，诗摘录"（《吴宓日记续编Ⅰ：1949～1953》，第 284 页）。

一九六一年

9 月，《论王安石的〈明妃曲〉》载《艺林丛录》（第七编），由商务印书馆香港分馆出版，第 193－197 页。署名"田楚侨"。1975 年 4 月重印。庄昭选编《名家谈文学（二）》收录，商务印书馆（香港）有限公司，2001 年 7 月版，第 123－128 页。

一九六二年

10 月 17 日，吴宓日记附录田楚侨寄示其近诗二首：《六二年重九登高赋寄同游》《送儿返郑州感赋》（《吴宓日记续编Ⅴ：1961～1962》，生活·读书·新知三联书店，2006 年 4 月版，第 450 页）。

一九六四年

12 月，"于师专校"，写有《我的自我检查》，其中之二为"我的人生态度及各种观点"，包括：1. 我的人生态度；2. 我的艺术观点；3. 我的教学思想；4. 我的政治态度。颇可一观。存田楚侨档案。

一九六五年

9 月 29 日，致函吴宓。见吴宓 10 月 5 日日记（《吴宓日记续编Ⅶ：1965～1966》，生活·读书·新知三联书店，2006 年 4 月版，第 241 页）。

11 月 18 日，作诗三首。见吴宓 11 月 20 日日记，有录，并评曰："题冗、诗粗，不足观也。"（《吴宓日记续编Ⅶ：1965～1966》，第 285－286 页）

12 月 21 日，吴宓日记记其《论辛弃疾〈永遇乐·词北固亭怀古〉》，载香港《大公报·艺林》，未录，有评语"解释不误"（《吴宓日记续编Ⅶ：1965～1966》，第 311 页）。庄昭选编《名家谈文学（二）》收录，题作《试论辛弃疾的〈永遇乐〉》，第 151－156 页。

二○○一年

6月，庄昭选编《名家谈文学（一）》由商务印书馆（香港）有限公司出版，其中收录《关于对偶与声律》，署名"楚侨"，附于王力《对偶与声律——中国古典文论中谈到的语言形式美》之后（第20－24页）。《名家谈文学》的主要内容是出自1961—1973年商务印书馆香港分馆出版的十卷本《艺林丛录》。此文在《艺林丛录》中的收录情况不详。

田楚侨的交游及有关文献

田楚侨与陈中凡

陈中凡（1888—1982），原名钟凡，字觉元，别号斠玄。江苏盐城人。1907 年，入两江师范学堂，受业于李瑞清、缪荃孙、陈三立诸名师。1912 年在沪江大学补习英文。次年考入北京大学哲学门，1917 年毕业，留校任预科补习班国文教员。1918 年任国立北京大学国史编纂处纂辑员，兼国立北京女子高等师范学校国文专修科教员。1919 年任国立北京女子高等师范学校国文部主任。1921 年任国立东南大学国文系教授，兼主任；主编《国学丛刊》，提倡用科学方法整理国故。1924 年任国立西北大学暑期学校国学讲席。同年赴广州，任国立广东大学文科学长、教授。1925 年任教于苏州东吴大学。1926 年任金陵大学国文系教授。1928 年任国立暨南大学国文系主任，次年任文学院院长。其间，邀俞振飞授昆曲课，聘许德珩、李达、邓初民等来院任教。1934 年任国立中山大学教授。1935 年任金陵女子文理学院中文系讲座教授。1949 年任金陵大学文学院院长。1952 年任南京大学中文系教授。曾兼任江苏文史馆馆长，当选全国政协委员、江苏省政协副主席。1920 年出版中国第一部《中国文学批评史》，另有《古书读校法》《诸子书目》《书目举要补正》《经学通论》《诸子通宜》《中国韵文通论》《周秦文学》《汉魏六朝文学》《汉魏六朝散文选》等。[1]

田楚侨曾受业于陈中凡，并与之长期保持往来。目前可查证的事迹有如下数端。

1922 年秋，"国学研究会"发起成立。指导员为陈中凡、吴梅、陈去病、

---

[1]　参见周川主编：《中国近现代高等教育人物辞典》，福建教育出版社，2018 年版，第 358 页；宋林飞主编：《江苏历代名人词典》，江苏人民出版社，2019 年版，第 324 页。

柳翼谋等人。总干事为李万育，会员有余秉春、张世禄、赵万里、田世昌、吴江冷等一百余人。曾举办十次演讲会，计有：吴瞿安《词与曲的区别》、顾铁生《治小学的目的及其方法》、梁任公《屈原之研究》、陈仲英《近代诗学之趋势》、江亢虎《欧洲战争与中国文化》、陈斠玄《秦汉间之儒术与儒教》、陈佩忍《论诗人应具之本领》、柳翼谋《汉学与宋学》、江亢虎《中国古哲学家之社会思想》、梁任公《治国学的两条大路》。编辑《国学丛刊》，力求以科学方法"整理国故，增进文化"，与盲目复古之学衡派相抗衡。其从北大聘请吴梅前来讲授词曲，为东南大学开创了重视通俗文学的风气。①

1924年9月，《国学丛刊》第二卷第三期（第6—19页），刊《唐人五七绝诗之研究》，正文署"陈斠玄先生演讲②，田世昌笔记"，而目录中则径署"田世昌"。今录之于后③：

一、诗之界说

中国诗之界说，至为纷繁。今分诗式与诗心二者论之：

1. 诗式。近体诗篇有定句，句有定字，字有定律，句末复有韵。古诗似只有韵而无律，然据王渔洋《古诗平仄论》及赵秋谷《声调谱》，则仍有自然之音律。律也，韵也，皆所以使句调谐协，是为诗歌形式上之要素。

2. 诗心。《虞书》曰："诗言志，歌永言，声依永，律和声。"卜商《诗·关雎序》"诗者志之所之也，在心为志，发言为诗，情动于中而形于言。……"梁元帝《金楼子·立言篇》："吟咏风谣，流连哀思者谓之文。"准此以谈，则感情为诗歌内容上之要素。

合而言之，则以谐协之文字，发表感情者谓之诗。夫发表感情之具有三：一为音节（音乐），二为色采（图画），三为文字（诗歌）。故刘彦和《文心雕龙·情采篇》曰："立文之道，其理有三：一曰形文，五色是也；二曰声文，五音是也；三曰情文，五性是也。五色杂而成黼黻，五音比而成韶夏，五性发而为辞章。"然陆机《文赋》曰："诗言情而绮靡"，绮即色采，靡即音节。《金楼子·立言篇》"至如文者惟须绮縠纷披，宫徵靡

---

① 姚柯夫编著：《陈中凡年谱》，书目文献出版社，1989年版，第17、18页。
② 演讲的具体情由不详。姚著《陈中凡年谱》亦未纪其事。
③ 移录时序号按今之层级略有调整。该文或因文体原因，未见收入《清晖集》。

曼，唇吻遒会，情灵摇荡”，亦以声音情采为文之要素。则诗歌实为无色之图绘，无声之音乐，兼有时间及空间二者之美焉。

二、诗之起原

郑玄以为诗之道，放于《虞书》“诗言志”，“大庭，轩辕，逮于高辛，其时有亡，载籍蔑云”（《诗谱序》）。降及《诗》《骚》，始著篇章。自是而后，诗分古体近体，古体复分古诗及乐府，近体复分律诗及绝句。其间最大之变迁，为五七言代四言而兴，兹特述五七言之起原焉。

1. 五言诗

《文心雕龙·明诗篇》“《召南》《行露》，始肇半章；孺子沧浪，亦有全曲；暇豫优歌，远见《春秋》；邪径童谣，近在成世”。然《行露》前四句为五言，后二句为四言，此为杂言，非五言也。沧浪之歌，实为楚辞。至于优施起舞，成世歌谣，亦类格言，不似五古。则成帝以前，实无五言，刘勰所言，不足信也。他如钟嵘《诗品》所举五言之滥觞，亦不足据。《夏歌》“郁陶乎余心”，为伪古文。楚谣“名余曰正则”，亦系《楚辞》。《苏李赠答》，刘彦和既已疑之于前，苏子瞻、朱彝尊复疑之于后（《贞一斋诗话》“苏、李《赠答》或亦汉代拟作，观‘俯观江汉’等句，两人离别，何由到此”，证据更确）。《古诗十九首》由“驱车上东门，游戏宛与洛”二句观之，亦东汉之制，然作者为谁，亦不复传。至于建安，其作品始可据，其作者始可考云。

2. 七言诗

沈德潜以为七言诗始于《大风》《柏梁》，然《大风》为楚辞，《柏梁》复见疑于顾亭林，当以魏文帝之《燕歌行》为第一首。

由上而观，则五七言诗之成立，实始于汉末建安，至其发生之原因，亦可得而言焉。

1. 音乐

读汉魏诗须知乐府与古诗之别。大概四言入乐，十九首则不入乐。乐府作于乐工，音节和谐而词意殊劣；古诗作于文士，音节虽不谐，而词意则甚佳也。大概文人摆脱音乐，独抒己意，当始于汉末建安。盖司马相如、枚乘之徒，当时朝廷只以俳优蓄之。至于“建安七子”之与曹氏父子鼓吹风雅，乃纯为重视文章（魏文帝《典论·论文》“文章经国之大业，不朽之盛事”），故有此独立之创作焉。

2. 学术

两汉学术，不出六经，脱离古典文学而独抒伟词，当始于建安。刘申叔先生论汉、魏之际，文学变迁，颇能撮其要惜。其言曰："建安文学，革易前型，迁蜕之由，可得而说：两汉之世，户习七经，虽及子家，必缘经术。魏武治国，颇杂刑名，文体因之，渐趋清峻，一也。建武以还，士民秉礼，迫及建安，渐尚通侻，侻则侈陈哀乐，通则渐藻玄思，二也。献帝之初，诸方棋峙，乘时之士，颇慕纵横，骋词之风，肇端于此，三也。又汉之灵帝，颇好俳词，下习其风，益尚华靡，虽迄魏初，其风未革，四也。"

既已脱离音乐及古典之束缚而独抒情思，则上二下二之四言，不得不变而为上二下三之五言及上四下三之七言。盖人类思想由简单而趋于复杂，四言短促不复能委婉达意，其音节之呆板，又不若五七言之流丽，此不得不变者一也。喜新厌旧，人之恒情，旧调已滥，遂成习套，豪杰之士，难出新意，故不得不别觅一途，以求自立，此不得不变者二也。又按挚虞《文章流别论》："夫诗虽以情志为本，而以成声为节，然则雅音之韵，四言为正，其余虽备曲折之体，而非音之正也。"钟嵘《诗品》曰："夫四言文约意广，取效风骚，便可多得，每苦文繁而意少，故世罕习焉。五言居文词之要，是众作之有滋味者也，故云会于流俗。岂不以指事造形，穷情写物，最为详切者耶。"一则以四言为雅音之正，一则以五言居文词之要，其持论之不同如此。考挚君生当晋世，四言余风尚盛，五言方兴未久，故有是言。以今而观之，自当以钟说为是，至于太白"四言不如五言，七言又其靡也"之说，则为崇古之弊，未足信矣。

三、绝句之起原

论绝句之起原，有绝不相同之两说。

1.《砚佣说诗》："五言绝句，截五言律诗之半也。"有截前四句者，如"移舟泊烟渚，日暮客愁新，野旷天低树，江清月近人"是也。有截后四句者，如"功盖三分国，名成八阵图，江流石不转，遗恨失吞吴"是也。有截中四句者，如"白日依山尽，黄河入海流，欲穷千里目，更上一层楼"是也。有截前后四句者，如"山中相送罢，日暮掩柴扉，春草年年绿，王孙归不归"是也。

2.《姜斋诗话》："五言绝句，自五言古诗来；七言绝句，自歌行来。"

此二体本在律诗之前，律诗从此出，演令充畅耳。有云绝句者，截取律诗一半，或绝前四句，或绝后四句，或绝首尾各二句，或绝中两联，审尔断头刖足，为刑人而已。不知谁作此说，戕人生理。

　　第一说以绝句在律诗后，第二说则以绝句起于律诗之前。今按王渔洋《师友诗传续录》以第一说为迂拘，而纪晓岚《四库全书总目·诗文评类》亦谓汉人已有绝句，在律诗之前，非先有律诗，截为绝句，则当以第二说为是。今更徵引汉、魏、六朝五七言绝句，以为例证。

　　1. 五言。《古绝句》："藁砧今何在，山上复有山；何当大刀头，破镜飞上天。"

　　晋孙绰《情人碧玉歌》："碧玉破瓜时，相为情颠倒；感郎不羞难，回首就郎抱。"

　　王献之《桃叶歌》："桃叶复桃叶，渡江不用楫；但渡无所苦，我自迎接汝。"

　　《子夜四时歌》："碧楼冥初月，罗绮垂新风；含春未及歌，桂酒发清容。"

　　以上所举，多无格律对偶，至于齐梁，则与唐人相近矣：

　　齐谢朓《玉阶怨》："夕殿下珠帘，流萤飞复息；长夜缝罗衣，思君此何极。"

　　梁简文帝《杂咏》："被空眠数觉，寒重夜风吹；罗帐非海水，那得度前知。"

　　2. 七言。《诗薮》《品汇》以《挟瑟歌》《乌栖曲》《怨歌行》为七言绝句之祖。然以余考之，《乌栖曲》（梁简文帝四首，元帝四首，萧子显三首，徐陵一首），前二句与后二句异韵，其体与项王《垓下歌》相同；江总《怨歌行》卒章对结，亦非七绝正体；只北齐魏收《挟瑟歌》之音节，大致不误耳。兹引之于左：

　　简文帝《乌栖曲》："青牛丹毂七香车，可怜今夜宿倡家；倡家高楼鸟欲栖，罗帐翠帐向君低。"

　　江总《怨歌行》："新梅嫩柳半障羞，情去恩移那可留；团扇箧中言不分，纤腰掌上讵胜愁。"

　　魏收《挟瑟歌》："春风宛转入曲房，兼送小苑百花香；白马金鞍去未返，红妆玉筋下几行。"

他若武帝《白纻词》："朱丝玉柱罗象筵，飞琯促节舞少年；短歌流目未肯前，含笑一转私自怜。"萧子显《春别》："衔悲揽涕别心知，桃花李色任风吹；本知人心不似树，可惜人别似花离。"亦具七言之体。至于隋人《无名氏》："杨柳青青着地垂，杨花漫漫晓天飞；柳条折尽花飞尽，试问行人归不归。"则更与唐人相似矣。

故无论五绝或七绝，均滥觞于汉魏，酝酿于六朝，而成立于隋唐。七言杂歌，起于《垓下》，齐梁之间，作者纷起，唯转韵既迫，音调未适。唐人一变，语半于近体，而意味深长过之；节促于歌行，而咏叹悠扬倍之；遂成文学中之超绝体制也。

四、绝句成立之原因

绝句之起源既如上述，兹更略述其成立之原因。

1. 骈丽。《诗薮》：汉魏诗朴质无文，至晋潘安仁、陆士衡一变，至宋颜延年、谢灵运而再变，至齐谢宣城而三变；文尚骈偶，多丽句矣。

2. 声调。《齐书·陆厥传》：沈约、谢朓、王融、周颙发明四声，以此制韵，不可增减，当时名曰"永明体"。唯谢王早死，沈约至梁尚存，故群谓发明声律，始于沈约云。其说详见于《宋书·谢灵运传》论，兹不复赘，只列其八病于左：

（1）平头。第一第二字不得与第六字第七字同声，如"今日良宴会，欢乐难具陈"，今换皆平声。

（2）上尾。第五字不得与第十字同声，如"青青河畔草，郁郁园中柳"，草、柳皆上声。

（3）蜂腰。第二字不得与第五字同声，如"闻君爱我甘，窃欲自修饰"，君、甘皆平声，欲、饰皆入声。

（4）鹤膝。第五字不得与第十五字同声，如"客从远方来，遗我一书札，上言长相思，下言久离别"，来、思皆平声。

（5）大韵。第一字不得与第十字同韵，如"胡姬年十五，春日独当垆"，胡、垆同韵。

（6）小韵。除大一字外，九字中不得有两字同韵，如"薄帐鉴明月，清风吹我衿"，明、清同韵。

（7）旁纽。十字中两字叠韵为旁纽，如"田夫亦知礼，迎宾延上座"，迎宾为叠韵。

（8）正纽。有双声者为正纽，如"我本汉家子，来嫁单于庭"，家、嫁为双声。

王世贞《艺苑卮言·沈休文》所载八病，如平头，上尾，蜂腰，鹤膝，大韵，小韵，旁纽，正纽，以上尾、鹤膝为最忌。休文之拘滞，正与古体相反，唯近律差有关耳。

由上所谈，知绝诗之成立，实以骈丽声律为其原因焉。

五、绝句之声律

1．五言

（1）平起顺粘格：平平仄仄平。仄仄仄平平。仄仄平平仄。平平仄仄平。

（2）仄起顺粘格：仄仄仄平平。平平仄仄平。平平平仄仄。仄仄仄平平。

（3）平起偏格：平平平仄仄。仄仄仄平平。仄仄平平仄。平平仄仄平。

（4）仄起偏格：仄仄平平仄。平平仄仄平。平平平仄仄。仄仄仄平平。

2．七言

（1）平起顺粘格：平平仄仄仄平平。仄仄平平仄仄平。仄仄平平平仄仄。平平仄仄仄平平。

（2）仄起顺粘格：仄仄平平仄仄平。平平仄仄仄平平。平平仄仄平平仄。仄仄平平仄仄平。

（3）平起偏格：平平仄仄平平仄。仄仄平平仄仄平。仄仄平平平仄仄。平平仄仄仄平平。

（4）仄起偏格：仄仄平平平仄仄。平平仄仄仄平平。平平仄仄平平仄。仄仄平平仄仄平。

律诗常有一三五不论，二四六分明之说，王夫之《姜斋诗话》以为："不可恃为典要。'昔闻洞庭水'，闻庭二字俱平，正尔振起；若'今上岳阳楼'，易第三字为平声，云'今上巴陵楼'，则语塞而戾于听矣。'八月湖水平'，月水二字皆仄自可；若'涵虚混太清'，易作'混虚涵太清'，为泥磬土鼓而已。又如'太清上初日'，音律自可，若云'太清初上日'，以求合于粘，则情文索然，不复能成佳句。又如杨用修警句云：'谁起东

山谢安石，为君谈笑净烽烟'，若谓安字失粘，更云'谁起东山谢太傅'，拖沓便不成响。足见凡言法者，皆非法也；释氏有言：法尚应舍，何况非法，艺文家知此，思过半矣。"王氏此言，谓诗当以自然成音为主，不可拘泥于法，可谓恰中肯要。绝句中又有折腰体（谓中失粘而意不断，如王右丞"渭城朝雨浥轻尘，客舍青青柳色新；劝君更尽一杯酒，西出阳关无故人"）及拗句（以杜少陵及黄鲁直为最多，详见《诗人玉屑》），兹不尽录。《贞一斋诗话》谓："吟古诗如唱北曲，吟律诗如唱昆曲；盖古体须顿挫流漓，近体须铿锵宛转，二者绝不相蒙，始能各尽其妙。"观此则绝句之音律可知也。

六、绝句之章法

严羽《沧浪诗话》分律诗为领联、颈联、发端、落句。杨载《诗法家数》则分起承转合，于此说也，各家意见不同。

1. 赞成者——徐增。

2. 修正者——王渔洋：起承转合章法皆是如此，不必拘定第几联第几句也；律绝分别，亦未前闻。

3. 反对者——王夫之：起承转收一法也。试取初、盛唐律验之，谁必株守此法者，法莫要于成章，立此四法，则不成章矣。

4. 折衷者——沈德潜：诗贵性情，亦须论法。杂而无章，非法也；然所谓法者，行所不得不行，止所不得不止，而起伏照应，承接转换，自神明变化于其中。若泥定此处应如何，彼处应如何，不以意运法，转以意从法，则死法矣。试看天地间水流云在，月到风来，何处著得死法。

盖明清以八比试士（首起讲，二中比，三后比，末束题），故其时文人亦以八比说诗，沈氏以意运法之说，可谓知所折衷矣。

七、绝句之修辞

此处所言之修辞，范围较大，系泛指诗人对于事物之感受（impression），及词句之表现（expression）之方式。唯此种方式，至为复杂，殊难分类。今兹所言者，特其大略耳。

1. 关于想像者

诗人之任务，在抒写个人之感情，以引起自己及他人之愉快（for pleasure）。其所恃为最大之工具，厥为想像（imagination）。想像二字之解释，当为本非其实，依情托事，以创造惊奇之幻境。其法有三焉：

（1）拟人例。拟人（personify）一法，在诗中其用甚广。盖诗人之心理，如儿童，如疯人，虽无意志之事物，亦尝视为有感情。例如李益《江南曲》："嫁得瞿唐贾，朝朝误妾期；早知潮有信，嫁与弄潮儿。"杨巨源："水边杨柳曲尘丝，立马烦君折一枝；唯有东风最相惜，殷勤更向手中吹。"

（2）直喻例。物与人相比，或用胜字，或用不及字，以引起感情。例如：皇甫曾《送王司直》："西塞云山远，东风道路长；人心胜潮水，相送过浔阳。"王昌龄《长信秋词》："奉帚平明金殿开，且将团扇共徘徊；玉颜不及寒鸦色，犹带昭阳日影来。"李白《赠汪伦》："李白踏舟将欲行，忽闻岸上踏歌声；桃花潭水深千尺，不及汪伦送我情。"

（3）隐喻例。即事写景，自寓深意。如《殿前曲》言无宠者独寒，寒食言恩不及他处（用王湘绮志语）。微而婉，温柔敦厚，此等诗足以当之而无愧。今录其全诗于左：

王昌龄《殿前曲》："昨夜风开露井桃，未央前殿月轮高；平阳歌舞新承宠，帘外春寒赐锦袍。"

王昌龄《青楼曲》："白马金鞍从武皇，旌旗十万宿长杨；楼头小妇鸣筝坐，遥见飞尘入建章。"

韩翃《寒食》："春城无处不飞花，寒食东风御柳斜；日暮汉宫传蜡烛，轻烟散入五侯家。"

2. 关于空间者

（1）遥忆例。用遥字或应字，推想远地情况。如少陵"遥怜小儿女，未解忆长安"句是。在绝句诗中，其例颇多，例如岑参《九日思长安故园》："强欲登高去，无人送酒来；遥怜故园菊，应傍战场开。"韦应物《秋夜寄丘员外》："怀君属秋夜，散步咏凉天；山空松子落，幽人应未眠。"王维《送别魏二》："醉别江楼橘柚香，江风引雨入船凉；忆君遥在湘山月，愁听清猿梦里长。"

（2）特著例。以独字唯字只字特著一事，使感情集中于一点。例如李白《敬亭山》："众鸟高飞尽，孤云独去闲；相看两不厌，只有敬亭山。"施肩吾《湘竹词》："万古湘江竹，无穷奈怨何；年年长春笋，只是泪痕多。"朱放《乱后经淮阴》："荒村古岸谁家在，野水浮云处处愁；唯有河边衰柳树，蝉声相送到扬州。"

3．关于时间者

（1）推进例。以更字进一层写，使两事继续发生，而又含有比较之意，例如韦应物《送王枚书》："同宿高斋换时节，共看移花复栽轩；送客江浦已惆怅，更上高楼看远帆。"皇甫松《采莲子》："菡萏香连十顷陂，小姑贪戏采莲迟；晚头弄水船头湿，更脱红裙裹鸭儿。"

（2）重提例。以一又字，重提旧事。例如张祐《江南逢故人》："河洛多尘事，江南半旧游；春风故人夜，又醉白萍①洲。"杜甫《江南逢李龟年》："岐王宅里寻常见，崔九堂前几度闻；正是江南好风景，落花时节又逢君。"

（3）追忆例。此例有两种，一就现在之凄凉，追忆昔时之盛况，如李白《越中怀古》是也。一就昔日之希望，慨今日之已非，如陈陶《陇西行》是也。两种写法，均极动人。今录其原诗于左：

李白《越中怀古》："越王勾践破吴归，战士还家尽锦衣；宫女如花满春殿，只今惟有鹧鸪飞。"

陈陶《陇西行》："誓扫匈奴不顾身，五千雕锦丧胡尘；可怜无定河边骨，犹是春闺梦里人。"

4．对照

以两字对照写之，有关系时间者，有关系空间者。

（1）时间对照例。以春秋或新旧二字对照。例如崔国辅《怨辞》："妾有罗衣裳，秦王在时作；为舞春风多，秋来不堪著。"王昌龄《从军行》："琵琶起舞换新声，总是关山旧别情；撩乱边愁听不尽，高高秋月照长城。"

（2）空间对照例。以东西或南北两字对照。例如韦承庆《南行别弟》："万里人南去，三春雁北飞；未知何岁月，得与尔同归。"刘方平《代春怨》："朝日残莺伴妾啼，开帘只见草萋萋；庭前似有东风入，杨柳千条尽向西。"

5．问答

（1）唤起例。此例亦有二种，一第三句作唤起势，第四句叙原因，以见钩勒，如王翰《葡萄美酒》，王之涣《凉州词》是也。一第三句先叙假设，第

---

① 萍，又作"蘋"。

四句作唤起势，以见婉转，如戎昱《途中寄李三》，张仲素《塞下曲》是也（此种例子所用字面，大概为莫，何须，休）。今并录其原诗于左：

王翰《凉州曲》："葡萄美酒夜光杯，欲饮琵琶马上催；醉卧沙场君莫笑，古来征战几人回。"

王之涣《凉州词》："黄河远上白云间，一片孤城万仞山；羌笛何须怨杨柳，春风不度玉门关。"

戎昱《途中寄李三》："杨柳烟含灞岸春，年年攀折为行人；好风若借低枝便，莫遣青丝扫路尘。"

张仲素《塞下曲》："三戍渔阳再度辽，骍弓在臂剑横腰；匈奴似欲知名姓，休傍阴山更射雕。"

（2）余韵例。结句用何处，不知，几，等字，作疑问式，而不解答，以见余韵。唯五言多在句末，而七言则有在末句者，有在第三句者。例如王维《山中送别》："山中相送罢，日暮掩柴扉；春草明年绿，王孙归不归。"李益《鹧鸪词》："湘江斑竹怨，锦翅鹧鸪飞；处处湘云合，郎从何处归。"李益《受降城闻笛》："回乐峰前沙似雪，受降城外月如霜；不知何处吹芦管，一夜征人尽望乡。"王建《十五夜望月》："中庭地白树栖鸦，冷露无声湿桂花；今夜月明人尽望，不知秋思在谁家。"

（3）问答例。第三句发问，第四句解答，以见情致。例如李商隐《漫成》："雾久咏芙蕖，何郎得意初；此时谁最赏，沈范两尚书。"

6. 句调

绝句诗中有流水对结格，有叠字格，有一诗而兼此两格者。例如李白《宣城见杜鹃花》："蜀国曾闻子规鸟，宣城还见杜鹃花；一叫一回肠一断，三春三月忆三巴。"

（1）流水对结例。绝句末二句对结，本非正法；唯流水对，则仍可法也。例如杜审言《赠苏书记》："知君书记本翩翩，为许从戎赴朔边；红粉楼中应计日，燕支山下莫经年。"张敬忠《边词》："五原春色旧来迟，二月垂杨未挂丝；即今河畔冰开日，正是长安花落时。"

（2）叠字例。叠字在古诗中极重要，其例繁多，不可枚举。在律诗中亦常见，如杜少陵"即从巴峡穿巫峡，便向襄阳下洛阳"之类是。盖其用可以加增句调之和谐。其例凡有四种：一在第一句者，一在第二句者，一在第三句者，一在第四句者。例如许浑《寄桐江隐者》："潮去潮来洲渚

春，山花如绣草如茵；严陵台下桐江水，解掉鲈鱼有几人。"赵嘏《江楼怀旧》："独上江楼思渺然，月光如水水如天；同来望月人何处，风景依稀似去年。"李商隐《杜司勋》："高楼风雨感斯文，短翼差池不及群；刻意伤春复伤别，人间唯有杜司勋。"裴交泰《长门怨》："自闭长门经几秋，罗衣湿尽泪还流；一种峨眉明月夜，南宫歌管北宫愁。"

八、五七绝之比较

刘融斋《艺概》："五言上二字下三，足当四言两句，如'终日不成章'之于'终日七襄，不成报章'是也。七言上四字下三字，足当五言两句，如'明月皎皎照我床'之于'明月何皎皎，照我罗床帏'是也。是则五言乃四言之约，七言乃五言之约矣。太白尝有'寄兴深微，五言不如四言，七言又其靡也'之说，此特意在尊古耳，岂可不达其意，而妄增闲字以为五七哉？"按此知五七言确较四言为优，而情致婉转，七言又较五言为长。所以四言终于晋代之嵇康（王湘绮语），七言盛于三唐以后。唯五言一体，钟记室谓为居文词之要，故至今仍与七言并存而不废焉。盖以言情境，则平澹天真，宜于五言；豪荡感激，宜于七言；五言尚安恬，七言尚挥霍。以言难易，则五言无闲字易，有余味难；七言有余味易，无闲字难（以上均见《艺概》）。或谓七言如挽强用长，或谓五言最难于浑成（渔洋《答刘大勤》谓五言绝近于乐府，七言绝近于歌行。五言难于七言，五言最难于浑成故也。要皆有一唱三叹之意乃佳）。既各有所宜，又各有难易（融斋谓七言于五言或较易或较难，或较便亦或较累。盖善为者如多两人任事，不善为者如多两人坐食也。此言实为确论）。故有并存之道，而无容妄分轩轾于其间也。

九、绝句之品藻

品藻文艺，全由主观，人各异趣，鲜能尽同。然于五七绝句，则诸家之品藻颇能一致焉。

沈德潜《说诗晬话》：五言绝句，右丞之自然，太白之高妙，苏州之古澹，并入化机。而三家中太白近乐府，右丞、苏州近古诗，又各擅胜场也。他如崔颢《长干曲》，金昌绪《春怨》，王建新《嫁娘》，张祐《宫词》等篇，虽非专家，亦称绝调。

王阮亭《唐人万首绝句选·凡例》：五言初唐王勃独为擅场，盛唐王裴、辋川唱和，工力悉敌，刘须溪有意抑裴，谬论也。李白气体高妙，崔国辅源本齐梁，韦应物本出右丞，加以古澹。后之为五言者，于此数家求之，有余师也。

沈、王二氏同以右丞、太白、苏州为最工五绝；至于七绝，则亦共认太白、龙标为擅场焉。

王弇州云：七言绝句，少伯与太白争胜毫厘，俱是神品。

沈德潜《说诗晬话》：七言绝句以语近情遥，含吐不露为主。只眼前景，口头语，而有弦外音，味外味，使人神远，太白有焉。王龙标绝句深情幽思，意旨微茫，"昨夜风开露井桃"一章，只说他人之承宠，而己之失宠，悠然可思，此求响于弦指外也。"玉颜不及寒鸦色"两言，亦复优柔婉约。

王阮亭《唐人万首绝句选·凡例》：七言初唐风调未谐，开元天宝诸名家，无美不备，李白、王昌龄尤为擅场。

大概太白写景入神，龙标则言情造极。李之览胜纪行，王不能为；王之宫调乐府，李亦不能为，此王、李之别也。右丞五言澹而能浓。龙标则似浓而实淡（词中温词浓而澹，韦词淡而浓），此又二王之别也。至于压卷之作，则以各有好尚，故主张不同。李沧溟推王昌龄"秦时明月"，王凤洲推王翰"葡萄美酒"，此为主气者也。王阮亭推王维之"渭城"，李白之"白帝"，王昌龄之"奉帚平明"，王之涣之"黄河远上"，此为主神者也。沈德潜推李益之"回乐峰前"，柳宗元之"破额山前"，刘禹锡之"山围故国"，杜牧之之"烟笼寒水"，郑谷之"扬子江头"，此为主兴者也（见沈德潜《说诗晬话》）。

王阮亭《万首绝句选》谓："开元、天宝以来，官掖所传，梨园弟子所歌，旗亭所唱，边将所进，率皆当时名士所为绝句。"沈德潜《说诗晬话》亦谓："绝句，唐乐府也，篇只四语，而倚声为歌，能使听者低徊不倦。旗亭妓女，犹能赏之，非以扬音抗节，有出于天籁者乎？着意求之，殊非宗旨。"《贞一斋诗话》亦谓："七绝乃唐人乐章，工者最多。朱竹垞云：七绝至境，须要诗中有魂；入神二字，未足形容其妙。李白、王昌龄后，当以刘梦得为最，缘落笔朦胧缥缈，其来无端，其去无际故也。"故知绝诗之长，一在音节之谐适，一在情思之委婉。徒有音节，则为空响（明代七子犯此弊极深）；徒有情思，亦非佳作。以其篇只四句，尤应有弦外之音，味外之味焉。故绝句之作，难于古律（调中小令，难于长调，理亦同此）。每

见今人，易视此体，当筵奋笔，动辄连篇，其几何不堕入恶道哉？

1938 年，陈中凡随金陵女院师生，先由武汉登轮溯江入蜀，次由重庆乘机车赴蓉，寄居于成都华西坝广益学舍。是年，得"门人田楚侨赠诗一首"，即《呈斠玄师》，存《清晖诗钞·酬唱集》。[①]

1942 年 12 月，《清晖吟稿》出版。其版权页署著者：陈钟凡，校对者：叶朋竹，印行者：独立出版社（重庆香国寺头首），总经售：正中书局（重庆中一路二三四号）、中国文化服务社（重庆磁器街二十二号）。其中，"清晖吟稿四（庚辰集）"收录：《和楚侨叠见［怀］之［作］》《再叠陶均，答楚侨》《三叠陶均，训楚侨》《四叠陶均，训楚侨》《五叠陶均，训楚侨》《六叠前均，勖楚侨》（第 52—54 页）。此处的"庚辰"，指 1940 年。

"清晖山馆诗钞"卷二"感旧集"录《次韵酬楚侨》《叠陶韵答楚侨》《再叠陶韵酬楚侨》[②]。其中《叠陶韵答楚侨》《再叠陶韵酬楚侨》，实即上述之《再叠陶均，答楚侨》《三叠陶均，训楚侨》。现录之：

和楚侨叠见［怀］之［作］

草玄杨子云，成都有旧宅。

曷为厌寂寥，投袂不终夕！

走马在兰台，转蓬伤于役。

柱［第遥］看山，薄书委几席。

佚荡原性成，琴尊思曩昔。

拙官任自［然］，穷通理难析。

人各有所能，居官安用诗？

予不习吏职，今乃从事之。

十五叠陶均，赓训劳沉思。

挟瑟入牛栏，领悟终无时。

养真还衡茅，赏心当在兹。

此中有至乐，陶公岂我欺？

① 姚柯夫编著：《陈中凡年谱》，书目文献出版社，1989 年版，第 39、40、41 页。

② 陈中凡著，柯夫编：《清晖集》，书目文献出版社，1985 年版，第 51—52 页。

次韵酬楚侨①

六师奋发阵堂堂，予子西征逐夕阳②。
五月迳过泸水沸，千寻直上雪峰凉。
风云犹是当年壮，草木惟余劫后黄。
祝捷烦君频寄句，凯歌高奏彻关梁。

叠陶韵答楚侨

踆乌③蔽空来，市肆成火灾。
人定究胜天，扑灭在即夕。
子独存戒心，惊怖远行役。
巴渝托山居，冀得安枕席。
寇旋追踪至，猖獗胜畴昔。
凡事难逆料，倚伏理难析。

陶公昔致仕，归来唯赋诗。
子今方委质，登高亦用之。
奈何遽倦勤，忽萌江湖思？
少壮奋智力，延誉会有时。
随材以器使，明扬将自兹。
前申招隐志，追悔实君欺。

再叠陶韵酬楚侨

念我枌榆乡，今成虎狼宅。
东顾徒腐心，盼盼辄竟夕。
旧物待重光，身宁辞百役。
奈何彼贪夫，逸豫迷歌席。
扼腕又谁人？伤今更慨昔。
拨乱会有时，沉忧顿冰析。

---

① 有编者注："楚侨，田世昌，四川南充人。一九二四年，南京东南大学毕业。"其信息多误。
② 有作者原注："次子惺，随军至缅甸。"
③ 踆乌，宜作"踆乌"。

风人昔发愤，谕志必称诗。
况我感伊郁，亟欲快吐之。
娄承叠陶句，千里劳梦思。
巴山闻夜雨，恍忆剪烛时。
襟契日疏阔，心许独在兹。
横流无底极，要言誓靡欺。

四叠陶均，训楚侨

幽绝青城山，中有栖霞宅。
江城苦熏炙，辟处感清夕。
念彼当国者，鞅掌〔国西〕后。
而我独幽居，长夏凉生席。
振奋难有时，迈往媿宿昔。
惠子能知我，岂复待中析？
新秋方返驾，〔得〕子寄怀诗。
芳馨爽口齿，〔远行〕无□之？
学□□吾□，至律晨〔清〕思。
学也务致用，况直风云时。
般错别利器，远慕惟在兹。
引□日衰〔颓〕，〔絮絮〕□汝欺。

五叠陶均，训楚侨

秋月□清□，流光沐我宅。
玉砌寒于冰，促织吟终夕。
寒鸿方南征，长□□□□。
反侧不能眠，金风□枕席。
哀我诸征夫，艰贞倍畴昔。
寝兵知何时，沉吟□荡析。

书生难报国，排闷惟裁诗。
师旅申明□，九□亦用之。

我辈事苦吟，未作投笔思。

随□徒感叹，击楫□无时。

汝本记室才，奋发何［屡然］？

莫待嗟霜鬒，诗□叹风欺。

六叠前均，勖楚侨

凌□□论来，睡乡谓安宅。

□义尚自强，朝乾更惕夕。

矧直时［泯棼］，中外罢□□。

豺狼［喧］枕畔，那容安衽席。

役夫感昏惫，熟寐斯昔昔（用列昏□）。

沉酣庶昭苏，执迷岂莫哲？

宁予昔失志，曾赋四愁诗。

汝今惧谤讟，遭境酷似之。

反躬能自审，坦荡何怨思？

谣谣□常事，昭雪会有时。

幽忧徒伤人，惟子力戒兹。

蠖屈有申日，闷损□［自］欺。

1945 年，继续任教于成都金陵女子文理学院，"与友人陆俨少，门人田楚侨、朱蕴华、陈子展等通书多封"①。

1946 年，仍执教于金陵女子文理学院。春，在蓉；夏，返宁。得田楚侨书："斠玄吾师尊鉴：接读复书，知生事之艰，乃甚于旅居蜀中时，暮年萧瑟，至为可念。门人早由南川返重庆，以此间物价较低，差可维持，此足告慰者。……义山《锦瑟》一诗，上期曾以傅庚生君载于《国文》月刊一文②，引

①　姚柯夫编著：《陈中凡年谱》，书目文献出版社，1989 年版，第 54 页。今检《清晖山馆友声集：陈中凡友朋书札》（吴新雷、姚柯夫、梁淑安、陈杰编纂，江苏古籍出版社，2000 年版），未见有录。

②　此应即《读诗偶识》，发表于《国文月刊》（国立西南联合大学师范学院国文月刊社编）第 40 期（第 47—52 页），1946 年 1 月出版。文章末尾曾谈及李义山《锦瑟》一诗。自第 41 期起，改由夏丏尊、叶圣陶等编辑，由上海"国文月刊社"出版，上海开明书店印刷、发行。

起思绪，从事研讨。觉全诗仍当如陈寅恪君所指，盖党争去就之作。蓝田一句，古今以为难解，其实系断章取义，以喻当朝之牛党，可望而不可即。庄生句谓以婚姻去留牛，望帝句指仍恋令狐，沧海二句谓见弃明时而垂泪，望朝贵而攀援绝望。故结句谓当时已怅惘，况今朝乎。五十华年如此销磨，故有无端之叹。如此解释，虽嫌不根，就诗论诗，尚觉开阖沉着，不失义山本色。昨曾节述，函告汪辟疆师，以汪师谓沧海蓝田，以珠玉自喻其才华，微有异同耳。吾师以为何如，便中希予指示，即颂刻安！门人田楚侨谨启，十月二十三日。"①

　　1959年3月5日，陈中凡致信"古籍出版社诸同志"，提到"前月接黄建新同志来信"，其中"嘱我担任的工作"，一是修订《元遗山诗》，二是校注汪元量《湖山类稿》《水云词》；黄建新并云"拟望湖北、四川组稿"，故陈中凡"当即分别致函陈庆祺及田楚侨两同志，嘱其直接与你社接洽"。② 由此似可推断，田楚侨或曾参与上述工作。

　　田楚侨对陈中凡的诗作也多有点评，如其《米珠叹》（作于一九四〇年冬），楚侨评："可作今乐府读"；《希腊吟》（作于一九四一年春），田楚侨评："汉情欧思，格创语奇"；《德苏战起，倭廷连日阁议，国策莫决》（时为一九四一年夏），楚侨评："捧珠槃而不定，情景宛肖"。③

田楚侨与胡小石

　　胡小石（1888—1962），名光炜，字小石，号倩尹，又号夏庐，斋名愿夏庐，晚年别号子夏、沙公，祖籍浙江嘉兴，出生于南京。其治学范围甚广，尤以甲骨、钟鼎、古文字音韵、楚辞、杜诗、书法及古物鉴别见长。④ 一生长期执教，曾在明智大学、武昌高等师范学校、西北大学、四川国立女子师范学院等校任教，历任北京女子高等师范学校教授兼国文部主任，云南大学教授兼文学院院长，金陵大学教授兼国文系主任，国立东南大学中文系教授、国立中央大学中文系教授兼系主任与文学院院长、南京大学中文系教授兼系主任与文学

① 姚柯夫编著：《陈中凡年谱》，书目文献出版社，1989年版，第56、58页。
② 方继孝：《旧墨三记：世纪学人的墨迹与往事》，国家图书馆出版社，2007年版，第68页。
③ 陈中凡著，柯夫编：《清晖集》，书目文献出版社，1985年版，第18、17、20页。
④ 范存忠：《序言》，《胡小石论文集》，上海古籍出版社，1982年版，第1页。

院院长，南京大学图书馆馆长。其任教南京大学期间，与陈中凡、汪辟疆并称中文系"三老"。有《夏庐书简——与田楚侨》①。

　　楚侨贤弟：

　　　　不见久矣。顷来此，得令德所转惠书及诗，欣慰欣慰。诸作意境真挚，知由苦思而得，颇令读之者低回。惟色采似宜稍加秾郁。中年忧患，出语易瘠，此时如能渲染词藻，必更沉郁也，以为如何？近诗数章写寄，丧乱奔窜，自伤情多，亦秋虫之呻。登高望远，念念友生，弟近状何似，处境不太苦否？幸时时相闻，以慰饥渴。初冬，珍摄不尽。

　　　　　　　　　　　　　　　　　　　光炜再拜，十一月九日

附诗数章：

夜晴

　　华发缠兵气，柴门接夜晴；
　　月如故园白，山到几时平？
　　世运从龙蠖，天亲隔死生；
　　灵娥无尽恨，飞露泣秋茎。

咏伤兵二首

　　蓬颗寒原布弈文，垣东蜇急落酸呻；
　　斜阳划涧零丁影，知是伤兵来卖薪。

　　金疮洞发死谁怜，火伴吹箫送入泉；
　　鏖战三春皮骨在，更将何肉饱乌鸢！②

---

① 载《书简杂志》半月刊第 6 期，1946 年 12 月 25 日，第 3 页。该刊是"国内唯一研究书信的刊载书信文章的刊物"。其出版兼发行者：书简杂志社（重庆市中一路二一四号附一号）；编辑者：书简杂志社编辑部；印刷者：陪都印刷厂（重庆陕西路沙井街二十五号）；总经售：新典书局（重庆中正路二五〇号）。
② 《胡小石论文集》所附"愿夏庐诗词钞"未见收录。

田楚侨与汪辟疆

汪辟疆（1887—1967），名国垣，字笠云、辟畺、辟疆，晚号方湖。江西彭泽人。清宣统元年（1909）入北京京师大学堂，专攻中国文史，与胡先骕等人并称"太学十君"。辛亥革命前曾参加同盟会。1912 年毕业后，历任南昌第二中学教员、江西心远大学教授、北平女子师范大学教授兼江苏通志馆纂修。1927 年后历任南京中央大学副教授、教授、中文系主任，与黄侃、汪东、王伯沆、胡小石等友善。其间一度兼任监察院委员、国史馆编纂。中华人民共和国成立后，中央大学易名南京大学，仍留校任教。一生从事中国古典学研究，专经学、文学、目录学、晚清诗歌，尤精《水经注》。著有《光宣诗坛点将录》《近代诗人述评》《目录学研究》《唐人小说》《汉魏六朝目录考》等。其诗作辑有《方湖类稿》。今有《汪辟疆文集》行世。①

汪辟疆先生与田楚侨②

楚侨老弟：

　　叠奉手毕，诵悉一一。诗较前更进，足征好学之猛。香宋所批示，最中肯綮，此老真具眼也。兄意诗当求于诗之外，诗外自有学术，有经济，有人情，胸怀所蕴蓄者既积于中，则发之为音律者，必出诸寻常句语之外，此探诗之本旨也。若但区派别，审风格，正步趋，此犹为操舢说法耳。弟诗有好句，有篇法，所缺者诗外事耳。将来着力处，诵经史，探理篇（古子及宋元理学，东西哲家皆是），察人情，又贵能一一体会，返于身心，则蓄理富而择别精，出其绪余以为诗文，则信今传后矣，诗云乎哉。（下略）

---

① 宋林飞主编：《江苏历代名人词典》，江苏人民出版社，2019 年版，第 321 页。

② 此系《饮河》世字十一期"吟俦书简"之一，载《世界日报》1947 年 8 月 26 日第 4 版。《南京大学古典文献研究所专刊·汪辟疆文集》（上海古籍出版社，1988 年版）未见收录。

汪辟疆先生与楚侨①

楚侨同学：

两奉手毕，[皆] 审一一。经年未作复，非有他 [苦]，因循为之也。前闻弟从香宋老人学诗，想近作更猛故。香宋沟通唐宋而唐音独多，蜀中诗人，自清寂翁外，莫之或先也。海内耆宿，仅有此公，惜兄无缘一晤，上下议论也。蜀学近五十年内，湘绮广雅，显成二派。广雅精研流略，导学海之先路。湘绮崇尚八代，振文囿之元音。沾溉蜀士，视张为盛。惟蜀中贤达，初皆服膺，久乃脱然自得，不为所囿，则卓然独秀者也。宗风不远，遵轨循途，是又在有志之士耳。兄知弟从华国杂志，及南雍讲习，益证其根柢甚深，非同浮慕。近年虽不相接，然精神固相往还也。（下略）

兄辟疆，民国廿九年四月三日。

田楚侨与黄侃

黄侃（1886—1935），字季刚，自号量守居士，湖北蕲春人。师事章炳麟，擅长音韵训诂，兼通古文学。加入中国同盟会，在《民报》撰文鼓吹排满。后加入南社。1911年（清宣统三年）夏，撰时评《大乱者救中国之妙药也》，刊于汉口《大江报》，酿成"大江报案"。武昌起义时，集蕲春义军三千人支援革命。民国后专心学术，历任北京大学、东南大学、武昌高等师范学校、金陵大学教授。著有《音略》《说文略说》《尔雅略说》《尔雅郝疏订补》《文心雕龙札记》等。后人辑有《黄侃论学杂著》《黄季刚诗文钞》等。② 今检其日记，得其与田楚侨有关者如下：

《寄勤闲室日记》辛未七月六日丙午（1931年8月18号），"田世昌来书，有询"。③

壬申十一月十六日戊申（1932年12月13号），"得田楚侨书"。④

---

① 此系《饮河》世字十三期"吟俦书简"之一，载《世界日报》1947年10月15日第4版。《汪辟疆文集》亦未见录。

② 夏征农、陈至立主编：《大辞海·第12卷·中国近现代史卷》，上海辞书出版社，2015年版，第246页。

③ 黄侃：《黄侃日记》，江苏教育出版社，2001年版，第715页。

④ 黄侃：《黄侃日记》，江苏教育出版社，2001年版，第837页。

《量守庐日记》甲戌十月十二日癸巳（1934 年 11 月 18 号），"王煜、田世昌、冉晴崧来"。①

甲戌十月十七日戊戌（1934 年 11 月 23 号），"田世昌送来赴苏州免票二纸"。②

田楚侨与余永梁

余永梁（1906—1951），四川忠县（今属重庆）人。字华生，又号华牲（或云华栓）。1921 年春，考入国立东南大学。1925 年 7 月，入清华国学研究院第一届，师从王国维、梁启超。1926 年夏毕业，与杨筠如、程憬、吴其昌、刘盼遂、周传儒、王庸、徐中舒、方壮猷、高亨、王镜第、刘纪泽、孔德、何士骥、姚名达、蒋传官，共十六人被评为甲等。6 月 25 日举行毕业典礼。被聘为研究院助教，以继承、弘扬王师的甲骨文、钟鼎文绝学。同年 9 月，厦门集美学校创办国学专门部，聘其及杨筠如、刘纪泽等人为专任教授。后入中山大学文科语言历史学研究所。1927 年 12 月 25 日，与顾颉刚共同草拟《本所计划书》。曾手抄胡光炜（小石）《甲骨文例》二卷一册，将其作为该所"考古学丛书"之一，于 1928 年 7 月石印出版，并撰《写校后记》。又参加中山大学民俗学会，与钟敬文、董作宾共同主持《民间文艺》的编务工作。曾编辑《国立中山大学语言历史学研究所周刊》第三集第三十五、三十六期合刊，即"西南民族研究专号"，1928 年 7 月 4 日出版，内刊其与杨成志合编的《关于苗族的书目》③。1930 年精神失常，未能治愈。钟敬文《天问室琐语》曾记其事。1951 年病饿而死。著有《说文解字讲疏》《殷墟古文考》《金文地理考》《仪礼古文考》《古史零拾》《古韵学讲义》等。④《近现代忠州名人诗词集》曾录其

---

① 黄侃：《黄侃日记》，江苏教育出版社，2001 年版，第 1016 页。

② 黄侃：《黄侃日记》，江苏教育出版社，2001 年版，第 1018 页。

③ 申畅、陈方平、霍桐山、王宏川编：《中国目录学家辞典》，河南人民出版社，1988 年版，第 350 页。

④ 陈玉堂编著：《中国近现代人物名号大辞典续编》，浙江古籍出版社，2001 年版，第 128 页。书中称其字绍孟。

《遗怀①·癸亥除夕》四首（1924年2月4日）。②

　　有《调楚侨》③一诗云："荒唐一田子，平生任浪抛。抱甏眠日脚，捉鼻弃尘嚣。月午涨冷气，灯窗扶头摇。呕心学李贺，吐句拟孟郊。万籁久冻息，闻此寒虫号。"

田楚侨与成惕轩

　　成惕轩（1911—1989），原名二器，字康庐，号楚望。湖北阳新人。幼聪颖，由父炳南授四书五经。后从师罗田大儒王葆心，学业锐进。1931年长江水灾，夜静月明，独登黄鹤楼，望滚滚洪涛，恻然伤之，归草《灾黎赋》以寄怀。时军需学校校长、乡贤张叙忠读后赞不绝口，遂邀赴南京，聘主杂志编务兼课学校。抗日战争爆发，南京沦陷，西行入川。1939年高考中榜。鉴于国家情势危急，故常作诗文刊列报章，以励民心而鼓士气，为陈布雷赏识，荐任国防最高委员会简任秘书。1947年改任考试院简任秘书，旋调任参事。后赴台湾，任"考试院"第三届至第六届考试委员并兼任"国史馆"纂修，私立正阳法学院、文化学院、台湾政治大学、师范大学等教授。遗著有《楚望楼骈体文内篇、外篇、续篇》及《楚望楼诗（附词）》《楚望楼联语》《汲古新议》《汲古新议续集》等。④

　　田楚侨与成惕轩系高考同年，多所唱和，计有：

---

①　疑是"遣怀"之误。

②　关于余永梁生平，可参见袁代奎：《考古学家、古文字学者余永梁的学术成就》，载《忠州日报》2009年12月13日第3版"忠州文史"；袁代奎：《考古学家、古文字学者余永梁的学术成就》，《橘城忠州》（即"重庆旅游文史丛书·忠县卷"），重庆出版社，2010年版，第187-189页。两文虽同出一人之手，但行文差别较大。

③　载《国学丛刊》（*Journal of Chinese Literature*）第2卷第4期，1926年8月初版发行，第134页。

④　夏贤甫、孙中伟、齐昌咏主编：《黄石历史人物（黄石文史资料第二十六期）》，中国广播电视出版社，2007年版，第286页。词条"成惕轩教授"为刘正球所撰。

次韵楚侨见怀①

戎马栖皇有未安，行行蜀道敢辞难？

曾经滟滪瞿塘险，忍说琼楼玉宇寒。

楚客几人谙《橘颂》，王师何日度桑干？

青春纵酒怜臣甫，莫作侏儒一例看。

移居次楚侨韵②

一廛愿为民，五斗难买宅。

空怀林壑情，虚度风月夕。

寇氛逼西来，崎岖叹行役。

安得卧名山，岷峨分片席。

玉垒多浮云，毋为感畴昔。

君看环宇间，万邦正离析。

田侯风雅人，夙好敦书诗。

词华追白傅，我则惭微之。

示我移居什，彩笔发清思。

迁徙亦何常，穷达自有时。

愿言结比邻，明德励来兹。

杜陵志广厦，此意吾敢欺？

叠前韵寄楚侨二首③

戎马生四郊，五亩荡无宅。

风雨晦山城，鸡鸣此何夕。

---

① 载《军事与政治》第6卷第4、5期合刊之"康庐近稿"，1944年6月，第73页。《军事与政治》由军事委员会政治部军事与月刊社发行。又载《考政学报》创刊号，1944年9月9日，第98页。题作"果庵同年有诗见及次韵报之"。《考政学报》编辑者：中国考政学会；编辑委员会主任委员：周邦道；副主任委员：成涤轩、薛铨曾；发行者：侯绍文；印刷者：后方勤务部政治部印刷所（江北陈家馆适中村十一号）；总经售处：中国文化服务社总社（重庆磁器街三十九号）。刊头为戴传贤题。《楚望楼诗文集》收入，题作"次楚侨见怀韵"。

② 成惕轩著，龚鹏程编，刘梦芙审订：《楚望楼诗文集》，黄山书社，2014年版，第45—46页。

③ 成惕轩著，龚鹏程编，刘梦芙审订：《楚望楼诗文集》，黄山书社，2014年版，第46页。

囊笔事生计，苦为文字役。
幸逢素心人，骚坛快接席。
坡公和陶诗，雅韵闻在昔。
朱炫鼓新声，妙理喜共析。

自我居南泉，累月无一诗。
多君示佳句，援笔偶和之。
坐拥失百城，无由发幽思。
琴歌蹐斗室，花鸟负芳时。
人生贵适意，行乐当逮兹。
揽镜惊华发，渐被吴霜欺。

忆渝州并柬楚侨、伯建、山青、白玄①

十载嘉陵客乍归，峡云回首思依依。
晴波绕郭帆樯密，宿雾连山橘柚肥。
江介鱼龙今寂寞，天涯劳燕各乖违。
秋来记取珍眠食，莫遣寒侵白袷衣。

楚侨自渝州来书，告以拙作《还都颂》编入朝阳学院讲章，感赋一首②

大江东送凯歌旋，曾驻渝州记八年。
倭骑不容窥鸟道，蜀山原自胜燕然。
能文我已惭班固，都讲君还似郑虔。
好与诸生论故事，中兴载笔要雄篇。

---

① 成惕轩著，龚鹏程编，刘梦芙审订：《楚望楼诗文集》，黄山书社，2014年版，第73页。
② 载《辅导通讯》第16期，1947年12月31日，第58页。该刊编辑者与发行者：考试院人事处［院址：南京（五）试院路］；印刷者：和平日报印刷所。刊头为戴传贤题。《楚望楼诗文集》题作"楚侨自渝州来书，告以《还都颂》编入朝阳学院讲章，感赋一首"，文字亦多不一致："大江东送凯歌旋，回首西南又一天。胡骑岂容窥蜀道，巴山原自胜燕然。能文我已惭班固，都讲君还似郑虔。好与诸生论故事，中兴载笔要雄篇。"（第97页）

寄楚侨①

客座语匆匆，重逢抵梦中。

百哀无可告，多病倘相同。

鬓角惊堆雪，天涯任转蓬。

耻为穷鸟赋，吾笔尚能雄。

成惕轩与楚侨②

楚侨学［长］兄：

　　得手书知足疾已瘥，为之大喜。弟琐事滋多，又苦于生计，卒卒鲜暇，遂不免鳞鸿久阙也。小石先生曾见一面。觉玄先生则正患牙疾，须静养。附近作数首，请转山青、伯建、春坪三先生。如有大作，祈［待赐］读。潘伯鹰先生手写兄诗一首，载于《京沪周刊》者，弟曾拜读，盛叹兄诗益好作益矣。

弟惕轩十月九日

田楚侨与庞石帚

　　庞石帚（1895—1964），名俊，字少洲，又字石帚。四川綦江（今属重庆）人，生于成都。二十四岁时拜赵熙为师，得其赏识，并向掌教华阳县中的林山腴推荐任教。后又任教于成属联立中学、成都高等师范学院，历任国立成都师范大学教授兼中文系主任、四川大学教授、华西协合大学教授兼中文系主任、光华（成华）大学教授兼中文系主任。中华人民共和国成立后，任四川大学教授兼古典文学教研室主任。著有《养晴室笔记》《养晴室遗集》。其诗清警拔俗，炼骨炼意，赵熙评曰："志趣高远，内敛芬芳，眇然如姑射。"③

---

① 成惕轩著，龚鹏程编，刘梦芙审订：《楚望楼诗文集》，黄山书社，2014年版，第137—138页。

② 此系《饮河》世字十三期"吟俦书简"之二，载《世界日报》1947年10月15日第4版。《楚望楼诗文集》未见收录。

③ 其卒年一说1969年。参见胡迎建选编，周笃文校补：《中华诗词文库·中国现代诗选》，线装书局，2010年版，第194页；滕伟明、周啸天主编：《当代中华诗词集成·四川卷》（上），四川文艺出版社，2018年版，第22页。

1947 年 2 月 10 日，《书简杂志》第 8 期（第 3 页）刊有《庞石帚先生书柬——与田楚侨》：

楚侨学兄：

　　赐称过谦，非所敢当。俗事扰扰，校中今日乃考试，恐须数日内课务扫清，庶得偷闲二三十日。今冬川大诸同学欲将拙词付印，酿得六七万元，然今日物力艰难，更得此数，犹不足供。抑又思之，古人胜我百倍，湮灭不传者多矣！世乱人忙，重以种种窘迫，此之不成，曾何足惜。前嘱撰韦先生墓表，未敢遽应者，缘下走不与韦公相识，又未知其行事，题目剧易，初不可知，何敢漫然应之乎？尊处如先将传略寄来，乘此休暇，或当一竭鄙人之思。拙词既未示人，闻成都某报有载之者（由学生等转抄，重庆《国民文苑》①亦载之），蜀人不欲自襮，非敢傲也，彼既视之木木然，则此之揭揭然者，适足为笑于四方（为识者所笑）。深藏若虚，亦欲与同志互相慰勉耳。前岁除日，偶得一词，以吾兄好善之雅，辄以奉呈。（拙词既无印本，不克奉致，若非课毕，即奉覆亦艰难，此情惟贤达能谅之耳。）计适在馈岁守岁之际，赐览之顷，或当更有兴会耶？拙词附后：

水龙吟（癸未除夕作）②

　　涨林兵气漂残（杜诗兵气涨林密），换年村鼓郊扉悄（时在苏桥村舍）。竹桤寒水，鸡豚小市，惯欹衰帽。汉腊依稀，众雏烂漫，梦华空好，甚夷歌野哭。钟鸣漏尽，都不放春声到（时禁爆竹）。

　　牢落无心卜镜，耿南枝背人红早（村舍有梅花二三株）。映帘灯火，一回照影，一回人老。彩胜羞簪，屠苏后饮，是何怀抱？算今宵几辈，葡萄美酒，卧沙场笑！

　　醉中写此，妄自圈识，非恃相知之深，亦不敢纵浪至此。即乞吟正！
　　　　　　　　　　　　　　　　　　　　弟俊再拜。一月二十三日灯下

---

① 《国民文苑》系重庆《国民公报》副刊，主要刊发旧体诗文。
② 《养晴室遗集》收录此词，题作《水龙吟（壬午除夕）》。除"时禁爆竹"外，无其余自注。另有异文，如"漂残"作"飘残"，"寒水"作"斜水"。参见庞俊著、白敦仁纂辑、王大厚校理：《养晴室遗集》（上册），巴蜀书社，2013 年版，第 170 页。

1949年3月1日，《世界日报》第四版《饮河》卅五期的"河讯"之一云："比接成都庞石帚先生来函，略谓成都书贾，拟刻近代人词集，已刻成者为《半塘定稿》及《彊村语业》，拟再续刻樵风[1]、蕙风两家。惟《半塘定稿》一种，错字殊多，盖所根据为手钞本，而手钞本系从沈祖芬[2]女士之石印本转录，故须严为校勘。本社同人业已函商庞先生，愿任此事。"

3月12日，《饮河》卅六期"吟俦书简"有"庞石帚先生来函"云：

楚侨学兄左右：

得二月十三日惠笺，为之奇快。《感事》一篇，句句用意，无一字空设矣。往时闻教于香宋先生，每以空语假象为戒。大抵作诗要有真情实感，虽措语未工，或翰藻不足，犹愈于一望之黄茅白苇也。不佞于此事所知至浅，又用志不专，平时多读史部诸书，反于集部生疏，每念吾师诱掖之勤，殊深惭负。足下近作，□□为精进，锲而不舍，其于古人圣□，岂难至耶？承《半塘定稿》[3]可觅得原刻，幸甚，兹将此书刻本寄上，便请细校一过，邮还，当使书贾挖改也。时世遂至于此，可胜悲愤，然草野之臣必知有今日久矣（鉴□唐纪玄宗）。去年看鲁迅诸书，今日思之，犹有余味（《呐喊》《彷徨》之外，如《王道诗话》《大观园人才》等小文，似尤有趣）。惜此君早死，不然当更有妙文耳。旧作小诗词数首附上，咏史诗去年所作，不知何故，今日做不成一首，腹胀而已。庞俊再拜。

二月十八日

4月3日，《饮河》渝世字卅八期"河讯"之二云："成都刻《半塘定稿》，

---

① 指郑文焯。其藏书印有"樵风家世"。所著词集有《瘦碧》《冷红》《比竹余音》《苕雅余集》等，后删存诸词集为《樵风乐府》九卷。

② 即沈祖棻。彼时多用"芬"字。

③ 《半塘定稿》为晚清临桂（即今广西桂林下辖区）词人王鹏运的词集，成都薛崇礼堂1947年刊刻，"凡二卷七稿九集一百三十有九首"。卷末署"成都雷履平斠"。王鹏运（1849—1904），字佑遐，一字幼霞，中年自号半塘老人，又号鹜翁，晚年号半塘僧鹜。原籍山阴（今浙江绍兴）。同治九年（1870）举人，光绪间官上礼科给事中。工词，与况周颐、朱孝臧、郑文焯合称"清末四大家"并居首。著有《味梨词》《鹜翁词》等集，后删定为《半塘定稿》。曾汇刻《花间集》及宋、元诸家词为《四印斋所刻词》。

由庞石帚先生邮寄此间，社友庵□果庵各先后校读两次，中间并请词学前辈陈匪石翁作最后之校正。社友果庵戏谓：'春雨楼头夜校书'，亦乱世难得之清福。现已邮奉庞先生酌定矣。"

上两束，庞俊《养晴室遗集》均未收录。见诸"遗集"者，有《答楚侨》，抬头为"楚侨先生执事"。①

此外，庞石帚又曾应田楚侨之请，撰《南川处士韦先生墓表》。"韦先生"，名麟书，字圣祥。文中有"弟子田楚侨复征其文于余"之句。② 上引 1947 年 1 月 23 日信述其事。

田楚侨与杨沧白

杨庶堪（1881—1942），名先达，字品璋，后改沧白，号天隐阁、邠斋。四川巴县（今属重庆）人。1897 年入重庆经学院研究国学，1899 年入重庆译学会习英文与日文。1905 年加入同盟会。在重庆、叙永、成都等地中学任教，密谋革命。武昌起义后，与张培爵等组织起义军光复重庆，成立蜀军政府，任顾问。1913 年初当选为第一届国会参议员。四川宣布独立讨袁，被推为民政长，失败后逃亡日本。次年加入中华革命党，任政治部副部长。护法运动期间曾任四川省省长。1923 年后历任孙中山大元帅府秘书长、国民党候补中央监察委员、广东省省长、北洋政府段祺瑞内阁司法总长、国民党中央监察委员、政府委员。抗日战争爆发后，因来不及撤退，被困于上海。1939 年 11 月，抛妻别子，抱病经香港返回重庆。在渝期间，以衰病辞谢各种要职，1942 年 8 月病逝。其经史词章著述甚多。有《沧白诗钞》《杨庶堪诗文集》《沧白先生论诗绝句百首笺》等传世。③

田楚侨曾受曾进委托，与许伯建一道，校订肖厚潘手钞杨沧白"邠斋诗"十二卷。1947 年 7 月 7 日，《饮河》世字第八期的《河讯》第三则云："社友

① 庞俊著，白敦仁纂辑，王大厚校理：《养晴室遗集》（上册），巴蜀书社，2013 年版，第 284 页。
② 庞俊著，白敦仁纂辑，王大厚校理：《养晴室遗集》（上册），巴蜀书社，2013 年版，第 213 页。
③ 参见《重庆百科全书》编纂委员会编：《重庆百科全书》，重庆出版社，1999 年版，第 977 页；夏征农、陈至立主编：《大辞海·第 12 卷·中国近现代史卷》，上海辞书出版社，2015 年版，第 181 页。

田楚侨先生，顷以采薪之假，正拟辑校杨沧白先生部分遗诗，当续在本刊专栏刊布。"①

1949 年 4 月 14 日，《饮河》四十期"河讯"末条云："杨沧白先生遗稿，正由其门人刘泗英、文德阳诸君，力谋排印。本社及偏庵、果庵愿任校勘之责。短期如能成功，亦吾蜀艺文一盛事也。希省市名流共襄此举。"

5 月 17 日，《饮河》四十五期"河讯"第一则云："本社社友楚侨、伯建，曾于本月十二日中午，应沧白纪念堂管理委员会之约，分校沧白先生遗著。校后即由刘泗英君携往成都，请省府拨款印行。"

6 月 2 日，"河讯"又云："本刊出版已四十余期，兹特于蒲节出专刊一次，纪念已故诗人杨沧白先生②。未完之作，当于下次续刊。'追忆杨先生'一文，亦未能评论其诗，读者诸君，可自得之。蜀中名先辈如王病山、赵香宋等，均愿续出特刊，尚希各方惠赐稿件。"

此外，1947 年 4 月，《新重庆》第 1 卷第 2 期③（第 63－64 页），有《杨沧白先生遗帖（简田楚侨）》，信末署"七月十三日"。现将该帖附后。

---

① 载《世界日报》1947 年 7 月 7 日第 4 版。"河讯"，原文作"讯河"，当是排印之误。
② 此即《饮河》渝世字四十六期（1949 年 6 月 1 日出版）的"杨沧白先生遗诗专刊"。
③ 本期为"社会问题专辑"。

检《杨庶堪集》（重庆市文化委员会、重庆中国三峡博物馆编，况正兵校订，中华书局，2015 年版），未见收录。从此帖中，可管窥杨沧白的书法特征及成就。1947 年，何鲁曾题杨沧白致何铮书札，认为："邠翁人品高洁，其书札得晋贤遗意，近三百年中莫能及也。"其书法"结体严紧，外形婀娜，内含刚劲，神韵潇洒，飘飘然有帝子乘风之象"，可谓"振帖学于末流，开当代书法之先路"。[①]

田楚侨与郭沫若

田楚侨与郭沫若的文字交，如正文所录，主要体现在关于雪莱译诗以及王安石《明妃曲》的商榷。

据陈淑宽《试论传统诗词的继承和发展》，1951 年，作者"曾看到郭沫若在给田楚侨先生一封亲笔回信中""郑重声明他在《文艺报》的某篇文章'并非提倡旧诗词'"。这里所谓的"某篇文章"，是指《论写旧诗词》（书信），1950 年 4 月 19 日作，载 1950 年 5 月《文艺报》第 2 卷第 4 期，初收入 1950年 10 月天下图书公司出版《论大众文艺》（王亚平编）。《论写旧诗词》的受信人为吴韵风。从这则史料来看，田楚侨与郭沫若的关系较为亲近而且持久。

田楚侨与徐仲年

徐仲年（1904—1981），江苏无锡人，系吴稚晖至亲晚辈。学名家鹤，笔名徐丹歌、丹歌、丹哥。1922 年留学法国。初入里昂花园中学，以及昂贝尔中学，专攻法文、拉丁文，继入里昂大学文科。1930 年，以最优等考得里昂大学文学博士，并毕业于巴黎万国学校商实业总理科函授部。同年 9 月返国。1932 年至南京，任国立中央大学外国语文系教授，又兼上海中国公学、复旦大学法文教授。1937 年，随中央大学迁校重庆。

抗战胜利后，徐仲年离渝前夕，曾作《别矣重庆——即呈楚侨兄一粲》，发表于《世界日报》1946 年 5 月 2 日第 4 版副刊《明珠》，署"三十五，四，

[①]　张荣祥：《杨沧白研究》（代序），《杨庶堪集》，中华书局，2015 年版，第 41—42 页。

二十七，星期六"。篇末写道："重庆！重庆！四月二十九日［或］三十日，我便要离你［而］飞南京了，想起了你的恩惠，叫我如何不眷念着你！"据此文亦可知其抵达重庆的时间为 1937 年 10 月 3 日。

5 月 20 日，《明珠》刊发徐仲年的《文讯（一）》。文前有一短简：

楚侨足下：

自今以后，我想以通信形式，供给你些江南文化动态的报导，老老实实取名"文化"。有事即写，有感即写；无事则不写，无感触也不写。不偏不倚，自由自在，谅来你及你的读者们会欢迎的。

《文讯（二）》则分上、下，发表于 5 月 25 日和 26 日的《明珠》。文前亦有短简：

楚侨足下：

明天一大清早我要飞汉口了，今晚［才］有些空闲，所以写这封信。我想报告你：我的购衣的经过。你或者要疑心"购衣"和"文讯"没有多大关系。但是究竟有没有关系，且读下文便可分晓。

至 9 月 27 日，《明珠》再次刊发徐仲年的《凤凰涅槃慰平陵》。题中的"平陵"，是指王平陵。

田楚侨与吴宓

吴宓（1895—1978），陕西泾阳人。字雨僧、玉衡，笔名余生。1917 年赴美留学，与陈寅恪、汤用彤并称"哈佛三杰"。1921 年回国，在国立东南大学文学院任教授，讲授世界文学史等课程，常以希腊罗马文化、基督教文化、印度佛学整理及中国儒家学说四大传统作比较印证，开设"中西诗之比较"等课程，被称为中国比较文学之父。任教期间，与梅光迪、柳诒徵一起主编《学衡》杂志，任总编辑，11 年间共出版 79 期，于新旧文化取径独异。1925 年，任清华大学研究院主任。1926 年，创办清华大学西洋文学系。1928 年兼任天津《大公报·文学副刊》主编。1930 年赴欧游学。次年回国任清华大学外文系教授兼系主任。抗战爆发后，任教于西南联合大学。1944 年赴成都，任四川大学和燕京大学中文系、外文系教授。抗战胜利后，任武汉大学外文系教授兼系主任，兼任《武汉日报》文学副刊主编。1949 年，赴重庆任北碚相辉学院、勉仁学院、重庆大学教授。中华人民共和国成立后，在四川省立教育学院（重庆）任教，后随校转入西南师范学院。"文化大革命"中遭受残酷迫害，左腿跌折，双目失明。1977 年返回泾阳。1978 年 1 月 17 日辞世。① 其日记中有关田楚侨的记载甚多，现掇其一二：

1951 年 7 月 15 日

下午 1：00 偕行至沙坪坝。……

宓往访喻校长与田楚侨（四川南川人，年五十二。本校国文教员，早年东南大学国文系毕业。自云曾偕刘雨若访宓于鼓楼二条巷宅云），均未遇。回抚宅晚饭，甚佳。

晚 7—8 再访田楚侨，坐谈。读章行严、潘伯鹰诗，陈匪石词。盖田君六月二十一日有函来，附诗四首，故特访之。旋即辞归。②

1951 年 8 月 14 日

晚校中青年晚会有命往，宓且以军属（学文）被邀，然未赴。而于晚饭后7—10 至南开（一）谒喻校长，商谈驹聘事。（二）访抚，坐月下谈，饮酸梅汤（热）三杯。抚送宓至重大校门，遇田楚侨。③

1951 年 11 月 27 日

晚还雪碗，观其相册。接田楚侨（歌乐山，市师）十一月二十五日函。④

1952 年 1 月 22 日

---

① 咸阳市地方志编纂委员会办公室编：《咸阳年鉴（2017）》，陕西人民出版社，2017 年版，第358 页。

② 吴宓：《吴宓日记续编Ⅰ：1949～1953》，吴学昭整理注释，生活·读书·新知三联书店，2006 年版，第 173－174 页。

③ 吴宓：《吴宓日记续编Ⅰ：1949～1953》，吴学昭整理注释，生活·读书·新知三联书店，2006 年版，第 189 页。

④ 吴宓：《吴宓日记续编Ⅰ：1949～1953》，吴学昭整理注释，生活·读书·新知三联书店，2006 年版，第 248 页。

接兰自成都寄片，知日内即回渝。又接田楚侨诗函，诗摘录。午饭甚不适。①

1954 年 12 月 5 日

昨接许伯建②十二月一日函，告进修部已迁碚（附田楚侨和诗）。③

1956 年 12 月 16 日

7：30 至北碚车站乘 8：00 公共汽车（0.90）行。途中，雨兼小雪。约近 10：00 抵童家桥站，下车，微雨。路有浮泥，宓拖棉鞋沿公路南行约 10：30 至南后门。抚如约立候，在门内立谈片刻，宓劝抚待任重庆师专教授。抚送宓出门，遇叶发林如约候迎，遂由林导宓至陈家湾入重庆师范学校（电话六二七）。

先至第十四宿舍楼上，访晤周邦式、盛载筠伉俪，遇杜维涛，以《补茅余韵》交付式读。次至楼下，见彭举（云生）田楚侨（果庵）④ 及田友张君。⑤

1959 年 8 月 17 日

约 11：00 在公共食堂外遇田楚侨，邀来本舍茗坐，导访耿振华，回至宓舍午饭。饭后导访陈行可夫妇，宓遂访袁炳南。1：30 回舍寝息。⑥

1959 年 8 月 27 日

午饭前后，以顷由中文系资料室借得之《中国现代文学讲稿》（1917 至

---

① 吴宓：《吴宓日记续编Ⅰ：1949～1953》，吴学昭整理注释，生活·读书·新知三联书店，2006 年版，第 284 页。

② 吴宓日记中，或作"许伯建"。原文如此，未统一。

③ 吴宓：《吴宓日记续编Ⅱ：1954～1956》，吴学昭整理注释，生活·读书·新知三联书店，2006 年版，第 76 页。

④ 田楚侨与彭云生亦交善。1956 年，彭云生被重庆师专"借聘为中文系教授，终因年老力衰越岁而返"（参见彭庸：《先祖事略》，载彭云生著、彭庸整理：《百衲小巢遗诗》，内部资料，2001 年，第 191 页）。《百衲小巢遗诗·新居集》曾录《楚侨屡惠书久未复戏答》："终日昏昏睡未苏，家人屡促报翁书。几回伸纸则思卧，莫讶韦郎迹也疏。"并有注云："杜甫有'能使韦郎迹也疏'之句。"（第 171 页）彭云生返蓉后，田楚侨想必多次致书问候，但彭云生年事已高，懒于回复，故以此诗戏答。

⑤ 吴宓：《吴宓日记续编Ⅱ：1954～1956》，吴学昭整理注释，生活·读书·新知三联书店，2006 年版，第 577 页。

⑥ 吴宓：《吴宓日记续编Ⅳ：1959～1960》，吴学昭整理注释，生活·读书·新知三联书店，2006 年版，第 149－150 页。

1942）一册（耿振华等编）挂号寄田楚侨备用。另复其八月十九日来函。①

1959 年 9 月 15 日

下午寝息片时，而重庆师专校资料室职员钟家源来，自陈为故赵德勋之学生，衔赵弟德华命，来此收检勋之遗书。中有《吴宓诗集》一部，甚喜，盖曾闻勋生前称道宓，拟从问诗学，云云。宓当推举师专校内周邦式、朱乐之、田楚侨三先生，劝钟君从之学，胜于宓多多也，时泰瑶方入睡，故与钟君在户外立谈，钟君旋担书而去。②

1960 年 9 月 13 日

上午草日记，作函至重庆师院（沙坪坝）周邦式夫妇及田楚侨，托教导名珏，约往访，但须稍缓，请并告名珏知，云云。③

1960 年 10 月 30 日

5—6 访燮老，观何鲁敬书《大悲咒》。又惊悉朱乐之先生已于十月二十二日以脑溢血逝世，享年七十七岁。窃思田楚侨之提议减薪，必有以刺激乐翁而促其殂谢也。④

1960 年 11 月 20 日

上午 10：30 抵小龙坎下车，宓径赴重师范学院（原重庆师范专科学校，在陈家湾，校门系新建）。入门，填会客单，持至教师宅舍之十四楼上，访周邦式、盛载筼夫妇，相见甚欢。夫人筼款宓以油炒面（沸水冲，加糖）一小碗，内泡罐头苹果一片，宓食而甘之。式述朱乐之先生逝世情形。〔十月二十二日上午九时，在本楼舍其住室中，床前，以脑充血晕倒地上，其小外孙女急至树人小学速伊母（乐翁之女）来，舁送某医院，已无救，夕五时气绝。由医院白布包裹捆紧，用担架抬送华岩寺火化。〕女与女婿送殡入寺，彼等有子女六人，平日倚乐翁为活云。11：00 后内侄女邹名珏如约来，相见，宓以小桃

① 吴宓：《吴宓日记续编Ⅳ：1959～1960》，吴学昭整理注释，生活·读书·新知三联书店，2006 年版，第 156 页。
② 吴宓：《吴宓日记续编Ⅳ：1959～1960》，吴学昭整理注释，生活·读书·新知三联书店，2006 年版，第 168 页。
③ 吴宓：《吴宓日记续编Ⅳ：1959～1960》，吴学昭整理注释，生活·读书·新知三联书店，2006 年版，第 428 页。
④ 吴宓：《吴宓日记续编Ⅳ：1959～1960》，吴学昭整理注释，生活·读书·新知三联书店，2006 年版，第 454 页。

红洋锁一副（盖澄之遗物）又女布单鞋一双（见十七日记）赐与名珏，乃在内室叙谈。名珏述其母（采芝内嫂）已奉命迁居，房舍甚不如前，但入城较近，云云。宓以平时所蓄之意思教导名珏，并论阶级及阶级革命，名珏频以帕拭泪。式、筠皆称赞名钰之沉默寡言，节俭而知事。于是名珏往助筠治馔。宓如厕，出，遇田楚侨（名世昌），遂至其住室（十四楼下）中坐谈，并见其夫人。楚侨谓朱乐翁性贪鄙，某晨在食堂取粥，嫌其不足一瓢，竟以粥倾于食堂公共粥缸中，持碗另取粥一次而归。又谓朱乐翁月薪 116 元，而久不授课，尸位素餐，楚侨为爱乐翁，故曾写贴大字报讽其自请减薪，自谓所行非误，云云。宓独由式、筠款待，在其家午饭，馒、米饭、食堂之菜蔬，特加筠自制之猪肝粉汤（加青菜）异味也。

午饭后，许伯建如约至，由楚侨陪来式斋中，而杜维涛已午眠起，亦来，共话（曾小鲁近受"交群众管制"之处分，原因未知，云云）。名珏饭后亦再趋侍。

下午 3：00 伯建及宓率名珏（手挈宓之布包）至小龙坎，楚侨直送至公共汽车站。宓等排队，不久，即登车，伯建付三人车费（每人 0.21 元），纳宓于座。[1]

1962 年 8 月 13 日

上午，写邮片三：（1）致蓝仁哲，申说昨所指示，招其再来见。（2）致许伯建，总复其 1962 一月十日、二月十三日、五月二十日各函，并抄示潘伯鹰近诗若干篇，告宓今不入城，改约十月七日重阳节在政协餐厅午宴。又简述宓一年来之旅行、教课、诗篇、病痛等，并以报鹰知。（3）复周邦式 1962 七月二十晨函，告宓今不入城，改约如上，并以告田楚侨。又谢式、筠七月二十二日邀约名珏入城餐叙（据名珏禀知）。[2]

1962 年 10 月 17 日

昨获田楚侨（名世昌，号果庵）十月十四日函，求借二书。今日上午，乃以（1）赖老之《英文汉诂》一册（严复）及（2）宓之《工具书使用法》（吴

---

① 吴宓：《吴宓日记续编Ⅳ：1959～1960》，吴学昭整理注释，生活·读书·新知三联书店，2006 年版，第 472－473 页。
② 吴宓：《吴宓日记续编Ⅴ：1961～1962》，吴学昭整理注释，生活·读书·新知三联书店，2006 年版，第 398 页。

则虞）一册，封包，送至中文系，求郭海元同志托其岳母（邬祥林之母）带回重庆师院交田君收（以上方法，如田君嘱）。附宓短函，致田楚侨及周邦式。

［附录］田楚侨寄示其近诗二首：

六二年重九登高赋寄同游

年年鹅岭登高处，今又同来倚石栏。

难得重阳不风雨，相逢乐岁足杯盘。

艰辛日月知垂尽，娇艳江山耐细看。

旧染还须受薰沐，愿如此酒莫留残。

送儿返郑州感赋

痴儿又向天涯去，人影车声路几千。

远别惯经仍有泪，行期早定苦难延。

已迎新妇从村社，便想雏孙绕膝前。

奢望慰情还自哂，仰看秋月正高悬。[①]

1963 年 10 月 24 日

正午，接高梦兰十月二十二夜函，又周邦式十月二十三日函，均约重阳后二日（十月二十七日）城中社集，即复高君一片、周君一函，决即赴约，且以庞石帚（俊）诗四纸寄式示田楚侨。[②]

1965 年 9 月 13 日

晚 8—10 大礼堂有本院教职工赴重庆参加工会会议者，归作报告，宓未赴，而在舍作短函致田楚侨，张垂诚，约十月一二三日往访。[③]

---

① 吴宓：《吴宓日记续编Ⅴ：1961～1962》，吴学昭整理注释，生活·读书·新知三联书店，2006 年版，第 450 页。

② 吴宓：《吴宓日记续编Ⅵ：1963～1964》，吴学昭整理注释，生活·读书·新知三联书店，2006 年版，第 98 页。

③ 吴宓：《吴宓日记续编Ⅶ：1965～1966》，吴学昭整理注释，生活·读书·新知三联书店，2006 年版，第 222 页。

1965 年 9 月 25 日

下午，作三邮片，分致（一）田楚侨，约定十月三日上下午往访叙。（二）吴适均，约十月二日往访，同游华岩寺。（三）刘文英，约十月二日夕往访，且拟食宿焉。

1965 年 10 月 5 日

上午，作邮片，复田楚侨九月二十九日函，开示中文系 1962 及 1965《古典文学作品》之顾、黄诗文篇目。

1965 年 11 月 20 日

夕，……接田楚侨十一月十八日诗函，写示是日所作诗，录下：

乙巳重阳，正值星日，雨僧师函约来沙坪，未到。少霞、伯建过我相候，并谒邦老，乃共游沙坪公园，邦老并赐小酌。近奉雨僧师函示，谓将赴省政协会议，弥忆石帚师不置，感赋三绝句，以纪其事。

（一）

开迟黄菊未经霜，蜂蝶飞飞枉觅香。

自笑闲情今已淡，郊园小坐答重阳。

（二）

二子善谈尝昵我，三人联步更邀君。

江山多丽无文藻，惭愧虚劳酒一醺。

（三）

书来成约每愆期，碧海长吟字字奇。

我忆师门亦肠断，浣花溪上忍寻诗。

题冗、诗粗，不足观也。①

1965 年 12 月 20 日

田楚侨今日付宓读香港《大公报·艺林》所载登侨撰《论辛弃疾〈永遇乐词北固亭怀古〉》一文（解释不误），又托带交瑶之《杨沧白先生（名庶堪，巴

---

① 吴宓：《吴宓日记续编Ⅶ：1965～1966》，吴学昭整理注释，生活·读书·新知三联书店，2006 年版，第 285－286 页。

县人）遗诗□刊》铅印零页，以上二件，明日上午送瑶家。今晚先取读之。读毕，9 时即寝。①

1966 年 2 月 13 日

……仍决赴师专如约晤诸君，遂出，至北碚车站购得 8：45 开往沙坪坝（小龙坎）之公共汽车票（1.04 元），旋得乘 8：30 开行之车先发，至沙坪坝俱乐部站下车。

此地颇泥（雨后），宓步入师专校，至十四舍楼下（颇念邦老伉俪）田楚侨宅（时正 10：30），见侨及张垂诚（原字少侠，后改少霞）。侨夫人自治馔，未出。

过午，在侨斋中午餐，米饭，上好馒，皮蛋、菜花、豆腐、白菜，皆从宓意而制之素馔，甚精，进白酒。

下午 1：30 许伯建始到，是日多谈近日学校及社会新闻、杂事。建述编印《柯尧放（已故）诗集》（须呈统战部批准）经过，诚述曾慎言全部诗稿在川大辟专室展览并加批斥，而其事则由陶闓士之子陶某（亦川大毕业生，兼教师）告密（检举），得揭去右派帽云。是日未获与诚多谈黄师，为憾。盖黄师之诗，具有"高度之严肃性"（High-seriousness），而侨、建等犹不脱应酬倡和、揣侔声色、流连风景而已。

宓用红花包袱带回《蒹葭楼诗》及有关各件（惟黄师著《诗律》未带回），又带回《采风录》及《学衡》五、二十四、四十四、五十五、七十期。3：30 侨、建、诚送宓至俱乐部车站，途遇张毅自城中治目疾归，立谈数语。②

田楚侨与柯尧放

柯尧放（1904—1965），原名柯大经，字尧放。四川壁山狮子乡人氏。诗人、书法家、收藏家。二十年代至四十年代，一度以新诗和传统诗词活跃于重庆诗坛。曾用笔名根石、容庵、莲子、秋风等发表作品，系重庆新文社团"沙

① 吴宓：《吴宓日记续编Ⅶ：1965～1966》，吴学昭整理注释，生活·读书·新知三联书店，2006 年版，第 311 页。
② 吴宓：《吴宓日记续编Ⅶ：1965～1966》，吴学昭整理注释，生活·读书·新知三联书店，2006 年版，第 371－372 页。

龙"成员，传统诗词社团"西社"组织者，传统诗词社团"饮河"理事和重庆地区的实际负责人。抗日战争时期，与沈君默、潘伯鹰、李春坪并称为重庆四大诗人。1949 年底以前，曾任重庆市文献委员会委员，重庆市参议会参议员，重庆市参议会秘书长；1949 年底以后，曾任重庆市工商联副秘书长、秘书长，重庆市政协副秘书长。逝后将其所藏文物，尽献国家。《容庵丛稿》为其传世之唯一著作。篇名与田楚侨相关者，有两题。现录之：

春坪、楚侨赠答莞予二十韵，有句及余，伯建复以和章见示，次酬一首①

三诗魏蜀吴，旗鼓乱耳眼。

问道纵奇兵，天下欲席卷。

我犹背水阵，六师鱼鳖散。

苍黄窘一筹，皇言法与典。

诗教今不张，国复倾三满。

毋劳问嬖人，所冠为何冕。

凡在高位者，半若上蔡犬。

关梁久未通，孰能吐深款。

悲哉踵晋厉，而竟无所惓。

斯疾苟欲药，日当进十盏。

以此扶衰危，晚乎未为晚。

一席许狂言，或苦或蹇浅。

书生论政耳，琐琐良可腼。

况复如死缚，春蚕自作茧。

安得泉三叠，飞清时对偃。

吟思水云流，汉石抚几版。

夏木绿成蹊，亦拟留素浒。

日与三子游，忘言且忘饭。

---

① 柯尧放：《容庵丛稿》，内部资料，1995 年，第 51—52 页。原载《世界日报》1947 年 4 月 26 日第 4版《饮河》世字第三期。多有异文。如"间（问）道纵奇兵"；"目（日）与三子游"；"党（傥）有清兴来，长讴堕（坠）沟畎。此梦同李侯（候），岂足供一莞"；等。同期刊山青《次春坪楚侨倡酬二十韵》。

倘有清兴来，长讴坠沟畎。

此梦同李侯，岂足供一莞。

次答果庵并柬恕斋、梦兰、毅庵三老①

云霾雾塞瘁林惊，异籁嘈杂未易平。

我去江南君入市，诗来如听好风声。

前题之二

笔底风涛我亦惊，潇潇未许一波平。

齐年吾党得三子②，各有黄钟大吕声。

前题之三

触天忧患自堪惊，万仞巉巉道未平。

白发难忘师此水，断然东走若无声。

田楚侨与许伯建

许伯建（1913—1997），名廷植，别署蟫堪、阿植、补茅主人，四川巴县（今属重庆）人。幼习诗书，30年代先后就读于川东师范学校、实用高等财商专科学校，任四川省银行重庆特等分行主任秘书，并从事文艺创作，甚获时誉。抗战以来，章士钊、沈尹默、乔大壮、江庸、潘伯鹰等发起成立饮河诗社，积极襄助编务，以弘扬诗教为己任，受到各界好评。中华人民共和国成立后，曾担任重庆文史馆馆员、重庆诗词学会名誉会长、重庆书协顾问，吴宓称之为"诗词、书法、篆刻艺术三绝之雅士"（《补茅堪诗·序》）。生前自订有《补茅堪诗》《补茅堪词》《红薜荔馆文稿》多卷，逝后由重庆中华民族文化促进会等单位合编为《补茅文集》，于1998年印行。③ 今检此文集，得其与田楚

---

① 柯尧放：《容庵丛稿》，内部资料，1995年，第83页。

② 原有注云：恕斋、梦兰、毅庵今年皆七十。恕斋即周邦式，梦兰即高梦兰，毅庵即孙希衍。三人均出生于1895年，时年七十，可推知此诗是作于1965年。

③ 薛新力、蒲健夫主编：《巴蜀近代诗词选》，重庆出版社，2003年版，第119页。

侨有关者如下：

焚书一首慰楚侨伯建（己丑七月）》①
江宁陈匪石（世宜）

九月二日之火，楚侨伯建直庐后先毁，藏书手稿焚焉。夫所毁者有形之书，不能毁者无形之学，赋长句慰之，或比柳子厚之文差为近理。

飓起晴空一片云，火山成象旅巢焚。
祝融暂食神仙字，奎壁长悬炳蔚文。
有鬼也应同夜哭，知君未悔识前闻。
千秋事业重删定，惘惘归车倚夕曛。

朝天驿馆共倦鹤翁、蟫堪校石帚先生重刻半塘定稿样版（己丑三月）②
南川田楚侨（果庵）

如在空山太古初，然疑商定起踌躇。
一灯悬照三人影，春雨楼头夜校书。

过街楼茶座赠蟫堪③
楚侨

数度相逢春暮时，郑虔落拓鬓添丝。
苦茶味胜白干酒，高柳风飐红色旗。
一字踟蹰邀论定，几人闲暇可吟诗。
途穷不作工愁语，喜得丹徒一布衣。

---

① 许伯建：《补茅文集》，内部资料，1998年，第17页。
② 许伯建：《补茅文集》，内部资料，1998年，第17页。
③ 许伯建：《补茅文集》，内部资料，1998年，第17—18页。

沙坪逢伯建、森甫，因共过慈溪口，访杜邻若飞（癸巳二月）[1]

楚侨

坝上相逢又一奇，三人日暮绕山陂。

灯前各有年华感，酒后长吟本事诗。

断梦随风余想像，隔云窥月苦迷离。

相怜我自轻捐弃，敢惜今朝尽泪垂。

仲瑾招集礼园涵秋馆，次春坪韵，兼呈尧放、山青、伯弦、楚侨诸公同作

许伯建[2]

清晖佳画意同怜，况过黄羊祀灶天。

筇杖云扃招涉趣，苔枝鹤梦渺余妍。

侵寻十载疏歧径，潋滟双江侑肆筵。

酒畔浪为嗟感语，却输霜颖不成篇。

（壁张庚戌岁赵香宋集山谷句书联"云水清晖一佳画，春秋小集如大年"，园中旧有绿萼梅多株，屡经劫燹久为薪矣。）

丙戌岁暮，仲瑾招集渝州李园涵秋馆有作[3]

（金陵）李斑（春坪）

余冬急景正堪怜，小集名园别一天。

形胜山川犹昨日，风流池馆有残妍。

高贤挥洒垂精气（壁有杨沧白诗），词客歌呼快酒筵。

已挽斜阳向归路，更招灯影入吟篇。

---

① 许伯建：《补茅文集》，内部资料，1998年，第18页。

② 许伯建：《补茅文集》，内部资料，1998年，第93页。

③ 许伯建：《补茅文集》，内部资料，1998年，第93页。

岁暮宴集李园次春坪韵二首①
田楚侨

前游冉冉十三年，小劫残灰到洞天。

曲沼高台已非旧，寒花老树不成妍。

谈笑错杂归风雅，肴核缤纷落饮筵。

难得主人贤似舅（园主李立策，为仲瑾贤甥），要君扶醉写佳篇。

修鳞见尾叹华年，历正逢新有二天。

喜托良朋会文洒，厌从薄俗辨媸妍。

人如过鸟横飞阁，雾放斜阳照绮筵。

赠我明珠惭报称，安排文字岂能篇。

次和春坪楚侨唱酬莞字韵兼似尧放（丁亥）②
许伯建

立言期有文，画龙妙点眼。

源本根绩学，敞帷惜早卷。

饥来事沄沄，况安于材散。

兴到因含毫，忘祖欲数典。

譬将聚锱铢，泥沙填扑满。

捉襟未遮肘，乃欲衣黼冕。

以此仪通人，鼎药拔鸡犬。

警策诵片言，输心先纳款。

斯世百不堪，六义犹缱绻。

甚好仍浅尝，虚酌药玉盏。

十驾岂不力，途修达疑晚。

獭祭古已讥，吾今文陋浅。

翰藻沉思功，望之墨而愧。

---

① 许伯建：《补茅文集》，内部资料，1998年，第93—94页。

② 许伯建：《补茅文集》，内部资料，1998年，第94页。

胡不屏倚傍，言容嗤茧茧。

其如江河流，风行草应偃。

言志须及兹，用勤不息版。

嗟哉蛇腾陆，儿戏军灞浐。

腹笥果何施，恐足阮以饭。

一昨枉子吟，雅尚相流畎。

和赓发蒙聋，蚓曲惟自莞。

楚侨见和礼园诗却寄二十韵①

（金陵）李骍（春坪）

楚也澹定人，浮尘不上眼。

八叠礼园篇，彩云自舒卷。

落手一讽吟，闲愁半空散。

原诗之所贵，性情与籍典。

君腹藏五车，意气亦盛满。

捷才风搅雪，吾侪推冠冕。

板荡走东川，有若丧家犬。

中喜得卓（白泉）柯（尧放），往还日浃款。

因复与君游，文字相缱绻。

君昔石桥侧，春风侍清盏（谓东南大学）。

余焉好雅言，承学蕲春晚（黄季刚师）。

同门古所敦，不自居新浅。

吾诗良疏陋，有作徒增恦。

且时患牵羁，生涯一盆茧。

反欲傍西湖，诛茅共息偃。

晨夕事籀哦，衡门合两版。

---

① 许伯建：《补茅文集》，内部资料，1998 年，第 95−96 页。初载《世界日报》1947 年 3 月 29 日第 4 版，《饮河》世字第一期，饮河渝社编。其中有异文，如："反欲傍西湖，诛茅共偃息。晨夕事籀哦，衡门合两版。更买负郭田，聊拟耕灞浐。哨予终岁劳，得钱但吃饭。况仍沸鼎中，可乎安亩畎。"同期亦刊春坪《楚侨、山青各示感时之作，同作》。

更求负郭田，聊拟耕灞浐。

喟余终岁劳，得钱但吃饭。

况乃沸鼎中，可乎安亩畎。

此意真痴绝，君毋笑而莞。

春坪书谢，同二十韵再和答兼呈同社山青、伯弦、楚侨、伯建、和甫、仲瑾、季善暨寄鹰公沪渎[①]

柯尧放

论诗如论相，再见叔服眼。

吾本窭人骨，聊以败絮卷。

时病乱槎桠，气与神交散。

凡药不可瘳，乃求先人典。

探之江海深，一饮腹岂满。

掺枹不能去，视此轻六冕。

是亦好事徒，见兔而顾犬。

逐逐何所得，独乐偏款款。

偶接当世贤，不自薄短绻。

上下其议论，坠绪搜杯盏。

大寒方索裘，吾计亦太晚。

所幸诸君子，博而能容浅。

厕之下列中，不复嘲所愐。

纸贵若银黄，竟谋割鱼茧。

一集传饮河，乍起而乍偃。

几如晋阳围，不没者三版。

痛定复思痛，欲笑翻浐浐。

鼓袖从此役，或将失卯饭。

饥来亦无妨，白泉响东畎。

哦壁仍下声，敢嫌知者莞。

---

① 许伯建：《补茅文集》，内部资料，1998年，第97页。

无题和楚侨即次原韵①

许伯建

赤绳谁见系心同，缘误多生约誓空。

解佩犹期邀汉女，裁云未肯罢天工。

西来青鸟东飞倦，无尽红墙有恨通。

但恐累身矜国色，花时岂耐几番风。

展重阳后一日，与墨涵、化成、学源、霜鼤、希武、山青、白弦、楚侨诸公，集红岩村紫薇山馆，观大鹤、彊村、半塘诸老遗札及《冷红簃填词图卷》，以陶诗"山气日夕佳，飞鸟相与还"分韵得相字，赋谢亮吉翁②

许伯建

到门未借剡溪航，十里红岩薜荔房。

雾豁江皋悬午日，酒斟菊畔即重阳。

披图云鹤悠悠意，射眼渊珠作作芒。

更笑何时征胜约，卧碑奢拟对琼相。

（亮翁山馆蓄晋枳县杨府君碑初拓本及魏晋六朝罕见碑拓甚富，又新得吴与许博明家善本书数千卷，亦舶运初至。）

前题次和并讯淳庐、果庵③

（潘）伯鹰

山自能飞海自波，争如妙手戏空多。

爱胲未必逃三折，猎智终当就一罗。

鼹鼠饮河姑谓饱，雄鸡断尾莫轻歌。

吁嗟数子犹强健，何日相携共我过。

---

① 许伯建：《补茅文集》，内部资料，1998 年，第 97—98 页。

② 许伯建：《补茅文集》，内部资料，1998 年，第 102—103 页。

③ 许伯建：《补茅文集》，内部资料，1998 年，第 117 页。

伯建招饮石桥山斋，喜逢山青，兼怀春坪海上，即同伯建韵[①]

田楚侨

十年此地得重过，忆对离筵有醉歌。

一去申江消息断，生还绝塞苦辛多。

扬尘沧海同经历，构厦群材正网罗。

共饮今朝真不易，相看犹说旧风波。

重阳前二日，梦翁约为鹅岭禊集，奉同雨老韵，兼呈恕斋、
毅庵、仲瑾、仲咸、果庵、季善诸公（戊戌）[②]

许伯建

十年如掷委羲阳，选胜从夸地擅场。

刻鹄身牵虚素节，高鸿目送愧清狂。

山悬飞阁来今雨（仲瑾于雨老为新识），花艳层台拒晚霜（时木芙蓉盛开）。

莫笑传杯闲到手（余因病止病），满头簪菊尚堪忙。

梦翁约为沙坪秋集，以误记期日，入城走访相左，
果庵代拈分字，赋此塞咎并呈同集[③]

许伯建

薄罚应宜险韵分，纵谈偏阻艾贤群。

僊驰似水轩中日，辜负沙坪坝上醺。

涧草岩花知烂熳，小山崇桂致殷勤。

仲翁归处如招客，伯雅来时要酌君（似水轩梦翁斋名，仲咸京游当返矣）。

---

① 许伯建：《补茅文集》，内部资料，1998年，第117页。
② 许伯建：《补茅文集》，内部资料，1998年，第120页。
③ 许伯建：《补茅文集》，内部资料，1998年，第129页。

少霞以丁未五月患食道癌殁于成都，楚侨翁寄示悼诗，和韵同作①

许伯建

谈文斗茗纵深杯，风日陈湾百往来。

并扫西园看花迹，感音邻笛可胜怀。

果庵邮示近作，追念少霞佚句"震炮动地中"，感同其韵却寄②

许伯建

懒惫诗情废坐忘，掺戈新见入秋忙。

年时涕为亡簪雪，咫尺书加绕鬓霜。

惯有哄雷来破柱，翻疑束缊聚环墙。

涧滨苌楚虽堪羡，不信迷离夜未央。

（果庵原诗云："老爱简编勤补拙，秋凉灯火夜添长，平生遗憾知多少，如此新诗堕渺茫。"首联乃少霞诗句也，日忧流弹诗兴全荒矣。）

木兰花慢③

田楚侨（果庵）

伯建既为尧放编校遗诗，今应伯鹰兄约赴沪，以此送行，即呈诸知交，并邀同作。

忆容庵去日，身后事，属吾徒。似自照孤萤，得诗凄断，忍泪唏嘘。遗书编才脱手，趁轮舟、又见上征途。字字同商殿最，篇篇并映璠瑜。

维摩，病榻久清癯，念此亦愁余。叹传世空文，书生习气，尚未全除。海隅故人若问，问他年、一暝定何如。为道吾诗浅陋，生前聊以为娱。

1963 年 10 月 20 日晚，吴宓致许伯建"并转诸社友，同雅鉴"，言及"九月十六日由杜钢百带到高梦兰兄手示，召赴九月二十二日沙坪坝社集，竟不克赴"。十月四日，许廷桂二次来舍，吴宓曾与之匆促接谈，并得其兄许伯建十

---

① 许伯建：《补茅文集》，内部资料，1998 年，第 136 页。
② 许伯建：《补茅文集》，内部资料，1998 年，第 137 页。
③ 许伯建：《补茅文集》，内部资料，1998 年，第 200 页。

月二日手书，"文辞渊雅，书法精良"。回函中亦云："楚侨兄想亦好，今同敬候。"①

田楚侨与潘伯鹰

潘伯鹰（1898—1966），原名式，字伯英，号鳧公、有发翁、孤云，以字行。安徽怀宁人。早年师从吴闿生习经史，擅书画。1918年就学于上海交通大学。毕业后公费留学日本。回国后任交通部职员。1928年因言论被捕入狱，后由章士钊营救获释。1930年起，任教于北平辅仁大学，讲授法国小说史、宋诗等课程。抗战时期赴重庆，任中央银行秘书。四十年代，饮河诗社成立，任《饮河集》主编，编集上百册诗集。1946年任国立暨南大学教授。1949年任国共和谈秘书。中华人民共和国成立后，任同济大学、复旦大学、华东音乐学院教授，兼上海市文物保管委员会顾问、上海市书法篆刻研究会副主委、全国政协特邀委员。创作有小说《人海微澜》《隐刑》《生还》；著有《中国书法简论》《中国的书法》等。有《玄隐庐诗》十二卷，存诗1099首。其诗风苍浑而蕴藉，寓沉雄于掩抑。潘受序中论其诗云："思深意远，境高语妙。其感其情，皆今人之感与情；其体制、其格律、其声调则无不古，直与时代相氤氲、相磅礴、相呼吸、相歌哭。"②

1948年1月22日，《饮河》的"吟俦书简"刊潘伯鹰致田楚侨的来函云：

果庵我兄社长③赐及：

海上纷杂，奉大诗久未有以塞责。今日大冷，谒告在家，得一从容寻绎。诗人囚意之处，虽未能亲见微言深旨，然浅尝所得，[尝]以大诗磊落生造为不可及也。前得诵古器，今复品味律诗，觉其一气卷舒，顿挫高亮，最为可喜。此种境界，近人专于字句间求工巧，久不复措意矣。窃谓

---

① 吴宓：《致许伯建》，载吴学昭整理、注释、翻译：《吴宓书信集》，生活·读书·新知三联书店，2011年版，第413-414页。有注释："田世昌（1900—1970），字楚侨，四川南川人。东南大学国文系毕业。曾任中学教员、重庆大学中文系副教授。时任重庆师范学院副教授。"
② 参见胡迎建选编，周笃文校补：《中华诗词文库·中国现代诗选》，线装书局，2010年版，第281页；周川主编：《中国近现代高等教育人物辞典》，福建教育出版社，2018年版，第671页。
③ 此一称呼，是否意味着田楚侨曾代理饮河渝社社长？待考。

434

大诗于通州范肯堂先生甚为近之。范先生于文字最主生造，尝求其说，则生造者，即直抒胸怀，深入显出，炼出声光，不做故实之谓也。窃意王荆公①与黄鲁直二家，最是可学，特须去其槎桠不合处耳。抑王黄之诗，皆积金美玉②，膺琢臂润，而学之者槎桠也。善易者不言易，而〔应〕乃如矮人登场，□□□舞，知公必大嘘耳。灯下匆匆，迟复死罪。更有新制，幸以相闻。岁暮敬冀，吟咏寿和不一。

弟伯鹰再拜③

同期亦刊田楚侨的回信，题作"楚侨复伯坪"。其中"伯坪"究为"伯鹰"之误，抑或另有所指？如兼指潘伯鹰、李春坪二人，则此种合称，又与常规相悖。此处存疑。复函如下：

鹰公社长足下：

由伯建兄转来赐书及对于拙诗之评点，盛意至可感佩。足下奖掖为怀，于拙诗多褒而少贬，此古人之用心。盖将以进之而徐去其非也。惟所谓"一气卷舒，顿挫高亮"，因昔贤境界，弟何足语此。前□《叹逝》诗一首，系十年前旧作，曾经王伯沆师点定。当写□时，附有说明，而春坪与伯建两兄，嫌其冗长，因为删去，几于掠美矣。伯沆师最善说诗，其持身最严，而说诗则庄谐杂出，从无道学先生之气息。其精微处，使人解颐。发弟涂改诗稿，多至盈寸。师归道山，行将十年，而业不加进，自惭顽钝。近体如七律，近年始稍稍为之。昔者胡翔冬先生尝举以相告，谓散原先生亦以七律为难作，故胡先生《自怡斋诗》，七律乃无一首。黄季刚师亦尝谓五言尚可如意，上加二字，即感困难。筱石师以诗学六朝者，常有此病，其结果多如王湘绮，近体宗温李也。筱石师尝谓拙诗缺乏藻采，且不免滑易，故虽有所作，未敢自信。范肯堂先生诗，仅睹数首。昨曾托

---

① 原文作"王荆生"，径改。
② 积金美玉，多作"积金累玉"。
③ 该函对田楚侨的影响甚大。其后在《饮河》所刊随笔《读王荆公诗》（五则）和《介绍〈范伯子诗文集〉》（八则），均导源于此。

伯建兄转恳，代为觅致一部，以扩眼界，未知得达否？近于清人诗，颇喜敬业堂及越缦堂，以为清切圆适，殆难企及。窃谓诗所以道性情，须从心坎深处流出。西诗人威至威斯谓诗为强烈感情自然之流露，实有至理。但此种流露，在意境上须胜庸熟，在技巧上颇费工夫，故威至威斯以为作品之成功，系感情平静以后之回想。弟恒谬□此种回想，有如银幕之放演，此时之幕中人已作壁上观，从脑海中历历演放之银幕，加以选择裁翦，或取舍，或增减，而成功一作品。诗歌如此，小说戏剧，莫不皆然，特诗歌尤为精粹耳。此种创造之经过，殆即足下所谓"生造"乎？西诗人以为此即想像。此□烟士披里纯，而《文心雕龙》之"神思"二字，可以包括之，所谓"神来"之境界也。创作者经过此种亲切之体验，自然语无泛设，句心清切。而当失之于雕琢太过，未能自然如天生成者，即篇章字句，恒出勉强凑成，而难于圆适。六朝人评诗，有"初发芙蓉"，"弹丸脱手"，"萧疏宛然在目"数语，即自然生成，亲切圆适之说明。公所谓不善学荆公山谷，而貌为槎枒者，比之勉强凑成，虽胜一筹，而未臻圆适之境则一也。查初白及李莼①客两家诗，似能无此病，故弟尤喜之也。昨偶与此间友人谈，谓吾乡香宋前辈之作，如"我自入山无出理"②"故人各各风前叶"③等七律，清切圆适，公所谓"一气卷舒，顿挫高亮"，唯此种足以当之而无愧色。弟何足至此？然虽不能至，却向往之。沧浪论诗，特标"别材""别趣"之旨，渔洋承之，创为"神韵"之说，虽仍只一派，才不足以概诗之全。而东坡所举之"奇趣"（"诗以奇趣为宗，反常合道谓之趣"，似系东坡语，但未检书），与"别趣"足相发明。妄以为"奇趣""别趣"，殆诗④之生命。所谓"反常合道⑤"，与西诗人威至威斯对于想像之诠释，谓想像非事物之真实，乃事物之形状，又可以互相印证。舍真实

---

① 莼，原文作"蒓"，径改。
② 语出《上石遗叟》。全诗云："我自入山无出理，计难相见只相思。长安如日行不到，前岁传书今始知。数顾陶江应有宅，一贫匡鼎坐谈诗。因风夜下啼鹃拜，并讯人间老帝师。"
③ 语出《读〈石遗室诗话〉寄慨》（或作《题〈石遗诗话〉后》）。全诗云："故人各各风前叶，秋尽东西南北飞。今日长安余几个，前朝大梦已全非。一灯说法翻千偈，五夜招魂向四围。当作楞严经卷读，老无他路别何归。"
④ 原文作"时"，以意改。
⑤ 原文作"反合道"，补入"常"。

而言形似，去常道而取奇趣，所以清新为诗家最高之境界也。此种境界，更非生造不可得。非廓清陈言，独抒胸臆，不足言清切。非因物命形，巧夺天工，不足以言清新。所以清切清新，皆意境内事，而代之以文字，发而为文章。又与意境恰相合而无不称或不趣之病，圆满妥帖，毫发无遗憾，是之谓"圆适"。此弟意想中之境界，以为诗应如此，庶可传世。因兄来书，辄为诠释，而文笔钝拙，妄生分别，不足以奉扬宏旨，惭悚何极。欲求明教，未敢流布。匡其不逮，是所切盼。此间较闲，但春坪兄赴沪以后，弟奉命为之代课，中途戛然而止，亦未尝驰书详告其经过，此则疏懒之咎也。是否尝相过从，见面即为道念。《京沪周刊》，久未奉到，当因交通困难。余不赘及，即颂

吟绥

弟楚侨谨启，元月十六日

又，潘伯鹰《玄隐庐诗》存《酬田君楚侨枉诗，犹若不能忘情于昔日之诗社者》云：

> 畏听纵横樗里智，爱翻内外漆园篇。
> 乐郊欲共枌榆社，短翼堪游蟏蟓天。
> 贱子病怀良若此，先生诗兴尚依然。
> 还君一语掀髯笑，此意他人定不传。[①]

田楚侨与姚鹓雏

姚鹓雏（1891—1954），江苏松江（今属上海市）人。名锡钧，字雄伯，号鹓雏，别署宛若、龙公、红豆词人。南社社员。又参加文学研究社、国学商兑会、京江曲社。在上海任进步书局、《太平洋报》《国民日报》《申报》及《江东》《七襄》《春声》等报刊的编辑。一生所作传奇、杂著、说部、诗词、

[①] 潘伯鹰：《玄隐庐诗》，新加坡文化学术协会，1987年版，卷十二第1页。

诗话等不下 35 种。抗战前夕，息影文坛，而进身仕途，曾任南京市政府秘书长、江苏省教育厅记室、省政府秘书。1949 年后，一度任松江县副县长。1954 年 6 月 25 日，以胃溃疡病误治而逝。公余之暇，也能拍曲串演，袍笏登场。著有《怡养簃诗》5 卷、《苍雪词》2 卷，传奇有《沈家园》等。① 有《寄田楚侨》② 诗：

> 戴凭夺席旧无伦，国子先生老更贫。
>
> 梗梓南州终挺秀，法元西蜀自传薪。
>
> 能吟蛮语娵隅跃，肯信文辞刍狗陈。
>
> 莫叹掣鲸手遮日，经纶民物彼何人。

田楚侨与韦骏若

韦骏若，毕业于南川师范。1948 年 12 月，南川县民众自卫总队部成立，曾任书记，负责文书。有《对田楚侨先生的点滴回忆》③，今录之于后：

（一）

田楚侨（1906—1970），字世昌，别署士苍或果庵，邑南文凤乡人，后移居县隆化镇，颜其（额）曰："果庵。"早年毕业于南京中央大学中文系。解放前先后任南川县教育局长、南川简师校长、重庆市参议会秘书及重庆《世界日报》副刊主笔。并曾一度在重庆大学任教。解放后先后在明诚中学及重庆师范专科学校教书。

（二）

先生求学南京时，受业的老师有王伯沆、汪辟疆、汪旭初、吴瞿安、黄季

---

① 熊月之主编：《上海名人名事名物大观》，上海人民出版社，2005 年版，第 201 页。

② 载《姚鹓雏文集·诗词卷》，上海古籍出版社，2009 年版，第 126 页。此诗初刊《饮河》世字第十六期，载《世界日报》1947 年 12 月 13 日第 4 版。题名《以诗代柬答楚侨□伸》，作者署"鹓雏"，前四句作："戴凭夺席更无伦，国子先生老更贫。梗梓南州终秀出，法元西蜀自传薪。"

③ 载《南川文史资料选辑》（第十辑），中国人民政治协商会议四川省南川县委员会文史资料委员会内部资料，1993 年，第 83—87 页。

刚、胡小石、胡祥（翔）冬等，都是当时第一流的名教授和词曲大家。这以后曾向赵香宋、杨沧白等前辈请益，常与庞石帚、刘泗英、唐圭璋、柯尧放、舒舒（"舒舍予"之误）等唱和往来，故其学有根底，诗文清丽。现摘录他在1944 年前后的几首诗，以窥一斑：

除夕怀人①

故人文采照长安，索米而今②定更难。

纵有新诗惊懦退，那堪大雪卧清寒。

江流东注乡心远，砚滴冻磨吟笔干。

分俸③助君成约早，残年还向镜中看。

（怀成惕轩同年）

同学共推年最长，何堪今亦叹沉沦。

几茎鬓发新来白，千株④桃花醉后春。

历劫空囊怜久客，一家异县孰相亲。

知人善术群都误，我似虞翻骨相屯。

（怀郑方叔⑤同年）

三载乡园等守株，销除豪气渐拘迂。

蛙鸣信有公私办，螳臂终嫌势力孤。

一字心虚怜故友，平生酒美只成都。

浣花溪水草堂畔，何日⑥相亲共结庐。

（怀任洪济君）

---

① 原载《世界日报》1946 年 6 月 10 日第 4 版。

② 引文作"令"，径改。

③ "俸"，原刊缺字。

④ 引文作"树"，据原刊改。

⑤ 引文作"教"，径改。

⑥ 引文作"时"，径改。

苦雨①

衣冠逢乱尽来西，我亦流离返故栖②。
海外空闻传捷讯，城头但欲灌霜畦。
青青小草沾泥湿，惨惨高天入望低。
连朝苦雨最难遣③，残书掷去又重携。

果庵晚眺④

书乱如山案不齐，寂无来客过幽栖⑤。
掠空雁字昏千点，照眼秋松⑥绿一畦。
罢战殷期时日长，愿晴苦恨暮云低。
人思阳朔堪愁绝，颠顿泥涂亏所携。

以上几首诗，正值抗日战争激烈时期，先生闲处乡中，不无抑郁，聊借诗章，以抒积闷。

先生早年曾丧偶，其悼亡诗之一：

死已隔重泉，形影在我梦。
谁谓梦咫尺，觉来远于宋。
固知士不遇，偏寡天所弄。
嗟汝凤何辜，择对得哀凤。
弱羽一从风，力微不能控。
伤心盖棺时，一钉了无缝。⑦

也极沉痛，使人凄然增伉俪之重。香宋老人赐函先生，也甚赞赏，谓与庞

---

① 原诗载《世界日报》1946 年 7 月 11 日第 4 版。题下署 "三十三年"。
② 引文作 "楼"，与 "栖（楼）" 形近而误，径改。
③ 引文作 "遗"，径改。
④ 原诗载《世界日报》1946 年 7 月 11 日第 4 版。
⑤ 引文作 "楼"，径改。
⑥ 引文作 "菘"，据原刊改。
⑦ 即《叹逝》，正文已录。"哀凤"，正文作 "衰凤"；"一钉"，正文作 "再视"。

石帚悼亡相媲美。

（三）

　　楚侨先生在重庆市参议会秘书任内，兼任《世界日报》副刊主笔，经常在该报"明珠""银河"栏内发表文章，计有"怀旧录""读诗偶拾""果庵随笔"等散文。多是对诗词的欣赏或释析，具有独特的见解。间有诗词发表，文笔清丽流畅，读后使人有一种美的感受，从中也可获得许多新的诗词知识。

　　先生治学严谨，言必有据，也如他在"读诗偶拾"中对李商隐的"无题"诗《锦瑟》一篇，原诗是：

锦瑟无端五十弦，一弦一柱思华年。
庄生晓梦迷蝴蝶，望帝春心托杜鹃。
沧海月明珠有泪，蓝田日暖玉生烟。
此情可待成追忆，只是当时已惘然。

　　他参照汪辟疆、朱光潜、徐澄宇、傅庚生名家的见解抒发自己的看法，连续发表五六篇文章，以期把原诗解证得透彻正确。

　　先生发表的作品，读者面广。一次曾对我说，他到重庆大学教书可说也是文字姻缘，重大当时的文学院长颜实甫先生因为读了他发表的随笔，很为赏识，所以才专程延聘。

　　先生早年著有《高考指南》一书，诗集取名《垃圾箱》，1949 年解放大军捷报频传，国民党军一败涂地，他以《西南执政诸公拿话来说》为题，为重庆《世界日报》撰写社论，指斥国民党的倒行逆施，必趋灭亡。洋洋万言，淋漓尽致，人们读后皆大称快。

（四）

　　我认识楚侨先生是 1945 年夏初，当时我在轮渡公司任职，久慕他的名望，前往市参议会拜谒。因他任过南川简师的校长，我曾是该校第一班的学生，虽没有直接受过教，但也算有先后师生之谊。承他热情接待，蔼然有长者风。当

天中午，我们就同到原陕西街侧边赣江街一家小酒店，以烫鸡杂佐饮绿豆糟曲酒，亦颇有量。以后曾多次聚会，并以诗稿请教，承蒙指点，获益良多。有次他谈到想寻一部《湘绮楼日记》，后来我在未享子①一旧书摊上购得残缺不全的 20 本左右送了去。我离渝前夕，先生送给我沈祖棻著《涉江词》，王世囄著《猛悔楼诗》各一册，后来这两本书被师友借去，迄今已无从收回。虽然楚弓楚得，本无足惜，然而故剑遗簪，未免悊②然。

先生对人温和诚恳，奖掖后进，关心成长，他曾告诫我，青年时期最好少写诗词，应把精力集中在事业上，特别提出《猛悔楼诗》卷首樊樊山的题词，也是诚人少作诗，言词恳切，但我这劣性却始终未改。我离开轮渡公司，主要是与领导发生意见，愤而去职。先生曾驰函阻我，不要意气用事，我竟没有遵从他的吩咐。岁月匆匆，一晃几十年了。往事历历，如烟如梦，先生墓木早朽，而自己也两鬓飘萧，已届垂暮之年。每忆其音容，不胜怅惘，聊记所知，以作永念。

---

① 未享子，当有误，其实不详。
② 原文作"瑟"，有误，径改。

重庆市档案馆"民国档案"存田楚侨档案十六通名目

1. 田楚侨：《田楚侨发给姚民的毕业证明书》，1928××××，档号：012900020000900000306000。田楚侨时为南川县教育局长。

2. 四川省立第二女子师范学校：《关于参加田楚侨演讲妇女与文学的牌告》，19300304，档号：013000010000290000470000。告文："校长告：明日（星期三）午后三至五时举行周会，敦请田楚侨先生出席演讲《妇女与文学》，届时仰各级学生齐集大礼堂静听。此告。中华民国十九年三月四日。"

3. 四川省立第二女子师范学校：《关于录取田楚侨、饶则学、刘尚伦致□□□的公函》，19301122，档号：013000010001240000219000。

4. 重庆市参议会：《关于田楚侨、徐祖涛等请派员解决马王庙中心校与陕西旅渝同乡会防空洞庭湖石条纠纷案致重庆市政府的公函》，19470208，档号：0054－0001－00329－0100－134－000。

5. 重庆市政府：《关于处理田楚侨与重庆市马王庙中心国民学校发生房屋纠纷致重庆市参议会的公函》，19470221，档号：0054－0001－00350－0100－155－000。

6. 重庆市政府、重庆市参议会：《关于拨付田楚侨伤费医药费的呈、公函。附医疗支出预算》，19470404，档号：0054－0001－00290－0100－191－000。

7. 重庆市参议会、市政府等：《关于拨付田楚侨医药费的呈、指令、训令、公函、便签。附：医药费支出预算书》，19470405，档号：0053－0019－02024－0000－087－000。

8. 重庆市政府：《关于给田楚侨拔（拨）发医药费给财政局的训令》，19470502，档号：006400080153800000100000。

9. 重庆市参议会、市政府：《关于拨付田楚侨伤病医药费的呈、训令。

附：追加支出预算书》，19471113，档号：0053－0019－02024－0100－331－000。

10. 重庆市政府：《关于给田楚侨报销伤病医药费给财政局的训令》，19471202，档号：00640008015380000178001。

11. 重庆市参议会：《关于重庆市参议会秘书田楚侨请假的证明书》，19480910，档号：0054－0001－00254－0000－142－000。

12. 重庆市审计处、市政府：《关于参议会秘书田楚侨特别办公费的公函》，19490402，档号：0053－0019－02089－0000－156－000。

13. 重庆市参议会、市政府：《关于田楚侨比照简任待遇核支薪俸及公费的公函》，19490413，档号：0053－0019－02089－0000－149－000。

14. 重庆市参议会：《关于派田楚侨为救金分配委员会委员的函》，19490908，档号：0054－0001－00315－0000－108－000。

15. 重庆市参议会：《关于补发田楚侨市郊区公务乘车证给公共汽车管理处的函》，19491013，档号：0054－0001－00258－0000－042－000。

16. 王薪甫：《关于检送王薪甫撰（篡）写书籍田楚侨的函》，19××0526，档号：0054－0001－00001－0000－012－000。抬头为"楚侨秘书兄勋鉴"，其时应在田楚侨任重庆市参议会秘书期间。

后　记

　　2024 年，重庆师范大学将迎来建校七十周年。回顾学校创办之初，曾从其他高校等教学单位，征调大量师资。记忆中，黄侃次子黄念田，时任四川大学中国语言文学系副教授，即被系主任张默生动员来重庆师范专科学校，但终未成行。而与蒙文通并称"彭蒙"的蜀中名儒彭云生，虽年近七旬（生于 1887 年)，也被借聘为中文系教授。彼时执教中文系的先生，如周邦式、朱乐之等，均为饱学之士，而田楚侨也是其中之一。

　　笔者注意到田楚侨先生，是在 2016 年下半年。因为购读《唐代诗学》一书，对其作者杨启高也心生兴趣，几番追索，便有了小文《南川杨启高：民国学术史上的失踪者》。而杨启高的《中国文学体例谈》，则是田楚侨为之作序。由此进而发现田楚侨原非等闲之辈：一是就读于东南大学，毕业于中央大学，曾师从陈中凡、胡小石、汪辟疆、王伯沆、黄侃、胡翔冬等旧学鸿儒，亦曾短期受教于张歆海、朱光潜等西学名家，并因论战而受到周作人关注；二来与时贤郭沫若、杨沧白、吴宓、庞石帚、潘伯鹰、成惕轩、徐仲年等均有往还；而重庆解放碑前身——抗战胜利纪功碑的碑文《还都赋》，也是出自先生之手。最令人惊异的是，其晚年居然供职于重师。笔者从求学到任教，寄身此校，已颇有日月，竟从未听闻。于是带着困惑，也怀着激动，开始对田楚侨寻踪觅迹。

　　此番寻觅，除重庆市档案馆和学校档案馆外，去得最多的地方，还是重庆图书馆。田楚侨的文章，大多见刊于《世界日报》。而前些年查阅民国报纸，

只能查看胶卷。坐在缩微胶片阅读机面前，轻轻地滚动卷盘，如同摇转吴伯箫笔下的纺车，而历史的经纬，便也从幽暗中一丝丝拉扯出来，交织成一幅幅或清晰或斑驳的图景。就这样一页一页地，楚侨先生的生平，开始缓慢地展现在我眼前。

2017年9月，《田楚侨先生生平简历及著作系年》发表于《蜀学》第十三辑。

2022年8月，破纪录的连晴酷暑，本书初稿暂定。

编辑整理别人的文稿，在目前的学术考评体系中，只能算作等而下之的工作。但个中甘苦，唯有亲尝者方有体味。严复译书，曾感叹"一名之立，旬月踟蹰"，而整理旧籍，也常会遭遇"一字之识，颇费踟蹰"的困窘，尤其是民国时期的报纸，无论是印刷技术，还是纸张质量，都不尽如人意。对着这些故纸旧刊，屡屡觉其"远近高低各不同"；即便是同一字形，也会在不同时间，产生"此一彼一"之感，往往辨得一字，早已"拈断数茎须"。虽如此，其中辨读失误者，为数亦当不少。而更多的情况，则是"黑云翻墨"或"白雨跳珠"，根本无从辨识，故书中杂有大量方框与括号，一者是为存真，二来则盼方家补正。

感谢重庆图书馆的昔日同事袁海波兄，为我查阅资料提供了诸多方便。同事王婧，妻子鲜琼，研究生刘小巧、韩悌丹亦为本书的成稿贡献甚多，在此一并志谢。

末了还需说明的是，楚侨先生的亲属，一直无从联系；其在重庆师范大学的故旧，多已凋零；所教授的学生，也正步入耄耋之年，原本打算能收集一些忆旧的文章，此次竟付阙如。唯愿含冤在天的楚侨先生，俯见本书出版，终能一笑释然。

熊飞宇

2022年8月31日